剑宗作品集

肆 九战幽冥

剑宗 著

二十一世纪出版社集团
21st Century Publishing Group
全国百佳出版社

图书在版编目（CIP）数据

剑宗作品集 / 剑宗著 . -- 南昌：二十一世纪出版

社集团，2017.12

ISBN 978-7-5568-3252-1

Ⅰ . ①剑… Ⅱ . ①剑… Ⅲ . ①侠义小说—作品集—中

国—当代 Ⅳ . ① I247.5

中国版本图书馆 CIP 数据核字 (2017) 第 294460 号

剑宗作品集

剑　宗著

责任编辑 敖登格日乐

出版发行 二十一世纪出版社集团

（江西省南昌市子安路75号　330025）

www.21cccc.com　cc21@163.net

出 版 人 张秋林

经　　销 新华书店

印　　刷 北京柯蓝博泰印务有限公司

版　　次 2018年8月第1版　2018年8月第1次印刷

开　　本 710mm×1000mm　1/16

印　　张 200

字　　数 3000千

书　　号 ISBN 978-7-5568-3252-1

定　　价 800.00元

赣版权登字—04—2017—905

如发现印装质量问题，请寄本社图书发行公司调换 0791-86524997

目　录

第一章 …………………………………………………………………… 1

第二章 …………………………………………………………………… 21

第三章 …………………………………………………………………… 41

第四章 …………………………………………………………………… 61

第五章 …………………………………………………………………… 81

第六章 …………………………………………………………………… 101

第七章 …………………………………………………………………… 121

第八章 …………………………………………………………………… 141

第九章 …………………………………………………………………… 161

第十章 …………………………………………………………………… 183

第十一章 ………………………………………………………………… 204

第十二章 ………………………………………………………………… 225

第十三章 ………………………………………………………………… 246

第十四章 ………………………………………………………………… 267

第十五章 ………………………………………………………………… 288

第十六章 ………………………………………………………………… 309

第十七章 ………………………………………………………………… 330

第十八章 ………………………………………………………………… 352

第十九章 ………………………………………………………………… 374

第二十章 ………………………………………………………………… 396

第一章

　　凤尾镇，在几百年前曾是一个极度繁华的小镇，在凤尾镇曾出现了不少英雄人物，凤尾镇是一个出英雄的地方。

　　在凤尾镇的镇尾部一个破房子里，一个小孩在啃着一块馒头，他衣服破旧，脚上连鞋都没有，此时虽已是阳春三月，气温却还是挺低的，可这小孩也不感觉到冷，瞧他的样子，大口大口地向下吞，好像几辈子没吃饭似的，虽然他衣服破旧，头发蓬乱，脸上也是黑一块白一块的，而眉宇间却隐约露出一股英气，凤尾镇上空涌来一片五彩祥云，预示着一位大英雄将在凤尾镇出现。

　　小孩姓邱，因为他母亲在生他时，他的父亲去世了，他母亲怨天地太无情，给他取名邱冷情，在他六岁那年他母亲也去世了，从此他一个人生活在凤尾镇，馒头吃完了，可是肚子还很饿，还是去找点东西吃吧，他站起身来，向镇中走去，镇中可以拣到一些别人吃剩下的饭菜，可是镇中那些富人的儿子也让他感到害怕，去不去呢？"咕咕咕！"肚子实在太饿了，生理上的反应，迫使他不由自主地向镇中走去。

　　他慢慢地，小心地走到一家饭馆前，希望能找到一点剩饭剩菜吃，咦，那儿有一块油饼，或许是哪个好心人看他可怜，故意留给他的，邱冷情走上前去，抓起来就吃，"啪"，一个响亮的耳光打在他脸上，"好小子，竟敢吃大爷的东西，找死啊！"原来是镇上布庄的老板迟盖前，因他做生意刁钻，又念小利，人们都叫他"只爱钱"，"臭小子，不看看是什么地方，瞎了你的眼，还敢吃大爷的东西！""只爱钱"抬腿又是一脚，邱冷情只是由心恨着，身上躲着，嘴里大口地吃油饼，他实在太饿了。

　　油饼吃完了，"只爱钱"又抬头打过来一巴掌，邱冷情头一低躲过去，顺势在"只爱钱"的大脚上狠狠地踹了一脚，拔腿就跑。

"好小子，还敢打我，给我打呀，打他一拳，我给一个铜板，踢他一脚，我给两个铜板！打死他，狠狠地打！""只爱钱"对一群孩子大叫，那些孩子大多是富商之子，平时欺负人惯了，这又有人给赏，顿时一窝蜂冲上去，邱冷情一边跑，一边看形势，一边躲，一边还手，可是对方人太多了，不一会他身上就青一块，紫一块了，他没命地向前跑，不知过了多久，好像身上不再有被打的痛了，才停了下来。

"唉，衣服又破了一块！"他自言自语道，邱冷情坐在一块大石上，"听说武功什么的很厉害，可以打赢很多人，要是有人能教我学武功就好了！"想着想着，不知不觉肚子又饿了，"怎么办呢？"邱冷情的确很怕再到镇上去了，还是到山上去吧。

邱冷情在山上漫无目的地转悠，希望能发现一些野果之类的东西充饥，忽然，一些声音传入他的耳朵，"呀""呼""哈"，他不由好奇地寻声走过，他看到了一个令他热血沸腾的场面，在一块大空场上有五个人在那里对打，那可能就是练武吧，他目不转睛地看着，出腿、进招、抬手是那么吸引他，邱冷情呆望着那些人，头脑中不停地幻出他挨打的往事。

那年，妈妈刚刚去世，他没饭吃，跑到镇上去找东西吃，几个富家的小孩拿着馒头给他，让他叫他们爷爷，邱冷情一声不吭，抓起馒头就吃，吃完就和他们打，闭口决不说一字，最后他回到那房子时身上到处是伤，躺了好几天，才慢慢好一点，这是第一次挨打，后来还有第二次，第三次……还有一次，他看到几个富家公子欺负一个外乡老人，那老人病得奄奄一息，几个富家公子用鱼竿钓勾小虫、蚯蚓，老向那老人嘴里丢，他在一边看着实在忍不住了，冲上去左一拳右一脚，乱打一气，结果那几个富家公子围攻过来，把他狠狠地痛打了一顿，那一次他觉得被打得不疼，一次又一次地打架，一次又一次地打，他产生了强烈的学武念头，可他还不知武功是怎么回事，又从未见过武功，今天终于知道了武功是什么了。

邱冷情一步一步向前走去，他真想上前请求他们教自己，又怕他们不答应，又怕挨打，说不定他们是坏人，"对了，我可以每天到这里来偷看，偷学，这样不就可以了吗？"这样想着，他停下了脚步，躲在一丛草上偷偷地看，等那五个人全部回家去了，邱冷情才走下山，从此他每天都上山上去偷看，晚上回家偷偷地练，日子久了，也学到了一招半式。

五月初五是凤尾镇最热闹的时候，凤尾镇是南北两地的必经官道，这年五月初五端午节时，镇上都有大庆，唱戏、舞狮子都有，这天邱冷情来到镇上看热闹，忽然脑门上一痛，回头一看，原来是几个富家公子用石子扔他，邱冷情想到他们人多，还是不惹他们为好，转而又继续向前走去，"啪"，又挨了一下，他再也忍不住了，跑到那几个富家公子前，大声问道："你们凭什么打人?""哈哈，这穷小子问咱们凭什么打狗，打一条狗还要什么理由吗? 哈哈哈!"富家公子们大笑不已，邱冷情气得怒火冲天，抓起一把泥巴，向他们嘴里一塞，转身就跑，邱冷情已两天没吃饭，饿得浑身没劲，实在不愿再挨打了，可是不一会儿他就被围在中间，他实在不知他所学的武功有没有用，如果没用，那这一顿就惨了。

"打!"一个人喊道，有一个冲上前，当胸就是一拳，邱冷情的脑海中蓦然出现了山上几个人打斗的样子，在别人当胸打一拳时，转身、左挡，右手打对方头部，抬右脚踢对方右脚小腿处，邱冷情不由自主转身，左挡……"啪"，倒下了，又有几个冲上来，"啪啪啪"，都倒下了。

邱冷情顿时来了精神，他终于不怕了，终于不用挨打了，他回想着刚才的情景，乐坏了，"我终于学到武功了，我终于学到武功了!"他在心中狂喊。

"你们听着，从今往后，你们谁要是再敢欺负我，我一定狠狠地打你们，听到没有!"邱冷情对那些被打倒在地的富公子们说道。

那几个富公子爬起来，狠狠地瞪着他，"穷小子，少得意，我们去找风大哥来，你等着!"

"对，去找风大哥，打死他!"几个起哄道，他们一溜烟跑了，邱冷情也不知风大哥是哪个，心中对所学的武功还比较得意，就一步步向家里走去。

"在那儿，在那儿，就是他，就是他打我们!"邱冷清回头一看，几个富家公子拥着一个穿真丝长袍，头带红宝五头冠的大孩子跑了过来，这就是他们说的风大哥吧，看样子挺好的，眉清目秀，只是那三角贼眼中露出一种凶光，让人看了厌恶。

"喂，小子，是你打了他们?"风大哥问道。邱冷情答道："是又怎么样?"

风大哥用他那双贼眼将邱冷情从头看到脚，"哼，穷小子，口气倒不小，今天就让你吃点苦头吧!"说完一脚踢向邱冷情的小腹，邱冷情连忙下挡，正准备学山上那人贴地扫腿，"咚"，左肩已重重地挨了一下，身子不由向右一歪，"嚓"，脚又中了一下，倒下了，紧接着身上又挨了几下。

"好小子，尝到滋味了吧! 在我面前，有你穷小子撒野的份? 滚，滚出凤尾镇! 下次让我碰上你，再打，见一次打一次，滚!"风大哥大叫道。

邱冷情慢慢地爬了起来，一言不发就走，他知道说话又会挨打，只有继续到山上去学好武功，才可以打赢风大哥，从此他更加勤奋地往山上跑，夜里更加勤奋地学武。

　　三个月后，邱冷情在镇外一个小林子里烤野鸡吃，他张嘴啃着鸡脚，好香啊，正吃着，忽然，他听到有人喊叫。

　　"看，是那小子，上次打架的那个！"

　　"哈，还在吃鸡呢！走，过去看看！"

　　抬头一看，又是风大哥一伙，邱冷情下意识地向树边靠了一靠。

　　"臭小子，还没走啊，真巧啊，又碰上了！"风大哥邪邪地笑着。

　　"你想干什么？"邱冷情小心翼翼地问道。

　　"你说我想干什么！"风大哥笑道："告诉你小子，我想揍你！"说完冲上来左勾就是一拳，拳未到，已虎虎生风，邱冷情只感双眼一花，耳边一阵风动，刚想闪躲，风大哥知他意图，趁招式未老，立刻一变，脚上劲已使出，当胸一腿，邱冷情就被打倒在地，风大哥立刻上来，又一脚踢出，邱冷情眼疾手快，用双手一抱，风大哥也摔倒在地，两人在地上滚作一团，风大哥在家有武师指导，毕竟技略胜一筹，不一会，邱冷情就被压在下面，风大哥抬手就给了他几个耳光，打得邱冷情眼冒金星，双耳"嗡嗡"直响，风大哥又不停地给他耳光，边打边骂："他妈的，还反抗，不看看你是什么人！"最后风大哥站起来对其他人说道："来，每人给他几下，给我狠狠地打，像狗一般留在凤尾镇，找打，该死的东西！"此刻他受到了更多的拳脚。

　　邱冷情默默地承受着，他从心底恨透了这些穿着华美而行为恶劣的花花公子，可是他也明白，现在还不是反抗的时候。

　　天渐渐黑了，那些富家的子弟早回家去了，邱冷情还在地上躺着，心中的仇恨，身体的疼痛，差点没让他昏死过去，不知到了什么时候，邱冷情慢慢地爬起来，用手擦了擦嘴角的血，迈着缓缓的步子向家走去，他在心里已作出决定，无论怎样，都得向人拜师了，即使对方是坏人，我同样也要试　试。

　　夜慢慢地过去，天亮了，这一夜邱冷情一直没睡好，他担心别人不收他，他考虑别人会问他什么，他该怎么回答……"现在什么都别想，什么都抛开，还是先上山去看看再说吧！"邱冷情从家中出来，按照往日的路向山上走去，他走得很慢，今天他要拜师学武功，他要好好学武，去打败欺负他的风大哥。

"他们来了！"邱冷情在草丛中看见那几个练武的人又像往常一样来了，他一下子什么都不顾，跑出来，跑到那几个人面前说道："大爷，你们能收我为徒，教我武功吗？"那几个人吃了一惊，没料到会冒出这么个小孩来。

"你是哪里人？叫什么名字？你为什么要学武功呢？小鬼！"一个络腮胡子问道。

"我就住在凤尾镇，我叫邱冷情，我学武功是为了打那些坏孩子，让他们不能再欺负人！"邱冷情迎着络腮胡子的目光回答道。

络腮胡子仔细地打量着邱冷情，"好一张福气的面孔！"络腮胡子想着，"此子浓眉大眼，方口大鼻，一道剑眉虎虎生威，天庭饱满，目光坚定而又流露出一股说不出的威严，身上自然而然地散发出一种王者的霸气，让人不寒而栗，此子日后必定大有作为。"

络腮胡子是武当记名弟子，学到一些武功套路，就在家里教几个朋友练练，准备一起对付强盗，所以每天到这山中来练武，不想被邱冷情撞见，络腮胡子当时就对邱冷情的印象不错，即对站在另一边的一大汉说："孙老弟，邱兄弟交给你了。"

姓孙的大汉当即回道："既然大哥开口，我一定尽力教好他！"

邱冷情从此就跟着这几位站桩，对打中就过了两个春秋，两年的练习已让十五岁的他长成一个面容俊朗，身材高大俊美的少年，虽说衣服破旧，却已遮挡不住他的英华之气，邱冷情现在想离开凤尾镇了，但他在离开之前想做一件事，找风大哥打一场。

又是五月初五，凤尾镇又是热闹非凡，镇中出现了一位俊美的少年，他面中带着杀气，一对星目在人群中搜索，他就是邱冷情，今天他要好好地找风大哥打一场，不仅是要雪两年前的耻辱，最看不惯的是他们仗势欺人，横行乡里的恶行，是得好好教训一下他们了。

一个熟悉的身影出现在邱冷情的眼中，风大哥在和另一些身着华服的孩子们玩，他大概认为邱冷情早已离开了凤尾镇。这两年邱冷情一直住在山上，偶尔下山也是小心翼翼，生怕出什么乱子来，所以有时碰上他们，邱冷情也悄悄地避开，他知道什么时候他不该和他们打，什么时候他该出手和他们打，今天是时候了。

"风大哥，你好！"邱冷情走到风大哥身后，冷冷地说。

风大哥一转身，看了邱冷情一眼，"哼，是你啊，两年不见，还想尝尝挨痛的滋味是吗？"说完晃了晃拳头，背后的那些人也是一阵狂笑。

邱冷情缓缓地回答道："今天，我就是要和你算一算以前的账！"

"好，我倒要看看，这两年你学了什么能耐！"风大哥自恃在家有武师教导，而邱冷情却是一贫如洗，别说武师，恐怕连武功是什么都不知道，顶多只是会几下三脚猫，更何况这两年里他的武功大有长进。

话一落，他不等邱冷情有所准备，就立即展开攻势，"呼"的一拳直打过去，那拳发出的暗劲已让邱冷情面上一惊，"他的功夫长进不少！"这两年邱冷情在孙师父的指导下，日以继夜地习武，加上心中那股仇恨，使他更加勤奋，风大哥这一拳在他眼中现在可以算是小儿戏了，他左脚一动踏中宫，上身一晃已避过来拳，左手发出一掌，正打中风大哥肩膀上，风大哥哪里受得起，上身一晃，身体失去重心，邱冷情立即上前，又是一拳，打在风大哥的脸上，打得他万花齐放，立刻风大哥就跌坐在地上，邱冷情孩子性起，上前欺身坐在他身上，左一拳，右一拳，不停地打。

"这一拳是你们欺负他老爹的！"

"这一拳是你们抢赵大娘东西的！"

"这一拳是……"

终于，他也累了，停下手来，风大哥这时已奄奄一息了，围观的几个大气也不敢出一声，呆望着邱冷情，生怕邱冷情会打他们，邱冷情冷冷地望了他们一眼，转过身去，大踏步向镇外走去，他心里很清楚，不仅凤尾镇不能呆了，而且还得马上离开这里，风大哥的家在凤尾镇是有名的地头蛇，坏事做尽了，什么事他们都能做出来，邱冷情迅速向镇外跑，他不知他该到哪里去，不知此行是福是祸，只知他必须赶紧走，离开这个地方，永远地离开。

风大哥这边，几个富公子等邱冷情走远了才大叫："不得了啦，打死人了！"立即有几个跑去向风老爷报信，风老爷看着抬回的儿子身上到处是血，被打得不成人形，大叫道："是谁有这么大胆，敢动我风家的人，是谁?!"

"是镇尾那个没爹娘的孩子，就是他干的！"一个富家公子回答。

"管家！"风老爷喊道："带人去烧了他的房子，抓那小子回来，天涯海角也要找回来。"

"是，老爷！"管家答道，管家立即带人到处找邱冷情。

这时邱冷情正在离凤尾镇五十里外的路上走着，他已换了一身衣服，他身穿一件破棉袄，加一条洞洞裤，头上再戴一顶破帽，一个活生生的小乞丐就出现了，再往脸上抹几下泥，完全变了一个样，没人能认出他了。

"嗒嗒嗒！"几匹马飞驰而来，邱冷情赶紧闪在路边，抬头一望，正是风家的人，吓得他赶忙低下头，装作只顾赶路，等那几匹马走了过去，他才松了一口气，"幸好没人认出我来！"邱冷情暗暗想道，他继续向前走去，虽然前面有风家的人，可凤尾镇是绝不能回去的。

"糟了，他们又回来了！他们认出我了！完了，完了，这下性命都不保了！"

"喂，小乞丐，看没看到一个十四五岁的小孩从这里经过！"坐在马上的大汉大声叫道。

"啊啊啊！"邱冷情吱吱呀呀地比划着，用手指了指另一个方向。

"是个哑巴，问问他看没看到！"又一大汉叫道。

有一大汉下马来走到他跟前，"小哑巴，有没有看到一个十四五岁的小孩从这里经过？"

邱冷情用手指了指另一个方向，比划着。

一个大汉问道："是向那边走了吗？"

邱冷情点了点头，"啊啊！"

"别骗人，小心我杀了你！"一大汉吼道。

邱冷情装出很害怕的样子，摇了摇头。

"追！"大汉们走了，邱冷情身上已惊出一身冷汗，在鬼门关前转了一个圈子又回来了，邱冷情拔腿向前跑去，被追上就只有死路一条了。

大汉们顺着邱冷情指的方向追下去，越走路越小，越走越难走，追了半天，鬼影都没见到，一个大汉说："管家，我们还是回去吧，前面快没路了！"

又一大汉说："管家，我看那小乞丐很像咱们要找的那小子，我们八成是受骗了！"

管家一想，道："笨蛋，我们上当了，小乞丐就是咱们要找的人！回头追去。"

邱冷情已走了很远，进入了福平镇，福平镇在凤尾镇西三百里处，邱冷情进入福平镇，在镇上到处逛，希望能找点事做，弄点吃的，忽然前面人声沸腾，吵吵闹闹的，出了什么事了？邱冷情上前一看，原来几个彪形大汉在打一位老人。

"欠钱不还，不想活了！"一个大汉狠狠地说。

老人颤抖着声音说道："我从未向你们借钱，哪里欠你们的钱！"

又一大汉上去一掌打在老人的嘴上，顿时鲜血直流，"还嘴硬，上个月你向我们田老爷借了十两银子，说今天还，现在倒不认账了！"

围观的人都知道这是福平镇的大恶人田老虎惯用的伎俩，他的目的是为了得到土地，只是田老虎是当地一霸，谁都怕他，围观的人只有叹气，谁都不敢上前说一句话，谁上前就等于和田老虎作对，在福平镇，还没人有这个胆量。

眼前老人就要被打死了，邱冷情一个剑步冲上前道："你们这么多人打一个老人，你们讲不讲理？"

"你是什么东西，轮到你讲话了吗？滚，不然老子干了你！"

邱冷情道："在光天化日之下，你们公然行凶，你们眼里还有王法吗？"

"哈，王法，老子就是王法，小子，你找死是不是，老爷们成全你！"一大汉话音刚落，已出招，邱冷情没有招架，只踢出一腿。

那大汉看邱冷情年纪小小，心中对他甚是轻视，不由心存轻视，在对敌中轻敌是一个致命的错误，那大汉防备不严，感到自己拳未近身，对方脚已及衣，不由一惊，正待变招，邱冷情又跳起一脚，正中大汉面门，大汉立即倒地，血流满脸，"哇哇"叫个不停，"兄弟们一起上，剁了他！"

另几个大汉见势不妙，纷纷围攻上来，这时又听一个人喊道："那小子在那儿！"

原来风家的人追到了，又几个大汉冲了上来，管家冲邱冷情一指道："就是这个小子，带走！"几个大汉立即上来，要抓邱冷情。

邱冷情想这下死定了，这么多人要杀我，这时田家的人却围上来道："你们是什么人，这小子我们要了！"

"你们又是谁？这小子我们要定了，识相的滚到一边去！"风家的人也不示弱。

"也不看看这是什么地方，哪里轮到你们在此撒野！"田家仗着地主身份，不甘受辱。

风管家开口了，道："带走，有阻拦者，杀！"那几个大汉就向邱冷情冲来，田家的人见对方如此狂傲，在自己的地盘上如此放肆，不由大为恼火，也迎面向邱冷情走来，他们双方都想要邱冷情，双方都要脸面，特别是田家在自己的地盘上，失去了面子岂不是为他人所笑。

邱冷情一见风家和田家的人冲突起来了，便默默站在一边伺机溜走，在如此形势之下，恐怕只有溜是上上策了。

"他妈的，不问问大爷是谁，敢阻拦咱们办事，怕是活得不耐烦了！"风管家狂吼着。

"怎么着，谁怕你了？咱们家老爷招牌是自挂上去的？在这里撒野，我让你们一个个爬回去！"田家的人也是针锋相对。

风家和田家一言不和便混打了起来，福平镇从未发生如此之事，不少人都来围观，趁这混乱之中，邱冷情偷偷溜出人群，向福平镇镇外的方向跑去，这边几个大汉正打得不可开交，不知哪个忽然发现邱冷情不见了，立即大喊道："大家快停手，那小子跑了。"

一听此话，风、田两家人立即住手，同时追邱冷情去了，邱冷情听到背后人喊，更加迈力向前跑，渐渐地，双腿越来越重，胸口一阵紧一阵紧的，眼看就要追上了，前面忽然出现了一条河，邱冷情立即精神一振，只要跑到河边，就可能摆脱他们，不由脚步又快了不少。

到了河边，邱冷情奋力向河中一跳，整个人都腾空而起，向河里扑去，一下摆脱了追赶，他立刻向对岸游去，风、田两家的人气得双脚直跺，破口大骂，却也不愿跳下河水，只是望着邱冷情一点一点离他们远去。

田家与邱冷情本没有什么大的过节，现一见他逃走，就算了，往回走，只有风管家在那里大叫："一定要抓住他！"可谁也不往河里跳。

邱冷情就要游到对岸了，忽听到风管家大笑道："真是天助我也，小子你认命吧！"邱冷情回头一看，原来是一条毒蛇正向他游来，吓得他赶紧躲避，"滋！"蛇吐着信子迅速向邱冷情靠近，他感觉到肩上一疼，头脑一阵昏眩，就什么都不知道了。

风管家立即让人捞邱冷情上岸，抬着他往回走，边走，边对着邱冷情骂着："小子，你害得我们好苦，回去不打死你，也要剥你的一层皮肉！"

风家人走到一片树林旁，看到一个身着白衣的中年剑客背着身子站在大路上，只听那中年剑客沉声道："放下那孩子，你们或许有一条生路！"

风管家一看路数不对，也知道那中年剑客不好惹，但又得回家交差，只得硬着头皮答道："我们是前面凤尾镇里风大爷的人，这孩子是从风大爷家中出逃的，我们得带他回去。"

中年剑客道："不管你疯大爷也好，傻大爷也好，我只要你们留下那孩子！"

一大汉叫道："你是什么东西！凭你，也想叫咱们留下人来，你也太……"他的话还没说完，就见一道金光一闪，左肩一紧，衣服已被划开了一道尺来长的口子，只要下手重一点点，他的整个左手就被砍下了，吓得他立即住口。

还是风管家见识多一点，"阁下可是昆山派的金剑白龙司马如风，司马大侠？"

金剑白龙司马如风道："算你识相，留下孩子，你们走吧，我不想杀你们！"

风管家唯唯诺诺道："司马大侠，我们的确要带这孩子回去，你就网开一面，不要为难我们了！"

金剑白龙司马如风道："叫你们留下孩子走人，啰嗦什么，等我发火，你们想走也走不了！"

风管家虽心中害怕，嘴上却逞强，"金剑白龙，你别欺人太甚，别以为人人都怕你，我们也不是省油的灯！"

金剑白龙司马如风叹道："唉，既然你们不愿好好地回去，那也只有留点什么了。"

风管家知道金剑白龙司马如风要出手了，喊道："给我上！"自己却向后退去。

司马如风嘴角微微一笑，星目一闪，反身划出一剑，只见一片金光过去，风管家他们都没看清楚剑从哪里发出的，只觉耳边一凉，左耳已被割了下来，鲜血直往下淌，所有人都呆住了，他们从未见到过如此厉害的高手，如果他剑再偏一点，那脑袋不就像西瓜一样被切成两半了，他们一个个动都不敢动，生怕一条性命不保。

金剑白龙司马如风缓缓转过身来，"早叫你放下孩子走人，不要惹我发火，今天我不想杀人，你们走吧！"

说完俯身抱起邱冷情就走，其实从邱冷情一进福平镇，金剑白龙司马如风就注意到了邱冷情，他发现邱冷情身骨清秀，是块练武的好材料，又想观察一下邱冷情的人品，就暗中跟着邱冷情，发现他打抱不平时，即对邱冷情产生好感，有点想收留邱冷情的想法，正准备在那时去救邱冷情，这时他忽然发现了他此行所追杀的江湖淫贼，采花大盗童千千的行踪，司马如风当即追了下去，最终没追到，等他回来找邱冷情时，邱冷情已在风管家之手，本来金剑白龙司马如风不愿伤及无辜的人，无奈风管家不听劝告，他才迫不得已出手伤人。

金剑白龙司马如风抱着邱冷情到林中一块大石上坐下，解开他的衣服，"这蛇毒还挺重的！"司马如风扶邱冷情坐正，屈指一弹，点了他的肩井穴，护住他的心脉，不让毒液浸入心室，随即以内功给邱冷情逼毒，一盏茶工夫过后，司马如风头上冒出了蒸蒸热气，邱冷情的脸色也渐渐红润了，司马如风才停手，坐在一边等邱冷情醒来。

约莫一炷香的光景，邱冷情醒了过来，抬眼望了望四周，看了看金剑白龙司马如风，问道："前辈，这是哪里？发生了什么事？风家的人呢？我怎么在这里？"

金剑白龙司马如风笑道："你一下子问这么多问题，叫我怎么回答！"顿了一顿又道："你被风家人追杀，中了蛇毒，我救你到这里的！"

邱冷情道："敢问前辈高姓大名，救命之恩，没齿难忘，日后必当涌泉相报！"

金剑白龙司马如风道："不必问我的名号，你愿不愿意跟我学武？我打算传你一些武功，成全你，使你行走江湖方便！"

邱冷情道："无功不受禄，我不想学！"

金剑白龙司马如风大笑道："哈哈哈，有志气，和当年的我一样，好，我知道强迫你没用，只要你答应我一件事，替我办到就可以了！"

邱冷情答道："这件事必须不违背天理良心！"

金剑白龙司马如风道："这事很简单，你到桂林象山上去替我把这个东西交给一个红头发的老人，虽然很简单，却很重要，一定要亲手交给他！"说完掏出一封信交给邱冷情。

邱冷情道："好，我相信你！"

"你跟我来！"金剑白龙司马如风道，起身将邱冷情带到一个石洞里，对邱冷情讲道："学武一道要练气，而不是练功，只有以气卸招才，有威力，你以前学的只是一些外功，现在我传你本门内功心法，化有为无，以柔克刚，以无限容百川……这是本门内功心法，你依照上面所说的勤练下去，一定会有所成就，这两边石壁上刻有一套掌法，'分风荡水掌'和配合这掌法使用的步法'水云迷幻步'，照着练，一个月后上面的字将自动毁去，能学得怎样就看你的悟性了，这石洞里有水，有粮，可供你吃半年左右，信不必急于送去，等你学得有一定成就时，再下山去不迟，好了，我还有事要办，你好自为之！"话声未落，人已飞身而去，"之"字传来，人早在半里之外了。

邱冷情默默坐下，依照内功心法练了一遍，只觉体内热力四窜，浑身充满了劲，于是他开始练习"分风荡水掌"和"水云迷幻步"。

花开了又谢，转眼秋天已到，一晃半年过去，半年里邱冷情完全与江湖隔开，专心修练武功，他修为已略有小成，可以算是一个二三流的高手了，他下山向南而行，准备到广东，再到桂林，找那红发老人，完成他答应别人的事。

天门府，一个孤独的少年立在河边对着落叶和流水出神，任轻风拂起他的发丝,他双目炯炯有神,似乎要看穿世间万物,他就是邱冷情,从下山到如今一个多月,他已花光身上的银子,现在面对生计问题,他不由面露苦笑,他看着别人在吃,肚里咕咕叫,却无法到店里一坐。

"朋友,为何一个人站在河边出神,是不是有什么困难呢?"一个声音在身边响起。

邱冷情转眼一看,只见一个身着锦服的汉子面带微笑站在一旁。

不等邱冷情回答,锦服汉子又道:"小可李鹏飞,'正义门'在天门分堂的副堂主,看朋友的样子,是不是遇到了什么事?如果有需要我帮忙的,小可愿尽一份薄力。"

邱冷情注视着那锦服汉子答道:"李堂主,在下有幸能认识你,三生有幸,我的事,你帮不了,就此别过,后会有期!"邱冷情说完就走。

"朋友,别急着走啊,在天门府,有什么事我不能办的,你只要开口,我一定能帮!"李鹏飞想拉拢邱冷情入正义门,所以苦苦挽留。

"李堂主,既然你如此盛情,我再不领情,也太不知天高地厚了,说实话,我的盘缠用完了,所以——"邱冷情还没说完,就被李鹏飞打断了,"噢,我当什么事,原来是这样,江湖上谁没有难处啊,几两银子的事好说好说!"说着掏出几锭银子给邱冷情,道:"朋友,还没请问大名呢?"

"在下邱冷情!"邱冷情答道。

"邱兄,何不与我一起投身正义门呢?在正义门做事不光生活有保障,而且像你们这样的青年人,有很大前途,没准能当上门主,出人头地呢!"李鹏飞开始劝说邱冷情加入正义门。

"正义门是一个什么样的组织呢?主要做什么?"邱冷情问道。

李鹏飞道:"你今夜与我同去一行就知道了。"

邱冷情道:"好,今夜,天门河边见。"

午夜,几个黑衣人相聚在河边,"怎么还不来,恐怕不来了吧!"

"不会,那小子嫩着呢,今夜戏演好一点,让那小子信任咱们!"李鹏飞的声音道。

"是,李堂主!"另几个人答道。

邱冷情来了,他对李鹏飞的热心存感激,所以来赴约。

"李堂主,在下来晚了!"邱冷情道。

"没关系，出发！"李鹏飞说道。

几个黑衣人迅速消失在河边，邱冷情一行人来到一个大院里，只见这大院到处是珠宝屏风作饰，楼宇高大，一颗夜明珠在黑暗中闪闪发光，似是一大户人家。

"啪！"不知是谁撞到了一块屏风。

"谁，什么人？"立即有人叫着，接着走出一个身穿便服的人来。

"干掉他！"李鹏飞下令。

"是，李堂主！"一个黑衣人道，接着只见一道黑影闪去，一道黑光掠过，那人哼都没哼一声就见阎王去了。

"走，进去！"李鹏飞道。

一行黑衣人到了屋子里，东摸西撞，终于有一个黑衣人道："李堂主，他们应该在这里！"

"踢开门，闯进去！"李鹏飞道。

"咚！"门被踢开了，几个黑衣人冲进去，用刀逼住房里之人，是一个老人和他的妻子。

"你们想干什么？"老人颤抖着声音问道。

"干什么，吴员外，咱们想借点银子用用。"李鹏飞答道。

"那也不用这样借啊，你们想要多少，我给你们！"吴员外哆哆嗦嗦地说。

"好爽快，不愧是天门府的首富，我们想借五万两！"李鹏飞道。

"这……这……也太……太多了吧！"吴员外道。

"去押他的儿子、孙子来！"李鹏飞道。

"别！别！"吴员外的妻子哭道："老爷，就给他们吧，保个平安。"

吴员外终于点头道："好好，五万两！"

李鹏飞道："不愧为天下第一富商，五万两小意思嘛！"

邱冷情在旁不由怒火中烧，"原来正义门是一个如此组织，干打家劫舍的勾当，在此我不便出头，出去我一定得问个清楚明白。"

李鹏飞带着吴员外去银库取了白银五万两，"走"，李鹏飞下令道，几个黑衣人立即从吴员外家撤了出去。

李鹏飞一行刚刚出吴员外家，邱冷情立即拦住问道："原来正义门干的是如此勾当，今夜我终于看清了你们的真面目，你对我的帮助，我很感激，但今夜之事我却不能坐视不问，你我从此恩怨两清，作个了结。"

李鹏飞道："邱兄，你别误会，下面的事还没开始呢……"

邱冷情不等他说完即开口道："下面还有什么事，无非是你们坐地分赃罢了！看招！"

不等李鹏飞回答，邱冷情即已脚下一动，"水云迷幻步"已出，只见一个鬼影绕着李鹏飞转，哪里分得清哪个是邱冷情，李鹏飞只是不敢意地提气护住周身要害，道："没有我的命令，谁也不得出手。"

"是，李堂主！"黑衣人答道。

李鹏飞对邱冷情道："邱兄，你别误会，听我说……"

李鹏飞话未落，邱冷情"分风荡水掌"已攻到，不容他多说了，李鹏飞侧身躲过，却不还手，只是大叫："邱兄，听我解释。"

邱冷情不管李鹏飞如何开口，只是不语，他只想制服李鹏飞等人，取那五万两银子，还给吴员外，然后离开这里，他还有事没办，邱冷情只顾出手攻击，并不回答李鹏飞。

李鹏飞此时并不好过，"水云迷幻步"使出来使人眼花缭乱，处处是人影，分不清哪是人，哪是影，还得时时提防"分风荡水掌"，若不是邱冷情刚刚练成，缺乏对敌经验，掌法还欠缺火候，李鹏飞怕是早成了掌下孤魂。

李鹏飞早看出邱冷情身怀绝技，只是刚出江湖，想拉拢他，哪知事情到如此地步，此时他仍不死心，还一心想笼络邱冷情，是以并不还手，只是闪避，李鹏飞在正义门呆了几年，江湖经验远胜于邱冷情，他算定邱冷情不会对他下毒手，才命令在旁的黑衣人不准出手。

邱冷情受过李鹏飞的恩惠，又见他命令在旁的黑衣人不得出手，所以也下不了毒手，只是使出制人的招数。

邱冷情一掌发出，掌未到，掌风却已遍及全身，在"水云迷幻步"下，似乎漫天都是掌影，李鹏飞大骇，心想：果然有些来头，如能为我所用，必是一块好料，却是不还手。

"砰！"李鹏飞胸口结结实实地挨了一掌，邱冷情虽未使出毒手，也用了五六成功力，李鹏飞气血涌动，内力已滞，脚步也乱了。

在旁的黑衣人一见就待出手围攻邱冷情，却听李鹏飞大喝："没有我的命令，谁也不得出手！"几个黑衣人似乎也明白了李鹏飞的意图，当即停手，站在一边。

邱冷情见李鹏飞只是闪避，并不还手，是以不忍再以毒手相对，便住手问道：

"你为什么不还手!"

李鹏飞道:"邱兄误会我了,你以为我们都是强盗,我说了,下面还有事没办完,邱兄不妨同我们走一趟,到时自然明白,那时你若要杀我,我也决不还手。"

邱冷情闻此言不由心存疑惑,"难道是我真的误会他们了!"便道:"好,我再跟你们走一趟!"

李鹏飞嘴角露出一丝不易察觉的笑,"我果然没看走眼,邱兄果然深明大义!"转手又招来一个黑衣人,在耳边低言几句,"走!到天门府东区!"说完便飞身而去,邱冷情不知东区在哪里,只好紧紧跟在后面,一行人就在黑夜中消失了。

东区在东门府是最贫穷的地方,整个东门府的穷人全部聚居在此,东区到处是荒山,而且异常干涸,只有靠天公作美下点雨,如果天没下雨,东区的人就到几里外的河里挑水吃,所以在这样的地方,每年经常是五谷杂粮什么都不能生长,住在这里的人常常颗粒无收,而天门府别的地方被土豪地主统治着,东区的人想搬走,又不敢搬走,但东区虽然生活是异常艰苦,可是没有人欺压他们,可以自由生活,若是搬到别处去,说不定被地主们打死,就这样,东区的人都不愿搬走,祖祖辈辈都留在这里,其它地方的人有的受不了豪富们的欺压、迫害,也都往东区搬,时间长了,东区就成了穷人的聚居地。

李鹏飞一行到了东区,邱冷情举目望去,到处是破旧的木房,到处是露天而宿的人,整个东区看不到一座好一点的房子,整个东区甚至连一点光都没有,那些穷人们根本没能力点油灯,邱冷情这时有点迷糊了,"他们到这里来干什么呢?"

只听李鹏飞道:"左右参副听着,你们拿着银子下去,每户五十两,无家可归、露天而宿者,每人一百两,立即开始,不得有误!"

黑衣人答道:"是,李堂主!"说完便飞身下去,在每家每户前放银子。

邱冷情此时恍然大悟,原来他们抢银子是为了救济贫困的人,他们原来是侠盗,自己刚才太冲动了,邱冷情不由对李鹏飞的看法大有改观,不由为自己刚才的行为感到后悔。

一会只见两名黑衣人联袂而来,"禀堂主,按照你的吩咐,属下已办妥了,共花去白银四万九千九百两,还余一百两现银!"说完双手奉上。

李鹏飞接过,转身递给邱冷情,道:"邱兄不是正缺银两花嘛,这点余银留在我身边也没用,就请收下做盘缠吧!"

邱冷情盯着李鹏飞看了一会,看他满脸的诚恳,不由一抱拳道:"李大哥,刚才的事……"不等邱冷情说完，李鹏飞已打断道："不知者无罪，事情既已过去，就不要再提啦，不过我希望邱兄能够考虑一下加入正义门的事，好，邱兄，后会有期！"

说完李鹏飞带人走了，邱冷情一个人走在路上，热血沸腾，他早想做点事，做点侠义之事，他从小家境贫苦，知道对于穷人来说，一个包子，一个油饼，哪怕是半碗粥，意味着什么，能帮助那些人渡过一段难关无异于救他们一条性命，邱冷情情不自禁地想，如果有一天我能成为一名流传后世的大英雄，那该有多好呀！邱冷情回到客栈，躺在床上翻来覆去，想了半夜，直到天微明才沉沉睡去。

李鹏飞领着黑衣人走了之后，不多远，一个黑衣人问道："李堂主，真的让那些银子白白扔了？"

李鹏飞嘿嘿地笑了两声，道："咱们是干什么的，能让这银子白扔了？你们一个去监视姓邱的那小子，其余的去收回那些银子，要快，迅速，别惊动人，别留下痕迹！"

"是！李堂主！"几名黑衣人立即回头飞奔而去，李鹏飞在暗黑的夜色中，如一鬼怪，只有树上的几只乌鸦在"哇哇"地叫，天依然是黑的。

邱冷情一觉醒来已是日上三竿，猛然间他发现衣服有被解过的痕迹，立即一搜，发现金剑白龙司马如风交给他的信弄丢了，他不由急出一身冷汗，把东西给弄丢了，怎么办？怎么去向司马大侠交待？他坐起身，仔细回想，昨夜到底发生了什么事，昨夜回来之后，躺在床上翻来覆去，怎么也睡不好，在天要亮的时候才迷迷糊糊地睡着了，好像房顶上响了一下，自己以为是老鼠，没在意，莫非，那时有贼人来了……

"笃笃笃！"不容邱冷情继续想下去，门被敲响了，"邱兄，你在里面吗？我是李兄，可以进来吗？"传来李鹏飞的声音。

邱冷情赶忙起来，打开门道："早，李大哥，有什么事吗？"

李鹏飞道："没什么，只是想问一下，邱兄考虑加入正义门的事怎么样了！"

邱冷情道："李兄所作所为令小弟十分佩服，我同意加入正义门，只是尚有一事……"

李鹏飞忙道："什么事？只要小可能办到的，我一定尽力而为。"

邱冷情道："昨夜我休息时，有贼人来偷走了我的一样东西，那东西是别人让我转交的，现在却弄丢了。"

李鹏飞道："那好说，你可加入正义门，然后让兄弟们一起找吗，人多好办事，如果你答应的话，现在和我一起去见我们堂主吧！"

邱冷情想：信弄丢了，暂时是不能去桂林了，反正信也是一点线索都没有了，不如留在此地，慢慢地寻找，立即说道："好，我们一起去吧！"

李鹏飞带着邱冷情去它正义门在天门府分堂的总部。

李鹏飞对邱冷情道："坐在首席上的是咱们堂主，人称赤面雄狮操孟尝，左边那个高高的是左护法叶火亮，右边矮矮的是右护法叶水明，别看他们其貌不扬，却有一身过硬的本领，等会我自会替你引见，到时你见机行事就可以了。"

李鹏飞让邱冷情在一旁候着，自己上前一步，道："禀堂主，属下带回一人，他想加入正义门，请堂主定夺。"

赤面雄狮操孟尝看了看站在一旁的邱冷情，道："李副堂主所说的可是此人？"

李鹏飞道："正是！"

赤面雄狮操孟尝向邱冷情问道："下站何人？哪里人氏？为何加入正义门？"

邱冷情答道："在下邱冷情，风尾镇人，在下同李堂主有交情，他劝我加入正义门，我觉得正义门是一个适合我的组织，所以我想加入正义门。"

赤面雄狮操孟尝又问道："你可曾习武？曾拜何人门下？"

邱冷情答道："在下曾随一位无名老人学习武功，我也不知他是什么人！"邱冷情不愿说出他向金剑白龙司马如风学武的事，更何况他的确不知金剑白龙司马如风的名号。

赤面雄狮操孟尝向左护法叶火亮道："左护法，去试试他的武功，点到即中！"说完又嘿嘿笑了两声。

"是！"叶火亮答道。

李鹏飞一听赤面雄狮操孟尝干笑两声，就知不妙，原来这操孟尝生就一副关公脸，一只大鼻像蛤蟆爬在脸上，还有一对大耳垂，再加几颗大牙露出嘴外，活生生一只狮子，要多难看有多难看，所以平生最恨长相俊美之人，一看邱冷情长相俊俏无比，顿时心中气恼，不由动了杀心，所以命左护法叶火亮去试试邱冷情的武功，所谓点到即中的意思就是痛下杀手，叶火亮跟随赤面雄狮操孟尝多年，哪能不明话中之意，立即双肩一晃，闪到邱冷情面前，不等邱冷情有所反应，双掌一错，一股暗劲已到，邱冷情心中暗惊，脚一动，使出"水云迷幻步法"，身形一晃，已避开叶火亮的掌劲，转到叶火亮背后，双掌错动，拍出层层幻影，顿时围住了叶火亮，叶火亮也没料到邱冷情的反应是如此之快，而且步法是如此奇异，一时之间竟被邱冷情拍出的掌影圈在中间，叶火亮不愧在武学上浸淫了十几年，处变不惊，立即运足十成掌劲拍出，逼得邱冷情步法一慢，当即一个盘龙绕步，又绕到邱冷情右侧，一记杵拳，力道威猛，向邱冷情右膀击到，邱冷情冷笑一声，左臂一抖，斜削一掌，立时只见一片掌影向叶火亮卷去，叶火亮立时以左手拍出一道罡劲，"啪"的一声，两人双掌接个正着，邱冷情在内劲上略逊一点，脚步一斜，身形猛地后退，几乎站立不稳，幸而"水云迷幻步"奇妙无比，双脚一动，已立稳身形，叶火亮乘胜立即欺身而上，杀招已起，眼看邱冷情即将陷入险境，却见叶火亮身子一歪，原来他的衣服被大厅内的兵器架挂住了，邱冷情见时机一现，立即飞身而起，一脚踢中叶火亮头部，叶火亮偌大一个身子即飞出好几丈远，邱冷情一抱拳道："左护法，承让！"

赤面雄狮操孟尝一看居然让邱冷情胜了，心中又气又恼，大叫道："左、右护法，你们一起去试试！"

"是，堂主！"左右护法齐声。

叶火亮、叶水明两人自幼一起习武，心意相通，两人都能明白对方的一个动作，一个暗示，甚至是一个眼神，两人一个使长，一个用短，相互配合，以邱冷情现在的武功，必死无疑。

在一旁的李鹏飞大急，原想带邱冷情入正义门，现在弄成这个样子，直急得李鹏飞双脚直跳，却也没有办法。

叶火亮向叶水明一使眼神，两人心念一动，即一左一右向邱冷情攻来，邱冷情早知赤面雄狮操孟尝对他心存不轨，是以一上手就是小心翼翼处处提防，而叶火亮、叶水明急于求胜，刚开始就险招使出，邱冷情处危不惊，在绝境中身形暴长，以迅雷不及掩耳之势双掌翻出，双脚踏五行，走八卦，"水云迷幻步"已使出，一个身影不停围绕叶火亮、叶水明转，叶火亮一见顿时暴怒，反身抽出大刀，叶水明和叶火亮心意相通，也抽出大刀，而邱冷情手无寸铁，眼看就要命丧黄泉，只听门前一声"门主驾到！"，吓得赤面雄狮操孟尝忙喊"住手！"

只见一个身材魁梧，相貌威严的老人飞身而进，赤面雄狮操孟尝、叶火亮、叶水明、李鹏飞等人立时齐齐下跪道："属下恭请门主！"

这正义门门主可是江湖上一大魔头，早年他凭手中一对判官笔在江湖上混出不小名堂，特别是他那一对判官笔下从不留活口，因此得名追命判官，要说这追命判官管胜天，日后还是邱冷情的一大劲敌，此乃后话，暂时不提。

追命判官管胜天在门外即已听到内有打斗之声，心知门内必定发生了什么事，方才又见只有赤面雄狮操孟尝等人跪下迎接，而邱冷情只是默然站在一边，料定他是外人，刚才屋内打斗定与他有关，便问道："刚才发生了何事？"

赤面雄狮操孟尝答道："回门主，李副堂主带回一个人，要入本门！"说着向邱冷情一指，又接着道："属下在考验他的武功。"

追命判官管胜天又问道："既是考验，为何处处险招，欲置人于死地？"

赤面雄狮操孟尝在门主面前不敢说出隐情，只好道："这，这……门主明鉴！"

李鹏飞早就想夺取堂主之位，这时见门主怪罪操孟尝，马上上前道："禀门主，属下在外物色了一位武功高强的人，愿加入正义门，为正义门尽一份力量，哪知操堂主处处阻挠，表面上比试武功，却欲置人于死地，实在是故意阻碍本门的发展，门主英明，望门主公平裁决此事。"

赤面雄狮操孟尝闻此言直气得双手打颤，但在门主面前却又不敢发作，只是瞪着双眼，恨不得将李鹏飞吃掉。

追命判官管胜天道："操孟尝，李副堂主之言可是实情！"

赤面雄狮操孟尝道："并无此事，只是一场误会……"

不等操孟尝说完，追命判官管胜天已道："我命你同人比试！"说完在太师椅上坐着看场下。

赤面雄狮操孟尝看着邱冷情，心中恨意顿生，眼中杀机浮现，听追命判官管胜天让他与邱冷情比试，立即杀气腾腾地拔出成名兵器铁拐，飞身向邱冷情扑来，无奈，邱冷情只好再次应战，方才邱冷情对赤面雄狮操孟尝的行为也大为恼火，是以一上手就全力以赴，邱冷情也动了杀机，欲杀操孟尝而后快。

赤面雄狮操孟尝也尽全力，欲置邱冷情于死地，一时间两人各倾生平所学，在大厅上狂斗，赤面雄狮一只铁拐神出鬼没，指东打西，"水云迷幻步"也是幻影重重，只见那场上寒气逼人，鬼影翻飞，开始邱冷情还略占上风，时间一长，内力不支，就渐渐支持不住了，邱冷情步法奇特，抓一空隙，欺身拍出一掌，哪知内劲沾到操孟尝身上如泥牛入海，了无踪影，赤面雄狮操孟尝"哈哈"一笑，铁拐当头而至，邱冷情大骇，只觉眼前拐影片片，人未反应，似乎拐已贴到身上，邱冷情转身移形换位，在千分之一秒内寻到一个空隙，反身提起十成功力送出一掌，操孟尝足尖一跳，人冲天而起，居高临下，又是一片拐影当胸而下，邱冷情连忙一跃，勉强躲过这一击，哪知操孟尝在空中已变换招式，邱冷情刚一动，又一片拐影紧跟而至，眼看邱冷情就要丧命在拐下了，却见人影一晃，"砰!"的一声，两人各自分开，赤面雄狮操孟尝"噔噔噔"后退几大步方才稳住身子，邱冷情却连退几步，"咚"的一声坐在地上，嘴角流出一缕鲜血，原来刚才在赤面雄狮致命一击之时，邱冷情不得已使出玉石俱焚的拼命招式，双肩一晃，以前胸迎向拐影，右手从一个不可思议的角度攻出一掌，赤面雄狮操孟尝眼看就要得胜了，哪知却突然感到胸口传来一阵暗劲，心知不妙，忙撤招，却来不及，"砰"的一声，两人各自中了对方的攻势，本来邱冷情内功修为不及操孟尝，又苦苦支持了百余招，方才一掌已是油干灯尽的一掌，所以邱冷情输给了操孟尝，一下子受了内伤。

赤面雄狮一看邱冷情受伤，立即乘胜直攻，这下邱冷情惨了，一片拐影包围着他，内气不顺，行动减慢了不少，一下又中了八拐，形势非常危急，李鹏飞在一旁盯着场上的变化直着急，他很希望邱冷情能打败赤面雄狮操孟尝，最好是杀了操孟尝，那么他就可以坐上天门府分堂堂主的座位了，邱冷情的出现正好帮了他的忙，可哪知邱冷情不是操孟尝的对手，这到手的堂主，眼看就又要飞了，李鹏飞真恨，恨不得立即飞身而上，和邱冷情联手杀了赤面雄狮操孟尝，只是门主追魂判官管胜天在一旁，不便出手。

第二章

李鹏飞眼盯着场上的变化，脸色阴晴不定，猛然，他脸上一喜，接着伸手到怀中掏了一下，嘴角露出一丝不易为人察觉的诡笑，早年李鹏飞闯荡江湖时无意中救了西域鬼叟八荒老人一命，西域鬼叟当时给了他三只虫子，此虫名搜魂虫，此虫专吸食人的内力，平时放在竹盒里它不咬人，一放出来，搜魂虫就一直向一个方向爬去，遇到人就咬，直到吸干人的内力，搜魂虫就全身爆裂而死，以前曾用了两只，现在还剩下一只，眼下只有冒险一试了。

李鹏飞抬头望望门主，只见追命判官正望着场中打斗，根本没注意到别的事，李鹏飞掏出搜魂虫，放在地上，那虫子就一直向赤面雄狮操孟尝和邱冷情那里爬过去。

赤面雄狮操孟尝现在已占了上风，处处紧逼，邱冷情只好苦苦支撑，估计过不了百招，他就会落败了。

"小子，受死吧！"赤面雄狮操孟尝狂笑道，虽然他是在讲话，可手中的招式却并未减慢，仍是一招快过一招地向邱冷情攻去，邱冷情只感四周空气似乎凝固了一般，压得人喘不过气来，眼前的拐影一片接着一片，他已受不了了。

"砰！"身上又中了一下，顿时眼睛发花，头中嗡嗡乱响，一个身子飞出几丈开外。

李鹏飞一看，完了完了，堂主没有了，邱冷情的身子刚好落在搜魂虫前不远处，李鹏飞紧紧盯着那不被人觉察的虫子不断地向前爬，四丈，三丈，二丈，一丈，李鹏飞的心提到了嗓子眼上，只要那虫子再往前爬一点，邱冷情就完了，自己堂主也丢了，虫子越来越近了，李鹏飞绝望了，全完了，最后一丝希望也完了。

"啊！"邱冷情惨叫一声，李鹏飞完全绝望了，"可怜那邱冷情一身武艺就这样废了！"李鹏飞想道。

抬眼一看，原来刚才邱冷情一声惨叫不是被搜魂虫咬的，而是赤面雄狮操孟尝飞起一脚，踢在邱冷情身上，邱冷情的身子立刻又滚出几丈开外，李鹏飞松了一口气，定睛一瞧，"哈哈哈！"赤面雄狮操孟尝的脚正落在搜魂虫前，李鹏飞狂喜，"苍天有眼，这堂主之位最终还是让我得来了，近一点，近一点，咬他！"李鹏飞站在一旁，表面上不动声色，心里直喊，眼看搜魂虫要咬上去了，正在赤面雄狮操孟尝的脚边，只要虫子一咬，赤面雄狮操孟尝就会盏茶时间失去所有的内力，变成一个普通的人。

"咬！咬！咬！"李鹏飞心中暗道。

就在这一刹那，搜魂虫刚要咬时，赤面雄狮操孟尝却猛地向后退了三丈，原来邱冷情倒地后，虽然受了一点内伤，可是他还是咬牙挣扎着站了起来，调息了一下内劲，他心中明白，被操孟尝打败的结果只有一条路可走——死，"我不能死，我还有许多事没做，我一定要活下去！"于是他迅速调息一下内劲之后，又攻出一招，哪知这一招却救了操孟尝一命。

赤面雄狮操孟尝暴退三丈后，大吼一声，也立即反攻了过来，两人在场上又是一场生死血战。

李鹏飞在一旁可是气坏了，"邱兄啊，你干吗不在地上多躺一会再起来呢，万一搜魂虫没用上，只好另寻机会杀操孟尝了，必要时以暗器杀了操孟尝！"李鹏飞此时对堂主之位已经疯狂了，誓在今天必得，在门主面前也挺而走险，一心想除掉赤面雄狮操孟尝，他立即扣住了一枚喂过剧毒的银针，准备出手。

场上的操孟尝和邱冷情各自都全力出手，欲置对方于死地，邱冷情本已受伤，又加上内力消耗过多，处处落在下风，不时陷入险境，只凭着"水云迷幻步"的奇妙，几次险中脱出，还不时攻出几招，一时却也不容易落败，人在求生欲望极强烈时，总有一股潜能暴发出来，此时的邱冷情便是这样，好像这最后一丝力量怎么也用不完，一时之间，操孟尝却也是无法取胜。

赤面雄狮操孟尝见邱冷情来势凶猛，当即铁拐掠出，一上来就施展绝技，邱冷情此时完全是拼命的打法，根本不顾自己的危险，只求攻击对方，弄得赤面雄狮操孟尝在攻击时处处顾忌，这样一来，两人勉强还打成了平手。

李鹏飞在一旁看得真切，手中的毒针仍紧紧扣在手中，只要时机一现，他就要出手了。

赤面雄狮操孟尝攻势沉猛，套路不及邱冷情灵活，只有以硬打取胜，于是操孟尝招式一换，每一招全都以十二成功力打出，每一击都呼呼作响，邱冷情只有以巧取胜，在赤面雄狮操孟尝变套路后，立即又陷入了下风。

赤面雄狮操孟尝猛地又攻出一招，邱冷情刚一退，操孟尝又在一瞬间踢出八腿，左掌从不同角度又攻出二十掌，电光石火击向邱冷情，邱冷情步法一变，"迎风摆柳"，立即避开招式，但前胸一掌终是无法避开，双手一推，和赤面雄狮对了一掌，"砰"一声巨响，邱冷情又退了几步。

李鹏飞在一旁看得仔细，心头猛跳不已，邱冷情刚好又退到了搜魂虫前，眼看搜魂虫慢慢爬近了，只要搜魂虫一咬，邱冷情内功立刻被毁，李鹏飞双手紧攥，食指扣在银针上，运起十成功力，只要邱冷情一倒下，他就要出手了。

"小子，受死吧！"赤面雄狮操孟尝一声怒吼，追上前去，一个"泰山压顶"之势，铁拐直打下来。

邱冷情虽然身形缓慢，仍尽力向外一躲，一个巧妙的"四两拨千斤"，顺拐一挑，赤面雄狮操孟尝立时倒下，邱冷情又顺势使出"分风荡水掌"中夺命杀着"天网恢恢"，扑面而去。

赤面雄狮操孟尝做梦也没想到，居然被邱冷情反扑过来，只感眼前掌影翻飞，像一张大网罩住了自己，此时的他也顾不上面子了，就地一个懒驴打滚，向旁边一滚，躲开这一击，不偏不倚，刚巧滚到搜魂虫上，小虫张口一咬，猛吸赤面雄狮操孟尝的内力，操孟尝只觉身上一疼，以为只是石头碰了一下，没在意。邱冷情攻势又到，赤面雄狮操孟尝足尖一挑，飞身而起，哪知身上疼痛更重，内力源源外泄，大惊之下，没留神，"砰"，前胸又中了一掌，顿时赤面雄狮一个庞大的身子倒飞出去，跌得皮肉绽开，邱冷情不等他有喘息的机会，身形一掠，晃眼已到跟前，赤面雄狮操孟尝急忙运气，岂料一运气，内力泄得更快，转眼之间已和常人无异，根本无一丝内劲，邱冷情只觉赤面雄狮操孟尝行动变慢，以为他已受内伤，此乃大好机会，成败在此一举，一招"东流入海"铺天而来，可怜赤面雄狮操孟尝此时根本无力抵抗，这一掌结结实实印在胸口，打得操孟尝口吐鲜血，已奄奄一息了，邱冷情正待出手击杀赤面雄狮操孟尝，只觉眼前一花，一股奇强的暗劲笼罩过来，人未动，脉门已被扣住，顿时内劲受阻，半边身子麻木。

抬眼一望，追命判官管胜天站在面前，管胜天哈哈一笑，道："小子，有点能耐，连本门分堂堂主都胜了，是个人才！"追命判官管胜天只觉得赤面雄狮操孟尝最后内劲发不出，他只以为是邱冷情的武功能制人内力，哪知是李鹏飞放出的搜魂虫，更何况西域鬼叟八荒老人的搜魂虫天下几乎无人能晓，八荒老人成名时，管胜天还只是小毛孩一个，他更无从知道，甚至听都没听说过。

追命判官管胜天道："本座最爱惜人才，小子，你是个不可多得的人才，本座同意你加入正义门！"说完放开手，对李鹏飞道："李鹏飞听令，本座今天任命你为正义门天门府分堂堂主一职，今后天门府分堂一切事务全由你负责。"

李鹏飞大喜道："是，属下一定尽心尽力为正义门效命。"

追命判官管胜天接着又道："李鹏飞听令，本座最近得到确切消息，当年唐伯虎一幅真迹——三笑点秋香，流落民间，据说就在天门府一带，本座命你立即派人去寻找，不得有误。"

"是，属下听令，一定尽快找到门主想要的东西！"李鹏飞答道。

追命判官管胜天看了李鹏飞一眼，道："好极了，希望你及早找到！"顿了一顿，又接着道："希望你记住本门刑堂的规矩！"说完双手一拍桌面，整个人如飞而去。

李鹏飞现在笼络了邱冷情，又如愿以偿坐上了堂主之位，心中自是欢喜，却又不免疑惑不已，门主要那"唐伯虎三笑点秋香"的画干什么？此事说来话长。

唐伯虎是明朝著名的画师，极擅长画美女，那一幅"唐伯虎三笑点秋香"的画更是极品中的极品，价值连城，"唐伯虎三笑点秋香"最初是在皇宫收藏，后因太监将其偷出宫外，从此"唐伯虎三笑点秋香"流落民间。

由于"唐伯虎三笑点秋香"的价值太高，不仅文人墨客想得到它，也引起了武林人士的注意。

之前，"唐伯虎三笑点秋香"由江湖名士田长衡收藏，后来田光衡一家从京城搬至湖口。

田长衡知此画必定引来众多人抢夺，于是将画藏于一捆书中，请镖局运送，镖头在清点时，问道："田老爷，这里面是何物！"镖头指着一大木箱问道，"这只是一些书而已，但这些书对我来说很重要，千万不要弄丢了！"田长衡并没有对镖师露出真相。

镖师当即答道："田老爷放心，本局护镖决不会遗失任何东西！"

田光衡道："好，那我们在湖口见。"

于是田光衡与镖局兵分两路从京城出发，从水旱不同的路到湖口。

当时黑道在经过数以万计的纷争后，归于统一，由一代怪侠千面书生风不凡任黑道盟主,那千面书生风不凡原也是读书人,对名师字画自是非常钟爱,早有必夺取田光衡收藏的"唐伯虎三笑点秋香"之心,只是苦于无从下手,这次难得的好机会,千面书生风不凡立刻派人去打听田光衡的行踪。

不多时,探子来报道:"盟主,田光衡将珍贵的物品放在镖局里了,自己带一些东西乘船走了。"

千面书生风不凡想:"唐伯虎三笑点秋香"如此珍贵,田光衡一定不想放在镖局里,走旱路到湖口,旱路不好走,而且一路上强盗又多,万一弄丢了,谁也赔不起,所以田光衡亲自让"唐伯虎三笑点秋香"由水路到湖口,千面书生风不凡派出一部分人在太行山设下埋伏,只等田光衡的镖车一到就抢镖,而自己亲自带上精英去劫田光衡的船。

千面书生风不凡在湖口设下埋伏,只等田长衡的船一到,立即动手去抢。

几天后,田光衡的船到了湖口,千面书生风不凡带着手下杀上船,搜了个遍,也没找到"唐伯虎三笑点秋香"这幅画,千面书生风不凡看了看田光衡,道:"老人家,我们只要一幅画,别的东西我一个都不动,也不想杀人!"

田光衡几个读书人,何曾见过如此阵式,吓也吓昏了,逼几下,就说出了画放在何处,风不凡立即飞鸽传书让手下抢镖,必须得将那一箱书抢回,这样"唐伯虎三笑点秋香"便落在了千面书生风不凡的手中,风不凡在得此画以后不久就利用黑道领袖之便,将黑道最高秘笈《出尘心经》以暗印藏在了"唐伯虎三笑点秋香"中,后来黑道各门各派兴起,均各自为政,最后联盟解散,各门各派都想得到《出尘心经》,来发展本派,在混乱中,一场大火烧了联盟的藏经楼,《出尘心经》从此失落,在千面书生风不凡死之后,"唐伯虎三笑点秋香"中藏的秘笈就从此失落。

那一代怪侠千面书生风不凡早年就预知了黑道联盟的结果,他本人也是习武成痴,生怕绝世武学失传,便在联盟的藏经楼前的石狮子上刻有一行小字"唐伯虎三笑点秋香中藏有《出尘心经》,风不凡书。"期待有缘人能得此武功。

百年后,黑道渐渐落后,于是各黑道帮派有意组建"黑道同盟",所有黑道各帮派领袖前往昔日的藏经楼相聚商议此事,当时有一小童在清理石狮,那石狮因多年风吹日晒,长满了青苔,那小童用刀在石狮上刮青苔,刻有字的地方比别的地方低一点,所以别的地方青苔都弄去之后,有字的地方青苔依然留在上面,字就显露出来了,小童念道:"唐伯虎三笑点秋香中藏有《出尘心经》,风不凡书。"在场的人立刻跑了过来,只要是稍有一点阅历的人,都知道那段往事,只是不知风不凡还留下这个秘笈，还保留了黑道最高武学秘笈《出尘心经》，当时聚会就不欢而散，各帮各派都想找到《出尘心经》，习成最高武学，统领全部黑帮，所以就出现了追命判官命李鹏飞找"唐伯虎三笑点秋香"的事，李鹏飞自是不知其中秘密，他只能按照门主的命令办事，一想到刑堂那残酷的刑罚，就让人不寒而栗，李鹏飞现在也顾不上那些了，刚当上堂主的喜悦，使他暂时忘记了一切。

"邱兄，大伙去庆祝一下，喝几杯!"李鹏飞道。

邱冷情答道："李兄，恭喜你，荣升堂主之职，今后我得效命于你了，我该做些什么呢?"

李鹏飞哈哈大笑道："邱兄，未免太心急了吧，今天什么事都不用做，只要你陪我去喝酒，好了，别多说了，走……"说完，不由分说，拉起了邱冷情。

十天后，邱冷情正在房内打坐调息，忽听有脚步声向房中来，不由提高了警惕。

"吱!"的一声，门开了，李鹏飞人未到，声音已到，"打扰邱兄休息了吧!"

邱冷情道："李堂主言重了，可是有什么事需要我去做?"

李鹏飞哈哈一笑，道："邱兄果然聪明过人，我此来是有一事需要你去办。"

邱冷情问道："什么事，李堂主不妨直说。"

李鹏飞道："最近，天门府地区大旱，正在闹饥荒，许多穷苦的人吃不上饭，所以本堂主决定，由你带一队人马去劫西区的陈家，此人在市中开了一家丝绸店，经营各种布料，在市中各处都有分店，生意做得很大，但此人为富不仁，经常做各种坑害人的勾当，这次就由你去完成此事，数目十万两。"

邱冷情一听是去劫那奸商之家，又要去救济平民，不由心中热血沸腾，朗声答道："李堂主放心，属下一定完成任务!"

李鹏飞道："好! 我就不打扰了，今晚子时出发，等你的好消息!"说完向邱冷情一拱手走了，李鹏飞转身时嘴角露出一丝诡笑，可惜邱冷情没有注意到。

子夜，几个黑衣人在街上的房顶上飞奔，夜色掩住了他们的身影，就像鬼魅一样，谁也没注意到他们，他们就是邱冷情和另几个正义门的人，他们的目标是西区的陈家。

"邱大哥，就是这里了!"一个黑衣人指着一幢房子对邱冷情说道。

邱冷情运足内劲，贯注到眼睛上，仔细观察了一下那栋房子，只见那房子是一四合院结构，正前方是一院门，左右两边是厢房，在后面的是正屋，是木质楼层结构，共两层，屋前什么都没有，只有几棵果树，若比起上次的吴员外家，气派小多了，邱冷情心中不由生出一丝疑惑，"此人住处如此简陋，不像是大富人家，李堂主让我带人来劫此处，是不是搞错了！"当即问道："你们有没有认错路？此处这么简陋，不像是大富之家，是不是弄错目标了？"

一黑衣人道："邱大哥，正是此处，此人为人奸诈，而且非常吝啬，不仅住处简单，而且连家丁也舍不得请一个，此处确实是富商陈掌柜家。"

邱冷情闻此言，心中疑惑消了不少，沉吟了一会，道："既然这样，我们下手吧！"

一行人趁着夜色遮掩，晃身进了陈家，一黑衣人在前带路，到一房前轻声道："陈掌柜就在这里面！"

邱冷情问道："你们怎么知道得如此清楚？"

黑衣人答道："我们做事向来是要有十成把握才敢动手，必须做到知己知彼，才能百战不殆嘛！"

邱冷情不再多说什么，一声低喝："动手！"便一脚踹开房门，冲进去一把拎起正在睡觉的陈掌柜道："陈掌柜的，最近手头上紧，向你借点银子花花。"

陈掌柜的刚从睡梦中惊醒，看了一眼邱冷情几人，邱冷情几人均身穿黑衣，以黑布蒙面，只露出两只眼睛，便知遇上了强盗打劫，陈掌柜却也不怕，道："我做事坦坦荡荡，一生清贫，你们找我借银子，怕是找错人了吧！"

一黑衣人怒道："老鬼，别装蒜，谁不知你家产过百万，少啰嗦，赶快拿十万两银子来，小心我要你的狗命。"

陈掌柜又是一笑，道："我说了没有，便是没有，如若不信，你们可以搜，碰上什么值钱的，尽管拿去就是。"

又一黑衣人冷笑道："这么说你是不肯借了，那就别怪我手段毒辣！"说完便把刀架在了早被制在一旁的陈夫人颈上。

陈夫人也是刚烈无比，"狗贼子，要杀要剐随你们便！"接着又破口骂了几句。

邱冷情刚想开口劝他们交出银子，免得动手杀人，忽听门口传来一稚气的童音，"爹，你们干吗那么吵？"

不等邱冷情有所动作，一黑衣人已打开房门，一手抓住那开口说话的人，用刀架在他脖子上，那不过是一个十岁左右的孩子，那孩子哪曾见过如此场面，当即吓得一句话也不敢说。

陈夫人一看孩子被制，当即哭道："求求你们放了他，他还是个孩子啊，不关他的事，有什么事，你们找我，求求你们放了他。"

邱冷情道："陈掌柜的，我们并不想杀人，只想借点银子花花，我劝你还是交出来吧！"

陈掌柜一看儿子被抓住了，立即叹了一口气，道："罢了！罢了，你们想要多少！"

邱冷情道："十万两！"

陈掌柜无力地点了点头，苦笑一声，道："我带你们去拿！"

邱冷情和陈掌柜去拿了银子，然后放了陈掌柜一家，趁着夜色飞身而去。

邱冷情怀着一腔热血，劫富济贫的激情而来，现在却一点高兴都没有了，心中隐隐有一份疑惑，总觉得有些不对劲，但是究竟哪里出了问题，却又想不出来。

邱冷情道："现在咱们还到东区去？"

一黑衣人接口道"不，咱们回到总堂去。"

邱冷情道："上次李堂主不是说办成事之后就到东区去吗？"

黑衣人道："这是李堂主的命令，他说其它银子的分配，由他全权处理。"

邱冷情闻言，只得随他们一同回到总堂去，但心中的疑团却是挥之不去，越来越多了，他头脑中不时浮现出那简朴的房屋，陈掌柜刚烈的神态，心中总感到不大对劲，特别是李鹏飞命他将银子带回总堂，更是令人生疑，邱冷情回到总堂复命后，回到自己的房中翻来覆去，直到天明也没睡着，他心思很乱，自己十六岁出来闯江湖，被李鹏飞引来加入正义门，糊里糊涂地过了半年，空怀着一腔热血，自己却还有好多的事没做，在入门之前，应该先打听清楚此帮派在江湖上的名声，分清是非对错，然后再考虑入门的问题，而自己竟然什么都没去做，只凭李鹏飞带去做了一件劫富济贫的事就入门了，现在仔细回想起来，个中情节有许多漏洞是以前没有考虑到的，现在最好去查一查。

少林寺，古树参天，群山环绕，少林威严的殿堂在群山中被云雾团团罩住，若隐若现，更加显得神圣，可如今少林寺内却发生了一件不寻常的事，少林寺金佛被偷了，来人武功不高，轻功却很是了得，少林众僧在金佛被偷时虽然已发觉，当时立即派人追击，可惜还是被那人逃去，只是在打斗中，那人丢了一个包袱，包内有几两银子，另外还有一封信，信的内容很简单，只有短短的几个字："此子天生禀异，望能收其为徒，好好调教"，少林寺金佛被盗，现在唯一的线索就只有这封信了。

这封信不用说，大家都明白，就是金剑白龙司马如风交给邱冷情的那封信，那盗贼乃是江湖一神偷，人称千手如来妙空空，这千手如来妙空空天生脚力非凡，后又被一异人传其一身轻功，更是让他在脚力上独步武林，但他却非常爱财，他于是就走了偷盗这条路，从此他遍走江湖之间，专偷各大名刹的贵重物品，偶尔在无钱吃酒时也偷一些江湖豪客的银两，只因他行踪诡秘，轻功又好，又从未失手过，所以江湖上知道他的人都是很少，出少林寺中他与少林僧人交过手，也没被人认出套路来，要说那封信到妙空空的手里，完全是一个巧合，那日妙空空打天门府路过，身上的银子花光了，妙空空看邱冷情年纪轻轻，一点江湖经验都没有，便准备对邱冷情下手，那日邱冷情随李鹏飞到吴员外家打劫，回来之后沉沉睡去，妙空空便对邱冷情下手了，哪知邱冷情身上一两银子都没有，自古有道是偷儿不能走空手，于是妙空空便带走了那封信，几天后那千手如来妙空空到少林寺中偷金佛，在与少林僧人交手时，身上掉下了一个包，信就这样到了少林寺中。

现在少林金佛被偷，少林寺连对方是谁都不知道，便只有在这一封信上下手了，最好是找出此信的主人来，但茫茫人海，仅凭一封信，要找出一个人来，谈何容易。

邱冷情经过这一番思索之后，决定应该到外面去走走，打听一下自己现在的处境，了解一下正义门到底是一个什么样的组织。

邱冷情在天门府的大街上漫无目地走着，忽然，他听到有两个人在议论着什么。

"哎呀，真可惜，损失了十万两。"

"是啊，那么好的人，他经常白送我们穷人东西，有时还送银两给我们，他家不该遭此灾难的……"

"那该死的强盗，该千刀万剐，天门府这么多为富不仁的奸商不抢，偏偏抢了陈老爷家。"

邱冷情听到这里，心中猛地一惊，他冲上前，抓住那两人的手大喝道："你们说的陈老爷可是西区的陈掌柜?!"

邱冷情如此凶恶的态度，吓了那两人一跳，吓得他们语无伦次，"是……是……是啊，我们说的就是西区的陈掌柜陈老爷家!"

邱冷情接着问道："那陈老爷到底是一个什么样的人呢?"

那两人见邱冷情态度稍稍好了一点，才慢慢道："陈老爷一家虽然富有，但他是我们天门府难得好的好人，他一生行善，做的是公平买卖，对待我们穷人更是无话可说，他不仅经常白送我们东西，而且在大灾之时，还经常分发银子给我们，陈老爷一家是难得的好人啊……"那两人还说了什么，邱冷情一切都听不下去，他只感到李鹏飞欺骗了他，一种强烈的不祥预感涌上心头，他直觉地感到正义门不是什么劫富济贫的好帮派，他又去打听了一下，发现不少的布庄都想抬高布价，而只有陈掌柜一家尽力压低布价，以便那些穷人能买得起，那些奸商恨死了陈掌柜，邱冷情心中一动，"有没有可能是那些奸商收买正义门的人，让正义门干出这种伤天害理的事来！"邱冷情觉得应当去调查一下那些想抬高布价的奸商。

邱冷情走进一家布庄，立刻有伙计迎了上来，道："公子，你要买布吗，本庄里的布可是全城数一数二的，而且价格合理，公子要买一点吗？"

邱冷情道："啊，不买，我想见见你们的老板！"

伙计道："我们老板不在，他一般好几天才来一次，我们老板的生意可大呢，在这天门府有好多家布庄，你要是想见他，那可得在碰着他来的时候，才可以！"

邱冷情又问了他们的老板有哪些布庄，那伙计一一讲给他听，邱冷情发现那些想抬高布价的布庄大部分是属于那神秘老板的，邱冷情暗忖道：很有可能就是此人，有意想整垮陈家，才收买正义门干那劫财之事，到底谁是那些布庄的老板呢？

邱冷情又问道："那你们老板下次什么时候来呢？"

伙计道："不知道，我们老板来没有一个确定的时间，他什么时候想来就来，不想来，谁也没法请他来！"忽然伙计目光一亮，笑道："说曹操，曹操就到！"说完用手一指从外进来的那人，道："这就是我们的老板。"

邱冷情顺着伙计的手看过去，心中大吃一惊，他怎么也没想到这老板会是一个他非常熟识的人，他心中的迷雾仿佛清楚了不少，一些摸不头脑的事，也似乎渐渐有了些头绪，邱冷情心中怒火万丈，因为从门外进来的人是正义门天门府分堂新任堂主李鹏飞，不用说，劫陈家之事是李鹏飞的主意了，转念一想，此时若和他翻脸，对我没好处，此事还有许多疑点，暂时还是不要翻脸，想到此处，邱冷情便迎上去道："李堂主，你怎么有兴致到此啊！"

李鹏飞一见邱冷情，脸上有一些尴尬，勉强笑了几声，道："邱兄，真巧啊，怎么，你也出来走走？"

邱冷情道："这几天没事做，闷得慌，出来走走，顺便买点东西！"

李鹏飞道："这么巧，咱们一起去喝几杯吧！"

两人走上一家酒楼，随便交谈着，忽然，一个声音引起了邱冷情的注意，那是两个中年汉子，一个长得极瘦，一个长得极胖，都是身穿一件灰色长袍。

只听那瘦者道："听说那少林寺金佛被盗了！"

胖者应声道："是的，还说少林寺连对方是什么人都不知道，而且没有一点线索！"

那瘦者又道："不是有一封什么信吗？"

胖者答道："什么信呢？只是盗贼在打斗中掉下的一封信，信上什么都没写，有什么用吗！"

邱冷情听到此处心中一动，"他们所说的那封信，莫不是司马前辈交给我，后又遗失的那封信！"心念至此，不由专心听那两名汉子讲话，可惜后面他们岔开话题，又讲别的东西去了。

告别李鹏飞，邱冷情回到了自己的房中，又想了许多，既然那想抬高布价的布庄老板是李鹏飞，那么劫陈掌柜家，不用说，定是李鹏飞的主意，如果说李鹏飞利欲熏心，一心想多弄点钱财，而陈掌柜又极力降低布价，李鹏飞打劫陈家也是利欲熏心所致，只要他以后不再如此，还是可以原谅的，如果说正义门本身就是一个邪教组织，那么我想我是该离开了。

次日，邱冷情又到大街上探访，他看到一位老人正推着一辆车沉重地走着，于是他走上前去帮助老人推，他边推边同老人攀谈，"老人家，你知道正义门吗？"

邱冷情以为那老人会对他说点什么，谁知那老人急急忙忙地走了，好像遇到了怪物似的，邱冷情满头雾水，又连问了几个人，人们都是露出一副慌恐的样子，一言不发，急急忙忙地跑开了，最后邱冷情无奈，只得拉过一个七八岁的小孩子，边哄边问道："小孩，告诉我，你知道正义门吗？"

小孩偷偷在邱冷情耳边说道："大哥哥，你不要对别人说出是我告诉你的，好吗？"

邱冷情说道："你放心，大哥哥不会对别人说的。"

那小孩接着又道："我听爷爷说，正义门是一个很坏很坏的地方，那里的人很坏很坏，他们还吃人呢，而且还不许说，否则他们就会把你吃了！"说完小孩一溜烟跑了。

邱冷情此时已完全确定正义门不是一个什么劫富济贫的正义帮派，他这时去意已定，虽然他对正义门所作所为极为愤恨，却也无能为力，此时他还没能力铲除李鹏飞那些人，更何况，此时他还不能竖立一个那么大的强敌，他决定悄悄离开，先到少林寺去看那封信，午夜时分，天地万物还笼罩在一片黑幕之中，但这无边的黑暗中却有一少年飞奔而行，这少年便是邱冷情，此时他要离开正义门，向少林方向而去。

翌日，正义门。

"禀堂主，姓邱的那小子不辞而别！"一兵丁向李鹏飞报告。

"什么？你说邱冷情那小子跑了！"李鹏飞想到本门刑堂规定，凡本门逃出的弟子，没有被追回送到刑堂或没有被除去，一律对其负责人处以重刑，李鹏飞对刑堂重刑的残忍是最清楚不过了，那处罚人的场面，想起来都让人心寒，李鹏飞怒吼道："追，给我追，追不回来，给我杀！"

山道上，一少年在疾奔，这少年一脸的风尘，他就是邱冷情，此刻他刚离开正义门，向少林而去。

不多时，邱冷情来到一险处，此处两侧都是石壁，不仅高，而且陡峭异常，中间一条小路只容一人通过，邱冷情望了望此处，心中不禁生出一丝寒气，暗想：若是在此处有人拦截，怕是难以躲避了，不容他多想，人已到了小道里，这时三枚五环七星珠带着呼呼风声扑面而来，分上中下三路急攻而至，上攻天顶，中攻心口，下攻大腿，饶是你怎么躲，也难以躲开，好个邱冷情，处变不惊，随手弹出一颗石子，击落下路的五环七星珠，水云迷幻步一个"穿云越雾"，从暗器中闪出，飞身而起，立于一土坡上，朗声道："哪路好汉，何必以暗器伤人，不妨现身一见！"话音刚落，只见那前后左右，仿佛从地下钻出的鬼魅一般，出现四个黑衣人，为首的一个黑衣人道："姓邱的，正义门在此恭候多时了。"

邱冷情道："本人已决定离开正义门，从此与正义门再无瓜葛，你们为何纠缠不清！"

那黑衣人狂笑道："邱小子，你未免太天真了，正义门是你想来就来，想走就走的地方吗？"

邱冷情道："你们想怎样？"

那黑衣人又一笑，道："怎么样？当然是抓你回去……"

不等他说完，另一黑衣人已插口道："干吗与他啰嗦，动手吧！"

话音刚落，一扯鬼头刀，抖了一个刀花，向邱冷情扑过来，其它八人一见，也立即亮出家伙，向邱冷情围攻过来。

霎时，一场力量悬殊的恶斗就在此小道上展开了。

邱冷情虽然面对此强敌，依然毫无惧色，双手一抖，脚踏"水云迷幻步"，一路"分风荡水掌"已展开，邱冷情身似矫龙，影如闪电，双掌翻飞，如游龙搅海，如猛虎啸山，霎时间就与对方斗了三十来回合，虽然邱冷情骁勇无比，一套掌法使得是绵密不断，可双方的力量实在是太悬殊了，一会儿，只听那为首的黑衣人一声唿哨，四人立即改变攻势，分上下前后，分别攻击，这样一来，邱冷情腹背受敌，顾前不能顾后，立时陷入了险境，只见那一片刀光剑影将邱冷情罩在其中，邱冷情一见对方武功太强，心中一惊，看来今晚弄不好会死在这里，心中丝毫不敢大意，一时间虽是险象环生，却也不易惨败。

那几名黑衣人一看邱冷情如此猛烈，不易取胜，又恐夜长梦多，在这其中又生变化，乃同时一喝，几枚飞镖同时出手，飞驰向邱冷情，邱冷情心知不妙，一个"迎风摆柳"，身形一晃，已避开两枚，又一掌打飞一枚，刚想再动，"噗"脚上一痛，一飞镖已打入大腿，邱冷情大喝一声，身形扑飞而起，向前面的黑衣人扑去，半空中一掌打出。

那名黑衣人见邱冷情受伤，正暗自得意，眼看邱冷情已是困兽之斗，陡觉眼前人影一晃，胸口已中一掌，邱冷情乘那黑衣人身形一倒之势，身体一窜，从那倒地的黑衣人身旁掠过，使足全身劲力，右腿一拧劲，飞空而起，电光石火间，人已飞上那土坡，又是几个跳跃，旋即消失在夜色之中。

几名黑衣一看邱冷情受伤逃走，那为首的黑衣人道："他已受伤，逃不了多远的，咱们顺着脚印追！"随即那几名黑衣人也消失在夜色里。

邱冷情拖着负伤的腿在山间飞驰，黑暗中已来不及辨认方向，只知迷迷糊糊地向前跑，越过了一道又一道山梁，穿过了一片又一片树林，已不知过了多久，前面的路越来越险，身上的伤口亦不断流血，越来越痛，但他仍不住地向前飞奔，黑衣人的脚步声已越来越近了，求生的欲望已使他不能去顾及那伤口的疼痛，更不用说去仔细认路了，他心中只有一个念头，"跑，快跑！"甩开这几名黑衣人之后才能去想其他，否则自己的命就得丧于这荒山野岭之间了。

前面的路越来越窄了，邱冷情不住地向前飞奔，猛然间，他停住飞驰的身形，前面没路了，他已跑到一绝壁前，这绝壁是从悬崖前伸出大约十丈左右，除了可以向后退外，其他三面都是万丈悬崖，伸头一望，底下云雾飘渺，深不可测，让人头昏目眩，底下几棵古树在风中摇摇晃晃，让人不寒而栗，向前已是不可能了，退回去也是不能了，黑衣人的脚步已可以听清了，后退势必与他们撞上，怎么办？等死吗？前面只有死路一条，后退同样是死路一条，"不，我要活下去！"邱冷情在心中大喊，他仔细地观察了一下这突出的石壁，发现石壁的下方到处爬满了山藤，不知能不能承受住人的重量，时间已不容他多想，他小心地爬下去，这石壁下到处是错杂的藤，承受一个人的重量完全没问题，情况已不容他再想，他立刻爬下去，双手抓住野藤，悬在空中，想只等那几个黑衣人走了后再出来。

正义门的四个黑衣人一路顺着脚印追到，只见那邱冷情向悬崖方向跑去了，哪知追到崖边，人影都没见到一个。

"见鬼了，怎么不见了，他不可能跑掉的，前面没路了！"一个黑衣人道。

又一黑衣人道："是不是弄错方向了，怎么跑到这条死路上来了呢？"

为首的黑衣人道："不会，我亲眼见他向这边跑过来了，不会弄错方向的，他一定是在哪里藏起来了，大家分头找一找，仔细一点，不要放过一丝痕迹。"

邱冷情吊在悬崖下，大气不敢出一口，生怕呼吸声暴露了自己，时间真漫长，才一盏茶时间，邱冷情感到像过了几个月那样长，手臂渐渐麻木，可他还是咬紧牙关，死死地抓住那野藤，头上还有脚步声，那几个黑衣人还没走。

"头，没有！"

"头，什么都看不见！"

"头，没有什么可疑之处！"

几个嘈杂的声音传来，又听一个声音道："走，到别处去找找！"一阵脚步声渐渐远去，邱冷情又在悬崖下呆了一盏茶时间，才慢慢地爬上来，天已经快亮了，在这黎明前时分，星星、月亮都隐去了，天色更黑了，邱冷情这时才感到伤口一阵阵发痛，双手也麻木得不能动弹，他躺在大石板上，动都不想动一下，只想好好地调息一下，等恢复体力再作打算。

忽然，一个声音传来，"姓邱的，你果然在这里！"邱冷情心猛地一惊，抬头一看，那几个黑衣人不知何时又站在了身边。

为首的那个黑衣人道："你果然聪明，差点我们都上了你的当了，只可惜你也太小瞧我们了，小子，你是跟我们回去，还是受死呢？哈哈哈！"黑衣人的笑声在暗黑的夜色里听起来是那么令人悚然。

邱冷情仰天一笑，道："我邱冷情岂是贪生怕死之辈，你们正义门并不是什么好东西，我去意已定，不是你们几句话就可以打发的。"

那黑衣人道："你是敬酒不吃吃罚酒，好小子，明年的今天就是你的祭日了。"

邱冷情又是一笑："大丈夫在世，生亦何欢，死亦何苦，尽管过来吧！"

邱冷情虽是毫无惧色，却也不敢大意，人的求生本能使他不由得全神戒备，只要有一丝希望，人就不会放过，邱冷情此刻虽是视死如归，但在潜意识里还是求生的欲望控制了他，他运起全身功力，静待一边，只等对方过来放手一搏。

那几名黑衣人慢慢地向邱冷情靠近，此处凶险异常，三面是绝壁悬崖，虽然力量悬殊，邱冷情还受了伤，但他的机智、武功还是不容忽视的，弄不好跌下山崖，一条小命就弄丢了，所以他们谁也不敢大意，都蓄势以待，只要一有机会，双方就会放手去拼。

时间在一点一点地过去，天色渐渐地明了，东方已出现了鱼肚白，山间的清晨，凉意点点，一阵阵山风刮过，突然，一片树叶落在那几个黑衣人面前，又一阵山风一卷，树叶竟卷向那几名黑衣人的眼睛，那几名黑衣人不由眼睛一眨，就在这一刹那间，邱冷情知道机会来了，是该出手的时候了，邱冷情双手一提，抖手就是分风荡水掌的绝式出击，邱冷情本已受伤，行动不如这几名黑衣人灵活，又是以一对四，虽抢占了先机，却又一下在黑衣人的联手攻击下，陷入了险境中，邱冷情一步一步后退，已经退到悬崖边了，只要再退，就会落入悬崖，在这电光石火间，邱冷情猛地一扑，完全不是武功招式，一只手扯住一名黑衣人的衣服，另一只手又抓住另一名黑衣人的手臂，同时，双腿用力一扫，顿时，三名黑衣人和邱冷情一起摔下了悬崖。

另一名黑衣人探头望了望下面，只见那万丈悬崖不见底，云雾缭绕，根本看不清什么，只料定他们已全摔死了，于是拾起兵器，如飞而去，回去复命了，山崖上又恢复了平静，一场生死搏斗之后，除了几把刀剑和几滴鲜血留在了大石上，一切又归于自然，风依旧萧萧，云依旧飘渺。

黑色的天幕上，流云点点，那灰色的云幕掩住了星光，风依旧在吹，那悬崖的云雾被吹得四散，时聚时散，天地间除了这些云彩，就只剩下安静。

不知多久，一轮残月从云中飘出，淡淡的月光将大地挥洒上一层银灰，清风徐徐吹起，月亮忽而从云中钻出，又忽而钻进云层内，那月光忽隐忽现，给大地添上了一层诡秘的气氛。

又过了片刻，天上的云雾散去，朗朗的月光洒下来，照在那悬崖上的一株古松上，那古松大概已有千年的历史，从悬崖长出，凭空突出一大片枝叶，那古松树枝叶漫过方圆有几十米，而且这众多的枝叶上还布满了草藤，那些草藤纵横交错，再加上那些枝条交缠在一起，状如一张大网，那网上层层的枝叶好像是在网上铺成了一层棉絮。

在那网中却倦伏着一团黑影，似乎是一个人，虽然昏迷不醒，但那一起一伏的胸口说明此人还有呼吸，还没有死。

在淡淡的月光照射下，可以看到，此人脸色苍白，身穿一身白衣，在白衣衬映下，有一块血迹特别突出，在大腿之中仍有丝丝血渍。

此人正是负伤从悬崖上掉下的邱冷情，一天前，他与正义门的四名黑衣人在悬崖上搏斗，在即将被逼下悬崖之际，奋力一搏，与三名黑衣人一起摔下悬崖。

或许是天意如此，邱冷情竟落入了这大网之中，留下了一条活命。

这网虽然是极有弹性，但其中枝条错杂，从几百丈的高处落下，又没有用内功护住心脉，那震动自然是非常剧烈，再加上邱冷情又受了伤，自然受不了如此震动，便昏了过去。

不多久，内息自动调息，几个时辰后，他呼吸渐渐正常，不自觉身躯蠕动了一下。

渐渐地，他恢复了一点知觉，山间的夜是凉意点点，邱冷情只觉全身如处冰窖，好冷，好冷，他还以为自己已身处阴间，忍受那地狱之苦呢，他抬了抬眼皮，可惜眼皮沉重如山，怎么也睁不开。

忽然，他听到了几声鸟叫，那清脆的声音使他的头脑微微一震，地狱中也养有鸟儿吗？不对劲，他又闻到了缕缕花香，难道地狱中也栽有花草树木？邱冷情迷迷糊糊的头脑中充满了疑问。

邱冷情又努力睁了睁双眼，只可惜双眼仍是沉重如山，这时他的知觉已完全恢复，他又挣扎了一下，只觉四周跟着一动，而且腿上的伤口猛地一痛，疼痛的感觉告诉他，自己还活着，为了证明自己还在人间，他又用力踢了一下腿，身形一动，腿上更剧烈的疼痛感觉强烈地刺激着他，他猛地一睁双眼，睁开了双眼，只觉阳光刺眼，已经到了白天了。

邱冷情观察了一下周围的情况，看清了自己正处在半空中，一株古松横着从崖缝中长出，而自己就躺在这古松密密的枝条之上。

思想慢慢恢复，他记起在悬崖上，自己同几个正义门杀手搏斗，而后摔下山崖，他心中充满了愤怒，对李鹏飞的赶尽杀绝充满了恨意，但是，愤怒、恨又有什么用，现在面前最重要的问题就是如何离开这个鬼地方，只有先离开这里，才有可能去做别的事。

于是他又闭上了双眼，调息一遍，经过几个大周天以后，其气渐渐贯通四肢百穴，全身暖气烘烘，而且腿上的伤也不怎么痛了，体力恢复了，邱冷情又睁开双眼。

小心地站起身来，走到网的边缘向下一望，下面阴深恐怖，烟腾雾飞，深不可测，抬头，上面万丈山崖，非常陡峭，他虽练有"水云迷幻步"，但他既不能纵上山崖，亦不能飘下谷底而不粉身碎骨。

"天啊，难道你就这样不公平？让我求生不得，求死不能，老天，我还年轻，我的一生还长着，而且，我又没做过什么坏事，你不能这样对我！"

邱冷情面对此景不禁仰天一声悲鸣。

天色越来越明，天上白云朵朵，美丽无比，只可惜邱冷情此时受困山崖之上，却无心欣赏。

邱冷情仔细地观察那陡峭的山崖，他恨那造物主，竟如此对他邱冷情不公平。

那山崖不仅陡峭异常，而且还十分光滑，纵然是有上乘的轻功，也不一定能纵身上去，况且邱冷情功力有限，而且腿上负伤，自是无力上去。

他失望地从峭壁上收回目光，唉，难道天要灭我于此？邱冷情此时又饿又饥，再加上失望，神色沮丧极了，以前的生活虽苦，却也没有饿到如此程度，大概已有三天未进食了，他直饿得头昏耳鸣，眼冒金星，肚内的酸水上涌，无奈，他只得坐下来调息，运行了几圈之后，肚内的饥饿稍稍减轻了一些，四肢也恢复了一点力气。

邱冷情趁着手上有点力气之时，到处走动，希望能找到点果子之类的东西，充充饥饿也好，可惜，他又一次失望了，这颗古松的周围除了一些野藤之外，别说是果子，连可吃的嫩叶都不曾见到一片，又是一阵饥饿袭来，他口中直吐白沫，举目望去，四周什么都没有，他摘下一片比较嫩的藤叶，试着放在嘴里嚼了一口，又苦又涩，肚中的黄水又涌上来，他勉强地吃下了一片树叶，感觉稍好一些，他又摘下了一片……此时他饥饿非常，这又苦又涩的树叶也变得如此可口，直到他感到肚内不再是那么难受了，便又顺着野藤向别处爬，希望能发现点什么。

一天，两天，三天……

他吃光了这树枝上所有野藤的叶子以及松树上比较嫩的叶子，他也爬遍了这野藤遍布的方圆数丈的绝壁，可是他并没有发现什么不同之处，这里除了野藤就是峭壁，除了峭壁就是野藤，什么异常的东西都没发现。

又是几天过去了，他吃光了所有可以入口的东西，除了石头他没吃以外，其他能入口的，他都试着吃了，现在周围能入口吃的东西全部没有了，饥饿再一次袭击着他。

邱冷情试着向最后一丝希望看去，那是古松下面的石壁，以前他从未爬去过，因为那太凶险，只有几条野藤垂在那里，他甚至怀疑，爬下去，他是否能有足够的体力再爬上来，现在也只剩这最后一点希望了，他又抓了几片老树叶塞入口中，坐下调息了一阵，希望能获得多一点的体力，以便走下去之后能爬上来。

邱冷情开始顺着野藤向下爬，他用力挣了一下，发现那野藤完全能承受起一个人的重量，便放心地向下爬，一阵山风吹来，他的身子随着晃了一晃，头脑里一阵昏眩，他闭上眼睛，休息一会儿，等那一阵不适应期过去，又继续向下爬，野藤快要到尽头了，可是仍然没有发现什么，失望和死亡的阴影再一次笼罩着他，他真想双手一放，摔下去，跌个粉身碎骨算了，可是人类求生的本能仍在紧紧驱使着他努力地爬，他不仅没放手，反而抓得更紧了，他仍在向下爬，野藤已经到尽头了，还是什么都没发现，邱冷情此时内心的失望简直是无法形容的，一切在这一瞬间定格，最后一丝的希望也随着野藤爬到了尽头而破灭，他的手不禁松了一下，身子随之一晃，差点摔了下去，吓得他发了一身冷汗，双手又紧紧一抓，才没有摔下去。

邱冷情低头看了看身下，这一看却使他惊喜万分，在他身下一米远的地方有一个小洞，小洞大概有只容一人爬进爬出这么大，小洞旁边长有一棵树，如果双手一放，在身体下坠的那一瞬间爬到那洞口或是抓住那棵树，就可以止住下落的身体了，如果那洞是一个出口的话，就可以获救了。

邱冷情闭上双眼，脑中激斗了好一阵子，如若是在体力充足时，下坠爬往那洞口或是那洞边的树，应该没问题，但现在已是筋疲力尽，这坠下去要抓住，而且还得抓紧，还要稳住下坠的身形，是有一定困难的，但希望总算是出现了，哪怕只是如此渺小的一点，他似乎觉得双手又变得有力了。

爬向古松，最终得饿死，坠下去虽说可能粉身碎骨，但必竟还有一丝生机，说不定能获得生存的机会，终于，他决定坠下去试一试。

邱冷情主意一定，静静地呆了片刻，又仔细地估计了一下距离，吸一口气，双手一松，身体猛地向下一坠，吸一口气，身体猛地向下一坠，顿时就到了小洞口，眼看邱冷情的身子就要坠下去了，在这电光石火间，邱冷情双腿一振，双手一伸，一只手扒住了洞口，另一只手死死地抓紧了洞边的那颗小树，下坠的身体突然一停，一阵巨大冲力使得邱冷情的双手一痛，在洞口的那只手一滑，掉了下来，邱冷情身子一歪，眼看就要掉下去了，这时邱冷情也不知哪里来的一股力气，另一只抓住小树的手用力一拉，身体向上窜了一尺，这一只手向洞口里一扒，身子进去了一半，终于稳住了下坠的身体。

邱冷情松了一口气，慢慢地爬进山洞，发现此洞并不是天然形成的，而是人工凿成的，四壁很光滑，有人进出的痕迹，洞内很深，看不见底，邱冷情仔细观察一番后，终于肯定此洞内以前绝对有人住过，因为地上还留有许多食物的残渣，现在有无人住就不得而知了，既然有人进来过，就一定能出去，想到此处，邱冷情不禁仰头大笑了一阵，一种绝处逢生的喜悦占据了他心头，借着从洞外传进来的光线，他依稀可以看到洞内还有一个石门，石门好像是一条通道，再往里就看不清楚了，邱冷情又是一喜，这通道说不定就是出口，是以他又顺着墙壁向里走了几步，慢慢地走到了石门前，他又仔细地观察了一下四周的环境，不敢轻易动一下，他知道，像这样的人工凿成的石洞，往往都有机关，他一步一步向石门走近，所幸，什么东西都没有发出，当即他又笑了一声，一拍自己脑门，心忖：真笨，即使有机关，这么多年了，早已锈坏了。

他便从石门进去，大踏步向前去，不知过了多久，他看到一丝光亮，心中不由一喜，到出口了，他不禁加快了步伐，向着亮光方向向前飞奔而去。

忽然，一个声音传进他的耳朵，使他吓了一大跳。

"哈哈哈哈，老夫一个人在此生活了这么多年，终于有一个人来陪陪老夫了，哈哈哈哈！"

邱冷情一下停住前进的身形，紧张地侧身倾听，那声音正是来自那片亮光处，邱冷情心中不由自主生出了一丝惧意，"会不会是有鬼?!"但求生的欲望仍驱使着他向前进。

终于，他走到了那片亮光前，那亮光原来是一颗夜明珠，这通道的尽头也不是什么出口，只是一个大的石洞而已，洞内一切在夜明珠的光亮照射之下，看得非常清楚。

洞内有一张石床，床上盘坐着一位满头白发的老人，那老人披散着头发，就像是一个恶魔，老人双手干枯，满面皱纹，一对小鹰眼，闪着摄人心神的神光，显然是内功极为高深之人，那老人又不断狂笑道："哈哈哈哈，终于有人陪老夫了，终于有人陪老夫了，哈哈哈！"

邱冷情被笑声震得双耳发疼，立即大声道："前辈，敢问高姓大名？"

那老者中止笑声，盯着邱冷情道："小子，你还不配问老夫名号，告诉我，你叫什么名字？"

邱冷情答道："晚辈邱冷情！"

那老者又厉声问道："你是怎么来到此处的？"

邱冷情心中对那老者的口气极为反感，但一想，他年纪大了，是个前辈，又在洞中一个人居住，必然性情古怪，何必与他计较，当即朗笑答道："晚辈因被人追杀，从山崖摔下，落入一古树上，幸而不死，后无意间发现了此洞，便来到了这里。"

那老者似是不信，盯着邱冷情看了半天，忽然道："你认不认识千面书生风不凡？"

邱冷情觉得此名字似乎有些印象，一时却又想不起来，最后终于想了起来，在正义门时李鹏飞曾与他谈及一些武林前辈的事，就有这么一位千面书生风不凡的事，当即回答道："晚辈听说，千面书生风不凡老前辈乃是百年前的一代怪侠，他统领绿林好汉，曾创下了不少丰功伟绩，不过他已经作古了。"

那老者闻此言似是极为心疼，又狂笑了一阵，喃喃自语道："八十年了，整整八十年了！"复而又一顿，转向邱冷情，问道："你知道我是谁吗？"

邱冷情一愣，道："晚辈当然不知！"

那老者道："我乃是千面书生风不凡的儿子风啸天！"接着又道："家父去世后，我与母亲遭人追杀，我逃到这里，想苦练好武功再出去报仇，哪知，进来后就再也没有出路，一晃八十年过去了，八十年，八十年啦，哈哈哈哈！"老人说完又发疯似的狂笑不已。

第三章

邱冷情看到此处也是一条不归路，转身就往外走，陡觉一股大力猛地吸住他的身形，将他拖回洞内，那老人道："哼哼，来了就想离开，陪我说说话，老夫已八十年没开口说话了。"

邱冷情道："前辈，晚辈还有许多事要做，必须得出去，如果前辈能指引一条路给我，前辈的大恩，晚辈将感激不尽。"

风啸天道："小子，想出去吗？很简单！"说完扔过来一块石头，道："用掌劲震开它！"

邱冷情用手接住，是块白玉石，此石比大理石更为坚硬，若劈开它，还可一试，若强用掌劲震开它，除非有甲子以上的功力，否则那是不可能的，但他还是运足力气，一掌拍出，那石块动也没动一下。

风啸天看了看道："等你能用掌劲震开它，你就可以出去了！"

邱冷情道："只怕晚辈等不到那一天，饿也饿死了。"

风啸天用手一拍石床边的一石头，只见那石洞又开了一个石门，风啸天道："要吃的，尽管过去拿，里面的干粮，够你吃三年五载的，里面有泉水可以喝。"

此时邱冷情真的饿坏了，走进石室大吃了一顿，然后走出来，坐在地上一动不动。

风啸天又一拍石床的石块，关闭了石门后，道："小子，陪我说话！"

邱冷情刚刚从希望的天堂，跌进了失望的地狱，心情自是不佳，索性闭口不开。

风啸天怒道："小子！我叫你陪我说话，你听到没有？"

邱冷情还是闭口不开。

风啸天气极败坏，用手一指，一缕强劲的指风点到，邱冷情只感一股强大的暗劲袭到，不敢硬接，"水云迷幻步"一招"移形换位"，已避开那一指。

风啸天似是吃了一惊，"咦，好小子，还有两下子，居然避开了这一招，再接几招试试！"说完又点出几指。

立刻，强劲的指力夹着风声，呼啸着向邱冷情袭来，邱冷情丝毫不敢大意，立即施展开"水云迷幻步"，哪知才一动，那几道暗劲却陡地一强，人还未动，已被点中了穴道。

风啸天道："小子，你功底不错吗，能避开我一指的，也算是一个二流的高手了。"

邱冷情技不如人，以为风啸天有意嘲笑，便呆立不动，一句话也不说。

风啸天一个人说了半天，见邱冷情始终不开口，甚是无趣，出手一点，解开了邱冷情被制的穴道，说："小子，你若是能胜我一招，我就告诉你出去的方法。"

邱冷情闻言，心中一喜，有机会出去，而且少年的斗性也被激起，道："风老前辈，你说话可要算数！"

语音刚落，便使出"分风荡水掌"，脚踩"水云迷幻步"，绕着风啸天，只见一圈影子围住了风啸天，到处掌影翻飞，风啸天虽然是被邱冷情的身影围住，但竟然从容应付，邱冷情一拳攻到，他只随手轻轻一点，那掌劲，便如泥牛入海般消失得无影无踪，眨眼间二十招过去，邱冷情连风啸天的衣角都没沾一下，又是几十招过去，邱冷情还是没法靠近风啸天，风啸天仰天一啸，道："小子，你胜不了我的！"招式一变，衣袖一挥，立时一股强劲贯注在邱冷情周围，逼得邱冷情的双手动都不能动一下，风啸天只轻轻一点，便又封住了邱冷情的穴道。

风啸天道："小子，你还是乖乖留在此洞中吧！"

邱冷情道："迟早有一天我要胜了你，离开这里。"

风啸天一听此言，道："这么说，你是答应留下了！"说完又一指点出，解开了邱冷情的穴道。

邱冷情无奈，只得留在洞中，与风啸天同住，出去已无路可走，又无食物可充饥，既然留在洞中吃住无忧，那么就先留下，每天练习武功，等能胜了风啸天，再作打算。

邱冷情在洞中住了几日，每日只同风啸天比试武功，月余后武功倒是精进了不少，这时他知道，风啸天的双腿是残废的，难怪他每日只坐在石床上。

终于有一日，邱冷情禁不住问道："风老前辈，为什么你来到这石洞呢？你的武功如此之高，干吗不出去呢?"

风啸天长叹一声，眼神中黯然失色，道："此事说来话长，你听我慢慢道来。"

一代怪侠风不凡早预知黑道联盟的结果，当时不仅在石狮上刻有一行小字，提示后人在"唐伯虎三笑点秋香"画里藏有黑道最高武功秘笈，武魔的《出尘心经》，在临死前，还告诉了他的儿子风啸天。

千面书生风不凡死后，风啸天便跟着老母隐居在山间，后因仇家追杀，不得已到处逃难，风啸天当时已经是弱冠之年，却因悟性不高，是以武功并无什么大成，当时他身怀绝世秘笈《出尘心经》，却并没有修炼出什么惊人的武功，后来，风啸天的母亲被仇家所杀，风啸天怀着满心的仇恨，到处躲避仇家的追杀，一边努力地修悟《出尘心经》。

最后，风啸天记起早年父亲出世时闭关练武的那个山洞，山洞乃是千面书生任黑道武林盟主之时，亲自带人修建的，后来那些人年事已高，全部去世，知道此洞的人就只有风不凡和风啸天了，风不凡已死，风啸天到了此洞，在洞中修炼武功，风啸天急于修成武功，出江湖为母亲报仇，在练习中总是求速成，以致走火入魔，双脚残废，从此在洞中一住八十年，就再也没出去过。

邱冷情听到此处，也不禁为风啸天悲哀，可怜其母仇未报，却身陷此洞，万劫不复，当下便问道："此洞没有别的出口吗?"

风啸天道："没有，只有练成无上轻功，从悬崖上去。"

邱冷情默默不语，走到一处，又盘腿练功去了，风啸天会在石床上仔细地瞧着邱冷情，发现邱冷情一脸正气，而且刚毅，是个不平常之人，心中不禁生出了收徒的念头。

心想自己空有一身武功，却不能出此石洞，不仅母仇未报，而且死后将此一身武学带入黄泉之中，也很遗憾，能有一个徒儿继承自己一身武学，在此垂暮之年，不失为一件美事，心念到此，风啸天双手一抓，凌空将邱冷情抓到石床前，用手一搭邱冷情的脉搏，不由眉头一紧，又用手紧紧地搭在邱冷情的脉博上，忽而面上一喜，又一拍，将邱冷情身体拍转了面，在他全身上下拍了几下，惊道："娃娃，你一身筋骨异常，是天生学武的好材料，老夫有意传授你武功，你愿不愿学?"

邱冷情本来就对风啸天没好印象，只是对他的身世遭遇略有同情，更何况，风啸天是黑道怪侠风不凡之子，所学武功必然是旁门左道，这样一想，便道："我不愿意!"

风啸天脸色一变，但随即又恢复正常，道："小子，只要你学成我的武功之一，你便能在江湖上称一流高手了，如果你能学好我的全部武功，我保证你可以独步武林，怎么样，你学不学？"

邱冷情还是心中无此意，"不学。"

风啸天气极败坏，抬起手来，目中神光一闪，已动了杀气，转念一想：难得有人进得此洞，现在老夫双腿已废，此子又有天资，杀了他实在太可惜，八十年才有一个人来过，老夫还有几年活呢？手一垂，遥空一点，解了邱冷情被制的穴道，冷哼一声，道："小子，别不识抬举，老夫若不是看你年纪轻轻被困在此，又陪老夫住了几天，可怜可怜你，老夫一掌劈死你，哼！"

邱冷情闻此言，心中更加反感，抬腿就向外走，"谁要你可怜！"

风啸天一见邱冷情要走，连忙双手遥空一抓，一股大力立即发出，邱冷情只觉背后似有一个大吸盘，身体不由自主地向后退去，一眨眼功夫，已退回到石床前了，风啸天喝道："我劝你还是别枉费心思了，乖乖地留在此洞中陪老夫。"

邱冷情自知反抗无用，无可奈何地道："前辈放心，晚辈不过是想到处走走而已，更何况我就算想离开这里，也是无能为力。"

邱冷情和风啸天在一起已住了近两个月，一日，风啸天在运功中只觉得全身大穴一震一震的，便知大限已至，自己的时日不多了，便对邱冷情情道："小子，老夫有一事相求。"

邱冷情见风啸天神情憔悴，双手无力地下垂，心中顿生几分怜惜，心道：他老人家年纪一大把，也怪可怜的，若此事不是什么伤天害理之事，只要自己能办到，我还是尽力而为吧。于是道："风老前辈，是什么事？"

风啸天道："老夫自知大限已到，剩下的时日不多了，只是老夫的母仇未报，而我现在又双腿残废，不能出外报仇，所以老夫希望你能帮我去复仇。"

邱冷情心想：此事并不是什么有伤天理的事，便道："可以，不过我武功太低，只能尽力而为。"

风啸天道："这个你不必担心。"说罢从怀里掏出一卷纸，交给邱冷情，道："只要将此画放入水中，就可以看到画中的字，此武功名《出尘心经》，内有一套盖世无双的'混天十八式'和轻功'飞尘飘雪步'，不过你一定要记住，此二功不能同时修炼，必须等其一修炼到炉火纯青的地步，才能去修炼另一种武功，否则走火入魔，后果不堪设想。"

邱冷情双手接过画卷一瞧，原来此画就是正义门门主追魂判官管胜天命李鹏飞寻找的画——"唐伯虎三笑点秋香"，早年追魂判官管胜天刚学成武艺出山时，正是千面书生风不凡刚去世之时，追魂判官管胜天为了得到《出尘心经》，便追杀风啸天母子俩，最后追命判官管胜天找到了风啸天与其母隐居的地点，与风啸天交手，杀了其母，风啸天负伤逃走，从此隐在此山洞中，八十年没出去过，管胜天也从未放弃过对《出尘心经》的寻找，哪知《出尘心经》却随风啸天在此山洞住了八十年。

风啸天接着又道："此人使的便是一对判官笔，左手臂上有一颗黑痣。"风啸天说到此已是气喘吁吁，上气不接下气了。

邱冷情连忙跃上石床，抱住风啸天，叫道："风老前辈，风老前辈……"

风啸天微微睁开双眼，虚弱地说道："一定要查出那人，替我复仇，替我复……"话未说完，已双目一闭，去了。

邱冷情跳下石床，恭恭敬敬地在石床前一跪，对着风啸天的尸首叩了三个响头，道："风老前辈，你放心，晚辈若能出此洞，一定会尽全力为你复仇。"说罢又叩了几个头。

从此，邱冷情便在洞中潜心修炼《出尘心经》，他急于出洞，便先练了"飞尘飘雪步"。

山中树枯了又绿，果子落了又熟，晃眼之间，已是一年过去了，邱冷情在洞也住了一年了，这一年里，他觉得"飞尘飘雪步"已经练得差不多，便想出洞了。

邱冷情顺着来时的路一直走到那小洞的洞口处，看了看外面，依旧是万丈的悬崖、无底的深渊，反正总是要搏一搏的，邱冷情猛吸一口气，足尖一点，人已如飞弹冲出，在洞外的小树上又一点，整个人向上冲出几十丈，又提一口真气，整个人似乎不存在了，只觉得身轻如尘如雪，风一吹，就飞出几十丈，邱冷情大喜，双脚一交，人急射而上，晃眼间已到了崖上，身形一飘，已登了上来，他站在山崖边静静地看了许久，对着崖底一躬身，心中默道：风老前辈，你放心，我一定会为你复仇的。

转身起，向山下飞去，眨眼已失去了踪影，这山崖依旧是那么平静，只有顶上白云点点在飘动……

一座神秘的山中，山谷曲曲折折，在一个深谷中，却有一座宏伟富丽的宫殿，在雄伟的大门上，两个闪着火花的字让人不寒而栗——鬼府，在鬼府之中，灯火通明，许多人聚在大厅中，正议论着什么，忽听一声"鬼府神君驾到！"大厅之中立刻安静下来，只见一位银髯飘飘，鹤发童颜的老人晃身而进，那老人身着金丝红绣袍，一派儒生模样，只见他双脚悠闲地踏着步子，人却如疾电般向前射去，眨眼已到大厅里的太师椅上坐下，双手一按桌面，桌上的酒壶应声而起，急射而出，同时，一道酒箭从壶中涌出，酒壶绕大厅飞行一周又回到鬼府神君的桌前停下，鬼府神君随手一抓，便将酒壶抓在手中，他慢慢地给自己倒了一杯酒，举起酒杯道："今晚召集大家前来是有要事相商，先干了这一杯！"

众人低头一看，原来每人的酒杯中已盛满了酒，众人一惊，随即一口将酒喝掉，大叫道："神君好功夫！"

鬼府神君哈哈大笑，道："中原武林各大门派之间相互勾心斗角，表面虽有武林同盟，实则各自想篡权夺位，而且中原武林老一辈已去，新一辈又个个都是废物，整个中原武林一片萧条，正是我鬼府大展鸿图之时，所以本君决定向中原武林进军！"

大厅之下的人都随声附和道："神君英明。"

鬼府神君一顿，又道："牛头、马面听令！"只见大厅之中飞出两条身影，一个奇高无比，一个奇矮无比，那高的眼大，鼻大，口大，从远处一望，只差没长两角，活脱脱就是一只牛，那矮的一张脸奇长，如不仔细看，还真以为是一匹马呢，两人双手一抱拳，单膝下跪道："属下听令。"

鬼府神君道："本君决定大举进攻中原，命你们二人在前先行一步。"

牛头马面齐声道："属下得令！"说完身形一晃，如鬼魅一般，飘飘而去。

鬼府神君又道："黑白无常听令。"

又见两条纤细的人影伴着一阵粉香，飞向大厅，她们两人一样的身材，一样的打扮，丹凤三角眼，柳叶弯弯眉，再加上一只樱桃小口，虽不是美若天仙，也可算是貌美如花，所不同的是，两人一个身着黑衣，一个身着白衣，黑白无常娇笑道："神君有何吩咐?"

鬼府神君道："本君命你们二人随牛头马面进入中原武林，挑起各大门派之间的纷争，让他们自己人互相残杀。"

鬼府神君又道："中原武林中，我们已有一个帮派，如果有什么事，你可以与之联络，不过，不是在必要之时，最好不要与他们有过多的接触。"

黑白无常道："不知神君所言，是何门派?"

鬼府神君道："正义门。"

黑白无常答道："属下得令！"一阵迷香疾过，已失去了两人的踪影。

鬼府神君目送牛头马面、黑白无常走了以后，举起酒杯一口喝下，哈哈大笑，仿佛他已看到中原武林拜倒在他脚下的情景，那笑声在黑夜中听来，却是那么恐怖，那么狰狞，树上两只乌鸦被惊起，哀叫着向夜幕中飞去，天空中那颗天狼星特别亮而耀眼，不知这到底是祸还是福……

陕西，一条官道上，两个身影如飞掠过，一高一矮，两人都奇丑无比，大白天他们也不顾惊世骇俗，只管飞奔，两条灰色的人影在官道上闪现，不多久，两人大概是累了，在一家酒楼前停住，举步上楼，找了一个靠窗的位子坐下，扔出一锭银子，叫了几个小菜，自顾喝酒吃饭。

这时楼下又走上四位大汉，他们一上楼就高声叫道："小二，快拿酒菜来。"

小二连忙送上酒菜，那四位大汉边吃边谈，忽然，那一高一矮的两人向这边瞧来，似乎是对那位大汉交谈的内容甚是感兴趣。

那头系红巾的大概是老大，只听他道："兄弟们，这次盛会，咱们可碰上了，去年咱们也是路过这里，只可惜，咱们哥几个都不知道是个什么大会，今年这么巧又碰上，可不能错过。"

有一位看来年纪轻一点，应该是老四了，只听他道："容小弟说两句，这比武大会，可是一件盛事呀，今年不管怎么着，都得去看看。"

另两位也附和道："是啊，大哥，咱们今年一定得去凑凑热闹。"

那头戴红巾的大汉道："那是自然，现在咱们手头上刚好没事可做，不去凑凑热闹，干吗！"

几个大汉哈哈大笑着吃完饭，下楼去了。

这时，那矮者向高者一使眼色，高者立即招呼："小二！"

小二连忙跑过来，道："两位，有何事？"

那高者抛出一块碎银，问道："你们这里可是要举行什么盛会？"

小二见钱眼开，连忙将银子放入袋中，含笑道："两位是外地人吧，难怪你们不知，距此五十里向东有一座青城山，青城派就在此山中，年年青城派都要举行一次新秀比武大会，青城青年弟子在武林中最有成就，是人尽皆知的事，所以，青城派每年举行的比武大会已成为当今武林的一大美谈，每年都有大批的武林人士来观看，那情况真是盛大极了。"小二说完又一哈腰道："两位还有事吗？"

高者一挥手，让小二走开，与矮者相视一眼，两人各自会心地一点头，立即下楼，向东而行。

青城山里一片肃穆，到处静悄悄的，不愧为当今武林的一大门派，在青城派附近已少有武林人士的踪影，一是怕引起误会，二来怕惹来不必要的麻烦，青城派在江湖之中影响是很大的，而且青城派向来是有仇必报，无论谁惹上青城派，那你就一定得给青城派一个公道，否则你是难逃，所以江湖上人称，宁可去惹武当少林，也不可惹青城，青城大有独竖一帜，称霸江湖之势。

天色渐渐暗下来，青城派周围更是安静，除了虫子的鸣叫、飞鸟走兽弄出的声响，其它一点声响都没有，这时，却见一高一矮两个诡秘的人影如幽灵一般飘向青城派。

青城派内，到处一片繁忙，为举行新秀比武大会而准备。

"已经是日上三竿了，怎么掌门还没出来，以前，掌门早就起床练武了，今天这么迟，莫不是病了。"冲虚子上人对掌门师兄太虚子的生活规律了如指掌，自幼一起习武，一起长大，后一起投身青城，太虚子德高望重，做了掌门，自己追随了这么多年，两人均是心意一点即通，彼此十分了解。

冲虚子今天觉得十分奇怪，掌门师兄怎么还不起床呢，明天就要举行比武大会，今天他应早起床来主持事务了。

"空灵、空凡！"冲虚子喊道。

立见两小童来到跟前道："师父，有何吩咐？"

冲虚子道："你们两人到掌门房中去看一看，今天他怎么起得这么晚。"

空灵、空凡答道："是，师叔。"

冲虚子转身向别处走去，明天要举行青城派一年一度的新秀比武大会，还有许多的事等着他去办，"师兄也真是的，都这时辰了，还不起床！"冲虚子在心里嘀咕。

"啊?！""啊!!"两声尖叫传入冲虚子的耳里。

"不好，是空灵和空凡！"冲虚子立即回头，疾射而来，只见空灵和空凡在掌门师兄的门外捂着眼睛大哭不已，似是受了很大的惊吓，冲虚子晃身进入房内。

太虚子端坐在床上，鲜血射出四周，一颗头颅早被人砍下，不知去向，冲虚子大叫一声："掌门师兄！"立刻口吐鲜血，昏死过去。

一时间青城派内大乱，空灵和空凡连忙在冲虚子胸口揉个不停，好半天，冲虚子才慢慢转醒，众弟子已跪在太虚子尸首前哭个不停，见冲虚子醒来，齐叫道："请师叔定夺！"

冲虚子无力地挥挥手，示意他们不要进来，自己一个进入房内，仔细地看了看，太虚子似乎是在打座时被人偷袭，一剑致命，在青城派内，武功数自己最高，次之就是掌门师兄，以师兄的功力，早已耳目通明了，怎么可能被人偷袭，除非……除非敌人使毒或是武功太过高深。

冲虚子心念至此处，不由嗅了一嗅，房内并无下毒的迹象，一阵寒意涌上心头，那就是说，来敌武功深不可测，冲虚子不由叹了一口气，掌门被杀，竟然连敌人是谁都未弄清楚，叫青城以后有何颜面在江湖立足。

突然，几行字映入他的眼睛，冲虚子定睛一看，那是用鲜血写在墙壁上的。

"杀了青城，再灭武当，华山少林，照样杀光，纵横天下，唯我称王。"

冲虚子不由心泛阵阵寒意，这绝不是一起简单的杀人案件，而是一个惊天的阴谋，此事关系到整个武林中人的生死存亡，不容大意。

冲虚子立即道："空灵，空凡，你们二人火速上武当，告知此事，然后到华山、少林，让他们有所准备，此事关系重大，速去速回。"

"是，师叔！"空灵、空凡两人立即飞驰而去。

且不说青城派一片混乱，只说邱冷情自洞中出来以后，一时间也想不出到什么地方去，一想，上次听说少林寺内发现一封信，很有可能就是我遗失的那一封，何不往少林一行，既已打定主意，便转身向河南方向电射而去。

几天后，少林出现了一位英俊潇洒的少年人，这少年风尘仆仆，但神色间却毫无倦色，神光一闪一闪的，是以见这少年修为不凡。

这少年在少林寺大门前停了一停，便叩门，"笃笃笃""笃笃笃"。

"里面有人吗？"那少年高声喊道。

少林寺金佛被盗，寺内的人大都在为此事奔波，哪会料到会有人来访。

少林方丈了悟大师正和了因、了凡、了空几位大师在商量应如何查清此事，议论间，忽一小童来报：

"方丈，门外有一少年来访。"小童气喘吁吁，"方丈，见不见？"

了悟大师一摆手，道："既已来了，就是客，去放他进寺来，若只是参观，进香，你领他到处走走就是了。"

小童头一低，揖了一礼，道："是，方丈！"

邱冷情在门外等了半天也不见人开门，心道：莫非少林内出了什么事？刚准备越墙而进，忽见大门一动，一个小沙弥探出头来，道："施主，请！"说罢双手合十，让路一边。

邱冷情大跨步走进少林寺内，小沙弥问道："不知施主有何事来访？若是进香，请随我这边走。"

邱冷情道："我不进香，听说少林寺内金佛被盗，毫无线索，只有一封不知来路的信，在下便是为这封信而来的。"邱冷情刚入江湖，哪里有一点江湖经验，他为人胸无城府，不知此说能不能讲，只道别人也同他一样，以诚待人。

此言一出，那小沙弥呆了一呆，神色一变，随即便恢复常态，道："施主原来是为此事而来，请随我到厢房一坐，待我去请方丈与你商谈此事，请！"说罢引邱冷情到一厢房，"公子请稍候，我这就去请方丈！"小沙弥说罢倒上一杯绿茶，"公子慢用。"

小沙弥退出房间，关上房门，立即招来另一沙弥，耳语几句，然后飞奔向方丈室而去，小沙弥知此事重大，不管方丈在里做什么，一头撞开房门。

了悟大师正商议重事，见小沙弥慌慌张张的样子，眼一抬，"清风，什么事如此慌张？"

那名叫清风的小沙弥大叫道："方丈，大事不好，大事不好！！"

了悟大师道："清风，有什么事慢慢说。"

清风道："外面来了一少年，他说他是为这封信而来。"

了悟大师也是一惊，道："什么？你说他是为金佛案而来？！！"

清风道："是的，方丈，他说他是为这封信而来的！"

了悟大师双手合十低念了一声"阿弥陀佛"，道："此事或许有一个线索了。"

了悟大师转身向了凡、了因、了空道："师弟，等会见机行事。"

"是，掌门师兄。"

了悟大师手一抬，"清风，带路。"

转眼前，了悟大师一行已到了邱冷情休息的厢房。

了悟大师在邱冷情对面坐下，了因、了凡、了空四散在四方，明为观看，实则准备伺机捉拿邱冷情，少林寺苦苦寻查金佛下落，数月来毫无线索，现在邱冷情前来为此信，少林寺必会死死抓住不放，是以少林诸人都有扣留邱冷情之心。

了悟大师道："敢问施主高姓大名？"

邱冷情道："不敢当，晚辈邱冷情。"

了悟大师道："邱施主，不知此来少林，有何贵干？"

邱冷情哪里知道防人之心不可无之说，立即回答道："在下听说少林寺金佛被盗，只留下一封信，在下正是专为此信而来。"

了悟大师微微一笑，用手一捋银须，问道："莫非邱施主知道此信来历？"

邱冷情毫不思索地道："我怀疑那封信是我失落的。"

此言一出，举座皆惊，邱冷情自称信是他失落的，无异让人直接怀疑金佛被盗是他所为，在场的几位长老莫不神色一变，那了空的脾气最为性急，双手一提，正要有所行动，却见了悟大师微微摇头，示意他不可冲动，了空看了看邱冷情一副毫无戒备的样子，松了一口气，紧紧握住的双手又垂了下来。

邱冷情丝毫没注意到周围气氛的变化，问了悟大师道："在下也曾失落一封信，不知大师能否将此信给邱某一看。"

了悟大师道："如果施主想看，请随我来。"说罢领邱冷情到罗汉大堂之上，掏出一封信，递给邱冷情，道："邱施主请过目，你遗失的可是这封信？"

邱冷情一看那封信便道："正是此信，正是此信。"说罢将信往怀里一揣，"方丈，我可以走了吗？"那语音刚落，却听了空大师叫道："少林岂是你说来便来，说走便走之处！"

邱冷情一愣，傻头傻脑地问道："难道你们想杀我不成？"

了悟大师道："邱施主多心了，少林自然不会杀人，可是却要委屈邱施主一下。"

邱冷情道："莫非你们想扣留我？"

了悟大师道："既然邱施主说此信是你的，那就请邱施主在寺中多待几日，等我查清楚此事再说。"

邱冷情道："如果此事一辈子查不清，难道要我在此留一辈子？"

了悟大师道："邱施主放心，少林定会还你一个公道的。"

邱冷情心中不禁动了怒，口中也是不客气，道："假如我不愿意呢？"

了悟大师看了看四周，又盯着邱冷情看了许久，缓缓道："此事只怕由不得邱施主了。"

邱冷情怒道："原来少林寺是这种以强欺人的地方！"

了悟大师道："邱施主切莫乱说，只是此事关系甚大，少林寺才迫不得已这么做的，邱施主，依老衲之见，你还是暂时留在少林寺吧！"

邱冷情道："只凭一封信，你们凭什么认定在下与此事有关？"

了悟大师道："因为你亲口说此信是你遗失。"

邱冷情道："此信是我遗失不假，可是……"当下便将如何失信的过程，完完全全地讲述了一遍。

了悟大师听完后，冷冷地道："你认为你所说的话，会有人信吗？"

邱冷情道："在下所言，句句属实。"

了悟大师道："少林寺贵为中原第一大派，有谁愿意与之为敌？同少林寺公然为敌的后果，我不说，你也明白，这种事，任何一人都会为自己辩解的。"

邱冷情道："若此事真是我在作案时所丢，那又何必自投罗网，前来寻信？"

了悟大师道："这个问题，你最好问问你自己，至于你为什么来寻信，可能是此信对你非常重要，或许此信中另有什么秘密。"

邱冷情道："那我为何不偷偷将信盗出，反而如此前来冒险？"

了悟大师道："这正是你的聪明之处，你知道少林寺金佛被盗之后，寺内戒备森严，而对信更是防守得极严，少林寺内高手如云，并不是能随便进出的，如果失手，那后果自是十分惨，既然偷信的危险性很大，于是你便出其不意，招式一变，前来认信，以为这样，你便可以掩人耳目，邱施主，你还是留下吧！"

邱冷情年轻气盛，听了悟大师此言，不由大怒道："你们这群秃驴，不要是非黑白不分，含血喷人！"

了悟大师本是修行极高之人，见邱冷情如此放肆，也动了肝火，"邱施主，少林寺可不是容你放肆，胡口乱说之处！"

邱冷情初生牛犊不怕虎，道："少林寺怎么啦？少林寺是中原第一门派，就可以血口喷人，就可以胡作非为吗？你以为少林寺是中原第一门派，别人就怕你啦？小爷要走，谁也拦不住。"说罢就起身，飞尘飘雪步一展，人已向门外掠去。

了悟大师见邱冷情想走，叫道："罗汉四象阵伺候！"

只听话音刚落，了悟、了空、了因、了凡四人身形一闪，已各自抢在四方位，团团围住了邱冷情。

邱冷情暴喝一声："小爷今天说什么也要出少林寺！"话音刚落，人已飞冲而起，双掌蓄足劲力，猛然拍出，掌未到，已是暗劲逼人，了悟大师心中道："果然有几下子！"心中对邱冷情小小年纪能有此成就亦是佩服和感叹，但是邱冷情关系到少林寺金佛一案，实是万万马虎不得，当下也是暴喝一声，"邱施主，不要做无谓之争了。"双掌缓缓推出一掌，这一掌，看起来平平淡淡，无声无色，甚至连一丝风声都没有，在外人看来似乎是一点功力都没有，实则内含有强大的劲力，往往叫人防不胜防，若不知此掌厉害，不全力去接，必要被掌劲所伤，这就是少林的金刚般若掌。

两股掌劲在空中一接，只听一声巨响，像空中炸了一个响雷，震得人耳膜发痛，邱冷情当即后退三步，才拿住马桩，胸口气血上涌，好半天才平息下来，而了悟大师只是衣服晃动了一下而已，邱冷情心道：少林寺武功果然不凡。是以也不敢大意，凝神提气，全力以待。

了悟大师一掌震退邱冷情，也退了一步，道："邱施主，贫僧劝你还是别作反抗了，你闯不出去的。"

邱冷情道："大师，此信虽然是我的，但金佛一案与我一点关系都没有，你们留下我做什么？"

了悟大师道："邱施主，今天你一定要留下！否则别怪我们不客气了。"

话音一落，了悟、了空、了因、了凡四人立即在邱冷情身边游动，这少林罗汉四象阵乃少林具最强攻击力的阵式，乃少林先祖达摩祖师所创，此阵依四象而作，动则四象生六合，六合变八卦，生生不息，变化无穷，此阵一般是用来应付大敌的，但因少林金佛一案关系少林百年声誉，少林寺实在是不敢大意，了悟大师和三位长老亦是全力围住邱冷情，邱冷情此时的功力不及任何一位长老，更何况是四位长老合成的罗汉四象阵，邱冷情立时就被攻得措手不及，只觉到处是人影，四面八方到处是掌劲，空气中弥漫着一股无形的压力，逼得人透不过气来。

邱冷情步法立时就乱了，一片巨大的压力迫使他动作也缓慢了，他长啸一声，身形向上突飞而起，想冲出这压力圈，他快，有人地比他更快，了凡大师在他身形刚起之时，平指遥空一点，一缕指风疾射而出，邱冷情只觉腰上一麻，身体使不出劲，向下一坠，落了下来。

邱冷情落地后，冷笑不已，道："原来少林也是一个以强欺弱，强词夺理的地方，这次在下总算见识了一番中原第一大门派的雄风了。"

了空大师闻此言，怒道："邱施主，少林寺对你已算是仁至义尽了，你可别信口雌黄。"

邱冷情道："你的意思是说，我就是那盗金佛的人，你们没杀我，算是对我开了大恩?!"

了悟大师低念一声"阿弥陀佛",道:"邱施主,虽然不能确定你是盗金佛之人,但现在你的嫌疑最大,在没有弄清金佛案之前,邱施主,我们是不会放你走的,希望你能好好呆在少林,别逼我们动武!"

说罢走上前来,准备将他提走,邱冷情开口叫道:"慢!"

了悟大师道:"你还有什么事?"

邱冷情眼睛一转,道:"了悟大师,我告诉你一件事。"

了悟大师一愣,想不出此时邱冷情葫芦里是卖什么药,问道:"什么事?"

邱冷情道:"我不是盗金佛的人,但我却知道这盗金佛的人是谁。"

了悟、了空、了因、了凡四位大师一听,立即道:"是谁?"

邱冷情道:"要我说出来,可以,不过……"他故意拉长声音,住口不说。

了悟大师为之动容,道:"邱施主,你可是有什么条件?"

邱冷情等的就是这句话,便接口道:"大师,我想与你们比试三场,若你们赢了,我甘愿留在少林寺,并且说出盗贼,若是我赢了,你们就放我走。"

了悟大师沉默,他在沉思,思考邱冷情所说的话的可信性,如果邱冷情说的话是假话,他为什么要这么做呢?难道他有什么阴谋不成?如果他说的话是真话,那么这是一个好时机,何况他真的知道盗贼是谁,能找回金佛,对少林寺无疑是一件非常重大的事,但这问题的关键也就是摆在面前的问题,邱冷情到底是不是一个可靠的人,他说的话到底可不可信。

了悟大师最终作出了决定,"邱施主,老衲答应你!"了悟大师在答应之前,曾作出十分沉稳的思索,虽然邱冷情的话不一定可信,但金佛对少林寺毕竟是非常重要的,对于邱冷情的话,是宁可信其有,不可信其无,如果能从此找到线索,或者是找回了金佛,自己就不会成为少林的罪人,而且了悟大师还十分自信,眼前这少年虽然有点功夫,可是与少林四大长老毕竟是差了一大截,比试武功,他是绝对不可能赢四大长老,就算他要什么花招,凭少林寺四大长老和几千弟子,亦是可以轻而易举捉住他的,所以了悟大师决定搏一回。

了悟大师又问道:"邱施主,你想怎么比试呢?"

邱冷情的心中同样有自己的打算,他知道落入少林寺是绝对不会有机会逃脱的,更何况是面对少林寺中高手中的高手,少林四大长老,但是他不甘心,不甘心不明不白地被围在少林寺中,所以他为自己制造了一个机会。

比武，与少林四大长老公平比试。

邱冷情心中只有一成胜算，那就是《出尘心经》，说准确一点，是《出尘心经》中的"飞尘飘雪步"，他不知道能不能胜过少林四大长老，但这是唯一的一丝生机，风啸天对《出尘心经》的自信，同样激起了邱冷情对比武的自信，只有比武，才有可能解开被困的穴道，只有解开了穴道，才有可能施展功力，去执行他的计谋，邱冷情的计谋就是——在比试轻功的时候越墙逃走。

邱冷情作了回答，"掌法，内力，轻功！"

了悟大师闻言，心中既喜又忧，邱冷情的掌法和内力，他都见过，虽然有一定功力，如果与四大长老相比，那是差远了，轻功往往与人的内力修为有直接的关联，相信他也不会好到出神入化的地步，如此看来，这三场比试是一定会赢，所以了悟大师心中一喜，这问题就是，既然邱冷情明知会输，又为什么要提出这样的要求呢？人往往是量力而行的，聪明人更是如此，聪明人往往是不会做出这种事来的，聪明人是不会明知必败，却一定要战的。

邱冷情就是一个聪明人，至少了悟大师认为是这样的，偏偏他提出了这样的要求，一个明知必败，却坚持要战的请求，所以了悟大师忧，他的忧并不是没有道理的，聪明人做事往往有过人之处，每一件事，每一句话都可能是一个计谋，但偏偏了悟大师猜不出邱冷情脑里的计谋是什么，但他却清楚地知道，邱冷情此举一定有鬼，一定有阴谋，阴谋是什么？了悟大师想不出，所以他忧，但金佛能否找到线索也在此一搏之中，即使邱冷情所说的话是假话，了悟大师知道他将自己的声誉作了一个赌注，他一定要胜利，他缓缓道："邱施主，你是和一个人比，还是与三个人各比一场？"

了悟大师此话也是有一定目的，假如邱冷情只与同一个人比，也就是说，了悟、了空、了因、了凡四人中有一个人要出来战三场，以四大长老的功力去对邱冷情，连战三场是不成问题，每一个长老都可以轻而易举地战胜邱冷情，了悟大师希望邱冷情一个人分别与不同的长老比试，这样就留出了足够的人力去预防邱冷情要阴谋。

邱冷情开口了，他说出了一个了悟大师非常想听的答案，"我分别与三人各比一场！"邱冷情本来是想与一个人比试三场的，但一种灵感似乎提醒他，若要设计逃走，就只能分别与三个人比，所以他选择与三个人各比一场，灵感这东西很怪的，说来就来，来了就让人作出非凡的抉择，邱冷情就是这样，因为他相信自己的灵感。

了悟大师笑了，笑得很开心，但他是绝对不会将笑放在脸上的，因为他是佛，他是少林寺的方丈，方丈是不能开口哈哈大笑的，方丈代表了少林寺的威严，但了悟大师还是笑了，而且很开心地笑了，一个人在开心时，往往会疏忽掉许多东西，此时的了悟大师就是如此，他弹指解开了邱冷情被困的穴道，便开口道："邱施主，你愿意与谁比试，你有自由选择权。"

邱冷情身上一震，被困住的穴道终于解开了，只要有内力走，只要是自由的身体，就可以去设计圈套让别人钻，自己却大笑不已，扬长而去。

第一场是比掌法，邱冷情知道，必须要让对方在大意中，自己方能有机会逃走，若自己险胜了一局，少林寺必定全神以待，所以前两场只能输，他选择了四大长老中掌法最强的了空大师，道："了空大师，我愿意与你比试掌法。"

了空大师很意外，不仅了空大师很意外，了悟、了因、了凡都很意外，谁都知道了空大师是以掌法在少林寺中第一而登上四大长老的位子，他的掌法在武林中名气甚高，邱冷情却要与他比试掌法，他们都以为邱冷情会选择以己之长攻人之短的战术来对战，了凡以为邱冷情会选择掌法最差的他，但是邱冷情没有，他选择了了空大师。

邱冷情又道："望大师能多多赐教！"

每个人都猜不透邱冷情的葫芦里到底卖的什么药，都怀着一种莫名的心情来观看。

邱冷情出手了，掌出的是"分风荡水掌"，但脚下使的却不是"飞尘飘雪步"法，而是"水云迷幻步"法，人影一晃，已将了空大师团团围住，了空大师的周围到处是人影，似乎漫天都是掌影，到处都是邱冷情。

了悟大师凝神以待，他见邱冷情使出"分风荡水掌"和"水云迷幻步"，心中一愣：难道他是昆山派弟子？怎么没听说过？昆山派在武林中也是一名门大派，虽然声望不能与少林寺相比，却也算得上是六大名门之一，最好是不要得罪，便问道："邱施主，你可是昆山门下弟子？"

邱冷情闻了悟大师一问，即明白了了悟大师所顾及的，知道少林怕引起少林与昆山之间的斗争，他没有回答，给对方一点顾及也好，至少敌人有了顾及，自己可以从容一点，轻松一点。

了悟大师见邱冷情不应声，只以为他默认了，了悟大师当然也不傻，当然明白与昆山派发生矛盾是不明智的举动，他便开口道："了空师弟，别伤了邱施主。"

了空似乎是入定了一般，坐在地上，闭上了双眼，邱冷情如此猛烈的攻势却连了空大师的衣角都没碰一下，了空大师终于睁开了眼睛，他知道该出手了，但掌门师兄却让自己别伤了他，他该怎么出手呢？了空大师很困惑，他练习的掌法都是以刚猛的套路为上，一出手就伤人，现在却不能伤他，怎么办？

但现实已不容他多想，邱冷情已在他想的那一瞬间，闪到眼前来了，一股掌风已掠至胸前，胸前四大穴已感到压力，了空双掌一错，逼住邱冷情的掌劲，双手一推，他出招了。

邱冷情只觉一股强大的暗劲挡住了自己的攻势，眼前一花，掌已至胸前，但奇怪的是，却没有掌劲传过来。

了空大师只一招就挡住了邱冷情所有的攻势，一出手便到了邱冷情胸前，只要一吐掌劲，邱冷情就败定了，但他想到了了悟大师的话，不可伤他，了空大师也认出了邱冷情使的是昆山派的武功，他同样明白了悟大师的苦心，少林寺金佛一事已是令人头疼，若再与昆山派结怨，对少林寺是大大不利，所以他掌到邱冷情胸前，却硬生生地收回了掌劲。

邱冷情觉得胸口了无掌劲，大感奇怪，可现实却不容他他仔细考虑是怎么回事，他亦不能完全感到少林寺的顾及，在对战之时，是必须抓住每一分时机，此时邱冷情抓住了这一时机。

了空大师刚从手上收回自己发出的内力，已是有点气血浮动了，若是吐出内力，那是一件很容易之事，只要学了一点武功的人都能办到，若是把吐出的内力收回，则不是一件好办的事，只有武功登峰造极的人才能办到，了空大师的武功当然还没有登峰造极，但他却逼自己做了一件只有武功登峰造极才能做的事，逼自己收回发出的内力，因为他的武功没有登峰极，所以他感到了一阵吃力，气血也不禁浮动了一下，内力为之一滞，但要命的是，邱冷情在一瞬间发出了一掌，了空大师慌忙地推出了一掌，但内力却没有他反应那么快，他收回自己的内力，他出一掌，却是一丝内力都没带，这当然是了空大师自己不知道的，因为他以前从未有过这种经历，邱冷情当然也不知道，邱冷情只知，若要能自保，只能全力以赴，才能在面对了空大师这样的高手面前败中求自保，所以，他这一掌使出了十成功力。

邱冷情一掌推出以后，在等待，了空大师在等待，了悟大师也同样在等待。

邱冷情在等待那一掌之后的巨大反震力，了空大师在等待翻涌后的气血平息下来，而了悟大师他们在等待了空大师一掌震飞邱冷情。

双掌相接了，电光石火间，"砰"的一声，结果出来了，一个令每个人都惊奇的结果出来了，了空大师连退三步，邱冷情不相信，了空大师也不相信，了悟大师是你打死他，他都不相信，但结果却让人不得不信，邱冷情一掌打出，自己气定神闲地站在原地，而了空大师退了三大步才站稳。

了空大师双手一拱，叹道："长江后浪推前浪，英雄出少年，英雄出少年！"

了悟只得开口道："第一局，邱施主，你赢了。"

第二局开始。

邱冷情选择了内力最弱的了因大师，他知道什么都可以取巧，唯独内力是不能取巧的，所以内力有多少，就是多少，不可能在一瞬间突飞猛涨，只能实实在在地有几分拿几分出来，所以他只能选择了因。

了悟大师向了因大师深深地一望，道："了因，你去和邱施主比试。"

了因当然知道，那一望是包含多少意思，第一，不能败，败了就得放邱冷情走，少林寺的金佛线索就断了，金佛关系到少林几百年的声誉，第二，不能伤了邱冷情，因为邱冷情可能是昆山弟子，此时是不宜再与别的门派结怨，所以了因大师觉得很沉重，有压力，成败在此一举。

了因大师问道："邱施主，你要怎么比呢？"

邱冷情知道此局必败，但他却不能受伤，因为若是受了伤，怎么逃呢？不能选择与他对拼内力，只能随便比试一下，便开口道："我们各出一掌，击在石桌上，胜负立见分晓。"

了因大师心中大喜，此举甚好，避免了正面交锋，如果一失手，伤了他，岂不是误了大事？避免了最好，避免了就不会伤了他，胜他应该说是轻而易举，从刚才的比试中，已试出眼前的邱冷情内力并不怎么高深，这一局应当是可以扳回来了。

邱冷情手一抬，道："了因大师，你先请！"

了因大师举步上前，伸手在石桌之上，慢慢往下一按，风未动，衣未动，桌也未动，似乎是一个没练武之人将手轻轻地向桌上一放，什么都没有出现，了因大师收回掌力，道："邱施主，该你了。"

邱冷情见那石桌还是什么都没变，实在弄不透了因大师到底出了多少掌力，在纳闷间，一阵山风吹来，只见那石桌出现了一个掌印，风吹过，一阵阵石粉直向下坠，一会儿工夫，石桌上的石粉已掉下一大堆，石桌竟然穿了一个掌形的洞，邱冷情不禁吐了吐舌头，这种功力简直匪夷所思，闻所未闻，自己最好只能掌裂一块，他知道自己做不到，但仍然出了一掌，一阵狂风扫过，"轰"的一声，石桌裂为四块。

了悟大师喜道："邱施主，你败了！"

邱冷情承认他败了，但他的主旨并不是这三场比试的胜负问题，而是如何转移少林和尚的注意力，使自己耍计谋逃走，他做到了，他成功地转移了了悟大师他们的注意力，让他们关注比武的胜负——因为胜负对邱冷情不重要，但对少林寺却非常重要，关系到少林寺金佛的线索，当然，邱冷情是骗人的，但是少林寺的人却不是邱冷情肚里的蛔虫，他们谁也猜不出邱冷情的话是真，还是假，所以他们一个个都上当了，少林和尚上当了，邱冷情开始实行逃跑计划了。

第三场，比轻功。

邱冷情的逃跑计划就是在这一场上，他准备在比轻功时用"飞尘飘雪步"逃走，他不知此举能否成功，但他一定要试试，成功了就离开少林，即使失败了，少林寺也不会拿自己怎么样，他必须试一试，必须试图逃走，他作出了一个惊人的举动，开口说了一句话，"了悟大师，我想与你比试轻功！"邱冷情知道在少林寺中只有了悟大师心慈手软，只有在了悟大师的手上，才有可能玩出什么花招，才可能逃走。

了悟大师也是感到意外，"与我比试轻功，那我可得小心。"了悟大师知道邱冷情一定会耍计谋的，一定会在比武中使计谋取胜，但他却猜不出邱冷情要出什么花招来胜自己，所以他必须更加小心，面对一个聪明人，特别面对一个聪明人设的计谋，是非常可怕的，聪明人往往让人猜不透，摸不清，这就是聪明人的可怕之处。

了悟大师问道："邱施主，你想怎么样比试呢？"

邱冷情道："我们一起动身，到门边那棵大树上留一个记号，看谁先回到原地。"说完，邱冷情一指少林寺后院门前的一棵大树，而且一说完就大叫："了悟大师，准备好，开始！"

邱冷情必须不让少林和尚瞧出他的逃跑计划，也就是不能留时间让少林寺人思考，若让他们有准备，自己准脱不了身，他只有抓紧时间施行计划，话音一落，他身影已如电闪一般向那古树飞去。

了悟大师心道：原来你就是想趁我不备抢先机取胜，那你未免也太小瞧我了。

了悟大师提足一点，人已飞起，瞬间已追上了邱冷情，又一提气，已超过了邱冷情，眨眼间已到了古树边，遥空拍出一掌，古树立即留下了一个手掌印，人却借这一击之力倒飞回去。

邱冷情一见，了悟大师果然中计，心中运转口诀，"飞尘飘雪步"已使出，人顿觉身轻如絮，若有若无，比原来速度提高了十倍以上，他足尖在古树枝上一点，人如飘尘一般，已失去了踪影。

了悟大师刚转身影，即见了空、了因、了凡一起向古树掠去，心知不妙，回头一看，只看到邱冷情背影一闪，哪里去找人影，惊道："飞尘飘雪步！"

了悟大师一认出邱冷情用的是"飞尘飘雪步"时，就知道他犯了一个错误，犯了一个致命的错误，他知道了因、了空、了凡是追不回邱冷情的，同时他更加忧虑了，《出尘心经》重出江湖，势必又会掀起一场武林大战，他看出邱冷情功力还不深厚，《出尘心经》也学得不多，他还得出了一个结论，邱冷情盗了金佛，因为他出自黑道，又与此信有关，而且他与盗贼一样，武功不高，但轻功卓越，凭这些已经足够了，了悟大师默念道："阿弥陀佛，此人不除，武林必起祸端。"

第二天，各门派收到了一支来自少林盟主的令箭，命令他们追杀一个叫邱冷情的少年，并且要夺取他身怀的《出尘心经》，绝对不能让《出尘心经》落到黑道人物之手。

第二天，江湖上传遍了一个少年的名字——邱冷情，人们纷纷传言，邱冷情先只身入少林盗走了金佛，后又只身在少林打败了少林四大长老，大摇大摆走出少林，最重要的就是邱冷情身怀异宝，黑道最高武功秘笈《出尘心经》，一时间，邱冷情成了江湖上黑白两道都想找的人，黑道人找邱冷情，因为他们想得到一样东西，那东西自然就是《出尘心经》，但他们又怕遇上邱冷情，只身一人连入两次少林，打败少林四大长老，如今天下有几个人能有此武功呢？

第四章

　　白道人找邱冷情，也同样是为了《出尘心经》，他们不能让《出尘心经》落入别人之手，因为那样，黑道崛起，白道各派将抬不起头来，若是黑道人物得到了《出尘心经》，中原武林的结局只有一个，臣服于人，那他们当然是不愿意，不愿意就得试图挽回，而挽回的途径也只有一种，在别人未找到邱冷情之前，先找到邱冷情，逼他交出《出尘心经》，那就可以高枕无忧了，邱冷情就这样成了众矢之的。

　　这其中，震惊的还有追命判官管胜天，当年他追杀风啸天母子十几年，就是为了这本《出尘心经》，结果还是让风啸天躲了起来，几十年来，一直都无音讯，不想却出现在邱冷情身上，管胜天也知道《出尘心经》对于一个人的作用，它可以帮你登上高手之中的高手之列，追命判官管胜天也知道《出尘心经》对自己的作用，它可以使自己有足够的能力与鬼府神君搏一搏，那样才有可能不依靠鬼府的力量，甚至是消灭鬼府的力量，而独立控制整个武林，一个人有欲念时，他就会丧心病狂，此时的管胜天就是这样，他对权力的欲念使他彻底疯狂了，他下令，正义门全力追杀邱冷情，夺取《出尘心经》。

　　而邱冷情却茫然不知这一切，不是他不想知道，而是他无法知道，因为他的江湖经验太少，而且他几乎不知应该去留意打探信息，他以为天底下每一个人都像他一样，个个本性善良，所以他现在浑然不知道整个世界的人都在找他。

　　邱冷情此时走在一条阳光灿烂的官道上，现在已从少林寺逃出来了，信也在手上，他现在要去桂林象山找那红发老人，将信交给那红发老人，然后还要追查当年杀风啸天之母的人，当务之急还是送信到桂林比较重要，所以他一直向南而去。

　　"残风轩"是一个组织，一个赚钱的组织，残风轩里的每一个人都是见钱眼开之辈，每一个人的眼里只能看到钱，在他们眼里，世界上的一切都只是一个字：钱，所有的物质都是由一种东西构成，自然也是钱，残风轩什么事都做，只要能赚钱，杀人、绑票、保镖、押运，一切事都可以，残风轩里的帮主独孤残是一个爱钱如命的人，钱就是一切，钱可以改变一切，所以他失去了他最心爱的人柳风，柳风是一个不爱钱的人，她只爱独孤残，可惜独孤残爱钱胜过爱她，所以她死了。

柳芸是独孤残与柳风的女儿，柳芸是残风轩里唯一一个不爱钱的人，虽然她很快活，但是却很孤独，今天她终于忍不住了，偷偷跑了出去，所以她就没能见到一个人走进了残风轩。

这个人穿着黑衣、黑裤，还戴着黑帽子，大白天给人一种鬼魅的感觉，不错，这个人就是鬼府之人，黑无常就是她，她为什么要进残风轩呢？因为她听说了两件事，第一件事就是有关残风轩是干什么的，第二件事就是邱冷情闹少林之事，黑无常杀邱冷情别的目的没有，她受鬼府神君之命到中原来挑起各派之间的矛盾，眼前江湖上人人要找邱冷情，现在又有这么一个只为钱的组织，如果能让此组织去杀了邱冷情，自己却在暗中夺了邱冷情身上所怀的武功秘笈，那武林人士不是全找残风轩了？江湖势必又乱了一番。

黑无常见了独孤残。

独孤残道："山地的规矩，你知道吗？"

黑无常道："我知道！"

独孤残道："你想我帮你干什么？"

黑无常道："杀一个人。"

独孤残道："一万两，此人姓甚名谁？"

黑无常道："邱冷情！"

独孤残一听，立即开口道："十万两，此人目标太大，没有十万两不干。"

黑无常立即掏出十万两的银票，道："希望尽快见到你办完。"

独孤残见到银票，立刻眼睛发亮，双眼贪婪地盯着那些银票，道："残风轩的招牌可不是自挂的。"

黑无常冷冷地一笑，道："但愿如此！"话音刚落，人已幽灵般不见了。

柳芸在家中太无聊了，一个人跑到外面来玩，外面的世界多美好，蓝天白云，一切都是那么美，家里面每一个人都在拼命地追求钱，钱有什么好，怎么那么多的人都喜欢钱，柳芸正沉思间，忽然耳边听到一阵阵的打斗之声，啊哈，有戏看了，她顺着声音一直往前飞掠而去，终于，她看到打斗的现场，她掠上树去，坐在树丫上，看着场中的打斗，蓦然，那少年一转身，柳芸呆住了。

柳芸看清了那少年的样子，额头宽宽的，眼睛大大的，五官是如此匀称，柳芸心中闪过一种似曾相识的感觉，她心中一颤一颤的，她决定更近一些，弄清那少年到底是好人还是坏人，多年的江湖经验告诉她，一个坏男人若缠上你，比什么都可怕，更何况是一个长得如此美丽的男子，若他是一个坏人，那我还是不要去趟这浑水了，那少年身上似乎有一种魔力，她在心里直喊，你一定要是个好人，柳芸身形一闪，已到了几丈远的地方，柳芸终于看清了，那几名大汉原来是黄河五虎，黄河五虎向来在江湖上没有什么好名头，他们做尽了丧尽天良的事，既然是被黄河五虎追杀的人，必定是正派人物。

柳芸出手了，她不得不出手，她看见那少年负伤了，她被他风流倜傥的外表迷住了，她从心中已不知不觉地喜欢上眼前这俊美的少年了，所以她出手，她说不出是自己逼自己出手的，还是情不自禁出手的，反正她是出手了，她打定主意要救眼前这少年。

她随手甩出了一支袖箭，柳芸的功夫虽不能说是绝顶高手，但至少可以算一个高手了，袖箭出手了，而黄河五虎却毫无防备会有人突然来袭击，没防备就意味着与死神握手，与死神握手的结果只有一个，那就是死，三虎就这样与死神握了一次，死了。

"谁!"大虎一声暴喝，直震得地动山摇，多年的兄弟一旦死去，那份悲痛是可想而知的，二虎、四虎、五虎也停下了攻势，盯着那袖箭射来的方向。

柳芸知道再也不能藏下去了，随即一个转身，从树上轻飘飘地飞身下来，笑嘻嘻地站在他们几个的面前。

众人只觉眼前一花，已多了一个貌美如花的女子，女人有两种，一种是美丽的，另一种是不美丽的，美丽的女人往往让人头昏，柳芸就是这种能让人头昏的女人，美丽的女人也有两种，一种是不会杀人的，另一种是极会杀人的，柳芸当然是属于那种极会杀人的，这种既美得让人头昏，又极会杀人的女人很可怕，因为头昏的人一般容易失去理智，一个失去理智的人是很容易被人杀的，这种可怕的女人，眼前就有一个，那自然是柳芸，容易昏头的男人也有，那当然是黄河五虎，不，确切地说，应当是黄河四虎，所以他们得遭殃了，因为他们的头已开始发昏了，在不该昏头的时候，结局会是怎么样呢？那自然是死!

柳芸笑了，而且笑得很甜，她从黄河四虎的目光中已看出他们是那种容易头昏的人，是那种见到女人容易头昏的男人，柳芸很讨厌这种男人，很讨厌这种男人的目光，她心中杀气动了，她决定要将黄河四虎一个个地干掉，让他们去见死神，对死神发昏，第一步，她展开了一个笑容，她明白她的笑容里的意思是什么——让黄河四虎头昏，她做到了，那么第二步，她就得杀人了，如果黄河四虎的头还昏的话，那么他们就死定了。

黄河四虎初见老三被暗箭所杀，心中在悲痛，都想与发暗器之人火拼一场，为三虎报仇，但一见到柳芸出现，心中却生出了另一种想法，怎样将这漂亮的妞儿弄上床去？黄河四虎都是这种人，他们都是见了漂亮女人就容易冲动，当然是下面容易冲动，上面容易发昏的人，所以他们的命很短，特别是碰上了像柳芸这种既漂亮，又极会杀人，还外加一点心狠手辣的女人。

这俊美少年就是邱冷情，他对柳芸帮他解了围还是很感激的，他本身胸口已中了一刀，血流如注，再也支持不下去了，若不是柳芸及时出现，甩出一袖箭，杀了三虎，替他解了围，他早已被砍倒在地了，他看了柳芸一眼，第一印象还是挺好的，因为柳芸本来就十分漂亮，但他对柳芸对黄河四虎的笑又略感不自在，说不清他为什么会有这种感觉，反正总感到不怎么舒服。

柳芸出手了，柳芸在黄河四虎头脑发昏时出手了，抖手一出就是致命的剑法，她不愿多见一下这几个令人讨厌的家伙，出手就是绝招。

一阵微风掠过，黄河四虎看到柳芸笑吟吟地一挥手，胸口一凉，人就倒下了，倒下的结果只有一种，那就是死了，不仅死了，还死得很惨，都是一剑穿心而过，黄河四虎倒下了，邱冷情也倒下了，黄河四虎是因为死亡而倒下的，邱冷情没死，却也倒下了，他胸口中的一刀，伤口很深，过多的失血让他昏死过去了。

柳芸还沉浸在杀死黄河五虎，为民除害的喜悦里，冷不防"咚"一声，吓了她一大跳，扭头一望，那少年刚刚还好好地站在那里，现在已是"横尸当场"，她急忙跑过去。

"喂，你醒醒，醒醒呀，你……"他希望他能醒来，能陪她聊聊天，她真的很闷，再说，她对这少年已经有了好感，可以说是一见钟情吧，只是她自己不知道。

"喂，你快醒醒呀！"她又转到另一边叫了几句，这下他却发现了邱冷情胸前有一道深深的伤口，血流不已，现在还在流呢，难怪他昏死过去了，柳芸出手点了他胸前的大穴，护住心脉，止了血，现在怎么办呢？将他放在这里不管？不行，他会死去的，那该怎么办呢？将他弄回家去？可是怎么弄回去呢？没有马车，难道……难道……难道要我抱他回去不成？柳芸简直不敢想象，一个大姑娘，抱一个男子，不被人笑死才怪，可是不能这样不管他呀，小姑娘的心思很矛盾。

唉，算了吧，抱就抱，怕什么，我是为了救人才抱的，女人若是要做一件事，总是可以找到千百个理由，柳芸是一个女人，她当然也为自己找了一个堂而皇之的理由——救人，最后柳芸还是将邱冷情抱回家去了，只是这一切邱冷情都不知道。

邱冷情醒来时，已是在柳芸的房里了，睁眼一看，大红的帐子，锦绣的被褥，香气四溢的房子，这是什么地方呢？胸口的伤也被涂上了金创药，到底是谁救了他？

"公子，你醒了！"一个娇美动听的声音传入耳内，随着这声音走进来的，是一位貌美如花的姑娘，救邱冷情的自然就是这位姑娘，这位姑娘自然是柳芸了，柳芸见邱冷情挣扎着要起来，便笑道："公子，你最好不要动，你的伤很重，流血过多，你已昏迷一天一夜，现在身体很虚！"

邱冷情问道："姑娘，是你救了我吗？"

柳芸道："我看你不像坏人，又被人追杀，所以……"少女的矜持使她不好意思启齿，说她抱他回家的事。

邱冷情又问道："请问姑娘的芳名？"

柳芸虽然是对邱冷情有好感，可是若要她亲口告诉一个男孩她的姓名，她还是有点害羞的，现在邱冷情亲口问她，一番犹豫之后，她还是张口说出了，"我叫柳芸。"

邱冷情道："柳姑娘，救命之恩，没齿难忘，日后有机会定当报答。"说完又挣扎着坐起来，要走。

柳芸慌忙道："公子，你的伤还没好，不如多住几天，等伤好了再走吧！"

邱冷情双手一抱，道："谢谢柳姑娘，我有急事在身……"话还没说完，人顿觉一阵昏眩，柳芸连忙伸手抱住他，将他扶到床上躺好，柳芸虽然是一个大胆行事，泼辣的女孩，但终究是女孩子，抱着一个男孩，更何况是被他亲眼看见，亲身感受到，不禁羞红了脸。

柳芸红着脸，用一种只有她自己才能听见的声音道："公子，还是等伤好了再走吧！"说完连忙转身推开房门跑出去了。

柳芸独自一人跑出了很远才停下来，独自一人坐在一个亭子里，呆呆地望着天空发呆，"怎么我这么大胆，将他抱回家了呢，而且还这般照顾他，抱他的感觉总是有点怪怪的，说不出是什么感觉，如果能再抱一抱他就好了，哎呀，怎么会有这样的想法呢!"柳芸不禁暗骂了自己一句,"自己是不是喜欢上他了? 如果说有,那我怎么没有别人说的心动的感觉呢! 如果说没有,自己却又如此照顾他……好烦,好烦!"柳芸摇摇头,向家里走去了。

邱冷情亦是躺在床上翻来覆去,从被黄河五虎围攻时被柳芸所救就对她产生了好感,她又将自己带回家来,给自己疗伤,她对我真好,而且她说的话似乎有一种魔力,每一句都是那么好听,只是这不太方便,一个大男孩住在一个女孩家……迷迷糊糊地想了半天,才沉沉睡去。

独孤残在大厅内发脾气,"混蛋,失踪了一个大活人,你们怎么办事的,招牌是怎么挂出去的,让你找一个人都找不到,都干什么去了,吃白饭!"

手下对独孤残的训斥,一个个低着头,不敢多一句嘴,直到他的火气稍稍平息了一点,一个手下才说:"报帮主,那小子是在残风轩境内失踪的,他被黄河五虎追杀,后来不知被何人所救,接着就失踪了。"

独孤残听完不禁沉思道:"难道是有人存心想砸我的招牌,才故意这么做的?是那黑衣人?!"心念至此,又大叫道:"找,给我找,刨地三尺,也要将那小子找到。"

"是,帮主!"手下纷纷答道,退了出去。

"爹,我回来了!"大厅外人影一闪,柳芸已到了大厅之上,"爹,你刚才怎么发那么大的火? 你要他们找什么?"

独孤残自幼十分宠爱这个女儿,自从她母亲死后,更加宠爱,对她的要求是有求必应,见女儿问他,便道:"我要他们找一个人,他们却找不到,好了,乖女儿,你也累了,快回房休息去!"

独孤残十分疼爱唯一的一个女儿,不想让她卷入江湖的恩怨之中,可偏偏柳芸从小就大胆泼辣,好动,是学武的好料,自幼便缠着父亲学武,无奈,独孤残只好遍寻名师,将她送去学武,十六岁回家后便想到处打打闹闹,独孤残生怕她在外惹出什么乱子来,所以尽量不让她知晓帮中之事。

柳芸撒娇道:"不嘛,爹爹告诉我,告诉我你要找谁? 做什么事!"

独孤残无奈道:"我们找的那人叫邱冷情,是别人让我去杀他。"

柳芸道:"就是江湖传言那个二进少林,盗走金佛,打败少林四大长老,身怀绝世秘笈《出尘心经》的邱冷情?"

独孤残道:"是啊,你怎么知道那么多?"

柳芸道："江湖上到处都传遍了，我怎么不知道呢？"

独孤残对女儿爱管江湖是非简直没办法，便道："乖女儿，这些你不要问了，以后也不要到处乱跑了，知道吗？"

柳芸也知道他父亲不让她卷入江湖是非之中，便笑道："知道了爹爹，你是不是又怕我惹事？放心吧，我这么大了，不会到处惹事的。"

独孤残笑道："没有就好，没有就好。"

父女俩又随便聊了几句，便各自回去休息了。

独孤残回去后怎么也想不通，邱冷情到底能躲到什么地方去，他还以为别人是故意来拆他招牌的，刚刚有人付了钱，让他杀人，那人立刻就失踪了，而且还是在残风轩境内失踪了，这日后传扬出去，残风轩的招牌不用挂了，独孤残决定得自己出马了，不然残风轩的金字招牌挂不住了。

柳芸回到房中，却是没休息，她坐在桌前不禁想道：不知那邱冷情是什么样子，听传言他才十八岁，武功深不可测，身怀异宝，爹爹要去杀他，会不会有危险呢？胡思乱想了半天，忽然又想起了她救回的那少年，何不去看看他？主意已定，便向外走去。

柳芸已走到了邱冷情的房前，道："公子，我可以进来吗？"

邱冷情伤已好了大半，正在运功调息，听到柳芸的声音，便道："柳姑娘，进来吧！"

柳芸走进房内，见邱冷情坐在床上，忙问："公子，你的伤好了？"

邱冷情道："差不多好了，谢谢柳姑娘相救。"

柳芸道："不要总是谢谢，弄得别人都不好意思了，对了，我还不知道少侠名号呢。"

邱冷情道："姑娘于在下有恩，我也不必对你隐瞒什么，在下邱冷情。"

此言一出，柳芸不禁呆住了，她怎么也没想到眼前这位少年就是江湖上传得神乎其神的少年，她简直怀疑是在做梦，自己救回家的少年竟然是邱冷情，一时间她的思想矛盾极了，江湖上的传言不知是否可信，到底他是因什么原因被人追杀还是个谜，而父亲也要杀他，自己该怎么办？这邱冷情看上去不像个坏人，到底是怎么一回事呢？经过半天的思考，结果还是少女喜欢的情绪占了上风，先问问他再说，如果他真的是坏人，就让爹爹杀了他，如果不是，那就要跟定他！

柳芸便道："你知道江湖上到处都有人在找你吗？"

邱冷情愕然道："找我？找我有什么事？"

柳芸道："现在江湖上黑白两道到处都有人在找你，他们都想杀你。"

邱冷情道："杀我？为什么？我又没得罪他们。"

柳芸道："大概你还不知道江湖上的传言吧？"当下便将江湖上传言他如何二进少林盗金佛，打败少林四大长老，武林盟主下令追杀他，黑道人物如何想杀他夺得《出尘心经》的事全部对他讲了一遍，"现在你该明白了为什么江湖上有那么多的人在追杀你吧！"

邱冷情听后不禁怅然失色道："怎么会这样？"他万万没想到江湖上居然把他传成了这么一位传奇人物，更没想到居然把他误认为是盗金佛之贼，而且武林盟主下令追杀他，黑道人想杀他夺《出尘心经》，这一切都是他所没想到的，这时他忽然感到江湖的可怕，江湖的险恶，茫茫尘世间，哪里才有一方净土能容下自己？他喃喃道："我没有盗金佛，我不是盗贼，我没有盗金佛，我不是盗贼……"

柳芸见他失神的样子，心中不由大为震动，心道：他一定是个好人，决不是像江湖传言中的那样。一颗心已不知不觉偏向他了，她见邱冷情那失魂落魄的样子，心中大是不忍，幽幽道："邱少侠，我相信你绝对不是盗贼！"

邱冷情闻此言，似是觅到了一个知音，便将他在凤尾镇的童年一直到闯少林的前前后后都对柳芸讲了一遍，说到最后，柳芸已是泪水涟涟，泣不成声了，邱冷情在不知不觉中已将她当作了一个可以知心的朋友，"柳姑娘，我想我还是得走了，有这么多的人想要杀我，我留在此地，会给你带来许多麻烦。"

柳芸一听顿时花容失色，才见面几天，又要分别了，柳芸的心依依不舍，女孩的心思就是那么怪，如果她决定喜欢你，跟定你，你是甩也甩不掉的，现在的柳芸就是这样，从最开始的好感，到现在的喜欢，她已打定主意要跟邱冷情了，听到邱冷情要离开，心中那份依恋已是十分明显地表露出来了，她十分天真地说道："邱少侠，我和你一起走，可以吗？"

邱冷情闻柳芸之言，不由大吃一惊，"这怎么可以，我不能带着你出去闯荡江湖的！"他心中对柳芸已生出了爱慕，他实在不愿拖累柳芸，现在他知道了江湖中有这么多的人在追杀自己，而他的武功又不高，虽然"飞尘飘雪步"天下无双，但那只能作逃命用，如果带上柳芸，遇到有人追杀怎么办呢？"混天十八式"现在他还不敢练，风啸天说必须等"飞尘飘雪步"炉火纯青时才能练，他不知道现在他"飞尘飘雪步"练到什么程度了，他只知道，虽然他的武功不及少林四大长老，但是他使用"飞尘飘雪步"，却可以甩掉四大长老的追击，他不知现在这样的火候算不算炉火纯青，但他知道，他现在必须练"混天十八式"了，"飞尘飘雪步"出神入化的能力使他充分相信《出尘心经》，更何况江湖上有这么多的人想夺取《出尘心经》，也证明了《出尘心经》的确威力非凡，现在江湖上有这么多的人要杀自己，现在不练，总不能等别人杀了自己再去练吧，必须要找一个地方，好好练功才行。

心想到这里，便对柳芸道："柳姑娘，谢谢你的救命之恩，现在我必须走了，柳姑娘，珍重！"说完人已站起，离开房间，向外走去。

只剩下柳芸一个人呆呆坐在房里悲伤，她喜欢邱冷情，可是却不能与他在一起，他今后的道路还不知有多艰险，他为什么不带我走呢？难道要我缠定你，不放手吗？

忽然，外面一片嘈杂之声打断了她的思考，她仔细倾听，似乎是打起来了，"糟了，爹爹要杀他！"她立即飞掠出去，穿过院子，立刻就看到院中对峙着一大堆人，围在最中间的是他的心上人邱冷情，外面却是残风轩的人，当然还有她的爹爹。

独孤残道："邱冷情，你可真够胆大的，居然钻到我家里来了，难怪江湖上失去了你的踪影。"

邱冷情问道："我与你无怨无仇，为何苦苦相逼？"

独孤残道："我与你是没过节，可是有人出钱让我杀你，所以你必须得死，少废话，拿命来！"话音一落，人已经飞射而起，直扑邱冷情，独孤残听江湖传言中邱冷情个人力挫少林四大长老，是以也不敢大意，上手就是夺命杀着。

邱冷情不认识独孤残，见他上来就施杀手，心中不由动了怒气，脚下一动，"飞尘飘雪步"已动，一条身影如魔鬼一般在独孤残身边打转，不时一招几式打出，弄得独孤残手忙脚乱。

柳芸在一旁急得直瞪眼，两人都对自己非常重要，不管是独孤残伤了邱冷情，还是邱冷情伤了独孤残，对她来说，都是一种打击，唯一的办法是两个人停手，她立即双足一蹬，人如一只鹏般飞向两人中间。

她此时已是急红了眼，要知道，这可是玩命的做法，要知道，两个人打斗都各展全力，若是突然在其中插入一人，两人的功力全打在你身上，除非有绝世奇功，否则一般人都得丧命，这时柳芸已是顾不上这些了。

独孤残乍见女儿闯入了两人对阵的圈子里，急得慌忙收招，大叫道："芸儿，回去，不要在这里多事。"

邱冷情一见是柳芸，也连忙停住步法，顿时千万条人影消失了，他收住攻势道："柳姑娘，这里没有你的事，我的事，我自己会处理好的，柳姑娘还是不要卷入这是非中来。"他还不知道独孤残就是柳芸的父亲，他只是关心柳芸，不愿柳芸卷入这场纷争之中。

独孤残听邱冷情对柳芸如此说话，惊道："你怎么认识我的女儿？"

邱冷情一时也呆住了，没想到柳芸是独孤残的女儿，他望望独孤残，又望望柳芸，半天没开口说话。

柳芸道："爹爹，是我救他回来的，你不要为难他了，好不好？"她和独孤残撒娇惯了，此刻她的心很乱，她现在面临一次感情的选择，到底是偏向哪一边呢？如果他们两人停手讲和，那是最好不过，可是这种可能性似乎没有，她知道残风轩的规矩，收了人家的钱，就得帮别人办事，否则得十倍赔给别人，杀邱冷情她不知是何人主使，出了多少钱，但依她的经验可以知道，邱冷情现在的身价绝对超过了十万两，如果爹爹不杀他，至少得赔出一百万两，足够让残风轩关门了，而爹爹又是爱钱如命的人，他会放了邱冷情吗？万一他们两人拼个你死我活，她该怎么办呢？

邱冷情亦没料到柳芸会叫独孤残父亲，现在若叫他出手，他真的不知该怎么办了，不出手，自己的性命难保，出手，他可是自己救命恩人的父亲，怎么办？

独孤残可顾不上那么多，他只知道赚钱，杀了邱冷情，十万两就到手了，放了他，就要赔一百万两，这可连老本都掏光了，现在这小子自己送上门来，岂能放过他？当下大叫道："芸儿，退下，爹要杀了这小子！"

柳芸大惊，她没有退下，她选择了另一条路，继续停在两人中间，想死？当然不是，她心中明白，独孤残再怎么爱钱，也不会伤她一根毫发的，自己是邱冷情的救命恩人，邱冷情更不会对她下手，现在唯一的办法就是站在这里，不动，永远别动。

独孤残没想到女儿竟是不听话，仍然站在那儿，气极败坏，女儿不能伤到，银子也不能丢，他大声怒道："芸儿，你真不听话吗？爹爹可要生气了。"独孤残以为怒可以吓吓柳芸，以前当柳芸闹事闹大时，他就发怒，柳芸总是一言不发，回到房里去，今天大概也不例外吧，独孤残等女儿回答。

柳芸回答了，她答出一个令人心惊的答案，不仅独孤残心惊，邱冷情心惊，而且连她自己都心惊，"爹，如果你想杀邱少侠的话，就先杀了我吧！"说完，柳芸的心怦怦直跳，弄不清她为什么会说出这句话，她知道，如果她不能让独孤残和邱冷情两人停手，那她就只能这么做了，她顺从了独孤残，邱冷情就得死，这么做，独孤残不会死，邱冷情也不会死，只要活着，就有戏唱。

独孤残呆住了，他没料到女儿会对他说出这句话，难道真是女大不中留了吗？女人的心思他不懂，他不懂为什么一个女人有时候可以为了一个男人什么都可以抛弃，他始终弄不明白，所以他失去了柳风，现在他不能再让女儿有什么差错了，他叹了一口气，道："你们走吧，走得越远越好，永远也不要再回来。"

邱冷情也呆住了，他一听柳芸说出那句话，就知道自己的一生将永远地与一个女人联系上了，他已决定带上柳芸走。

一段爱情就这样展开了，邱冷情和柳芸一起走了。

青城派的两名弟子马不停蹄地向武当、少林赶去，他们得向武当、少林告知青城发生的事，还有墙上写的字，可是他们却并没有到，因为他们死了，死人是不会走路的。

但却另外有两个人到了武当，这两人一高一矮，这两人当然就是牛头、马面。

牛头和马面见到了武当掌门人张学友，牛头和马面要杀张学友，杀张学友的原因只有一个——张学友是武当掌门人，既然是武当掌门人，就该杀，这是鬼府的行动，鬼府要攻战中原武林，各大门派都得知，张学友既然是武当掌门人，当然也不例外。

牛头、马面见到了张学友，剩下的问题就是杀张学友，剩下还有一个关切的问题是，牛头、马面有没有能力杀张学友。

当然有，不然牛头马面就不是鬼府之人。

张学友死了！

张学友被牛头、马面杀死了！

张学友见到牛头、马面时说了一句话："你们两人不是青城派弟子。"

牛头马面笑了，很诡秘地笑了，"张掌门，你很聪明，可是聪明人往往很短命。"

在说完之后，牛头、马面就攻出了一招，攻出一招之后，两人都退了回来。

张学友掌门不是纸做的，他的武功很高，这是牛头、马面的第一感觉。

第一招牛头以指劲攻张学友脑门的百会穴，马面以掌劲攻张学友的背部。

牛头的指力很特殊，你不能挡，因为他的指力可以破内家真气，像针一样钻进去，直接杀了你，你也不能躲，你越躲，只会死得越快。

马面的掌劲也很特殊，你不知道掌力到底在哪里，这掌劲无声无息，只遇人就炸，你不能硬挡，这掌劲可以绕过你的掌劲来到你身边杀了你。

张学友这时并没有挡，也没有躲，他抽出了剑。

抽出一柄木剑。

木剑一出，就指向了牛头发出的指劲，指劲能破内家真气，却没能破木剑，木剑只是震了一下，断了，但断出的一截却向牛头飞来，所以牛头只有退。

接着张学友将剩下的半柄断剑一扔，这次，断木剑飞向了马面的掌劲，木剑与掌劲一接触，掌劲消失得无影无踪，木剑却炸了，像炸药一样炸了，但炸碎的木块却不是乱飞的，它们都向马面飞去，所以马面也只有退。

牛头、马面退回后，又进了一步，牛头对着马面的背部发了一掌，但马面并没有死，也没有受伤，马面紧跟着牛头，向张学友发了一掌。

这次牛头、马面没有退，张学友却退了，他不是自己要退，而是被震退的。

张学友的武功虽然很高，但仍不能与鬼府对抗，这是牛头、马面的第二感觉。

张学友第一招逼退了牛头、马面后，准备乘胜追击，却见牛头一掌打在马面的背上，他以为牛头杀了马面，哪知马面却分出了一掌，张学友立即全力推出了一掌。

"砰！"张学友退了三步，双手颤抖不已，嘴角流出了一丝鲜血，和马面对掌时自己的掌力与马面的掌力一接立即抵消，可马面的掌劲里却立即传来几股原本不该存在的暗劲，冲进体内，像炸弹一样爆炸，若不是有神功护体，只怕早已肢离破碎了。

牛头、马面没有再发第三招，他们只是笑了几声，便对张学友说："你死定了！"

张学友正待发招，忽然感到手似乎已经不听话了。

牛头、马面又说道："看看你的脚下！"

张学友低头一看，就知道他没救了，他看见了他脚下在流血，鲜红的血，如果只是流血，张学友还是要拼一拼的，但这血却闪闪发光，而且流到哪里，哪里就燃烧起来，这时张学友没有发招，而是想起了两个人。

——武当上代掌门人，张学友的师父，他记得师父说过，师祖就是这么死的，师祖死时的武功至少有他现在的几倍左右，却依然死了，只因他和别人对了一掌。

——鬼府狂妖，这个人就是和张学友师祖对了一掌的人，那年鬼府狂妖已是老弱病残，将死之人了，他和师祖对了一掌，即被掌力震飞出去，心脉寸断而死，师祖退了三步，血流不止而死。

张学友放弃了出招，只说了一句："你们是鬼府之人！"说完就死了。

牛头、马面相视而笑，道："你知道得太迟了！"人影一晃，已消失在空气里。

那地上自然有了几个字，"先杀青城，再灭武当，华山少林，同样杀光，天下武林，唯我称王。"

张学友的武功很高，现在已使不出来了，这是牛头、马面的第三感觉。

在牛头和马面消失之后，张学友又坐了起来，他眼神散而无神，双手颤抖着在地上写了几个字——速告武林盟主，鬼府重出，写完双目一闭，这下张学友是真死了。

三天后武当又来了一人——金剑白龙司马如风。

金剑白龙司马如风和张学友是忘年之交，他每年都得上武当一次，这次却遇上了张学友的葬礼。

金剑白龙司马如风在和邱冷情分别后，一直追杀采花淫魔董千千，终于在太湖给追上了。

司马如风手握金剑站在路前，道："董千千，留下命来！"

董千千道："金剑白龙，我与你又没结梁子，你干吗总是与我过不去？"

他原想再多说几句，现在他却说不下去了，金剑已出手，董千千不是不想说，而是不能说话，想说也不行，除非你不怕死，董千千当然怕死，所以他不说话，他也出招了。

金剑白龙司马如风知道，不能给董千千喘息的机会，董千千就像是一只老狐狸，在猎人的追杀之下，拼命地逃，最后终于追上了，这时你必须尽快杀了它，你若给它一丝喘息的机会，那它就会再次逃脱，甚至它会咬死你。

董千千就像是一只狐狸，一只成了精的老狐狸，追上他，必须就杀了他，不给他丝毫喘息机会，否则他就会杀了你。

金剑白龙司马如风就是一位很好的猎人，对于老狐狸，他知道是绝对不能心慈手软，狐狸是不会讲人情的，你只能杀了它，毫不犹豫地杀了他，所以他对董千千一下手就是必杀绝手。

金剑如闪电般直刺向董千千，闪电虽然很猛很烈，但闪电毕竟只有一条，而狐狸在垂死挣扎时却有着一股不可思议的力量——人类求生的本能，董千千就是靠这种力量接下了金剑白龙的第一招。

董千千掏出了他的兵器，一把折扇。

这不是一把普通的折扇，扇面不是用纸做的，扇骨也不是用竹做的，它的扇面用的是天蚕丝织成的，既然是天蚕丝，就是不畏刀剑，扇骨是百炼玄铁制的，这当然是司马如风不知道的。

董千千就在金剑白龙司马如风出剑时掏出了折扇，迎着那闪电，一展开，金光一闪即逝，都没能刺进扇里，所以董千千活了，至少在第一招里求得了生存

金剑白龙司马如风在一招发出以后，只见一团白光一闪，软软的，一丝也刺不进去了，便立即收了招，收招的理由只有一个，准备第二招，不，应该说是董千千的第二招。

董千千出招了。

垂死的老狐狸知道，如果只是躲避猎人的击杀，你最终还是会被杀死，只有主动进攻，杀死猎人，这样就可以求得生存，世界上只有狐狸，没有了猎人，狐狸当然可以好好地活下去，猎人在狐狸的眼里都该死。

金剑白龙司马如风在董千千的眼里也该死，董千千出的一招很平凡，只是用扇一挥，用扇当胸向司马如风一挥，很平凡的一招，平凡得令人怀疑他到底是在拼命，还是在演戏，不过司马如风没时间去想这些，这一招很平凡，但是很快，快似闪电，如果在闪电向你飞来之时，你去想这闪电是否平凡，那只有与死神去讨论这个问题了。

司马如风当然明白这一点，他没有想，他动了一下手，只是动了一下手，就有一道金色的长芒迎向那闪电般的扇子，这道金光很耀眼，以至让人无法看见金光中飞出了一丝黑色。

董千千很高兴，也很得意，他的神情就像是一个老狐狸杀死了猎人之后那种得意的神情，他不是没原因的，他的得意就是因为金光中飞出的那丝黑色。

金剑挡住了折扇很平凡的一击，不过折扇突然一动，一根扇骨突然张开了一条缝，当然不是张开给人看的，而是要人命的，缝里疾射出了一支小箭，小箭化作一缕黑色，穿过金光，向司马如风面门射去。

这一招很突然，司马如风倒了下去，所以董千千才很高兴，很得意，不过他只得意了那么一会，他看见一个令他震惊的现象，这现象使他得意不出了。

他看见了司马如风站了起来，任何人中了那支小箭是绝对站不起来的，金剑白

龙司马如风却站了起来，因为他并没有中那支小箭，小箭被金剑白龙司马如风咬在了嘴里。

董千千眼神很绝望，一种死前的绝望，绝望中还露着一丝挣扎。

司马如风出了第二招。

一道金光，说准确一点，应该是一片金光向董千千飞去，金光中一片血红一闪，董千千的一只手臂就掉在了地上。

董千千当然不愿意他的手臂外出旅游，但是他没办法，老是想保留手臂，他就得付出他的生命。

在司马如风出第二招之时，董千千同样没放弃挣扎，狐狸有比人更强的求生欲望，甚至最后一刻，它都不会放弃挣扎，哪怕是在临死前，只要有机会，它还是会咬你一口，这是狐狸与人的不同，狐狸永远都是在想如何去伤或者说是杀别人，包括在临死前，而人在临死前，想到最多的往往是自己做的错事。

董千千是一只狐狸，当那片金光到来时，他使出了全身劲力，将折扇挥成一片白云，包住了自己，企图阻止那片金光的进一步前进，很可惜，再浓的云，其中也是有缝的，只要有缝，就能透光，在董千千周围的那片白云同样有缝，而且不只一条缝，有四条缝，如此，就有四道金光从四处射向了他。

一道直射他的脚部。

一道直射他的双眼。

一道直射他的背部。

另一道当然是射向他的手。

董千千是不会让这些金光吻上他的，一个人若是脚、眼、背、手和剑吻了一下，而且是剑手出的剑，那么你的下场一定很惨，一定很惨，生不如死。

董千千现在唯一的办法就是躲，他躲了，但他仍然掉了一只手，如果那只握折扇的手一动，那白云将会出现更多的缝，将会有更多的金光射进来，那只手没动，任金光直向它射去，所以这只手掉了，从董千千身上掉了下来，将永远不回去，血光一现，白云和金光一起消失，狐狸在求生时是可以放弃一些东西的，像是有一种动物，如果天敌咬住它的尾巴，它的尾巴就会自断，咬它的脚，脚同样断了，不管你咬哪里，哪里就断，而它的躯体却逃走，前提自然是断一处可以保住生命。

董千千选择断一只手臂，下一步当然是逃跑，在断臂之后，他转身就飞奔而逃。

逃了吗？没逃！！

狐狸用此招，在一般的猎人面前可以有效，但在老猎人的面前，那简直就是小儿科，金剑白龙司马如风是位老猎人，他早知道董千千会来这一手，在董千千断臂之后，立即人剑合一，直冲董千千背后冲去，那速度，远远超过了董千千逃跑的速度，董千千如果继续逃的话，势必被一剑穿心而死。

董千千不是一只一般的狐狸，他逃跑是有一定准备的，就在金剑白龙司马如风跃起身的一刹那间——

那只断了，本不应再动的手动了一下，一动，折扇立即爆裂，那根根扇骨向金剑白龙司马如风的周身大穴电射而至，司马如风如果继续追的话，那一定会在剑刺进董千千背之前被扇骨先杀死，金剑白龙现在唯一可做的是迅速退回去，但一退就耽误了时间，这时间足够让董千千跑得无影无踪。

逃了吗？没逃！

金剑白龙司马如风也不是一个一般的猎人，不然他就不叫金剑白龙，当那些扇骨向他飞来时，他做了一件事，一件两全齐美的事。

——他把剑扔了。

不是扔向地下，而是扔向董千千，同时双手一掌扫飞扇骨，人停了下来，但剑却没停，剑直向董千千飞去。

董千千正暗自窃喜，终于死里逃生，他十分相信他的那把肩子，那一定会把金剑白龙司马如风拦住，他忍不住回头一望，顿时把他吓了一大跳。

扇子拦住了司马如风，却没拦住司马如风的剑，在他回头的一刹间，剑已到了他的咽喉前，没等他反应过来，剑已刺了进去，董千千死了，在死时他说了一句话，"司马如风，你是个很好的猎手！"

怎么？你现在才知道？

太迟了！！！

金剑白龙司马如风杀死董千千之后，司马如风决定上武当会一会老友，于是他到了武当，却看到了张学友的葬礼，朋友死了，每个人都很愤怒，特别是知道朋友是被人杀死的。

"是谁杀了他？"

金剑白龙司马如风决定要为张学友报仇，不一会儿，他又改变了主意，他看见了张学友死前留的字，所以他改变了主意，不是他怕死，不敢去招惹鬼府，而是他明白，"鬼府"出动，武林中必然有大乱，鬼府一定不会只是杀一个张学友，鬼府的阴谋绝对不是那么简单，现在必须去找天宫神朴了，只有天宫才有能力与鬼府对抗，而天宫神朴的下落只有他一个人知道，若不去告知鬼府已出动，后果将不堪设想，所以司马如风改变了主意，眼下最重要的是找天宫神朴，挽救中原武林。

观天象，天狼星更大更亮了，不知中原武林的一场大劫能否逃得过。

邱冷情和柳芸从残风轩走了以后，他们一起上路了，邱冷情想去桂林，他们自然一起向南而行。

邱冷情对身边的这个女孩感觉是越来越强烈了，从救命之恩的感激，已渐渐演化成一种爱慕了。

"你为什么要跟我一起走？"邱冷情问道。

柳芸道："当时我也没想这么多，只知道我若是站到我爹那边，你就会被我爹杀了，但我和你站成一线，每个人都好好地活着！"

邱冷情对柳芸的回答略感失望，其实他也不知自己到底听到了什么样的回答，但就是有一种怅然若失的感觉，他抬头望了望走在身边的柳芸，只觉她是那么漂亮，那么美，在阳光的照耀下，似乎周身透出一种圣洁的光环，使人望而生敬，但又觉得其中也透出一种柔和，让人不自禁地想靠近她，或许这就是恋爱的感觉吧，他不禁脱口而出道："柳姑娘，你真美！"

柳芸是那种敢爱敢恨大胆的女孩，从第一次见面，到现在，她自己知道，已是爱上邱冷情了，哪个女孩听到心爱的人赞美不高兴呢？女孩的心思很奇怪，明明很高兴，却又装出生气的样子，"你好坏！"柳芸也不知是带着一种什么样的口气说出口的，说完就跑了。

邱冷情弄得一头雾水，"什么意思？哪里得罪她了！"他叫道："柳姑娘，等一下！"他立即展开身影追上去，"柳姑娘，不要走那么快嘛！"

柳芸却把眼一瞪，道："别满口柳姑娘，柳姑娘的，难听死了，不能换个称呼吗？"

邱冷情一愣，"换个称呼？那我叫你什么？"他心道：女孩的心思真怪，让我换个称呼，我能叫你什么呢？但柳芸这话听起来却十分舒服，心中有种说不出的感觉，似乎味道有点不同，怎么说呢，反正与平时的味道不同，他问道："那我叫你什么？"

柳芸心中一嗔，"这么笨，我们女孩家怎么好意思说出口！"口中道："邱少侠，你今年多大了。"

邱冷情不解，道："这与我多大有什么关系呢？"顿了一顿，又道："我今天虚度十八春。"

柳芸道："我才十七岁。"

邱冷情顿时明白了少女的鬼心思，便道："那我以后就叫你芸妹妹，好吗？"

柳芸心中嗔怒变喜，道："好啊，那以后我就叫你邱大哥！"她心中甜甜的，总算不是笨到底，还可救药，经这提醒，还能转过脑筋来，她又道："邱大哥，咱们到前边那片树林里去休息一下，好吗？"

邱冷情道："好啊！"

说完，他们一起飞奔向前面不远处的那片树林。

邱冷情和柳芸高高兴兴地向那片树林飞去，他们彼此都需要好好地沟通一下。

邱冷情和柳芸一起进树林里，找了一个地方坐下，相互说笑，不知不觉间时间已慢慢流逝，他们似乎忘记了时间的存在，仍在开开心心地谈笑，可是却有几个守在一边的人等不及了，终于，他们现身了。

"邱施主，别来无恙！"

一个声音在邱冷情身后想起。

邱冷情和柳芸猛地一回头，了因、了空、了凡三人站在不远处的树下。

"邱施主，少林寺已经找了你很久了，希望邱施主能与老衲一同往少林一行。"了空大师道。

邱冷情问道："难道你们还在怀疑是我盗的金佛？"

了因大师接口道："不管你是不是盗金佛之人，只有你是唯一的线索，而且上次你对我们掌门说，你告诉他谁是盗金佛之人，现在只有请邱施主随我们上少林了。"

柳芸在一旁听了忍不住大叫道："你们凭什么说邱大哥是盗金佛之人？你们有何证据吗？我看少林也是名门大派，怎么也做出这种小人之事来了呢！"

了因大师接口道："罪过，罪过，我们并没有说邱施主就是盗金佛之人，女施主说话言辞好生厉害，我们少林并非小人之辈，只是此事关系重大，不得不出此下策。"

邱冷情道："上次我说告诉了悟大师盗金佛之人是谁，那是我耍的计谋，有得罪之处，望大师海涵！"

了凡大师在一旁早就不耐烦，大叫道："少跟他废话，这小子诡计多端，小心又让他跑了，师兄，下手制服他，还怕他不去少林！"

柳芸冷冷地道："少林不愧为名门大派，原来有此高人，佩服，实在佩服。"

了凡大师心知柳芸在讽刺他，怒叫道："你少在这里冷言冷语，这里不关你的事，走到一边去。"

了因大师见状，忙道："师弟，不要无礼，少林行事向来光明磊落……"

话未完已叫柳芸给打断，"你们少林行事光明磊落？血口喷人，在没弄清事情之前说别人是盗贼，这也叫光明磊落？少林四大长老围攻一个小孩，这也叫光明磊落？我看少林只是伪君子，小人一个。"

了空大师道："女施主，话可不能这么讲，我们并没有认定邱施主是盗金佛之人，至于四人围攻他，当时情况你不了解，实在是情非得已。"

邱冷情道："我已说过，我不是盗金佛之人，而且我也不知道盗金佛之人是谁，你们要我去少林干吗？"

了凡大师道："邱施主，今天恐怕就由不得你了。"

柳芸道："难道你们想以多取胜，强行抢人不成？"

了凡大师道："女施主，你说的很对！"话音一落，人已飞扑向邱冷情，在了凡动手的一刹那，了因、了空也向邱冷情围攻过来。

邱冷情在了凡大师扑过来的一瞬间，脑中闪过了无数个念头，战？还是退？战！自然是以二敌三，他和柳芸对少林四大长老中的三个，战就必须得胜，他不能连累柳芸，战，同时也意味着必须得付出很大的损失，他的武功还不是很好，即使加一个柳芸，也不是了凡、了因、了空他们的对手，那只有以智取胜，自己有独步下天下的轻功，可以轻易逃脱，那柳芸怎么办？自己一走，了凡他们会不会扣留柳芸姑娘作人质？不行，不能逃，柳姑娘对我有救命的大恩，我不能这样做。

那么不战，不战的结果只有一条，随少林和尚回少林，不行，我决不到少林去，到少林的结果，绝对是被软禁，那滋味实在是比死还难受，不能去少林。

剩下唯一的一条路就是——带上柳芸逃走。

但事实上却容不得他想这么多，柳芸已和了凡大师交上手了，无奈，他只得出手与了因、了空大师相搏，虽然他并不愿意。

了凡大师在扑向邱冷情的时，冷不防，柳芸一招向自己攻来。

了凡大师是以只有退回来，他也只能退回来，他发现了一件事，他发现柳芸使出的是雪山神尼的绝世奇招"流云飞袖"，了凡大师只有退一步，他身处柳芸两招夹击之下，他不退的结果，可能有一种——去和死神见面，所以他退了一步，他一退，却陷入了另一种更难的处境。

——柳芸抢到先机，又接着向了凡大师攻出了十二招，招招不离了凡大师的周身大穴，了凡大师立即知道，他必须潜心来对付这个女孩，并且不能伤了他，雪山神尼是少林上代掌门人的老友，而且对少林有恩，这少女既然会雪山神尼的绝世奇招，说不准与雪山神尼有密切的关系，伤了她，那以后见雪山神尼就不好交待了。

但这么一来，了凡大师立即陷入了苦战之中，柳芸攻出的十二招，每招都是"流云飞袖"中精妙之处，了凡大师无奈，

他只有退，他知道"流云飞袖"的最大厉害之处就是"隔山打牛"，用手挡，受伤的不是你的手，可能是你的脚，令人防不胜防，他只能闪避，在闪避中攻击，但刚才柳芸一下抢占了先机，又猛烈地向了凡大师攻击，虽然了凡大师的功力比柳芸高，但了凡大师却有顾忌，他们一时打成了平手。

而邱冷情却不是那么乐观，了因和了空两大长老共同夹击，而邱冷情又不能逃走，他只有奋力与了因、了空大师周旋。

了因大师和了空大师两人攻击的招式一上一下，一左一右，相互补充，配合得天衣无缝，了因用"龙爪手"，从右向邱冷情攻出三十招，了空立即配合了因大师，从左向邱冷情攻击出了二十招，两人的招式虚实互补，简直是密不透风，邱冷情只有一条路。

——受制。

虽然了因和了空的配合很好，仍然还是有一丝缝隙的，偏偏邱冷情又学会了天下无双的轻功"飞尘飘雪步"，哪怕只有万分之一秒的机会一现，他都可以借"飞尘飘雪步"从中逃出去，所以邱冷情逃出去了，在两人的夹击之下逃出去了，虽然是有些吃力，但必竟是逃了出去。

第五章

邱冷情逃出两大高手的夹击之后，做了什么呢？他做了一个谁也没料到的选择，他放下了双手，并且说了一句话，一句连他自己都不敢相信的话，"我跟你们走。"

因为这句话，了因和了空大师都住了手，因为他们住了手，他们又上当了，邱冷情又一次逃掉了。

在邱冷情说出这句话的同时，柳芸也大吃了一惊，她相信邱冷情受了冤枉，她相信邱冷情没有盗金佛，她不敢相信邱冷情会跟了因他们走。

了凡也停住了手，不仅因为柳芸停住了手，因为他也听到了邱冷情所说的话，他不相信邱冷情竟然这么快就答应跟他们走，他始终认为邱冷情不是那么好对付的，这么爽快地答应随他们一起回少林，这其中一定有鬼，他刚这样想，又听到邱冷情讲了一句话。

了凡听了这一句话，心中的疑团顿时就全部消去了，邱冷情说："我要求你们能保证我的安全。"这句话一出口，了因、了空、了凡都对邱冷情没了怀疑。

他们都知道，江湖上现在黑白两道对邱冷情都非常注意，特别是众多的黑道人物，想夺邱冷情身上的《出尘心经》，目前邱冷情的武功并不是很高，那就是说他还没有学《出尘心经》，既是武功不高，又身怀异宝，又让全江湖的人都知道了，那眼前最好的办法就是找一个地方躲起来，少林寺现在要抓他回去，躲进少林寺不是一条妙计吗？

所以邱冷情此言一出，了因、了空、了凡都信了。

柳芸不信，她不信邱冷情会这么轻易地跟了因他们回少林去，她刚要张口说，又没说，因为她看见邱冷情朝她眨了一下眼睛，她立即闭口不说话了，她从这眼睛一眨中知道，邱冷情是不会随了因大师一起回少林了，但了因大师他们却没看见邱冷情向柳芸眨了一下眼睛。

邱冷情在说完话之后，做了一个手势——请，他示意了因大师先行。

了因大师此时已完全失去了戒心，他以为邱冷情会真的随他们一起上少林，求得少林的避护，了因大师立即向前跨了一步。

邱冷情却在了因大师跨了一步后，迅速转身，拉起柳芸，向反方向电射而去。

了因大师、了凡大师、了空大师在邱冷情转身逃走的刹那，立即明白了一件事，他们原来的怀疑没错，邱冷情是不会乖乖地随他们上少林，他们心中虽动，脚下却是不慢，立刻展开身形，向邱冷情追去。

邱冷情知道他必须跑，跑得快快的，或许有一天可以不跑，那是当他的武功可以打败他们时，但现在不行，现在他不想被人关起来，那种失去自由的滋味让人简直要疯掉，只有跑，逃开少林的追击，并且不能连累芸妹妹。

以邱冷情独步天下的"飞尘飘雪步"，若是要甩开了空大师一行，那是再简单不过的事了，但现在情况有点不同，他还带着一个人，一个大活人，一个轻功远不如他的人——柳芸。

柳芸的武功虽然不错，但在轻功方面若和邱冷情的"飞尘飘雪步"相比，那是差得远了，但是邱冷情不能不管她。

这样一来，他的身形就慢了许多，了空大师一行逐渐在缩短他们之间的距离。

有时候人是很奇怪的，柳芸这时做了一件事，一件奇怪的事。

——她挣脱邱冷情的手，迎向了因大师一行而去。

"邱大哥，快走，不要忘了芸儿！"她在说话的同时，以"流云飞袖"向了因、了空、了凡大师各攻出了十招。

合了因、了空、了凡三人之力对付柳芸自然是不费吹灰之力，但吹灰还是需要时间的，这一耽误，邱冷情的身影已只剩下一个小黑点了。

邱冷情现在对少林寺可是非常重要的，金佛唯一的线索，岂能让他跑掉，只是耽误了一会儿，了因大师一行立即又展开身影向邱冷情追去了。

只剩下柳芸一个人呆呆地望着邱冷情远去的方向，喃喃道："但愿邱大哥能脱险。"

邱冷情在柳芸挣脱之后，心中矛盾万分，他也不知道到底该不该回头，若是回头，那结果只能是被抓回少林寺囚禁，这虽然是他不愿意的，但他若是连累了柳芸，他会内疚一辈子的，柳芸姑娘是自己的救命恩人，自己怎能丢下她不管呢，而且，而且他自己亦是非常喜欢柳芸，怎么忍心丢下她呢？

回去，那自然是斗不过了因他们，唉，为了柳姑娘，被囚禁也值得。

邱冷情回来了吗？

没有！

他回头了，所以他没有，他一回头，就听到柳芸对他喊，让他快走，而且他还看到了因、了空、了凡并没有为难柳芸，而是放开柳芸，向他追来了，自己这一回去，不是枉费了柳姑娘的一番心思？所以邱冷情又调转身影，飞驰而去。

经过这一阵耽误，了因一行人又拉近许多，邱冷情又加快步伐飞驰而去，他必须在摆脱了因等人之后再去找柳芸姑娘。

忽然，他看到前面有座亭子，亭子上写着三个大字"戈止亭"，旁边还写着两行字，邱冷情这时已顾不了许多，飞驰进去，穿过亭子，向山上跑去。

了因大师、了空大师、了凡大师一行都看见邱冷情穿过亭子上山去了，但他们只是到了亭子边就不再往里追了。

为什么？

他们看见了这个亭子，看见了这个亭子就不能追。

为什么？

此亭是为一个人建的，没有此人的允许，是任何人不能进去的。

谁？

武圣花志逸。

此亭名"戈止亭"，意思是，所有江湖纷争恩怨到此亭必须停止，百年前江湖上传"两神宫、一圣地"，"两神宫"是指天宫和地府，"一圣地"就是指此处了。

"戈止亭"的两边各有一行字，左边是"武林恩怨"，此字是当年武林盟主刘德华用金刚指写上去的，入石三分，而且尖滑柔润，若非有百年功力，是无法办到的，右边写的是"到此戈止"，是当年绿林盟主一代怪侠千面书生风不凡以鹰爪功写上去的，也是入石三分，但内家高手一看便知风不凡略胜一筹。

当年西域群魔进攻中原，中原武林各大门派奋起反抗，最后一个个被打败，这时绿林也不堪受外族人欺负，各绿林好汉，黑道各帮派亦起身而出，仍然没能打败西域群魔，那时天宫、地府尚未有如此光大，同样无力抵抗西域群魔，中原武林一片昏暗，数十年无人敢抬头，直到十二年后，花志逸现身江湖，向西域群魔挑战，花志逸天生禀异，又有仙缘奇遇，不仅一身功夫无人能敌，而且全身各大穴移位，不畏点穴，不畏奇毒，堪称武林第一，在他的带领之下，群雄团结一致，赶走了西域群魔，恢复了中原武林的一片生机。

到花志逸年老归隐时，武林盟主和绿林盟主亲自在此写下碑文，戒令天下武林人士到此都不得动武，一切武林纷争都必须停止，百余年来，人们一直默守规矩，没有人知道武圣花志逸到底死没死，偶尔有冒险之人到圣地去，也都是一去不回，既不知生，也不知死，仿佛从空中消失了一般，以后，就再无人敢乱闯武圣花志艺隐居的圣地了。

残风轩内，从柳芸随邱冷情走了以后，独孤残终日以流泪，十五年前他失去了最心爱的女人，今天又失去了最心爱的女儿，而且放走了邱冷情，那神秘的黑衣人随时可能来讨还赔款，独孤残是那种不甘任人宰割的人，所以他下令，残风轩提高戒备，所有可疑人物进入，一律格杀勿论，他当然是为了防备那神秘的黑衣人，在这世界上只有一种人最安全，你可以不用防备这种人——死人。

独孤残非常清楚那神秘的黑衣人会来的，一定会来的，酒不能不喝，命当然也是要的，喝酒有一种状态，酒醉心明，此时的独孤残便是如此，他的酒是用来发泄胸中的不快，发泄那份莫名的惆怅，他的心却始终防备着，这可能是人类的本能吧。

"报告帮主，不好了，大事不好了！"独孤残正躺在床上休息，一探子慌慌张张地大声嚷嚷。

独孤残随手扇他一巴掌，怒道："叫什么叫，有什么事值得如此慌张？"

那探子被一巴掌打得镇定了下来，才开口道："帮主，昨晚我们派出巡逻的人员全都死了。"

独孤残一愣道："死了？怎么死的？"

探子似乎是非常害怕，道："帮主，他们都死得非常恐怖，像是被人吸干了血而死的。"

独孤残一惊，陷入了深思：好像没听说江湖上有哪个门派有如此的杀人方法，也没听说过有哪位高人有如此的杀人大法，莫非是塞外之人？心想到此，道："带我去看看。"

独孤残随探子到花厅一看，果然，昨晚出去巡逻的十几个人全部都死了，死状极为恐怖，双眼睁得大大的，好像是看到了什么极为可怕的事情，全身只有颈部有一个极小的伤口，全身干枯，血一滴未见，好像是被什么吸干致死的。

独孤残一时也弄不明白，到底是何人与他如此过不去，似乎也没听说江湖中有这样的杀人方法，难道是撞上鬼了不成？独孤残这样的老江湖自然不相信有神魔鬼怪之说，但还是免不了心中有点恐惧，对方不是一个绝顶高手，就是一个杀人不眨眼的狂魔，而且武功奇高，杀人手段极其残忍，看来对手极其可怕。

独孤残道："今夜加派人手巡逻，小心行事，别粗心大意。"

"是，帮主！"手下齐声答道。

独孤残回到房里，实要在想不通，他在何时树了这么一个强敌？到底是在哪里得罪了这样的一个人呢？对手如此厉害，独孤残竟然连对方的来历一点都不清楚，实在是有些恐惧，经历了一个不眠之夜，在天明时分，他终于睡了过去。

就在他睡了一会儿，天色大亮之际，又听到探子的敲门声。

"帮主，不好了，帮主，不好了。"探子的声音慌慌张张，还带着颤抖，好像又是遇上了什么可怕之事。

独孤残从屋里出来，说道："是什么事值得大惊小怪的？"

探子道："帮主，昨晚派出的巡逻人员也全都死了！"

独孤残道："什么？全死了？怎么可能！"他随探子到发现尸体的地方，果然，派出的巡逻人员又全都死了，死状比上次更为恐怖，他知道，他真正遇上可怕的敌人了，但似乎敌人又不想杀死他，为什么？可是有什么阴谋吗？

他这么想是完全有道理的，对手的武功高出他不少，要杀他是轻而易举，但是手下死了几十个，他还是安然无恙，没少一根头发，那么现在唯一的答案就是敌人想玩弄他，或者说敌人想利用他，到底利用他哪一点，他实在弄不清楚，若说武功，独孤残的武功虽然可以算一个一流高手，可是与此杀人者相比，岂不是相差太远？那到底是什么人呢？

独孤残心中十分清楚，他现在是遇上强敌了，而且敌人强大得可怕，最可怕的地方是敌人神出鬼没，而你却在明处等别人来杀你，敌暗我明，一种极为可怕的处境，独孤残的手心有些冒汗了，他决定明天就解散"残风轩"，虽然自己几十年的心血毁于一旦，可现在也是没办法的事，他是一个枭雄，既然能称上枭雄，必定有他的超人之处，虽然他十分喜爱金钱，但对手下却十分有情，他不想再连累弟兄们，不能再死更多的人，不能因他而死更多的人，即使不能肯定是因为他，至少独孤残自己是这么认为的，在经过了一番激烈的斗争之后，他终于决定，牺牲自己多年的心血，解散"残风轩"，以挽救弟兄们的生命。

夜那么沉，黑漆漆的一片，在这黑沉沉的夜里，似乎将要发生什么。

残风轩里，一片寂静，就连往日的巡逻人员也全都没出动，独孤残下令所有人不得在夜间外出，他准备过了今夜，天一亮就解散残风轩，自己多年的心血将毁于一旦，心中那份乱糟糟的感觉，始终在心中环绕，挥之不去。

在残风轩的外面突然出现了三个人，二人穿黑衣，一人穿白衣，三个人如鬼魅一般，身形飘飘，像电一般向残风轩内射去。

"谁!"独孤残突然听到一阵衣服飘动的声音，杀手的敏感立刻使他的神经紧张起来，虽是在心乱如麻之时，一个好的杀手也能立即使自己处于最佳状态，独孤残无疑就属于这类极好的杀手。

"是谁那么鬼鬼祟祟的?"独孤残依然保持着良好的听觉，一听到衣服飘动的声音立即出声。

哪知话音刚落，立时在屋里出现了三个人影，二黑一白，似鬼一般幽幽闪闪，好像是从地底下冒出来一般，独孤残心中一惊，这么厉害的轻功，他还从未见过，自己看不清他们是从哪里出来的，用的是什么身法，看来敌人的功力非凡，独孤残星目乍睁，神光乍露，开口道：

"几位朋友，在下似乎与你们并无过节，为何对我一再为难?"

其中一黑衣人开口道："独孤残，你很聪明，能猜到是我们对你下手，可是你说我们并无过节，恐怕有点不恰当吧!"

独孤残道："朋友，我'残风轩'何时与你们结下梁子?不妨划出道来，让我死也做个明白鬼!"

那黑衣人哈哈一笑，突然变一种声音说道："独孤残，我出钱让你杀人，现在人呢?你女儿和那小子，你亲自放走了，你作何解释?这难道就算过节?"

独孤残一听这声音，立刻道："原来是你!你既然已什么都知道了，那我独孤残还有什么话可说。"说完双手下垂，已放弃了反抗。

黑无常道："既然你已认出了我，该明白我是为什么而来吧!邱冷情的命，我出十万两银子，依你们残风轩的规矩，该赔多少?"

独孤残道："一百万两。"

黑无常道："你赔得起吗?"

独孤残道："赔不起!"

黑无常道："那只好赔上你的命！"说完双掌一翻，人已闪电般向独孤残攻出了十掌，掌影立时就包围了独孤残。

独孤残本已是放弃了抵抗，此时却又像猎豹一般，在性命攸关的时候，挣扎了起来，或许只是一种求生的本能吧，独孤残用尽全力，双掌向外一推，"砰！"的一声巨响，漫天的掌影都消失不见，黑无常身子向后，飞上十几丈，才稳住身形，显然，独孤残的武功比黑无常要高出一筹，独孤残在一掌之后，并没有乘胜追杀的意思，反而悠闲地站在了一边。

黑无常道："独孤残，好武功，不过你别得意，我不会放过你的！"黑无常在说完这句话后，做了一个动作，一个莫名其妙的动作，一个令独孤残莫名其妙的动作。

——黑无常刺了自己一剑。

但是接着又发生了一件令独孤残更加莫名其妙的事，黑无常的伤口没有冒血，而是在冒烟，那伤口就像一个深不见底的洞，洞里不断向外冒出阵阵烟雾，不多时，烟雾已将黑无常全部围住，那冒出的烟越来越多，越来越浓，到最后已完全看不见黑无常了，只听见黑无常尖叫道："独孤残，我不会放过你的，哈哈哈哈哈！"黑无常在烟雾里一会儿哭，一会儿笑，像疯了一般。

独孤残在看到黑无常自刺一剑时，心中那份惊奇，简直是说不出口，现在他终于明白黑无常是在运用一种邪门武功，黑无常的功力和自己比，已经相差不远，现在黑无常又使出这种魔功，只怕是凶多吉少，但他却不逃走，说不上这是为什么，可能只是一种做人的原则问题，有人喜欢逃避，在逃避中找方法解决事情，有人喜欢面对，当面解决问题，或者当面就把问题丢掉，独孤残是属于这种喜欢当面解决问题的人。

当面解决问题有许多好处，那就是，只要当面解决了，以后就什么事都没有，不像逃避，问题时时刻刻都在身上，但是当面解决问题也有许多坏处，比如说武林纷争，这种事要想当面解决，那只有一种方法——杀人。

杀人就自招，你去杀别人，或者反过来说，让别人来杀你，反正两种方法都可以将问题解决，独孤残是一个杀手，他喜欢杀人，而且别人也很难杀他，所以他在看到黑无常施展魔功之时，并没有想到逃走，他只是在想，如果我能杀了他们几个，那"残风轩"的命运就从此改变，独孤残是一个杀手，他很会杀人，也很喜欢杀人来解决问题——那当然是指他杀别人。

黑无常身边的烟逐渐变淡，一会儿黑无常的影子就全露出来了，黑无常的伤口不见了，好像根本就没有伤口一样，她突然变大了许多，像一个巨人，身子有七尺高，一双手臂更是长，黑无常的眼睛里闪着火光，狂笑着道："独孤残，去死吧！"

黑无常在出声之后，整个人忽然一闪，已到了独孤残的身前，扬手就是一爪，那爪没到，一股凌厉的指风已到了胸口，指风中夹着一股腐尸气，闻一点就觉头昏。

独孤残是一个好杀手，一个好杀手要被别人杀是不太容易的，他屏住呼吸，在黑无常一爪攻到后，突然倒下去了，不是被击倒的，独孤残一倒之后，动了一下脚，那自然是以内功踢出了一脚，不，准确地说，应该是二十一脚，独孤残一见指风袭到，立即知道对付一个身子比较高大的人应攻其下盘，所以他倒了下去，在倒下去的同时，他使出了他的"夺命剪刀脚"，那二十一脚分别攻向黑无常下盘各大穴，各重要的关节，黑无常下盘所有的要害全部被罩住了，黑无常能做的当然只有一件事，跃起并退后，除非她有非常厉害的内力，不怕独孤残的脚踢到身上，很可惜，她没有，她退了，身子一长，人已飘向后八尺，当他退后八尺，稳住身子后，她看到了一双脚，那当然是独孤残的双脚，距离她只有几寸远，已快踢上她了。

独孤残是一个好杀手，一个好杀手动了杀人的念头，那不是一件好事，对杀手想杀的人而言不是一件好事，杀手动了杀机之后，他一定会抓住一切时机杀你，独孤残是一个好杀手，一个极好的杀手，所以他更明白这一点，也更会抓住时机，当黑无常退后时，那就是最好的时机，因为一个人在退时，往往是自保，并没有想到过进攻，在这时进攻是最好不过了，独孤残很敏锐地抓住了这微小的时机，他的"夺命剪刀脚"里的步法可以说是天下一绝，速度自然是很快的，当然黑无常一退时，他立即施展功力追击，他追击成功了，黑无常还没有站稳，而他的攻势已到，只要黑无常脚一断，那对独孤残而言，已不能构成威胁了。

黑无常看到独孤残的双脚已攻到，而自己却没办法破解，一阵慌乱，"这老鬼的武功怎么这么高！"她又奋力一跃，想躲开这一击，可是已来不及了。

"砰！"的一声，独孤残的双脚踢上来了。

黑无常的腿断了?!

不！没断！

黑无常能以双腿承受住独孤残的攻击。

不！黑无常不能承受的。

但是却有人能承受住，随黑无常一起来的还有两人，在黑无常开始退时，那穿白衣服的人出手了，她同样攻出了二十一脚，在千钧一发的瞬间救了黑无常一命。

白衣服，那自然就是与黑无常形影不离的白无常了，白无常与黑无常自幼在鬼府长大，由鬼府神君传授武功，自小白无常就悟性奇高，天资聪颖，而后又由鬼府神君亲传，白无常的武功高出黑无常许多，在那危急时分，白无常立即出手，替黑无常挡了一招。

白无常道："独孤残，你是个人才，何不改投我师门，和我们同心协力共同打江山？到时候自然不会亏待你。"

独孤残问道："你是何人门下？"

白无常没有回答，只做了一个动作，她双手一晃，立刻在面前出现了一片掌影，那掌影之中有两个闪闪发光的大字，赫然是"鬼府"二字，白无常手一停，随即问道："独孤残，怎么样？"

独孤残哈哈大笑，道："你们鬼府早在一百年前被扫平之后，又何时崛起过，就算鬼府武功盖世，等能成一番大事之时，要等到何年何月！"说完又是大笑。

白无常怒道："独孤残，你笑什么？别小看我们鬼府，鬼府已在中原武林立下脚，不出几年，中原武林将全部由鬼府统领，你知道吗？"

独孤残道："就算鬼府再厉害，哪有我自由自在快活。"

白无常道："那你是敬酒不吃吃罚酒，好个独孤残，别怪我手下不留情。"话音一落，已施出了鬼府绝学"天爪降龙"，一片漫天的白影，席卷了整个场地，丝丝的阴风从漫天的爪影之中激射而出，那爪影密密地织成一张网，向独孤残卷去。

独孤残立即感到此人武功比方才那个高出许多，他连忙凝神静待，伺机攻击，他非常清楚，在武功高于自己的人面前，最好不要轻易出手，先出手必定会露出破绽，让人抓住了破绽，那结果一定不好受，高明的人往往后发制人，道理即是如此。

白无常的白影卷住了独孤残，却不进攻，只是不停地围着独孤残，偶尔发出一两掌，却也是轻柔无力，像是在跳舞。

慢慢地，慢慢地，独孤残的戒心渐渐放松了，那杀手特有的杀气也减弱了，似乎一只凶残的老虎此刻在接受摧眠一般，一会儿，黑无常也加入了，一黑一白，两人围着独孤残翩翩起舞，好似什么恩怨都没有了，只是在表演一场舞剑而已。

独孤残只觉得身子慢慢地放松，有了一线淡淡的倦意，在他的内心深处，总觉得不太对劲，可全身却提不出一丝力气，他努力想克制住那倦意，但是倦意越来越浓，独孤残几乎想闭上双眼，睡一觉，杀手的天性又使他努力地睁着眼睛。

黑白无常的舞姿更加快了，只能看到一黑一白两个人影在不停地变幻，根本看不出她们在干什么，从她们的双手不断发出阵阵冷风，但独孤残却浑然不觉。

独孤残在黑白无常的包围之下，渐渐失去了抵抗，双眼合上，眼前出现了种种幻影。

啊，母亲，在朦胧之中，他仿佛成了一个小孩子，在童年的时候，随着母亲一起上山打柴，他在满山漫遍的树林里跑啊，跑啊，那童年的快乐使他渐渐成长。

唉，母亲一晃不见了，眼前又出现了他爱人柳风的影子。

那年是他和柳风第一次相遇，柳风是一个大小姐，却又不守规矩，天天跟着武馆师父学武，而且生性豪放，喜欢打抱不平，独孤残那时才二十岁，刚刚在江湖上闯出一点名头，到处游山玩水。

那日，在经过一条大街时，看到几个地头蛇在欺负一老汉，他刚刚准备救那老汉，却见一个英姿神武的姑娘大叫着跑来。

"你们欺负一老汉，算什么好汉！"

那几个地头蛇一见是一个漂亮的小姐，立即嬉皮笑脸地道："小姐，那你想出头吗？只要你陪我们哥几个玩玩，我就放了他。"

那姑娘就是柳风，她在这时武功已是很好了，刚待那几人话说完，已忍不住气，出手打架了，在最后那几个地头蛇打败，溜走时，从背后暗算柳风，他出手救了柳风一命。

柳风回头一笑，双手一抱拳："谢了！"转身大步而去。

他却被柳风回头一笑震住了，呆在原地半天没动，从此他疯狂地爱上了柳风，最后追到手，结为夫婚。

幻影又一闪，柳风不见了，女儿柳芸出现在眼前，柳芸一脸的泪水，哭着道："爹，我回来了，我回来了……"

独孤残一把搂住女儿，道："乖，回来就好，回来就好……"

当独孤残眼前出现幻影时，黑白无常已停住了手，站在一旁，看着独孤残闭着双眼大叫着。

黑无常问道："他怎么了？"

白无常道："他中了我的天爪降龙，迷失了，眼前出现了幻影。"

黑无常又问道："怎么办？杀了他吗？"

白无常道："杀了他太可惜，他武功那么高，若不是你配合我，要制住他也还真不容易，在江湖上能值得我们合手的人不多，杀了太可惜了，不如留下他，作杀人工具吧！"

黑无常道："你是说……"

白无常道："对，给他喝下'迷心露'！"说完回头招呼和他们一起来的那个黑衣人："管胜天，这里交给你了，给独孤残喝下'迷心露'，让他去杀人！"

那黑衣人原来是正义门的门主，追命判官管胜天，管胜天当年追风啸天，找《出尘心经》失败后，遇上鬼府神君，鬼府神君帮他建立了正义门，要求他做鬼府进入中原的垫脚石，管胜天权欲冲心，答应了鬼府神君，从那时起，他表面是正义门主，暗地里却听从鬼府安排。

管胜天道："放心，属下一定处理好此事。"

邱冷情进入武圣隐居地后，见了空、了凡、了因没有追来，便放慢脚步，向前走去他实在太累了，他得找个地方休息一下，然后再回头去找柳芸。

邱冷情拖着脚步慢慢地向前走，忽然，他听到了几个人在说话，他顺着声音偷偷地走过去，在一棵大树的后面，站着四个人，三个和尚，个个都是肥头大耳，而且太阳穴高高鼓起，一看就知道是内家高手，另一个人，矮矮的，胖胖的，穿着粗布衣服，那三个和尚站在一边，对着那胖子说："花老儿，三十年前，我们三兄弟输你一招，今天我们定要雪这一招之耻！"

那胖老人道："三位都是西域密宗高手，何必为些小事而定要和小老儿动武呢，小老儿多年来武功荒废，大不如从前了，三位，我认输了，这场比式，我看还是免了吧！"

邱冷情一听，这三位乃是西域密宗高手，连他们都输在这胖子手里，他们又称这老人花老儿，莫非他就是百年前名动江湖的武圣花志逸先生？邱冷情自出江湖以来，对江湖上一些大事还是听说了。

只听那三个和尚道："决不能免，这一招之耻是一定要雪，若不雪了这耻辱，难道要我们背一辈子？趁你还没死，此时不雪，更待保时。"说完就要动手了。

花志逸笑道："三位何苦如此相逼呢？既然你们一定要打，那我这把老骨头也只好奉陪了，我们换一种打法怎么样？"

三个和尚一齐惊道："换一种打法？怎么打？"

　　花志逸道："你们中，不管哪一个人，打我三掌，我若是退后一步，就算输，或者你们三人每人打我一掌，我只要退后一步，也算输，反正是我让你们打三掌，我只要退后一步，就是输了，怎么样？够意思吧！"

　　三个和尚睁大了眼睛，道："你让我们白打三掌？这可能吗？我们三掌不打死你才怪呢！"

　　花志逸道："打死也不让你赔我，更没人向你寻仇，你怕什么！"

　　那几个和尚寻思了一会，如此比试当然占便宜了，便道："花老儿，你可别后悔！"

　　花志逸道："只要你们三掌能逼退我一步，我就向天下武林昭示，我输给你们了。"

　　那三个和尚道："好！好！那就这么定了。"

　　三个和尚其中一个道："好，就由我来打你三掌。"

　　花志逸道："哦，由老大出马，你是不是可以代表两个师弟的意愿？"

　　大和尚头一转，向另外两个和尚问道："二师弟、三师弟，我打三掌，可不可以代表你们呢？"

　　二和尚与三和尚齐声道："当然可以！"

　　这密宗出自西域，为西域第一大门派，当年他们到中原武林印证武学，打遍整个中原，无人能敌，最后花志逸以一敌三，胜过了他们，不过也只胜一招，他们三人回去之后，苦练绝技，今天到中原来报一招之仇，哪知花志逸已经退隐，后来终于在此找到了花志逸，而花志逸却提出这么个比法，须知西域密宗以内功见长，普天之下恐怕能接下他们三掌之人都不多，而花志逸却以血肉之躯接三掌，不死，只怕也差不多了，何况还说退一步，即向天下武林昭示认输，天下有这等美事，他弟兄三人自是同意。

　　大和尚缓缓走向花志逸，道："花老儿，你注意了，我要出掌了。"

　　邱冷情在一旁直吹胡子，瞪眼睛，天下居然有如此傻的人，情愿让别人打三掌，退一步，就算输，这是什么狗屁打法。

　　他还没想完，大和尚已出手，大和尚抬起双手，一会儿只见那大和尚的双掌由白变红，又由红变紫，而且全身无风自动，一双手掌变得粗大无比，大和尚缓缓运气，突然大叫一声，双掌快无伦比地印在了花志逸的胸膛上。

花志逸在瞬时全身似乎变得不存在了，双掌往他胸口上按的时候，他身子向下一倒，但立即又站了起来，像不倒翁一样，只不过是被人推了一下而已，刚倒，又站了起来。

大和尚看呆了，他想不到花志逸吃了他一记"七绝罗汉掌"，居然一点事都没有，刚才他使出了七成功力，就算是石头，都可以击碎，而花志逸却毫发无损。

邱冷情在一旁更是呆住了，他看大和尚那一掌雷霆万钧，刚刚发出之时就地动山摇，飞沙走石，连在一旁的邱冷情脸都被刮得发痛，这一掌只怕不低于百年的功力，花志逸却一点事都没有，那他岂不是成了神仙？

和尚心中不禁大怒，看来手下不能留情，七成功力他受住了，这次定要让他死，大和尚在吃惊之余已动了怒气，双手一抬，提出九成功力，"呼"的一声，向花志逸拍去。

一时间天昏地暗，日月无光，呼呼的风声吹得人耳发痛，那掌风更是刺得人直打战，似是针刺一般，这一掌比前一掌的威力更是强大了不少，邱冷情在一旁看得心头乱跳，这二人的较量，怕是武林中百年也难得一见的。

"轰！""轰！""轰！"三声巨响，像春雷一般在耳边炸响，激起满天的尘土，到处都是，等漫天的尘土平息下来，只见花志逸和大和尚两人的身前出现了一个几丈宽儿丈深的大土坑。

大和尚发出的掌劲刚刚拍上花志逸的胸口，立刻就感到一股强大的反震之力，他连忙急摧内劲，哪知对方的反震之力似乎绵绵不绝，你用劲越强，反震之势越强，在一声巨响之后，他不由自主地退了一步，看看花志逸，只不过晃了一下肩膀而已。

大和尚心中更是吃惊了，自己九成功力，击在他身上，他也只是晃了一下肩膀，看来今日雪耻无望了，真不知他若出手，那会有什么样的结果，他实在不敢想下去，但他心中却是十分不服，他不信，花志逸真的一点事都没有，能不能接下第三掌还不知道，还是先打出一掌再说。

大和尚主意打定，双掌一挥，又是一掌打出，这一掌却不似前两掌雷霆万钧，相反，这一掌无声无息，一点声响都没有，甚至连一片树叶都没扇动一下，不要小看这一掌，其实，只有这一掌才是"七绝罗汉掌"的精妙之处，表面上无声无息，而实则内含一股回旋之气，令人得出全力应付，丝毫不注意，就将伤在掌下。

大和尚的第三掌也到了花志逸的胸口，原以为必有强烈的反抗之力，哪知花志逸好像连护身真气都散去了，整个人如同空气一般，一掌过去，全部掌劲穿身而过，击在花志逸身后的一棵大树上，一股强大的回旋之力，将大树连根拔起。

花志逸还是没有退后一步，他哈哈一笑，道："西域密宗的'七绝罗汉掌'果然是威力无穷，今天我算是开了眼界了。"

大和尚一下呆住了，没料到花志逸竟然真的受他三掌而一点事都没有，三十年的苦练在今天画上句号，算是白练了，大和尚心中又气又恼，难道此耻辱就不能雪了？

花志逸道："三位，就此了结吧！"说完，笑嘻嘻地向三位大和尚走去，大和尚呆呆地出神，望着花志逸走近，突然，大和尚发狂，大叫一声，双掌以迅雷不及掩耳之势拍在花志逸的身上。

花志逸怒吼一声，道："你……"身子如断了线的风筝一般倒飞出几十米，便伏在地上一动不动。

大和尚仰天狂笑，道："哈！哈！哈！花志逸，你没料到吧，现在你死了，天下唯我独尊，哈哈哈……"他的笑声还没完，背后已中了一掌，打得他口吐鲜血，气息奄奄，大和尚回头一看，打他的却是自己人。

"二弟，为什么……到……到底……为了什么？"大和尚已是上气不接下气。

"大哥，师父说了，咱们这次出来雪耻之后，回去就传位，现在你死了，师父他老人家只有传位给我了，回去我就对师父说，你在中原与人比试，死在中原了，哈哈哈哈！"二和尚得意地狂笑道。

大和尚又问道："三弟，怎么，你也不帮我？"

那三和尚还没来得及回答，二和尚已答道："别叫了，大哥，我早说过，只要师父传位给我，我答应给他一个总护法的，大哥，你安息吧，每年我会给你烧香的，哈哈哈！"

大和尚无力地看了看两位师弟，头一歪，无声地去了，死前那情状让人看着可怕。

邱冷情在一旁看得心惊肉跳，如此残害同门的事，还有人做得出来，这两人如此狠毒，万一被他们发现了，岂不是死路一条？对，还是赶快离开为妙，他想到此处，立即起身，准备溜走。

"啪！"一声响，不小心碰到了一个断枝。

"谁？"二和尚和三和尚齐声喝道。

邱冷情心知不妙，当即旋展身形，向前飞奔，若是被此二人追上，定没好果子吃，不被他们杀死才怪。

二和尚见一条人影一闪，立即出声对三和尚道："追上去，杀了他，若事情败露，对你我都没有好处。"话音刚落，人已如急电般向邱冷情追去。

他们二人都知道此事若张扬出去，他们二人不但不能继承师位，反而要被师父废掉武功，逐出师门，这无疑是对他们致命的威胁，那最好的办法就是杀人灭口，杀掉目击证人，来个死无对证是最安全的，死人是不会说话的。

邱冷情同样明白，自己看到了那二人如此罪恶的勾当，他们一定不会放过自己的，定会追上来杀人灭口，花老前辈也被他们杀害了，我一定要活下去，把此事公布武林，为花老前辈讨回一个公道。

脚步声越来越近了，糟了，那两个恶贼的轻功竟然如此好，若是被追上，此命就不保了。

邱冷情提起全身功力，拼命地向前跑，无奈刚才消耗真气过度，一时还没恢复过来，速度慢了许多，渐渐地已快被那两个和尚追上了。

前面有一个山洞，正跑着的邱冷情忽然看见前面一块大石后有一个山洞，如果不仔细看，是发现不了的，对了，先躲一躲再说，他已顾不得再想，一头钻进了那个山洞。

洞里黑漆漆的，什么都看不见，脚下软软的，好像踩在棉花上一般，洞好大，空空的，呼吸声回荡在洞里，声音很大，显见这洞十分空旷，他不敢往里走，只跑在洞口处。

"咦，那人怎么不见了？刚才明明看到他往这个方向跑，怎么一会儿就不见了。"传来二和尚的声音。

接着又听到三和尚道："此处石洞很多，可能是躲到那里去了，咱们到处找找。"

二和尚又道："好，三弟，千万不能让他跑掉了，若不杀他，我们就完了。"

三和尚道："师兄，别说了，赶快找人要紧，别让他逃脱了。"

邱冷情听着这声音越来越近了，不自觉地向后退了几步，哪知看不到路，脚下一绊，摔倒在地，吓得他连忙屏住呼吸，大气都不敢出。

二和尚的声音又传了过来，道："我好像听到了什么声音！"

三和尚道："师兄，没有啊，我怎么没听到？"

二和尚道："别出声，仔细地听听。"

接着就什么声音都没有了。

邱冷情在洞里，动也不敢动一下，生怕在黑暗中碰到什么，弄出声响，呼吸也是轻微微的，不敢用力。

不知过了多久，又听到了二人说话的声音，"师兄，没有什么声音，是不是你听错了？"这是三和尚在说话。

接着就听到二和尚道："不对，我一定是听到了一种声音，现在怎么没有了呢！"

三和尚道："师兄，别听了，咱们还是赶紧去找那个人吧！"

二和尚道："师弟说得对，咱们去找那人要紧，不能在此耽误了。"

邱冷情在洞里，听到二人的脚步声渐渐远去，才放心地呼了一口气。

又过了很长的一段时间，估计那两个和尚走远了，邱冷情才站起身来，准备出去。

哪知，刚一站起身，头上却碰到一个物体，那东西怪叫一声，冲天而起，似是什么大鸟之类的东西。

邱冷情吓了一大跳，他继续向前摸着走去，那大鸟却向他攻击过来。

在黑暗之中邱冷情什么都看不见，只感到那大鸟不断地向他撞来，而且力道奇大，他一不留神就被撞退好几步，脚下又不知什么东西，总有石头绊住他，几处他就摔得头昏脑涨了。

"完了，没有死在那两个恶贼的手里，却要死在这畜牲之口了。"邱冷情一步步向后退去。

"砰"，又是一下，肩上似是被什么抓了一下，火辣辣地痛，那大鸟的力道奇大无比，每撞一下，邱冷情几乎要吐血。

"砰！"又被撞了一下，邱冷情身子猛地向后退了好几步，脚下又被绊了一下，身子向后翻去，他双手本能地一抓，不知碰到一个什么东西，他一抓，没抓动，那大鸟又飞过来了，双翅扇动的风声越来越近，就要撞上了，邱冷情双手用力一拔，那硬物居然被拔了出来，亮光一闪，邱冷情什么都顾不得了，抓住那硬物用力一挥，只觉得一些温热的液体喷到脸上，一股腥气直冲鼻孔，头一昏，便昏死过去。

也不知过了多长时间，邱冷情慢慢地醒来了，只觉得嘴里的腥气直让人想吐，而且还有什么液体直往口中滴。

手一动，被大鸟压住的硬物被抽了出来，闪闪发光，原来是一柄剑。

借着剑光，他将洞中的情形看了个仔细，洞很大，洞里全是石钟乳，那飞物也不是什么大鸟，而是一只巨大的蝙蝠，自己在黑暗中一挥剑，刚好砍在那只大蝙蝠的脖子上，自己倒地后又刚巧倒在大蝙蝠的身下，蝙蝠血一滴一滴，全滴进了口中。

想到此处，看着那蝙蝠，口中的腥气又涌上来，他不禁又想吐，头一低，想吐出来，没吐，在微弱的剑光下，发现那剑鞘插在石缝之中，抓起来一看，上面隐约有两个古字，仔细辩认，好像是"莫邪"两个字。

邱冷情抓起剑鞘，套在剑上，走出洞外，仔细地辩认了一下方向，向山下走去。

不知不觉地走到了花志逸与西域密宗高手比武的地方。

"咦，花志逸的尸体怎么不见了？刚才明明看到他们二人的尸体在此处的，现在怎么只看到那大和尚一具尸体呢？难道花志逸的尸体被人偷走了？"邱冷情觉得奇怪，不禁走上前去看个仔细。

花志逸倒地的地方一丝痕迹也没有，地上也没有血迹，难道？难道花老前辈没死？

突然，他听到了两声呼叫："他在这里，终于找到你啦。"

一转身，只见那两个密宗高手二和尚和三和尚已到了身边，想走也来不及了，转念一想，他们两人不认识我，我只要装傻，说不定能骗过他们。

主意打定，站在原地，一动不动，任那两个和尚在那里大呼小叫。

只听三和尚道："师兄，咱们是不是认错他了？这小子好像是个聋子。"

二和尚道："有点像刚才那个背影，又有点不像，不知道是不是！"

三和尚道："算了吧，放过他算了。"

二和尚道："这也好，就放了他！"转过头，又狠狠地对邱冷情说道："小子，今天便宜你，捡回一条小命。"

邱冷情心里松了一口气，总算摆脱了这两个家伙。

哪知却又听到二和尚道："三弟，你看，花老儿的尸体不见了。"

三和尚道："对呀，怎么花老儿的尸体不见了？这小子一定有鬼，咱们回去，好好问问这小子。"

二和尚立即跑到邱冷情面前，大声喝道："喂，小子，你在这儿看没看到一具尸体？"

邱冷情心中不知怎么办才好，忽而心中一动，便干脆装成哑巴，便吱吱呀呀地比划着，表示他看到了。

三和尚道："师兄，他好像是说他看到，问问他，花老儿的尸体到哪里去了。"

二和尚大声喝道："小哑巴，我问你，你看到这具尸体到哪里去了。"

邱冷情又装模作样地比划了一阵，表示他看见了一人，心中不禁暗笑，自己一番不成功的表演居然骗过了这两个笨和尚。

"一个人？你看到谁了？"二和尚连忙问道。

三和尚道："会不会是咱们刚才追的那个人，趁我们去追时，回来偷走了花老儿的尸体，问问那人到哪里去了！"

二和尚又大声问道："小哑巴，看到那人往哪里去了？"

邱冷情随手指了一个方向。

二和尚喝道："没骗人？"

邱冷情装作很害怕的样子，连连摆手，表示自己所说的话全都是实话。

二和尚道："若让我知道你骗了我，我一定将你的脑袋拧下来。"

说完，和三和尚往邱冷情指的那个方向奔去。

邱冷情松了一口气，总算骗过那两个和尚，这次该不会回来了吧！

哪知，二和尚和三和尚才走出几步，又回头看了看邱冷情，这一看，立即使他的目光凝住了，他看见了邱冷情手中舞的那把莫邪剑。

二和尚对三和尚道："师弟，你看那小子！"

三和尚回头看了一眼邱冷情，道："师兄，怎么了？没什么吗！"

二和尚道："师弟，你看那小哑巴手上握着的剑。"

三和尚回头看了一眼，立刻呆住了，道："师兄，那可能是一把上古兵刃。"

二和尚道："师弟，回去，杀了这小哑巴，将这柄剑带回去，献给师父，师父一定会很高兴的。"

三和尚道："这样对咱们就更有利了。"

邱冷情一听，怒火中烧，这两个贪心的和尚，居然看上了我手中的"莫邪"剑，他又不知是继续站在那里，还是逃走。

在他心刚动之际，二和尚已到了他的面前，二和尚狰狞着笑道："小哑巴，将你手中的剑借我看一看，行吗？"

邱冷情不由往后退了一步，摇头又摆手，表示不行。

二和尚狂笑道:"小哑巴,你今天是借也得借,不借也得借。"说完已伸手,以快若闪电之势扣住了邱冷情的脉门,另一只手就要往邱冷情手中夺剑。

邱冷情心道:今天可糟了,这两个恶棍,一定会杀自己灭口的,落入他们的手中,真是死得不明不白。

邱冷情这样想着,哪知二和尚伸出的手想抓那剑,却怎么也伸不出去,二和尚刚一动真气,想令邱冷情全身不能动,却没想到真气才一动,身上的内劲就源源不断地向外泄,而且全身都不能动弹,吓得他大叫道:"小哑巴,快放手,快放开我!!"

邱冷情刚想今天被这二恶贼抓住可完了,却突然感到手上传来一股真气,直向他的丹田内涌,吓得他一下呆了,不知如何是好。

二和尚还在那里大叫:"小师父,小神仙,你饶了我吧,我以后再不敢贪小,不敢冒犯你了,求求你放了我吧!"

邱冷情也不知道怎么回事,手上传来的真气直弄得他浑身不舒服,他大叫道:"我很难受,你快放手啊!"

二和尚和三和尚齐惊道:"你不是哑巴!!"

二和尚道:"小神仙,你饶了我吧,我以后再不敢冒犯你了,饶了我吧!"

三和尚在一旁看得莫名其妙,只看见二师兄扣住邱冷情的脉门,邱冷情大叫痛苦,而师兄又求饶,三和尚一时也弄不清出了什么事,也不知道该怎么办才好!

邱冷情对二和尚道:"快放手啊,你快放手吧,我就要死了,好难受啊!"

二和尚声音渐渐小了下去,突然手一松,人倒下去了。

三和尚伸手一探鼻息,大叫一声:"你,你杀了他?!"

邱冷情一惊,道:"他死了?!不可能!我没碰他,他扣住我的脉门,弄得我好难受,他怎么可能会死呢!"

三和尚又叫道:"你杀了我师兄,我要杀了你。"

邱冷情连忙道:"唉,你别误会,我没杀他,我没……"

话还没落,脉门已被扣住,接着又是一股强大的真气传过来。

三和尚刚一扣邱冷情的脉门,想贯注真气震死他,哪知不用劲方可,一用劲,体内真气不由自主地向外急涌而出,自己却无法控制。

邱冷情只感到一股强大的内劲传入体内,身体里一阵阵难受,丹田之中似乎有一团火在燃烧,他只觉得全身仿佛置于一个大火炉之中,又热又燥,好像快死了一般，他大叫道："快放开我，快放开我，我好难受。"

三和尚也不住地大喊道："你放了我吧，仇我不报了，求你放了我。"

邱冷情也禁不住心中的难受，他也不知发生了什么事，也大叫道："别这样，我很难受，你能不能放手啊？"

三和尚双眼睁得大大的，好像是遇上了极为可怕的事，在不住地大喊："你是小神仙，求求你放了我吧，求求你放我一条生路吧！！我不报仇了，以后也再不敢冒犯你了，求求你放我一条生路！"

邱冷情难过地说："我也不想这样，我好难过，你快放手吧！"

三和尚的气息渐渐地弱了下去，"小……小……小神仙，我……我……我……求你……放我……放我……一条生……生路……"

话还没落，双手一松，人已倒地，气绝身亡。

邱冷情俯下身去，用手一探，气息全无，"啊，死了，怎么会这样?!"

邱冷情吓得连忙跑开了，这两个怎么会死呢？不是我杀了他们，我没有杀他们啊，他心中充满了疑惑，然而他又发现了一件怪事，自己飞奔的速度仿佛增加了许多，自己胸中的内劲好像源源不绝，取之不尽，用之不竭，怪事，怎么会这样？自己的内劲怎么会突然增加这么多呢？

第六章

忽然，前面出现了一个人影，挡在路中间，道："小兄弟，你从哪里来？"

邱冷情猛地稳住身形，仔细一看，原来是武圣花志逸前辈。

邱冷情问道："花老前辈，你，你不是被那个大和尚暗算……"

花志逸笑着说道："那区区小玩意能耐我何！"

说完，顿了一顿，又厉声道："看你相貌堂堂，不似一个奸诈之人，你为何闯入老夫的住所呢？"

邱冷情双手一抱拳，道："在下邱冷情，乃无意中闯了花前辈的住所，有所冒犯之处，望花老前辈海涵。"说着，将自己如何被人追杀的事大略地讲了一遍。

最后，他又讲了他与那西域密宗两个和尚之间的怪事。

花志逸听后，沉声道："你连杀西域密宗两大高手？"说完盯着邱冷情看了许久，忽然手一动，想抓住邱冷情的手。

邱冷情连忙手一缩，道："花老前辈，你别过来，你不要碰我，你千万别碰我！"

花志逸瞧得奇怪，好像碰到他一下是什么天大的事一般，但看到邱冷情那一副凝重的样子，又心生疑惑，问道："邱少侠，到底怎么了，你到底是怎么了？"

邱冷情这才讲了他杀死西域密宗两大高手的具体情况。

花志逸低头沉吟了半天，道："你说你毫无来由地吸去了他二人的内力？！"

邱冷情道："是啊，我也不愿吸，可他们的内力不由自主地往我身上钻，我也不知为什么！"

花志逸又问道："你可曾练过什么魔法、魔功之类的东西？"

邱冷情道："没有！"

花志逸沉思了好半天才问道："你身上可怀有什么世外高人所赠的宝物？"

邱冷情道："那更是没有！"

花志逸一下难住了,他也想不到有什么东西,或是什么武功可吸人内力,他又继续沉思了半天,才问道:"邱少侠,最近是否遇到什么怪事?"

邱冷情突然记起了他喝了不少蝙蝠的血,于是便道:"晚辈曾陷在一山洞之中,喝了不少蝙蝠的血。"

花志逸惊道:"蝙蝠血?!"

邱冷情答道:"是啊,蝙蝠血,一只大蝙蝠,我从未见过这么大的蝙蝠,它像一只老鹰那么大!"

花志逸也惊讶不已,道:"一只像老鹰那么大的蝙蝠?!"

邱冷情道:"晚辈所言句句属实,确实有老鹰那么大。"

花志逸道:"这可能就是你吸人内力的原因,蝙蝠血本含剧毒,而你竟然没被毒死,可能在你体内产生了一种奇怪的反应,使你的身体能吸人的内力。"说完停了一下,又接着说道:"你我能在此相遇,也算有缘,我赠你一瓶'天琼浆',它是由天下数百种至灵的药物所制,希望能解去你体内蝙蝠血的毒。"

邱冷情道:"晚辈多谢花老前辈,此大恩无以为报,实在惭愧。"

花志逸道:"大丈夫行事,何必拘于小节,只要你以后多行善事,造福武林,就算对得住我老人家了。"说完,从怀中掏出一个白玉瓶子,交给邱冷情。

邱冷情双手恭恭敬敬地接过瓶子,沉声说道:"晚辈一定听从花老前辈的教诲。"

花志逸道:"年轻人能有此等胸怀,实属难得,咦,你的这柄剑是从哪里得来的?"

邱冷情双手奉上"莫邪"剑,道:"此剑乃晚辈在石洞中无意得到的,前辈若知此剑主人,可以拿去,替晚辈物归原主。"

花志逸哈哈大笑,道:"此剑主人早已死了多年,到哪里去归还给他。"

邱冷情吃惊道:"死了?!"

花志逸道:"此剑名'莫邪'剑,是春秋战国时期所造的一件上古神兵,在几百年前曾出现江湖,之后失踪了几百年,想不到你福缘深厚,此等上古神兵竟然被你所得,哈哈,你的福缘真不浅啊!"

邱冷情在一旁默不作声。

接着又听到花志逸道:"此剑既由你所得,便归你所有,希望你能好好保护它,别让它落入歹人之手,为害武林。"

邱冷情正色道："前辈教诲，晚辈一定谨记在心，不过……"

花志逸问道："不过什么？"

邱冷情道："晚辈还不会用剑！"

花志逸道："你不会用剑？"

邱冷情道："我从未习过剑法。"

花志逸顿了一会，不言不语，将邱冷情从头到脚仔仔细细地打量了一番，道："我看你根骨奇佳，是块练武的好材料，我就传你几招剑法吧。"

邱冷情大喜，双膝下跪，道："弟子谢谢恩师。"

花志逸道："你不必称我师父，我也不会收你为徒的，从今以后，你也不得向任何人提起我，知道吗？"

邱冷情道："是！"

花志逸道："你我之间不必称什么师徒，我传你剑法，只是想好好保护这'莫邪'剑，多多造福武林。"

邱冷情见花志逸坚决不肯认他作徒弟，也不便自称其徒，便笑道："花老前辈放心，我定会多行善事，为武林造福。"

花志逸道："好，你就随我住在山上，我传你剑法，学成之后你再下山。"

邱冷情道："谢谢花老前辈！"

自此，邱冷情便随花志逸在圣地住了两天，花志逸指点邱冷情练剑，邱冷情本身悟性奇高，加之花志逸指点有方，才两天，邱冷情的剑术已经进步得非常快了，简直有一日千里之势。

第三天，邱冷情刚起床，就发现床头留有一张字条，花志逸亲自写的，内容是：因有事，需要出远门一趟，叫他加紧练剑，一个月后可以下山，粮食和水都在后山。

邱冷情心中不免生出一丝惆怅，花老前辈已经走了，只剩下自己一人偌大的山上独居，唉，还是静心练习剑法吧。

从此邱冷情日夜都在山上，每天做饭，练武，日子过得倒也清闲，一个月下来，武圣花志逸所传的那套剑法已了然于胸，只差对敌的经验不够了。

一晃已是二十天过去，再过几天就要下山了，在邱冷情的心中还真舍不得，何苦要卷入江湖纷争之中去呢，像花老前辈一样，隐居起来，日子过得多清静自在，偏偏自己还有这么多的事要办，而且还要去找柳芸姑娘。

一想到柳芸姑娘，他的眼前又浮现出柳芸的影子，柳芸生性大胆，泼辣，在他身边总是一蹦一跳的，两人甜甜地争吵，那段时光是多么愉快。

想起柳芸姑娘，他恨不得立即下山去找到柳芸，但转念一想，花老前辈要我一个月后再下山，定有他的道理，反正也只差那么几天，还是等几天下山吧，如此一想，他又练功去了。

夜色渐渐淡了下来，山上的夜显得那么静，在这苍茫的夜色里，却有三个夜行人向武圣圣地疾驰而来。

看那几人，个个步履轻盈，身轻如燕，疾飞如电，一看便知是绝顶高手，在这黑夜里，他们来到武圣居干什么呢？

不一会儿，三个夜行人都到了武圣花志逸隐居的山头上了。

只听一个人沉声道："姑娘，三姑娘，咱们报一声吧？"

另两个女孩齐声道："一切都听你的吩咐，驼叔叔。"说完便向屋里喊道："花老前辈，姐妹岛第三代弟子奉祖师之命前来拜访，望花老前辈现身一见。"

过了一会儿，无人答应，那被称为驼叔叔的说道："好像没人在，咱们进去看看。"

两女孩道："好的，驼叔叔。"

三人一推门，闪进了武圣花志逸住的房间，"咦，没人在！你看被子叠得好好的，好像好几天没人住了。"两个女孩说道。

驼叔叔仔细看了一下四周，道："的确是有一段时间没人住了，花老前辈可能是出门了，咱们还是回去吧！"

那两个女孩道："回去？回去怎么交差？岛上的病，若找不到花老前辈，又怎么能回去呢？"

驼叔叔说道："那咱们四处找找，看能不能发现点什么。"

那两个女孩立刻乐了，道："是，驼叔叔。"说完，就到处去找。

"咦，这里有人！"邱冷情听了一个女孩的声音，但他正专心练功，懒得理那些事，只要你不动手烧房子，恐怕，你在他身边大叫三声，他也不会怪的。

"有人?! 可是花老前辈？"又一个女孩的声音。

邱冷情心中感到奇怪，怎么今天这么多的女孩到山上来呢？他想睁开眼看一看，可还是忍住了。

"驼叔叔，你快过来看，这里有一个人。"那两个女孩叫道。

驼叔叔立即跑过来，问道："在哪里？是花老前辈吗？"

邱冷情一心只在练功调息，不会理会他们，仍只坐在那里，一动不动，完全进入了一种忘我的境界。

一个女孩叫道："驼叔叔，这是个死人哩，你看他的样子，一动不动，连鼻息也没有，准是死了。"

另一个女孩的声音似乎更甜一点，年龄似乎也要小一点，道："姐，你看这个死人还挺英俊的。"

邱冷情听得心头直发笑，这两个小女孩，在议论这些鬼东西，也不快走，打扰我练功，快点走啊，不过有些话听着还是挺舒服的。

另一个小女孩笑着说道："三妹，是不是看上他了？只可惜是个死人。"

被称为三妹的女孩忙道："二姐，你坏死了，怎么拿人家开这种玩笑。"

驼叔叔道："不要说了，他还没死，只是在练功，鼻息全无而已，哪里是死了！"

两个小女孩惊道："没死？"

一个道："哈哈，有人可以找到如意郎君了，哈哈。"

另一个道："羞死了，那刚才我们说的话他全都听见了。"

驼叔叔道："咱们过去问问他，武圣花老先生在什么地方。"

两个小女孩道："对啊，差点忘了，咱们还有正事没办呢！"

说完，一脚踹开房门，闯了进来，两个小女孩道："喂，快起来，我知道你没死，快起来。"

邱冷情此时也没办法，只得收功，睁开双眼，哇！！两个貌似天仙的女孩站在眼前，眼都不眨一下地盯着他看，他连忙红着脸，低下头，道："不知几位从哪里来，到底有何贵干？"

那被称为驼叔叔的人道："我们从姐妹岛来，到此专程拜访武圣花老先生。"

邱冷情道："原来如此。"说完，又走到床边坐下，准备打坐练功。

那两个小女孩忙道："喂，等一下，你等一下！"

邱冷情不得已，又转过身来问道："姑娘，你还有什么事？"

二姑娘道："你还没告诉我武圣花老前辈在哪里！"

三姑娘也道："对呀，花老前辈不在这里，你知道他在什么地方吗？"

邱冷情心中一动，几欲把实情吐露，但转念一想，不行，江湖人心险恶，不知此行三人是友是敌，还是不告诉他们为好，便道："我是刚刚搬到此居住几天，不知道什么花老前辈。"

二姑娘道："不知道？岂有此理，你居然说不知道，江湖中人有哪个不知道武圣花老前辈，他住的地方被划作圣地，常人不得乱闯，你住在这里，居然说不知道花老前辈，快说，花老前辈到底在哪里？"

邱冷情心中忽然明了一件事，难怪那天了因、了空、了凡三人不敢追他，原来是这里被划作了圣地，常人不得乱闯，又想到这个谎扯得真是太荒唐了，便道："花老前辈出门去了。"

驼叔叔道："出门？那么他几时回来？"

邱冷情道："不知道！"

姑娘气极败坏，怒道："你到底是说还是不说？不说，小心我对你不客气。"说完抽出一支软鞭。

邱冷情心道：这姑娘火气还不小，万一真打起来怎么办？以前自己武功那么低，现在也不知花老前辈传的剑术练得怎么样了，还是不打为妙，他们有三个，看他们样子，个个武功都不弱，打起来，万一将这里什么东西打坏了，怎么向花老前辈交待呢？还是不能在此动武，便道："你们想知道什么，在下能说的，都说出。"

二姑娘笑着收起软鞭道："早这样吗，免得伤了和气。"

邱冷情想，这姑娘真怪，怎么说变就变了，心中不禁好笑，道："好了，别多说了，你们想知道什么，尽管问吧。"

三姑娘首先发问道："你叫什么名字？"

邱冷情对三姑娘道："在下邱冷情！"

三人一起惊道："你就是江湖盛传，大闹少林的邱冷情？"

邱冷情心中一惊，怎么他们也知道？便道："江湖传言，实不足信，正是不才。"

驼叔叔将邱冷情上上下下打量了一番，道："不错，是个人才，在年轻一辈中，能有此造诣的的确不多。"

二姑娘也问道："邱少侠，你是怎么到这武圣居的呢？"

邱冷情道："这个请恕我不能说，这其中有许多隐情，不是几句可以说清楚的。"

二姑娘又道："那好，那我不问你这个问题，快告诉我们花老前辈在什么地方。"

邱冷情一愣神，便道："说句实话，我也不知道他在什么地方！"

三姑娘这时突然问了一句："那你跟他是什么关系？"

邱冷情想了半天才慢慢地回答："其实我也不知道我跟花老前辈是什么关系！"

这下可把他们三个给弄糊涂了，道："你不知道你与他是什么关系？"

邱冷情道："我与花老前辈什么关系都没有，我说不出我与他有什么关系！"

二姑娘道："那你怎么住在这里？"

邱冷情道："我糊里糊涂地闯了进来，又受了伤，最后花老前辈救了我，就让我住在这，传我几招剑法，叫我过几天就下山。"

三姑娘道："那花前辈在何处？"

邱冷情道："我真的不知道他老人家在哪里，他留下一张字条，说要出门，叫我住在此，一个月后下山，别的什么都没说，我怎么知道花老前辈在哪里呢！"

二姑娘喝道："看你这小子满口胡言，花老前辈早已不问世事多年，又怎可能外出了呢，这小子满口胡言，驼叔叔，抓住他。"

驼叔叔答应一句："是，二小姐！"转向邱冷情道："邱少侠，得罪了。"

邱冷情道："你们怎么如此不讲道，理，我说的话句句都是实话，要怎样你们才相信呢！"

驼叔叔闻此言，不禁仰天大笑道："讲理？如果她们讲理，那就不叫做姐妹岛的人了。"

邱冷情道："姐妹岛？难道姐妹岛上的人个个都不讲理？"

驼叔叔道："难道你没听说过'宁可得罪皇家女，也别招惹三姐妹'这句话么？"

邱冷情少年好胜心起，便叫道："你们个个都不讲理，别人怕你，我可不怕。"

驼叔叔道："好，好，少年人有骨气，那你先接三掌。"

说完拍出一掌，邱冷情立时感到两股炙热的劲道向他猛撞而来，似乎是两团火焰，空气热得令人窒息。

邱冷情连忙双手一推，向外一挡，只听见轰轰两声巨响，他们的双掌结结实实地撞在一起，四周爆出的热气，令二姑娘和三姑娘不由向后退了好几步，花草都受不住这炙热的气流而枯萎了。

等到可以看清场中的情景，邱冷情仍站在原地一动不动，而驼叔叔却退了一步。

驼叔叔大笑道："邱少侠，不愧是武圣花老儿的弟子，能接住我北海神驼七成功力的'赤焰掌'，实在难得。"

邱冷情呆呆地站在一旁，不知所措，他也不知他到底使出了多少劲道，只觉得内息绵绵不断，刚才那一掌似乎还没用到十分之一。

他自己不知道，他喝下奇毒蝙蝠血，又吸了西域密宗两大高手的功力，后又遇武圣花志逸赠他灵药"天琼浆"，化解蝙蝠血之毒，又平添了他几十年的功力，现在他的功力最少已达二百年以上，若是他出全力，那"北海神驼"不粉身碎骨才怪。

邱冷情道："在下侥幸得胜而已。"

"北海神驼"道："那你再接我一掌。"话音刚落，已是双掌拍出。

两股比方才更强的力道直冲邱冷情而来，而且两股力道一边奇寒无比，一边炙热无比，在空中形成一股强大的回旋之力，当胸撞来。

邱冷情丝毫不敢大意，连忙双掌一推，比方才更用了一点力，他也不知该用多大力，乍见刚才自己一掌震退了"北海神驼"，也不敢用太大的力道，万一杀了他，岂不糟糕？他也只加了一点点的力道。

"砰砰！"两声更为巨大的声响冲天而起，像是平地炸起了一个巨雷，震得人耳发疼。

"噔！噔！噔！""北海神驼"连退了三大步才站稳脚步，而邱冷情只不过是衣服动了一下而已。

"北海神驼"不由仰天大笑道："长江后浪推前浪，一代新人胜旧人，我大概是老了，你能接住我'赤焰掌'和'寒冰掌'双掌齐发出的十成功力，还震退我三步，邱少侠怕是武功已达到至高无上的境界，是真人不露相啊！"

二姑娘和三姑娘齐声道："驼叔叔，你说他武功已达至高无上的境界，不可能，他才多大！"

"北海神驼"也觉得奇怪，看邱冷情的年纪，最多不过十八岁，怎么可能练得如此高深的武功呢，但事实摆在眼前，能震自己退三步而身子不动的，天下恐怕只有两奇宫一圣地的主人才能办到，而邱冷情居然不费吹灰之力就办到，莫非是用了什么妖法不成。

"北海神驼"大吼一声："再接我一掌。"双掌又是一阵猛打，一股不仅强，而且奇怪的力道传了过来。

这股力道特别奇怪，一会儿冷，一会儿热，一会儿左，一会儿右，在空中形成一股回旋，每回旋一次，力量就增加一分，等到力量到邱冷情身边时，已是强劲得不可思议，邱冷情只觉得那力道逼得人喘不过气来，回旋之力逼得人站不稳身形。

邱冷情连忙猛提一口真气，双掌用力一挥，霎时间，一阵强劲无比的真力布满邱冷情四周。

两股真力一撞，"北海神驼"的劲道竟然穿透邱冷情的护身真气而过。

邱冷情大惊，"完了，怎么会这样！"邱冷情大惊之下，简直不知怎么办才好，直呆呆地站在那里。

原以为这次准被打得口吐鲜血，哪知那股力才一撞上胸口，身体突然产生了一股奇妙的变化，体内变得奇热无比，好像要燃烧似的。

而"北海神驼"发出的力道直在他身边回旋，与他发出的真气激荡在一起，越来越强，越转越快，在他身边形成一团白光，环绕不去。

身子的炙热越来越强烈，邱冷情不由盘膝坐下，忽然，他身上产生了一股强大的吸力，将那团白光一丝丝地吸入体内。

他感到身体似乎不存在了，犹如置身在一巨大的火炉之内，全身都在燃烧，就如同在死亡的边缘挣扎，好难受。

他还在继续吸那股真力，全身的大穴一跳一跳的，好像要爆裂一样，邱冷情赶紧导气归田，导顺那些真力，哪知那些真气像决堤的洪水一般，不停在体内游动，越变越猛，大有一发不可收拾之势。

只听到三姑娘道："驼叔叔，邱少侠怎么了？他的样子好恐怖，全身大汗淋漓。"

"北海神驼"道："我也不知道是为什么，我发出的掌劲好像全都不见了，而他不像是中掌受了伤，奇怪！"

二姑娘道："可能是什么病发作了吧，可能他自己已在疗伤。"

三姑娘颤着声音道："他的样子好吓人，好可怕。"

二姑娘道："驼叔叔，这小子满口胡言乱语，不像好人，花老前辈不在，没准就是他害的，咱们趁机会杀了他，为花前辈报仇！"

邱冷情听得心中直抖，这小姑娘的心怎么这样毒，万一真的向我动手，岂不是死得不明不白，他心中着急，偏偏全身疼痛，一点力气也没有，就连开口说话的力气都没有了，只有干瞪着眼睛。

三姑娘小声说道："二姐，我看邱少侠不像是坏人！"

二姑娘道："三妹，你是不是看他长得英俊，看上他了，你怎么不知道他不是坏人。"

三姑娘红着脸道："二姐，你别乱讲，又取笑小妹，以后我不理你了。"说完，赌气地翘起小嘴，转过身去。

"北海神驼"也道："二小姐，万一邱少侠真是花老前辈的徒弟，那咱们岂不是错杀了人？那咱们回去，不让岛主给剥皮杀了才怪。"

二姑娘沉吟了一会儿，道："对呀，万一这小子真是花老前辈的徒弟，怎么办呢，还是不杀他了，等他好了，问清楚花老前辈到什么地方去了，咱们的正事还没办，用不着去节外生枝。"

邱冷情总算松了一口气，身上还是奇热无比，全身的大穴越跳越快，忽然，头顶一痛，全身的真气顺通了不少，感觉也没有刚才那么痛苦了，只是真气还在四处游动，"呀"，又是一痛，顿时，全身真气流畅无比，灵台空明，那种燥热的感觉一下子全退去了，身子一阵阵的凉意，舒服无比，全身轻盈盈的。

邱冷情茫然地睁开双眼，站了起来，傻傻地问道："发生了什么事？"

二姑娘却不理会他，问道："花老前辈是不是你师父？"

邱冷情道："不是，他只传了我几招剑法！"当下便将那日情景说了一遍。

"北海神驼"惊得合不拢嘴，"他只点拨了你几招，你一个月便有此成就！那他岂不是成仙了吗！"

邱冷情道："我说过了，我所言每一句都是实话，可你们不信，我又有什么办法。"

三姑娘道："邱少侠，我们相信你不是坏人，请你告诉我们，花老前辈到哪里去了，我们找他有非常重要的事。"

邱冷情道："姑娘，对不起，在下确实不知花老前辈的去向。"

三姑娘又问道："那你可知花老前辈什么时候回来？"

邱冷情道："很抱歉，这个在下也不知道，他老人家四处游玩，行踪谁也弄不清楚，不知道他会什么时候回来。"

二姑娘道："既然如此，那我们就将你带回姐妹岛。"

邱冷情道："你们怎么不讲理？我还有事呢，我不能去姐妹岛！"

"北海神驼"道："邱少侠，你忘了，如果姐妹岛的人讲理，那就不叫姐妹岛，邱少侠，那只好委屈你了。"说完又向邱冷情攻出了十掌。

邱冷情已没开口的机会，只好尽力招架，刚发出一招，却见一片白色的物体向他飞来，心知不妙，邱冷情连忙向后退，哪知，他快，那东西更快，在他面前张开成一大片，从头而下，一下子罩住了他。

邱冷情大惊之下，用劲地挣扎，谁知，越挣扎，身上越紧，仔细一看，原来是一只网，那网丝根根银白，像是用天蚕丝之类的东西制成的，邱冷情用双手抓住网，贯注全身真气，用力扯，他现在的功力在百年以上，两手间的拉力最少有几千斤，就算是金属之类的东西，都可以拉断了，但偏偏这网丝，动也未动一下。

邱冷情大叫道："放我出来，你们真卑鄙，快放我出来。"说完，又用力挣扎了几下，这下，捆在身上却更加紧了。

三姑娘道："邱少侠，你还是别挣扎了，你挣不开二姐的'捆龙索'，而且挣扎只会越来越紧，对你没有好处的。"

二姑娘也笑道："邱公子，你想扯断网？告诉你吧，这'捆龙索'是用鲸鱼的筋做的，不畏刀剑水火，别说你用劲扯，就是用刀剑砍，也不一定能砍断，你就死了这条心，随我们去姐妹岛吧。"

邱冷情心中又气又恼，不禁心中懊恼，要是"莫邪"剑带在身边就好了，现在龙游浅水，落得如此地步，他也是无可奈何。

邱冷情望着她们怒道："你们到底要把我怎么样？"

三姑娘道："邱公子，你不必担心，我们只请你到姐妹岛上去做客，到时候自然会让你回来，此举也是万不得已，望公子见谅！"

二姑娘望着他，笑道："现在知道我的厉害了吧。"说完，望了望天色，接着道："天快亮了，我们待会就动身回姐妹岛。"

二姑娘看了看邱冷情，走到门口，想关上房门。

"呀！"她忽然像发现什么宝藏一般惊叫了起来。

邱冷情心道：哼，贪字又有谁能摆得脱呢，没准又是看上我的那把"莫邪"剑了。

果然，只听二姑娘道："这剑真是一件宝。"她已进屋拿出了"莫邪"剑。

邱冷情冷冷地道："此剑是我的，希望姑娘不要动它。"

二姑娘道："是你的？哈哈，告诉你，今天它就得换个主人了。"

邱冷情又气又恼，道："你怎么如此蛮横不讲理！"

二姑娘哈哈大笑道："邱少侠，你又忘了，如果姐妹岛的人讲理，那就不叫姐妹岛，哈哈哈！"

"北海神驼"道："二小姐，三小姐，现在天色已明，我们还是赶快回岛去吧，免得岛主她们挂念。"

二姑娘道："好，三妹，咱们回去！"

"北海神驼"背起邱冷情，提气而起，飞也似的向山下奔去。

已不知走了多远，邱冷情只知道，从山下下来，就雇了一辆马车，他被丢在马车里，睡了又醒，醒了又睡，饿了就吃饭，反正反抗也是没用，不如到了姐妹岛再伺机逃走，如此一想，一路上倒也轻松愉快。

这一日到了海边，二姑娘道："驼叔叔，咱们到海边了，我去找一条船。"

"北海神驼"道："二小姐，快去快回。"

二姑娘快步走到一渔船边，叫道："船家，船家，有人在吗?"

那渔船里走出一位老人，问道："姑娘，你可是要出海? 这几天风和日丽的，是出海的好天气。"

二姑娘问道："船家，我们要去姐妹岛，不知要多少银两?"

船夫一听到姐妹岛，立时脸上变色，道："姑娘，我不去了，你找别人吧!"

二姑娘闻此言，面色一变，抽出宝剑，架在船夫的脖子上，道："不去，今天就让你死在这里，快送我们去姐妹岛，到时不会亏待你的。"

那船夫哆哆嗦嗦地道："姑娘，你先放下剑，我送你出海就是。"

二姑娘道："早这样吗，万一我一怒之下杀了你，岂不糟糕。"

一行人来到船上，邱冷情和"北海神驼"在前舱，二姑娘和三姑娘在后舱。

"北海神驼"很随和，又特别爱有才干的年轻人，邱冷情此时的武功造诣令他钦佩不已，在一路上，他对邱冷情已是关照备至，现在在一起更是无话不谈。

邱冷情问道："驼叔叔，姐妹岛到底是个什么样的地方?"

"北海神驼"道："此事说来话长，百多年前，江湖上奇人突出，造诣最高的就是'一圣二怪三姐妹'，这一圣二怪，在中原武林可谓是人人知晓，一圣就是你住处的主人武圣花志逸，二怪就是两奇宫的主人，而这三姐妹只在北海一带活动，你们中原武林人士，对此就不是十分了解了。"

邱冷情道："这与姐妹岛有什么联系呢?"

"北海神驼"笑道："邱少侠，你不要心急，听我慢慢地说，三姐妹成名之后，在北海一带威名大震，后来他们隐居在海上的一个岛上，那岛就被人称作姐妹岛。"

邱冷情又问道："这里的人看起来都很怕姐妹岛上的人?"

"北海神驼"叹一口气，道："妹妹岛上人人武功奇高，而且不讲道理，别人当然怕了。"

邱冷情道："那有没有人敢偷偷上岛?"

"北海神驼"道："当然有，不过大多数人不能全身而退，后来久而久之，姐妹岛在北海一带也就变成了像花志逸所住的地方一样的一块圣地了。"

邱冷情道："岛上有多少人呢？"

"北海神驼"道："你在打探军情呀，哈哈，告诉你也无妨，自第一代三姐妹到现在，已是第三代了，你已看见了两个三代弟子，还有一个在岛上，加上佣人之类的，不下于三百人。"

邱冷情道："三百人？三代三姐妹也不过九人，那其他人干吗？"

"北海神驼"道："在姐妹岛上，人们生活自足，其他人种粮，生活。"

邱冷情道："岛上都是女孩吗？"

"北海神驼"道："那是自然，不然那怎么称姐妹岛！"

邱冷情道："那你……"

"北海神驼"神色一暗，道："我自幼被父亲遗弃，是第一代岛主巡海时在海外发现了我，抚养我长大的，所以我就住在姐妹岛上作了仆人。"

邱冷情听"北海神驼"如此悲惨的身世，不禁心中愧疚，道："我不是有意提起……"

话还没说完，已被"北海神驼"的笑声打断，"哈哈哈，邱兄弟，没关系，大丈夫行事不拘小节，如此小事，不必挂在心上。"

邱冷情心中不由生出了敬佩之情，道："驼叔叔，如果你不嫌弃，我们结拜为兄弟，好吗？"

"北海神驼"朗声一笑，道："邱兄弟，你怎么说出如此的话来，我高兴还来不及，怎么会弃呢，兄弟，那大哥与你就做个忘年之交，占占你这小兄弟的便宜，哈哈哈……"

"驼叔叔，是什么事，这么高兴啊？"三姑娘的声音传了过来。

"北海神驼"道："原来是三小姐，到此有什么事吗？"

三小姐道："我听到你笑得如此开心，过来看看，驼叔叔，到底是什么事，你笑得如此开心呢？"

"北海神驼"道："我已和邱少侠结拜为兄弟，我怎能不高兴呢！"

三小姐道："你和邱少侠结拜为兄弟？！"说完深深地看了邱冷情一眼，又笑道："好啊，那邱少侠就是姐妹岛的客人了。"

"北海神驼"已是老江湖，把三小姐的一切看在眼里，心中道：这小姑娘，有戏看了。便道："三小姐，今天的天气真好，老朽想出去活动活动，你在这里和邱少侠好好谈谈。"说完，便走了出去。

邱冷情忙道："大哥，你别走啊，我一个闷得慌。"

"北海神驼"笑道："邱兄弟，有三小姐陪你，不会闷的。"话音一落，已失去了人影。

邱冷情对这姐妹俩绑他上姐妹岛的事，心存不满，便冷冷地道："三小姐，你有什么事吗?"

三小姐大概也知道邱冷情对她有些看法，小心地说道："邱公子，我也是没办法，希望你不要怪我。"

邱冷情见她楚楚可怜，心中也有些不忍，道："三姑娘，我不会怪你的，我知道你也是听命于别人的。"

三姑娘听到邱冷情说不怪她，脸上顿时喜形于色，道："邱公子，待会我会求二姐解开捆龙索的，你放心，我们不会为难你的。"

邱冷情道："在下谢过三姑娘。"

三姑娘道："你别三姑娘，三姑娘地叫，难听死了，人家有名字的。"

邱冷情道："我也知道你有名字，可是你不告诉我，我又怎么知道呢!"

三姑娘一怔，似是恍然大悟一般，道："对啊，我没有告诉你，你又怎么会知道呢，好啦，现在我告诉你，我叫萧亚轩。"

邱冷情道："萧姑娘，你能不能告诉我，你们为什么要将我带上姐妹岛呢?"

萧亚轩道："我也不知道，好像是岛主的命令，要把花老前辈请到姐妹岛来，既然花老前辈不在，那我们只好把你请来了。"

邱冷情笑着道："这也叫请? 如此请法，我还是第一次看到。"

萧亚轩道："对不起，邱公子，我就去求二姐帮你解开捆龙索。"

说完，站起身向外走去，哪知与个人撞了个满怀。

萧亚轩抬头一看，原来是二姑娘，她红着脸道："姐，怎么你也来了?"

二姑娘道："哟，你也在这里。"

萧亚轩道："姐，能不能……"

话还没落，已让二姑娘拦住了，"我就是来帮邱少侠解开捆龙索的。"

萧亚轩高兴地拍着手道："那太好了，邱公子，我说过了，二姐一定会给你解开'捆龙索'的!"

二姑娘伸手在她额头点了一下，道："小丫头，你是不是想情郎了，这么关心他，你要是求求我，没准我可以帮帮你，在岛主面前说个情，将你嫁出去算了。"

二姑娘如此大胆的话，令邱冷情都有些不好意思，他抬头偷偷地看了看萧亚轩，发现她红着脸，低着头，一幅楚楚动人的小女儿态，真是令人心动。

萧亚轩在二姑娘身上打了二下，道："二姐，你又欺负人，以后我不理你了。"

二姑娘道："好了，好了，不开玩笑了，还是先解开邱少侠身上的'捆龙索'吧！"

说完，走过来，在"捆龙索"的一个结头处轻轻一提，立时，整张网都散开了，"看见了吧，没掌握窍门，你怎么样都弄不开的。"

邱冷情心中气恼，拿眼瞪着二姑娘，那姿态，似是恨不得吃下她，邱冷情在心中暗道：这姑娘也真是泼辣，比芸儿都大胆，以后若是碰上，还是少惹得好。

二姑娘将"捆龙索"束成一束，系在腰间，转身对萧亚轩道："三妹，你好好地陪陪邱少侠吧，我先走了。"说完，神秘地笑了笑，起步就向舱外走去。

邱冷情忙喊道："喂，我的剑，剑你应该还给我。"

二姑娘闻言大声道："剑先借我玩几天，到了岛上，我自然会还你，我萧敏轩可是一个说一不二的人，一个大男人啰里啰嗦，真无趣。"二姑娘骂骂咧咧地向外走去。

"北海神驼"恰在此时走了进来，"啊，二小姐也在这里，难怪里面这么热闹。"

萧敏轩道："驼叔叔，我们还有多久可以到岛上？"

"北海神驼"道："大约两天，再过两天就到岛上了。"

邱冷情此时才知道二姑娘名叫萧敏轩，他虽然对二姑娘的专横不讲理挺反感，不过却也佩服她行事果断，有大将风度。

萧敏轩道："驼叔叔，你好好休息，我就不打扰了。"说完就走了出去。

萧亚轩忙喊道："二姐，等等我，我也回去。"说完，回头看了邱冷情一眼，一溜烟地跑开去了。

船舱中只剩下邱冷情和"北海神驼"两人了，邱冷情被"捆龙索"捆了多时，身上又酸又痛，在活动筋骨。

"北海神驼"站到跟前，关切地问道："邱兄弟，你没事吧？"

邱冷情道："没事！二姑娘真是太不讲理了。"

"北海神驼"笑笑，道："邱兄弟，二姑娘从小就专横，在岛上，连她大姐都要让她三分，今天她对你，可以说是她对人最客气的一次，如果在平时，她不整得你求生不得，求死不能才怪，也不知道今天是怎么了，二姑娘忽然变了，大概是人长大了吧。"

邱冷情心中又好气又好笑，对自己这样，还算是最客气的一次，哈哈，如果不客气，那岂不是要剥人皮？但此言不便说出口，只是说道："驼大哥，坐船几天了，咱们还是休息吧。"

"北海神驼"道："好啊，说真的，我也累了，早想休息了。"说完，便靠在舱边，闭上眼睛休息了，"北海神驼"待人极其真诚，丝毫没有防备邱冷情，不一会儿已传出了阵阵鼾声，其实也不用防，在这茫茫的大海之上，你没有船，就算武功再好，又能逃到哪里去。

邱冷情却是睡不着，他思绪一团乱麻，从小被人追杀，总算能在武圣居里过上了一段平静的日子，又被人莫名其妙地绑上了姐妹岛，芸儿也不知怎么样了，在这个世界上就只有芸儿对自己最好，不知她现在在哪里，想着芸儿，不由又想起萧亚轩那怪怪的眼神和关切的话语，还有萧敏轩大胆泼辣的言辞，一直在脑海中翻腾，挥不去，抹不掉。

其实，睡不着的不只是邱冷情一个，三姑娘萧亚轩也躺在床上睡不着，她从小在姐妹岛长大，见过的男人大概就只是"北海神驼"一个，女孩在这个年龄，最是多梦多幻想的季节，只可惜，姐妹岛上没有男子。

这次到中原，一路上虽见到不少男子，但那只是匆匆而过，直到武圣居才真正与邱冷情接触，偏偏邱冷情又是长相非凡，不仅英俊潇洒，而且武功又好，正是女孩梦中的白马王子，她怎能不心动呢。

这一路上与邱冷情在一起，心中虽是波涛涌动，但碍于女儿家的矜持，却也不敢表露出来，她只有默默地关心着邱冷情，在心中想着邱冷情，只要能和他在一起，她就很高兴了。

她看得出，二姐萧敏轩也很喜欢邱冷情，二姐从没有对人这么客气过，这次对他却是如此客气，她还亲眼看见二姐握着那把"莫邪"剑呆呆地出神。

从这一切的一切可以看出，二姐也是爱上了邱少侠，女人是种最敏感的动物，特别是对于男女感情方面，更是敏感得过分，女孩一旦喜欢上一个男孩，对他的一切都是关心的，她没有二姐萧敏轩那么大胆，但在知道有情敌出现时，却也能大胆地出击，所以她才偷偷到邱冷情的船舱里去。

"北海神驼"自是看穿了三小姐萧亚轩的一点女儿心事，立即退了出去，这可给她制造了大好的机会，可偏偏二姐来了，真令人扫兴，她真的希望自己感觉是错误的。

从小自己和大姐都处处让着二姐，二姐虽然专横，却也关心她，爱护她，姐妹情深，可是在感情方面，能不能让着二姐呢？能不能讲姐妹情深呢？小女孩的心里也乱极了。

二姐的话还在耳朵回荡，"你要是求求我，没准我可以帮帮你，在岛主面前说个情，将你嫁出去算了！"但愿这一切是美好的。

三姑娘萧亚轩猜得很正确，萧敏轩也是喜欢上邱冷情了，此刻也在床上翻来覆去，睡不着觉。

二姑娘萧敏轩和萧亚轩一样，她们都是孤儿，从小被岛主收养，在岛上生活，长大，习武，虽然岛上没男子，可是女孩到了这个年龄，心中的那股冲动，又岂能压得下去呢。

自从在武圣居所与邱冷情有了第一次的相逢，心中对他英俊潇洒的外表已是十分喜欢，看到他的武功又是如此高，更是钦佩不已，那种狂傲更是令她心动不已，在不知不觉中，她早已喜欢上了邱冷情了。

女人有时候是很奇怪的，明明喜欢一个人，在外面却又不承认，萧敏轩就是这样，她明明已经喜欢上了邱冷情，却怎么也不肯承认，不要说在别人面前不承认，她自己都逼自己不承认，努力装出一副冷漠的样子，对邱冷情冷冷淡淡。

女人的这种心思到底是为了什么呢？谁也说不清楚，在内心的深处，应该是有一种以一种方式来引起对方注意的念头在里面吧！

以女孩的敏感，萧敏轩明显感觉到了三妹对邱冷情的感情，这使她也很矛盾，想放弃，偏偏又放不下，让自己陷进去，自己又不肯承认，干脆放手算了，内心深处又是舍不得，到底该怎么办呢？

萧敏轩也是思绪混乱，翻来覆去，睡不着觉，唉，问世间情为何物，总是叫人如此痛苦，又如此无助。

漫长的行程终于走到了尽头，他们一行终于到了此行的目的地，姐妹岛，在还没到岛之前，萧敏轩已向岛上发出了信号。

"报告岛主！"一女兵向姐妹岛岛主萧翠翠报告情况："二小姐、三小姐她们已经回到了姐妹岛附近。"

姐妹岛第一代三姐妹，萧剑英、萧凤儿、萧云，三人在创立姐妹岛以后，因不和而散去，大姐萧剑英一怒之下离去，由二姐萧凤儿处理姐妹岛一切事务，三妹萧云几年后病死在姐妹岛，自此萧凤儿也是心灰意冷，将岛上的一切交给了第二代三姐妹中的大姐萧翠翠。

姐妹岛传人一般都是从各地捡来的婴儿，择其根骨佳的练武，再选出三个出类拔萃的定为三姐妹传人，第一代已作古，第二代有大姐萧翠翠，二姐萧兰兰，三妹萧巧巧，到了第三代就是萧敏轩和萧亚轩，还有老大萧萧，第三代三姐妹的根骨奇佳，在武功上的造诣几乎已达到了第一代长辈的造诣，早超过了第二代三姐妹，只是在名份上仍然由第二代大姐萧翠翠出任岛主，打理岛上事务。

萧翠翠听卫兵传报萧敏轩和萧亚轩回岛，大喜，立即传令迎接。

邱冷情随三人刚到岛上，立时见到大批的卫兵在迎接，一个贵妇人走在最前面，"北海神驼"在他身边轻轻道："她就是本岛岛主萧翠翠！"

只听萧翠翠道："敏轩，亚轩，你们回来了，一路是否顺利？"

萧敏轩和萧亚轩齐道："多谢岛主关怀，我等在路上一路平安。"

萧翠翠道："那你们可曾将花老先生请来？"

萧敏轩和萧亚轩立即不吱声，低下头道："我们，我们……"半天不开口。

萧翠翠道："你们没请来花老前辈？"

"北海神驼"在此时及时替她们解了围，"北海神驼"一指邱冷情，道："我们去武圣居时，花老先生已经出门去了，我们也不知他什么时候回来，所以我们只得将这位邱少侠请了回来。"

萧翠翠看了邱冷情一眼，不禁疑问道："这位是……"

"北海神驼"忙道："差点忘了介绍，这位少侠是武圣花老前辈的高足，我们没请到花老前辈，只好将花老前辈的高足请了回来。"

萧翠翠道："算了，花老先生行踪不定，既然他出门了，你们是找不到他的，不能怪你们，既然请来花老前辈的徒弟，那也算是大功一件。"

萧敏轩和萧亚轩道："多谢岛主开恩，我们肚子饿了。"她二人自幼就十分顽皮，萧翠翠对她们也是十分宠爱，刚听萧翠翠宽恕她们，她们立即就向萧翠翠撒娇。

萧翠翠道："你们两个呀，真拿你们没办法，好了，大家回去吃饭，有什么事，以后再作商议。"

萧翠翠吩咐完之后，转身走到邱冷情身边，问道："这位少侠，还没请教大名！"

邱冷情看萧翠翠一副和蔼可亲的样子，心中不禁油然生出一种母爱的情绪，答道："晚辈姓邱，名冷情。"

萧翠翠大吃一惊，道："江湖传闻，你大闹少林，大败少林四长老，是不是属实？"

邱冷情不禁心中叹息，怎么这些狗屁事情传得那么远呢？想归想，他还是低下头道："事实并非如此，江湖传言，实不足信，让岛主你见笑了。"

萧翠翠道："邱少侠乃武圣居花老先生的高足，敌住少林四大长老本无什么稀奇，你也不必过于谦虚。"说着顿了一顿，接着又道："邱少侠，你还是先随我进去吃饭，休息一晚，有事明天再谈好吗？"

邱冷情本对萧翠翠就十分有好感，加上旅途劳累，正需要休息，而且现在到了姐妹岛上，插翅也难飞出了，人家既然对你如此客气，那你又何必扫人家的兴，弄得大家不高兴。

人处于一种人生地不熟的地方，往往都希望事情能向友好的方向发展，邱冷情此时正处于此种情况之下，姐妹岛岛主对你如此客气，给你吃，给你住，何不好好休息几天，就算是别人要杀你，吃饱了，休息好了，才有力气抵抗啊！

邱冷情如此一想，心中便十分坦然，道："在下谢过岛主。"

萧翠翠道："邱少侠，别客气，恩师和尊师都是好友，你在此也不必太见外，就当是回到家中一样，不必过于拘束。"

邱冷情道："谢谢岛主关心。"

一行几人来到姐妹岛的大厅之中，开始用饭，各种各样的山珍海味都拿上来了，有的可是邱冷情见都没见过的。

"北海神驼"在邱冷情耳边轻轻地道："邱兄弟，岛主对你真的十分可哟！"

邱冷情愕然问道："大哥此话怎讲？"

"北海神驼"笑道："兄弟，你别误会，我是说岛主对你印象很好。"

邱冷情问道："什么意思？"

"北海神驼"道："实话告诉你，这酒席是用来招呼贵宾的，普天之下，只有四个人尝过。"

邱冷情道："四个人？普天之下只有四个?!"

"北海神驼"道："对，普天之下，仅有四个！"

邱冷情一下来了兴趣，道："不知是哪四个！"

"北海神驼"道："第一个就是尊师武圣花志逸老先生，花老先生与敝岛第一代岛主交情甚好，他每次来拜访时，本岛均以此贵宾酒席招待。"

邱冷情道："那么第二个呢？"

"北海神驼"接着道："其次就是当年和三姐妹以及武圣花老前辈一起成名的两奇宫，神宫和地府的主人，在三十多年前一齐来为咱们第一代岛主的祝寿时，用过一次。"

邱冷情不禁心中大惊，原来用过此酒席的人，在武林中的声望都如此之高，不知第四位是谁。

他还没问，"北海神驼"已接着往下说了，道："那最后一位，就是当年天下绿林盟主，一代怪侠千面书生风不凡。"

邱冷情听"北海神驼"如此一说，心中不禁十分疑惑，到底请我来做什么呢？开始时，对我如此无礼，现在却又像对待贵宾一般招待我，她们葫芦里到底卖什么药呢。

邱冷情带着满脑子的疑问，吃完了酒席，又随着一个小丫头到了一处上房里休息。

邱冷情此时已不知是何种心态，反正是逃不掉了，不如听天由命吧，他也不管那么多了，倒在床上，便呼呼大睡，多日的奔波，已使他身体很疲劳了，现在突然放松下来，睡得天昏地暗，直到第二天晌午才起床。

"呵，真舒服呀，这一觉睡得可真香啊！"邱冷情起床伸了个懒腰，半醒半蒙胧地睁开眼睛。

突然，门上响起了敲门声。

邱冷情道："门没上，进来吧！"

门口人影一闪，一个纤巧的身影已挤了进来，随手又关上房门。

"邱少侠，这是洗脸水，你洗洗吧！"是萧亚轩的声音。

第七章

邱冷情抬眼一看，果然是三小姐萧亚轩，他心中反倒有些不自在，从未有人如此照顾他，而且他知道，这些事应该是丫头来做的，而他是姐妹岛第三代传人，似乎不应该做这种事吧。

萧亚轩似乎看出了他的疑惑，道："邱公子，是因为你起床'太早'了，她们都去做事去了，我没事可做，所以就给你端盆水来，让你洗一洗。"

邱冷情道："谢谢萧姑娘。"他也正需要水洗一洗脸。

萧亚轩小姐在一旁默默地看着他洗完脸，一动不动，丝毫没有要走的意思。

邱冷情道："三小姐，你有事吗？"

萧亚轩似乎刚从沉思中惊醒过来，道："噢，没事，我看你一个人在此，人生地不熟的，怕你寂寞，想陪你说说话。"

邱冷情道："谁说我人生呀，我还有一个朋友在岛上吗！"

萧亚轩道："你是说驼叔叔吧，他的事情可多呢，哪有时间陪你呀！"说完顿了一顿，又道："岛主说了，先让你休息两天，然后再让你去拜见祖师。"

邱冷情道："让我去拜见祖师？哪个祖师？"

萧亚轩道："这件事我也不大清楚，是让你去拜见本岛第一代岛主，我们都叫她祖师。"

邱冷情道："为什么，为什么要我去拜？"

萧亚轩道："为什么我也不知道，反正只要你清楚我们对你没有恶意就行了。"

话音刚落，就听到门外一个声音传了进来，"是什么事，你们说得如此开心啊？"门口人影一闪，二小姐萧敏轩也来了。

萧亚轩道："姐，你好！"

萧敏轩笑道："三妹，你这么早啊，莫不是……"她二人自幼闹惯了，是以言语之间都闹个不停。

萧亚轩道："二姐，你又来了，妹妹以后不理你了。"

萧敏轩笑道："好妹妹，姐姐说着玩呢，好，不闹了！"接着她又问道："妹妹，这么早，你来干什么？"

萧亚轩答道："丫头都做事去了，邱少侠刚刚起来，我给他端来一盆洗脸水，二姐，你来干什么呢？"

萧敏轩道："噢，我是来还剑的，邱少侠的剑在我那里也玩了不少时日，现在该还给他了。"

邱冷情伸手接过剑，剑一点都没变，在剑鞘上还多了一个剑穗。

邱冷情道："多谢二小姐。"

萧敏轩道："谢什么，这本来就是你自己的东西嘛。"

邱冷情刚待说话，萧亚轩已抢着说道："二姐，今天的天气这么好，不如咱们带邱少侠到岛上到处走走，你说好吗？"

邱冷情正有此意，只愁没个向导，现在既然她两个要带自己去玩，那自然是求之不得，便道："我也正想出去走走。"

萧敏轩道："好啊，好啊……"

她的话还没说完，已被门口一声叫喊打断，"岛主驾到！"

邱冷情心道：怎么岛主也来了？

心中在疑惑，萧翠翠已经进来了，开口笑道："敏儿，什么事如此高兴啊？"

萧敏轩和萧亚轩自小就被宠坏了，也不多礼，只撒娇道："岛主，我们想带邱少侠出去走走，到岛上到处玩玩，你说好吗？"

萧翠翠看了邱冷情一眼，邱冷情忙上前道："邱冷情见过岛主。"说完，规规矩矩一抱拳。

萧翠翠心中对邱冷情最有好感，见他如此懂礼，又顿生几分爱惜，连忙扶起邱冷情，道："邱少侠不必多礼，你到敝岛，本岛主理应尽地主之谊，多多款待几天，但因岛上有事，可能会烦劳邱少侠，今天就让二位小姐陪少侠到处去玩一玩，明天再说正事，好吗？"

话音一落，萧亚轩和萧敏轩已经跳了起来，道："好，好，今天有玩了。"

萧翠翠嗔道："你们就知道玩，何时才能懂事呀！"

萧敏轩道："岛主，我们还小吗，不玩还能干什么！"说完吐了吐舌头，做了个鬼脸。

萧翠翠道："你呀，真拿你没办法，好了，你们去玩吧，别玩得太久了，让邱少侠好好休息，明天还有正事要做。"

说完对邱冷情道："邱少侠，希望你今天玩得愉快。"

邱冷情道："多谢岛主关心，明天有什么事只管开口，在下能做到的，一定尽力而为。"

萧翠翠道："也没有什么大事，你今天只管尽情玩就是了，明天的事，明天再说，好了，你们玩去吧，我不送了。"

说完，已带着丫头离开了。

前脚一出，萧敏轩和萧亚轩已高声叫道："哈哈，终于可以玩了。"

邱冷情心中暗笑道：从未见过如此的人，怎么这么大还像小孩子一样呢，不过，她们两个也是挺好玩的，有她们陪在身边，不会寂寞。其实，他自己也像小孩子一样，别人一哄，就什么都忘了，偏偏他自己却笑别人是小孩子，或许这就是人的一种特殊的反常心理吧。

在邱冷情的内心中也起了一种微妙的变化，以前，萧敏轩和萧亚轩两姐妹对他的绑架——可以说得上是绑架，这一件事令他对她姐妹俩成见挺深的，后来在来姐妹岛的途中，由于萧亚轩对他关怀备致，在他的心里，对萧亚轩有一种由衷的感激，这种感激又逐渐转化成一种说不出的感觉，邱冷情自小到大，虽说是在江湖上打滚，但他从未认真地想一下所处的环境，江湖经验可以说是等于零，对男女的感情方面更是知之甚少。

在第一次他和柳芸的接触中，由于柳芸几次救他的命，他自己也分不清，对柳芸是感激，还是别的什么，只觉得对不住柳芸，身边似乎不能少了柳芸，但到底这是不是那种男女之间的爱情呢？他不清楚，或许永远没人能弄清楚。

那么他和萧亚轩之间就不同于他和柳芸之间的感情，不管怎么说，他对柳芸还是有感激的成份在感情里，可对萧亚轩就没有这一份感激的成份，萧亚轩没帮过他什么，更没有救过他的命，甚至可以说开始对萧亚轩还是很反感，可是往姐妹岛的路上，他对萧亚轩的感情发生了变化，萧亚轩用她女孩天生的温柔细心征服了他，这与那份感激之情是绝然不同的。

对萧敏轩，那份感觉更不知是怎么一回事，在武圣居上，萧敏轩的横蛮不讲理，令他十分讨厌，后来她又用捆龙索捆他一天，更让他对萧敏轩平添了几分反感，可不知为什么，在一路上看到萧敏轩那率直天真，心中不知不觉对萧敏轩那份泼辣劲就不那么反感了，相反，甚至开始有了一丝丝的喜欢。

到了姐妹岛上以后，萧敏轩和萧亚轩来看望他，在那一幕幕的谈话中，更加让邱冷情改变了以前那种成见，好像有了一种没萧敏轩的笑声便有失落的感觉，只有听着萧敏轩的笑声，才有种自在开心。

世上有一种感情叫一见钟情，这或许就是一种，只不过在邱冷情的心中是绝对不承认罢了，他始终在萧敏轩面前保持一种冷冷淡淡的样子，在逃避？在回避？还是在暗示呢？

他道："姐妹岛有什么好玩的呢？"

话音一落，萧敏轩和萧亚轩一起抢着说道："好玩的地方可多了，可以到海边去听潮，拾贝壳，吹海螺……"

这些都是邱冷情没听说过的，一听之下，立时来了兴趣，马上随二人一起蹦蹦跳跳地跑开了。

邱冷情和萧敏轩、萧亚轩他们一起痛痛快快地玩了一天，第二天，萧敏轩和萧亚轩就没来找他，大概是知道岛主萧翠翠有事要找他。

邱冷情第二天一个人在房里等了半天，也没见着萧翠翠前来，他不禁有些纳闷了，到底姐妹岛主请我来有什么事呢？转念又一想，她们原本是准备请武圣花老前辈的，那一定是件很难办的事，可能是怕我办不了，所以不让我办，对了，一定是这样的。

他自始至终都认为他的武功是很低的，做不了什么大事，如果他知道在江湖上有几个人能一举震退"北海神驼"时，那他就知道自己的武功到底算是有一个怎样的档次了，只可惜他不知，邱冷情又恢复了那种无所谓的态度，反正我是做不了，不来请我也好，免得到时候出尽洋相，心中有这样的想法，便放松了不少，又跑出去独自一人玩了一天，直玩到天黑方回到住处来。

"邱少侠，你怎么才回来呀，岛主四处找你呢！"邱冷情还没到住处，立刻就有人告诉他萧翠翠在找他。

邱冷情心中不由又是一奇，为何岛主在这时找他呢？还来不及细想，已见萧翠翠的随从。

那随从刚见到他就道："邱少侠，你回来了，岛主有请。"

邱冷情道："岛主在哪里？"

随从道："岛主在你房中等候。"

邱冷情心中更加奇怪了，什么事值得岛主在那里亲自等候呢，难道岛上有什么重大的事情发生？他心中充满了疑问，又问道："岛主等了多长时间？"

随从道："邱少侠，岛主已经等你一整天了。"

邱冷情闻此言，心中的疑团是越来越重了，莫非岛上真的发生了什么惊天动地的大事不成？岛主亲自等了我一天，如果真的发生了什么大事，那找我也没用啊！

邱冷情自认武功太低，不能帮姐妹岛的人做什么大事，但心中的好奇却使他加快了步子，往自己的房里去。

"岛主，因在下一时贪玩，让岛主久等了。"邱冷情刚进门就看到萧翠翠已在房内。

"邱少侠，没关系，我还以为少侠不辞而别了呢！"萧翠翠丝毫没有责怪之意，笑容满面地对邱冷情道。

邱冷情心中顿时对萧翠翠生出一种敬意，此人气量如此之大，风度如此之好，等候了一整天，居然一丝怒气也没有，难怪她能任此岛岛主，他朗声道："不知岛主找我有何事，如若我能办到，一定尽力而为。"

萧翠翠看了看四下，道："此地不是谈话的地方，你随我来。"说完便向外走去。

邱冷情心中充满了疑惑，正想弄个清楚明白，便随萧翠翠一起走了出去。

萧翠翠在前带路，十拐八弯地来到一个秘道口，道："邱少侠，请！"

邱冷情看了一下秘道口，毫不犹豫地跳了下来，萧翠翠随后也下来，关上秘道，带着邱冷情来到了一秘室。

邱冷情道："萧岛主，到底是什么事，要如此密谈？"

萧翠翠道："此事不能让敏儿和轩儿知道。"接着便向邱冷情道出了其中的缘由。

在两个月前，姐妹岛第一代三姐妹的大姐萧剑英突然来访。

在几十年前，萧剑英、萧凤儿、萧云三姐妹共同在武林行事，闯出了北海这边的名头，还拥有了姐妹岛这一块与两奇宫一圣地齐名的一块领土，萧剑英原本是出生于一官宦家庭，后来因家道中落，在她六岁时，由于奸人陷害，她家被满门抄斩，她被一忠实的仆人用自己的小孩将他替换了下来，才得以保全一条性命，她亲眼目睹了父母惨死的那一场面，对她幼小的心灵产生了巨大的伤害，那仆人最后也死了，她成了孤儿，可能是由于缘分吧，她被一位异人看上，收她为徒，无奈那位异人性格暴躁，这对萧剑英的性格又产生了巨大的影响。

萧剑英在十五岁时，那位异人死了，这时萧剑英已非往日的萧剑英了，萧剑英带着为父母复仇的恨意出来闯荡江湖，她到处杀人，看到不平的事，她只用一个方法解决——杀，由于她出手狠毒，从不手下留情，不多时在江湖上便博得了红粉魔头的称号，只是因为她杀的人大都是该杀的人，倒没引起武林人士公愤，没有对她怎么样，相反，还有人对她大肆赞扬，对待好人应当讲江湖道义，对恶人讲什么江湖道义呢？杀得好！

萧剑英就这样在江湖上闯荡了几年，这时她才感到复仇的难处，以寻常人的力量去与朝廷作对，几乎是不可能的事，这又使她的心里产生了巨变，她杀人杀得更凶，更狂了，当然，她也很聪明，知道不能犯了众怒，否则在江湖上是没有立足之地的。

以后，萧剑英遇上萧云、萧凤儿，萧云同样身世可怜，在萧剑英遇上萧云时，萧云正被一群人欺负，萧剑英出手救下了萧云，她俩一见如故，同是天涯沦落人，又同是姓萧，她们便结为姐妹，一起在江湖上闯荡。

萧云后来屡遇奇人，武功大进，二人在江湖上闯出了不小的名头，人称武林两朵奇花，萧凤儿在那时年纪很轻，但武功却不同凡响，她听说有萧氏两姐妹在江湖上如此响亮，就想去找她们比试，不打不相识，在打斗中她们三人结成了知心朋友，并以年纪大小拜三姐妹，萧剑英年纪最大，做了大姐，萧凤儿第二，称为二姐，只有萧云的年纪最少，做了小妹，从此以后三姐妹的名头便在江湖上传开了，她们三人那时年纪都很轻，而且杀人又狠又毒，若是谁招惹了她们，天涯海角也要找到你，加上她们武功又高，所以那时江湖上传出"宁可得罪皇家女，不可招惹三姐妹"的话。

最后她们觉得终日在外飘荡也不是办法，想有一个属于自己的地方，选来选去，最终她们选中了此岛，在北海外的一个岛上住下，过起了隐居的生活，这个岛就是现在的姐妹岛，在此岛上，她们不许任何闲人随便上岛，违者格杀勿论，由于她们三姐妹在江湖上的名头响，这座岛便成了与两奇宫一圣地齐名的地方。

人的名头大了，就会想一些身外之物了，萧剑英同样是人，一个普普通通的人，既然是普通之人，就同样难免有俗人的想法，而且萧剑英还有父母大仇未报，她知道凭自己个人的力量无法与朝廷相抗，但如果动用了全部的武林势力，必定可以与朝廷一争高下，她定要让那杀害自己父母的狗宫千刀万剐，这时的萧剑英想拓展势力了。

萧剑英此时的想法就是先将姐妹岛的范围向外扩大，占领更多的领地，然后广收门徒，形成一股势力，一股强大的势力，然后夺取武林盟主之位，控制住整个武林的势力，到那时，便可以与朝延分庭抗礼，自己的整个复仇计划就可以说是成功了。

萧剑英开始采取行动，广收门徒，扩展势力，以便伺机夺武林盟主之位，但萧凤儿与萧云却另有想法，萧凤儿自幼家境较好，过的是一种富足的生活，她不太想去加入过多的武林纷争，现在能在姐妹岛上过着如此逍遥的生活，她觉得很满意。

这里面最大的反对意见是来自萧云，她本性善良、温柔，与萧剑英、萧凤儿一起闯江湖，杀人的事她是迫不得已，一是碍于姐妹们之间的情感，其次就是结仇太多，不同她们在一起，没准寻仇的找到她，那她的性命就不保了，萧云每次遇上打斗，总是尽量不杀人，能放走的都放走，而萧剑英和萧凤儿总是赶尽杀绝，每次杀人，萧云都是带着巨大的罪恶感，但与她们在一起，就没办法了，在姐妹岛上隐居后，萧云觉得很满意，她以为从此生活就安定下来，不再去过那种打打杀杀的生活，所以她极力反对萧剑英再步入武林，卷进那永无休止的武林恩怨中。

萧剑英虽然很不满意她的两个妹妹对她的势力扩展的反对，但她自己已为她们两个找了一些解脱的理由，萧凤儿自幼在舒适的环境中长大，是以安逸乐道，胸无大志，而萧云是天性善良又体弱多病，所以乐于安稳的生活，不愿再到处奔波，这些都是情有可原，萧剑英此时已被权欲冲昏了头脑，不顾两个妹妹的反对，自顾大肆展开行动，扩充势力。

萧凤儿和萧云虽是反对再卷进武林恩怨之中，但毕竟萧剑英是她们的大姐，她们尊重大姐的决定，只要大姐能给她们一个安全舒适的生活环境就可以了。

开始萧剑英还能照顾两个妹子的想法，尽量不让人去骚扰两个妹妹，时间一长，她就顾不上这么多了，在岛上，她请来的人中有很多是臭名昭著的大魔头，而且有许多人的行为不正，这时萧凤儿和萧云看不下去了，就和萧剑英大吵了一顿，最终萧剑英以大姐的身份压制住了两个妹妹的不满。

邱冷情听到此处，不禁问道："岛主，这和你请来我岛有什么关系吗？"

萧翠翠笑道："邱少侠，你别心急，你听我慢慢道来。"

萧凤儿和萧云二人虽然是被萧剑英压制下去了，但她们并没有就此收手，反而更加反对萧剑英对外搞扩张了。

萧剑英此时经常在江湖上和一些小人来往，那些小人见此情景便劝萧剑英除去萧凤儿以及萧云二人，萧剑英念在姐妹情深，不忍心下手，只要她二人不干涉自己就行了，但后来发生了一件意想不到的事，竟使她们姐妹之间的感情完全破裂了。

萧剑英因为急于想扩充势力，经常去请一些外人到岛上来作客，那次萧剑英请来了漠北的"阴煞双魔"，此二人武功高强，杀人不眨眼，而且还贪恋女色。

"阴煞双魔"到姐妹岛之后，到处乱闯，偶然遇到萧凤儿和萧云，他二人见萧凤儿与萧云国色天香，长得美丽非凡，便动了色心，也不打听一下到底这两位丽人是谁，便上前轻薄非礼，萧凤儿和萧云岂是他们二人所能惹得起的泛泛之辈，萧凤儿怒从心起，动手便杀了他们两个，这"阴煞双魔"的徒弟是个极端深沉的小人，他知道凭他不能为二位师父报仇的，便在萧剑英身边说风凉话。

萧剑英这时开始有了一点动摇，认为萧凤儿和萧云阻挠了她复仇大计的进行，心中渐渐动了一丝杀机，但多年的感情，一起闯荡江湖，在生死存亡之中建立的那份情谊仍然占据住了她的心，她虽然是心存恨意，却没有动手对付萧凤儿和萧云二人。

自从有了那件事件以后，萧剑英心中对萧凤儿和萧云的感情却是不如从前了，后来又发生了几次大的争吵，使萧剑英感到，萧凤儿和萧云的存在，确实是实现复仇大计的绊脚石，这时被权欲冲昏头脑的萧剑英便下定决心要除去萧凤儿和萧云二人了。

萧凤儿也不是一个只知道享受的人，从小就受过良好教育的她知道应该怎样做人，更知道应该怎样防人，萧剑英的这一切变化都在萧凤儿的了解之中，她早就安排了心腹在萧剑英的身边，自那次杀"阴魔双煞"之后，她已敏锐地观察到了大姐对她们两个妹妹的变化，虽然她很痛心姐姐的变化，但为了生存，她不得不这么做，她也希望她们三姐妹之间永远不要有大打出手的那一天，可是大姐萧剑英却要除掉她二人，她总不能坐以待毙。

萧凤儿这时最关心的就是萧云的动向了，她知道，萧剑英对萧云有救命之恩，要萧云反过来去对付萧剑英，那几乎是不可能的事，但如果萧云支持萧剑英的话，那么她就只有死路一条了，萧云假如离开萧剑英，与她站在一起，那她就可以稳操胜券，将萧剑英赶出岛外，这时的萧凤儿还硬不下心来去杀死萧剑英。

主意一打定，萧凤儿就去见萧云，萧云听到这个消息大吃一惊，她怎么也想不到自己的大姐竟然要向她们下毒手，但事实却摆在眼前，容不得你不信，萧剑英采取了行动，萧剑英以岛上闲人太多，保护她们二人的安全和保障她二人的宁静为借口，派人守住了两人的住处，实则是监视她二人，萧剑英哪知此举却导致了她最终的失败——她失去了一个有力的支持者萧云，因为萧剑英对萧云的恩情很大，萧云对她尊敬，对她的一举一动都不会反对的。萧云本性善良，不愿再卷入江湖纷争之中。萧剑英的所作所为萧云也只是有些反感，略示反对而已，而萧剑英此际却动摇了她在萧云心目中的位置，萧云对她心存感激之情，可现在是为了保全性命，她还是站在了萧凤儿这一边。

终于，这场战争爆发了，萧剑英意欲除掉萧凤儿和萧云二人，而萧凤儿早就做好了准备，萧云也和萧凤儿一起并肩作战，最终的结果是萧剑英失败，离开了姐妹岛，当然是因为萧凤儿和萧云顾念姐妹之情。

萧凤儿统领了姐妹岛，清除了岛上萧剑英的势力，姐妹岛上又恢复了往日的宁静。

邱冷情道："难道萧剑英就一直没有悔改之意？"

萧翠翠道："哪里有，萧剑英后来几次上岛，欲夺回姐妹岛，都没有成功，最后从北海一带消失了，也不知跑到哪里去了。"

在萧剑英离开姐妹岛之后，最痛苦的就是萧云了，她与萧剑英之间的感情异常深厚，不是一般人所能体会到的，不仅说萧剑英对他她有救命之恩，更可以说，有养育之恩，那时萧云年纪还小，是萧剑英一手带着她走南闯北，所有的生活全是萧剑英照顾她，现在她却背叛了萧剑英，虽然是萧剑英先背叛了这份感情，虽然她是为了活命，但心中那份内疚之情却始终挥之不去，在这种内疚感的迫压之下，本来身体就不好的萧云终于病倒了，最后在深深的歉意中离开了人世。

邱冷情道："太可惜了，其实这不能怪她的，她并没有背叛这份感情！"

萧翠翠道："萧云是没有背叛这份感情，但她心中不是这么想，她总以为是自己对不起萧剑英，直到死也没有原谅自己。"

邱冷情心中还是满是疑团，难道请我来就是让我听这些？

萧翠翠仿佛看穿了他的心思，又接着说道："事情本来已经过去许多年，大家都以为早就平息了，哪知几个月前，萧剑英突然又来到姐妹岛上，声称要夺回她应有的一切，我师父和她大战了一场，萧剑英这些年来也不知是遇到了什么奇遇，武功大进，我师父被他打成重伤，当时她说，念在曾经是姐妹一场的分上，放了我师父一命，但在三个月后，会重来姐妹岛夺回她的一切。"

邱冷情道："所以你们向外求援？"

萧翠翠道："我们只有向外求援这一条路可走，在当今武林，武圣花老前辈和岛主交情最深，如果他能帮忙，那么本岛的危机立马可解，所以我派敏轩和亚轩两人带着老仆到武圣居。"

邱冷情道："你没有告诉她们发生了什么事？"

萧翠翠道："没有，只有老仆知道本岛大敌当前，敏轩和亚轩是一点都不知情。"

邱冷情道："为什么？"

萧翠翠道："这也是逼不得已，她们二人我最清楚，如果告诉了她们，那她们必定要与姐妹岛共存亡，她们不知情的话，那我可以在危急之时，派她们二人外出办事，这样，她们就可以保全性命。"

邱冷情道："你不怕敌人在路上设有埋伏？"

萧翠翠道："那至少还有一线希望，只要她们出了岛，立刻就会知道岛中发生了什么事，敏轩虽然做事冲动，但粗中有细，亚轩更是聪明伶俐，她们一定会知道我的良苦用心，不会冒然前来，作无谓牺牲的。"

邱冷情道："我是愿意帮助你们，不过我担心自己的武功不够。"

萧翠翠道："邱少侠不必过于谦虚，你的武功，老仆早就对我说了，能一掌震退他三步的人，普天之下只有几个人能做到，就连我师父她老人家也不一定能做到，只要有你这句话，我就放心了。"

邱冷情道："萧老前辈现在怎么样了？"

萧翠翠道："你是说我师父？现在她已经没事了，只是武功全失，变成一个平常人了，唉，想不到萧剑英的武功进步得这么快！"萧翠翠叹了一口气，接着又道："尊师精通医术，如果尊师在此，说不定还有恢复武功的可能，要使我师父恢复，就非得尊师那天下仅存的半瓶'天琼浆'了。"

邱冷情道："你是说非得'天琼浆'？那恐怕是不行。"

萧翠翠道："为什么？莫非……"

邱冷情道："不是，因为那仅剩的一点'天琼浆'让我喝了。"于是，邱冷情便将当日在武圣居误喝蝙蝠血一事前前后后讲了一遍。

萧翠翠听罢，道："此乃天意，并不是哪一人能改变的，我师父恢复武功是不可能了，只愿在邱少侠的帮助下，敝岛能度过此劫难。"萧翠翠沉吟了一会儿，又接着道："邱少侠，我带你去见一见我师父。"说罢伸手在石壁上一拍，又一扇石门打开了，里面又是一段长长的秘道。

萧翠翠道："邱少侠请！"

邱冷情看都不看，便径直向秘道里走去，萧翠翠随后，关上机关。

那秘道又黑又长，不知走了多久，前面有一个密室，那密室高大明亮，修得金碧辉煌，大门顶上一颗硕大无比的夜明珠闪闪发亮，将整个秘室照得如白昼一般。

萧翠翠道："到了！"又在一处一指，石室的门自动开了。

邱冷情叹道："如此精妙的机关，不知是何人所造。"

那石室里面更是富丽堂皇，到处是闪亮的宝石、夜明珠之类的东西，房子四壁挂满了各式各样的神奇兵刃，无一样不是价值连城。

在石室的中央有一张大床，床被白纱全部罩住了，依稀可以看到上面坐着一个人。

萧翠翠一进石室，立即下跪道："弟子萧翠翠拜见师父。"

帐内传来一声咳嗽，一个苍老的声音道："翠儿，不必多礼，随你一起进来的是谁？"

萧翠翠道："他是花老前辈的高足。"

邱冷情走上前，抱拳行礼道："晚辈邱冷情参见前辈。"

萧凤儿在帐内道："怎么花老儿也收起徒弟来了！当年他不是发誓不收徒弟的吗？"

邱冷情道："在下不知花老前辈以前怎么样，其实他并没有收我为徒，只是传了我几招剑法而已。"

萧凤儿在帐内一把掀开帐幕，看着邱冷情道："年轻人，你知道本岛发生的事吗？"

邱冷情抬头一看，一个白发苍苍的老太婆坐在床上，满脸的皱纹，连眉毛都白了，那应该是萧凤儿了，大概是武功全失的原因吧，看起来是满脸的病态，邱冷情恭恭敬敬地道："晚辈略知一二。"

萧凤儿道："既然你已知老身的情况了，那我问你一件事！"

邱冷情道："晚辈知道的一定全部说出！"

萧凤儿道："好！好！那我问你，你知道花老儿的'天琼浆'还有没有吗？"

邱冷情在心中叹道：唉，年纪这么大了，何必要苦苦挣扎呢？她还想恢复武功，重新斗一斗江湖！难怪有人说人在江湖，身不由己，他叹息道："前辈，花老前辈的'天琼浆'已全部让我给喝了。"

一时间，只见萧凤儿满脸的期盼迅速变为失望，喃喃道："罢了，罢了，老身年纪一大把，应该是去的时候了。"那语气听起来使人顿生怜悯，接着又听她道："只苦了岛上的众人，我没能让她们安安稳稳地生活，却给她们带来了灾难。"

萧翠翠道："师父，这不能怪你，如果此劫无法逃过，那都是天意。"

萧凤儿神情似乎很激动，大叫道："不，都是我的错，是我的错！"

萧翠翠连忙上前扶住萧凤儿，道："师父，你别激动，我们可能还有救。"

萧凤儿闻此言立即平静下来，问道："还有救？为什么？"

萧翠翠朝邱冷情一指，道："邱少侠平虽然年纪轻轻，但武学造诣却是非同一般。"

萧凤儿眼中又燃起了一丝希望，她向邱冷情仔细打量了一番，道："但愿在邱少侠的帮助下，本岛能度此劫！"说罢闭上眼睛，拉上帐幕，道："翠儿，你带邱少侠回去休息，我也要休息一会儿。"

邱冷情朝帐中拜了一拜，道："晚辈能做到的，一定尽力而为。"说完，随萧翠翠出了密室。

出来后，邱冷情问道："还有几天？"

萧翠翠道："五天，再过五天就是三个月的期限，在这几天里，邱少侠可以尽情地游玩，休息好，我们一定会尽地主之宜，好好地招待邱少侠。"

邱冷情道："不必客气，我只要休息好就够了。"

邱冷情告别了萧翠翠，回到自己的房里，萧敏轩和萧亚轩二人已经在那里了。

萧亚轩一见邱冷情，便道："昨晚一晚你都不在这里，跑到哪里去了？"那眼中满是关切。

邱冷情蓦然一惊，才记起时间，现在已是次日上午了。

萧敏轩也道："是啊，我和三妹到这里，丫环说你一夜没归，你到底到哪里去了？"

邱冷情道："我去见你们的师祖。"

萧敏轩和萧亚轩两人齐道："啊?！你去见了我们师祖?！"

邱冷情道："是啊，萧凤儿前辈。"

萧敏轩和萧亚轩面面相觑，"你干吗去见师祖他老人家？发生了什么事？"

邱冷情看她们二人一脸无知的样子，直在心中叹息：萧岛主也真是用心良苦。

但他也不想让她们二人知道事情的原委，便岔开话题道："没什么，只是我代表花老前辈去拜访一下而已，没什么事，啊，对了，问你们一件事。"

萧敏轩的泼劲又上来了，大声叫嚷道："什么事，快说嘛，别婆婆妈妈的!"

邱冷情笑道："你干吗那么大声，你们姐妹岛不是每一代有三姐妹吗，怎么只见到你们两个，你们大姐呢?"

萧亚轩道："这个你就不知道了，这是我们岛的规矩!"说到这里，故意停下来不说，还顽皮地眨着眼睛。

不等萧亚轩开口，萧敏轩已道："我们姐妹岛，每一代弟子到了十七岁，都要接受武功考试，合格了，就到外面去游历，闯荡一年，然后再回到岛上居住!"

萧亚轩又接着道："我大姐萧萧今年上半年时通过了测试，在五个朋前就离岛外出了，最少要到明年才回来。"

萧敏轩也打趣道："是不是你听谁说，我们大姐又漂亮，武功又好，想打她的主意啊? 只可惜无缘相见哟!"

邱冷情心中暗道：她们如此快乐地生活，完全不知大敌将至，唉，但愿这次能平安渡过这一劫难。

他正在沉思间，萧敏轩问道："邱少侠，邱少侠，你在想什么? 魂不守舍的，是不是得相思病，在想你的情人呀?"

邱冷情真不忍心告诉她们真相，扰乱她们平静快乐的生活，便道："你们可别乱讲话哟，小心我打你的嘴。"

萧敏轩立即跳起来道："你敢! 你敢! 哼!"

萧亚轩也是哈哈大笑不已。

邱冷情道："好了，算我怕了你们，我想休息一会，以后再叙!"

萧亚轩嘟起小嘴，不高兴地道："真扫兴，本想让你陪我们到海边去玩，现在却说要休息，真扫兴，二姐，我们走吧，哼。"说完还气呼呼地直跺脚。

邱冷情忍不住一时冲动，道："玩玩玩，就知道玩，大敌当前，还只知道玩!"刚出口，他立即知道失言了，连忙闭口不开，但还是给萧敏轩和萧亚轩听见了。

她二人立即问道："你说什么? 什么大敌当前?"

邱冷情连忙道："没什么，我没说什么!"

萧亚轩是何等聪明，她立即猜到，可能是师祖和岛主的意思，存心要瞒住她们二人，她反问道："岛主对你说了什么? 是不是她不让你告诉我?"

邱冷情本是不会扯谎之人，一说起谎话来，脸上都变了色，说出话也是牛头不对马嘴，"岛主她……你师祖她……一般说来……其实……本来……唉，没事，没事。"

萧亚轩立刻又抓住了话柄，厉声问道："到底岛主她对你说了什么？我师祖是不是出事了？说，你快说呀！"萧亚轩不停地向他呼喊，弄得他快有点招架不住了。

萧敏轩在一旁也明白了八九，那泼劲一上来，更让受不了，"邱冷情，你到底是说，还是不说，我师祖她老人家到底出了什么事？"

在两个女孩的大呼小叫之下，邱冷情只得投降，向她俩道出了真相。

萧敏轩和萧亚轩一话不发，默默地走了，留下邱冷情呆呆地站在那里，不知该怎么办才好，好半天他才回过神来，走到房里，仔细地考虑这件事。

现在是他向萧敏轩和萧亚轩二人透露了消息，那么二人势必要与岛上的人共同奋战到底，万一不敌，那岂不是他害了她们二人？想起她二人的可爱之处，一路上的欢声笑语，在一起玩的打闹嬉笑，两人生命就要断送在他手上，"不行，我一定要救姐妹岛。"他暗自下决心。

五天很快就过去，第五天，他起床调息了一会儿，就向岛主议事大厅走去，在姐妹岛上，人们都把他当作贵宾看待，也就没人拦他，他径直走到大厅里。

在大厅之中，萧凤儿已经在最高的一把太师椅上坐着，在她的旁边是三个中年美妇，邱冷情只认识一个，那就是姐妹岛岛主萧翠翠，在旁边的两人，想必就是第二代三姐妹中的萧兰兰和萧巧巧，再往下就是萧敏轩和萧亚轩两人，她们俩人都红着双眼，显然是大哭大闹了一阵。

邱冷情看到她们俩就觉得对不住萧翠翠，他抬头望了望萧翠翠，开口想说什么，发现萧翠翠也正望着她，眼中全是原谅，不过她却示意邱冷情不要说话。

只听萧凤儿道："各位，本岛今天可能会遇到前所未有的强敌，万一不能保住姐妹岛，各位就……各位就各自逃走吧！"萧凤儿的武功全失，说完此话已是神情疲惫。

下面各人听了无不为之动容，齐声高喊道："愿与姐妹岛共存亡，与敌人血战到底！"一时之间，群情涌动，人人的情绪高涨，大有誓死一搏的气概，虽说是女流之辈，却与须眉相比，毫不逊色，邱冷情听着，也不禁为之动容。

忽然一个声音传了过来，"哈哈哈，好，很好，你们既然都在这里，我就让你们一个个去死，好一个与姐妹岛共存亡，告诉你们，姐妹岛是我的，而你们都得死，哈哈哈哈！"话音刚落，大厅之上已多了几个人。

一个白发苍苍的老太婆，提着一支拐杖，站在最前面，再往后是一个老头，那老头邱冷情却认识，是正义门的门主追命判官管胜天，那次在正义门天门分堂之上，邱冷情与他见过一面。

"追命判官"管胜天也看到了邱冷情，他怪笑道："小子，又见面了，这次我看你逃到哪里去，哈哈！"

邱冷情也丝毫不退让，道："追命判官，我也预祝你长命百岁。"

再往后又是两个人，这两人一高一矮，都长相奇丑，身着黑衣，这两人邱冷情却是不认识。

站在最后的似乎是两个女人，一个身穿雪白的衣服，一个身穿墨黑的衣服，两人都以面纱蒙面。

走在最前面的老太婆丝毫没将众人放在眼里，她走上前几步，对着萧凤儿道："二妹，姐妹岛岛主，你也做了几十年了，现在该还给我了吧！"那口气里尽是不屑。

萧凤儿道："大姐，当初我们三姐妹一起闯江湖的那段日子多么令人难忘，现在何必苦苦相逼呢！"

萧剑英道："二妹，你还记得我们以前姐妹情深吗？你别提那段往事，提起来我就心痛，你将我逼出姐妹岛，害死了三妹，你也配在我面前说姐妹情深？"

萧凤儿道："大姐，当初是你要除去我和三妹的，我逼不得已才那么做的，三妹应当是你害死的，在你走后，她郁郁寡欢，总觉得对不起你，最后忧郁成疾而死，这又怎么能怪我？"说完已是激动非常，禁不住咳了几声。

萧剑英哈哈一笑，道："二妹，你能接下我三掌而没死，也算是天大的奇迹了，不过我看你的情况并不妙，大概已是废人一个了，何必再作无谓的牺牲呢？只要你将姐妹岛还给我，我保证让你死个痛快，哈哈！"

萧翠翠再也忍不住了，怒叫道："我们敬你是第一代大姐，但你也别太张狂，这里是姐妹岛，你少得意。"

萧剑英闻此言，看了萧翠翠一眼，道："你就是现在的岛主？一边去，这里还轮不到你讲话。"

萧翠翠道："你以为我们姐妹岛怕你不成！"

萧剑英道："小丫头，你能接我一掌吗？只要你能接我一掌，我就放了你们，哈哈哈！"

萧翠翠见她如此目中无人，不禁怒道："好，我要让你死得很难看。"说罢双手一提，已飞跃下来。

萧凤儿忙道："翠儿，这里没你的事，你且退下。"

萧剑英仰天大笑不已，道："小丫头，听到了吗？在我面前，你没有资格讲话。"

萧翠翠虽是怒火中烧，但经萧凤儿一提醒，却也明白自己已绝对接不下萧剑英的一掌，不禁一叹，恨恨地退到一边。

邱冷情见她们如此目中无人，不禁在心中也动了怒气，他走上前，缓缓道："老太婆，你也是将死之人了，何必发如此大的火呢，要是你想活动一下，我陪你过几招。"邱冷情这几句讲得不愠不火，却也是气煞人。

萧剑英双目一瞪，大喝道："哪里来的小子，乳臭未干，居然如此无礼，怕是不想活了。"说罢，已准备动手。

这时忽听管胜天道："且慢！"

萧剑英道："追命判官，你到底有何事？"

"追命判官"管胜天道："萧岛主，我与这小子有点过节，就让我来收拾这小子吧。"

萧剑英道："既然如此，那这小子就交给你了。"说完已退到一边。

"追命判官"管胜天道："你逃离本门，我今天就要清理门户了。"

邱冷情道："正义门算是什么狗屁组织，若不是李鹏飞欺骗我，我死都不会入'正义门'的，老鬼，你休想逞能！"

"追命判官"管胜天怪笑道："嘿嘿，小子，江湖传言《出尘心经》在你身上，到底是不是真的？"管胜天最是关心《出尘心经》的下落。

邱冷情道："是又怎样，不是又怎样，这与你何干！"

"追命判官"管胜天又是一阵怪笑，道："这当然和我有关，因为……因为……因为我要得到《出尘心经》。""追命判官"管胜天在说完最后一句时，已五指如爪，向邱冷情疾抓而来。

邱冷情道："年纪一大把了，居然做出偷袭这种事，羞不羞。"手中不慢，双手运足劲力，已是向外一挥，立时，一阵呼呼的风声卷起。

"追命判官"管胜天吃了一惊，道："咦！小子，你的武功进步得挺快的吗！"

说罢，招式一变，一阵快雨般的攻击又到了，在一瞬间，已攻出了十几招。

邱冷情顿时感到压力大增，手上的劲不禁更大，双掌翻飞，在绵绵的爪影中，双掌破空而出，带着巨大的内劲，向管胜天急攻而去。

"追命判官"管胜天没料到邱冷情武功进步如此之快，连忙提足内劲，双掌向外一推，两掌结实地撞在一起。

邱冷情只感到好像有一股压力，但用劲一推，压力立刻消失得无影无踪，而"追命判官"管胜天却不同了，双掌推出后，只觉得一股奇大无比的压力，怎么也推不过去，刚一吐内劲，一股巨大的反震力过来，将他震得一退，邱冷情只见追命判官退了一步，也不知是怎么回事，只呆呆地站在那里，并没有追击。

"追命判官"管胜天则是吓了一大跳，心中暗道：怎么这小子的功力增长得这么快？他的内息似乎是源源不断，绵绵不绝，取之不尽，用之不竭，难道《出尘心经》真有如此厉害？当下更加坚定了夺取《出尘心经》的决心，他又是大喝一声，双掌运起十成劲力，向前猛推而去。

邱冷情顿觉身前一股大力涌到，不容细想，"分风荡水掌"已随手而出，这次的"分风荡水掌"就不比往常，邱冷情也再不是昔日的他了，在不知不觉地喝了蝙蝠血，吸收西域密宗两大高手的百年功力，又通了"任督"两个生死玄关后，普天之下，这身功力只怕已是无人能及了，只是他还不会运用而已，但这身功力配合了"分风荡水掌"，那威力自是不同凡响。

只见漫天的掌影，席地而起，整个大厅只看得见邱冷情的双掌在飘飞，那掌劲带起的气浪，直冲得人身形不稳，仿佛一股大风在戏弄一只水上的小船。

这可苦了"追命判官"管胜天，他一心想夺《出尘心经》，自己托大，没用他成名的兵器——夺命判官笔，哪知邱冷情武功进步得如此之快，现在的武功简直令他不敢想象，那日在天门分堂，李鹏飞引荐邱冷情，管胜天只一动手，便擒住了邱冷情的脉门，而现在，邱冷情的武功只怕已高出自己之上了。

他只有苦苦地支撑，小心地应付，邱冷情发出的掌实在是太快了，根本来不及招架，只有努力护住身形，好在"追命判官"管胜天一身武功不凡，加上在江湖中闯荡多年，经验丰富，要不然他早躺下了。

四周一股巨大的压力铺天盖地而起，邱冷情双掌上透过的劲风是越来越大，扯得"追命判官"管胜天的身子不住地晃动，管胜天全身大汗淋漓，只怕支撑不了一时三刻。

邱冷情越打越有兴趣，在和管胜天的打斗中，他只感到自己已经发现敌人的破绽了，当然，他并不明白是由于他自己的功力加深，动作变快之故，他只觉得越打，越能发现这样情况，他只当是在和别人练习，动作越来越快，不停地打，到最后，所有的身影全部消失，只看见一个白色的影子在"追命判官"管胜天的身边直转，像一个巨大车轮，要将管胜天碾碎……

"追命判官"管胜天在翻飞的掌影之中，连呼吸都困难，呼呼的风声从脸上划过，令人的双脸发疼，四面八方到处是掌影，到处有奔涌而来的内劲，像一股洪流，要将他淹没……"追命判官"管胜天不由仰天一声长啸，提起十二分功力，身形拔地而起，冲出几丈高，又化作一股利剑一般的力道，向邱冷情指来。

好个邱冷情，虽是在"追命判官"管胜天的全力反扑之下，也只是微微一转身，双手一挥，就迎向了管胜天的双掌。

在场的人无不大吃一惊，邱冷情的打斗经验少，不知此举最是凶险，别人借冲力而下，而你却要全力顶住，如此一来，就吃了亏，除非你功力胜出敌人许多，才敢这样做，"追命判官"管胜天少说也有甲子以上的功力，若以此招接他的一击，那是极具凶险的。

"追命判官"管胜天心中一喜，更加一分真力在手上，双掌按了下来，邱冷情不明就里，也提足真气，稀里糊涂地接了上去。

两掌相接，"砰"的一声巨响，巨大的四散之力，将大厅之中的桌椅震飞得到处都是，漫天而起的灰尘将两个人影罩在其中，等灰尘落尽一看——邱冷情仍然完好无损，气定神闲地站在那里，而"追命判官"管胜天则"噔噔噔"连退了三大步才拿稳马桩。

在场的人又是吃了一惊，邱冷情居然如此轻松就接下了"追命判官"管胜天全力的一击，最吃惊的要数萧凤儿，莫非他的武功已达到出神入化的地步？

邱冷情在震退"追命判官"管胜天之后，却没有再动手，只是背负着双手站在那里，慢慢地说道："追命判官，你老了，我还是一句老话，祝愿你长命百岁，哈哈！"说罢看都不看他一眼，转向萧剑英道："你是说，若是我接了你一招，你就退走，是吗？"

萧剑英道："好小子，有几下子就狂妄起来了，你若能赢得了我手中的拐杖，我就走。"说着重重地顿了顿那拐杖，拐杖在地上与石板相碰，发出一阵砰砰的响声，那拐杖怕是金铜所铸，少说也有百多斤重，看来萧剑英的功力确实不凡。

邱冷情双手一拱道："你说话可要算数，你是前辈，就让你先出招吧。"邱冷情手一抬，斯斯文文地站在一边，并无出手之意。

萧剑英大笑一声，已然出手，"小子，这可怨不得我，死路是你自找的！"一时间，拐影密密麻麻，似流云一般，向邱冷情包卷而去。

邱冷情立时就感觉到，萧剑英的武功要高出"追命判官"管胜天许多，当下也不敢大意，取出"莫邪"剑，一道惊虹出鞘，有如腾龙出海，一时间剑光闪闪，剑气森森，大厅之中到处都是邱冷情的影子，似乎每一个方位都有他，每一个方向都有他刺出的剑影。

萧剑英心中也是惊诧不已，这小子拿的剑流光溢彩，定是柄上古神兵，但凭自己成名多年的经历，却也认不出到底是什么剑，而且他出剑的方位特别怪，总是在她意想不到的地方出剑，根本不符合武学规矩，不过剑招却也是厉害无比，自己多年的江湖阅历，竟也认不出这到底是什么剑法。

她哪里知道这是武圣花志逸传给邱冷情的剑法呢，武圣花志逸一生从未动用剑，根本没人值得他用剑，他的剑法，天下自是无人识得，萧剑英现在也不敢小看邱冷情了，"这小子还有点门道！"她也是不敢大意，全力而出。

刹那间，拐影剑光圈住两人，已分不清哪是人影了，除非是绝顶高手，看得出其中的招式，一般的人根本都看不见，更不用说看得清楚招式了。

两人打了一盏茶光景，还是不分胜负，邱冷情有点沉不住气，猛地一气使出了夺命的绝招，他大吼一声，手上的内劲突然加大了许多，整个剑的光环也增加了许多，那刺眼的光环，立时向萧剑英卷去，无奈邱冷情剑招不熟，能发出的威力只有五成左右，萧剑英一招"追风逐雨"，拐影化作一面屏障，封住了面前所有的要害。

剑光向前一冲，和拐影一触，"砰"的一声，所有的影子全都消失，众人才看清场上的情景，邱冷情和萧剑英都没有受伤，但萧剑英的拐杖却给邱冷情的剑削去了一段，两人都面对面地站着，谁也不敢妄动一下，两人都在把握时机，等待机会再次出手。

邱冷情毕竟年轻，有点心浮气躁，见自己夺命招都伤不了萧剑英，接下来该用什么好呢？忽然，他心中一动，何不用"飞尘飘雪步"来试一试，当年我武功比这更低时，用"飞尘飘雪步"，连少林四大长老都追不上，现在用起来，应该威力更强了吧，一打定主意，便定下心来，仔细地寻找机会出手了。

萧剑英心中也是狂跳不已，一个刚出道的小毛孩竟然有如此惊人的武功，自己尽了全身之力，也没有伤到他，而且这小子的内力似乎是源源不绝的，莫非他的武功已通玄？不可能，绝对不可能，天下武功通玄的，只怕没几个，这小子如此年轻，怎么可能有如此成就？顶多是服食了什么灵药，增加了内力而已，不过，若要胜他，却也是不易。

萧剑英也是在苦思用什么方法可以胜邱冷情，终于，她想起了还有一套武功她没用过，鬼府秘功。

这萧剑英如剑会鬼府的武功呢？当初萧剑英在姐妹岛失算，被逐出姐妹岛之后，屡次想夺回姐妹岛，无奈武功不济，总是失败，这时她想，必须要学到一种高深的武功，才能征服姐妹岛，于是她遍访各地，寻求能有一人可以助她武功大进。

首先，她想到了武圣花志逸，花志逸的武功可以说是冠绝天下，而且她和花志逸交情也不错，但是只怕他不肯指点，因为他和三姐妹的关系都很好，特别是和她二妹萧凤儿，如果他知道自己学习武功是用来对付自己的妹妹，只怕他不肯指点，虽然怀着不安，萧剑英还是到武圣居上走了一趟，刚巧，花志逸外出云游了，花志逸行踪不定，也没人知道他几时回来，萧剑英只得断了这个想法。

第二个想到的就是两奇宫，她选择了天宫，因为地府做事亦正亦邪，分不清好坏，投靠地府，弄不好会弄得身败名裂，她开始漫长的寻师之路，江湖传言，天宫在黄山之内，但黄山到处崇山峻岭，哪里去找天宫呢？她走遍了整个黄山，也没发现天宫，天宫似乎只是在江湖上昙花一现，就消失得无踪了，萧剑英花了两年的时间，在黄山没能找到天宫，最后她只得放弃，但她并没有投靠鬼府的想法，她想江湖上奇人异士、世外高人到处是，何不到江湖上去走一走，或许是天意如此吧，她在下黄山时，遇上了牛头马面，双方打了起来，结果萧剑英被擒到了鬼府，在鬼府，萧剑英看到了比姐妹岛高出许多的武学绝技，此时身不由己，她又复仇心切，便投靠了鬼府。

邱冷情静静地站着，伺机出招击杀萧剑英，时间在一点一点地过去，双方谁都不敢轻易出手，邱冷情知道他遇上了生平最厉害的敌人了，若让萧剑英占去了先机，自己就可能性命不保，在场的众人也都大气不出一口，凝视着大厅上的情况。

萧剑英带来的几个人中，除了"追命判官"管胜天之外，其他人对这场比试漠不关心，只是似鬼魅一般站在那里，一动不动地凝视着。

忽然，一个岛上的兵丁慌慌张张地冲上大厅，道："报告岛主，不好了，我们岛已被包围了。"敢情那兵丁还没注意到场上的情况，她还以为这些是岛主请来的客人呢！

第八章

此言一出，四座皆惊，萧凤儿的脸色更是苍白了，邱冷情不禁回头看了一眼，方一动，就在这千钧一发之间，萧剑英出手了，她的身形变得飘忽起来，好像鬼影一般随风飘转，在朦胧的鬼影之中，一阵阵的阴风疾射而出，一条条如毒蛇般的拐影向邱冷情卷过来。

邱冷情早知萧剑英会出手，早有准备，萧剑英才一动，他已经使出"飞尘飘雪步"，脚一动，身子电射而出，化作一道彩虹，在条条鬼影中穿梭，手中的"莫邪"剑更是叫人防不胜防，由于他的身法太快，每一剑刺出，都化作一片密密麻麻的剑幕，几招过后，已经到处是剑幕了，如潮水一般，将萧剑英淹没。

萧剑英纵是有鬼府秘功在身，亦是很难全身而退，好在她功力奇高，才勉强立于不败之地，又是几十招过去，萧剑英虽说没有受伤，却也是力不从心，眼看就要落败了。

邱冷情求胜心切，又知姐妹岛被包围，不由更加加速了步伐，手中的剑一剑快似一剑，像灵蛇一般晃动，向萧剑英刺过去，层层的剑幕已将萧剑英整个包围，剑上激射而出的剑气更是咝咝作响，见气伤人。

萧剑英在包围之中，忽然发出一声长啸，身体猛地一提，疾射而去，一条条鬼影带着拐杖，幻作一群人影，向邱冷情包围过去。

邱冷情嘴角一声冷笑，"来得好！"一剑挥去，莫邪剑上的剑气射出二三丈远，大厅上的柱子都被剑气斩断，一片密密的剑光，与圈圈鬼影一接，"咣"一声响，萧剑英手中的拐杖又被邱冷情削下了一段。

萧剑英大惊，连忙又是一阵急攻，企图占住先机，邱冷情哪容她得逞，手中的剑光一阵又一阵向萧剑英疾卷而去，萧剑英无奈，只得用拐杖去挡，不然她的胸口早被刺穿了好几个洞，"叮叮叮叮！"几声响，萧剑英的金钢拐杖，被邱冷情削得只剩下握在手里的一小截了。

邱冷情停住手，道："你还不服输吗？"

萧剑英大怒，叫道："小子，我告诉你，姐妹岛我是志在必得。"说完，将手中的一截拐杖，以投暗器的手法向邱冷情掷来。

邱冷情将手中的剑信手一挥，格开了那截拐杖，正待出手杀了萧剑英，却听到萧敏轩和萧亚轩一声尖叫："邱少侠小心！"

邱冷情猛地一顿身形，举目一望，牛头马面、黑白无常不知什么时候已站在了他的身后，只要刚才他出手追杀萧剑英，那现在躺在地上的恐怕就是他自己了，邱冷情不由倒抽一口凉气，心想：这四人的武功，看来比那萧剑英更为高强，我居然连他们来到了身后都不知道，这次恐怕真的要死在这里了。见那四人如此高强的武功，邱冷情还真的有丝心慌，毕竟人还是都想求生的。

邱冷情向萧敏轩和萧亚轩望了一眼，表示谢谢她们的示警，转身又向牛头马面、黑白无常道："莫非各位想以多取胜？"他出此言也是一种策略，看他们刚才的武功，只怕一个人，自己也打不过，更不用说是四人联手，他也是希望能单独打斗，这样或许还有一丝希望。

哪知牛头、马面、黑白无常根本不为之所动，面无表情地说道："阁下，明年的今天就是你的祭日！"说完，四人身影一闪，连看都没看清他们是怎样动的，他们已站在四个方位，围住了邱冷情。

邱冷情知道这最后的一丝希望也没有了，只能拼了，便凝神行气，准备以一敌四，血战一场。

他们五人就这样站着，谁也不先动一下，邱冷情更是不敢动一下，他必须保住性命，否则，他如何能帮姐妹岛呢？

萧剑英和"追命判官"管胜天已经向大厅上其他的人进攻了，一时之间，整个大厅乱作一团，萧翠翠、萧巧巧、萧兰兰三人力战萧剑英，萧敏轩和萧亚轩则联手攻打追命判官管胜天，大厅里到处是掌劲、剑气。

邱冷情暗自在心里着急，却也不敢轻举妄动，他心中很明白，这四个人的武功实在是太强了，若有丝毫的不注意，就可能命送黄泉，没了性命，那还有什么用呢？因此干着急也没什么用。

他现在已经不能顾及大厅之中其他人的事了，他必须自保，牛头马面、黑白无常已经开始发动进攻了，他们四人低吼一声："天爪降龙"，身形已经开始移动，如果说确切一点，应该说是在飘动，的的确确，他们四人的身形一直在飘动，绕着邱冷情在飘动。

邱冷情在包围之中，感受不到一丝压力，没有一丝难受的迹象，相反，他感到非常舒服，全身上下有一种说不出的舒畅，好像是吃了什么神药一般，就连刚才大战一场的疲劳都没有了，有的只是舒畅，能感觉到的还是舒畅，他不禁呆住了，这到底是一种什么武功呢？到底是杀人，还是帮人呢？虽然他心中疑惑不已，却丝毫不敢大意，全心全意地提起精神来静观其变。

牛头马面、黑白无常四人何尝不是吃惊不已？想不到邱冷情到底是学了什么心法，竟然不为四人合用的"天爪降龙"所困，这"天爪降龙"本来是一种很厉害的摄人心魂的迷幻术，施者功力越深，威力越强大，中此术之人，往往眼前出现种种幻觉，一般是父母、妻子之类的亲人，幻出在一起的欢乐时光，让人在不知不觉间迷失了本性，放松了警惕，当你放松了警惕之时，施此术之人既可以动手杀你，也可以继续迷幻，受者最后会在幸福的幻影中昏倒。

而邱冷情也不知道自己竟然不受"天爪降龙"的迷惑，看他脸上的表情，一直保持着沉着冷静的神情，也就是说，他的眼前并没有出现幻觉，怎么回事呢？牛头马面、黑白无常不由加深了功力，那翻飞的身影顿时幻作千千万万的身影，在邱冷情身边围绕。

邱冷情以为他们要进攻了，连忙把气一提，准备出手，哪知他们四人仍然不动手，只是不停地在身边围转，转个不停，他觉得身边的祥和之气更浓了，似乎整个大厅上的杀气他都感受不到了，刚才还能听到耳边传来的厮杀声，能看见大厅上众人动手的影子，现在却是什么都看不见了，四周到处是一片祥和，没有一丝一毫的杀气，邱冷情在心中嘀咕：这算什么武功？在不知不觉间，在那片祥和的气氛中，他也放开了杀气，只静静地站着。

他不知道这没有一丝杀气的武功才是最可怕的武功，杀气人可以感觉到，你发出的杀气越浓，别人越能清清楚楚地感觉到，能感觉到杀气，他自然就会提起十二分的精神来作准备，防备你杀他，在如此防备之下，要杀一个人，当然是需要付出很大的努力才行，同样的道理，如果你不发出一丝杀气，别人自然就不会防备，要去杀一个毫无防备之人，那自然容易多了。

邱冷情此时已经受了魔功的迷幻，放松了警惕，他不至于进一步受迷惑，是因为他任督二脉已通，灵台一片空灵，毫无杂念，正如佛门所说的最高境界，空即是无限，这样当然不会产生幻觉了，不过他还是中了"天爪降龙"的迷惑，在不知不觉间放松了警惕。

牛头马面、黑白无常互相对视一眼，他们心念相同，该出手了。

邱冷情还继续沐浴在一片祥和之中，浑然不觉身边的危险。

终于，牛头马面、黑白无常出手了，四人同时挥起双掌，带着一阵强大的劲风，从四面八方，向邱冷情袭来。

邱冷情依然沉浸在一片的祥和之中，丝毫都没有抵抗，突然，八股强大的劲力袭到，他连忙提气，正待出掌抵抗，但已经迟了，只听见好像是萧敏轩和萧亚轩的一声尖叫，前胸、后背、小腹等地方已受到一股大力的撞击，喉口处一甜，张口喷出一大口鲜血，人已倒地，不省人事，什么都不知道了。

夜，深黑的夜。

在黑夜之中，却有一只渔船在大海中飘摇，大海在暗黑的夜里，显得是如此可怕，一浪一浪地翻滚，如果没有非常好的驾船术，谁也不敢轻易出海的，是谁在这漆黑的夜里冒死出海呢？

云在一点点地游动，终于有一点月光出现了，借着淡淡的月光，依稀可以看到小船上有三个人。

一个人躺在船舱里一动不动，似是受了重伤一般，另外两个人坐在船的外面，好像是两个女孩，她们正在划着小船。

这两个姑娘就是姐妹岛的萧敏轩和萧亚轩，躺在船舱中的，自然就是邱冷情了。

小船在海浪的拍打下一晃一晃的，似乎是承受不住海的冲击力，在这摇摆之中，邱冷情忍不住叫了一声，在昏睡中醒了过来，"我，我这是在哪里？"

萧敏轩和萧亚轩一听这声音，立即放下船桨，跑到船舱里，道："邱少侠，你醒了？"

邱冷情道："怎么回事？我怎么会在这里？"

萧亚轩闻言就哭了，她泣不成声地道："邱少侠，我们的岛已经被人占领了。"

邱冷情问道："那岛主她们呢？"

萧敏轩也忍不住大声哭泣道："岛主她们……她们……她们为了保护我们……逃走……全……全……全死了。"说完又是大哭不已。

邱冷情一听，头脑轰的一声，"怎么会这样，怎么会这样！"他也没想到事情居然会是这样。

邱冷情道："告诉我，到底是怎么一回事？"

萧亚轩在他的逼问下，方才泣泣停停地说出了事情的经过。

邱冷情被牛头马面、黑白无常一掌打昏后，萧敏轩和萧亚轩的一声尖叫，让萧翠翠注意到邱冷情已经出事了，萧翠翠是一个十分重义气的人，邱冷情是她请来的，现在却受伤，不能全身而退，她觉得很内疚，当时她果断决定，拼死也要让萧敏轩和萧亚轩带着邱冷情逃走，她调动所有的力量拖延时间，让萧敏轩和萧亚轩带着昏迷不醒的邱冷情从秘道逃出了姐妹岛，连夜乘船离开。

邱冷情听完，喃喃道："你是说，岛主她们……她们全都死了……"

萧敏轩和萧亚轩点点头，大哭不已，邱冷情久久地沉默，沉默，她知道，他的江湖路上又多了一件事，替姐妹岛上的人复仇。

天色渐渐明了，小船也慢慢靠近了海滩，终于，在风浪的吹拂下，小船靠了岸。

萧敏轩和萧亚轩两人扶着邱冷情走下船来，看来邱冷情受伤还不轻。

邱冷情道："萧姑娘，我们现在去哪里？"

萧亚轩满是关心地道："我们先找个地方住下来，等你养好伤，再作打算。"

萧敏轩也道："是啊，我们最好找个地方躲起来，来攻姐妹岛的人似乎是一个组织，我们得防着他们派人来追杀。"

萧亚轩也是斩钉截铁地道："对，我们一定要保住性命，岛主她们的血不能白流，我一定要为她们报仇。"

邱冷情也为她俩的情绪所感动，道："对，我们一定要为岛主她们复仇！"

还是萧亚轩最先从激动中平息过来，道："先别说了，找个地方住上，让邱少侠好好养伤，免得敌人追来了。"

一行人在说话声中渐渐离开了海边，她们走进了一座大山，在山上一老牧人家中住了下来，真正过起了与世隔绝的生活。

一个月过去了。

邱冷情已经能站起来，在外面到处走动了，不过身本似乎如断了线的风筝一般，飘忽无力，全身的内劲杂乱无章，一点都提不起来。

"唉，难道要我一辈子就这样下去吗？"邱冷情不禁仰天长啸。

他并不怕死，在以前身陷绝壁之上时，他曾体验过生死挣扎的滋味，清清楚楚地体验到了死亡的恐惧，但是，他没有死，在死亡的边缘挣扎着又活了过来，一个经历了生与死挣扎的人是不会怕死的，可是你若是让他像一个废人一般活在世上，那真是比杀了他还难受。

邱冷情现在就是这样的心情，性命是保住了，但是却如同一个废人一样，活在世上有什么意思，几次他都想过死，但他又不忍心让生命就这么白白流走，在这世上，还有很多的事要等着他去做，桂林还没有去，柳芸姑娘也不见了，少林金佛一事也需要去澄清，他可不愿意一辈子背着一个盗贼的名声，还有姐妹岛的仇要报，他可以想到，在姐妹岛上，众人为了救他，是怎样被敌人杀死的，每想到这些，总令他痛苦万分，为什么？为什么苍天对我如此不公平？他在内心狂喊。

"邱大哥！"萧敏轩和萧亚轩蹦蹦跳跳地从前面跑过来，这一月余的生活，加上那共生死的经历，已将他们的距离拉近了不少，他们之间的称呼也改了，"看起来，你今天的气色很好，一起出去散散心，好吗？"

邱冷情心中有些烦躁，道："不去了！"

萧敏轩一下生起气来，噘起小嘴道："不去就不去嘛，干吗那么凶！"

萧亚轩心细，她发觉邱冷情似乎有什么心事，连忙示意萧敏轩别开口，她问道："邱大哥，你是不是有心事？说出来会舒服一点，可能我和二姐还能帮你呀！"

邱冷情也意识到自己的失态，道："没事，我没事，你们帮不了我的。"说完，又独坐在一边。

萧亚轩跑到他面前道："你是不是因为武功全失的事而烦？其实我们也很心急，我们也希望你能早日恢复武功，我们也希望能早日为岛主她们报复，可是有些事是不能急的，现在你身体还没有完全复原，自然可能会力不从心，等你武功恢复了以后，说不定事情会有转机的，邱大哥，你不要这样，好不好？安心地养好身体，其他的事以后再说。"

萧亚轩总是那么善解人意，那么温柔体贴，邱冷情不得不点了一下头，道："好吧，我就安心地养好身体。"顿了一顿，又道："我们去散步吧。"

萧敏轩第一个叫起来，道："好哇好哇，来到这里，好久没有到处走走了，我都快闷死了。"

一行三人，慢慢地走在香花四溢的山林间，他们都不说话，都在各自想着心事，终于，暮色浓浓地袭来，落日的余辉也不断在西方消失，"我们回去吧！"邱冷情道。

在夜里，邱冷情怎么也睡不着，这一切又勾起了他的回忆，他的童年，他的成长，他的际遇，命运似乎是和他开了个不大不小的玩笑，让他得到的又重新失去了。

他怨造化弄人，他管不了那什么江湖大义，那不是他力所能及的范围，如果是当年西域群魔来犯时，他可能会有一腔热血，去拼去杀，可现在是和平时期，他不想有什么出人头地的大作为，并不羡慕大权大贵，只要能洗清自己的罪名，报了所有的恩怨，也就心满意足了，可苍天为何如此残忍，将他围在这里，不能出去呢？

在另一间小房子里，萧敏轩和萧亚轩也是翻来覆去，睡不着。

敏轩终于开口问道："三妹，你是不是喜欢邱大哥？"

萧亚轩哪听过如此大胆的问题？羞红了脸，好在夜色中没人看见，道："二姐，你不要乱说，邱大哥对我们有恩，我们应该照顾他吗，再说，他也是因我们而受伤的。"

萧敏轩道："我没问你这个，我只问你，你到底喜不喜欢邱大哥？"萧敏轩也不知是一种什么心情，她很敏锐地觉察到了三妹是很喜欢邱冷情的，她又怕三妹是真的喜欢上邱冷情，她很想证实一下，到底三妹是不是真的对邱冷情有那种意思了。

萧亚轩红着脸，好半天才用一种几乎小得听不见的声音道："是的，我喜欢邱大哥！"

萧敏轩还是等来了这个令她心碎的答案，她很清楚，自己已经爱上了邱冷情，可是她不能伤害她的三妹，现在姐妹岛上的人都死了，从小自己就处处与她争，现在剩下她们两个人，她的年纪大一点，应该照顾三妹的，她不应该和三妹争的，三妹喜欢邱大哥没错，可自己一听到这个结果，却非常难过，照顾三妹，照顾三妹，不要让她伤心，不要让她伤心……

她的心一直在挣扎，在理智上，她很清醒，她知道自己和三妹同时喜欢上了邱冷情，自己必须照顾三妹，不能让她受委屈，那就是说，她必须退出这一场感情的纷争，但内心深处却有一股力量在挣扎，在呼喊，爱情是自私的，是人人平等的，邱大哥又没说一定会喜欢三妹，为什么她不能介入呢？她可以去喜欢邱大哥，让他也喜欢她。

萧敏轩的内心非常矛盾，她不知道自己到底该怎么办，怎样做，才算是最好的做法，她用一种颤抖声音问道："那么，你爱他吗？我是说那种强烈的感觉！"

萧亚轩内心同样是被萧敏轩的几句话弄得心潮澎湃，她聪明伶俐，但同样是敏感非凡，凭她那种女孩子独有的敏感，她清清楚楚地感觉到二姐萧敏轩也是和她一样，无可救药地爱上了邱冷情。

萧亚轩此刻也壮起胆来了，她也能从容地面对这个令她难堪的问题了，她用一种很肯定的语气道："我爱他！"

萧敏轩像是一个等着受死的人，终于等来了处斩令，天地似乎都不存在了，一切都那么无助，整个世界都弃她而去了，她还能说什么呢？她还能去做什么？心已经碎了，为什么？苍天如此捉弄人，要让她和三妹爱上同一个人，为什么？为什么要她与三妹争？现在的三妹最需要的是别人的照顾，她不能以一个姐姐的身份来伤害三妹，如果是别人和她争，如果是在以前，她会毫不犹豫地与那人争夺，可现在发生了这么多的事，这个人又是她的三妹，她只能伤心地离开。

萧亚轩在说出她爱邱冷情之后，又幽幽地道："二姐，你不也是和我一样，喜欢上了邱大哥吗！"

萧敏轩一惊，道："谁告诉你的？没……没有，哪有这回事，谁告诉你的。"她猛然被道出了心事，有些语无伦次，这岂不是不打自招？

萧亚轩道："二姐，你不用隐瞒，我看得出你的心事，我知道你很喜欢邱大哥，为什么苍天如此不公平，偏偏让我们遇上同一个人？"她心中也是痛苦万分，她清楚地知道萧敏轩爱上邱冷情后，她很想退出，她知道二姐萧敏轩在看似坚强的外表里面，却有着一颗软弱的心，现在二姐需要人安慰，需要精神上的寄托，不能再让二姐承受打击了。

她很想退出，退出这危险的游戏，可又不甘心，爱一个人是很疯狂的事，现在的她已是欲罢而不能了，在人的本性里，就有自私的一面，特别是关于爱情，更是自私，没有哪个女孩会拱手把爱人让给别人。

她真的很想退出，因为与她争夺爱人的人是她的二姐，和她一样，受了太多的苦难，承受了太多的痛苦，急切地需要关怀，需要呵护，所以她真的很想退到一边去，不让这段纠缠不清的情感伤到了三个人！

沉默！

萧亚轩在说出那一番话之后，长长的沉默。

沉默。

萧敏轩在听到那一番话之后，长长的沉默。

也不知过了多长时间，她们都各自从沉默中惊醒，两个小女孩相互对望了一眼，那是怎样的一双眼，以前曾经是那么美丽，那么灿烂，现在却充满了忧伤，布满了犹豫，她们同样需要呵护，现在却需要一个人去承担那巨大的伤痛。

萧亚轩很小心地问道："二姐，我们应该怎么办？"

萧敏轩痛苦地摇摇头道："我也不知道，我的心好乱。"

两个女孩在各自感情的迷团里，挣扎不已，痛苦万分，直到天明，也没能睡去。

问苍天，何故弄人？看尘世中，多少人为情所困，情，一个永远都解不开的谜，现在又有几个人将被情所伤……

少林寺。

那一排排参天的大树，那一幢幢雄伟的房屋，寺前的石狮两眼射出扣人心弦的目光，更令少林寺增加了几分威严。

"砰砰砰！"几声与庄严肃穆很不相称的声音传来。

"方丈，我要见方丈！"一个女子的声音在少林寺内激荡。

"吱呀"一声，门开了，一个小沙弥探出头来，道："女施主，请问到少林寺有何事？"

那女子一见有人出来，走上前去，大叫道："我要见方丈，快叫他出来。"

小沙弥见这女孩一脸的凶横，也不知她是好是坏，是敌是友，不敢领她进寺，道："敝寺不招待女客。"说完，忙把门一关，到寺内去了。

气得那女子在门外又叫又跳，道："开门，开门，我要见方丈！快开门，开门呀！"

小沙弥跑到内院，见到了悟大师，忙道："方丈，门外有一姑娘，在那里叫嚷着要见你。"

了悟大师道："有何事？"

小沙弥道："不知道，不过那女子一脸的凶狠，在门外大叫大嚷，到底……"

了悟大师道："待我去看看。"

"是，方丈！"小沙弥忙退到一边。

了悟大师还没到门前，就听到那女子在大声地叫喊："开门，开门，我要见方丈。"了悟大师心中奇怪，到底是何事，这女子在此大吵大闹，他心中十分疑惑，少林寺向来与外界来往甚少，这女子是来干什么呢？

了悟大师走到寺门前，打开门，道："阿弥陀佛，不知女施主有何事，来到少林寺？"

那女子敲了半天门，见又敲出一个老和尚，心想：这大概就是少林方丈了，她道："小女子柳芸，你就是方丈？"

了悟大师道："贫僧了悟，正是少林方丈，敢问柳施主，你到底有何事呢？"

柳芸道："方丈，我来少林是为了寻找一个人。"

了悟大师疑惑不已，道："寻人？"

柳芸道："对，我想他一定在少林寺。"

了悟大师奇道："你说你要找的人在少林寺？"

柳芸道："当然在少林寺，不然我到这里来干吗！"

了悟大师道："不知柳施主要找的人是谁？"

柳芸一字一字地道："我要找邱——冷——情！"

此言一出，了悟大师大吃一惊，道："柳施主找邱冷情？可惜他并不在本寺。"

柳芸道："不在？不可能，他一定是被你们抓起来，囚禁了。"

了悟大师道："阿弥陀佛，罪过，罪过，出家人不打诳语，他真的不在本寺！"

柳芸道："我亲眼看见你们寺的三个老和尚将他抓回了，不在少林，不可能。"

了悟大师道："敝寺也在找邱施主，他与本寺金佛一案有极大关联，本寺派出高手到江湖上去找他，只可惜，被他逃脱，近半年来，他在江湖之上销声匿迹，也不知跑到哪里去了。"

柳芸道："跑了？在你们少林三大高手的围攻之下，他能跑了？"当时柳芸也在场，她确实希望情哥能逃出少林三长老的围攻，开始她也认为邱冷情跑掉了，可是她在江湖上寻了半年，居然连一点消息都没有，现在她开始怀疑那次邱冷情并没有从少林三长老的围攻之下逃走，邱冷情可能是被囚禁在少林寺，于是她决意上少林，向少林要人。

了悟大师道："柳施主，此事说来惭愧，那日的确是让邱冷情给跑掉了。"

柳芸道："不可能，如果他不是被你们给囚禁起来，怎么可能半年在江湖上一点消息也没有，像是凭空消失了一般。"

了悟大师道："他在江湖上消失也不关本寺什么事，柳施主，你应该明白他的处境，江湖上有那么多的人在找他，他们都想追杀邱冷情，得到《出尘心经》，没准他可能已经被人杀害了。"

柳芸尖叫一声："不！不会，就算是被杀，江湖上也应该有传言，可现在却是什么消息都没有，一定在少林，他一定在少林寺。"

了悟大师真有点哭笑不得了，道："我说不在，就是不在。"

柳芸却是步步紧逼，道："那你可敢让我进寺一搜？"

了悟大师道："少林寺岂是你说搜就搜的地方！"

柳芸道："这就对了，一定是你们怀疑他偷了金佛，抓他回来，逼他交出金佛，他没偷，当然是没有，而你们不信，就将他关了起来。"

了悟大师道："柳施主，你不可以如此说话，少林寺乃名门正派，不会做出如此欺骗之事的。"

柳芸道："既然你说邱大哥不在寺中，那让我搜搜也无妨啊，还可以证明你少林的清白。"

了悟大师道："柳施主，老衲念你年纪尚轻，不懂礼数，也就罢了，少林寺不是你说搜，就让你搜的。"

柳芸道："我一定要进去看看。"

了悟大师无奈，道："那休怪老衲以武力阻挡。"

柳芸道："好，今天我就闯一闯少林寺。"

柳芸说完，提起内劲，使出独门武功，向了悟大师攻去。

柳芸不愧为一代侠女，刚一出手，层层的掌影，如涨潮的海水一般向了悟大师卷去，在那掌幕之中，一道咝咝呼叫的真气，汹涌地向了悟大师直撞而去。

四周散发出阵阵寒气，仿佛是下了一场雪似的，花草树木都在风中直摆，太阳也钻进了云里，整个空间弥漫着一股寒气。

了悟大师大袖一挥，佛门绝技"佛光普照"应手而出，佛门禅功向柳芸掌劲拂去。

了悟大师发出的掌影有如阳光普照大地，无处不在，无处不有，根本无一丝破绽可寻，佛门禅功好像太阳一般，给人间带来了温暖，给生命带来春天，寒气在了悟大师的掌影之下，慢慢地散去，消失，大地又恢复了生机。

柳芸暗自吃惊，好家伙，居然接下我的寒冰真气，看来这大和尚还有两下子，不行，不打败他，如何能进寺呢？当下手一动，又变换了招式。

双掌幻成阵阵狂风，呼啸着向了悟大师卷去，狂风中带着细细的冰点，就好像冬天里刮起的冷风，吹得人脸发痛，在狂风中却有利剑一般的一股寒冰当胸撞向了悟大师。

了悟大师心中一叹：此女子年纪轻轻，能有此成就，真是不简单，只可惜全身杀气太重，若没有引入正途，必将是武林一大祸，但手下却丝毫不敢怠慢，又是佛门绝学"普渡众生"应手而出。

霎时间，一股强大的热气流在了悟大师身前形成一个巨大的空洞，那寒风往前一撞，立即如泥牛入海，消失得无影无踪。

柳芸心中一惊，怎么这和尚如此厉害，还没来得及变招，见了悟大师双手轻轻一挥，一道白气冲天而起，柳芸的最后一丝攻势也破了，当胸刺向了悟大师的寒冰，"腾"的一声爆裂，四散的冰点，如疾器般消失不见。

在白气之中，一座佛像隐隐约约，向柳芸面前一冲，柳芸不由噔噔噔后退了好几步才站稳脚步。

她惊呼道："大力金刚掌，劈空掌，无相神功！"

了悟大师并没有跟着出招，笑道："柳施主，好眼力，居然认出了老衲所使的三种武功。"

柳芸道："我不管你有什么厉害的武功，今天，少林寺我是一定要进去。"

她说完，又提气向了悟大师直攻而去，一股猛过一股的掌劲不停地向了悟大师冲过去。

了悟大师无奈，大袖一挥，"无相神功"立时出手，一尊尊佛像环绕在他四周，上上下下，左左右右，那更是天衣无缝，无法攻进一丝一毫。

柳芸心中不服，身形一变，疾向左飞去，哪知她快，了悟大师比她更快，她身形未定，又是几尊佛像拦在她面前，她一咬牙，双掌疾挥而出，向那佛像击去。

"砰砰！"两声巨响，柳芸被那强大的反震之力震得气血上涌，几乎把持不住脚步，她将翻涌的气血压下去，一跺脚，道："好，你今天不让我进去，我明天再来。"说完，转身跑开，一会儿就消失得无影无踪。

了悟大师盯着柳芸的背影看了半天，才缓缓吐出一句："此女与佛门极有缘，最终得皈依我佛，阿弥陀佛！"

了悟大师转向，吩咐小沙弥道："明日若此女又来少林寺，就来通知我，知道吗？"

小沙弥忙应道："是，方丈！"

漫长的一夜过去了，少林寺里一夜平静，天刚一亮，小沙弥刚起床，正要到山下去挑水，蓦然，前面一条人影向少林寺疾驰而来，"呀，那不是昨天那女子嘛！"吓得小沙弥忙丢下水桶，向寺内跑去。

"方丈……方丈……不好了，昨天那女子……又来了!"小沙弥跑得上气不接下气。

了悟大师道："好了，我知道了，你下去吧!"

"是，方丈!"小沙弥连忙退下去。

了悟大师也赶快向大门走去，刚到门前，却已发现柳芸已站在门里。

了悟大师道："柳施主，何以无人请，自己便进来了?"

柳芸道："门又没关，干吗要人请? 脚一抬，不就进来了嘛!"

了悟大师道："柳施主，老衲已经说过，邱施主确实不在本寺，你还是回去吧!"

柳芸道："既然来了，何不让我搜一搜?"

了悟大师道："柳施主，本寺向来不随便让人进来，就是皇帝王爷，也不敢乱搜查本寺，岂是你能搜的?"

柳芸道："不让我搜，就是心中有鬼，我是搜定了。"

了悟大师佛号一宣，道："柳施主，老衲对你已经是够客气的了，希望你好自为之。"

柳芸的一股倔劲儿也上来了，道："那好! 只要你们交出邱大哥，我立刻就走。"

了悟大师道："柳施主，邱施主根本不在本寺，姑娘何故说出这样的话来。"

柳芸道："方丈，那我得罪了。"说完已飞身向了悟大师劈来一掌。

了悟大师一挡，正待想制住柳芸，哪知柳芸一掌却是虚招，在了悟大师刚一出手之际，即回转身形，向寺内掠去。

柳芸在越过了悟大师之后，就立即在寺内各房间里寻找，希望能找到邱冷情，她到处乱窜，且边找边喊："邱大哥，你在哪里? 我是芸儿，我来救你了，邱大哥，你在哪里?"

了悟大师见柳芸跑到寺里去了，忙喊道："拦住她!"话音一落，立即就有弟子出来，挡住柳芸的去路。

柳芸一时也顾不上许多，见有人拦路，动手就是杀招，向少林僧人扑杀过去。

了悟大师这时已经赶到，站在一边，却不动手，只看众弟子与柳芸交手，他是在防止柳芸又跑到别的地方去。

柳芸一时怒起，双手挥出，层层的掌影带着刺骨的寒风，向少林众僧人卷去，一道又一道的冷风，直吹得众僧直打寒颤。

众僧人听到方丈叫喊，忙上前阻拦柳芸，哪知，刚一照面，就一阵阵冷风吹来，在冷风之中夹着层层的掌影，让人防不胜防，一时间，就有几人中掌倒地。

了悟大师一看，忙道："罗汉阵伺候！"

少林众僧不愧是训练有素，一听了悟大师叫喊，心中一亮，立即各自抢占方位，组成少林罗汉阵，由刚才的杂乱无章，变得有条不紊，立时，众僧人的攻势强了许多。

柳芸被困在阵中，左突围，左边的僧人向后退，而右边的僧人却攻了上来，向右打，右边的僧人也避开她的攻势，而左边的僧人却攻了上来，不得已，她必须回过身来，救后部，如此反复下去，几十招过去，柳芸连众僧人的衣服边都没沾到，自己反而挨了几掌。

这正是少林罗汉阵法的厉害之处，也正是兵家所说的避其锋芒，挫其锐气，躲开你的厉害之处，专攻你的软弱要害，而且众僧人可以轮流进攻，有人休息，有人进攻，生生不息，而被困在阵中之人，若不能破阵而出，那么累也会被累死。

柳芸在阵中又挨了几下，还是没发现破绽，破少林罗汉阵，不禁心中一怒，使出了绝顶杀招，她猛地向外推出一阵寒风，身子冲天而起，在半空中几次变换身形、方位，双掌一错，一股凌厉的杀气从天而降，众僧人立刻被包围在杀气之中，在漫天的杀气之中，一只巨大的掌印，和着阵阵飘飞的雪花，向众僧人头顶压下。

了悟大师一看，马上叫道："天残掌。"正待出手相救，却已经来不及了，"天残掌"的速度真是太快，在他刚出声时，众僧人已经中掌倒地，在地上哆嗦不已。

了悟大师忙上前，问道："柳施主，雪山神尼是你什么人？"

柳芸心道：大和尚好眼光，居然认出我的武术门派。不由暗暗佩服，嘴上却道："雪山神尼？不认识！"

了悟大师道："那，那休怪老衲不客气了。"原来，"天残掌"是当年雪山神尼成名的武功，这雪山神尼对少林寺有恩，了悟大师有刚才一问，是怕柳芸是雪山神尼的弟子，那自己就不便出手伤了她，既然她说不认识雪山神尼，那出手也就无妨了。

了悟大师道："柳施主，你到本寺，乱闯伤人，已经犯了本寺律条，老衲不得不出手阻止。"话音一落，已使出无相神功。

了悟大师这次是有心要制住柳芸，"无相神功"一出，立见无数的佛像在绕着柳芸转，四周的压力越来越大，佛像在旋转中发出刺目的光芒，柳芸身不由己地后退了一步，正待发出寒冰真气，哪知才一提气，立即感到一股奇大无比的压力从头顶透入，一口气提不上来，在奇大无比的压力的之下，不禁又退了几步。

了悟大师一伸手，一弹，一缕凌厉的指风袭到，柳芸想避，却怎么也避不开，一下子穴道被制，全身动弹不得。

了悟大师道："柳施主，何故出此杀手？"

柳芸小嘴一噘，道："谁叫他们拦着我呢！"

了悟大师道："施主好重的杀气，你应该要修身养性，好好反省一下，苍天有好生之德，施主，武功不是用来杀人的，你明白吗？"

柳芸道："我又没有杀他们，只不过是让他们受几天冻而已。"

了悟大师道："此话怎讲？"

柳芸道："这本来是我的秘密，不过告诉你也无妨，'天残掌'有两种心法，一种可令中者冻凝心脉，全身血液冰冻而死，另一种只是让中者在肌肉里受几天冻，而不会冻凝血液而死，我刚才用的'天残掌'是后一种，所以他们当然不会死啦。"

其实柳芸自己也明白，在少林寺杀人，是绝对不会有好果子吃的，她还不想找这么大的麻烦，所以在动手时，早留了几分心思。

了悟大师道："善哉善哉，原来是老衲看走眼了。"

柳芸道："那你还不快解了我的穴道，放了我。"

了悟大师道："要我放了你，可以，只要施主答应再不到少林捣乱，就行了。"

柳芸道："谁说我捣乱了？我是来找人的，我是来找邱大哥的。"

了悟大师道："出家人不打诳语，我说了邱施主不在少林，便是不在少林，你怎么不信呢！"

柳芸眼珠一转，道："好了，我信了，放了我吧，我以后再不会来了。"

了悟大师其实也是害怕柳芸与雪山神尼有什么渊源，雪山神尼的旷世绝学不可能无缘无故出现在一个不认识雪山神尼的人身上，了悟大师只怕是柳芸故意隐瞒身份，而且了悟大师见柳芸虽闯进少林寺，但出手却还是有分寸，也不便为难她。

心念至此，了悟大师道："柳施主，替老衲向雪山神尼问好！"说完凌空一弹，解开了柳芸的穴道。

柳芸穴道一解，立即掠开身影，向外飞驰而去，边走边喊道："老和尚，你别得意，我不会罢休的，没找到邱大哥，我一定会来的。"当最后一句传来，人已在半里开外了。

了悟大师听罢，摇摇头道："此女非江湖之福，看来，得留下她了。"

柳芸一路飞驰而去，她坚信，邱大哥一定在少林寺，不然江湖上怎么可能没有他的消息呢？他身负绝世武学秘笈，到哪里都会有人追踪的，可为什么在上次少林秘密追捕以后，就从此了无音讯呢？

对！

邱大哥肯定在少林寺，如果不是少林僧人逼他交出金佛，就是少林寺僧人想得邱大哥身上的秘笈，于是便将邱大哥关了起来，哼，少林寺我也不怕，我一定要去救邱大哥出来。

她想，白天不让我去，我就晚上偷偷地去，主意一定，她立即停住身影，先去找个地方休息一下，吃点东西，然后，再夜探少林。

天色慢慢地暗下来了，在黑暗的夜里，一条娇小的人影疾飞而去，这就是柳芸，她打算夜探少林，去救邱冷情。

终于到了少林寺，在夜里，少林寺没了白天的威严，只有夜的恐怖，阴森的月色，照在石狮上，如鬼魅一般，更增加了几分阴森的气氛。

柳芸来到寺外，仔细观察了一下，便纵身跃进寺里。

少林寺在夜里没有燃起一丝灯火，到处都是静悄悄的，柳芸对少林寺不熟悉，不然她应该知道少林寺今夜很反常，在往常，少林寺的这个时候，应该是灯火通明，有僧人在做晚课，但今晚却没有，到底是什么原因呢？

极其安静，本身就是一种危险，越安静，越危险，最安静就最危险，只可惜柳芸对少林寺不熟悉，又救人心切，所以没注意到这一切，没有用心地去想一想，她还以为，众人都睡着了，她心中暗喜，这正是个好机会。

柳芸毫不犹豫地径直向前飞掠而去，她也不知道邱大哥到底被关在哪里，只好凭天意了，反正将少林寺到处找找，总能找到邱大哥。

在一排房子前，她停了下来，蹑手蹑脚地用五指弄开窗纸，向里一望，里面除了几张桌椅之外，其他的，什么也没有，她又走向了第二间，是经房，里面只有各种各样的经书，第三间……

不知不觉她走到了一片空旷的草地上了，她停下脚步，心道：邱大哥到底在哪里呢？后院我全都查看了，难道在前院不成？可是前院是少林僧人住的地方，邱大哥会在那里吗？不可能的。

柳芸摇摇头，忽然，她眼睛一亮，对，肯定在前院，少林和尚怕别人来救邱大哥，让他与少林僧人住在一起，一来可以混淆别人的视线，二来可以更好地看住他，她信步向前院走去。

这时，她忽然听到了一个声音，她听到一个足以让她吃惊的声音，这个声音对她的影响简直太大了，直致她失去了几个月的自由，在几年里被人追杀。

她听到了了悟大师的声音，"柳施主，你果然来了。"话刚落，四周突然多出了许多火把，将整个场面照得如白昼一般。

了悟大师显然是有些怒意，在身后站满了少林弟子，静静地站着，这时柳芸才明白，原来静真的是一种危险。

难怪少林寺内各处一个人都没有，原来是他早就安排好了的，柳芸大呼上当，怎么就没有仔细地想一下寺院为什么如此静悄悄呢？原来他们早已经知道我来，在此等候了。

柳芸勉强一笑，道："方丈，怎么有如此好心情，在此等候小女子？"

了悟大师道："柳施主，老衲算定你会来，特意在此迎候。"

柳芸道："大师，原来你也是个有心之人。"

了悟大师道："想必柳施主已经看过本寺后房，并无你要找的人，对吗？"

柳芸双眼一瞪，道："你知道我要来，当然已经将他藏了起来，不然我怎么会找不到。"完全是一副小女孩的口气。

了悟大师道："柳施主，既然来了，那你就不用走了。"

柳芸喜道："你是说让我继续找邱大哥？好啊，我不走了。"说完，抬脚就要向前院走去。

了悟大师身形一晃，已拦在柳芸的身前，道："老衲说的并不是这个意思。"

柳芸抬眼望了望了悟大师，道："那大师之意是……"

了悟大师道："老衲之意，是要请施主在少林寺住下。"

柳芸道："你们要囚禁我？"语气中又是惊，又是怒。

了悟大师道："柳施主会错意了，老衲并非说要囚禁你，只是让你在少林寺内住几年而已，柳施主身上杀气太深，在江湖行走，并非江湖之福，老衲为苍生着想，斗胆请施主在少林中住下。"

柳芸道："住多长时间？"

了悟大师道："以柳施主的悟性，以及为人的态度，我看五年也就够了。"

柳芸道："五年？你知道五年代表什么吗？它能使一个人有多大的变化，人的一生又有几个五年。"那语气中满是不屑。

了悟大师道："五年，只是人生中的一小段，若柳施主在五年内悟出佛道，那又何乐而不为呢！"

柳芸哈哈一笑，道："大师，那你也未免太小看我了，少林寺对我来说，是愿来便来，愿走便走，你们拦得住我吗！"

了悟大师道："只怕未必！"

柳芸道："既然邱大哥真的不在少林寺，那我现在要走了。"说完，身形一掠，人如飞鸟投林般，向外疾飞而去。

了悟大师只是微笑，却并不追击，难道他早作好了安排？

柳芸飞奔向前而去，见背后并没人追来，心中不由惊奇，怎么回事？心里才一动，却见面前立一僧人，双手合十，道："柳施主，请回吧！"

由于在黑夜之中，看不清脸面，又是穿着同样的衣着，柳芸弄不清到底是哪个，她停住脚步道："方丈，好高明的身法呀！"

那僧人道："贫僧了因，奉方丈之命，在此等候施主。"

柳芸心中大惊，原来了悟大师已布下了天罗地网，存心要留我在少林，看来今天只有硬闯出少林了，心念一动，挥手就是天残掌，劈向了因大师。

寒气阵阵，在黑夜里，那阵阵的寒气更是可怕，掌劲上发出的强烈的寒气如利剑一般，直向了因大师冲来。

了因心中一惊，"方丈师兄说得没错，此女子杀气太浓，看来只能将她留在少林了。"了因大师的武学修为不在了悟大师之下，佛门至高无上的无相神功一出，千千万万尊佛像漫天飞舞，那天残掌上逼出的寒气早已消失得无影无踪，了因大师只微微一动，即化解掉了天残掌所有的攻势。

柳芸心中已是大惊不已，怎么此人的武功如此之高？她吃过无相神功的亏，知道无相神功的厉害，不敢去硬碰，虚晃一招，转身又向别的方向逃去了。

了因大师却也不追击，只是微笑，低念了一声："阿弥陀佛！"

柳芸脚下一刻也不敢怠慢，换了个方向，直向前奔去，忽然，她看到了一个身影，一个和尚的身影，就站在前路的不远处，她想，今晚不知能不能出少林了。

那和尚听了脚步声，转过身来道："贫僧了空，在此等候姑娘多时了，请回吧!"

柳芸心道：不知此和尚是否也会无相神功，如不会，那杀了她，逃出去再说，如果会，再换个方向也不迟，心念一定，举手便要出天残掌。

了空大师道："施主何苦非要老衲动手逼你回去呢!"话音一落，无相神功已经出手，一股奇大的压力向柳芸撞来，无数佛像幻化而去，包含着一种无上的威严。

柳芸一见，心想：坏了，怎么这一方又有武功如此高强的人拦路呢？当下又转过身去，向另一个方向疾驰而去。

了空大师同样没有追赶。

柳芸知道：这一方必定也有人在，但她仍要试一试，哪怕是最后一丝希望，也是不能放过的，这是她行事的原则。

她所料的没错，在她快到院外时，又有一僧人站在那里，对她道："柳施主，请回吧。"

柳芸心中一动，当真转身，傻傻地往回走，突然，她以迅雷不及掩耳之势，用天残掌猛地向身后的和尚攻去。

在柳芸身后的是了凡大师，他见柳芸回头，以为柳芸真的死心，不准备逃走了，了悟大师早安排好了，了凡大师也知道她必定去过别的几个方向，而且都受阻了，见柳芸转身离去，便静下心来。

哪料柳芸突施杀手，漫天的寒风呼啸而来，一个巨大的掌影当胸击来，虽然了悟大师早告诉他们柳芸会使天残掌，用无相神功可以克制，但此时已经来不及，刚一运功，"砰"的一声，一股冷流穿胸而入，奇寒使他不由自主打了一个寒战，便立在当场，动也不动一下。

柳芸心中一喜，偷袭成功，还等什么，提气飞掠而走，却又听见一声佛号："阿弥陀佛!"

原来是了悟大师带众僧人赶到。

了悟大师身形一动，已经拦在她的前面，"柳施主，何故下如此毒手，伤我师弟!"

柳芸道："谁叫他拦我去路呢! 不冻他几天，不知道我的厉害，放心，他死不了的。"

了悟大师道："施主，你杀气太重，真的不适合在江湖上闯荡，老衲只能留你在少林寺。"

柳芸道："不，我绝不，如果你留我在少林寺，我就放火烧少林。"

了悟大师道："柳施主，何苦呢！五年，五年之后，老衲一定还你自由！"

柳芸尖叫一声，道："不！"挥手向了悟大师扑来，抖手就是必杀绝技，一时间阴风四起，吹得众弟子冷颤直打。

了悟大师长叹一声，道："照顾好四师伯！"已是佛门绝学使出。

柳芸已是使出平生绝学，尽力而战，若不能胜过了悟大师，她就要在少林寺中呆五年，对于她来说，是多么美好的青春，能这样失去五年吗？

柳芸一身的功力本来就不弱，此番拼起命来，更是凌厉非常，簌簌的寒风吹得众人直打寒颤，本来是初夏时分，却好像回到了严冬时节，寒风吹得人脸上发痛。

了悟大师也是吃惊不已，"小小年纪能有此武功修为，日后定能成为一代宗师，只可惜，她杀气太重，若不好好引导，只怕江湖上多了许多冤死之鬼。"

了悟大师也是惜才，不忍心伤害她，一直用温和的打法与她交手，这可苦了旁边的众人，柳芸掌劲上透出的寒冰真气，激荡出来，直把众僧冻得双脚直跳。

柳芸的攻势一阵强过一阵，四周的温度也越来越低，了悟大师也感到丝丝的寒意，而且身边的掌影越来越多，弥漫过来，掌风上的压力也越来越重。

第九章

柳芸出手十分狠毒，她知道一定得打败了悟大师，不过她很奇怪，为什么了悟大师一直未用无相神功？似乎故意隐藏了实力。

莫非?! 莫非他变了，用不出无相神功？这么一想，她不由心中一喜，如果这样，自己稳操胜券了。

了悟大师在掌影之中，退了一下，好像是被掌风扫过，柳芸心中一喜，当即抓住时机，一股暗劲突破层层的掌影，撞到了了悟大师的胸口。

眼看了悟大师就要倒下，谁知，发出的力道在了悟大师胸口忽然消失不见了，柳芸的第一个反应就是——易筋经，了悟大师用出了少林千年失传的绝学易筋经，接着，还来不及反应，眼前影子一晃，手腕一麻，脉门已被扣住，整个身子动弹不得。

了悟大师刚才的确是险而又险，他被柳芸的掌风扫过，立时冻得直打冷战，接着，柳芸的杀着到了胸前，他已来不及出招，百忙之中，他只能使出了易筋经，才使自己化险为夷。

了悟大师制住柳芸后，屈指一弹，连点了柳芸身上的八大穴道："柳施主，难为你一下，我锁住你的武功，也是为你好，从此你和常人无异，五年后，我定解开你的穴道，还你自由。"接着，他又道："柳施主，本寺并无囚禁你之意，只是希望能化解你身上的杀气，在这几年之中，愿你能专心悟道。"

了悟大师说完，又对一小沙弥道："带柳施主去厢房休息，到书房去找几本经文给柳施主，不可怠慢了柳施主。"说完头也不回地走了。

小沙弥道："是，方丈!"转头又对柳芸道："柳施主，请随我来。"

柳芸现在真是欲哭无泪，本来是打定主意救情郎，现在情郎不见了，自己却身陷少林，武功受制，插翅也难飞了，她在心中呼喊：邱大哥，你在哪里？你可知芸妹想你……

在一个座不知名的小山上，一个猎户和几个风姿出众的年轻人住在一起，小山虽不是气势磅礴，却也算是风景秀美，举目望去，到处一片葱郁，给人一种宁息自然的感觉，看到这美丽的自然景象，真让人有种乐不思蜀之感，住在这里，就只想永远住下去，和心爱的人在此永远地住下去，就算是沧海变桑田，天已荒，地已老，海已枯，石已烂，那又何妨……

"芸儿!"邱冷情一想到芸儿，就忍不住轻轻呼唤她的名字，回想起与她在一起的点点滴滴，最初的相遇，最后的离别，一切都那么美丽，只可惜伊人走远。

他的心说不出是怎样的一种伤悲，内心的伤痛早已填满他的心扉，往事一幕幕浮现在眼前，他不禁紧握住了拳头，为什么我的伤依然是这么重? 为什么我不能恢复功力? 时间已经过了近半年了，伤口早已复原，可是经脉依然不畅通，无法运用武功，我真的很想下山去找芸儿，自从那一别之后，一直没有她的消息，不知你是否还好……邱冷情在心中默默地为心上人祝福。

"邱大哥，你怎么了?"身边传来萧亚轩温柔体贴的声音，他每次听了这声音，总有一种深深的不安感，在他的感情深处，他本能地对萧亚轩有一种排斥，不仅是对萧亚轩，萧敏轩也是一样，他害怕看萧敏轩那双充满柔情，大胆而且泼辣的眼睛，仿佛那双眼中可以洞察他的一切内心世界，总之，他害怕与萧敏轩和萧亚轩两人接触，可能是害怕内心的沉寂吧!

萧亚轩见邱冷情呆呆地出神，又问道:"邱大哥，你怎么啦?"

邱冷情这才回过神来，忙道:"没什么，我没什么!"

萧亚轩道:"邱大哥，你骗不了我的，你一副忧心重重的样子，是不是有什么心事?"

邱冷情嘴角一动，似乎想说什么，但最终没有说出，只是淡淡地道:"真的没什么，只是心中有点烦而已。"

萧亚轩心中一酸，道:"他还把我当外人!"不禁睁着一双眼睛，盯着邱冷情，道:"邱大哥，为什么你一直这样对我? 为什么一直对我这么冷淡?"

邱冷情的心中一紧，"该来的最终还是来了!"他对萧亚轩真的是非常喜欢，特别是在一起相处了这么长一段日子，心中那份浓情，已经是化不开了，可是他不能拖累她，像她那样漂亮善良的姑娘，应该有一个好的归宿，而不是随他一起流浪江湖，在风雨里挣扎，受苦，所以他心中有那份爱意，也只能深深地压在心灵的深处，不让它爆发出来。

邱冷情假装不懂，道："什么呀，我们不是一直这样吗？"

萧亚轩心中已是痛苦万分，为什么他不愿意露出他的真实情感？为什么他要掩饰呢？我清楚地感觉到，他是爱我的，从他的言、行，从他那双眼睛的深处，他那关切的行动中，我分明感到，他是爱我的，他一定是爱我的，可为什么不愿表露出来呢？

我知道你不愿拖累我，不愿让我和你在一起，再经历江湖的风险，去受那种你认为的苦，邱大哥，你知道，我愿意，因为我爱你，我愿意随你一起去吃苦，只要能与你在一起，我就心满意足了。

萧亚轩也顾不上什么少女的羞怯了，红着脸，盯着邱冷情的双眼，道："邱大哥，难道你一直都感觉不出我对你的情吗？难道你不知道，我爱你吗？"说完，她紧紧地盯着邱冷情，不容他有一丝的逃避。

邱冷情心头一动，不知怎么回答才好，他也是第一次面临女孩提出的这样的问题，支吾了半天，道："我……我……""我"了半天，也没说个所以然。

萧亚轩心一横，大胆地上前，用手圈住邱冷情的脖子，让两人的脸靠在一起，问道："邱大哥，我好看吗？"

邱冷情一愣，萧亚轩如此亲昵的动作已使他的头脑一片空白，什么都不知道，似乎是被人掏空了大脑似的，随着萧亚轩的问，茫然地答道："好看，好看。"

萧亚轩更加大胆了，紧贴着邱冷情，用一种几乎呻吟的声音在邱冷情耳边道："邱大哥，我是不是很漂亮？"

邱冷情此时已完全迷失了本性，头脑昏沉，已全然没有了往日的镇定，心怦怦直跳，浑身发热，脸色潮红，嘴似乎也不太听使唤，结结巴巴地道："很……漂……亮……"

萧亚轩嘴巴一翘，道："那你为什么不喜欢我？"

邱冷情简直是手足无措，不知怎么办才好，也不知怎样来应付这个难以答复的问题，只好闭口不开。

萧亚轩见他不说话，又幽幽地说道："邱大哥，你骗不了我，我知道你是很喜欢我的，只是怕我跟你受苦，对不对？"

邱冷情很诧异地一抬头，很奇怪地发了一下愣，他不明白，萧亚轩怎么会知道他的心事。

　　女孩的柔情总是让人无法抗拒，女孩对于情感的感应，可以说是高于一切，心爱的人有一点点的变化，她都可以感觉到，又如何不知道你对她的感觉呢？

　　萧亚轩似乎是鼓足了很大的勇气，沉默了好长一段时间，又接着道："邱大哥，从我第一次见到你的时候，我就已经喜欢上你了，而且我也知道，我一定会追随着你，既然上天安排我们在一起，我们又何苦要折磨对方呢！"

　　这一番如此直接的表白，差点让邱冷情的情感泛滥，他真的有点动摇了，本来他就十分喜欢萧亚轩，只是在她之前已有了一个柳芸，而且又不忍带她去受苦，才把心中的感情压抑在心底，现在萧亚轩如此狂轰乱炸，他真的有些迷惘，有点动情了。

　　萧亚轩没有仔细地观察邱冷情表情的变化，只是紧紧地抱着她，很幸福地闭上眼睛，继续在邱冷情的耳边道："那时，我已知道，你也很喜欢我，可为什么你一直在逃避，不敢面对呢？邱大哥，告诉我，你也喜欢我，告诉我是什么原因使你退缩，邱大哥，告诉我……"

　　如此动情的倾诉，邱冷情内心的洪堤已全部决裂，整个感情如潮水一般袭来，淹没了一切，他的理智，他的犹豫……

　　在他的直觉里，他感到，有爱就大胆地去爱，不要顾虑太多，拒绝她的爱，才是对她最大的伤害，那么还是勇敢地去接受吧！

　　邱冷情已经忘情了，他沙哑着声音道："是的，在很早的时候，我已经喜欢上你了，但我真的不愿你跟着受委屈，我……"

　　萧亚轩听到这期盼已久的话，心醉了，现在一切都不重要，只要你承认，你爱我，喜欢我，就够了，又何必去找那些无谓的理由呢？

　　她打断了邱冷情的话，道："邱大哥，爱一个人就是要准备和所爱的人一起同生死，共命运，就算是死，也值得，又何必在意一点点的苦。"

　　邱冷情现在已不知说什么好了，还有什么语言表达出他心有这份爱意呢？他忽然感到身边的这个女孩，是如此可爱，如此美丽，他只叫了一声："轩妹……"

　　萧亚轩抬起头，定定地望着邱冷情，圈在他脖子的手更用力了，两人靠得是如此近，她闭上眼，颤抖着道："邱大哥，我……好……幸福……能和你在一起，我真的很快乐。"

邱冷情此时已彻底让情感泛滥了出来，他慢慢地向萧亚轩贴近，贴近，再贴近……

萧亚轩昂着头，半闭眼，她在静静地等待这一幸福时候的到来，她知道她的心将有所属，从此将不再孤寂了。

终于，四片火热的唇接触到了一起，山风在静静地吹，白云在静静地飘，一切是如此美丽，自然是如此伟大，一切美丽的事物都在其中。

那种强烈的爱，浓浓的情在这一瞬间定格，天地似乎已经不存在，整个世界只剩下他们两个在一起……

萧亚轩满足极了，这种幸福的感觉是如此强烈，能和心爱的人在一起，与他拥抱，靠在他温柔的怀里，外面的世界是多么渺小，外面一切的恩怨，都可以抛之于脑后，只有这一刻永存！！

邱冷情的爱，也在这一瞬间定格，他知道自己已经是再也离不开这个美丽的女孩了，只有用一生去呵护她，不让她受一点委屈。

良久，良久，他们才分开。

邱冷情道："轩妹，我们回去吧！"

萧亚轩依然陶醉在刚才的幸福之中，圈在邱冷情脖子上的双手仍不肯松开，娇声道："不嘛，人家还想坐一会儿。"

邱冷情无奈，无限温情地道："好吧，一会儿天色就晚了。"

萧亚轩道："好，一会儿就回去。"说完，又幸福地闭上双眼，靠在邱冷情的怀中。

邱冷情也温柔地抱着萧亚轩，两人静静地依偎在那里，那么甜蜜，那么美丽。

他们只沉醉在温馨的甜美中，却丝毫没觉察到，他们身后不远处的一株树后，有一个人正伤心落泪，她正是萧敏轩。

萧敏轩在屋里，没看到邱冷情，也没见到萧亚轩，就跑上山来找，找了许久，才发现他们二人在此。

当时，她原想走上前去，但看到萧亚轩用手环在邱冷情的脖子上，她不好意思上前，又似乎看到萧亚轩的眼里有泪，那时她就打定主意，看看三妹到底怎么了。

她很清楚三妹是非常喜欢邱冷情的，她也很清楚自己对邱冷情的感觉，她看到三妹如此亲热地与邱冷情在一起，她真的很想上前去替下三妹，她在心中道："为什么不是我？为什么我要受这爱情的折磨呢？"

接着，她就看到了邱冷情和萧亚轩接吻的那一段，一刹间，她只觉得整颗心都碎了，天地在旋转，几乎连站都站不稳。

自己亲眼看见心爱的人和别人亲热，而那个人却是自己的三妹，她感到好像承受不起这份打击，苍天太弄人了，开了这么一个玩笑，姐妹岛已失陷，三妹身边唯一的亲人就是她，她不能再去伤害三妹了，她需要人呵护，需要人照顾……

可是，又有谁来照顾我呢？谁为我抚内心的伤痛呢？谁来医治我内心的伤痕呢？我同样是一个软弱的女孩，同样需要人照顾，呵护，为什么？为什么那个人是三妹？她只觉得脸上已挂满了泪痕，两眼朦胧，泪水早如泉涌。

我以为，我已经把你藏好了，藏在最深，最深的心底。

我以为，只要闭口不提，只要让日子继续地过下去，你最终会变成一个古老的秘密。

可是，难以掩饰的情愫，最终在这刻汹涌地爆发出来，一发不可收拾。

她发呆地望着萧亚轩和邱冷情，他们两个吻得那么缠绵，那么久……她轻轻地转身，飞掠而去。

萧亚轩在邱冷情的怀中，睁开眼道："邱大哥，回去吧！"

邱冷情也正有此意，道："好，我们回去，说不定敏儿到处找我们呢！"

说者无心，听者有意，萧亚轩心中一惊，二姐，二姐怎么办呢？她也是深深地爱着邱大哥，她似乎有所悟地想起了什么。

终于回到了那小木屋里。

"咦，二姐不在！"萧亚轩自言自语道："她会到哪里去了呢？"

邱冷情道："咱们先别管了，也许她只是出去散一散心而已。"

萧亚轩只好作罢，她虽然担心萧敏轩，却也无奈，到哪里去找呢？

萧敏轩看到了邱冷情和萧亚轩的缠绵之后，伤心至极，她发疯地跑呀，跑呀，也不知跑了多远的路，越过了多少山头，才停下来。

她一个人独自坐在那里，想了许多许多，到底现在我该怎么办呢？到底是介入其中，还是放弃呢？介入其中，现在她与三妹萧亚轩又是如此亲妮，我又怎么忍心去破坏三妹的幸福呢？放弃，她又万分痛苦，他也是我的爱人啊！

正当她胡思乱想之时，忽然，她听到了有许多的脚步声和一片嘈杂的人声传来。

"咦，有人！"她警觉地站起身来，仔细地倾听，真的有人，而且人数还不少，似乎就在不远处，她好奇地跟踪过去，顺着声音过去，终于，她看见人了。

这一看就吸引住了她，她看到了萧剑英，还有牛头、马面、黑白无常，这些人都到姐妹岛上去过，血海深仇，她简直不能控制自己，真想冲上去杀他们个精光，但理智又告诉她，不能这么做，自己绝不是他们的对手，上去只有枉送性命，她又安心地躺在原处，仔细地盯着这一群人。

他们到底到这里来干什么呢？难道他们发现了我和邱大哥藏身的地方？到此来追杀来了？可看起来又不像，他们似乎在等什么人。

萧敏轩很想听听他们说什么，可惜她耳力不佳，听不清楚，她又小心地向前移动了一段距离，终于能听清他们讲话了。

萧剑英道："令主，他们怎么还没来？"

只见那被称作令主的白衣人道："神君说他们一定会从这里经过的。"

萧剑英又道："可是到现在，连一个人影都没见到。"

白无常道："鬼府的消息是绝不会错的。"

萧剑英忙道："令主，不是我怀疑神君的消息，可现在确实是一个人影也没见着。"

白无常道："华山派的人找武林同盟避难，一定会从这里走的，我们在此等候就是了。"

萧敏轩这才明白，原来萧剑英投靠了鬼府，这次她们一行大概是在此拦截华山的人，她听那令主的声音，总感到有些耳熟，却一时又想不起来，在哪里听过？

忽然听白无常道："有人来了！"

立刻，他们一行四散在路边的草丛里，前边的路上，出现了一大群人，大概有四五十个，一行人很快到了跟前，原来真是华山弟子。

华山一行到了草丛前，突然，从草丛中发出几枚暗器，立时，在前面的几个华山弟子，全部中暗器死去。

领头的一中年人大叫道："谁？是英雄，就给我站出来，别鬼鬼祟祟地放暗器，有种的出来较量一番！"

"哈哈哈哈哈!"那中年人的话还没说完,萧剑英一行五人已从草丛里走了出来。

萧剑英道:"原来是华山钟青钟掌门,失敬失敬。"萧剑英的话语里,明显带有挑衅的意味。

钟青强压住心中的怒火,双手抱拳,问道:"不知阁下是何门派,为何在此拦住我们的路?"

萧剑英笑道:"钟掌门,你不用问了,反正你们今天都得死在这里,到阎罗王那里去问,不也是一样吗!"说完大笑不止,丝毫未将钟青放在眼里。

华山一名弟子大叫道:"你敢如此诬蔑我华山派,吃我一剑。"说完长剑出鞘,已向萧剑英刺来。

萧剑英怒喝一声,道:"自寻死路!"双掌一提,却不出手,眼看那柄长剑已刺到萧剑英的面前了,萧剑英一直都未曾动一下,直到剑尖刺到离她胸口一尺远时,才猛然双掌一翻,在电光石火间,连拍出十掌,双手一夹,那剑便停在她胸前五寸处,再也前进不了一毫。

萧剑英嘴角露出一丝冷笑,道:"去死吧!"双掌一吐劲,只见那柄剑的末端,无端地爆裂开来,一股大力猛地撞向那名华山弟子,一个身子顿时飞出七八丈远,在地上颤动两下,死去。

钟青脸上再也挂不住了,大喝道:"吃我一剑试试!"长剑一挺,当胸向萧剑英刺来。

钟青不愧为一派掌门,功力果然不凡,长剑上吐出的剑气丝丝逼人,剑势一环套着一环,一幕套着一幕,就如同有千千万万支剑向萧剑英削来。

萧剑英大吃一惊,钟青果然武功不凡,一时却又想不出破解之法,只好挥手拍出一掌,身形疾退,可是她错了,她的身子才一动,那剑影却比她更快,天网一般的剑幕已圈到她胸前来了,只怕这一剑便令她死。

这时,一黑一白,两条人影一晃,黑白无常两人已出手,两人对着钟青的剑挥手拍出一掌。

钟青立时感到两股大力从剑上袭来,长剑好像刺进了漩涡一般,巨大的冲击力,使得剑不能刺进一步,强烈的回旋力,几乎令他长剑脱手。

白无常道:"你退下!"

"是，令主!"萧剑英在鬼门关转了一圈，捡回一条性命，已是惊出一身汗，当即退下，投入到追杀华山弟子的战场里。

萧剑英、牛头、马面三人如猛虎入羊群一般，不停地追杀华山弟子，一时间杀声震天，惨不忍睹。

钟青长剑一挥，从那股大力中撤回，心中不禁暗道：此二人好高深的内力，但已骑虎难下，只有奋力一战了。

当下手中长剑一震，化作圈圈剑影，向黑白无常套去。

黑、白无常两人双肩一晃，已失去了踪影，钟青心中一惊，猛然回剑向后，划出一圈剑影，果然，黑白无常已到了身后，见钟青剑到，只微微一动，又闪开钟青的剑势。

黑无常脱口道："好剑法，果然有一代宗师的能力。"

白无常道："不过，他今天仍然要死在这里。"两人在钟青的剑圈中游走，人影飘飘，从容至极。

钟青见自己攻出的剑，连对方的衣服都没沾上，心中又惊又气，猛喝一声，长剑化作云彩一般，向两人圈去，一片片的白云，丝丝作响，在白云中剑影闪动，只要有丝毫的不注意，让这白云沾上身，立时得中剑身亡。

黑白无常依然没有出手，依然在层层的剑幕中游走，似乎她们两人根本就不存在一般，任风一吹，即飘飞几丈，似两片风中的落叶，在剑气森森的狂风中飞舞，长剑却丝毫不能伤那落叶一分。

这时，萧剑英道："令主，华山弟子已经一个不漏，尽数杀光。"

白无常道："好!"接着又道："钟青，你的死期到了。"

钟青攻了这么长时间，已是心慌了，又听说华山弟子全都死光，心中更是慌乱，步子已开始乱了。

黑白无常这时却飘身而退，对牛头、马面道："左右二使，交给你们了!"

牛头马面二人一语不发，立即上阵，挥手对钟青发出一掌。

两道呼啸的真气，夹带着落叶，向钟青撞到，真气中带着浓烈的腐尸气味，闻着让人头昏，钟青顾不上许多，忙屏住呼吸，抬手又是一掌挥出。

两道强劲相接，没有想象中的那么猛烈，甚至连一丝动静都没有，连树叶都没动一下，两道掌劲消失得无影无踪。

钟青心中却吃惊不已，这是什么功夫？居然将我华山独门内劲化解为无形，华山内功心法最是霸道，不管与什么人内劲相拼，总是汹涌无比，可今天，牛头马面二人随手一掌，却将他全力而出的掌劲化解得无影无踪，怎能不让他吃惊？

牛头马面二人也说了一声："此人有点门道，不过他还是死定了。"说完，身形一动，立时，一圈人影围在钟青的周围，每个人影都挥动着双手，向钟青发掌攻来，每个人影上发出的掌劲都汹涌无比。

钟青钢牙一咬，挥手舞出一圈剑光，在层层的剑影之中，立刻有了一片银白色的剑尖，钟青已经用出全身绝招，与牛头马面拼命了，可是他感到很吃力。

牛头马面什么言语都没有，只是交换了一下眼神，两人身形一动，交错游动起来，掌影更加密集了，在掌影之中，白色的剑光越来越小，不到一盏茶工夫，已缩小到一尺见方了，如此下去，钟青势必败亡。

钟青也觉得压力越来越大，每出一剑，都变得非常吃力了，眼看掌影即将吞没剑光，钟青却做出了一件令人意想不到的事。

钟青运足劲力，将手中的长剑用力一抛，一道匹练立即带着呼呼的啸声穿破掌影而出，如闪电划破乌云一般，向牛头刺来，紧接着他又回转身形，一掌向马面当胸拍到。

牛头马面"咦"了一声，显然对钟青的此举十分吃惊，牛头身子一闪，整个身子向后疾飞而去，那剑始终在他胸前三寸处，牛头边退边弹指，向剑上指来，终于，那剑在牛头退了大约二十丈左右，在他胸前停了下来，牛头可算是全身而退了，马面却不同了，他见钟青飞身向他扑来，当即提气，挥手一掌打出，与钟青硬对了一掌。

轰的一声巨响，地上的尘土飞起丈多高，地上立即出现了一个大深坑，爆裂的空气声令人耳朵发麻。

钟青挺身而立，马面却连退了五步还没站稳，一屁股坐在地上，嘴角掉出一丝鲜血，牛头一见，狂吼一声，飞身而上，对钟青连攻出了十八掌。

钟青没料到牛头的攻势会这么快，连忙挥掌，一一将掌劲化去，这时，马面已站了起来，马面和牛头站在一起，马面咧嘴，如鬼一般狞笑道："钟青，你死定了！"说完，一掌打在牛头的背上。

钟青诧异，怎么他们自相残杀了？却见牛头挥手向他打出了一掌。

掌劲汹涌无比，掌劲中腐尸气味比方才更加浓烈，钟青已来不及细想，连忙提起十二成的功力，拍出一掌。

"轰"一声，比刚才更巨大的声音在两掌中间响起，这一掌似乎是钟青占了优势，钟青的掌劲并没有完全被抵掉，在双掌交接后，还有一股大力冲向牛头马面，牛头马面两人立即中掌，被震飞几丈远。

钟青心中一喜，刚要动，却有一股不动声色的暗劲袭过来，"砰！"胸口如针刺一般痛，全身不由得起了冷颤，他不禁一惊，随即便明白了怎么一回事。

牛头马面二人发出的内力，束成一股，从他发出的掌劲里穿了过来，是以牛头马面二人才中掌，他也中了牛头马面发出的掌劲。

钟青刚要出招，牛头马面已站了起来，拍拍身上的灰，对钟青道："你死定了！"说完，他们俩向钟青的脚下指了指。

钟青很诧异地低头一看，这一看，他呆住了，他知道，自己是死定了，他看见自己的脚下在淌血，但淌出的血却在燃烧，淌到哪里，烧到哪里，就如同地狱之火一般。

钟青呆住了，他蓦然记起了一个人——鬼府神君，他呆呆地问道："你们是鬼府派来的？"

牛头道："可惜你知道得太晚了。"

钟青道："我好恨，如果我早知道，你们是……是……鬼府……来的，我……"一句话还没说完，已倒在地上，死了，一瞬间，尸体在血水中燃烧，不到一盏茶工夫，尸体已消失得无影无踪。

萧敏轩在树后看得大气都不敢出一口，心中又惊又怕，这是什么武功？这么厉害，她静静地躲在树后，亦不敢动，只等他们走后，再作打算，她又向那人望去，哪知这一望，却让她露出踪迹。

她看到那几人停在那里说话。

萧剑英道："令主，这些尸体怎么办？"

白无常道："埋了它，不要留下任何痕迹。"

萧剑英道："是，令主！"转身和牛头马面一起埋尸体去了。

黑白无常两人站在那里，对着钟青尸体，道："其实他可以全身而退的，只可惜他太大意了。"

白无常道："他是死在自己的惧意之下。"

萧敏轩越听越觉得这声音好熟，却想不起来，到底像谁的声音？她不由仔细地盯着白无常看。

白无常刚好侧移，对着他，使她可以看到白无常的整个面部，只可惜她面上蒙着纱巾，看不清脸面。

这时，似乎是什么东西，大概是小虫之类的东西飞进了白无常的纱巾内，白无常伸手一拍，随即摘下了面巾。

萧敏轩一下子惊呆了，她看到了一张熟悉无比的脸，那张脸，是她无论如何都不会看错的，那分明是与她一起生活了七八年的姐妹岛第三代弟子中的大姐萧萧。

怎么会这样？她的头脑一片空白，大姐萧萧居然是鬼府之人，她不是离开姐妹岛不久吗？怎么会是鬼府之人呢？

她一时情绪失控，不禁叫了句："大姐！"

黑白无常立即道："谁？"

萧敏轩立即警觉，想退，却已经来不及，黑白无常到了她藏身的树后。

白无常一见是萧敏轩，脸上不由动了动，似乎想说什么，但最终都没说出口。

萧敏轩更加肯定了，白无常就是大姐萧萧，她知道，自己现在已经跑不掉了，颤声问道："大姐，为什么？为什么你要带人毁了姐妹岛？"

萧萧也没否认，道："既然你已认出了我，那我就告诉你吧。"她顿了一顿，又接着道："我本来就是鬼府之人。"

萧萧问道："二妹，你还记不记得我被岛主带上姐妹岛时有多大？"

萧敏轩道："十二岁。"

萧萧道："其实鬼府早已有夺姐妹岛之心，所以故意把我安排到姐妹岛上，这一切都是在神君的意料之中，你知道吗？哈哈哈。"萧萧说完大笑不已。

萧敏轩问道："那萧剑英？"

话未完，萧萧已接着道："不，萧剑英是后来才投靠鬼府的，这时神君觉得灭姐妹岛的时机已成熟了，所以才令萧剑英打头阵，鬼府在后，名正言顺地灭了姐妹岛。"

这时牛头、马面和萧剑英已埋好华山弟子的尸体，过来了。

萧剑英一见萧敏轩，就道："咦，这不是那姐妹岛漏网之鱼吗？"停了一停，她又面向萧萧道："令主打算怎么处置？"

萧萧道："你认为该怎么办？"

萧剑英道："与她一起逃出来的，还有两个，尤其那年轻人的功力非凡，是一大劲敌，不如一并除去。"

萧萧道："你的意思是……"她并没接着往下说。

萧剑英道："令主，我是说逼这小妮子说出其他二人的下落，然后你化装一下，潜伏在他们身边，伺机除去他们。"

萧萧道："我与她一起生活了这么久，她的性格，我很了解，她不会说的。"

萧剑英道："令主难道忘了'天心露'？让她喝下'天心露'，还怕她不说。"

萧萧喃喃道："'天心露'，那她从此不变成一个白痴了？"

她似乎看到了她们在一起生活时的日子，那段时光是多么快乐，三个小女孩整天在海边疯玩，一起偷偷地玩，一起挨罚，还记得她们两个总是偷偷地拿东西给她吃……

现在要她亲手把一起生活了多年的妹妹变成一个白痴，她似乎有些不忍心，虽然她是鬼府派往姐妹岛卧底，但她毕竟与她们一起生活了八年，八年里，那情同手足的感情已深深地烙进了她的心里。

萧萧闭上眼睛，沉默了好一段时间，道："那好吧，这事交给你了。"说完，她已飞身而退，在空旷的山林边呆呆地望着天空，不忍心亲眼看着与她一起生活了多年的妹妹变成白痴。

大约过了一顿饭工夫，萧剑英过来报告道："报令主，剩下两个在西边，大约二里外的一座小房子里。"说完已经退下。

萧萧呆了呆，她知道萧敏轩从此变成了一个工具，一个完完全全的白痴了，她走过去吩咐道："你们先回去复命，对神君说明我们的计划，事成之后，我自会回去。"

在众人都走了以后，萧萧一个人呆呆地立在那里，一动不动，似乎是在回忆什么，似乎又是在思考什么，她脸上呈现出一种令人捉摸不透的表情，最后，她叹了一口气，向西飞掠而去。

"二姐，你回来了。"刚到小门前，已传来萧亚轩的声音，萧亚轩蹦蹦跳跳地从里面跑出来，"二姐，你到哪里去了？这么晚了，我和邱大哥担心死了。"说完，上前拉住萧萧的手。

萧萧触电般，手一弹，呆呆的，不说话。

萧亚轩道："二姐，你今天是怎么了？怎么这个样子？"她对萧敏轩的异常感到很奇怪，低低地道："二姐是，怎么回事？以前不是这个样子的！"

萧萧猛然一惊，方意识到现在她应该是萧敏轩了，忙道："小妹，没事，我只是感到有点不舒服而已，没事。"

这时，从屋中又跑出一个俊美的少年，冲她道："敏儿，你到哪里去了？我们担心死了。"

萧萧一呆，几乎怀疑她看错了，那天在姐妹岛与他交手时，根本就没仔细看过他，现在站得如此近，如此仔细地看着他，她真不敢相信，天下有如此英俊的男子，他的英俊潇洒简直让她呼吸不过来。

她定了定神，心中又是一种杀手的冷漠，脸上却笑道："邱大哥，谢谢你的关心，我没事。"

邱冷情道："好了，既然回来了，天色也不早了，你们休息吧，明天还要下山呢！"说完已钻进屋了。

萧萧道："下山干吗？"

萧亚轩道："二姐，刚才我和邱大哥商量的，明天我们下山去找绝谷奇医。"

萧萧道："找绝谷奇医干什么？"

萧亚轩道："二姐，你忘了？邱大哥的伤还没好，大概只有找到绝谷奇医伍通天，才能帮助邱大哥恢复功力。"

萧萧心道："原来这小子受伤还没恢复，一路上得找机会下手。"她接着道："我差点忘了邱大哥的伤了，好了，休息吧，我们明天下山。"

次日一行人就下山了。

"邱大哥！"萧亚轩道："绝谷奇医伍通天住在哪里呀？"

邱冷情道："五毒山绝谷之中。"

萧萧心中一惊："五毒山可是江湖上一大禁地，很少有人敢去的，五毒山中生有各种奇毒的花草毒虫，一般人，若沾上一点，立即中毒身亡，若是进入五毒山，不出十步就得死。"

邱冷情发现"萧敏轩"有点怪怪的，似乎与以前有点不同，但具体的变化却又说不出来，只是在感觉上有些变化，问道："敏儿，你怎么了？"

萧萧忙道："邱大哥，我很好啊！"

邱冷情叹了一口气，道："其实，我也不愿意让你们两个陪我去五毒山的，那实在是太危险了。"

萧亚轩一听此意，急忙道："邱大哥，现在你说这种话不是太见外了吗！"

萧萧却已听出来，小妹已经爱上邱冷情了，她不由皱了皱眉头，在心中叹道：小妹，大姐可能要令你伤心了。

但她还是说道："邱大哥，大家生死在一条路上，同生死，共命运，怎么说出这种话来呢！"

这时，她忽然想到一条妙计，何不借五毒山上的毒物将他们除去？主意一定，即打算随邱冷情去五毒山。

邱冷情道："好，既然这样，我们就向五毒山出发吧，等我恢复功力后，大家在思复仇大计。"

萧亚轩立即随声附和，萧萧心道："复仇，不知你能不能从五毒山回来。"

邱冷情现在最想的就是将功力恢复，他不就能像现在一样，做一个平常的人？在他的心中，还有许多的事要办，只有恢复了功力，才有可能去做。

萧亚轩已疯狂地爱上邱冷情，一颗心只放在邱冷情身上，她自然也希望邱冷情尽快恢复功力，与她一起笑傲江湖。

萧萧以萧敏轩的身份出现，她却在思考，如何除去邱冷情，对三妹萧亚轩，她实在下不了手，曾经在一起生活的日子一幕幕地浮现在眼前，她不忍心亲手去毁了三妹萧亚轩，她现在只想如何用不易察觉的方法除去邱冷情，虽然她已打定主意，利用五毒山的毒物，但必须得好好地算计一番。

三个人就各自怀着不同的心思向五毒山出发。

山水潺潺，一路上的艰辛自然是不用说了，斗转星移，一晃已是一个月过去了，他们已到了五毒山的范围，这一个月却也相安无事，萧萧一直想借五毒山上的毒物除去邱冷情，却也没在路上做手脚。

萧亚轩总是为邱冷情的身体担心，这一路的颠簸，担心他会吃不消。

"邱大哥，我累了，休息一下，咱们再走吧。"萧亚轩叫道，其实她只是想让邱冷情休息一下。

邱冷情心思细腻，哪里不知，心中不禁感激地向萧亚轩看了一眼，道："那好吧，咱们先吃点东西，然后再走。"

萧亚轩听此言，忙道："好，好，看前面有家酒楼，我们进去休息一下吧。"

萧萧道："好！"

邱冷情一行刚进酒楼，小二立即就迎上来了，道："客官想吃点什么？"

邱冷情道："随便来八个菜就行了。"随手抛出一锭银子。

店小二忙道："谢谢客官，里边请。"

邱冷情挑了一个靠窗边的位子坐下，在低头想着心事，忽然，邻座的两个人的谈话吸引住了他。

在邻座的桌子坐着两个人，一个是穿一身青衫的汉子，另一个则是一个道士模样的人，两人均腰系长剑，显然是武林人士。

青衫汉子道："唉，武林只恐从此无宁日了。"

道士也叹息道："现在不知会有哪位英雄出来挑起这个重担。"

邱冷情心道："莫非这几个月来，江湖上又发生了什么大事不成？"他立即凝神倾听，显然，萧亚轩也注意到了，也仔细地听着。

那两个汉子却丝毫没在意，继续说道。

青衫汉子道："华山也灭了，现在只剩下了少林和武林同盟，正义门现已将整个武林全部都控制住了。"

道士道："正义门的下一个目标大概应是少林寺了。"

青衫汉子道："也不知到底是不是正义门干的，正义门不是说这一切与他们无关嘛！"

道士道："话是这么说，可是你想一想，武林中各门各派都遭到了攻击，只有正义门安然无恙，而且现在正义门的势力是越来越大，已有统领武林之势，不是正义门干的，会是谁干的呢！"

青衫汉子道："有道理，不知少林四大长老能不能抵抗住正义门的攻击。"

邱冷情心中大惊，怎么正义门现在已统治了天下武林？而且听说只剩下少林和武林同盟未灭，那岂不是江湖永无宁日了？

又听那道士道："少林四大长老武功盖世，一定可以抵抗住正义门的。"

青衫汉子道："那可不一定。"

道士道："怎么不一定？"

青衫汉子道："武当张掌门、华山钟掌门与少林四长老相比，如何？"

道士道："大概相差无几吧。"

青衫汉子道："武当张掌门照样被杀，华山遭满门覆灭之灾，只怕少林也难以支持。"

道士叹道："江湖从此万劫不复了。"

邱冷情心中吃惊不小，上次灭姐妹岛，追命判官管胜天也在场，现在正义门势力如此之大，报仇只怕是难于上青天了。

萧萧心中暗喜，神君的计划果然妙，中原武林只剩下少林与武林同盟，已是唾手可得了，只有她知道，"追命判官"管胜天的身后是鬼府，若没有鬼府出动人员，正义门的势力又怎么可能收效得如此之快？

接着，又听到那青衫汉子道："大哥，你知道少林几个月前发生的一桩怪事吗？"

道士问道："少林？没听说过，是什么事呢？"

青衫汉子道："这年头的确是什么怪事都有。"

道士道："得了，你别卖关子，什么事，快说。"

青衫汉子道："有一个女子到少林去寻夫。"

道士道："寻夫？到少林寻夫？那不是天大的笑话嘛，谁不知少林全都是和尚，寻夫到少林干吗！"

青衫汉子道："这你就错了，她不是寻少林和尚的，而是怀疑少林和尚将她丈夫关在了少林寺，所以到少林去寻夫。"

道士道："有这种事？不知那女子寻的是谁？"

青衫汗子道："那女子寻的人，名头可大了，在江湖上可谓无人不知，无人不晓。"

道士道："那人到底是不是被少林和尚关起来的呢？"

青衫汉子道："当然不是了，少林寺乃名门正派，哪会做这种事。"

道士道："那女子呢？"

青衫汉子道："那女子三次大闹少林，结果让方丈给关在少林寺。"

道士道："那女子寻的人到底是哪个呢？"

青衫汉子道："说出来，可要吓你一跳。"

道士道："谁?!"

青衫汉子道："他就是在少林盗金佛，力败少林四大长老，身怀武林异宝《出尘心经》的邱冷情。"

此言一出，倒令邱冷情吓了一大跳，心道：莫非那女子是芸儿?

萧亚轩也是眼神怪怪地望着邱冷情，千里寻夫到少林? 怎么回事?

又听那青衫汉子道："这个邱冷情，身怀武林异宝《出尘心经》，不过最近这段时间却失去了他的踪影。"

道士道："会不会是让人给杀了? 有这么多的人想得那本《出尘心经》!"

青衫汉子道："不会，如果被人杀了，一定会有消息传出来的。"

道士道："莫非他找一地方练习《出尘心经》去了?"

青衫汉子道："有这个可能。"

道士道："但愿他是一个正义的人士，能救千万武林同胞于水深火热之中。"

邱冷情正待仔细听时，他们却又转入别的话题了。

他此时心中真是焦急万分，已经知道芸儿的下落了，可惜自己全身功力尽失，不能去救她，现在他希望能马上进五毒山绝谷之中，好在现在已到了五毒山的境内，只等休息好了，立即进山。

鬼府——一个令江湖人心惊胆颤的地方，多少人梦想能一睹两奇宫的风采，可惜都只是敢想想而已，真正能进入鬼府的人能有几个?

鬼府神君近日特别高兴，他一统中原武林的大业即将完成，只等少林一灭，他就出动大批势力，正面与武林同盟对抗，消灭武林同盟，剩下的隐患只剩下武圣花志逸和天宫，只可惜天宫秘宫的钥匙却失落在姐妹岛之上，只要找到了天宫的秘宫之钥，天下就唯他所得了。

"报告神君。"一个鬼卒来报道："左右二使一行全部回来了。"

鬼府神君高兴地道："好，立即让他们来见我，哈哈哈哈!"说完，鬼府神君大笑不已，仿佛天下已唯他所得。

在他笑声停止下来，牛头、马面、黑无常已立于身侧。

鬼府神君道："华山一派是否尽数除去。"

牛头道："神君果然料事如神，在预定的地方，我们截住了华山派的人，并一举将他们全部消灭了。"

鬼府神君哈哈大笑道："好，现在只剩下少林了。"说完，他似乎看出什么不对劲，道："咦，白无常怎么没有回来？莫非她被人杀了？"

黑无常立即道："神君，在灭姐妹岛时，我们不小心，有三只漏网之鱼，在灭华山时，我们抓住了其中一个女的，最后，我们为了除去隐患，白令主就化装成那个女的，潜伏在另两只漏网之鱼的身边，伺机下手除去他们。"

鬼府神君不由一皱眉头，道："漏网之鱼？什么来头？"

黑无常道："两女一男，两女是姐妹岛第三代传人，那男青年来路不明，武功却奇高，名叫邱冷情。"

鬼府神君一愣，自语道："邱冷情？就是江湖上传言力败少林四大长老，身怀黑道武学绝秘神功《出尘心经》的那个邱冷情？"

黑无常道："不知江湖上有几个邱冷情，依属下看来，应该就是那小子。"

鬼府神君思索了一阵，道："立即与白无常联系，让她杀了那小子，取回《出尘心经》。"

黑无常道："是，神君！"说完立即退下。

鬼府神君又问道："独孤残近况如何？"

牛头马面一齐道："独孤残的神志完全迷失，武功，我们用药物令他提升了二三倍，应该可以出动了。"

鬼府神君大笑道："好，干得好，立即派出独孤残，让他上少林。"

"是，神君！"牛头马面立即退下。

鬼府神君一人在鬼府大厅上"哈哈哈"大笑不已，"天下唯我独尊！"

"邱大哥，前面就是五毒山了。"萧亚轩道："我们是不是立即进山呢？"

邱冷情知道柳芸被关在少林寺，心急如焚，恨不得立即恢复功力，到少林去救出柳芸，道："我们现在就进五毒山，你们小心一些，五毒山到处是毒。"

邱冷情小心地在前面带路，五毒山绝谷，听说是在五毒山最底端，只要一直向前走，应该就可以到达绝谷。

"邱大哥，这花真漂亮，我去摘一朵来。"萧萧道，她毕竟也是女儿家，见到花一类的东西，也是非常喜欢。

"敏儿，小心一点。"邱冷情一直都把她们两个的安危放在心上。

"知道了，邱大哥。"萧萧已一溜烟似的跑到了一丛花前，那不知是什么花，红红的，全部长着一些尖刀形的叶子，一串连着一串，一枚连着一枚，像是一大片的手相互牵着似的，在那藤的顶端，开着一朵又大又红的花，似牡丹，又似玫瑰，水汪汪的，在阳光下，一闪一闪的，美丽极了。

萧萧跑到藤前，看了看花，双足一蹬，腾身而起，手中长剑一挥，那花立即从藤上飞落，到了她的手中。

这时，她正要落下，忽然，那藤一动，一条长藤，已将她卷了起来，所有的藤已全部动了起来，好像有千万只手在动，那叶子陡然变得坚硬非常，一片片向萧萧刺来。

萧萧哪曾见过如此场面，当即吓得大叫起来，"邱大哥，救命啊！"

邱冷情和萧亚轩一听，连忙回头一看，连忙跑过去。

萧亚轩也是被眼前的情景吓呆了，一根根的枝条如蛇一般，在空中乱舞，萧萧被捆在其中，身边到处是乱舞的枝条，就像是活的一般，看起来令人毛骨悚然。

邱冷情一时也没了主意，大叫道："拿剑来。"抽出"莫邪"剑，到处乱砍。

也奇怪，那些枝条在"莫邪"剑的狂砍下，动也不动，不一会儿，邱冷情已砍下了大片。

萧萧连忙挣脱那捆住她的枝条跑出来，扑到邱冷情的怀中，悸动不已。

那些被砍下的枝条一支支在地上扭动，一片叶子狂动不已，就像蛇一般，令人不寒而栗。

邱冷情呆呆地看着手中的剑，不知为何，那些枝条又不动了。

其实这"莫邪"剑乃是避邪之物，自先朝传至今日，不知饮了多少人的血，这剑本身所具的杀气，已足以让所有的兽类不敢近身，只要一抽出，剑上的杀气自然散出，别说是这食人树，只怕灵蛇巨蟒也不敢动一下。

邱冷情拍拍萧萧的肩膀，道："好了，不用怕，继续向前走，小心一点。"

萧萧也猛然一惊，怎么在邱冷情的怀中？连忙挣脱开来，心中却是怪怪的。

萧亚轩看在眼中，似乎想到了什么。

邱冷情急于恢复功力，又连忙向前走去，他很小心地提剑在手，丝毫不敢大意，慢慢地在前面开路。

这一路上，竟然什么都没有碰到，一行人很顺利地到达了谷底。

在谷底，怪石林立，到处是一片片的怪树、怪草，阴森非凡，由于有了上一次的经历，谁也不敢动一下什么东西。

"邱大哥，怎么没有房子？难道绝谷奇医伍通天不在这里？"萧亚轩道。

邱冷情仔细地看了一下四周，道："大家分头去找一下，发现什么可疑之处，立即说一声。"

"好，邱大哥！"萧亚轩立即答道。

邱冷情心中也十分沮丧，如果没有寻到绝谷奇医伍通天，他的功力不能恢复，那怎么去救柳芸？

每每想到柳芸，心中总一阵阵地痛苦，她为自己受了那么多的苦，自己却不能去将她救出来，他的心在滴血，恨苍天，为何对他如此不公。

忽然，萧亚轩和萧萧的一声惊叫打断了他的沉思。

萧亚轩和萧萧两人迅速地跑回到他身边，向山坡上一指，尖叫道："邱大哥……你……看……"

邱冷情顺着看过去，不由惊出一身冷汗，山下四面，密密地向下蠕动着一层黑色的东西，仔细一看，那层黑黑的东西原来是蛇、蜘蛛、蝎子之类的毒物，数量之多，大概不下万只，它们如潮水一般向谷底涌来。

"邱大哥，怎么办……怎么办？"萧亚轩没见过如此场面，不禁连说话的声音也变了。

萧萧虽然是武功高强，在鬼府经过特殊训练，却也掩饰不住内心的慌乱。

邱冷情四下望了一下，发现在身后不远处有一个小山洞，忙道："后面有一个山洞，快到里面去躲一躲。"

萧亚轩和萧萧一听，连忙回头，一看山洞，立即跑进山洞，邱冷情随即也进了山洞。

那山洞大约有三丈宽，身后是大块的岩石，四周都是石块，洞内干干的，倒是一点水也没有。

邱冷情站在洞口处，只见那群蛇密密麻麻地涌到了谷底，瞬间，整个山谷已到处是蛇，在蛇群中，还有蜘蛛之类的东西，蝎子也在其中乱跳。

那蛇到谷底之后，到处乱窜，层层蠕动，一会儿，似乎是闻到了人的气味，一齐向邱冷情藏身的小山洞涌来，不一会儿，已到了山洞口。

那蛇似乎也怕人，在山洞二三丈处都停了下来，一动不动，向洞内吐着信子，蛇口中吐着白雾，到处毒水四溢，整个谷内，腥气冲天，直熏得人头脑昏沉沉的。

邱冷情心中也是颤抖不已，如此多的蛇一起涌过来，只怕是什么东西也拦不住，他不禁在心中悲叹一句，想不到今天我竟然要死在这里，心想，还有这么多的事没去做，别人的重托自己还没有完成，不知是一种责任感，还是人本能的求生欲望，使他不禁又燃起了一丝希望，反正在洞内守一时是一时。

群蛇和人在洞内外对峙了一会儿，群蛇开始进攻了。

从蛇群中跃出一条条的蛇，不断向洞中游来。

邱冷情忙道："你们两个在后面用石头打蛇。"

萧亚轩一听，立即抓住一块石头，向洞口游来的蛇射去，一时间，蛇已死了几十条。

萧萧本想借五毒山中的毒物毒死邱冷情，哪知，第一次，自己便陷入了险境，邱冷情出手救了她，那怀抱的感觉总是怪怪的，让人似乎有点怀念。

现在一起陷入了困境，萧萧也不由自主地抓起一块石头，以内劲发出，向蛇射去，大概这也是人求生的本能吧，多一个人总比少一个人好，几次她都想用石头将邱冷情打入蛇群中，几次又转向蛇射去。

邱冷情站在洞口处，也抓起一把石头，向靠近的蛇扔去，在三个人的合力之下，居然没有一条蛇闯过来。

蛇似乎觉得闯不过去了，便都停了下来，没有继续攻击。

大约过了一盏茶工夫，群蛇又开始了进攻，这次是一些较大的蛇向洞里进攻，较大的蛇从蛇群中出来，迅速地向洞里靠近，速度比刚才的小蛇快了许多。

邱冷情连忙又抓起石块，向进攻的蛇砸去，可惜，这些蛇的数目太多，而且行动又快，不一会，已有几条蛇到了洞口处。

第十章

　　萧亚轩和萧萧一见蛇进了洞，吓得大声直叫，连手中的石头也忘了打了。

　　邱冷情一见，连忙跳到洞后面，用手中的石头将进洞的击毙，但因洞口没人守住，又有几十条蛇到了洞口，迅速地向里涌……

　　邱冷情一见，什么也顾不上了，抽出莫邪剑，向洞口冲去，准备与蛇周旋到底，哪知他才到洞口，进来的蛇已全部退了回去，在洞口几丈外，虎视眈眈。

　　邱冷情以为群蛇大概又休息了，便将剑向鞘中一插，向洞中走来。

　　哪知，才一转身，立刻听到萧亚轩一声惊叫："邱大哥，身后！"

　　邱冷情忙向后一看，已有几十条蛇到他脚下，他忙抽出莫邪剑，在地上一阵乱砍，一时间，就砍死了十几条，其它的蛇，则立即又向后退去，似乎是遇上了什么可怕的东西，不敢上前。

　　邱冷情低骂一声："这些小东西也学聪明了。"插上剑，又准备退回到洞里，他才一动，群蛇又开始进攻了。

　　无奈之下，邱冷情将莫邪剑向外一抽，又准备再战，心道：如此下去，累也累死我了。

　　说也怪，莫邪剑向外一抽，群蛇立即后退好几丈，动也不敢动，再不敢向前进一步，只在几丈外吐着信子，望着洞里，却不敢向洞里靠近。

　　邱冷情似乎是看出了什么，又将剑向鞘内一插，群蛇立即动了起来，立即有蛇向洞里靠近，邱冷情连忙又将剑抽出，群蛇立即向后退，不敢向洞里靠近了。

　　邱冷情突然明白，原来这些蛇怕这把莫邪剑，他索性将剑抽出来，插在洞口处，这下所有的蛇都不敢向洞口靠近了。

　　邱冷情站在洞口仔细地看了好一阵子，确定那些蛇不敢向洞里靠近，他才长吁了一口气，退回到洞里。

萧亚轩和萧萧早吓得面如土色，大气都不敢出一口，傻傻地坐着发愣。

邱冷情心中顿生内疚，如果不是自己带他们两们个到此处来，她们也不会弄到如此地步，他上前去，轻轻地搂着萧亚轩的双肩，温柔地说道："轩妹，你怪不怪我？"

萧亚轩沉醉地靠在他的怀中，道："为什么怪你？"

邱冷情道："怪我将你带到这里来。"

萧亚轩道："傻哥哥，不是你带我来的，而是我心甘情愿随你一起来的，就算你不让我来，我也会跟你来的。"

邱冷情忘情地道："你真傻，现在我们都出不去了，如果你没有来，那你就……"

话还没完，萧亚轩已打断了他的话，萧亚轩一字一字坚定地道："邱大哥，我愿与你同赴水火，如果今天和你一起死在这里，那我也就心满意足了，能和自己心爱的人死在一起，该是多么幸福呀！"

邱冷情此时已说不出一句话了，他俯下身子，双片炽热的唇印在了那樱桃般小口，此时，什么语言都不需要了，没有任何言语可以描绘形容出这一吻所代表的意义。

萧亚轩娇哼一声，双手紧紧地抱住邱冷情，如果时间能在这一刻停止，那这一定是人世间最美的一刻。

许久，许久之后，萧亚轩方抬起头来，慢慢地从沉醉中惊醒过来，慢慢地恢复了理智，她发现萧萧不知何时已独自一人坐在一边出神。

萧亚轩望着萧萧的背影，她在邱冷情耳边轻轻地说道："邱大哥，你没觉得二姐最近变了吗？"

邱冷情道："我也有这样的感觉，似乎她不是她，换了一个人！"

萧亚轩道："你知道这是为什么吗？"

邱冷情一愣，道："不知道！"

萧亚轩道："你还记得那天我们相拥时吗？我听到身后有声响，当时我没仔细想，现在细想起来，我想那时二姐一定在我们身后，看到了一切。"

邱冷情道："你怎么知道？"

萧亚轩道："那天，二姐很长时间没回来是不是？回来以后就整个人都变了。"

邱冷情道："这与她的变化有什么关系？"

萧亚轩道："你呀，真是个木头人，二姐那么喜欢你，你都看不出来。"

邱冷情此时不异于别人当头给了他一大棒，头脑轰的一声，如一团乱麻，敏儿，敏儿喜欢我？他简直不敢相信。

萧亚轩又道："很早我就知道，二姐也喜欢你，那天她一定是看到我们……所以很伤心地一个人跑开了，回来后就……"

邱冷情道："为什么？"

萧亚轩道："傻哥哥，这是女孩的心思，女孩若爱上一个人，就是这个样子……"

邱冷情发呆地听着萧亚轩在她身边轻轻地说着，头脑中一片空白，这些带给他的震惊太大了，他都忘了自己现在武功全失，身临蛇阵之中，满脑子纠缠不清的情丝，足以让他疯狂迷乱。

萧亚轩又在他耳边轻轻地道："邱大哥，答应我一个要求。"

邱冷情道："什么事？只要我能办到，我一定答应你。"

萧亚轩幽幽地道："现在我们身陷在此，不知还能不能出去。"

邱冷情闻此言，已是满腹感慨。

接着，萧亚轩继续道："在我们死之前，我不愿看到二姐伤心，不愿看到她带着遗憾而去。"

邱冷情一时倒糊涂了，他实在弄不清萧亚轩到底要说什么。

萧亚轩道："邱大哥，我们剩下的时间都不多了，在这个时候，你可不可以爱二姐一次？"

邱冷情听萧亚轩说这句话，心中的思绪简直比乱麻还乱，他愣愣地呆了半天，没出声。

萧亚轩轻轻地推开他，离开他的怀抱，仍在他身边道："邱大哥，就算你牺牲一下你的情感，在这剩下不多的日子里，爱二姐一次，我知道，你并不讨厌二姐，是吗？"

邱冷情道："让我想一想。"

萧亚轩道："这是我最后的请求，邱大哥，你一定要答应我！"

邱冷情此时心中想了许多许多，不能，我不能这么做，我不能去欺骗敏儿的感情，敏儿是一个如此纯真的女孩，就算她真的对我有感情，在这个时候，我又岂能去玷污了她最纯最真的那一份情。

但另一个声音，仿佛在说，邱冷情，你必须这么做，你忍心看一个美丽纯真的女孩就这样憔悴下去？你看不到她为你而改变？以前的她是多么活泼，现在她却如

185

此忧郁，闷闷不乐，你真的忍心看她受折磨？真的让她带着满心的遗憾而去？

现在剩下的时间已经不多了，为什么不在这剩下不多的时间里，给她一点心灵上的宽慰，让她能有一点满足感，让她知道，她也被人爱过。

"不！不！"邱冷情的理智大声狂喊，你不可以玷污一个女孩的情感，你不可以！你不可以这么做！

忽然，在他内心处，有一个声音大声道：邱冷情，你不要如此绝情，你根本就是爱她的，只不过是你放不下心中已有的女孩而已，如果这样，你就错了，你爱她，她更爱你，你就不应该让她为你而憔悴，你就不应该让她带着满心的伤痕与遗憾而去，你得用你的爱去关怀她，用你的爱去体贴她，虽然是在这最后的一刻。

"邱大哥！"萧亚轩道："你想好了吗？"

邱冷情不知怎样回答才好，他的内心实在是矛盾极了。

萧亚轩道："邱大哥，难道我这最后的要求，你要拒绝？"

邱冷情终于下定决心，他实在不忍看到萧亚轩那娇小可怜，痛苦的样子，也不忍看到萧敏轩如此憔悴的样子，他道："好，我答应你！"

萧亚轩闻此言，当即两眼放光，道："真的！谢谢你！"

邱冷情道："我该怎么做呢？"

萧亚轩道："天色已黑了，你今夜就陪在二姐的身边，你只要……"

邱冷情又沉默了一会儿，终于，他一咬牙，走到了萧萧的身边。

他用颤抖的双手搭在萧萧的肩上，用一种很低沉的声音说道："敏儿，我不该带你进五毒谷的。"

萧萧正呆呆地想心事，她想到自己的任务，想着邱冷情在开始时将她从食人树上救下，想他的怀抱，心中总是十分矛盾，自己长这么大，第一次投入一个男人的怀抱，可惜这个男人却要死在她手上。

她还想到了她的以后，在鬼府那么多年，她每天只有一个信念，杀人，完成一统江湖的大业，她从未仔细地为自己考虑一下，现在鬼府神君一统江湖的大业即将成功了，而自己该怎么办呢？难道以后就这样做一辈子的杀手吗？

刚才萧亚轩和邱冷情亲昵的样子，她全都看在眼里，她同样是一个青春年少的女孩，也有着倾国倾城的容貌，可为什么没心中的白马王子呢？论智谋，论武功，论长相，在当今世上，能与她相媲美的，还找不出一个，可她为何如此孤单？

有哪个少女不怀春？虽然是身陷险境，看着刚才三妹萧亚轩和邱冷情的一幕，她还是不由自主地想了许多，能和心爱的人厮守在一起，又何必去管那江湖的风风雨雨，你争我夺呢？如果现在能完成任务脱险，一定得去找一个如意郎君，从此退出江湖。

正胡思乱想间，陡觉邱冷情的一双手搭在了自己的双肩上，又听邱冷情如此深情的话，对她说对不起。

萧萧浑身一颤，正待挣脱，忽然想到，他们都把我当作二妹萧敏轩了，她又不知萧敏轩和邱冷情之间的关系到底怎么样了，如果挣扎，不理他，那岂不露出马脚？当下便一动不动，任邱冷情双手搭在她的肩上，却不回答，她其实也不知怎么回答。

邱冷情见萧萧坐着一动也不动，也不回答他说的话，心中好不尴尬，正想打退堂鼓，回头一看，萧亚轩在向他使眼色，示意他继续，然后起身，到洞的深处闭上双目，开始休息。

邱冷情不想令萧亚轩失望，一想，反正剩下的时间不多了，就一错到底吧，便索性在萧萧的身边坐下，他靠在身后的石壁上，一只手顺势就搂着萧萧的肩膀。

萧萧的心一阵乱，她可从没见过如此阵势，又不知萧敏轩和邱冷情的关系到底到何种地步了，只好强忍住心中的慌乱，任邱冷情坐在她身边。

邱冷情搂着萧萧的肩膀，靠在石壁上，心里似乎镇定了不少，缓缓道："敏儿，我觉得你近来变了许多。"

萧萧心中一惊：莫非他看出什么了？但仍小心地道："是吗？没有啊，我一直都是这个样子啊。"

邱冷情道："敏儿，你不用隐瞒了，我什么都知道了。"

萧萧的一颗心，几乎跳出胸膛外，他什么都知道了？难道这一切都是圈套？不，不可能，她几乎要运功反抗，又怕邱冷情武功并没失，那只要邱冷情的手一动，她立即就没命了，她悄悄地举起手，指环上藏着毒药，准备一有什么变化，撒出毒药，来个玉石俱焚。

她颤抖地问道："你都知道些什么？"

邱冷情的动作更亲昵了，一把将她揽在怀里，在她的耳边轻轻地道："轩儿把一切都告诉我了。"

萧萧心中不禁一愣，亚轩告诉他的？亚轩从哪里看出破绽来了？她还是不动声色地问道："她对你说了什么？"

邱冷情心中十分矛盾，能把亚轩跟他说的话告诉她吗？那岂不是更伤她的心，干脆骗到底算了，于是他道："敏儿，你知不知道，我一直都很爱你，在我第一眼看到你的时候，我就偷偷地喜欢上你了，但我怕你拒绝，所以一直将这份情藏在心里，不敢说出来。"

萧萧顿时茫然不知所措，她没料到邱冷情会对她说出如此深情的话来，她知道原来刚才是虚惊一场，自己的身份并未败露，她很想挣脱，但似乎又有种心理，让她想再听下去，说实在的，她也很想靠在男人的怀抱里，邱冷情身上散发出的那种浓浓的男人气息，让她沉醉，她知道，这不是好现象，但她却情自不禁，在心中，她狂呼，明天我一定要杀了他。

邱冷情见萧萧没说话，又接着道："我知道，我可能配不上你，但我真的是没办法，我已经情不自禁，今天亚轩对我说，让我大胆地对你说，我也知道，如果再不开口，那就再没机会了，敏儿，虽然我们剩下的时间不多了，你能接受我的这份爱吗？"

萧萧不禁心中暗笑，明明亚轩和他这么好，怎么又跑来做这种游戏？到底是在做什么事？她心中猜不透萧敏轩和邱冷情之间到底是怎么回事，却也不知怎么回答邱冷情才好！

她靠在邱冷情的怀里，任邱冷情在她身边轻轻地诉说，虽然她不知道邱冷情和萧敏轩到底是怎么一回事，也不禁暗自想道："如果他是这么对我说就好了，只可惜我仍然没有一个爱我的人。"她觉得自己简直有点意乱情迷了，刚才紧握的手不知何时已放了下来，整个身子也软软的，全靠在邱冷情的身上，她又惊又喜，惊的是自己怎么会这样，却又暗想，有人抱的感觉真好，她都舍不得离开。

邱冷情道："敏儿，你告诉我，你是不是也和我一样？我爱你，没有任何事能阻止我对你的爱，我可以发誓，我对你的爱，至死不移！"邱冷情不知怎么回事，一幕幕，如真的一般，他在心中自我嘲道：等死了，再去向阎王解释吧。

萧萧也被这动情的言语感动了，身子的依靠那么结实，抱着自己的肩膀，是如此温暖，给人一种安全的感觉，这一切似乎能让人忘记了自己正处于绝境之中，随时都可能丧命，她恍然觉得自己就是萧敏轩，情难自持地道："邱大哥，我也好爱你，好想和你在一起。"

邱冷情心中一叹：敏儿，为什么你要如此痴情呢？原谅我，我必须骗你，他知道他得做出一件令他很为难的事，但他必须得做。

邱冷情见萧萧已忘情了，道："敏儿，我要永远和你在一起，一起到天荒地老，海枯石烂，任沧海变桑田，我仍然在痴痴地爱你，等你。"说完，用手抬起萧萧的下巴，用一双深情的眼睛仔细地看着她。

萧萧全身颤抖不已，她知道邱冷情是将她当作萧敏轩，她也知道不能去想别的，明天自己就得动手杀了这个人，可不知怎么的，她又想邱冷情继续下去，她微闭着双目，仰起头，就那么等待，等待……

邱冷情盯着萧萧的脸，他以前从未如此仔细地看过萧敏轩，今天他总算看清了，如此清楚，如此细致，如此近，他看清了，这一张脸，如此迷人，如此美丽，似梨花带雨一般，在风中颤抖，让人有种想入非非的冲动，这时，邱冷情已说不清是做戏，还是动了真，说不清是应付，还是自己主动索取，他动情地将双唇盖上了萧萧的小口。

那双唇犹如一团烈火，在不停地燃烧，发热。

萧萧没有体验过这种感觉，她的身体在不停地因那炙热而颤抖，那颤抖是多么美妙，多么令人回味，这是一种快意燃烧。

她就这样轻轻地躺着，靠在邱冷情的怀中，她这时真愿意永远地做萧敏轩，永远让邱冷情就这么抱下去，吻下去……

不知过了多久，他们才分开双唇，萧萧身上发软，满足地躺在邱冷情的怀中，不知是种什么样的感觉，想挣扎，她知道，她不应该躺在这个男人的怀抱里，却又不挣扎，她已经完全沉迷了。

又迷迷糊糊地过了许久，她就这样靠在邱冷情的怀中睡着了，嘴角依然带着一丝满足的微笑。

邱冷情也是全身心地投入了刚才的激情之中，现在他真的分不清，他是不是真的已经爱上了怀里的这个美得眩目的女孩，他似乎觉得此生系上这个女孩了，从此以后便再也离不开这个女孩了。

在一片迷迷蒙蒙之中，他也迷迷糊糊地睡着了。

"邱大哥，邱大哥！"天色已亮了，他被萧亚轩的叫声喊醒了。

"邱大哥，你快看呀。"萧亚轩跑到洞口，指着外面大叫道。

邱冷情有些不好意思地松开抱着萧萧的手，顺着萧亚轩的手，向外看去。

外面的群蛇还在骚动，像一锅沸开的水，却只到处游动，丝毫不敢向莫邪剑靠近，群蛇在整个山谷中到处游动，好像是有什么可怕的事物来了。

萧萧也醒了，这时，她才从昨夜的迷情之中苏醒过来，才记起自己仍处于这生死未卜的蛇阵之中，她望了望邱冷情，依然是那么英俊，她真的有些迷糊了，自己到底该不该动手杀了他？

群蛇仍在继续沸动，大约过了一顿饭的工夫，那些蛇忽然向山上游动，不一会儿便散得一干二净，除了几条死蛇外，其他的走得一条不剩。

萧亚轩喜道："邱大哥，那些蛇都走了，咱们也快离开这里吧。"

邱冷情道："好吧，这里不宜久留！"说完，上前拔出插在洞口的莫邪剑，回头对萧萧道："敏儿，我们快走吧。"

不知是什么原因，在不知不觉中，邱冷情的双眼已充满了爱意。

萧萧木然地走在最后，她没有脱困的欢乐，她手中已扣住了一枚毒针，不知是否该发出，看着邱冷情英俊的背影，她痛苦地摇了摇头，她现在真的有一种希望，希望她们永远被困在那洞，永远不出来，永远……永远……

才走了几步，突然，邱冷情大叫："轩妹，敏儿，快回到洞中去。"

说完，一把拉住她们两个向洞内跑去，邱冷情在最前面跑着，他忽然看到，前面有一只水桶般粗的巨蟒正向他们游来，他便立时出声示警，让萧亚轩和萧敏轩（萧萧）向洞中跑去。

那巨蟒似乎也听到了人声，立即向他们迅速游过来。

好不容易跑回到了洞中，邱冷情不知那巨蟒对"莫邪"剑是否害怕，当下拔出莫邪剑，站在洞口。

萧萧和萧敏轩惊魂未定，萧亚轩道："我原以为这些蛇都走了，原来是因为这只大蛇来了。"

萧萧却低头不语，刚才还想能再被困在洞中，现在果然被困在洞中了，她不由生出一番感慨。

那巨蟒很快就游到洞口，这巨蟒大约有十几米长，全身长满了鳞片，两只大牙伸出嘴外，张着嘴，吐着红色的信子，要多恐怖有多恐怖。

那巨蟒似乎对莫邪剑也十分害怕，它游到洞口，也不敢向前，只在洞前徘徊，一副不甘心的样子，就像是猎人面对着猎物，却不能捉一般。

那巨蟒在洞口外游动了一会儿，终于又向洞口处游过来。

邱冷情一看，知道得拼死一搏了，拿起莫邪剑，跳出洞外，对着巨蟒。

巨蟒似乎没料以邱冷情会在洞外与它一搏，在邱冷情身前停止了游动，却发起了进攻。

巨蟒一头向邱冷情冲过来，两颗在嘴外的大牙滋滋作响，嘴中的毒汁到处飞溅。

邱冷情见巨蟒来势凶猛，忙退向一边，将身子向左跃开三步，刚好避开巨蟒的第一击，顺势将手中的剑对着巨蟒的身子一挥，巨蟒身上立即落下了一大片的鳞片。

巨蟒受到了剑伤，全身一痛，扭动得更剧烈，发疯似的向邱冷情攻来。

那巨蟒的头一摆一摆，如一支巨大的树枝横扫，呼呼的风声带着阵阵的腥气，气势非同一般。

邱冷情忙举剑向那巨蟒的双眼刺去，巨蟒似乎也知道莫邪剑的厉害，忙换个方向，避开邱冷情刺来的剑，又向他张口咬来。

邱冷情看这巨蟒对莫邪剑似乎有些畏惧，就大胆地挥剑向巨蟒刺过来。

巨蟒大头一摆，又避开了邱冷情刺过来的剑，一个巨大的尾巴一卷，以迅雷不及掩耳之势扫向邱冷情的腰部，那巨蟒虽然个头巨大，行动却是不慢，这一扫之势不异于一个江湖一流高手全力出的一招。

邱冷情见来势汹涌，生怕自己挡不住，一跃，若在平时，他这一跃足以避开巨蟒的一击，可在情急之中，他忘了自己全身功力已失，一跃不过二尺，呼的一声，巨蟒的尾巴扫中了他的双腿，他立即被扫出了三四丈远，巨大的疼痛令他不由闷过了一口气。

一会儿，他又摇摇晃晃地站了起来，巨蟒一见，击中了邱冷情，立即又掉转身体，用尾巴向邱冷情扫来，邱冷情哪里敌得，不一会，已被扫中了十八下，每扫中一下，都摔得他头重脚轻，这几下摔，直摔得他辨不出东西南北了，他还是咬牙挣扎着站了起来。

萧亚轩和萧萧虽然是怀有武功，可女孩的天性如此，见到蛇已两脚发软，更何况是如此的大蟒，早已吓得不知所措，只傻傻在洞内站着，看着邱冷情不敌，却又无可奈可，只急得双脚直跳。

邱冷情知道巨蟒如此攻下去，自己非得摔死，忙大声道："轩妹，用石头打它的眼睛，用石头打它的眼睛！"话没完，巨蟒又转身向邱冷情扫来。

邱冷情在地上跳来跳去，让巨蟒的头部对向洞内，以便让萧亚轩能发石击巨蟒的眼睛。

早已吓呆的萧亚轩一听邱冷情喊叫，忙抓起一把石头，对着巨蟒的眼睛疾射而出，只可惜，巨蟒的行动太快，一个都没打中。

萧萧此时不知是种什么样的心情，她也抓起了一把石头，却迟迟没有发出，她甚至希望巨蟒能把邱冷情咬死，看着萧亚轩一副着急的样子，又希望邱冷情能够安然无恙。

回想昨夜的温柔，她的心不由一阵颤栗，这是第一个如此亲近她的男人，她必须亲手杀了他，可是却似乎又怀着那种难以忘怀的温存，心中又爱又恨的矛盾在困挠着她，爱与恨交缠在她的脑海之中，她只觉心中一片空白，不知如何是好。

萧亚轩还在紧张地关怀着邱冷情，双手不停地用石头打巨蟒的双眼，边扔边大叫："二姐，别发呆了，快帮帮邱大哥吧，他快不支了。"

萧萧心底有一个声音在道："萧萧，你怎么了？难道你忘了你的身份？难道你忘了一统江湖的大业？这个人不能留，杀了他，杀了他，杀了他！"

萧萧心一横，在心中默道："小妹，姐姐让你伤心了。"双手一弹，两枚石头带着破空的呼啸向洞外飞去，这石子不是飞向巨蟒，而是飞向邱冷情，一枚击他左肩的穴位，另一枚向他的右肩天泉穴，若此二穴被制，邱冷情立即全身麻木，不被巨蟒咬死才怪。

萧亚轩在全神贯注地盯着巨蟒，用手中的石头，向巨蟒的眼扔去，丝毫没有发现萧萧的小动作，萧萧心中一叹，小妹，你真可怜，但我没办法，大姐对不住你，面对多年生活在一起的小妹，虽然她是鬼府中人，虽然她们的立场是对立的，可这份多年培养出的感情却仍在她的心中，挥不去，擦不掉……

两颗石子向箭射一般射向邱冷情，萧萧眼睛一闭，实在不忍看下去，或许是天意如此，邱冷情命不该绝，在这危急的时刻，巨蟒一个转身，又想用尾来扫邱冷情，哪料到，一转身，两只眼睛刚好迎着飞来的石子，"噗"的一声，那两颗石头带着强劲的内劲，击中了巨蟒的双眼，巨蟒的眼睛立时被击碎了。

巨蟒顿觉双眼一痛，什么都看不见了，嘶叫一声，身子向前一冲，一个扭头，就窜向萧亚轩和萧萧藏身的石洞。

"轰！"的一声巨响，巨蟒的头夹在了石洞处，那洞口比巨蟒的头还小了一些，巨蟒双眼全瞎，什么都看不见，身体受痛，已使他疯狂地向前窜，头又被夹在洞中，不由全身扭动不已，吐着信子，向洞里吐着毒液。

萧亚轩和萧萧哪经历过这种场面，吓得面如死灰，飞身逃往洞的后面，躲开巨蟒喷出的毒液，尖叫不已。

邱冷情一见，巨蟒发了狂，以为是萧亚轩她俩发出石子击中了巨蟒的眼睛，连忙上前一提剑，在巨蟒身上一阵乱砍，巨蟒身上的鳞片立即又落下了一大片。

巨蟒正全力向前冲，哪防身上受敌，疼痛不过，回头一扫，一卷，邱冷情只顾砍巨蟒，哪提防巨蟒回头攻击，想避已经来不及了，立即被巨蟒卷在其中。

巨蟒眼睛看不见，感觉卷住了人，立即用劲地收缩，那股力不下于千斤，邱冷情的胸腔被压住，只感到全身发软，胸口似乎被压碎，一颗心几乎要跳出来，呼吸也觉得困难，渐渐双眼发黑，头脑发昏，但一股求生的欲望仍在支持着他，他努力地抬起手臂，将手中的莫邪剑一阵乱刺，乱砍。

巨蟒身上的鳞片又落下了一大片，身上一痛，卷着的身子不由松了一松，邱冷情感到压力一松，喘了口气，眼睛能看到事物了，他努力地向外挣扎了一下，还是不能挣脱出来。

巨蟒又开始收缩了，一阵阵的压力又向邱冷情身上卷来，这时邱冷情已顾不上许多了，对着巨蟒鳞片脱落的地方一阵猛刺，那莫邪剑本是上古神刃，巨蟒身上的鳞片经过多年的磨炼，尚可一挡，没鳞片的地方已露出了骨肉。

巨蟒身上受痛，不由又嘶鸣了一声，更加用力的卷身体，邱冷情只感胸口如压了一块大石般，已经压得他喘不过气来，眼前到处金星乱飞，早已看不清事物了，他张开口，大口地喘气，以缓解一下身体的难受。

突然，他感到一个如鸡蛋大的滑溜溜的东西飞入了他的口中，立即被他吞了下去，接着又感到压力更加大，头脑轰的一声，便什么都不知道了……

也不知过了多久，他迷迷糊糊听见萧亚轩在身边大哭不已，"邱大哥，你不能死……邱大哥，如果你……死了，我也……不愿活了。"

邱冷情慢慢地恢复了一点知觉，他动了动手指，吃力地道："轩妹，我……我这是怎么了？"

萧亚轩一听邱冷情说话了，立即转忧为喜，用双手不停地擦着眼睛，惊喜地道："邱大哥，你还没死，吓死我了。"

萧萧听到邱冷情说出话来，心中不由一颤，天意，天意如此，巨蟒被邱冷情刺死了，她和萧亚轩从巨蟒紧缠的尸体里将邱冷情抱回山洞，邱冷情全身冰凉，心跳已停止了，她心中当时有一种说不出的感觉，这个英俊的男孩终于死了，她终于完成了该做的事，小妹，她实在是下不了手，当初对二妹萧敏轩她就感到全身发颤，她亲自下令将二妹萧敏轩变成一个白痴，那多年的情感如同潮水一般，打击着她的心。

她不知道她是不是善良的，自小在鬼府之中，她所知道的是杀人，统一江湖，除此之外，她什么都不知道，最后到了姐妹岛，她才知道世上还有一种东西叫爱，那时她就开始慢慢地在发生了一些变化，与萧敏轩和萧亚轩的感情也在迅速地成长，她近乎麻木的心，也恢复了灵气。

最后她还是回到了鬼府，再一次被那种杀人的邪气所感染，她又一次疯狂了，她以白无常的身份出现在江湖，杀人，杀人，最后她带领人马消灭了那个令她心灵复苏的姐妹岛，那时她仍没有一丝的颤抖。

可是当她面对与她一起长大的妹妹时，她的心再一次复苏了，她真的下不了手，直到她强忍着心中的内疚，化装成萧敏轩，来到了邱冷情的身边，这时她渐渐苏醒的心已开始想别的事了，而不是杀人。

但她仍被鬼府的命令所制约，她很想杀了邱冷情，然后退出这个是非之地，但她又与邱冷情一起被困在这个该死的山洞之中，又被邱冷情误认为萧敏轩，温存一夜，她不由摸了摸自己的嘴唇，她已经开始有点动摇了，她还是努力地克制住了自己，出手杀邱冷情，她如愿了，巨蟒死了，邱冷情也死了，她原想就此离去，但又不忍扔下伤心的小妹，她只想留下来，陪小妹一会儿，等小妹的伤痛的心平静下以后，就离开，她想永远离开，永远离开这个是非之地。

现在她又听到了这个声音，这个令她心醉的声音，她不知自己现在该做什么了，她知道他还没死，又活了过来，现在她该走了吗？不！不走！她还要留下来继续完成她的任务，或者说是和他继续在一起。

邱冷情吃力地道："敏儿，你在吗？"

萧萧心中一惊，是不是应该过去呢？她决定还是继续装下去，她答应了一声："邱大哥，我很好！"言语中不知不觉露出了一丝关怀，说完后，她走到邱冷情的身边坐下。

邱冷情气喘吁吁，微弱地道："敏儿，我对不起你，我……"到此，他已说不出一个字了，他知道他的命不长了，在这个时候，他是真的感到对不起萧敏轩，是以在说出这个字后，就再也说不出话了。

萧萧心中不禁一动，似乎觉得她仿佛就是萧敏轩，她正在感受这生离死别，她怪怪地道："邱大哥，如果来世有缘，我一定还会爱你。"这句话不知是她自己的心里话，还是别的什么感觉。

邱冷情心中一痛，看来自己真的要负萧敏轩一辈子的情了，他伸出手抚摸着萧萧的脸，轻轻地道："敏儿，你是个好女孩，我死后，你……你……你……"

邱冷情再也说不下去了，他觉得五脏六腑猛然一痛，全身的经脉似乎都在跳动，身上发出一阵阵的火焰，烧得人难过，那火仿佛是地狱之火，直烧到人的骨子里去，让人痛不欲生。

邱冷情浑身大汗淋漓，在地上直打滚，似乎有千万只虫子在全身上到处咬，每咬一下，都火辣辣地痛，想用手去拍，四肢却不听使唤，动也不能动一下。

他大叫道："热死我了，我好难受，我好难受……"

慢慢，他觉得身上的热退了，取而代之的是一种冰凉的感觉，从脚底到心的冰凉，一阵一阵袭来，最后全身上的热全部都退走了，浑身像是在寒冰中一般，他觉得血液似乎凝固了，心也停止了跳动，只剩下无边无际的黑暗，无边无际的冷。

他所有的感觉已全部消失，手不能动，耳不能听，眼不能看，鼻也不能闻，嘴也说不出一个字，只是感到冷，无限的冷，永无休止的冷。

他想说话，可是嘴里的舌头却一动不能动，只是颤抖着，却不能发出一个声音，他头脑里的意识逐渐迷糊，全身不住地打寒颤，最后头一歪，又昏死过去了。

萧亚轩急得大哭不已，只是不停地在邱冷情的身边喊着他的名字，却也是一丝办法都没有，她的心都碎了，在她情不自禁爱上邱冷情之时，她自己就知道，这一生是跟定他了，哪怕他去死，自己也要永远陪伴在他的身边，现在心中的情哥哥真的快要死了，真的要与她永别了，她只感到心在破碎，听着心灵破碎的声音，她感觉人完全麻木，眼里已没有了泪，只有一种深深的伤痛，为什么苍天如此对我？我心爱的人死在我的怀里，我眼睁睁地看着他一步一步走向死亡，却一点办法都没有，为什么，苍天如此对我……

萧萧不知是喜是悲，如果说邱冷情一死，她从此可以解脱的话，那她觉得有一丝欢喜，如果说她现在已不知不觉也有一点喜欢邱冷情，甚至是爱上他，那她对于他的死却又感到悲哀，现在不管邱冷情怎么样，她的心已有了动摇，对于邱冷情，她可能是再也不忍心动手杀他了，本来在邱冷情昏迷的时候，她完全有机会，有千百次机会，只要手轻轻一动，用毒针刺邱冷情一下，他就必死无疑，虽然她以为邱冷情已经死了，她一定会毫不犹豫地补上一针，可是这一次她却退缩了，心软了，在邱冷情的身边，手中的毒针拿出了几十次，最终她又放回了原处。

她就这样呆呆地望着邱冷情，那苍白的脸在她的眼中已是一个永不能磨灭的印象，她不清楚，这是不是爱，如果在这世上有一种爱是和恨交织在一起，是与仇为伴的，那此时心中就是这种爱了。

　　邱冷情的情况极不稳，时冷时热，时而清醒，时而迷糊，一直都处在一种生与死的边缘，仿佛一不小心就会死去，萧亚轩只是默默地在他身边，不敢有什么动静，生怕一动之下，就会断送了邱冷情的性命。

　　一天，二天，三天……

　　整整七天过去了，终于在第八天，邱冷情慢慢恢复了正常的呼吸，萧亚轩守在一旁，喜得连眼泪都来不及擦，大叫道："二姐，邱大哥不会死，邱大哥不会死。"在她的耳边听来，这呼吸声是多么有力，多么有生气，每一个动作，都是生命的象征。

　　邱冷情缓缓地睁开了眼睛，道："轩妹，我没死！"

　　萧亚轩点了一下他的额头道："不许你胡说，这几天怕死我了。"

　　邱冷情道："我怎么了？"

　　萧亚轩道："你还说，昏迷了七天七夜，迷迷糊糊的，都快把我们吓死了。"

　　邱冷情吃惊地道："什么？七天七夜！"他似乎不敢相信，开始，他原以为是必死无疑，现在却又活了过来，他又升出一线希望，去找绝谷奇医，医好病，再去少林救柳芸。

　　邱冷情道："我们走吧，去找伍通天！"说完，站了起来，这一动之下，他却吃惊不已。

　　原来，他一站起来，手脚才一动，立即觉得体内真气涌动，绵绵不绝，似乎比受伤前更加强些。

　　他猛地坐下身去，在地上打坐起来。

　　萧亚轩以为他又犯病了，惊道："邱大哥，怎么了？"这言语中阵阵的关切溢于言表。

　　邱冷情一笑，道："轩妹，我没事，我发觉我的武功恢复了！"说完闭上眼睛，推动真气，依奇经八脉，运行起来。

　　萧亚轩惊喜地对萧萧道："二姐，邱大哥恢复武功了，我们可以出去，二姐，好高兴哟！"萧亚轩对邱冷情的关切总是那么直接，那么大胆，那么真，那么纯，应该说，这是一份人世间最美丽的情感吧。

萧萧心中不知是什么样的滋味，面对邱冷情，她麻木的心灵开始复苏，真的下不了毒手去杀他，怎么办？我要杀了他，我要杀了他！她在心中狂喊，手上扣住一枚毒针，向正在运功的邱冷情对着。

可是不知是什么原因，她一直都下不了手，手在颤抖，心也在颤抖。

萧亚轩发觉萧萧的脸色不对，问道："二姐，你是怎么了？"

萧萧心神一惊，忙道："没什么！"收起手上的毒针，接着道："这几天，我太疲惫了。"

萧亚轩只道她真的为情所困，又加上这几天的劳累所致，也没细想，只是道："二姐，你是不是很爱邱大哥？"

萧萧收起的毒针是再也无力出手了，她听着萧亚轩的问题，竟鬼使神差地将自己当作了萧敏轩，她点了点头，道："我爱他，我非常爱他，但我又不能去爱他！"

萧亚轩道："为什么？因为我吗？"她以为二姐不愿意与她争夺，为了照顾她才忍痛割爱。

萧萧道："我也不知道为什么，我总觉得，我不能爱他。"

萧亚轩真诚地道："二姐，你真傻，如果我爱一个人，我就会毫不犹豫地去爱。"

萧萧道："可是……"

话还没落，萧亚轩已道："没有什么可是，你不必在乎我的感觉，二姐，我俩情同手足，我不会介意的，我愿意与你分享这一份爱！"

面对如此真切的话，萧萧自己都有些感动，她心道："小妹，如果我真是敏儿的话，我一定会接受的。"

萧萧此时倒希望她就是萧敏轩，那该有多好，如果她不是什么鬼府令主，不去干什么一统江湖的大业，与萧亚轩一起，和心爱的人远走高飞，从此无忧无虑，过着神仙般的生活，那种日子该是多么令人神往，只可惜她不是，她是鬼府中人，面对小妹的真情，她无限感慨，她幽幽地道："小妹，有些事你还不懂，好了，我们去看看邱大哥。"

萧亚轩很温顺地点了一下头，便走过去坐在邱冷情的身边了。

萧萧刚才一句，真是有感而发，小妹的真情，不仅是对邱冷情的一番情谊，更有对姐妹萧敏轩的一番情谊，足以将她冰冷的心融化，她不敢想象，如果有一天，小妹萧亚轩知道了一切后会怎么样，她在心中道：如果真有那一天，小妹，我愿意被你一剑刺死。

邱冷情运行了一大周天，发现只有几处伤处，经脉不能畅通，运气一冲即过去了，他迅速进入了忘我的境界，任真气在体内各处游动，不一会，身上也滋滋冒出了白气，脸色也越来越红润。

那冒出的白气越来越多，渐渐在他的身边聚成一团，越来越浓，像是一团大雾似的，然后，已完全看不见邱冷情的人了。

又过了一会儿，那些白气又都被邱冷情从鼻孔吸入体内，慢慢地又恢复了常态，终于，邱冷情睁开双眼，道："我们快下山吧，我的功力都恢复了！"

萧亚轩也大叫道："好，我们快离开这个死地方，如果再有蛇来，我们死定了。"

邱冷情拾起莫邪剑，走出洞外，向山下走去，萧亚轩立即欢天喜地地跟在他的身后。

萧萧心道：看他的武功，似乎已通了任督二脉，内力已达到了三花聚顶的境界，要除他，只怕是不容易了，看来鬼府日后又将多一个强大的敌人，不行，在这一路上，我一定要将他除去，鬼府的命令依然还在她的脑海中，主意一打定，她也快步跟了上去。

邱冷情为何武功突然恢复呢？在他与巨蟒打斗之时，他被巨蟒缠住身子，糊里糊涂之中，刺破了巨蟒的身子，刚巧那里是七寸之处，巨蟒浑身发痛，用劲缠，在七寸之处的内丹被逼了出来，让邱冷情给吞下去了。

巨蟒本已修行了千年，那内丹已是至灵之物，但巨蟒以毒为生，内丹之上却也是巨毒，若一般人，只需闻一闻，即中毒身亡。

那内丹若调以解毒奇药合服下去，则可解其毒性，增长人的内功修为，这巨蟒的修行已达千年，这一颗内丹的功效，大概不异于武林中人苦苦修行一百年。

邱冷情本已喝下至毒的蝙蝠血，又喝下了解毒的奇药"天琼浆"，体内早已含有奇毒之气和解毒之气，又遇这巨蟒的内丹，内丹在他身体内发挥毒性，与他身体内的毒和药相互抵抗，是以邱冷情的身子时冷时热，正是体内各种药物不停争斗的原因。

也算是邱冷情命大，经历了七天七夜，终于化去了巨蟒内丹的毒气，那内丹散发的功效便全部转化成有用的一面，是以一下子邱冷情不仅恢复了功力，而且功力还较以前提高许多。

现他服下了巨蟒的内丹，转化为自身的功力，加上以前喝的蝙蝠血、天琼浆，现在已是百毒不侵，一般的毒虫、毒物也不敢近他身，何况又有莫邪剑在身上，只不过，这一切他自己不知道而已。

就在他们准备出山谷之时，忽然，山顶上飞快地掠下一个人影，那人影眨眼已到了谷底，只听那人大叫道："宝贝，我的宝贝！"

邱冷情一行这才看清来人，那人的长相可谓是奇丑无比，一双眼睛老大老大，却又白多黑少，似是死鱼眼一般，鼻子不仅大，还歪向一边，嘴也是生得不正，一双耳却生得极小，好像根本没长出来似的，脸也是一边奇大，另一边奇小，这样的一张脸，让人一看就忍不住想笑，像是遇到了极度可笑的事一般。

不过，这人虽然长相奇丑，身材却很高大，至少比一般人高出半个头，他身上的衣着很华丽，锦衣玉带，手上带着一颗巨大的宝石。

那人一边抱着那死去的巨蟒，一边大哭，道："宝贝，你怎么被人杀死了？我早告诉你，不要出来吗，我告诉你不要轻易出洞，你怎么不听呢！"那人似乎对巨蟒有深厚的感情，对巨蟒的死痛心疾首一般。

邱冷情心中有点过意不去，难道这巨蟒是他养的不成？上前道："前辈……"

那人猛听有人声，忽地转过身来，似乎刚才还没发现邱冷情一般，他转身对着邱冷情，十分恼怒地道："前辈，我很老吗？"

邱冷情这才看清了那人的相貌，大概四十岁左右，他不见方可，一看之下就忍不住大笑不已，"前辈……前辈……我……我……"话已是乱无章法，被不住的大笑所取代。

那人似乎是特别生气，哇哇大叫道："你小子也和别人一样，看到我伍通天就会不住地大笑，有什么好笑？我要杀了你！"

说完，五指一张，向邱冷情拍来，那爪风凌厉非常，而且十分怪异，在空中不是直进的，而是有点左右弯曲，张成一张大网，指风相互碰撞，每撞一下，便相互增强一分，在空中呼呼作响，向邱冷情抓过来。

邱冷情心中一惊，暗道：原来他就是绝谷奇医伍通天，江湖传言，没人能躲过他的三击，看来不容忽视。

他一见伍通天一抓而来，又感到空中那怪异的力道，脑中一闪，竟然没有任何招式可以破解伍通天的一爪，他飘身向后一退，心念一动，身已动，以他现在的功力，这一退不异于疾速飞射。

可是他才一退，只听伍通天冷笑一声，身形一动，那爪影更快地抓向了邱冷情，而且比刚才更快，更强，更怪异。

邱冷情心中一惊，不由在空中连换十八种身法，但他每换一种，都发现，伍通天的爪网已牵上了他，心中大惊不已，忙使出"飞尘飘雪步"，冲天一跃，手中的莫邪剑在身前抡成一片剑影，护住身前。

他现在的功力之下，长剑一挥，剑气突飞出几丈远，剑光在胸前动，如同一张密不透风的大网一般，丝毫不能攻进去一招半式。

伍通天的指风形成的网立即被邱冷情手中莫邪剑发出的剑气扫得无影无踪，他亦不敢以手指去碰邱冷情手中的长剑，他看到邱冷情手中的宝剑闪着光芒，料定是一柄上古神兵，锋利异常，就算是再强硬的手指，也不敢碰，便收回攻势，翻身一退，道："咦，小子你还有点门道。"

绝谷奇医伍通天的鼻子一嗅一嗅的，不一会，他已走到了邱冷情的身边，鼻子又一嗅一嗅的，已闻到了邱冷情抽出的莫邪剑身上，他绕着邱冷情走了一圈，忽然大叫道："是你杀死了小白，是你杀死了小白！"

邱冷情莫名其妙地道："我没见过小白，我不认识这个人。"

绝谷奇医伍通天大吼一声，指着那条已死的巨蟒大叫道："你杀死了小白，你杀死了我的小白。"

邱冷情这才明白，原来那条巨蟒叫小白，他道："伍前辈，我不是有意要杀死它，当时我完全是逼不得已。"

绝谷奇医伍通天似乎是想到了什么，急忙飞身到巨蟒身边一看，大叫道："你说你不是有意的，你不仅杀死了小白，还挖去了他的内丹，快交出小白的内心丹，不然你就别想着活着出这个绝谷！"

邱冷情道："我没有拿什么内丹，我也不知道它有什么用，是什么样的，拿它干吗！"

绝谷奇医伍通天道："灵蛇内丹本是剧毒之物，但配合解毒奇药一起吃下去，即可增长百年功力，我好不容易才找到小白，养了他近三十年，我就想等我一有了一身空前的武功，江湖上有谁还敢耻笑我伍通天。"

绝谷奇医伍通天原本只是江湖上一无名小辈，后投身绿林，屡获奇遇，跻身于江湖一流高手之内，只可惜相貌奇丑，被人耻笑，最后他性情大变，疯狂杀人，杀尽一切对他笑的人。

终于被江湖人士所不满，到处追杀他，无奈之下，伍通天离开中原，躲在苗疆，立志学医，治好自己的病，皇天不负有心人，最后他遇苗疆一代医圣，将毕生所学全部传给了他，他又回到了中原。

他知晓，自己的病是根本治不好的，他在中原寻到了此绝谷，潜心研治各种灵药，增加自己的功力，他想等到他功力超群，武功盖世，举世无又之时，还有谁敢耻笑他长相丑陋。

在这绝谷之中住了几年，他发现这山谷中还有一条巨蟒，他马上翻开医经，知道巨蟒的内丹可以增加人的内功修为，只可惜那时巨蟒内丹尚未成形。

伍通天为达到自己的愿望，便与巨蟒一起，相处多年，伺养它，驯服它，只等它内丹成形，即取出服用，哪知被邱冷情捷足先登了。

伍通天道："小子，你吃了我的内丹，我要喝你的血。"

邱冷情猛然一悟，莫非在我迷迷糊糊之时吞下的那鸡蛋大，软绵绵的东西，就是他说的所谓的内丹？难怪我的功力恢复了，原来是这内丹的功用，但我并没有吃什么解毒奇药呀。

他不知道，以前喝过的天琼浆，那千古灵药的解药性早已留在他的体内了。

邱冷情道："伍前辈，我实在不是有意要吃的，当时情况紧急，不容我多想……"

"绝谷奇医"伍通天很愤怒地打断邱冷情所说的话，大叫道："小子，我可不管这么多，你吃了内丹，我就要喝你的血。"

萧亚轩在一旁听着，忍不住道："前辈，你怎么这么不讲理，那巨蟒要吃我们，难道我们让它吃了不成！"

"绝谷奇医"伍通天扭头一看萧亚轩，道："不错，就算是你们都给小白吃了，你们也不能杀了小白！"

萧萧不知何时已和萧亚轩站在一起了，怒道："丑鬼，难怪你长得如此难看，心如此狠毒。"

"绝谷奇医"伍通天最恨别人揭他的伤疤，说他样子长得丑，一闻此言，怒道："大胆鼠辈，我要你为此话付出代价。"说完，一爪向萧萧抓来。

邱冷情惊叫一声，他不知萧萧化装成萧敏轩，他只知以萧敏轩的武功，绝对接不下这一招，当即也顾不上许多，大喝一声，抽出长剑，如惊虹一般，向绝谷奇医伍通天背后削来。

邱冷情此时武功又比开始时增加了一大截，长剑一出，长达几丈的剑气如匹练一般，向"绝谷奇医"伍通天后颈砍来。

"绝谷奇医"伍通天一听背后的剑气呼呼夺人，心知不妙，若他继续攻击萧萧，萧萧是躲不开他一抓，但他也无法保证在一爪之后能否全身而退。

他心中暗骂道：这小子的武功很好吗！在空中一个转身，人如飞鸿一般掠起，已躲过了邱冷情的一击。

邱冷情见已解了萧萧的围，当即飘身退出，一边对萧萧和萧亚轩道："你们退到一边去，我自己的事，我自己来解决。"

"绝谷奇医"伍通天哈哈一笑道："好，有男子汉的气概，有江湖大侠的风范，那我今天就成全你。"说完，又是一爪，向邱冷情抓到。

这一爪比刚才那一爪更为奇怪，不仅指风回旋游荡，而且爪影也是飘忽不定，如同有无数的萤火在空中飞舞，亮光闪烁不定，令人无法捉摸。

就在邱冷情一愣神之间，"呼"的一声，"绝谷奇医"的五指已抓到了他的肩头，他连忙飞身一退，不过慢了一步，五道奇强的真气立即从肩膀涌进，在体内一阵冲撞，一阵大力将他拍飞出五丈远，重重地跌在地上。

邱冷情立即飞身而起，发现除了肩膀处的衣服被抓破之外，似乎一点事都没有，五道进入体内的真气，不知怎么回事，已被他吸收得无影无踪了。

他不知道，他所喝的蝙蝠血，本就有吸人内劲的作用，只因后用"天琼浆"克制住了毒性，现在又经巨蟒内丹之毒，几乎已全部消耗掉了天琼浆的解毒性，这蝙蝠血的毒性又轻微地表现出来了，只不过不似以前那么猛烈而已。

在蝙蝠血毒性强时，他的身体与别人一碰，立即开始猛吸别人体内的真气，现在却是别人发出的真气打在他身上，立即被他体内所吸收了，等于增加了一份内力。

"绝谷奇医"伍通天见邱冷情中了自己的一记"天罗手"，满以为不死也重伤了，哪知邱冷情依然无恙，不禁咦了一声，道："小子，能耐不小啊！"

"绝谷奇医"伍通天早年在苗疆不仅得到医术的真传，而且还得一异人传授他"恨天三式"，分别有三式，是"天散手""天罗手"和"天绝手"，这三式，每一式里均含有无穷的变化，自他从苗疆回到中原以后，虽然他很少在江湖行走，但前来绝谷的武林人士却不少，从没有人能逃出他的"恨天三式"，虽然如此，伍通天还是不露形色，只等自己功力超群之时才进入江湖。

邱冷情运气一周天，没发现有一点不适，不禁心道：江湖传闻，绝谷奇医伍通天武功非同一般，怎么如此平凡？难道江湖传闻有假？他心中充满了疑惑，道："伍前辈，冤家宜解不宜结，算了吧。"

"绝谷奇医"伍通天见自己的一记"天罗手"居然丝毫没伤到邱冷情，不禁大为吃惊，他又不甘心巨蟒内丹就这样白白被人吃掉，又大喝一声，道："你再接我一招。"

说完身形一飞，在空中一点，已是十几次转身，人影顿分成三个，从上中下三个不同的方位向邱冷情抓来，"恨天三式"中最后一式"天绝手"已经发出。

邱冷情只觉得眼前人影晃动，到处是爪影，根本分不清哪是虚，哪是实，而且那些爪影不显丝毫的劲力，没有一丝风声，根本分不出正确的攻击方位，漫天都是爪影在飘飞，他本能地一提气，正准备避开，"砰"的一声，前胸、小腹、大腿已各自中了一爪，六股巨大之力立即将他撞飞出去，这一次比上次跌得更重，几乎让他的身体摔碎了。

他马上感到几股大力在体内一转，又消失得无影无踪，他实在不明白是怎么一回事，但他知道他必须得进攻了，若再不进攻，他势必被摔死不可。

"绝谷奇医"一见邱冷情摔倒在地，却丝毫不像已受伤的样子，他觉得自己似乎损失了一部分真气，心中吃惊不小，莫非这小子会消耗人的内劲？

内劲的损失和消耗有所不同，若只是消耗内劲，普通练武之人在休息一阵子之后，可恢复，有独特内功心法之人，休息一盏茶的时间，真气在体内运行两个周天的时间，即可以恢复。

但若是内劲损失，那就不是休息一阵子可以恢复，一股气要练一年二年或更长的时间，若是损失体内全部的真气，人往往需要花三十年的工夫才能让其全部复原，若此时已经三四十岁，人生又有几个三四十年？

"绝谷奇医"伍通天此刻就发觉他是损失了一部分内劲，自己方才两招"天罗手"和"天绝手"所发出的真气击在邱冷情身上，便从体内损失掉了，这令他大为心惊，不敢再轻易出招。

第十一章

邱冷情中了两记杀着，此时已起了杀心，心想，今日不杀你，是不能离开此处了，还有芸妹在少林寺等着我去救呢，当下手中长剑一挺，一记杀着已经出手。

瞬间，剑光游动，迷离，剑影摇曳，一片剑影如乌云一般涌来，在刻不容缓的瞬间已包围了绝谷奇医伍通天。

绝谷奇医伍通天若用"天绝三式"中任何一式，都可以轻易避开邱冷情的剑招，反击邱冷情，但他刚才两招"天罗手"和"天绝手"一出，就损失了近一年的内劲，现在他不敢轻易用"恨天三式"了。

绝谷奇医伍通天不敢硬接邱冷情这一记杀手，一个身子猛提，内劲冲天而起，飞出数十丈高。

但他快，邱冷情的反应更快，他才一飞而出之时，邱冷情足尖一点，人随剑起，一片剑光仍牵着他，在层层的剑影之中，无数的剑直指向他全身的要害之处。

绝谷奇医伍通天在空中身形连变了二十种身法，但此招却是武圣花志逸亲传的杀着，又岂是一般的功夫可以化解，可以避开的，若非江湖上奇人异士的奇招、绝招，是很难抵抗的，根本就避不开，躲不掉。

伍通天一见，连用二十种身法都避不开此招，若再变换身法，势必被一剑刺死，这时他也不能顾及太多，在心中叫了一声"罢了！""恨天三式"中的"天散手"已经抖手而出。

只见绝谷奇医伍通天一个身子蓦地上窜出好几丈高，身体从剑光中脱离而出，犹如一道闪电划破长空，向邱冷情卷来。

邱冷情感觉像第一次一样，五道奇异的指风从空中袭到，又迅速织成一张大网，交错着，越变越凌厉，邱冷情无奈，只得飘身后退，但仍然没有避开这一攻势，肩头又中了一爪。

还是像开始两次一样，五道真力一涌入身体，又化于无形之中，而且感到体内的真力似乎增加了一分，他也不明白是怎么一回事，以为是巨蟒内丹在作怪，哪知是自己吸了伍通天的内力，见伍通天的招式虽然奇异，但却不能伤自己，于是心中一喜，连退了几步，卸去那一撞之力后，又挺剑而上，向伍通天击到。

绝谷奇医伍通天心中苦笑，虽然能用"恨天三式"反攻，却不能伤邱冷情一丝一毫，反而自己的内力也白白损失了，现在该怎么办呢，如此下去，不被他吸干内力才怪。

伍通天思量着，如果如此下去，不被吸干内力而死，也要被活活累死，眼珠一转，何不擒个人质？绝谷奇医伍通天大喝一声，"天绝手"应声而到，身体一分，三个人影，却不是向邱冷情攻到，而是向萧萧攻到。

萧萧饶是轻功了得，在"恨天三式"中绝妙的武功面前，也是相形见绌，儿戏一般，她正待用"鬼影神功"躲开，却已中了招，身上几大穴一麻，立即全身不能动弹。

邱冷情长剑才出手，见绝谷奇医伍通天的"天绝手"已出手，心中不禁有些害怕，虽然说伤不到自己，但被打中的滋味还是不好受的，脚下顿了一顿，哪知人影在眼前一闪而过，等他反应过来，萧萧已经被绝谷奇医伍通天扣在手中。

邱冷情大叫道："伍前辈，这一切与她们无关，所有的事都由我一个人承担。"

"绝谷奇医"伍通天用手扣在萧萧的死穴上，狞笑道："好小子，果然舍不得这如花似玉的心上人受伤，哈哈！"伍通天狂笑了一阵，又接着道："扔掉你的剑。"

萧萧此时心中不知是什么滋味，自己是来杀邱冷情的，却又欠了他一份人情，若此次他又救她一次，她该怎么向自己的良心交待？恩将仇报，天底下最无耻的行为，她痛苦地闭上双眼。

邱冷情见萧萧表情似乎很痛苦，以为是伍通天对她施重手法，忙扔下莫邪剑，道："伍前辈，这些事由我一个人承担，你先放了她。"

"绝谷奇医"伍通天道："放了他，可以，只要你自己点上身上的期门穴，我立即放了她。"

萧亚轩和萧萧听着不禁一呆，这期门穴乃是全身七大穴之一，只要一点，立即全身武功受制，不能使出半点内劲，而且不能运气冲穴，只要一运气，立即全身血管爆裂而死。

邱冷情毫不犹豫地道："好，我答应你，我相信你是一个江湖豪杰，不会出尔反尔，不是一个言而无信的小人。"说完，伸手在欺门穴上一点，道："任前辈，可以放人了！"

绝谷奇医伍通天盯着邱冷情看了半天，缓缓道："果然是条好汉，为了心爱的人，可以做出任何事来，好！"说完，伸手在萧萧身上一拍，解开了萧萧被制的穴道，又道："我敬你是条好汉，就给你一个痛快，让你死得瞑目，明年的这个时候，我还会给你烧纸钱的，哈哈哈！"伍通天的神情甚是得意。

萧亚轩尖叫一声："不！"就要出招。

邱冷情知道萧亚轩绝不是伍通天的对手，见状大喝道："轩儿，别动。"

伍通天转过头看了一眼萧亚轩和萧萧，道："这才是明智之举，你们若是想有所不轨的话，那你们三个将死得很惨，我会好好地折磨你们，让你们求生不得，求死不能。"说完又是狂笑一声，听得人浑身直起鸡皮疙瘩。

邱冷情道："轩儿，你们不是他的对手，快走吧，伍前辈是一个言出必行的大英雄，他说过放你们，你们快走吧，只要你们心里还有邱大哥就可以了。"言语间似是有无限伤感。

萧亚轩道："不，邱大哥，我要陪着你，不管你怎么样，我都要陪着你！"

萧萧心中不禁也一酸，她心中有种说不出的感觉，她也鼻子酸酸地道："邱大哥，是我不好，是我害了你。"

邱冷情凄然地笑道："敏儿，别傻了，我的死都是天定的，这一切是我自己选择的，你不必内疚，在我死之前，我要告诉你一件事。"

萧萧哽咽地道："什么事？"

邱冷情道："我真的爱你！"

此言一出，萧萧已是泣不成声，她有股冲动，真想告诉邱冷情一切事情的真相，可是她不能，她不能这么做，如果此时她说出事情的真相，她可能会失去很多美好的东西，她宁愿欺骗一下邱冷情，让他带着这份美好而去，也让自己能留住一份纯真的回忆。

绝谷奇医伍通天已是不耐烦了，道："你们这么缠缠绵绵，说完了没了？我可是要喝你的血，我都等不及了，不过我也不忍坏你们的好事，有话快说！"

邱冷情道："伍前辈，没有什么话了，你尽可以动手杀我，喝我的血，希望你能遵守你的诺言，放过他们两个。"

绝谷奇医伍通天道："我伍通天再怎么说，也是一代豪杰，不会言而无信的，好了，你安心地去吧！"说完，双掌一提，运足十二成的功力，当胸向邱冷情拍去，他说过让邱冷情死得痛快。

"砰！"的一声巨响，邱冷情的身子如断线的风筝一般，飞出几十丈远，又"砰"的一声落在地上，动也不动一下。

萧亚轩"哇"的一声哭了，萧萧不知怎么，眼泪也跟着流了下来，她冰冻的心似乎融化了。

绝谷奇医伍通天哈哈一笑，自言自语道："虽说内丹被你吃了，可最终还是回到了老夫的身上。"说完，抽出一柄小刀，向邱冷情倒地的地方走去。

邱冷情只觉得胸口被一股大力一撞，一颗心几乎要吐出来，接着又重重地摔在地上，直摔得他鼻青脸肿，不省人事，但奇怪的是，他却还没死，而且被制住的穴道也解开了。

原来，他期门穴被封住，全身功力被锁住，但血液仍是流通的，血液中蝙蝠血的功效仍在，而且在全身功力被封的情况下，蝙蝠血的毒性更重，绝谷奇医伍通天用全身力气的一掌，不仅没打死他，反而被他将内劲吸入，这一掌如此强大，内力一经吸入，即在全身奇经八脉流动不止，解开他被封住的穴道，而且，这一掌发出的内劲已全部被他吸收，化为自己的内劲了，他也不知是为什么，弄不清是怎么一回事，他索性躺在地上一动不动。

绝谷奇医伍通天一步一步向邱冷情走去，他丝毫没觉察到什么异样，他对自己的一掌十分有信心，那一掌，就连一只象也可以震死，若是劈在大石上，足以令大石化成粉末，像这样的一掌，打在一个全身功力受制的人身上，不死才怪，他大步向邱冷情走去，下一步就是剖开邱冷情的尸体，喝他的血了，等到武功盖世之时，普天之定，唯我独尊，哈，哈哈，他仿佛已看到了万人臣服于他脚下的情形。

邱冷情听到伍通天的脚步声越来越近，终于在他的身边停了下来，这时，他忽然一动，双掌带着十足的内劲呼啸而出。

绝谷奇医伍通天只道邱冷情已死，哪防着有此一变，等他发觉，已经来不及，两股巨大的掌风已击在他身上。

邱冷情这两掌的力量不下千万钧，他内力修为本已通玄，又加上服下巨蟒内丹，又吸收了伍通天不少的功力，这一掌之势恐怕天下已无人能接住了，这一掌结结实实地拍在绝谷奇医伍通天的身上，顿时将他的身体拍出百丈高，两股大力在体内一冲，全身经脉已是寸断，等他的身体落下时，早已气绝身亡。

邱冷情也顾不上这么多，翻身而起，拾起莫邪剑，抓住萧萧和萧亚轩的手，大叫道："快走！"脚下"飞尘飘雪步"使出。

萧亚轩和萧萧心中同时一喜，不知邱冷情并没死，被邱冷情拉着，身边呼呼的风声，根本看不清任何事物，不一会儿已出了五毒山。

邱冷情提足狂奔了这么长时间，见已经逃出五毒山，后面并无人追来，才停下脚步。

萧亚轩欢叫一声，已扑入邱冷情的怀里，娇嗔道："你真坏，刚才吓死我了。"

邱冷情道："我也不知道为什么，那一掌击下，我不仅没死，连穴道也自己解开了，我又不是故意骗你。"他绝处逢生，言语中也满是兴奋之色。

萧萧心中又浮上一层淡淡的哀伤，不知是该喜，还是该悲，邱冷情没死，她似乎感到有一种欢喜，可是她知道，如果他没死，那她就得亲手杀他，但是她不能，现在她心中虽有那种杀他的信念，却已经下不了手，现在的她好矛盾，好痛苦。

邱冷情看着萧萧脸色不对，以为也又有什么心事，忙上前关心地问道："敏儿，你是不是不舒服？"言语中关切之情丝毫不加掩饰，他自从在石洞中的那一番温存以后，就决定好好地爱她，好好地疼她，关心她。

萧萧很痛苦地摇摇头道："邱大哥，谢谢你，我没事，我们现在到哪里去呢？"

邱冷情闻此言，不由神情迷惘，道："我们上少林。"

萧亚轩一听，大吃一惊，道："上少林？少林寺的人一直以为你偷了金佛，这次我们去少林，他们不抓你吗？"

邱冷情坚定地道："我们一定要上少林。"

萧萧突然道："是不是去救那千里寻夫的姑娘？"

邱冷情一愣，心道：敏儿怎么说出这种话来，难道她……在思量间，又听到萧亚轩幽幽地道："邱大哥，我们是不介意，但不知那位姑娘是否能和我们相处！"

她不敢提出"共事一夫"这样的字眼，虽然她现在已是疯狂地爱上了邱冷情，但必竟少女的矜持仍在。

萧萧在心中道：邱冷情，你不该使我心动，你不应该使人的心有一丝一丝的动摇，我必须杀你，如果……她在心中暗自决定，一定要杀了邱冷情。

邱冷情的神色十分迷惘，他惘然道："我不知道芸妹怎么样了，我必须去救她。"

萧亚轩用一种很深沉的声音道："芸妹，芸妹，她叫什么名字？"

邱冷情道："她叫柳芸！"

萧亚轩又道："邱大哥，你实话告诉我，你是不是很爱柳姑娘？"

邱冷情道："我也不知道，她是我的救命恩人，她曾经照顾我，为了我而离家出走，现在她被关在少林寺，我怎能忍心不去救她！"

萧亚轩道："邱大哥，我能理解，我们一起上少林吧。"

鬼府大殿之上，萧剑英低着头，动也不敢动一下，只因为鬼府神君在大发脾气。

"萧剑英，姐妹岛是你的地盘，小小的一个岛，你竟然连这点东西都找不到，你干什么去了。"鬼府神君在大殿上怒吼，从其嘴里发出的声音震得人头脑发昏，那声音短而不散，直冲入云霄，可见其内力深厚。

萧剑英唯唯诺诺地道："神君，属下已经尽力寻找，只差没将姐妹岛掘地三尺，可实在是没有找到。"

鬼府神君在一阵大骂之后，稍微静了一些，道："姐妹岛上可有什么秘洞之类的东西？"

萧剑英道："没有！"

鬼府神君又问道："可有什么机关秘室？"

萧剑英道："也没有！"她停了一下，又小心地道："神君，我下令翻遍整个姐妹岛，也没发现神君所说的东西，是不是神君你弄错了。"

鬼府神君一听，大怒道："没用的东西，我怎么会弄错，你们办事不力，就说我弄错了，滚下去，一个月没有找到东西，小心你的颈上人头。"

萧剑英连忙退下，生怕鬼府神君一怒之下，给她一下，那她是受不了。

鬼府神君要找的东西其实就是天宫的禁宫之钥，天宫和鬼府本是几百年前的武林怪杰所创，两派武功均是天下罕见的奇功，但传到今朝，两派均已现出衰落。

原来，当年第一代的领袖在创立了天宫和鬼府之后，均觉得本门武功太过于霸道，歹毒，于是修建了一座禁宫，将本门的各种霸道的武功刻于墙上，但不准门下弟子进入禁宫，后来禁宫逐渐在传让过程中被遗忘，在几百年之后，天宫和鬼府的传人甚至根本就不知道本门有禁宫一事。

鬼府神君在接掌鬼府之后，改建鬼府，在一处山崖边，偶然发现了禁宫，但却没有鬼府禁宫之钥可以进去，最后，他召集天下的能工巧匠，花了十年的功夫，将禁宫之门打开。

他习了鬼府禁宫的绝秘武学之后，野心开始膨胀，他生出了一统江湖的野心，同时，他在鬼府禁宫的记载中知道，天宫也有一座禁宫，而天宫里的武学可以克制鬼府，他心慌了，如果天宫的禁宫被人打开，那他一统江湖的美梦岂不是被粉碎了？

鬼府神君在恐慌中，到处打听天宫的消息，知道天宫宫主早已因病去逝，天宫只剩下一个仆人天宫老人，下落不明，鬼府神君这才放心地发展势力，实现一统江湖的美梦。

后来，鬼府神君在鬼府禁宫中偶然发现了有关天宫禁宫之钥的记载，天宫的禁宫之钥原来是一颗巨大的红色的夜明珠，而他清楚地记得，当年他和天宫宫主一起拜访姐妹岛时，天宫宫主送的见面礼，正是这么一颗红色的夜明珠，鬼府神君立即意识到危机的存在，他怕别人得了天宫的禁宫之钥，好在这时他已夺得了姐妹岛，便下令萧剑英全面搜查姐妹岛，找出禁宫之钥。

鬼府神君在喝退萧剑英后，忽然想到了什么，大叫道："黑无常，来见我。"

黑无常应声而至，道："不知神君召见有何事吩咐？"

鬼府神君道："可有白无常的消息？"

黑无常道："据正义门眼线传来的消息说，白令主仍然与两只漏网鱼在一起，似乎白令主还没得手，现在她们一行正在前往河南少林的途中。"

鬼府神君一愣，道："他们到少林去？干什么？"

黑无常道："据消息说，他们确定是上少林，但目的何在，属下就不表楚了。"

鬼府神君一沉吟，又道："独孤残现在何处？"

黑无常道："独孤残现在也在前往少林的途中，估计再过半个月，江湖就会传出少林四大长老被杀的消息。"

鬼府神君大笑不已，道："好，任何人都不能阻止我一统江湖大业的计划，只等少林四大长老一死，少林寺名存实亡，那时我们就大举进攻武林同盟会，中原武林垂手而得，哈哈哈……"

黑无常道："恭喜神君大计得成，一统江湖，千秋万载。"

鬼府神君心中欢喜不已，道："你下去吧，继续打听白无常的消息。"

黑无常道："是，神君！"话音一落，已经翻身而退。

鬼府神君独立在大殿之上，如一头狮子一般，久久地凝视着无阔的天际，鬼府上空的天狼星更大，更亮了，它的光辉已超出了任何一颗星星，可能这一切都是天意，在冥冥之中已安排好了吧。

　　几天后，三个行色匆匆的人到少林寺的门前，他们就是邱冷情、萧亚轩和萧萧。

　　邱冷情知道少林寺的人认识他，他也不敲门，在门外运足内劲喊道："了悟大师，邱冷情求见。"这一声内劲十足，是以传出一里外，整个少林寺都可以听见，邱冷情此举有两个原因，一是免去许多不必要的麻烦，经过众僧的通传，若有高一辈的师父在做法课，小沙弥又不敢打扰，那岂不是要等上一年半载？其二则让柳芸听见，知道他来了，来救她了。

　　了悟大师还在寺内给众僧人做法课，一起商讨武林前途的问题。

　　天下形势现已分明，所有的帮派都已名存实亡，各派的精英、高手全都莫名其妙地被人杀了，只有正义门一支独秀，在短短的一段时间里，迅速从一个不知名的小门派，发展成为江湖上最大，最具有实力的黑道组织，在名门正派的眼中，现在的正义门简直有一统江湖的倾向。

　　只剩下少林寺和武林同盟没有被消灭，少林向来只独自发展，很少过问江湖是非，虽然在江湖上，没有多少人走动，少林的武功，少林的成就却是不能忽视的。

　　武林同盟会，一直都是江湖上白道的核心组织，三大护法，武功盖世，还有武林盟主恨武生，一身武功更是傲视天下，大有与当年武圣花志逸相媲美之势。

　　武林同盟左扩法恨天无环，右护法恨地无柄，和总护法清风追月早已在江湖上查访到底是谁在暗中实施的这样一个阴谋，岂图灭了中原武林，只可惜仍然无头绪。

　　武林盟主恨武生也派人送信到少林，说那黑组织的下一个目标，可能就是少林，让少林多加防范。

　　了悟大师正和几位师弟在法课上商议此事，突然听到一声大呼："邱冷情求见。"

　　了悟大师双手合十道："该来的终于来了。"

　　柳芸此时正在禅房里看佛经，陡然听到空中传来那熟悉的声音，那是她日思夜梦的声音。

　　她恍然觉得自己是在梦里，她拍拍自己的手，有感觉，不是在做梦，她兴奋得热泪盈眶，"邱大哥，你终于来了，我知道你不会扔下芸妹不管的，邱大哥，你终于来了。"

了悟大师对众僧人道："法课你们继续，我去去就回。"

邱冷情在门外等着，真恨不得飞进去，将柳芸救出来，但他知道少林寺不是一般的地方，不能孟浪。

萧亚轩道："邱大哥，要是少林和尚不出来呢？"

邱冷情道："不会的，了悟大师知道我来了，一定会来见我的。"

话刚落，就听少林寺的大门"吱呀"一声开了，了悟大师出现在门前。

了悟大师宣了一声佛号，道："施主，有缘又相见了，请里面坐。"

邱冷情也不客气，带着萧亚轩和萧萧一起来到了后花园坐下。

邱冷情正待开口，了悟大师道："邱施主，老衲先有话说，有一事，老衲替少林向邱施主赔礼。"

原来，不久前……

千手如来妙空空行遍了江湖各地，除非是他找不到的地方，只要是他能找到的地方，他妙空空全部都去走了一遍，而且收获不小。

或许是该他命绝于此，他突发奇想，凭自己在江湖上从未失手的本领，连少林寺的金佛也在他怀中，天下还有什么地方，他千手如来不敢去的呢？

这时有个小偷在他身边说了一句："别吹牛了，你那点功夫，谁不知道，不就是运气好！"

千手如来妙空空一听急了，道："什么？你小看我的功夫，有种咱们比一比。"妙空空最怕别人瞧不起他的武功。

那小偷道："不用比了，如果我说出一样东西，你能偷到手，我情愿以项上人头相送。"

千手如来妙空空一听不禁哑然失笑道："那你的人头，我是要定了，天下还没有我妙空空偷不到的东西，除了天上的星星月亮。"

那小偷一声冷笑，道："你别得意，我说这东西你偷不到，你就偷不到。"

千手如来妙空空道："你说，快说，到底是什么东西！"

其实那小偷也只是跟妙空空开玩笑，想损一损他而已，哪里知道有什么东西难偷，但嘴上又不肯承认，道："不说也罢，说出来，不吓死你才怪。"

妙空空最容不下别人的激将，他怒道："说，快说，有什么东西我偷不到？"

那人支吾了半天，急中生智，道："有本事你去将武林同盟会的令旗偷来。"

千手如来妙空空一听，笑道："这算是什么，不就是一个令旗吗，你等着，十天之后给你瞧瞧。"

一定赌注之后，千手如来妙空空连夜动身，向武林同盟会赶去，哪知这个小小的赌注却要了他的命，那小偷也只是一时玩笑，在妙空空走后，不知躲到什么地方去了。

妙空空一气之下，跑到了武林同盟会，准备偷一支令旗，他趁夜色的掩护，轻手轻脚地跑到了同盟会盟主恨武生的房顶上，他猜测那令旗应该是放在盟主的房里。

妙空空在房顶上，轻轻拿起一块瓦，从瓦缝中向里一望，他心中一喜，果然不出他所料，令旗就放在恨武生的房里，一共有七面令旗，千手如来妙空空知道这不是一般的地方，如果露出一丝马脚，被抓住，自己的小命就玩完了，他为了保险起见，从怀中掏出独门迷药"十香软骨散"，从房顶撒了下来。

大约过了一刻钟，千手如来妙空空准备下去了，他先扔了一颗小石子下去，试探一下，看恨武生是否真的被迷住了，恨武生的呼吸依然是那么均匀，根本就没有一点动静。

千手如来妙空空心中一喜，翻身就到了房中，他仍然很小心，这里不异于龙谭虎穴，只要有一个人发现了他，他是插翅也难飞，他小心地走到床前，发现恨武生依然睡得很香，他的胆稍稍放大了一点，转身从桌上取过一面令旗，就向房门外走去。

就在他转身的一刹那间，恨武生睁开了眼睛，那双眼中神光闪闪，恨武生用手轻轻拍了一下床沿上的一个木块，只可惜这一切千手如来妙空空没有看到。

千手如来妙空空已经走到房门口了，只要出了这扇门，他就自由了，他就可以用他那举世震惊的轻功离去，而且是安全地离去，他很高兴，很得意，也很忘形，人一旦忘形，就容易失去清醒的头脑，他干了一件蠢事，一件愚蠢透顶的蠢事。

他应该很清楚地想到，武林同盟会——一个白道的权力中心，怎么会如此放松警惕？一代大侠恨武生又岂是泛泛之辈？凭他的什么十香软骨散，能迷昏吗？为什么没有戒备？如果武林同盟会这么好进，令旗随便一个人能偷出去的话，这还叫武林同盟会？岂不是天下大乱了吗？妙空空得意忘形了，没有仔细地去考虑考虑，如果他能仔细地思考一下，把这些奇怪的事前后结合起来想一下，那他大概就不会如此冒失了。

千手如来妙空空只觉得似乎这令旗也太容易到手了，简直让人不敢相信，这武林中最高权力的象征，居然让一个小毛贼大摇大摆地进入，他心中充满了一种征服世界的兴奋，他没有考虑到，越简单，越有鬼，越是容易，越爱出差错，事实就证明了这一点。

就在千手如来妙空空即将踏出门的那一刻，妙空空听到了一个令他一生都不敢忘记的声音，同样是一个他只有梦里才听别人说的声音，他从未失手过，所以从未听过这个声音，不过这次，他却很清楚地听到这个声音，仿佛是从地狱中传来的，令妙空空的身体忍不住颤抖了一下。

声音是从恨武生的嘴里发出来的，其实这句话也很简单，只有八个字——"朋友，来了就要走吗？"在说这句话的同时，恨武生已经站了起来。

千手如来妙空空的第一感觉就是，必须尽快冲出去，不然只怕此生永远没机会出去了，妙空空一听到此声音，第一个反应就是跑，跑出这扇门，他足尖一点，人如急箭一般，向前猛飞而出，可惜，他还是没能冲出那扇门。

他离那扇门才一步之遥，以他傲视武林的轻功，怎么会冲不出去呢？因为外面早就有一个人站在那里，那人叫恨天无环，在妙空空疾射而去之时，他就对着妙空空的身影打出了一掌，所以妙空空的身体又回去了。

千手如来妙空空的下一个感应就是——中计了，他忽然明白，为什么如此安静，为什么如此容易得手，接着的反应就是从窗口逃走，他的身体比上次更快，以他的速度，没有人能追上他的，但如果有人在窗口拦的话，那情况又另当别论了。

事实证明，窗口确实有人拦在那里了，那人叫清风追月，妙空空的身子刚穿出窗户，他立即感到一股比方才更大的劲力压来，接着他又回到了房中。

千手如来妙空空的第三个感觉就是，现在已是四面楚歌，生死攸关了，这种感觉不太好，他的第三个反应就是从屋顶逃走，这是他最后一线希望。

他的身体立即像吃了炮弹一般冲天而起，那速度比刚才任何一次都要快，根本在人还没反应之前，只要这一跃没有再次回到房里来，那他依然可以获得自由。

假如是在别的地方，那他的自由是定了的，但这里是武林同盟会，江湖上一个最高权力象征，所以这里的布置是非常精密的，在屋顶上同样有一个人在等他，那人就是恨地无柄，所以千手如来妙空空还是再一次回到了房中，当然，这意味着他要失去自由，或者说是要失去生命，如果他运气不好的话。

千手如来的第四个感觉，也可以说是最后一个感觉，那就是——现在完了，一切都完了，他的最后一个反应就是——站在那里，一动也不动，不是他不想动，而是他知道，无论怎样动，都没有用，所以干脆不动。

从房顶上飞身而下了恨地无柄，从门外走进了恨天无环，从窗户掠进了清风追月，他们一进来，就齐声问道："盟主没事吧！"根本没将千手如来妙空空放在眼里，因为从刚才一掌中，他们都知道，妙空空的武功太差了，最多只能算一个三流的角色，这么一个三流角色在此，面临着四大高手，根本是飞都飞不出去，所以不用去管他。

恨武生哈哈一笑道："区区一个'十香软骨散'，能耐我何？我没事。"转头又向千手如来妙空空问道："你是什么人？"语音不是很高，却有一股威严的气势，让人听了不自觉地起了寒颤，似乎无法抗拒。

千手如来妙空空道："妙空空是也，江湖朋友称千手如来的正是在下。"

恨武生似乎对江湖上的事知道得很多，道："你就是江湖传言，从没失过手的盗贼吧！"

千手如来妙空空一叹道："今天我不是失手了吗！"

恨武生并未理会千手如来妙空空的自叹，而是问道："你为什么要来偷武林盟主的令旗？"

千手如来妙空空叹了一口气，道："此事说来简直令人不敢相信！"接着，他说出了因打赌而上武林同盟会偷令旗。

这个原因简直是太可笑了，谁也不会相信一个人居然如此傻，宁可冒着生命危险来与别人赌一个并不值得的赌注，当然，恨武生也不相信，所以千手如来妙空空的结局很惨，恨武生纵身一跃，在他来不及眨眼的瞬间已扣住了他的脉门，从妙空空的怀中取出他刚刚偷走的武林同盟会令旗，道："你这个理由拿去骗三岁的小孩还差不多。"

妙空空知道他不该来，但世上并没有后悔药可买，来了就是来了，失手了就是不折不扣的失手，无可挽回，他感觉到他下面的结局可能不怎么舒服，接着，他就感到身上的皮肉似乎有千百条虫在咬，身上的骨头，每一寸都在动，肌肉扭曲着，扯得人痛不欲生，想喊叫，可是脸上的肉同样扭曲了，舌头也麻木，根本发不出一个音来，眼泪、鼻涕、口水一齐流了下来，武林同盟会不是慈善组织，对待像他这样的入侵者是毫不手软的，这就是江湖上令人闻风丧胆的酷刑"分筋错骨大法"。

大约过了一盏茶时光，大概恨武生觉得折磨得已经够了，伸手一拍，立即，妙空空身上难以忍受的痛苦消除了。

恨武生道："到底是谁指使你来的？"

妙空空道："一定要说吗？"

恨武生毫无表情地道："你可以不说，只要你能忍受住'分筋错骨大法'就行了。"

妙空空道："说句实话，没有人指使我，我就是与别人赌一了把才来偷令旗的。"

这个不充分的理由，当然是没人信的，于是千手如来妙空空再一次忍受了那很舒服的痛苦。

最后，他们接着又问，得到的又是同样的结果，如此反复了几次，恨地无柄道："可能事情真的像他说的那么简单。"

恨天无环也道："何不搜一搜他的身，看看是不是能找出什么证明他身份的东西来。"

于是，妙空空被搜了身，搜出了他随身偷的一些东西，当然没能找到属于何帮何派，哪一个组织的证明。

恨武生问道："你们说，这个人应该怎样处理才好呢？"

千手如来妙空空觉得头皮发麻，他知道决定他下半生命运的时刻到来了，他如果幸运的话，可能还有救，还有再见那一帮狐朋狗友的机会，如果不幸的话，只怕不能见到明天的太阳。

千手如来妙空空一向运气很好，但这一次倒走霉运，他的运气不是那么好了，清风追月在这时说了一句话，一句足以令千手如来妙空空记住一生的话，"像这种小人，留在世上有何用，不如杀了，以免留在江湖上害人。"

所以，千手如来妙空空就这么去了。

恨武生在整理千手如来妙空空身上搜下来的遗物——可以说是遗物吧，发现有江湖上各门各派的东西，包括少林寺的金佛。

在江湖上，少林寺金佛一案早已传得沸沸扬扬，武林同盟会当然不会不知，恨武生觉得应当将各门派的东西还给他们，于是，恨天无环便去少林走了一趟，告知少林江湖的近况，让少林作好防备，另一件事就是向少林还回金佛。

这样一来，少林金佛一案就此了结了，证明不是邱冷情所为，少林寺以前对邱冷情的种种误解，现在自然要还邱冷情一个公道。

了悟大师不愧是一代宗师，在了解事情的真相之后，向邱冷情道歉，丝毫不摆出一点架子，道："邱施主，老衲代表整个少林向邱施主赔罪。"说完深深地一躬身。

　　邱冷情忙道："了悟大师请起，既然事情已弄明白，就不必作过多追究。"

　　了悟大师道："邱施主放心，老衲自当告知天下，还邱少侠一个清白。"说到武林，了悟大师叹了一口气，不禁长叹道："只可惜，今日的武林已非往日了。"

　　邱冷情道："不知大师为何如此感慨？"

　　了悟大师道："天下兴亡，匹夫有责，现在武林中一股不明的势力正在慢慢兴起，江湖上各大门派均已名存实亡，看来江湖上又有一场浩劫了。"

　　邱冷情对江湖上一些传闻，也略知一二，听了悟大师这么一说，不禁问道："依大师之见，正义门是不是有独霸武林之心呢？"

　　了悟大师道："不可成大器，正义门乃只是一替人办事的走狗而已，在其背后一定会有秘密的组织在支持着它，凭正义门的一点实力，是不可能在短短几年里，发展得这么快。"

　　邱冷情在了悟大师的启发之下，也渐渐对江湖兴衰之事有了一点感觉，他道："那么是谁在背后操纵着正义门呢？"

　　了悟大师沉吟了一会儿，道："这个老衲说不清楚，但老衲可以感觉到，江湖可能会陷入万劫不复之地。"

　　邱冷情愕然道："万劫不复？有这么严重吗？"

　　了悟大师缓缓道："老衲观天象，发现，在西北角的上空，天狼星突然变亮，其光芒已盖过了所有的星星，天狼星乃是邪恶势力的代表，这预示着天下武林将被邪恶势力所困。"

　　邱冷情对天象方面是一无所知，他也听不懂了悟大师所说的，他只听明白了一点，武林将有一场浩劫。

　　了悟大师又接着说道："但老衲有一事不明了，在天狼的附近却总有一团五彩瑞云在徘徊，这是福是祸，老衲始终想不通。"

　　邱冷情听了悟大师说了半天的武林命运劫数之事，他心中始终是一知半解，但对于武林的正邪之分还是能分得清楚。

　　了悟大师接着道："邱施主的一身武功在青年一辈之中，可算得上是出类拔萃了，老衲希望施主能立正身影，千万别误入歧途，以致万劫不复。"

邱冷情心头大震，身为武林人士，就应该为武林造福，他觉得自己的心里似乎变亮了，了悟大师的一番话确实让他受益匪浅。

邱冷情忽然一惊，心道：怎么只顾着说话，把来的目的忘了，便道："了悟大师，我有一事相求。"

了悟大师道："邱施主，请讲。"

邱冷情道："听说少林关了一名女子，可有此事？"

了悟大师心知邱冷情此行何意，便道："邱施主，不错，这女子与你有很深的渊源。"了悟大师顿了一顿，又道："她名叫柳芸，是到少林来找施主你的。"

邱冷情心中一喜，芸妹果然在这里，又问道："方丈为何将她关在此呢？"

了悟大师双手合十，道："此举老衲也是为了天下苍生，老衲见她杀气太浓，便将她留下，想以佛经里的文字来感化她，这一切也都是为她好。"

邱冷情道："在下想请方丈放了她！"

了悟大师道："孽缘！本寺欠邱施主一份人情，理应答应你的请求，但她此时还没有完全悟道，现在放她出来，只怕她重入江湖，又会造太多的杀孽！"

邱冷情为了救柳芸，什么都不顾了，便道："了悟大师，我愿以《出尘心经》交换，可以吗？"

此言一出，了悟大师也吓了一跳，虽说他已是得道高僧，但《出尘心经》毕竟是江湖上一本人人想得的武学秘笈，现在在此危难的时刻，若得此真经，学得绝世武学，不说可以一统江湖，至少可以保住少林一脉，乃至挽救整个武林。

了悟大师闭上双眼，好半天才睁开眼睛，道："老衲就与天斗一斗。"随即吩咐小沙弥，去将柳芸领至后园。

在了悟大师心中，他也是经历了一番激烈的思想斗争，他很清楚地知道，这一场武林浩劫乃是天数，是不可违的，但他却不忍少林百年的基业毁在他的手里，那他死后如何面对少林的历代高僧，虽说天意不可违，但多少可以和天斗一斗，哪怕是在此浩劫之中，保存少林一脉，那他也就能安心地去了，虽然他知道逆天而行是不会有好结果。如果在此浩劫之中，能挽救少林的命运，哪怕是死，他也愿意，所以了悟大师在少林的命运之前屈服了。

柳芸正在房内焦急地等待，她知道心中的邱大哥已经来了，一定是来救她的，她将房里的经书都扔到了地上，大叫道："去吧，本姑娘今后再也不看了。"

忽然，门开了，她以为是邱冷情来了，忙迎出去，哪知……

小沙弥道："柳施主，方丈在后园？有请。"

柳芸心道：莫非方丈和邱大哥说好，现在来放我下山？忙快步到了后园。

她一进后园，就看到了那熟悉的身影，那朝思暮想的人正坐在了悟大师的对面，她真想狂喊一声，扑到情哥哥的怀中，蓦然，她又发现邱大哥身后站着两个如花似玉的美人，而其中一个正以那深情的目光凝视着邱大哥，她凭女孩子特有的直觉知道，邱大哥和她们之间的关系一定不简单，不知不觉中，她心中涌出一种酸酸的感觉，这感觉让她觉得有些不舒服，她默默地走到邱冷情身边，平静地道："邱大哥，我知道你会来的。"

邱冷情一听这声音，猛然一抬头，没错，这不正是他日夜思念的芸妹？依然是那么美丽，与梦中还是一个样子，只是瘦了一些，他的声音有些哽咽，"芸妹，你……你还好吗？"

柳芸看了萧亚轩和萧萧一眼，依然用一种平静得近乎无情的声音道："我很好！"

萧亚轩刚才已觉得柳芸的反应有些不正常，她第一眼看柳芸，心中吃了一惊，果然是貌美如花，如仙女下凡，心中也有一丝不安，如果她容不下自己和二姐，怎么办？

现在，她证实了自己的这个推测，她知道女孩的敏感，已敏感地感觉到了，柳芸已猜到了她以及二姐和邱冷情的关系，还感觉到了，柳芸是在吃醋，而且醋劲颇大的，从她那不正常的反应中，萧亚轩觉得有一丝不安。

了悟大师道："柳施主，刚才老衲已答应邱施主，放你下山，从今天起，你可以离开少林寺。"

邱冷情道："大师既然已放了芸妹，我自当履行诺言。"说完，从怀中掏出一本薄薄的黄册子，这正是江湖上人人梦寐以求的《出尘心经》，双手奉上，道："还望大师保存！"

忽然，一个声音道："你们都得死！"那声音来得太突然，一点前兆都没有，在了悟大师这样的高人身边，来了人，居然没有觉察，那只能说明一点，来人武功极高，根本不会让你觉察到。

所有人都吃了一惊，猛地一回头，他们看到了一个人，一个如幽灵一般的人正站在他们后面三丈外，一手拿着一柄剑，另一手指着地下，那声音就是从他嘴里发出来的。

第一个有反应的就是柳芸，她大叫一声："爹!"飞身扑了过去。

不错，来人的正是独孤残。

邱冷情更是吃惊不已，他怎么会到这里来？他也知道，他有些麻烦了。

萧萧却是最清楚的人，她知道独孤残已是一个白痴，只是一个听命于人的杀人工具而已，而并不是真正的独孤残，因为独孤残是她亲正擒下的，亲自下令让他喝了让人迷失本性的药"天心露"，她也知道，鬼府打算攻少林了。

独孤残好像根本就不认识柳芸似的，仍木然地站在那里。

了悟大师知道，这该来的已经来了。

独孤残木然地站了一会儿后，又说了一句"你们都得死!"长剑一振，一道闪电立即向了悟大师卷来。

了悟大师吃了一惊，倒不是因为孤独残向他攻击，而是因为独孤残的这一剑实在太快了，简直快到无法比拟，恍如一道疾电，破空而出，在一眨眼间，已到了眼前。

这一剑划开空气，滋滋作响，一股摧人心冷的杀气从剑上传开，让人直发颤，一只剑化作一道光影，没有像其他的剑式一般，化作千千万万的剑影，让人防不胜防，这一剑在发出之后仍是一支，只有一剑，唯一的一剑，但这一剑却是无与伦比的快，快，快到根本来不及躲避，如果一剑发出，化作万万剑，让人防不住，不知该防哪一剑，这一剑是好剑，如果一剑发出，只有一剑，但却快得让人躲不开，更是好剑，因为万万剑让人防不防胜防，但还有躲过的可能，但这一剑你却躲不了，所以这一剑已胜似万万剑。

了悟大师双手在石桌上一拍，人疾飞而起，足尖凌空一点，身躯倒飞出几十丈，但他发现那剑仍在他眼前，而且在一步一步逼近。

他连忙身形一变，在空中连掠了一百八十种身法，当他在换完第一百八十种身法之时，剑尖离他的眉心只剩下几尺了，了悟大师发现这一剑似乎根本无法破解，无论是上下左右，每一个方位都在此一剑的笼罩之中。

已容不得他多想了，只有硬拼，了悟大师提起无相神功，对着那一剑拍出了一掌，立即，无数的佛像向剑尖撞去，一阵惊天动地的响声过去后，那柄剑仍然指着他的眉心，丝毫没有受阻，两个人的身子都是疾飞着，了悟大师退，独孤残进，而且那柄剑始终指着了悟大师的眉心。

了悟大师似是不敢相信，以他无相神功发出的功力，击在剑上，剑居然不动一下，除非那人一身的功力已达到了百年以上，江湖上能接下他无相神功一掌而不动一下的可以说是一个都没有，更不用说是握剑时他击在剑上了。

他感到有些不可思议，但他却不能停下来思考，剑仍在靠近，了悟大师大喝一声，又发出了十多掌，只要剑尖偏开一点点，他就可以避开此剑，甚至开始反击。

但他失望了，在他攻出十掌后，他感到，对方发出的内劲，远远超出了他的想象，以此估计，功力恐怕不下于三百年，他每一掌攻出，对方只剑尖一振，立即化解了他所有的功力，而剑却依然不动。

在他攻出了第十九掌时，剑尖已到了他眉心处一寸远了，了悟大师仍然拍出了第二十掌，但结果同样令他失望，那一剑仍然是动都没有动一下，结果，了悟大师死了，眉心中了一剑，在死之前，他说了三个字"好剑法"。

独孤残在杀了悟大师后，仍是一点表情都没有，伸手一探，已将《出尘心经》拿在手中，转身飞出少林寺。

邱冷情简直不敢相信，有人能一招杀了了悟大师，这样的武功，只怕武圣花志逸都达不到，此时已顾不上多想，他立即飞身而起，去追独孤残了，他杀死了悟大师，夺走《出尘心经》，如果他一学，天下岂不大乱？

柳芸也连忙追了出去，他不相信，他爹居然杀了少林方丈，而且她不希望邱冷情与他爹发生什么矛盾。

萧亚轩和萧萧也一起飞身追去，萧亚轩担心邱冷情的安危，只要邱冷情与别人搏斗，她的一颗心始终放不下，虽然她知道，邱冷情的武功现在已经很高。

萧萧却是知道内幕的，她知道独孤残已经是一个白痴了，独孤残经过药物的作用，神经已完全被毁去，不过武功却是非常可怕的，在不知不觉中，她似乎对邱冷情也有那么一丝的关心，不希望他有什么意外发生。

"飞尘飘雪步"的确很厉害，不出一盏茶的时间，邱冷情已追上了独孤残，他纵身一跃，挡在独孤残的前面，拦住了独孤残的去路。

独孤残见有人拦路，脚下一顿，也停了下来，他停下来却是一动不动，愣愣地站在那里，也不说话。

两个人就这样对峙着。

不一会儿，柳芸一行相继追了上来，四人分别站在独孤残的两边。

柳芸道："爹，我是芸儿！"她对独孤残杀死了悟大师一事颇觉奇怪，他们似乎与少林无仇，他的爹爹应该不会因为少林寺关她几天就杀了少林方丈。

萧萧在心中道：柳姑娘，你别喊了，喊也没用，他现在是一个白痴，一个杀人的工具而已，早就忘记了一切的往事，也不会认识任何一个人了。

柳芸道："爹爹，你不认认识芸儿了吗？"她以为独孤残为她当初随邱冷情离家出走的事而生气不理她，她泣不成声地喊道："爹，女儿知道错了，这次我一定随你回去，好好在家中照顾你，不出来乱跑了。"

独孤残仍是一动不动地听着，一点反应都没有，经过了一小段的沉默之后，柳芸又开始诉说，只可惜她不知道她爹现在已听不懂这一切了。

突然，独孤残说话了，仍然是那一句"你们都得死！"说完之后，长剑一抖，一剑向邱冷情刺来。

这一剑仍是那么平常，但是却依然是那么快，无与伦比的快，无法形容的快。

柳芸大吃一惊，尖叫一声："不！"人已经有些摇摇欲坠，两个人，哪一个有伤亡，都将令她痛苦万分，一个是她爹，一个是她的情郎，两个人都有十分沉重的分量在她的心中。

邱冷情吃了一惊，没料到独孤残会向自己出剑，他连忙身形一顿，"飞尘飘雪步"立即展开，他目睹刚才独孤残一剑杀死了悟大师的一幕，他也知道，不以"飞尘飘雪步"的身法，他无论如何是躲不开那一剑的，飞尘飘雪步一展开，他的身子就像飘渺无物一般，随刺来的长剑飘飞而去。

邱冷情虽然是躲过了独孤残的一剑，心中却狂跳不已，自己除了以"飞尘飘雪步"躲过这一剑以外，似乎根本就无法破解这一招，在剑下逃生，他知道遇上他所见过的最可怕的敌人了，若不小心，可能会命丧于此，但他又不能杀了独孤残，因为他是柳芸的父亲。若独孤残向他攻击，他就得还击，独孤残的武功实在太高了，与一个高手动武，是不可能顾及对方的生命的，如果你心中有所顾及，那么躺在地上的一定就是你，邱冷情现在心中却有一层顾虑。

独孤残一剑落空以后，并没有向邱冷情发出第二剑，而是回头向柳芸刺出了一剑，这一剑仍然是那么狠毒，那么快，丝毫没有因为柳芸是他亲生女儿而慢一点点，因为他现在已经不认识柳芸了，在他心中只有一个意念，那就是杀人，无休无止地杀人。

柳芸惊叫一声，她没想到她爹会对她出招，她连忙向后退，边退，边叫道："爹爹，我是芸儿呀，我是芸儿呀。"

但独孤残哪里听得进，长剑毫不留情地向她刺来。

柳芸哪能躲得开，虽说她的轻功也是一等一的，但对此时独孤残的快剑来说，已经是相形见绌了，刹那间，剑已到了柳芸的喉咙前不远了。

邱冷情一见，哪里还顾得上别的，忙一剑刺出，千万朵剑花化成一团团剑雾，向独孤残的后背刺去，他的"飞尘飘雪步"更是天下一绝，比独孤残的快剑还要快上一分，在一瞬间已到了独孤残的后背。

独孤残虽然神志不清，武功却依然存在，听到背后有风声，立即回身，一剑刺出，一道惊鸿顿时插入团团的剑雾之中。

一时间，叮叮叮叮几声响过，剑雾全部消失，独孤残的剑尖正刺在邱冷情的剑尖上。

邱冷情心中大为惊叹，能以这一招破解他这雷霆万钧的攻势，确实妙，没等他发出感叹，蓦然，从剑上传来一阵奇大无比的反震之力，这种劲力，他根本无法想象，比他以前碰到的任何一个人的内劲都强，而且不只是强一点点，最少是他们的几倍。

邱冷情几乎握不稳剑，在那股大力一撞之下，他的身子猛地向后飞出了几十丈远，落地后又退了十多步，最后口吐出一口鲜血，一屁股坐在地上。

萧亚轩和柳芸一看，同时发出一声尖叫，飞身向邱冷情扑来。

独孤残这时又出剑了，这一剑他攻击的对象是萧亚轩。

邱冷情落地之后，已经发现，他不过是受了强烈的震动而已，根本就没有受伤，从剑上传来的劲力，也是在体内转一圈后，消失得无影无踪，他当然知道，这是他喝下的蝙蝠血有吸人内劲的作用。

这时他已发现，独孤残的一剑向萧亚刺来，他大叫一声："轩妹小心！"

萧亚轩在向邱冷情飞掠而来，听到示警之声，猛然感到剑气逼人，急忙提气，岂图躲开。

邱冷情也从地上一跃而起，莫邪剑已向独孤残的头上飞掠而去，他知道，若他不出手，萧亚轩势必死在独孤残的剑下。

柳芸一见，吓得大叫一声："邱大哥，不要！"邱冷情不由一愣神，手中的剑一慢，就在这一瞬间，萧亚轩尖叫一声，独孤残的剑已刺进了她的胸膛，从背后进入，穿心而过。

邱冷情狂叫一声："不！"立即飞身上前，抱住即将到下的萧亚轩。

萧亚轩已是气若游丝，吃力地睁开眼，道："邱大哥，我……我……我……"

终于，一口气没接上来，就死在了邱冷情的怀中。

独孤残依然像没事人一般，仿佛杀一个人根本就像摘掉一片树叶那么简单，他木然地提着带血的剑，木然地站在那里，仿佛周围的一切不与他相干似的。

邱冷情肝胆欲裂，大叫一声，如一头发怒的狮子一般，提剑向独孤残刺去，此时，他的心中除了伤痛和愤怒之外，也没其他的顾及了，只是恨不得一剑刺死独孤残这个杀人狂魔。

一道道的剑光，一圈圈的剑影从莫邪剑上发出，直向独孤残卷去，狂风在吼，大海在啸，天地为之变色，鬼神为之哭泣，瞬间，邱冷情已向独孤残攻出一百多招。

独孤残虽说神志不清，辨不出是非，认不出亲人，但武功丝毫没有受到影响，刚才还木然地站在一边，但邱冷情的剑才一动，他立即动了起来，双掌一拍，长剑随后而出。

邱冷情顿感两股凌厉无比的大力当胸冲到，一下就将自己攻出的剑招扫得向两边荡开去，只在一瞬间，已化解了自己的所有攻势，而且余势还将邱冷情撞出二三丈远。

第十二章

他心中大吃一惊，但满腔的愤怒和伤痛却依然使他不顾一切地向独孤残冲去，哪知方一动，陡然见独孤残的长剑已经攻到。

那是比杀方丈那剑更快、更凌厉的一剑，剑势快得连你思考反应的机会都没有，邱冷情知道不妙，已没有时间运起"飞尘飘雪步"了，蓦然，他灵光一闪，何不用刚才独孤残破他招式的那一招来封住这一剑？虽然他知道两剑尖相撞，最后他必定又将被冲飞出几十丈远，弄不好还口吐鲜血，但总比被一剑杀死的滋味好吧，当下不再犹豫，莫邪剑对着独孤残刺来的剑疾射而出。

萧萧也是花容失色，她不知怎么回事，目睹萧亚轩被杀，她心中虽然是很伤心，和她一起生活了多年，有着深深的感情的妹妹死了，从此生活中再没了她活泼开朗的笑声和身影，多少总令她有些伤感，但在鬼府内培养出的冷漠性格，又使她的心肠硬了起来，而当她看到邱冷情被独孤残一剑刺到而无法招架或是躲避，眼看就要死在剑下之时，她的心忽然提到了嗓子眼，一颗心也为之怦怦直跳。

她知道控制独孤残的方法，所以在这一瞬间，她本能的发出一种奇怪的尖叫声，这声音发出之后，她自己也觉得奇怪，她在心中问自己：我为什么要救他？我为什么要救他？我本就是来杀他的，现在为什么要救他？

就在萧萧发出一声尖叫之后，独孤残的动作突然在空中一停，硬生生地收回了已出招的长剑，又呆呆地立在那里，一动不动，如木头一般。

邱冷情哪里料到独孤残会突然撤招，更使发出的招式在半途中硬生生地撤回，除非有极其深厚的内力，可以做到收发自如，邱冷情做不到这一点，他的内力一经发出，如汹涌的长河一般，非得一招到底，在半途是收不回的。

独孤残的剑一撤，呆立在原地，邱冷情刺出的剑则没办法收回，噗的一声，独孤残项上人头飞出几丈高，一腔鲜血如喷雨般喷出。

柳芸简直不敢相信眼前发生的一切，她日思夜想的情郎就在眼前，但是他却变成了自己的杀父仇人，自己就亲眼目睹这一幕惨剧，情哥哥杀了自己的亲生父亲，她恍如在梦里一般，喃喃道："不可能，不可能！"

直到独孤残的尸体，扑通一声倒在地上之时，她才猛然醒悟，这一切都是真的，这一切都是真的，她的眼睛看到的一切都是真的，她发疯似的，拾起地上的长剑，向邱冷情刺去。

邱冷情也愣住了，他没料到事情会变成这样，自己居然亲手杀了芸儿的爹爹，他眼睁睁地看着柳芸的剑刺过来，他却不躲，可能他躲不开，还是他不愿躲开？

他是多么爱柳芸，但他却杀了芸儿的爹爹，他知道芸儿也是同样爱她，不然这一刻就不会这么慢，这么无力，他知道芸儿此时内心同样是承受着巨大的痛苦，所以，他不愿意躲开，他眼睁睁地看着那剑一步一步，慢慢地，颤抖地向自己靠近，他还要亲眼看着这柄剑穿过他的胸膛，然后他就会带着微笑离去。

柳芸的脚一步一步接近邱冷情，每一步，她的心都在颤抖，每一步，她的心都在滴血，

她实在是下不了手，这个杀父仇人实在是太难令她忍下心去杀了，自己日思夜想的是谁？自己大闹少林被困，为的又是哪一个？自己苦苦追寻的又是谁？为了谁而和家里决裂，离家出走？这一切的一切都是为了这个人，这个名叫邱冷情的杀父仇人，自己苦苦相思了多日，苦苦地爱得死去活来，苦苦地寻觅了多年，到头来却换来这么一个结局，他成了自己的杀父仇人，自己要亲手杀死这个令她心痛、心碎的人。

"苍天啊，你为何要如此弄人？我柳芸究竟犯下了什么大错，要受如此的折磨？"她在心中悲呼，长剑停在了邱冷情的胸前，再也没有动一下。

邱冷情本已是万念俱灰，自己的罪名已经洗清了，不用担心一世背负着盗贼的名声，萧亚轩死了，这个同样令他深爱着的人死了，而他又杀死了他最爱的人的父亲，自己若能死在爱人的剑下，也算是一种解脱吧，只可惜还有几件事没办，那只有等来世再去报自己所受的恩了，他一动都没有动，丝毫没有躲开的意思，眼睛看着柳芸憔悴的面孔，闪着泪花的双眼，他的心也在滴血。

柳芸心中也是难以平静，更难下决心杀死邱冷情，她下不了手，她实在太爱他了，从见面的那一刻起，她就知道自己爱上他了，这些天，那份爱一直在默默地滋长着，已完于占据了她的心灵，现在，爱人变成了杀父仇人，可她却还是放不下那

份深深的爱。

两个人谁也没动，就在那里默默地站着，默默地看着对方，长剑依然在邱冷情的胸口，而两人的眼睛是那么坦然，那份浓浓的爱虽然没说出口，却清清楚楚地写在了眼里。

在这爱恨交织的结局里，怎样结束呢？天慢慢地变了，起了狂风，从地上掠过的飞沙刮得人脸发痛，在狂风中，她们依然是那么坦然，面对面站着，谁也不曾动一下，两人均是泪水满面，却没人擦一擦，任泪水狂洒而下。

"轰轰！"天打雷了，又下起了大雨，莫非天也为这对情人鸣不平，落眼泪？大雨顷盆而下，天地间一片昏暗，两人依然动也不动一下，任寒风吹拂脸，任寒雨冰冻心，没有人了解，没人安慰，这爱与恨交织的痛，让人的心都撕碎了，剑在抖，心在抖，泪在流，但她们仍在默默地站着，站着……

"禀神君！"一个鬼府小卒到大厅，向鬼府神君报告道："白令主回来了。"

鬼府神君道："叫她马上来见我。"

萧萧飘身上大厅，半跪一拜，道："属下白无常拜见神君。"

鬼府神君道："白无常，这些日子，你都到哪里去了？"言语中隐藏着不满之气。

萧萧道："启禀神君，属下潜伏在姐妹岛漏网的两个人身边！"

鬼府神君道："那两个人现在怎么样了？"

萧萧道："一个已死，一个下落不明。"

鬼府神君又问道："你们一行到少林寺去干什么？"

萧萧心中一惊，怎么我的行踪他知道得这么清楚？正色道："是因为邱冷情执意要上少林救人。"

鬼府神君道："救人?! 救什么人？"

萧萧道："他的情人，名叫柳芸，是独孤残的女儿。"

鬼府神君也吃了一惊，道："独孤残的女儿？那最后怎么样了？"

萧萧道："最后救出了柳芸，不过这时独孤残却来到了少林。"

鬼府神君派独孤残去少林杀四大长老，对独孤残的成败十分关心，问道："独孤残杀没杀少林四大长老？"

萧萧道："杀了，不过只杀了一个，少林方丈了悟大师。"

鬼府神君一愣，道："他只杀了悟大师？那他人呢？"

萧萧道："独孤残后来被邱冷情所杀。"她隐瞒了她控制住独孤残的部分实情。

鬼府神君似是不信，道："那个叫邱冷情的小子能杀得了独孤残，看来他还不简单，那你是怎么回来的?"

萧萧道："他杀了独孤残后，自己也受伤，昏迷不醒……"

刚说到此处，忽听鬼府神君一声大喝，道："那你为何不趁此机会杀了他?"

萧萧忙道："神君明鉴，属下正要杀他，少林众僧人赶到，所以属下只偷得了他怀中的《出尘心经》，却没机会下杀手杀他。"说完，双手捧上《出尘心经》，给鬼府神君。

鬼府神君哈哈一笑，道："算你还有一点功劳。"

萧萧接着又道："属下最后打听到邱冷情并未在少林寺中养伤，而是连夜走了，从此下落不明。"

鬼府神君自言自语道："又冒出了一个邱冷情，任他武功再高，也不是鬼府的对手，没有人能阻挡我一统江湖的大计。"他狂笑了一阵，又道："白无常，传令下去，派杀手去少林，将剩下的三个老秃驴干掉。"

萧萧道："是，属下遵命。"话音一落，人已不见。

鬼府神君心中得意不已，只等少林一灭，他就全权掌管正义门，正式向武林同盟会挑战，哈哈哈哈，中原武林已经唾手可得了。

他又翻开《出尘心经》，不禁大叫："好功夫，好功夫，如虎添翼，天下已非我莫属。"他仿佛看到了自己君临天下的大业……

在一个山洞之中，躺着邱冷情，不知是什么时候，他睁开了眼睛。

"我怎么在这里?"他心中充满了疑虑，头还在隐隐发痛，他慢慢地回想起，在少林求柳芸，萧亚轩被杀，柳芸离他而去，他不禁心碎流泪。

"但我怎么会到这里来呢?"这个疑团始终困扰着他，他只记得他在柳芸离去之后，昏倒了，以后的事就什么都不知道了。

"敏儿呢? 敏儿在哪里? 难道是敏儿救了我?"他知道敏儿没有受伤，而且一直都在他身旁，但现在却不见了。

他站起身来，猛然，他大吃一惊，自己的衣服居然全都被解开了，他连忙穿好衣服，莫非，莫非，自己做了什么事? 他心中的疑团越来越多了，只是，他却记不起任何事。

在经过一番回忆之后，他模模糊糊地记起，似乎有一个女子，将他抱到这山洞中来，还照顾他，难道是敏儿？难道自己对敏儿做了不该做的事？他连忙到处细看，果然，地上有落红斑斑，邱冷情头"轰"的一下爆裂了，"怎么可以？我怎么可以对她做出这些？"

"敏儿！"他飞奔出洞外，狂吼一声，只可惜传来的只有阵阵的回声，天地间，仍是一片寂然。

邱冷情颓丧地走向洞外，他心中充满了无限的悲伤，这几天发生的事实在太多了，也太意外了，简直让人不敢相信，无法接受，这些事，这些事足以摧毁一个人的意志和对生活的信心。

我同时失去了两个我最爱的人，现在我应该何去何从呢？还是去找敏儿吧，她对我这么好，而我又对她……他只觉得在心中，敏儿的分量是越来越重了，虽然已失去了两个，仍在他的心徘徊，但那已是过去的事，虽然他对柳芸、萧亚轩是万分的喜爱，但也不能终日就这样守着两个已去的人，还有敏儿，只要敏儿对我好，天涯海角，我也要去找到她，哪怕用尽我的余生！

武林同盟会内气氛非常紧张，武林盟主恨武生在大厅之上不断跨着步子，他知道江湖上近来接连发生的事绝不会是那么简单，一定是有幕后势力在操纵，但到底那幕后的人是哪一个呢？至今仍然没有查出来，恨武生在十天前就飞鸽传书，将在外调查这一连串事情的恨天无环、恨地无柄和清风追月调回来，现在应该回来了，怎么到现在还没有消息呢。

他很清楚，那幕后之人显然是为了夺取整个武林，现在武林之中只剩下正义门异军崛起，其它门派早已名存实亡，就连少林寺都已灭亡，先是方丈了悟大师被杀，继而三位长老都遭人毒手，少林寺现在也和江湖其它门派一样，只是一个空架子而已。

唯一剩下的就只有武林同盟会了，那么他们下一个目标，很有可能就是武林同盟会，只要武林同盟会一灭，整个武林就会全部到手，恨武生不得不作防范，所以他才要调回恨天无环、恨地无柄和清风追月，以防敌人分散他们的实力，逐个追杀。

鬼府上灯火辉煌，在鬼府的上空，天狼星更加耀眼了，它发出刺目的光芒，已掩住了所有的星星。

"启禀神君，少林四大长老均已杀死，属下特来复命。"牛头马面从外飞掠而进，道。

鬼府神君正在思量进攻武林同盟会之事，陡闻此喜讯，不由大喜道："哈哈，天下已唯我独尊了！哈哈！"

牛头马面道："神君，咱们是不是该正面进攻了？"

鬼府神君道："你们倒比我还急！"

牛头马面齐道："现在中原武林各大派都已名存实亡，只剩下武林同盟会，他们孤掌难鸣，咱们现在公开统治正义门，大举进攻武林同盟会，一举得胜。"

鬼府神君道："我正有此意！"他沉思了一会儿，忽而大叫道："黑白无常何在？"

黑白无常应声而至，道："不知神君召唤有何事？"

鬼府神君道："可有武林同盟会的什么动静？"

黑无常道："禀神君，武林同盟会开始积极查寻各大门派被灭之事，现在恨武生忽然召会中好手回总坛！"

鬼府神君道："恨武生那老鬼怕了，他也怕别人突然攻击武林同盟会的总坛，急于将帮手召回去，我就偏不让他得到帮手。"

黑无常道："神君放心，我们已经安排了人在路上埋伏。"

鬼府神君道："很好，不过你们要慎重，那几个人不好惹。"

黑无常道："这个请神君放心，我们在一路上安置的埋伏可不是一般的埋伏！"

鬼府神君大喜过望，道："好，明白，我们便动身到正义门总部，全权接手正义门，向武林同盟会挑战，哈哈哈……"

在一条官道上，有三人策马而行，最左边一个头戴儒巾，手持羽扇，身着黄袍，如一个饱读诗书的学士一般，在江湖上行走，绝没有人能看出，他是一个深藏不露的高手，他就是武林同盟会的总护法清风追月，右边两个自然是左护法恨天无环和右护法恨地无柄了。

此时三人在疾奔向武林同盟会总坛，他们都收到了恨武生的飞鸽传书，命他们速回武林同盟会。

恨地无柄是个粗人，没什么心思，他大大咧咧地道："总护法，盟主这么急召我们回去干什么？"他似乎还不了解目前的形势，对江湖中的是非，依然十分眷恋。

清风追月道："说你蠢，你又不服气，你说盟主召我们回去干什么？难道是吃饭喝酒不成？"他们几人向来和睦，在说话时也不拘于什么。

恨地无柄咧开嘴一笑，道："说不准，真的是盟主想我们了，说我们在外辛苦了，想见一见我们，所以在家里准备好酒菜，等咱们哥几个回去好好地吃一顿呢！"

清风追月笑道："我倒真希望是这样！"说罢仰天长啸。

恨地无柄道："没准就是这样。"

恨天无环与恨地无柄相比，那可是聪明多了，他道："你怕是从来不过问江湖是非！"

恨地无柄急道："我怎么不过问江湖是非啦？江湖中发生的事，哪一点不在我掌握之中。"说完还哼啊了两声。

恨天无环道："那你倒说说看，近来江湖之中都发生了什么事？"

恨地无柄咧开嘴一笑，道："这也难倒了我？江湖上各大门派俱被消灭，名存实亡，正义门突然兴起，一定有幕后人操纵，企图称霸整个武林。"

清风追月道："说得不错，你知道少林四大长老都被人杀了吗？"

恨地无柄近段正在忙着向武林同盟会总坛赶路，倒没打听近几天江湖上发生的事，他瞪大眼睛，似是不相信的样子，道："少林四大长老被人给杀了？"

清风追月道："正是，而且传言杀了悟大师之人，只用了一招，出了一剑，就杀了了悟大师。"

恨地无柄惊呼道："一招？一剑？杀了少林方丈？太不可思议了。"

恨天无环道："普天之下，似乎还没听说有谁能有如此高强的武功。"

清风追月道："但的确是杀了少林方丈！"

恨地无柄道："劲敌，真是劲敌，我若和他过招，不出十招，就得落败。"这话倒也是实情，他的武功确实比了悟大师高不了多少。

清风追月又道："若此人向武林同盟会进攻，你说会怎样？"

恨地无柄此时才有了一点点的醒悟，道："莫非盟主召我们回去是为了应付外敌？"

清风追月笑道："还没有笨到无可救药！"忽然，他道："小心，有人！"他已经听到有人向这条路上靠来，而且不只一人，至少在百人以上，个个轻功高绝，十有八九不是友，因为已没有哪一派能有如此多的好手，每派最多幸存一两个，整个武林加起来，也不过几十个，但这些人又怎会如此巧，碰到一起了呢？那么剩下的只有一种可能，那是敌人，敌人派来伏击他们的，所以他出声示警。

恨天无环和恨地无柄都是高手之中的高手，一听此言，忙仔细地倾听，果然有不少人正在向这边靠拢。

恨地无柄道："人还不少呢，今天可要好好地杀一场了。"

清风追月道："你别往好的地方想，你看看前面，那一片树林，又阴暗，树林又密，若在里面埋伏，只怕咱们的日子并不好过。"

恨地无柄虽有一些呆傻，却也并不是愚蠢至极，不然，一身高强的武功是如何练来的？他点点头道："人常说逢林莫入，我看我们还是别在这里吧！"

清风追月道："你看咱们有没有第二条路可以走？"

恨地无柄道："没有，四面都是悬崖，根本没有第二条路可走。"

清风追月道："所以我们只有拼一拼，从这条死路上杀过去，咱们估计一个人要对付四十个左右，怕不怕？"

恨地无柄和恨天无环同时道："咱们兄弟几人可曾说过一个怕字吗！"

清风追月道："好，那咱们冲进去，不过不用硬拼，能走就尽量走，出了这片林子，就不怕有什么陷阱了。"

在言说中，他们三人已进入了林中，他们都艺高人胆大，虽然是进入了树林之中，虽然知道有人埋伏，却依然是去，丝毫没有放慢马速的意思。

"砰！"一声巨大的声响发出，三匹马同时进了一个陷马坑，在坑中，到处插满了剑尖，那剑尖在阳光之下，闪闪发亮，淬过剧毒，三匹马跌进陷马坑中，立即被刺穿身体，没挣扎几下，便已死去。

他三人的反应可以说是迅速至极，在觉察到身下有异时，三人同时在马背上飞身而起，脱离了马背，向陷马坑外飞去。

但就在他们飞身向上而起之时，一张大网却从他们头顶向下罩落，这一着来得可以说十分险毒，一般人以为脚下有一道陷阱，绝不会防到上面，只要他们碰上网，被罩住，落到陷马坑中，同样是死，因为那些倒插在陷马坑中的剑都是淬上剧毒的，沾身即死。

清风追月、恨天无环、恨地无柄见网扫下来，不由心中一惊，好毒辣的计谋，但也没有放在心上，以他们的身手功力，只需一用力，足以开山裂石，这网根本围不住他们。

但是，人总有歹运的时候，今天他们三个似乎就不太走运，当他们一触到网时，便运足劲力，双手一撕，若是一般的网，这一撕至少已是碎为片片了，但这不是一张一般的网，是用天蚕丝织成的网，别说是用手撕，用火烧，刀剑砍，也不一定能弄断一根丝，他们用手一撕，顿觉网丝的反弹之力奇大，根本撕不裂，均感心里一沉，难道三位在江湖上响当当的大侠就要在这林中不明不白地死去？他们确实一点办法也没有，只要出不了这张网，他们的身子一直地向下降，只要一掉进那陷马坑之中，就非死不可，但也有不死的可能，那种可能只有一种——有奇迹出来。

奇迹，不是可能等来的，而是需要人创造的，奇迹往往会在聪明有能力的人手上被创造出现。

网中的三人，也就是清风追月、恨天无环、恨地无柄，他们是属于那种既聪明又极有能力的人，这样的人往往最会创造奇迹，所以他们三人就创造了一个奇迹，创造了一个死里逃生的奇迹，他们用力一撕网，发现网撕不开，顿知不妙，身体仍在一点一点地向下沉，只要沉到坑中，那就没命了，但他们毕竟不是那么容易就会死的，在下沉的身体即将落到坑中之时，三人的手臂一伸，相互一撞，相互借力，一旋，三个人的身体方位一换，在空中转了一个圆圈，身体又向上升起几丈高，在这一瞬间，清风追月抽出了随身的盘龙剑，这盘龙剑是奇兵，削铁如泥，这天蚕丝织的网，也同样能划破，清风追月就那一瞬间将大网划开了一个大口子，三人身形一晃，已从那大口子中逃了出来，足尖轻轻一点，便已离开了大网，在那坑边不远的地方站稳了。

虽然他们三人历经了不少恶战、陷阱，仍是惊出一身冷汗，这算是在鬼门关前打了一个转，又回来了，他们相互对望了一眼，吐了吐舌头，做了个怪笑，心中也松了一口气。

恨地无柄傻里傻气地道：“总护法，要不是你这一剑，那……”

话没说完，已被更为歹毒的东西打断了，不是不想说，而是他不能说，说话是要分神的，分神就可能会让你犯下致命的错误，那是会致命的，所以他才不说话，因为在他话刚说到一半时，从天上下了一阵雨，一阵不寻常的雨——箭雨，强弩射出的箭如雨点一般，向他三人密密麻麻地飞射而来。

清风追月手中的盘龙宝剑一抖，已化成一个几尺见方的剑网，挡住了飞射而来的箭，可谓毫发不松，滴水不漏。

恨天无环和恨地无柄在同时也拿出了兵器，他们用的都是剑。

恨地无柄用的是一柄玄铁剑，此剑沉重异常，如果作为剑用，必须使用者本身有极深厚的内力方行，剑本就是以巧、灵活为主，一般都用轻硬的东西来铸剑，这样才好使，如果用沉重的东西来铸剑，剑就很沉重，在使用过程中就不大方便，所以一般人都不用此类剑，但若是内功极强的人用，就跟一般的剑没两样，此时，这柄剑对于恨地无柄来说，可真是轻若无物一般。

恨天无环用的也是剑，他用的也是一柄上古神兵，清霜剑，这清霜剑本是皇宫之物，在战乱中流落民间，早年是被恨武生收藏的，后来恨天无环追随他多年，一直都未找到一件称手的兵器，而恨武生本人亦是一双肉掌，于是就将清霜剑送给了恨天无环，这清霜剑和清风追月手中的盘龙宝剑一样，柔软异常，而且清霜剑非常薄，薄到可以用快剑砍进肉里，而不流血，用此剑同样必须有深厚的内力才行，必需用内劲，贯注于剑中，剑身挺立，不然在使用过程中，反而会伤到自己。

清风追月使剑在于一个快字，他出剑根本就无人能看得见，更不用说看得清了，剑一到他们手中，立刻就变成了一团光影，一团闪电，在空中闪耀，根本就看不清他是如何出手，如何出招，只知光一闪一闪，甚至有人被杀死，也没看见他出招，似乎他的手根本就没有动过一样，所以在他的面前，剑一闪开，就如同开了一张网一般，根本没有一支箭能射进来。

恨天无环用剑在于一个妙字，他的剑术精妙异常，每一招、每一式都是非常精妙，优美，宛若跳舞一般，每一招都蕴含着无限杀机，在那看似漫不经心的招式里，没准一不留神，还不知是怎么回事，脑袋已经掉下来了，他的清霜剑一动，在空中直画圈，所有射向他的箭，全部都引向一边去了。

而恨地无柄用剑在于一个狠字，不仅狠，而且准，他出剑的每一招都让人出其不意，狠毒异常，往往都是从你绝对想不到的地方刺过来，在你绝对没防到的时候刺过来，而且特别准，据说他在江湖上行走多年，从未失手过，他要刺你哪里，就刺到你哪里，绝不会偏离半毫半分，曾经，他将两根头发并排放在一起，用剑去刺断了其中一根，而另一根依然完好无缺，他出剑后，就一直在点，用剑尖点箭尖，他不会放过任何一支射向他的箭，在他的剑下，所有射向他的箭，纷纷落在地下。

那如雨一般疾射而来的箭仍在不停地射来，他们均感觉如此下去，不被射死，也要被累死，三人对望一眼，心灵相通，都知道对方想说什么，在想什么，一个眼神，一个点头，他们都能知道代表什么意思，这是他们三人共同行走江湖多年培养出的一份默契。

清风追月一摆手，一点头，对着恨天无环一使眼色，表示让恨天无环一个人对付所有飞射而来的箭。

恨天无环嘴角一挑，一笑，表示没问题，你们大胆地行动吧！

他们同时对望一眼，在同一瞬间，恨天无环清霜剑一震，脚下一动，人已如同风车般疾飞，清霜剑上发出滋滋的剑气，将射过来的箭尽数引开到两旁去，在这同一时刻，清风追月和恨地无柄两人同时收起了剑，飞身向两边射出的箭雨而去。

莫非他们活得不耐烦了？想自杀吗？不，当然不是，他们不是想自杀，而是想求生，他两人在从两旁射出的箭雨之中，伸手一挽一捞，已经抓住了一大把射过来的箭，接着反手一扬，那些箭都以比方才射来的更快更猛的速度飞射回去，这种似漫天花雨攻去的箭，在空中就如漫天之中飘起的雨丝一般，到处都是，又都是以纯刚内家真力发出，立时就听到许多惨叫之声传来，从不远处的树上掉下了十多个弓箭手，一个个都是一箭射胸而死。

这时箭雨也停止了，大概是害怕了，不敢再射，只要一射，等于就暴露了自己的目标，对方武功如此高强，甩过的箭根本来不及避开，只要一暴露目标，就得死，是以谁敢暴露目标？再无一人射箭过来，箭雨自然就停了。

清风追月在箭雨一停之时，立即道："快走，此地不宜久留。"

恨天无环和恨地无柄也知道，不能在此林中呆得太久，最好赶快出这个林子。

天总是不怎么如人愿，你想走，却偏偏不让你走，就在他们飞身向林子外掠去时，从林子外面却涌来了一大群人，他们均着黑衣，脸上都蒙着黑布，在前面拦住了去路。

清风追月猜想这八成是哪个帮会派来的，特意来拦截兄弟三人的，这没准就是在江湖中制造危机的幕后人，如果能问出什么来，那倒也不错。

他道："阁下何不以真面目示人？"

一黑衣蒙面人道："你不必看到我们的真面目，因为你们一会儿都去见阎王，要知道我们长什么样子，你可以去问问阎王。"他这一番话是极不客气。

清风追月在江湖闯荡多年，哪曾被人如此说过？在他面前居然说出如此大言不惭的话来，要知道，他从没失过手，甚至可以说，不是在特别的原因之下，根本没有人能杀他，这个特别原因是指，如果清风追月突然失去了武功。

他当下冷冷地道："不知阁下有没有这个能耐，能拿得去我的性命。"

黑衣蒙面人道："这个不用担心，我自会有办法的。"说完大喝一声："上！"

一时间，众多的黑衣人一起向三人汹涌而来。

那些黑衣人，果然个个手下硬朗，一个个轻功卓越，而且剑术不凡，一开始，他们即采取游斗的方法，轮班向清风追月、恨天无环和恨地无柄三人攻击，每一批人出来打一阵，又由下一批人接应上来打一阵，再换下一批……如此反复下去。

这就是车轮战术，人总是有一定的极限体力的，武功再强的人亦是如此，只是武功高的人体力能延长的时间长一些而已，但总有个极限，等到了这个极限的时候，最后就出现内力不济的情况，此时一个绝顶的高手，也只相当于一个普通人，在这时动手杀一个一流高手，那是不用费吹灰之力的，但若要一个一流高手达到这种状态，也不是一件容易的事，此时那些黑衣人，就是在做这样的一件事。

恨地无柄气得直想骂人，这些人根本不同他们三个打照面，一般每次大约一二十个一齐出击，但每次只攻一剑，就那么一招，不管是否奏效，都立即飘身而退，下一班的人又立即上来攻出一招，又退下……

这么一来，饶是他们三人武功再好，又能如何？黑衣人根本碰都不碰他们三个，只一招攻出，都立即退后，在他们一招攻出之时，他们三人立即出招应敌，手才一动，敌人却已经退后到好几丈外去，正想追击，背后的剑又攻到，若只顾杀前面的敌人，而不顾身后的话，那前面的二十个黑衣人可能无一能幸免，但他们自己的背上，也要被刺穿几个洞，所以他们必须回过头来，挡住从背后攻来的剑，但当你一回头，出手攻击之时，他们又立即后退到几丈开外去了。

饶是你武功再强，最多也只能杀一两个人而已，而这些黑衣人如此之多，要到何时才能杀完？只怕杀到那时，连舞剑的力气都没有了。

但是，你又不能不顾及身后之人，你攻他退，你若不攻，他的剑一定会在你身上刺几个洞，所以只有回剑攻击，如此反复下去，无休无止。

过了一顿饭工夫，三人都感到有些累了，而黑衣人，只不过死了几个而已，如此下去，只有死路一条。

三人对望一眼，似乎在寻找解围的方法，过了一阵，恨天无环眼睛一亮，他比划了一番，三人立即一点头，既然想好了解围的方法，那就立即执行，耽误一秒钟的时间，都是在消耗自己的体力，给敌人制造机会。

说干就干，三人眼色一递，挥剑击退了黑衣人后，同时纵身一跃，像刚才一样，连成了一个环，刚才在网中，他们是用手结环的，这次却不同，他们三个是由脚结环的，三个人的脚交结在一起，在空中飞旋，如一只巨大的飞鸟，在飞鸟的四周，还有会用剑的杀手。

三个人形成的大环，在空中不停地旋转，飞翔不落，三支剑立即向黑衣人群之中卷去，他们三个都是武学的高手，而且都算是高手中的高手，那些黑衣人虽算是江湖上的好手，哪经得住他们联手的攻击？顿时如虎入群羊中一般，黑衣人死伤大片。

清风追月每一剑的击出，都是一道闪亮的光芒，在一道闪亮之后，必有一缕嫣红在光花中透射，那是人的血，人的血在风中飘扬，每一道亮光闪过，至少有一个黑衣人躺在了地上，再也不能动一下。

恨天无环的每一剑刺出，都化作道道的圆弧，一个个优美的弧线，在空中一闪而过，每一道弧丝划过，都会有一种血色，给这美丽的弧线染上死亡的鲜艳，每一道弧线之下，又再躺下一个。

恨地无柄是恨不得痛痛快快打一架，多杀几个人，每一剑都含怒而发，一片黑色的剑影飞射而出，立即化作一张巨大的网，网中的人惊惶失措，黑色的油亮一掠而过，都有人死亡，只要被网住了，就只有一个字，死！

三人如同一只巨大的大鸟一般，在空中盘旋，那些杀手则是只只小虫，飞鸟飞到哪里，小虫都得死一片，一瞬间，那些黑衣人便倒下了一大片，剩下几个慌慌张张地四散逃开，不敢再战下去了。

恨地无柄大吼一声："龟儿子，有种你别逃，再来与你爷爷大战三百回合，看你爷爷不收拾你，别跑啊！"他见那些人跑掉了，气得大喊大叫，脚一抬，就要追。

恨天无环道："别追了，咱们还有正事要办，还是先赶回去再说。"

清风追月道："没准总坛也出事了，咱们还是尽快赶回去为好。"

恨地无柄不服气地道："若不是爷爷有正事，非得杀尽这些乌龟王八蛋。"

三人身形一掠，飞快地向林外飞去，出了林子，前面就是官道，一条大路直通君山，到了君山，那已属于武林同盟会的地盘了，所以只要出了这林子，就可以说是已经脱险了。

他们出了林子吗？

没有！

因为他们三人的身形才一动，迎面就飞来了一群蝗虫，当然不是真的蝗虫，那是一阵密密麻麻，似蝗虫泛滥般的暗器，那一阵暗器里，什么都有，大的、小的、方的、圆的、扁的、长的、短的……天下有什么暗器，这一阵飞蝗里就有什么暗器，能看见的，不能看见的，统统包括在内。

清风追月大喝一声："不好！"一个身子顿时矮了三分，矮三分有什么用？当然有用，避过了上盘的暗器，而赢得了一秒钟的时间，一秒当然不算什么，但在清风追月这种高手的眼里，有一秒钟就已经足够了，一秒钟可以做许许多多的事。

在这一秒里，清风追月先动了一下手，他一动手，盘龙剑就出鞘了，然后他又站了起来，同时手一抖，剑立即发出一阵刺耳的尖叫，那当然不是剑在叫，而是暗器快速划过空气时，空气被撕裂的声音，然后就在三人的身前化作了一片剑幕，一片根本连一滴水都洒不进的剑幕，一片不绝于耳的叮叮声立即响起，一大片的暗器掉落下来。

就在清风追月的盘龙剑发出声音之时，恨天无环和恨地无柄同时抽出了剑，三支剑一起挥舞，可以说，没有任何一支暗器能飞进来，在一阵刺耳的声音响过之后，所有飞射而来的暗器都击落了。

他们不约而同地对视了一眼，松了一口气，而就在他们互相对视而笑之时，却发生了一件令人意料不到的事，所有在地上的暗器，却不是停了下来，而是在转，不停地旋转，他们三人却没有发觉，而正当他们对视而笑的时候，地上的暗器突然在们身边爆裂开来，一时间，四面八方都有暗器向他们射来。

这些本来散在身边的暗器，这一爆裂，分成更多的暗器，立即像狂风暴雨一般，向三人飞射而来，距离是如此近，在他们刚一发觉之时，暗器已经到了身边……

他们三人只有死路一条了，在这么近的情况下，又是出其不意的暗器，而且暗器的数量是如此之多，任何人都逃不掉的，除非他不是人。

他三人却没有死，不仅是没死，甚至连一点伤也没有，如果他们能在这种情况之下受伤，那就不是武林同盟会的护法了。

暗器刚一动，已经有声音传出，他们三人是何等机敏，一听出声音有异，身子已突飞而起，那速度简直比暗器还快，在他们身子飞向半空之时，他们又做了一件意想不到的事。

他们三人相互踢了一脚，谋杀？非也！说准确一点，应该是借力，三人互踢之后，三人的身形猛地向两边横飞而去，就在这么一眨眼的工夫，他们全部脱离了暗器的范围。

但他们仍然很危险，对付这三个高手当然不只这一些手段，应该有更毒的方法！

在他们三人身子在空中时，三支箭向他们射来，三支巨大的箭向他们三人射来，在空中，三人又已经分开，是绝对无借力飞起的情况，那他三人只有死了。

他们三人若是一般人，那就一定得死，一般人逃不过如此周密歹毒的计划，不过，偏偏他们三人根本不是一般人，这种险事，要安全逃出，不是难事。

清风追月在巨箭向他射来时，盘龙剑已在手，他的身子追着箭向前飞去，他的双眼一直盯着那飞射而来的箭，如果眼光当兵器用的话，那巨箭早已被砍得支离破碎了，他的身子在和巨箭靠近，靠近，再靠近，他的手却一直没有动，就在那巨箭离他的胸前只有三尺左右，他动了，极快地一动，盘龙剑一挥，一道白光闪过，巨箭已分成了两段，前一段力道一失，向地下坠去，后一段则按原路以比方才更快的速度倒飞回去，只听一声惨叫，在一棵大树后，立即掉下一个人来，一个弓箭手，胸前正插着一支箭柄，显然是来不及躲避而死。

与此同时，恨天无环在空中一见巨箭来到，他伸手在空中抓了一把，只这么一抓，恨天无环的身子却在空中停了下来，恨天无环只恨无环，但无环也没关系，没环同样是有环，在他一抓的时候，巨箭已经飞到他的胸前了，他的另一只手将清霜剑一抖，清霜剑的剑尖奇妙无比地刺在了巨箭箭尖上，巨箭巨大的冲击力，使得清霜剑迅速弯曲了起来，眼看就要断了！

这时，恨天无环忽然手一松，本已弯弯的剑一弹开，他人向后疾飞而去，而那支巨箭以比射来还快好几倍的速度倒飞出去，"轰"的一声响，在一颗树后，跃出一个人，不过已经死了，血肉模糊，被巨箭爆炸炸死的，恨天无环落地后，不由惊出一声冷汗。

恨地无柄的情况却是不大妙，因为在空中时，那箭是从他背后射来的，他没有看到，他后退的身子迎着巨箭，直到巨箭的箭矢刺到他身上的衣服时，他方感到，就在箭尖刺上他衣服之时，他的身体猛然一转，在电光石火间，身子已变为与巨箭平行了，一个身子随巨箭平飞行，就在这个时候，巨箭已射到一棵树上，眼看恨地无柄的身子在一贴近树的时候，就伸手一拍，身体迅速下沉，而就在这个时候，巨箭爆炸了，那巨箭的箭身，原来是一个爆炸桶。

恨地无柄猛觉一阵巨响，左肩上一阵大力一撞，身子下坠的速度一下子增加了几十倍，他连忙双足一蹬，在地上一冲，踉跄了好几步才站稳，一看，头发已烧焦了一片，左肩上被震裂了一个大口子，鲜血正一滴一滴地向下流，但人却是无大恙。

在一棵巨大的树背后，有一个蒙面的黑衣人，自言道："他们不是人，他们不是人！"悄悄地疾射而去。

他们三人真的不是人，至少不是一般的人，他们的智慧、武功都可以冠绝天下，他们三人在一起，更是无坚不摧，若是想暗算他们，简直比登天还难。

恨天无环一见恨地无柄受伤，忙上前道："兄弟，没事吧！"

恨地无柄仍是大嘴一咧，笑道："这点外伤算得了什么！"

清风追月却道："我们快离开这里！"说完，立即向前飞掠而去，恨天无环和恨地无柄也跟在后面疾驰。

就在他们到达林边时，他们却看到了一件既在意料之中，又出乎人的意料的事，前面燃起了熊熊的大火，火势已经非常大，根本不能飞跃过去，他们已经猜到敌人会使毒计，但没有想到居然是这一招纵火焚林。

一种死亡的气息伴着熊熊的火焰，在空气中弥漫，使每一个人都不由自主有一种恐怖的感觉，蝼蚁尚且偷生，何况是人？哪个人不想自己好好地活在世上？一旦死亡的阴影罩在心头，每个人都不约而同地有一种恐惧之感。

恨地无柄道："我们退回去吧，等到大火过了再走，最多也只耽误几天。"

恨天无环道："退不回去了，他们不会那么傻的，只怕这林子的四周全部都已经着火了，我们出不去的。"

恨地无柄道："难道就在这里等死？被活活烧死的滋味可不好受。"

突然，清风追月道："谁说咱们等死。"

恨天无环和恨地无柄齐声道："总护法有什么妙计可以脱身？"

清风追月道："不是脱身，而是保身。"

恨天无环道："保身？怎么保？"

清风追月道："没时间了，咱们快回到那个陷马坑去。"

说完，他们一路疾驰到了那个马坑，在路上，清风追月给他们讲了保身的办法。

大火烧了二天二夜才熄灭。

在一片茫茫的死沉中，来了一群黑衣人。

一个道："他们应该死了吧！"

又一个道："小心一点好，他们三个武功高强，说不定……"

话还没说完，已经被人打断了，道："再高的武功，难道不怕火烧吗？我们在林边日夜守着，没看到一个人影出来，我看绝对是烧死了。"

话刚一落，立即赢来一阵起哄声，"对啊，这么大的火，不被烧死才怪！"

"难道他们真的是神仙？不怕火烧吗？"

"就算有通天之能，又怎经得起大火几天几夜呢！"

"是啊，是啊！"

那黑衣人无奈道："好，咱们这就回去复命吧！"

一时间，这群黑衣人走得一干二净。

在正义门的总堂之中，鬼府神君端坐在太师椅上，他已经全权取代了"追命判官"管胜天，统领正义门，正准备向君山之巅的武林同盟会挑战。

"禀神君！"一鬼卒道："黑白令使求见。"

鬼府神君道："让她们进来。"

话音刚落，黑白无常已如鬼魅一般，出现在大厅之上。

黑无常道："属下等人在路上拦截武林同盟会的三护法，已经得手，清风追月、恨天无环、恨地无柄均已在返回君山的途中除掉。"

鬼府神君哈哈大笑道："好，立即给我传令下去，宣告天下，正义门总门挑战武林同盟会，三天后，我们上君山。"

"是，神君！"

"哈！哈！哈！哈！哈！哈！哈！……"

邱冷情漫无目的地下山，天地如此之大，竟然没有一个容我之处吗？我现在该到哪里去呢？心爱的人都不见了，我又该到何处去呢？

他在大街上到处乱逛，心中一片茫然，何去何从？天地间一片昏暗，太阳都失去了应有的光辉，每一天昏天又暗地，挥不去的伤心，只有以酒来麻醉自己，只有酒，才是最好的伙伴，只有醉，才没有痛苦，只有醉了，才能忘记那些所谓情仇爱恨，每一次酒醒之后，那刻骨铭心的痛，令人的心发颤，然后再去大醉，在他的世界，已根本没有了晴天，每一天，朝阳那么阴沉，每一天都是黑暗，似乎永无出头之日。

这天，他又来到了酒店里，一进酒店，就大叫："伙计，给我拿十斤酒来，快！"

伙计见他语气惊人，又背着剑，慌忙给他拿来一大坛酒，点头哈腰道："爷，你慢用，有什么事尽管吩咐。"

邱冷情心中不愉快，嫌他在一边麻烦，抛出一锭银子，道："去吧，没你的事了。"

伙计忙道："是！是！大爷慢用。"

他独自一人喝了一碗又一碗，也不点菜，心中那份苦闷，不是随便可以说出来的，只有一醉，方能解千愁，当他一杯又一杯独饮之时，忽然看到街口上，人声嘈杂，有大队的人马浩浩荡荡地向前方出发。

他心中好奇不已，向一背剑的大汉问道："敢问兄台，这是怎么一回事呀？"

背剑大汉像是发现怪物似的望了他半天，才道："小兄弟，看你也是武林中人，怎么这么大的事，你居然还不知道？"

邱冷情一时倒不好意思，道："不瞒兄台说，我是刚从师门下山的，所以不知江湖上的事。"

背剑大汉像是恍然大悟一般，道："噢，难怪了，这事天下武林是哪个不知，谁人不晓。"

邱冷情道："到底是何事呢？"

背剑大汉道："唉，这事说来也是武林的不幸。"他顿了一顿，又接着道："近年来，江湖上各大名门正派忽然全部遭人歼灭，就连少林寺的四大长老都被杀了。"

邱冷情呆了一呆，怎么自己从少林出来不到一个月，就发生了这么多的事？少林四大长老的武功，他是亲眼见过的，在武林之中确实是罕逢对手，怎么连他四人也给别人杀了？了悟大师之死，他亲眼见过，是独孤残所为，但了空、了因、了凡三位大师又是怎么死的呢？

背剑大汉长长叹了一口气，接下去道："少林一灭，天下就只剩下武林同盟会没灭，可是不知什么时候，冒出一个正义门，在短短的一年内，迅速发展壮大，成为了一个武林中无与伦比的大派，其发展的程度令人大为惊叹，以目前的形势看，天下就只有正义门和武林同盟会有实力了。"

这一切，邱冷情都知道，可那人却当他是刚下山的，慢慢地把事情从头到尾讲给他听，他也没办法。

过了好一会儿，那人才道："近日，正义门向武林同盟会下了挑战书，明天在君山之巅一决胜负，这一群人就是前往君山去的，如果，武林同盟会在这一场比试中赢了的话，那天下武林就有得救了，如果输了，那……嘿嘿……"

邱冷情是何等聪明，即使那人不说，他也知道会有什么结果，当年，他曾在正义门呆过一段时间，知道所谓的正义门其实并非什么正义的门派，实则是一个地地道道的黑组织，一个杀人、抢劫……什么坏事都做尽了的令人不齿的组织，如果武林为他们所得，天下会是什么样子，是可想而知的。

邱冷情道："难道没有办法吗？"

背剑的大汉道："有什么办法，天下各大帮派的精英全部死光了，只剩下一些老弱残兵，能出力的都出力了，但这些人又有什么用呢！"

邱冷情道："这些人是往哪去呢？"

背剑大汉道："凡天下有识之士都有心到君山去助一臂之力。"

邱冷情道："如果武林同盟会失败了，那些人会怎么做呢？"

背剑大汉道："当然是群起而抗争了。"说完，他又道："小兄弟，我也准备到君山去，你想不想去呢？"

邱冷情不愿太多人知道他的行踪，于是道："谢兄台告知，我的行动还得去征求我师父的同意。"说着手一拱，道："兄台，就此拜别，珍重。"

背剑大汉也对他道："小兄弟，珍重。"

邱冷情目送那人一直到不见人影为止，方又颓然坐到椅子上，低着头，又继续喝闷酒，他现在心已死，管他什么武林正义，既然他知道天下若落入正义门那一群手中，不知有多少侠士豪客要遭其迫害，足够摧毁一个人的斗志，此时的他便是如此，意志早就被毁灭得一干二净了。

猛然，他有了一个想法，这想法使得他改变了主意，上君山，因为说不定能在君山碰上敏儿，敏儿和他走散以后，肯定也在找他，她一定猜测他要去君山，那么她也一定会去，现在他去君山，不刚好可以察到一个较近的地方吗？只要他用心去找，一定可以找到的。

他打的主意就是到君山上只观看找人，绝对不出手惹事，以免惹祸上身，现在他得注意一下自己的行为了，若再出了什么事，只怕只有死路一条。

邱冷情即随一大群武林中人上了君山，他混在那一群人中，也不多说话，穿着又朴素，莫邪剑的影响太大，他也用布裹了起来，现在这个样子的邱冷情，只怕他自己都认不出来他是谁了。

终于到了君山，那已是第二日上午的事了，正义门与武林同盟会的比试就要开始，这一日，大多数人都各自找休息的地方了，调息身心，所以在君山之上，并没有看见有多少人，邱冷情也不着急，他抱着一神事不关己的态度，仅仅是来碰碰运气，看能不能找到敏儿，找不到，以后到别处再找，他便也找在一农家里住了一晚。

第二天，君山顶上，到处人山人海，所有的人都到了君山之巅，这些人就站在平地上。

左边是武林同盟会的人及天下豪客，右边则是正义门的人，那些人的装束，邱冷情以前见过，是以一眼便认出来了。

他并不想多找麻烦，是以没往正义门那边走，他知道正义门与他之间的事还没有作好了结，如果被认出来了，那麻烦就更大了。

他在人群之中，并没有发现有多少女的来到了君山，而那些女的，没有一个像敏儿，不用说敏儿化了装，就连像敏儿那个子的都没有一个，他叹了一口气，不想在君山留下去，正准备离开，这时，双方的大战开始，看着如此紧张的对峙，邱冷情心中一动，留下来看看结局也好。

正义门那边走出了一个人，这倒令邱冷情吃了一惊，那是牛头，因他长相特殊，在姐妹岛，邱冷情曾多次与他交过手，对他还记忆犹新，邱冷情见这关系到灭姐妹岛之人，便下决心要看下去了。

牛头道："敝门想与武林同盟会的好手比一比，不知你们派谁出来试一试呀。"牛头那样子，甚是得意，似乎他已是无人能及的世外高手。

好半天，都无人答应，他的神情更得意了，他又说了一遍，"武林同盟会中，居然无人应战！"

这时，一个中年的汉子跳上来，大声道："你休得逞强，让本爷来会你一会。"

牛头见有人上来应战，丝毫也不惊慌，道："本爷爪下不死无名之鬼！"

那中年汉子一听，顿时火冒三丈，大骂道："你休得狂妄，让你尝尝你爷爷的枪。"这人原是在黄河一带活动，手中持一柄银枪，是个侠士，姓曹，单名一个平字，人称亮银枪。

牛头哈哈一笑，道："无知小儿，还是别来送死为妙。"

"亮银枪"曹平心中的怒气更加重了，大叫道："亮家伙吧！"

牛头道："我与人动手，从来不用兵器。"

"亮银枪"曹平还以为牛头瞧不起，不屑用兵器，便道："好，好，那就别怪我占你便宜了。"说着一晃，长枪已如灵蛇一般，向牛头扎到。

曹平称亮银枪，在枪法上的造诣自是不浅，他的一路闪电枪法更是在江湖上素有些名气，一条银枪使出来，如灵蛇在风中闪动一般。

这一枪直向牛头刺到，端的快得无话可说，而且狠，这一枪的方位特别怪，虽说是胸，但胸却有好大一块面积，这一枪斜斜地指着左心一边，你不能向左躲，向左一躲，左边的胸口就得多个洞了，当然是一个血洞，也不能向右躲，你只要向右边一动，枪斜一下，那你右腰上就得多个洞了，更不能向上，或向下躲，若你向上，或是向下躲，身上的洞则会变得更多。

但可惜亮银枪曹平遇上的偏偏是牛头，就在他一枪刚刺出的时候，眼前突然失去了牛头的影子，牛头不见了，就像是凭空消失了一般，他不禁愣了愣神。

就在他一枪刺空，愣神的那当儿，他忽然感到身后有一阵风吹来，那是人吹气，牛头吹的，他只是想要一下亮银枪曹平，所以并没有在后面偷袭，只是轻轻地吹了一口气。

亮银枪曹平反应也不算慢，立即一个转身，回身一枪刺出，但仍是落了个空，背后仍是一个人都没有，他呆住了，难道我今天撞鬼了？

这时，他忽然感到背后又被人吹了一口气，这下他不再迟疑，猛地回过手来，却见牛头立在原地，似乎是根本没动一般，背负着双手，很悠闲地站在那里。

曹平感到一阵头皮发麻，他知道对方的武功实在有点不可思议，或者说是深不可测，简直让人有些心惊胆颤的感觉，他努力地想使自己平静下来，不过很可惜，他做不到，他知道这不是好兆头，但他控制不了自己。

牛头这时笑道："现在该让你看看我的武功是不是比你强一些。"说完，双手凭空一抓，已失去了人影。

其实，他不是只一抓，实际上他在一瞬间至少攻出了两百爪，他的鬼府轻功太快，而且移形换位又在一瞬间完成，所以，以人的视线根本就看不见，就像是凭空消失了一样，而就在这一瞬间，他已绕着曹平走了一圈，从上中下，前后左右，各个方向攻出了三十爪以上。

第十三章

　　曹平觉得整个天地之间充满了一种奇异的指力，这些指力，忽隐忽现，飘忽不定，但还是肯定，这些指力一定存在，而且可以肯定，这些指力的杀伤力是挺强的，他不敢碰，他只感到头顶上似是有一片空隙，至少是根本感觉不到有力量的存在。

　　亮银枪曹平还是不能肯定他该怎么办，而就在这个时候，他忽然感到四周的压力一紧，已向他逼压过来，头上的空隙还在，这下由不得他犹豫了，他毫不犹豫地向上一跃。

　　而就在他向上一跃的时候，他明白了一件事，错觉是最容易致命的，他向上一跃时立即就撞上了一股指力，确切地说，是五指的爪力，他那时还明白了另一件事，感觉不到的爪不一定不存在，他感觉不到这头顶上的爪力是因为这一爪乃是最致命的一爪，所以敌人是不会让你感到的。

　　亮银枪曹平在临死前总算是明白了，这头顶上的一爪乃是最厉害的一爪，致命的一爪，他的头立即被爪力震碎了，脑汁从五个洞中飞溅而出，死状恐怖极了。

　　牛头仍然站在原处，手仍是很悠闲地背负着，他只说了一句话，"其实你是可以不死的，只是你太笨了。"

　　恨武生的心一阵刺痛，他发觉对手实在是太强了，若他不出手，只会徒增伤亡而已，本来他是可拖延一些时间，他知道清风追月、恨天无环、恨地无柄一定会回来的，他们三人在一起是没有任何人可以打败的，除非……除非对手是非常非常强，如果这样的话，他也没把握，如果是合他们三人之力不能打败的人，他也没办法，他的结局也只有一个——死！

　　恨武生一跃而出，道："阁下还是让我来领教你的高招吧。"

　　牛头道："盟主，我还以为你贪生怕死，不出来呢！"就在他最后一个字说出时，人已经不见了，当然，是用移形换位向恨武生攻击，这一次，牛头不见了，好久才出现在原来的位置，在下面的众人都看得莫名其妙，两人都没有动，怎么回事啊？

邱冷情却是看出了一些，他自任督二脉一通，内力惊人，眼力也增强了许多，他也只看到牛头在围着恨武生不停地转，一双手不停地向恨武生攻击，而恨武生的招式，他就看不清了，恨武生出招比牛头更快，简直已达到了闪电的速度。

他们在这一刻，其时对招早已过了一千招，如果恨武生不是想看一看牛头的武功套路，牛头在百招之内早就败了，牛头似乎也知道这一点，他先用这一派的武功，而过了一会儿，他又换了另一派的武功。

恨武生有点吃惊，牛头的武功杂得让人不敢相信，几乎天下门派的武功他全都用到了，而且绝对是一等一的高手，直到千招以后，也没看出牛头到底出自哪个门派，他知道再看下去也没有用，现在是毁掉他的时候了，他就挥了一下手掌，这一挥就散发出了一道气墙，这一道气墙立即拦住了牛头所有的攻势。

牛头的武功也是不弱，在攻击受挫之后，他就知道自己的武功比对方差得太多，若强攻下去，只有死路一条，他立即放弃了攻击，迅速退到了一边，力求自保。

就在这时，恨武生向他弹出了一指，仅仅是一指而已，但牛头却是识货，他这一指使的是弹指神通，若被这一指给弹上，不死也是个废人了，所以他立即消失，向后面移形换位疾退，但他的身法却没有恨武生的指力来得快，他感到那股细小如针的压力越来越近了，若是被那针给刺上了，那小命就玩完了，他又向旁边消失。

很可惜，他仍没摆脱那股细小的压力，那股压力像是会识别方向一般，他一动，那压力也随着动，你到哪里，它就跟到哪里，而且距离在迅速拉近。

牛头不由一身冷汗直冒，向来他都没败过，更不用说是败得如此之惨，以前都是他取别人的命，而今天他却第一次感受到了死亡的阴影是那样可怕，那样令人震惊，那样让人恐慌，牛头简直已放弃了逃命，他似乎觉得逃不掉了，尽他的所能，无论怎样，他都没法躲开，他简直想停下奋力后退的事了，让这一缕细小的指风撞上算了，但他却不敢想象中这一指后，生不如死的惨象，因为弹指神通击中人后，并不取人性命，但却能废了人的一身武功，从此武功全失，成为一个普普通通的人，那简直比杀了他还痛苦，一个习武的人对武功可以说是爱护得不得了，若一旦失去了，那种生不如死的痛苦，是最残酷的。

牛头的内心深处在呐喊，不，不行，我不能就这样被毁了，他用尽全力，对着那一缕细小的指力发出了二十掌，人借着掌力向后疾飞而去，二十掌一出，一阵阵如狂潮一般的掌浪向前直卷而去，不过很可惜，那一缕指力还是从层层的掌力中穿了出来，而且来势比开始更快，本已拉开的一段距离又立即被追上了。

原来这弹指神通发出的劲力，是不能用掌去挡的，弹指神通不仅是破内家掌力的好指法，而且弹指神通的一个显著特点就是，若遇到阻拦的掌力，内劲就会穿越而过，而且还从上面吸收功力，增加本身发出的功力。

牛头已经绝望了，眼看着弹指神通已击上他的胸膛上，只要一弹上去，那他一身的武功立即都废了，可就在这千钧一发之间，却有一股强劲的寒气无声无息地迎上那股指力，说也怪，那两股劲力在空中一撞，发出一声奇怪的声音，像是烧红的铁放在冷水中的声音，在空中冒出一阵白烟，却相继消失不见。

牛头在无意之中捡回了一身武功，抬头一看，原来鬼府神君已站在了他面前，他连忙道："谢……"话还没出口，鬼府神君已作了手势，阻止他说下去，他连忙闭上嘴，不说一句话。

鬼府神君道："你退下去，把我交待的事办好，别的不用过问了。"

牛头道："是！"话一落，人已不见。

在下面的群豪不禁大吃一惊，单是正义门的一个手下就已经如此厉害，自己可能连他的一招都挡不住，那他的头头可想而知厉害到什么程度，武功高到什么地步，那是让人无法想象的，人们只愿武林同盟会取胜，若正义门取胜，那日后若在江湖上受了什么欺负，只怕连复仇的机会也没有。

邱冷情的心中亦是吃惊不小，牛头的武功他是见过的，是他平生见过的几个罕遇的对手，武功不在他之下，他还只是个手下，那他主人的武功可想而知，邱冷情不由打了个寒颤，他似乎明白了什么，既然他只是个下属，那么他的一切行动都是由他的主人决定的，正义门本是"追命判官"管胜天的，而"追命判官"与牛头同时参加过攻姐妹岛一事，现在"追命判官"却又退位，让这个人当起了正义门的门主，看来"追命判官"管胜天和牛头马面一样，也只是个部下，正义门想独霸天下，那江湖上所有的事全都是这个人做的了，攻击姐妹岛更是早就准备好了的。

他不禁油然而生出了一种仇恨，一种莫名的仇恨，他似乎对正义门更加厌恶了，他甚至有种想灭正义门的念头。

在他呆想的时候，恨武生和鬼府神君开始了交谈。

恨武生道："阁下可否告知是何人？"他很想知道对手到底是何方神圣，竟然能有如此之势，能达到一统江湖的局面。

鬼府神君轻狂地一笑，道："你不用知道我是谁，只要我知道你是谁就可以了，恨武生，你要是能不败的话，也不用探听我的出来身来历，你说是吗！"

恨武生见他不愿吐露师承门派，便也不再追问，道："武林中近来发生了这许多的事，想必也是阁下所为了？"

鬼府神君道："实不相瞒，近年来江湖上的那些大事，的确是我几个手下干的，不过你很快就要死了，知道了这些也没有用的。"

恨武生道："今天我就要为无数英雄豪杰讨回一个公道。"恨武生这几句话说得掷地有声，让人油然而生出一种仰慕之意。

鬼府神君一听，狂笑道："只怕你没这个本事。"就在他最后一个字刚刚吐露出来之际，人已如蛟龙一般，向恨武生扑去。

邱冷情在旁边看得心中直抖，凭他的武功，竟然只能勉强看清鬼府神君的一招半式，若是鬼府神君向他攻击，只怕早已中招了。

鬼府神君的身影如风车一般围绕着恨武生打转，虽然他没有出招，但恨武生却已是心中大惊，在鬼府神君跳动的步法之中，至少包含了几种攻守之术，他在心中不禁暗自喝彩了一声。

恨武生没有动，他一只脚向左边微微站了一步，这一踏之势也包含了几千种攻守之道，鬼府神君也不禁暗叹，不愧是武林盟主，武功不弱。

他已经看出，左脚微移，看似什么都不是，实则正好应了万变，向左退一点即可化作无数的守势，向前一跨却又是攻势，当真乃高明得很。

鬼府神君道："恨武生，你的武功不错吗！"话音一落，招式一变，已向前递出了两招，仅仅是两招，他没有像一般人那样，以极快的身法向敌手攻出千万招，而是仅仅出了两招，两记很妙的招。

他只是右手微微扬了一下，右手又在后面扇动了一下而已，他所发出怪异真气当即汹涌而出，似雄浑，却又无声无息，似迅速，却又来势沉稳，而且源源不断。

恨武生见鬼府神君出了如此两招，心道：这两招却是毫无破绽，看来只有硬对硬了。双手一拍，分别向前后左右四个方向各拍了一掌，最后当空拍出最雄厚的一掌。

他已觉察到了，这怪异的真气在四周虽势头很强，实则只是虚招而已，并无什么后势之劲，倒是头顶上的那一股劲力，非常可怕，似乎绵绵不断，生生不息。

只听"轰轰"几声响，在四周分别炸出几声震耳欲聋的声响，爆发出的气浪，直冲得众人倒退了好几步，只有邱冷情还站得稳。

恨武生的双掌向头顶一拍，立即就感到，似有几万斤的压力压在头顶，而且源源不尽的力道不断增加，虽不是纯正的内劲那么精纯，却也是雄浑无比，而且比正宗的正道人习的内劲更可怕。

所谓内功有正邪之分，乃是大错而特错，内修本是练气一道，根本无什么界限的区分，正道人练的那种讲究扎实，一步一步踏踏实实地练，不容易走火入魔，若练至有成就，则受益匪浅，若要有大成，需得几十年，甚至更长的修行，而那些邪教人所练的那种则不是，他们讲究速成，在练气的过程中求快，走捷径而达，是以在练的过程中充满凶险，很容易走火入魔，而且内劲不如一步一步来得精纯，但若是奇人异士练之，以本身的奇遇作基础，则能迅速地提高功力，那比正道人一步步练不知快多少倍，反而能在短时间内有大成，这些当然只是少数一部分人可以做到，鬼府神君正是这一小部分人中的一个。

两掌相接毫无声息，似乎只是恨武生的双手向空中一托而已，恨武生心中则是无限感慨，对手内劲之强是他闻所未闻的，这一拍之势，他提起了十二成功力，方勉强可以支持住，这时他忽然闪了一下肩。

鬼府神君心中亦是暗自吃惊，恨武生的武功已远在他想象之外，这两招乃是他倾全力而发，却被恨武生看破，上一击才是最关键一击，两人对内劲，虽然恨武生内劲比不上他，但也不致于那么快就会落败，如果在招式上他够精妙，在短时间内却也不能击败他，要杀死他，更是不易，但从方才恨武生的闪避之势看来，他的武功确实有独到之处。

那肩一晃实则是以一特别的身法化去了他抵抗不住的余下的内劲，至于用的是什么方法，鬼府神君却也没看出来。

恨武生知道，此时若不进攻，那他就是没戏唱了，只有抢攻，才能支持一时半刻，他出手了，说准确些，是出脚了。

恨武生使出了他所习武功中最为怪异的武功，"修罗腿"，顿时人化作一条苍龙，向鬼府神君直飞过去，他采取的是快攻，只在刚一动的那一瞬间，便已经攻出了一千多招，从头到脚，从前到后，没有一个地方没有攻到，在一击之后，又当胸一腿横踢过来。

鬼府神君方才正惊异于恨武生以奇异的身法化去了内劲，突然恨武生向他攻到，饶是他武功盖世，却也不免心中一惊，因为他立即感到整个空气中到处弥漫着一种压力，一种不可抗拒的压力，这是恨武生的武功带来的压力，他虽是让恨武生抢了先机，却依然保持着冷静的头脑，心念一动，鬼府神君立即见招拆招，见式挡式，只有一眨眼的工夫，已经与恨武生对了千余招，化解了他所有的攻势。

就在鬼府神君使出鬼府神功的时候，恨武生感到了一股凌厉的杀气，扣人心弦，使人心寒的杀气，这杀气使人不由产生了一种恐惧，恨武生几乎要放弃他最后横扫出的一腿，但他还是攻了出去，而且比最开始的攻势更强烈，他遇上的对手是鬼府神君。

鬼府神君已将恨武生攻来的招式全部化解了，但这最后一腿，不知该如何是好，这一腿所蕴含的玄机太多了，在他的武功中还没有哪一招能够破去此招，唯一的办法就是退，但一退，就落了下风，先机就会给恨武生占了去，以恨武生的武功，在占先机的情况下，是可以与他打成平手的。

正在他有所犹豫之时，忽然发现恨武生的腿滞了一会，虽然后来的攻势更猛烈，实则中间的招式断了一会儿，即使后来加强了攻势，可以补上这一丝的缺陷，那是对一般的高手而言还可以，但在鬼府神君这样的绝顶高手下，只要有一丝的破绽露出，哪怕仅是稍纵即逝，已经足够了。

鬼府神君就在恨武生的腿微微一飘之时出招了，出了一记狠毒的招，他手去拍恨武生腿上的曲泉穴，只要恨武生的腿再向前递到，他的手一定会点到曲泉穴上，然后承受恨武生的一腿，他使的是极凶猛的打法，自恃武功奇高，挨一腿绝对是没关系的，死不了的，最多只能受一点内伤而已，但曲泉穴乃是腿上的大穴，用重手法点中以后，势必废了一条腿，只要恨武生受了一点伤，导致行动不利，他就可以一举击败恨武生，如果他废了一条腿，更是必死无疑，他很得意。

恨武生似乎已料到了鬼府神君会使出这一招，就在鬼府神君的手向他腿上曲泉穴上点到之时，腿以闪电似的速度向下一沉，只一瞬间，已越过鬼府神君的手，飞踢鬼府神君的腹部，只在刹那间，足尖已沾上了鬼府神君的衣服。

鬼府神君微微一笑，根本没将此招放在眼中似的，平平一掌拍出，身子反而向前一送，准备让恨武生踢他的腰。

腰部乃是人体比较脆弱的部位，如腰部让人给踢中了，一个身子可以完全残废，难道鬼府神君有什么法宝护住腰部不成？他这么有恃无恐！

恨武生不禁有点奇怪，足尖再向前递，突然觉得脚似乎更快了，原来鬼府神君的身上发出一股奇大的吸力，将他的脚向身上一吸，恨武生心中大为疑惑，一双脚不敢再向前踢了，猛地向回一退。

哪知这一退却蓦然感到一股暗劲从天而到，这暗劲正是鬼府神君发出的一掌，恨武生一脚刚收回，忙举双掌猛地一推，两掌在空中交接，一阵巨大的声音过去，恨武生连退了几步才站稳，而鬼府神君只不过是晃了一下肩头而已，这一脚显然是鬼府神君占了上风。

其实这一着恨武生本是可以击败鬼府神君的，只可惜他没有鬼府神君那么大胆，那么大智，鬼府神君在恨武生一脚向腰上踢时，本已无法挽救了，只要恨武生的脚踢上去，他至少要受一点伤，但他毕竟是策略过人，立即将身子向前一送，同时使出鬼府禁宫绝技，以内劲吸对方的攻势，那本是在制敌之后，用内劲吸住一人，再分出身子去攻击别人的方法，鬼府神君在此一用，却迷过了恨武生。

鬼府神君见恨武生落地，长啸一声，已欺身向前，使出了鬼府的武功，一时间，鬼影闪动，阴风四起，在一片片的幻影之中，鬼府神君影子时隐时现，呈现出一片狰狞之色，如鬼魅一般。

恨武生一见顿时面容失色，道："你是鬼府的人？"这一句话中惊奇已多过了问。

鬼府神君道："不错，你很聪明，可惜……"他的话还未完，蓦然听到一个人的声音。

那是清风追月的声音，道："盟主，我们回来了！"只这么简单的一句，恨武生立即知道清风追月、恨天无环和恨地无柄都归来了，一时精神大振。

鬼府神君喝道："截住他们。"手中的招式却是丝毫没减慢。

牛头马面，黑白无常以及"追命判官"管胜天立即跳出来，向清风追月、恨天无环和恨地无柄三人扑去。

清风追月、恨天无环、恨地无柄不是已经在林中被大火烧死了吗？怎么又跑了回来呢？

当时，林中火已起，清风追月让他们到陷马坑里去，弄得恨天无环和恨地无柄莫名其妙。

恨地无柄道："咱们到那儿去干什么?！还是赶快想办法逃离吧！"

清风追月道："眼下火这么大，已没办法可以逃得出去了。"

恨天无环知道清风追月不会乱出一个点子的，到那陷马坑必定有他的目的，但什么目的，却一时也想不出来，便问道："总护法此举用意在何处呢？"

清风追月一笑，道："土地是烧不着的。"那是非常明了，让三人躲到地底下去避火。

恨天无环一下子明白过来了，道："妙！看来也只有此法了。"

三人虽是在谈话，脚下却一丝也没有停过，此时已到了陷马坑边。

恨地无柄也知道了清风追月的用意了，他道："现在咱们做什么呢？"

清风追月道："咱们下去除剑，死马弄上来！"当下先跳下坑去，紧跟着，恨天无环、恨地无柄也都跳下来了，他们三人都是高手中的高手，陷马坑中的那些刀剑是喂了毒的，但此番三人是有准备，自己跳下来的，一点不费事地将之全部除去了。

清风追月道："现在我们得向旁边再挖一个洞。"话一落，已抽出宝剑，向一侧的土壁上运足内劲挖了起来，恨天无环和恨地无柄也都抽出剑来帮着挖洞穴，不到一顿饭时间，已挖了一个十分大的洞了，容三个人在里面是绝对没问题，面前挖出的一大堆土，刚刚好，几乎填满了整个陷马坑，只剩下一条小小的通道。

清风追月道："火已经烧到这里来了，咱们还是进去避一下为妙。"

三人于是全部都钻到那挖出来的洞里避了起来，虽说外面的火烧得那么旺，在这地下洞中却也不怎么感到热，三个都打坐调息，不知不觉中大火已烧灭了。

他们出来已经是两天以后的事了，他们一出来即马不停蹄地往回赶，在一路上他们已听说所发生的事了，在第三天他们才赶回了君山，而这时，鬼府神君已经与恨武生交上手了。

牛头马面截住了清风追月，黑白无常截住了恨天无环，而"追命判官"则截住了恨地无柄，，顿时整个场面混乱起来，到处一片打斗。

鬼府神君心中大急，若是让恨武生的三个得力助手围了上来，他的计划可就失算了，他知道，单打独斗，普天之下只怕已无人能及他了，而如果他们一起上的话，只怕他武功再好，也将成为一败军之将，他们三人的武功太强了，而且在一起的时间又长，都知道对方有什么缺点和破绽，能及时地为对方弥补，他们四人若是一起，那简直可以说是铜墙铁壁，鬼府神君在向武林同盟会挑战之前，之所以要除去清风追月、恨天无环、恨地无柄这三个人，就是不让他们四个人联手，他们四人联手，那他只有失败这一条路可走。

他趁手下缠住清风追月等人时，自己也展开杀手，尽全力追杀恨武生，狂喝道："恨武生，你去死吧！"凝聚全身劲力，已经一掌拍出，这一掌凝聚了他无上的功力，立见漫天出现了许多的幻影，如传说中的神鬼一般，面目狰狞，在恨武生四周飘荡，当中一只大掌向他缓缓移来，虽说掌的移动很慢，但他却无法避开。

这只大掌似乎蕴含了五行生克之妙，不容你有半分的移动，只要一动，立即就有更多的掌向你攻来，唯一的办法只有硬对一掌，鬼府神君自恃功力超群，嘴上的狂笑毕露。

恨武生亦是大怒，提起全身的所有功力，对着那掌影狂劈出一掌，这一掌亦是提起他全身所有的功力，恨武生在江湖上一向是以掌法出名，从不用兵器，一般人在他手下难逃出百招，现在面对鬼府神君，他竟然感到压力很大，身处一种茫茫的杀气之中，一掌对出，所有的幻影立即消失，只有一巨大的气旋在空中激荡。

他们两人所发出的劲力居然在空中相互交错而过，根本就没有碰上，两股内劲产生的巨大激荡之力产生一个巨大的气旋，如龙卷风一般，在两人当中盘旋。

鬼府神君首先感到一股大力向自己撞来，心中狐疑不已，怎么我全力发出的一掌，他居然拦住了？还有如此强烈的反击力，心中一惊，移形换位，人影一闪，已避开了击来的劲力。

其实恨武生更是惊异不已，自己击出的劲力，怎么像在空中消失一般？无影无踪了，他亦是长身一跃，也避开了穿过来的劲力。

接着两人就发现，并不是自己发出的劲力落空了，而是两人的掌劲根本不可能对上，两人发现只有借力打力才是最有效的攻击对策，两人却一齐出手，向两人中间的气旋推出，两股劲力一接，又是毫无声息，气旋转得更快了，劲更强了，但被鬼府神君的掌劲推出，向恨武生慢慢移动，恨武生无奈之下，只得又加强了手上的功力，气旋转得更加猛烈了，不过却停住不前了，现在两人的比试变成了内劲的比试，谁的内劲强，将气旋推向了对方，谁就能取胜。

一场比试变成了内力比拼，鬼府神君猛地一提丹田之气，内息一变，生生不息的绝学脱掌而出，使出了《出尘心经》上的无上内功，立即劲力大增，气旋向恨武生靠近，靠近，靠近……

恨武生已竭尽了全力，亦不能挡住气旋的靠近，他心中不断地变换念头，应该怎么办？不能挡，那就动，引开他强大的内力。

就在此同时，旁边亦展开了激烈的斗争，清风追月手中的盘龙剑犹如游龙戏水一般，与牛头马面两人盘旋，招招不离他们的要害，剑剑指他们身上的大穴，攻势猛烈，他已发觉恨武生不能支持下去，只要盟主一死，那势必是大势已去，武林再无出头之日了，但牛头马面两人的夹击，实在是不好对付，牛头和马面使出鬼府的

"天爪降龙"，不停在他的身边旋转，而且到处散发出一种祥和之气，清风追月亦感到异常可怕，以他的武学成就来说，他知道此武功定是诡异非常，在柔和之中透露的邪气让人感觉不到，但他可以肯定，那一定是存在的，在祥和后的杀气比直接的杀气更可怕，而自己攻出的招式，更是一点作用都不起，虽然每一招都不离他们要害，虽然招招可置人于死地，但他们的身法独特，剑还未沾其身，就被闪开了，在一时之间恐怕还是难以取胜，他静守心中一片宁静，收了剑，立在当中，以不变应万变，灵台一片清明，暂时亦可保住不败之势。

黑白无常则是大展杀手，两人均以鬼府绝技神魔大法与恨天无环周旋，恨天无环的一柄清霜剑在妙字上浸透，每一招都是妙招，不浪费体力的招，招招击敌、制敌。

神魔大法本身是凌厉无比，施出来本是两人，却似有千千万万的人在向你攻击，似幻似真，你以为是真，用全力出击，往往他变成了幻，以为是幻，对它不理不睬，他又幻成了真，令人防不胜防，黑白无常和恨天无环一交上手，立即出现千千万万的黑白无常，从不同的角度，不同的方位向恨天无环攻击，一时恨天无环手忙脚乱，险象环生。

倒只有恨地无柄的情况要好一点，"追命判官"的功力本不及他，他虽然手上受了一点伤，但亦是保持着上风，他凶狠的招式，直逼得"追命判官"节节后退。

恨地无柄一剑刺出，有如有数十剑连绵刺出一般，只听得叮叮之声不绝于耳。

"追命判官"管胜天怒道："吃你大爷一招。"双笔一点，两支判官笔疾射而出，一前一后，一左一右，向恨地无柄疾射而去，他将手中的判官笔当作暗器甩出了，看来他已是败定了。

这两支判官笔的甩出是"追命判官"管胜天的杀人绝技之一，这一对判官笔，在空中相互交错而出，而且相互交叉而过，在空中借力，劲头是越来越强，只要你一挡，判官笔立即变化，像飞轮一般旋转，更是出其不意，其中更厉害的还是判官笔中毒药，只要你一挡，判官笔旋转时，判官笔中的毒药散出，那毒药是驼梦花制成的迷药，只要闻上一点点，就会全身劲力全失。

恨地无柄冷笑一声，如此东西也来丢人现眼，长剑一动，一招"飞天游日"立即展出，长剑化作一片长虹，在两支判官笔上一点，一股巨大的劲力立即在判官笔中展开，判官笔向下一沉，眼看就要落下去了。

恨地无柄脚下一动，正要追击管胜天，这时，突然!! 判官笔旋转了起来，而且还喷出一股白色的烟雾，他猛然一惊，身形暴退，不过还是慢了一点，腿上被判官笔的笔尖划开了一个寸多深的口子，鼻中也吸入了一点驼梦花粉，异香入口，他顿觉身子一晃，头脑一阵昏眩，丹田之气却有一种溃散之迹，心知已经中毒了，怒骂道："无耻小人，竟然使毒！"

"追命判官"管胜天怪笑道："能杀了你，你可别管我用什么手段。"双掌一提，扑向他来，恨地无柄无奈双掌一提，勉强维持一点功力，向"追命判官"管胜天击去。

就在这个时候，恨武生一个四两拔千斤，将那团气劲卸开，立即向他们二人撞来，这气旋包含了他们两人的全身劲力，力道何等威猛，两人顿觉身子一紧，人已被卷入其中，管胜天尚可凭着本身的劲力抵挡，恨地无柄身上中毒，一身功力使不出来，全身只觉得到处有一种被撕裂的痛。

这气旋融入了鬼府神君至阴至柔的功力，又夹着恨武生至强至刚的功力，人处在气旋当中，如处于烈火中，又似在寒冰之上，又冷又热的感觉，令人痛不欲生。

"追命判官"管胜天大叫一声，"啊！"如狼嚎，声音恐怖，令人不寒而栗，而恨地无柄则是一点气息都没有，他全身劲力消失，身子已被撕裂成七八块了。

突然，气旋停止了旋转，在场中停了下来，发出一声惊天动地的声响，将两人露出来，"追命判官"管胜天的衣服全部碎了，头发凌乱不堪，如疯子一般，在气旋中飞出后，口吐一口鲜血，人已是风中残烛，摇摇欲坠，恨地无柄身子十七八散，死状令人惨不忍睹。

恨武生一时惊呆了，他没料到，竟然害死了自己多年的兄弟，一时木然呆立在当场，清风追月和恨天无环更是悲愤万分，无奈，两人均被缠住了。

鬼府神君冷笑一声，乘恨武生发呆之际，在后一爪袭到。

清风追月一眼看到，大叫道："盟主小心！"这一声使得恨武生神志转回，大敌当前，是不容有丝毫的分神，就在回首的那一刹那，他还是发觉已经迟了，漫天的爪影已经到了他的身边，这一如天网恢恢，密不透风，已全部围住了他。

恨武生在心中因失去一个好兄弟而愤怒不已，使出两败俱伤的拼命打法，"鱼死网破"出手，双掌向鬼府神君的胸前拍到，全然不顾鬼府神君发出的招式。

"啪啪！"两声响过后，恨武生中了鬼府神君的一爪，而他的一掌亦打在了鬼府神君的胸口，鬼府神君一爪之力，凶猛的力道立即将他的五脏震得翻腾不已，口吐大口鲜血，人几欲昏迷，其实鬼府神君的情况也不怎么妙，虽然他一爪先击中了恨武生，恨武生的功力去了三成，但打在胸口之上，也是力道凶猛异常，打得他连退十几步，喉中一甜，一股鲜血亦是涌上来，他用力一压，才勉强没有吐出来。

就在这时，在旁边观看的邱冷情走了出来，他向追命判官管胜天走了过去，他发现了一件事，由于在那气旋之中，"追命判官"管胜天的衣服被撕裂了，邱冷情发现，他的左手臂上有一块豆大的黑点，显然是一颗黑痣，他蓦然记起了风啸天临死前的话，"我的仇人使的是一对判官笔，而且左臂上有一颗黑痣。"而"追命判官"管胜天使的正是一对判官笔，他难道是风老前辈的仇人？邱冷情心中热血沸腾，真是踏破铁鞋无觅处，得来全不费功夫，竟然让他在此碰上了，让他为风啸天完成一个夙愿，此时管胜天身受重伤，此时不出手，更待何时？

邱冷情一步一步向"追命判官"管胜天走过去，他来到管胜天的身边道："追命判官，我们又在此见面了。"

"追命判官"管胜天心中叫苦不堪，他知道邱冷情的武功此时早在他之上，自己又身受重伤，怎么在这时碰上他呢？他还是强作姿态，道："小子，我们之间的账还没算呢，你来得正好。"

邱冷情冷笑一声，道："今天我就是要来与你算一笔账的，替一个人报仇！"

"追命判官"管胜天心中直喊糟糕，他真的是来杀他的，早不来迟不来，就在他身受重伤之时来了，他怒道："替人报仇？你未免也太多事了吧！"他一生杀人无数，要报仇的人实在是太多了，只怕数也数不清。

邱冷情道："我来替一个人报几十年前的大仇！"

"追命判官"管胜天心中更是疑虑，道："几十年前，你还没出生呢，这些事与你何干？"他心中实在猜不透，难道邱冷情是哪个仇人之后？但他实在想不起有一个姓邱的仇人，更无仇人长得像邱冷情。

邱冷情道："你自己做的事，应该不会忘记吧，你还记得风啸天前辈吗？"

"追命判官"管胜天心中冰冷，道："你……你……你怎么会知道？"

邱冷情道："追命判官，我是怎么知道的并不重要，只要你记得有这件事就可以了，今天我就要替风老前辈报仇！"说完，手一举，已经向"追命判官"出招而来。

这时一个声音忽然道："小子，我找你好久了，今天你居然自己找上门了，看我教训你！"话音一落，已跳出一个人来。

邱冷情出来，不只令所有人都大吃一惊，而且有一个人最担心，那就是白无常萧萧，她也不知是怎么一回事，一见到邱冷情，不由自主心跳加速，今天的情况是如此险恶，万一他有什么事，她不知不觉对邱冷情非常关心，那一夜的缠绵，至今仍在她的心中缠绕，那种缠绵已让她的心彻底为他而动，为他而情难自禁，在那一阵缠绵以后，她的人，她的心已完全属于他了，现在他在这个危险的时候跳出来，使她的心不由得狂跳起来，为他担心，为他的安危担心。

鬼府神君在调息了一会儿之后，立即又向恨武生出招攻击了，他不能让他的计划毁于一旦，雄霸天下的决心使他不能放弃这一战，手一动，千千万万的掌影，立即向恨武生狂卷而来，每一招，每一个幻影都带着浓烈的阴风，吹得人不由自主地胆怯起来。

恨武生本已受伤，现在见鬼府神君又攻来，心知这一战，必定是凶多吉少，但他亦是无法，只得勉强应战，手一抬，亦是千掌万掌应手而出，一团团的杀气从他的手上射出，他对恨地无柄的死十分悲痛，出手亦十分重，只不过他已经受伤了，出现了些力不从心的现象。

就在两人的掌劲交接之时，他的身子在巨大的冲击力之下情不自禁地向后退了许多步，鬼府神君所有的掌影全都在他的掌劲之下消失了，但仍有三掌，他是没有能力消除，三掌连绵而来，一掌撞向他的头部，另两掌分别拍向他的前胸和后背。

恨武生后退的身影还没站稳，这三掌已经向他而来，眼下他只有一条路可走，举手以掌劲化开头上和前胸的两掌，然后斜向前冲出去，恨武生当然是举手向头顶一掌拍出，但他突然感到丹田里一痛，一口真气提不上来，功力只发出七成左右，顿时觉得头上的压力奇大，胸前亦是像有一堵墙似的，身子只向前冲出了二步，背后已是中了一掌，一个身子顿时飞出几丈远，跌倒在地，口中连喷出几口鲜血，看来已受了极重的内伤。

鬼府神君哈哈一笑，道："恨武生，今天你是死定了！"人已如大鸟一般当头扑来，在空中已向下连发了四掌，不过这四掌却不是个打在恨武生的身上，而是打在他的四周，恨武生心中狐疑不定，他干吗不向我攻击呢？一个念头还没来得及想完，鬼府神君已当头向他劈下了一掌，这一掌威猛十分，声势惊人，丝丝的阴风有如冬天的北风一般，刮在脸上，掌劲如海潮一般，一浪高过一浪，掌劲一阵一阵向前涌来，越来越强，看来鬼府神君已发出了全力，准备一举击杀他。

恨武生本已受伤，与他比拼内力本是十分不利，他心中一动，不能拼就只能逃了，身子向后猛退，哪知向后一退，即撞到了一堵气墙上，根本退不出去，顿时恍然大悟，原来鬼府神君已练习了聚气成形的武功，刚才在身边的四掌已封住了他的退路，无从选择，只有硬拼这一条路可走，他强按住心中的内息，强提出一口真气，双掌向上一拍。

轰天动地的一声响直震得地上起了一个几丈的大坑，就算恨武生受伤，他的功力还是不可忽视的，一股大力直向恨武生压来，他的双肩已承受不住如此大的压力，全部碎了，狂吐出一口鲜血，顿时气绝身亡，一个身子陷下去一半，只留下上半身依然在那里。

而这致命的一击里，鬼府神君亦不好受，他的身子在空中，强大的反击力之下，他的身子在空中不能借力，直飞出十丈远，才跌落到地上，心中的气血向上翻涌，一口鲜血直向上冲，他口一张，再也无法压下去，哇地喷了一地，头一昏，几乎要倒下去，连忙盘腿坐在一边调息。

清风追月听到恨武生的一声惨叫，心中顿时大惊，更是悲痛不已，道："狗贼，我与你们拼了！"心神一动。没把持住，顿时幻影丛生，中了牛头马面合击的"天爪降龙"之术，眼前一片幻影，根本不见敌人，只见恨武生还站在他的面前，笑哈哈地对他道："兄弟，做哥哥的好想你！"

清风追月不禁道："盟主，我回来了，你一切还好吧！"

恨武生道："兄弟，我很好，只是好想你，你来陪陪我吧，做哥哥的好孤单……"人影一晃，已经不见了。

清风追月道："盟主，盟主，你等等我，你要到哪里去呀？"

幻影一变，恨地无柄已站在他面前，道："总护法，兄弟在等你来团聚呢，你快来吧！"

清风追月依然觉得有点不对劲，无奈魔功入身，根本想不起他二人已死，只道："好兄弟，哥哥会来的。"其实他也不知道要去的地方是地狱。

牛头和马面见他幻影已生，魔功已深入他的脑子里了，相视而笑，飞身大喝一声，四掌齐出，拍在清风追月的身上，这两人合攻之力，倒也十分骇人，清风追月的身子被击飞出几丈远，倒在地上，一动不动，已是一命呜呼了。

只剩下恨天无环仍然在和黑白无常苦战，他剑术超群，在两魔女的久攻之下，却依然立于不败之地，若是要杀他，却是不易，他见三位同伴相继死去，早抱定一颗必死之心，处处都是拼命的打法，黑白无常却有所顾虑，一时倒落于下风了。

鬼府神君这时已调息完毕，功力虽然没全部恢复，已恢复七八成了，他大喝一声："让我来收拾他！"人已飞扑而去。

恨天无环知道来了强敌，心神一定，一柄剑舞得是密不透风，一支长剑直逼鬼府神君前身的大穴，招招都是含恨而出，每一招发出，都劲气十足，剑气喷射出几尺远，层层的剑影将他的全身都笼罩了起来。

鬼府神君嘿嘿一笑，道："凭你这点道行，也能奈何我吗！"双手在空中一抓，五指上透出的道道指风穿过剑幕，吹得恨天无环手上的一柄长剑几乎拿捏不住，但这么一股大力袭击，剑幕立即出现了一大片的漏洞，在鬼府神君强大的指力之下，恨天无环手中的清霜剑亦停滞了许多，再不似开始那么快，那么精妙了。

恨天无环知道，再不能如此打下去了，他运起全身的劲力，一招人剑合一，向鬼府神君飞来，剑气射出丈多长，声势惊人，一种死亡的气息即在四周散开来，所有的方位都在这一招的笼罩之下，无论你如何闪避，都不能闪开，鬼府神君那只有死路一条了。

不会，当然不会，如果凭恨天无环，能杀得了鬼府神君，那恨武生就不会死了，鬼府神君一直看着恨天无环的剑向他飞射而来，身子动都不动一下，但身上散发出的劲力，却拦住了恨天无环剑上所发出的剑气，剑气虽然被拦住，但剑仍在一步一步地靠近，一步步地向鬼府神君的胸口靠近，鬼府神君依然没有动，丝毫也没有动，剑一下刺进了鬼府神君的胸口，他杀了鬼府神君?！

不！没有！他忽然觉得剑再也刺不进一分了，在他的剑刚刺破鬼府神君的衣服时，剑停住了，鬼府神君的手就是在那一瞬间，从侧面捏住了清霜剑，一股巨大的压力立即在剑上散布开，清霜剑震个不停，在两大高手的内劲之下，渐渐弯曲……突然，鬼府神君的手一扬一挥，另一只手立即拍出了一掌，拍出了无声无息的一掌。

就在鬼府神君的手一扬一挥时，一股奇大无比的牵引之力在剑上弥漫，本已弯曲的剑突然一弹，不只向外弹直，在弹直后又以更强的劲道向回弹，直削恨天无环的手。

恨天无环暗道不好，自己如此强硬的一招，居然被他轻而易举破开了，看来这次是死定了，手一松，已放弃了剑，清霜剑如盘龙一般向鬼府神君射去，他在空中的身形也开始向下落。

鬼府神君不屑一顾道："这种手法也有用?"手一挽，抄住了清霜剑，而恨天无环下坠的身影正好碰上鬼府神君向下发出的一记暗掌，砰的一声，打在他的胸口，身子如飞般向下坠落，在地上一摔，喷出一口鲜血，内息紊乱，再也平息不下来，就在这时，鬼府神君人已飞身而起，手中的清霜剑一掷，一柄长剑立即带着一股猛烈的劲力向恨天无环飞去，可惜他中一掌后，身上已是周身无力，根本闪不过，一声惨叫，一代大侠死在妖魔的手下。

而就在此时，邱冷情一步一步向"追命判官"管胜天走去。

刚才跳出来的那个人是李鹏飞，当初就是他引诱邱冷情入正义门，后又让邱冷情逃走了，他一直怀恨在心，今日却在此见面，他依仗着正义门强大后盾，以为今天可以报复一下，便跳出来，要教训邱冷情。

以他现在的武功，就算比当年再高一步，又如保能与邱冷情相比？他屡遭奇遇，功力不知提高了多少，以李鹏飞的身手，根本就是白白送死，"追命判官"知李鹏飞打不过邱冷情，却不出声阻止，现在能拖得一时是一时，只盼鬼府神君尽快解决恨武生，然后来助他一臂之力。

邱冷情见是李鹏飞，心中立即生出厌恶，"这个人真的很讨厌，如此小人，留在世上有何用！"心中已动了杀机，他笑道："原来是李堂主，不知你一向可好？我祝你长命百岁。"口气中满是不屑。

李鹏飞仗着人多势众，以为邱冷情的武功也没长进多少，只是乘人之危，想杀"追命判官"，见邱冷情出言讥讽，心中大怒，双手一拔，一柄大刀在手，一路刀法已施展开了，这一路刀法在他手中倒也是有板有眼，呼呼作响，应该说可以算是一个二流的高手了。

邱冷情心道：这家伙的武功进展得倒也挺快。不过他遇上邱冷情，算他倒霉，邱冷情有意戏弄李鹏飞，在他展开的刀法之中，只是以"飞尘飘雪步"在刀影中穿梭，并不还击。

李鹏飞还以为他的刀法凌厉，而邱冷情在这几年里，武功没有什么进步，根本无力还击，心中大喜，手中的刀舞得更狂了，直到他的一路刀法全使完了，却依然没有沾到邱冷情的一丝衣角，他方觉察出不妙，邱冷情的身形如鬼影一般在他的刀缝里穿行，双手背负，悠闲至极，不是无力反击，而是根本就不屑出手，如果他一出手，不知会有什么事情发生，李鹏飞越打越心惊了，等到第二遍刀法使完时，仍未沾到邱冷情的一丝衣角，他身上已是冷汗直流，刀法也是漏洞百出了。

邱冷情冷笑一声，莫邪剑已挥剑而出，一道凌厉的剑光破空而出，瞬时所有的刀光全部被掩盖了下去，只听叮的一声，大刀已被斩断为两截，胸前已被开了一道长长的剑痕，但只是刚刚划破衣服，丝毫没有伤及皮肤。

邱冷情冷漠地看了他一眼道："我不愿杀你，你走吧！"说完，转身向"追命判官"管胜天走去。

李鹏飞这时却做了一件愚蠢的事,他在邱冷情转身向管胜天走去的时候,向邱冷情发出了一枚暗器,一枚很歹毒的暗器,"追鬼五毒针",这暗器无声无息,在针尖上喂了极为歹毒,见血封喉的毒药,就在邱冷情向"追命判官"管胜天走去的时候,这一枚毒针已向他的背后疾飞而来了。

不过很可惜,李鹏飞的武功太差了,他发出的"追鬼五毒针"还是发出了一点声音,一丝破空的声音,邱冷情现在一身功力通玄,耳力是何等敏锐,只要有一丝的响动,都逃不过他的耳朵,一听这破空之声,知道是有人放暗器来,他当即冷哼一声,"飞尘飘雪步"一闪,人已转到一边,一掌向暗器拍去,"莫邪"剑已带着一片精光,向暗器飞来之处闪去。

李鹏飞心中对邱冷情痛恨不已,发出一枚"追鬼五毒针",心中正得意,心想这下,看你怎么办,死定了,蓦然只觉胸口一痛,"追鬼五毒针"已刺进了他的胸口,一阵麻木的感觉迅速传遍全身,心道:不妙!接着还没有反应过来,一道剑光一闪,他的头已被削了下来,飞上天空,一股浓黑的血喷了出来,显然是巨毒缠身,已先死了,才被一剑砍了头。

邱冷情冷冷地望了一眼,道:"你心太险恶了,死不足惜!"又转身向"追命判官"管胜天走来。

而这时恨武生、清风追月、恨天无环、恨地无柄都已经被杀了,鬼府神君看见邱冷情正提剑向"追命判官"管胜天走去,不禁皱了一下眉头,"这个小子是谁?"

"追命判官"管胜天像是抓到了一根救命稻草似的,大叫道:"神君,救我,他叫邱冷情,是姐妹岛的漏网之鱼。"

鬼府神君惊道:"你就是邱冷情?好!很好!我正要找你,你竟然送上门来了,那本神君就成全你,让你也死在这里。"说完,人影一晃,已如鬼魅一般,闪到了邱冷情的身前。

白无常萧萧一见鬼府神君动了怒,要杀邱冷情,心中已是方寸大乱,一片芳心颤抖不已,她不明白,为何现在对他是如此关心,在没见到他的时候,心头也是颤抖,无尽的相思,无尽的爱,尽在心中缠绕,现在见了面,却又要为他担心,担心她的安危,为什么要让我们处在这个对立的场地呢?为什么我们不能携手共同编织一片爱的天空?不能在那片宁静的天空中,安静地相爱,安静地生活,偏偏要我们承受这么多的痛苦?

他依然不知道我是谁，不知道我在这里对着他痴痴思虑，我要不要告诉他呢？我要不要将事情真相告诉他呢？眼前最重要的是如何保护他的安全，如果我出手，一定会引起神君的猜疑，凭我和他的力量，绝不可能敌住这么多人，怎么办？怎么办？但愿他能安全脱险。

邱冷情却不知有人在为他担心，他见鬼府神君拦在他的面前，又听他要置自己于死地，他方才见过鬼府神君的武功，知道今天要杀"追命判官"管胜天是不容易了，但今天却是一个千载难逢的机会，只怕错过了今天，便是没机会了，他心中道：还是先下手抢占先机，再趁机杀了"追命判官"管胜天，然后再伺机逃走，心念一定，脚下一动，"飞尘飘雪步"已使出，身子在鬼府神君面前一闪，即已消失，人已越过了鬼府神君，他手中的莫邪剑毫不留情地向"追命判官"管胜天削去。

鬼府神君大喝一声，身子已一闪，虽然没有"飞尘飘雪步"那么快，却也是无与伦比，鬼府神君就在一转身之际，已经向邱冷情攻出了一招，很凌厉的一招，漫天的指风顿时向邱冷情袭到，这一爪之力不异于万钧，一道冲天的杀气顿时在四周升起。

邱冷情心中顿转数念，以他的身手，可以击杀"追命判官"管胜天，但他却无把握杀了管胜天之后能安全地避开鬼府神君的一击，他这一击之力非得将他打成重伤不可，若他被重伤，必被他们杀死，唉，所有的恩怨都已了结，又何惧死！不！不！在心底一个声音道，我不能死。一种本能的冲动，使他的身子一窜，以一种超人的速度，飞了出去，脱离了鬼府神君一击之力的范围，但他亦是不能再杀"追命判官"管胜天了，因为鬼府神君已站在了管胜天的面前，看样子，鬼府神君是在护着他，不让邱冷情有机会杀管胜天。

鬼府神君道："好小子，你还有几下子，此时若不除你，日后必定是我的劲敌，所以，死定了。"就在了字出口后，鬼府神君的身影以一种凡人完全不可以想象的速度向邱冷情扑来，同时已向他攻出了一百腿，一百掌，在掌腿未到之时，劲风已到了，一阵排山倒海的劲力直向他压到。

邱冷情心想这一战是绝对免不了的，心中一横，"飞尘飘雪步"施展开来，手中的莫邪剑更是施出了必杀的绝技，在一瞬间已化去了鬼府神君的所有攻势，他仍然不断地攻击，依着"飞尘飘雪步"，身子亦如影子一般在鬼府神君四周打转，伺机出招攻击。

鬼府神君心中大怒，自己如此凌厉的攻势居然被他轻巧地化去，看来不除他，日后的麻烦可大了，心中一横，鬼府的禁宫之功已使了出来，手中一掌带着无比的杀气向邱冷情卷到，掌影中，劲气冲天，不容有一丝一毫的空间，根本不可能有躲避的机会，唯一的办法只有对一掌，鬼府神君对自己的掌劲和内功修为很有信心，他相信，邱冷情的年纪是如此之轻，所以内功修为一定不会高过他，若对掌劲，自己一定可以毫不费力地击败他。

邱冷情却没有对掌，他只动了一下剑，用剑指着鬼府神君的掌心，一股凌厉的剑气从莫邪剑中透射而出，丝毫不在鬼府神君的掌劲之下，而且剑上隐隐发出一种说不出的怪力，他能感应到，却不知此怪力是发自保处，莫邪剑的剑气直冲他的掌上，丝毫不受他掌力的影响，只怕他一掌拍下去，自己的手掌已被刺穿了一个洞。

邱冷情此招着实妙不可言，若鬼府神君不撒手，那他的剑必定会刺穿鬼府神君的手掌，那他可以说是胜算在前了，若鬼府神君撒招，他立即占住先机，或许照样有胜利的希望，现在只看鬼府神君的反应了。

而就在这时，鬼府神君作了一个谁也没有料到的反应，他以一只手抓住了邱冷情的剑，以空手在莫邪剑上抓着，可就是因为这一抓，邱冷情手中的莫邪剑再也刺不进半分，似乎是凌空给挡在当中了，而鬼府神君的手并没有抓在剑上，而只是凌空而抓，展开他的内劲吸字诀，将莫邪剑牢牢地吸在手中。

邱冷情猛地运劲一推，推不动，他又提起十二分的功力，向后一拉，而就在这时，鬼府神君又做了一件令人想不到的事，他将手中的剑递给了邱冷情，而且还附带了一点礼物——他的无上劲力，他将剑向邱冷情一推，另外一只手已拍出了一掌。

就在他一推之中，邱冷情却感到剑上传来一阵回旋之力，令他的身体向一边倒去，而这时，刚好鬼府神君的一掌已打到了，他的胸前已经中了一掌，一阵奇大无比的劲力在他的身体里四散开来，身子向后猛地飞出了十几丈远，身体里的劲道汹涌四窜，最后全部窜入他的丹田之中，消失于无形，邱冷情从空中摔倒在地，满头大汗，内息也是澎湃不已，几乎要冲出来，他躺在地上，半天动也不动一下，连忙闭气调息，将汹涌不已的内气平息下来。

鬼府神君一见邱冷情躺在地上不动，以为他已受了极重的伤，根本就站不起来了，他不屑地道："这小子还有点门道，可是你也太自不量力，居然与老夫斗，死是你唯一的出路，你就认命吧。"他以为邱冷情已经死了，至少也是伤得差不多了。

萧萧心中更是悲痛不已，几乎要惊叫出来，扑身过去，但理智仍是控制住了她内心如狂潮一般的情感，她在心中暗道：情郎，若你死了，我也不偷生，但此时我却不能来救你，你明白吗！她内心虽是有千种痛苦，在此刻也只能化作一滴清明悄然的泪，滑落在脸上。

邱冷情在地上调息了一会儿，很惊异地发现，他根本就没有受伤，他已不只是一次出现这种情况了，上次在五毒山绝谷之中也是出现这种情况，在中掌之后，根本无一丝的受伤痕迹，可是内劲反而还增加了，只是内劲从外而入太强劲，一时无法适应而已，只要调处一会儿，根本就一点事都没有，现在也是出现了这种情况。

他在惊异间，人已站了起来，其实他哪里知道，这都是他喝的蝙蝠血的功效，不管何人的掌击在他身上，内劲都会给他吸收了去，根本不可能伤他，可以说，这已是金刚不坏之身的一种，外力打在他身上，他本身不受伤，内劲却在不断地增加。

他一站起来，一下子就有两个人惊呆了，第一个是鬼府神君，他很惊奇，自己如此强劲的一掌打在他身上，他居然还能站起来，看起来，依然是完好无损，难道他的功力比恨武生那老鬼更高？不会呀，他的功力刚才我已试过了，绝对没有超过恨武生那老鬼，那一掌就算是恨武生，也不一定能受得住，这小子何以能安然无恙呢？看来有点古怪。

第二个惊奇的人就是萧萧了，她是又惊又喜，惊的是神君一掌居然没有伤他，还是安然无恙，喜的是，他还没死，还有机会，可以与他重逢，只要他能逃过此劫，就可以了，心中却不免又着急起来，情郎呀，你快逃吧，别留在这里了，这儿很危险的，她心中十分关心邱冷情的安危，真的不愿看到他与鬼府神君再如此斗下去。

邱冷情又站了起来，他顽强地站了起来，以一种超凡的意志站了起来，虽然那一掌没有伤到他，却也轰得他头昏目眩，浑身上下一阵一阵地发痛，不过他依然站了起来。

鬼府神君开始颤抖，他知道自己的功力是绝对超过了邱冷情，而邱冷情也绝对不会打败他，可不知为什么，他还是觉得邱冷情身上散发出一种不可思议的东西，这东西散发在空气，中让人不由得产生恐惧，这是一种死亡的气息，可以说是杀气，一种很强烈，迫得人透不过气来的死亡之气，就连鬼府神君这样高手之中的高手，都感到恐惧，他觉得眼前这个年轻人不简单——绝对不简单，日后必将成为他一个最强的敌人，任何一个有野心的人都不会希望有一个最强的敌人存在于世上，鬼府神君不想有人阻拦他一统江湖的大业，他比别人更希望能扫荡一切阻拦他的人，所有阻挠他计划的人只有一个下场——死，所以他决定，趁眼前这个人的功力还没超过他，杀了他!!!

邱冷情已经注意到了鬼府神君眼中神情的变化，也注意到了鬼府神君浑身功力的变化，他也知道自己的功力不及鬼府神君，与鬼府神君较量，他一定会败，但，在他的信念中，他一定要杀"追命判官"管胜天，任何人，任何强大的力量，都不能拦住他，如果一定要拦，他只能选择，去杀了那个阻拦他的人，他知道鬼府神君现在一定会拦他，眼下他要做的事就是——杀了鬼府神君。

邱冷情摇摇晃晃得站住，他冷冷地道："老头，让开，别站在这里碍事!"

鬼府神君向来是万人之上，从未有人敢如此对他不尊，敢对他无礼的人，结果一定不好，他一定会受到鬼府神君最残酷的摧残，鬼府神君大怒，嚷叫道："小子，你今天的结果，只有死!"话音一落，人已如一头愤怒的狮子，向邱冷情扑过来，人影一晃，已是向邱冷情攻出了几百招，每招都是攻击邱冷情的要穴，招招都快似闪电，在如此强大的攻击之下，邱冷情会受得了吗?

邱冷情出言相讥的目的只有一个，激怒鬼府神君，一个人只有在冷静的时候才能发挥出最凌厉的杀招，只有最凌厉的杀招才最管用，在怒气攻心的情况下是绝对不可能不露出破绽，而有时一个小小的破绽，就足以决定一场生与死，就足以改变一个人的命运，邱冷情做到了，他成功地激怒了鬼府神君，让鬼府神君在如此愤怒中发招，只要寻着破绽，他就会毫不留情地杀了他，杀了鬼府神君!

层层的人影已到了他的跟前，鬼府神君的杀着果然可怕，漫天的爪影，数不清的招式，根本连看都看不清楚的速度，还有从爪上透出的阴气，使人直打寒颤，若是功力稍差之人，早就受不住，倒在地上了，他依然站着，依然在那里稳稳地站着，手已经握在了莫邪剑上，他的双眼始终盯着鬼府神君移动的身影，可以说是飘动的身影，他已经发现了鬼府神君的破绽——脚下，在鬼府神君漫天的爪影之下，脚下是他最弱的地方，在那里，他的爪影封不到，只有靠他步法的奇妙来维持脚的安全，可是无论什么步法，都不如"飞尘飘雪步"，以他的功力使出"飞尘飘雪步"，可以避过鬼府神君的爪影，然后出招，攻击他的脚，可是距离若是太远的话，以鬼府神君的修为，他一动，鬼府神君就会发现他的意图，然后招式一变，来补救这个细小的破绽，很容易办到的，所以他不能操之过急，只有等待! 等待! 等待机会成熟的时候，然后再一击成功!

第十四章

近！鬼府神君的身影越来越近了，一片黑影已完全罩住了邱冷情，在空气中传出鬼府神君得意的笑声，"哈哈哈，去死吧！"更猛烈的杀招向邱冷情卷去，眼看邱冷情就要丧生在鬼府神君的爪影之下了。

这时，一个冰冷冰冷的声音让人心在颤抖，"该死的人，应该是你！"这是邱冷情的声音，在声音刚落之际，一道白光带着浓浓的杀气，从黑影中电闪而去，是莫邪剑，莫邪剑划破了鬼府神君的爪影，邱冷情以"飞尘飘雪步"成功地从爪影的袭击范围之内，脱离了出来，剑光跟着一闪，已向鬼府神君的脚卷去。

鬼府神君心中似乎早料到邱冷情会如此做一般，冷笑道："无知小子，你就这两下子！"

果然，鬼府神君不是这么容易对付的，就在鬼府神君的招式用老，来不及换招，而邱冷情的剑光已卷上鬼府神君的脚之时。

忽然，在空中，鬼府神君用一个根本不可能的动作避开了这一剑，在空中毫不借力的情况之下，他凌空转了一圈。

鬼府神君在空中转了一圈，手中的招式不变，身形即变了，爪影依然向邱冷情罩来，从背后向他罩来，只在眨眼之间，已到了他的身后。

邱冷情刚冲出鬼府神君的爪影范围，只觉眼前影子一闪，已经失去了攻击的目标，不见了鬼府神君的人影，心中已知不妙，忙以无上的轻功"飞尘飘雪步"，向前一跃，爪风已袭到了他的背上，不过，却没有快过他的"飞尘飘雪步"，距离已经慢慢拉开了一些。

虽然只拉开了一些，却已经争回了宝贵的一点时间，在高手的脚下，一点时间都是宝贵的，一点时间可以做许多事，可以做许多意想不到的事，甚至有时一个人的命运，就只是在一点的时间里可以决定，在一点的时间内可以决定一个人的生死。

虽然只有一点时间，已经足够了，足够他安全地从鬼门关口回来，邱冷情在这一瞬间，转身了，回转身影，攻出了一掌，以毕生的全部功力攻出了一掌，不管这一掌的结局如何，至少——

他已经从鬼门关口逃了回来。

鬼府神君也不得不佩服邱冷情的应变能力，在如此紧急，性命攸关的时刻能成功地脱离出去，并还反击一掌，这样的人才确实不简单；如果可能的话，他很想将他收为己用，只要他别太聪明，但事实上，他太聪明了，聪明过分了，在某些时候，聪明并不是一件好事，这时就是，一个霸者是绝对不允许世上还有一个比他更聪明的人存在，因为这个人太聪明，超过了他，对他已是构成了威胁，那么最好的办法就是让他在世上消失，亦即是说——杀了他，死人是不会与人作对的。

鬼府神君在邱冷情一掌回击之时，已是生了要置邱冷情于死地的决心，功力一提，亦是全力而发，他这一爪上的功力，是可以开山劈石的，邱冷情的功力简直是微不足道，凭他的血肉之躯，那……

"轰！"的一声巨响，震得在场的人耳朵都差点聋了，这一掌的威力果然不同凡响，几乎毁了整个山头，在地面上留下一个巨大的深坑，邱冷情的身子被轰飞出几十丈远，一口鲜血狂喷向天上，四肢亦是被撕裂了，倒在地上，不能动一下，而鬼府神君的情况也不是很乐观，邱冷情的内力还超出了他的料想，在邱冷情的体内，不仅有本身的真气，而且还有许多怪异的力量，这些怪异的力量，似乎是十分强大，连鬼府神君如此强的真气都抵挡不住，他同样被反震出几丈远，在空中一翻跟头，总算没有摔倒，不过同样喷出一口鲜血。

萧萧的心简直碎了，他不知邱冷情的生死吉凶到底如何，她的心在狂跳，在滴血，她多想走过去看一看心中的爱人，可是她不敢，她怕那样会加速他的死亡，而鬼府神君亦是不会放过她，她的心破碎，但她不愿就此白白死去，这样的死是没意义的，她只有忍着伤痛，偷偷地生活下去，如果鬼府神君真的杀了邱冷情，她更会活下去，好好地活下去，然后她会替邱冷情报仇，杀了鬼府神君，到那时，她再死去，才是死得安心，如果此时暴露了，两个人白白死了，仇都没人报，她会死不瞑目的，她的心好痛，好痛，只盼邱冷情别死，别死……

鬼府神君喷出一大口鲜血，内腑同样受到了很大的震动，也受了内伤，他连忙坐在地上，好好调息，只怕一时无法恢复过来。

黑无常向两边瞧瞧，邱冷情依然倒在地上，胸部一起一伏的，显然还没死，而鬼府神君也受伤调息，她道："神君，让属下去杀了那小子！"说完，已从一名小兵那里，抓了一把刀，向邱冷情走去。

黑无常的脚步一步一步地靠近，萧萧的心也提到了嗓子眼上，她真怕自己会一时冲动，冲去杀了黑无常，她在手中已扣住了一枚毒针，只要黑无常的刀一落下，她毒针立即射向鬼府神君，然后杀掉黑无常。

五步……四步……三步……二步……一步，黑无常已提起了刀，萧萧痛苦地闭上眼睛，她不敢想象那一幕是怎样的场景，她头脑中一片空白，只有一个信念是清晰的——邱冷情一死，她也不想活了。

刀已落下。

这时！

忽然，一个声音道："不许杀他！"

这，居然是鬼府神君的声音，萧萧睁开了眼，黑无常也及时止住了刀，到底是什么事使鬼府神君改变了主意，不杀邱冷情？

这时候，鬼府神君已调息完毕，他睁开了眼，缓缓地站起来，说出了一句令所有人惊异不已的话——"他只有我才能杀！"

什么？邱冷情只有他才能杀？

不错！在鬼府神君的眼中，邱冷情是个不简单的人，如此的年纪竟然已达到了这么高的修为，邱冷情是一个强者，而他却是一个霸者，他必需亲手去杀了这个令他最不安心的人，而其他的人不能杀！不配！

鬼府神君的话落，有一个人松了一口气，那是萧萧，她头上已冒出了一层冷汗，如果黑无常杀了邱冷情，她一定会趁鬼府神君还在调息的时候出手，现在鬼府神君调息已毕，他还要亲手杀邱冷情，她的一口气当然是松了下来，不过却是另一种松，一种痛苦的松，一种在强忍着痛苦的松劲，她松气的目的是忍耐！伺机报仇，她知道她现在绝对杀不鬼府神君，她在邱冷情被杀之后，唯一能做的一件事就是——伺机报仇，所以他松了一口气，她不能让别人看出她的异样，不能让别人知道她的心思。

这时，还有一个人松了一口气，那人才是真正地松了一口气，那个人是——

那个人就是邱冷情自己！

邱冷情不是昏倒在地，没醒过来吗？

不，他醒了！在刚落地时，他昏过去了一会儿，不过片刻之后，他已经苏醒，他再一次很惊奇地发现，他还是没有受伤，一点内伤都没受，内息又增加了许多，不过，内息在体内到处翻腾，一时还聚不到一起，而且全身发软，一点力气都没有，他估计他全部恢复还需要一段时间，偏偏这时，黑无常提刀在他的身边，要杀他，如果此时黑无常一刀砍下，他是一点办法都没有，一丝反抗的力气都没有，哪怕只是翻身躲一躲，这时一刀落下，他只有死，听着呼呼的刀风，他真的是无可奈何。

而这时，鬼府神君却调息完毕，说了一句话，在这关键之时救了他一命，再过一会儿，他的内息一通，他完全有机会求生了，只是不知鬼府神君的情况怎样了，他加紧了内息的运动，希望能快一点恢复。

可以吗？

他能逃出此劫吗？

邱冷情的功力还没恢复，四肢仍是酸软无力，而鬼府神君已经站了起来，一步一步向邱冷情走去，他现在已完全恢复了功力，不过他很奇怪，为何邱冷情的体内有如此怪异的真气？还有，他发现了一个令他自己都不敢相信的事实，但这确实是存在的，而且发生在他的身上，鬼府神君发现他损失了一成的功力。

他已经走到了邱冷情的身边，他似乎是不大相信，眼前这个小子居然可以与他分庭抗礼，几乎与他战成平手，他盯着邱冷情看了许久，像是要研究透邱冷情似的，然后他叹了一口气，摇了摇头，道："奇才，的确是个奇才，不过很可惜，你这个人间少有的奇才就要死了。"顿了一顿，他又道："你的修为太可怕了，再过一段时间，你一定可以超过我，所以你必须死！"他已举起了双手，凝聚内力，以他全部的功力，对着邱冷情拍出了一掌。

这一掌，比方才的一爪还要凌厉许多，他蓄尽全身力量而发，巨大的掌劲已落在了邱冷情的身上，这一掌结结实实地落在任何人身上，只怕都会受不起，等待邱冷情的只有死亡了，邱冷情耳听呼呼的掌劲向身上逼来，只要再给他一点时间，他就可以散发到四肢，就可以恢复他的功力，就可有战斗力，可以再和鬼府神君一战，但他会有时间吗？会有这时间来恢复功力吗？鬼府神君的掌劲已到了他的身上，就差那么一点，他已经可以触到死亡的气息了，可以清清楚楚地感到，死神正向他靠近。

就在这时，一条人影一闪，接着发出了一声比方才更强的爆炸声，一阵强大的反击力将鬼府神君反震出好几步，而那人也倒退了好几步，功力似乎与鬼府神君旗鼓相当。

鬼府神君暗忖：是谁呢？有如此强大的内力，在江湖上，还有谁能有如此强的内力？莫非是他来了？

到底是谁能在这千钧一发之际救了邱冷情一命呢？江湖上所有的高手都已被鬼府神君铲除，最后一个帮会，亦是武功最好的四个人，同样在鬼府神君亲自出马时给消灭，还有谁有能力与之抗衡呢？

有！还有一个人！这是一个谁也不能忽视的人，他就是——

武圣花志逸！

场中飞扬的尘土渐渐地落下来，渐渐看清了场中的事物，那个人身材短短的，胖胖的，一副笑口常开的样子，他是……

鬼府神君一见此人大笑不已，道："哈哈哈，好，我正要去找你呢，你竟然自己送上门来了，你今天同样是死在这里，哈哈哈哈哈！"

那人环顾四周，一跺脚，道："唉，迟了，想不到我还是来迟了。"

鬼府神君冷笑一声，道："哼，花老儿，你以为你来了，可以救得了他们吗？你们谁也拦不住我，我是真正的主，我是江湖的统治者，没有人能阻拦我，哈哈！"

花志逸道："鬼府神君，我早就应该猜到是你在制造这一切，可惜我来得太迟了。"

鬼府神君道："只可惜，你知道得太迟了，现在你们的结果都只有一个，那就是死！"

邱冷情此时已完全恢复过来了，他一跃而起，道："花老前辈，你也来了，谢谢你救了我一命。"

花志逸笑呵呵地道："别说这些啦，顾一顾眼前吧！"

鬼府神君一愣，看了看邱冷情，道："小子，我可低估了你，你竟然恢复得这么快，看来今天是要费一番手脚了。"

花志逸道："鬼府神君，你别得意，我已找出了克制你的办法。"

鬼府神君道："你知道了又怎样？你今天只能死在这里，将这个秘密永远地带进地下，没有人会知道的，这又有什么用呢，哈哈！"

花志逸道："你错了，今天这里还有两个人，有一个人会带着秘密离开的。"

鬼府神君一听此言，又是冷笑一声，道："你以为，你们走得掉吗？"他向四周一看，又接着道："牛头马面，黑白无常，动手!"

在鬼府神君的话音一落之际，已有五人向邱冷情和花志逸扑过来，看来鬼府神君是要定他二人的性命了。

花志逸当先截住了鬼府神君，其余四人毫不犹豫地向邱冷情围攻过来。

鬼府神君已使出了他的必杀绝技"人神俱灭"，他已知道武圣花志逸不是轻易可以对付得了的，不能与他比招式，徒费内力，只有硬对硬，迅速地解决掉，好再去干掉邱冷情那小子。

花志逸同样不敢托大，不敢掉以轻心，见鬼府神君来势汹汹，也是尽全力一掌推出，天地为之变色，两人的掌劲都是如此强大，空气似乎是被撕裂了一般，滋滋作响。

"人神俱灭"是很奇怪的，它没有从哪方向攻来。一股掌劲从一个方向攻来，那个方向的劲道最强，其它的方向就是弱的一面，敌不过，可以向其它方向躲避，而"人神俱灭"似乎是克服了这个缺点，它不分方向，从四面八方一齐涌来，每一个方向都是他的出攻面，每一个方向都是杀着，这就是鬼府禁宫内的绝技，几乎是天下无敌了。

花志逸同样感到此招的威力巨大，似乎是有一个由掌劲组成的巨大的球，将人包围在其中，不断地向内收缩，收缩，再收缩，他大喝一声，同样发出一掌的劲力，向外冲去，他知道他根本破不了此招，唯一的办法就是向一个方向突破，从一个方向冲出去。

可是。

他借了! 鬼府神君发出的劲道犹如一个整体，根本无法从一面突破，你动，整个球随着动，但这丝毫不影响它的收缩，对它整个的攻势丝毫没有影响。

还有更加致命的一点，这个内劲组成的球，居然可以阻断空气，人在里面呼吸都感到很困难，不能全力发出内劲，人在呼吸不能保障之下，根本不可能将内劲发挥至极限。

在一击失败之后，花志逸马上意识到，此掌太大意，但他又不知用何招式可以破解此招，他只有运起周身的护体真气，散在周围，与不断收缩的内劲相抗，最后两股劲力交在一起时，发出一种奇怪的声音，接着两股劲道在空中突然爆裂，然后消失。

结果是鬼府神君被强大的气浪震得倒退三步，然后晃了晃肩才站稳脚步，而武圣花志逸却站在原地，双腿被轰进地面一尺多，不过他的嘴角流出一丝鲜血，显然他受伤了，在这一场内力的比拼中，输了。

武圣花志逸嘴角的血一直在往下流，他笑着道："想不到鬼府的秘宫之武学有如此强大，我倒是小看了你们鬼府。"

鬼府神君道："花老儿，你没料到的事还多着，还有更厉害的东西在等你呢，花老儿，就让你尝尝吧！"在说完此言之后，鬼府神君的身影突然变得很模糊，似乎人影在颤动一般，但绝对不是颤动，而是看不见，不，应该说是动得太快，看不清的动，所以出现了如颤抖一般的震动，那影子以一种不可思议的速度，掠了过来，在人根本来不及有所动作的时间里发出了一掌。

这一掌很平淡，无声无息，不过却弥漫着很强的杀气，很强很强的杀气，一种惊天地，泣鬼神的杀气，在如此强劲的杀气之下，四周的兵卒早已受不住压抑，不由自主地跪了下去，只有牛头马面，黑白无常及邱冷情几个武功高的依然在战斗，方圆几丈之内的花草树木、鸟兽早就不住地颤抖，这一掌的掌劲在空中形成一个大漩涡，四周巨大的升力向外溢，中心却是一个空洞以巨大的吸力向里吸，任何劲力到里面去，只会被化掉，然后化作自身的外冲力，如果不能一举击碎这个漩涡，那只能是越击越强大，到最后破它更难了，所以关键在第一击能否击碎它，如果不能，那你最好赶快停手，不要出掌，否则你将受更大的伤害。

花志逸一看，失声叫道："混天十八式"，他当然知道"混天十八式"的厉害，当年的黑道武林盟主一代怪侠千面书生风不凡只练得三成功力，便已是登上绿林盟主的宝座，打遍天下无敌手，只可惜他的资质不够，没能进一步练下去，但仅是这三成的功力，已足以称霸一方，以三成功力与花志逸比了一场，结果直打了三天三夜才输了一招，如今《出尘心经》居然给鬼府神君得到了，以他现在的成就，至少已具备了七成功力，这七成功力足够以打遍整个武林了，花志逸同样不例外。

鬼府神君嘿嘿一笑，道："没想到吧，天下已是我的了！"他发疯地笑了起来。

花志逸知道根本无法破此招，虽然他神功盖世，毕竟年事已高，而且鬼府神君的成就现在已经超过了他，他运起护体神功，等着那巨大的冲击力撞到他身上来。

只听轰的一声，这一掌拍在了花志逸的胸前，巨大的力道撕裂着他的身体，几乎要撕开他的护身真气，在奇强的撞击力之下，他的身体后退了几十步才站稳，巨大的力道将他的衣服撕得片片碎裂。

花志逸知道今天此行可能是凶多吉少了，他冲邱冷情大叫道："邱贤弟，快走，武林的希望全在你身上了，到桂林去找一个红发老人，告诉他禁宫之钥是一颗红色的夜明珠，快走，整个武林的希望就全在你一个人的身上了。"

邱冷情猛然一惊，"武林大义"，他脑中翻起了千万个声音，那些上君山的人的话，天下兴亡，匹夫有责，他突然觉得自己的肩上似乎挑上了一个重担，整个武林的人都在望着他，等着他去救苍生，他抬眼一望花志逸，武圣的风度已全失了，衣服被尽数撕碎，嘴角冒出一丝鲜血，他不禁大呼了一声："花老前辈！"手掌一推，人已如飞鸟投林一般，掠到了花志逸的身边。

鬼府神君狞笑道："你们今天一个都别想走，所有与我作对的人，都只有死路一条。"

就在这时，一直呆在山下的群雄亦冲上了君山顶，大叫道："杀死这些狗贼，为武林除害，为盟主报仇！"大概他们已经看到了武林同盟会的四具尸首。

鬼府神君眼一瞪，冷笑道："不知死活的家伙。"他当空拍出一掌，顿时，一股无与伦比的掌力向汹涌而上的人群击去，只听几声惨叫，在几十丈外的人已死了十几个，不过，后面的人亦都是义无反顾地向上冲。

鬼府神君大叫一句："杀！给我全部杀死！"他一声令下，所有鬼府的小卒立即投身到了杀场之中，树林，整个君山之上，杀声震天，血流成河。

花志逸对邱冷情道："邱兄弟，早年我见你面之时，我已发现你是个天降之星，现在只有你能挽救苍生了，记住我刚才的话，到桂林去，不然整个武林就全完了。"

虽然他的声音很小，不过鬼府神君还是听到了，他狂笑道："本神君今天要杀你们两个易如反掌，你以为你走得掉吗？"话刚完，一招"人神俱灭"已攻到。

花志逸知道鬼府神君此招是刻意对付邱冷情的，他大声道："快走！"一掌将邱冷情推开，自己独自迎战鬼府神君。

邱冷情被推出几丈远，早脱离了"人神俱灭"的攻击范围，他心中不禁涌上一层莫名其妙的感觉，他正想扑上去同武圣花志逸一同对付鬼府神君，但花志逸却一直催他走，他一咬牙，终于转身向山下掠去。

鬼府神君的攻击却不是对花志逸，他见邱冷情要走，纵身一跃，正待追赶邱冷情，武圣花志逸同样飞身而起，在他背后凌空发出一掌，这一掌同样是凶猛无比，不容忽视，他存心要掩护邱冷情走，是以一掌已用了全力而击。

鬼府神君猛然感到背后一股强大的暗劲袭到，知道是花志逸所发，他虽然内力深厚，却也没能力白白受花志逸一掌而不受伤，如果他吃这一掌，必定会受很深的内伤，那时他就得败在花志逸的手上，如果他败了，结果一定是死，花志逸是不会放过他的，所以他不能受这一掌，他必需转身自救，他转身了，避开了这一掌。

而就在他转身之时，花志逸凌空一个飞掠，已到了他的前面，拦住了去路，花志逸冷冷地道："今天，不是你死，就是我亡。"

鬼府神君仰天狂笑，怒道："花老儿，你屡次坏我好事，既然你不想活了，今天我就成全你，先杀你，再去杀姓邱的那小子。"说完已是提起全身功力，向花志逸击来，在出掌的同时，他喊道："牛头马面，黑白无常，快去追逃走的那个小子。"

君山之上已是一片混乱，趁着混乱，他已经下了山，他知道在君山上有许多人为了一个目标而牺牲了，花老前辈肯定也是凶多吉少，而现在唯一的希望就是在他的身上，所以他得走，"我不能死，我要好好地活下去。"他在内心呼喊，此时他也不知是怎么回事，武林大义似乎已深深地在他的头脑中扎了根，他心中的信念似乎已完全改变了，以前是为了报仇，为了寻找爱人而活，现在却不同，他觉得生命有了另一层意义，现在的他是为了武林大义而活。

他不知跑了多久，最后到一处山洞边，估计离君山已经很远了，而他亦是已经耗尽了全身的真气，需要好好调息一番，况且天又黑了，最好是明天天亮，再出发到桂林去。

他取出一些干粮和着一些水吃下了，然后闭目调息，开始他怎么也静不下心来认真调息，头脑中总是浮现着山顶上混战的情形，心中总是不住唏嘘，感慨人生的坎坷，他是这么多人的希望，心中总怕自己负了众人所托，一时难以控制自己，好几次差点走火入魔，最后他总算静下心来，好好调息，顿时灵台空明，一片宁静。

他很惊异地发现，内息似乎强了许多，只是各种内息似乎有些杂，而且不相融，甚至还有些相互冲突，他心中甚为不解，怎么会这样呢？他也顾不了想太多，努力地将体内所有的真气融为一体，就在他运功的紧要关头，他发觉有人来了。

有一个人已经发现了邱冷情，他也感到有一个人在慢慢地向他靠近，最后那个人留在了他的身边，静静地看着他，邱冷情甚至可以感觉得到那个人的呼吸声，但他现在却是在行功的紧要关头，不能说话，也不能睁开眼睛，只有凭感觉和听觉来对外界事物感知，他觉得有一个人，绝对是一个人，来到了他的身边，但不敢肯定是什么人，不过，似乎对他并无恶意。

终于，他行功完毕，缓缓地收回四散的真气，他睁开了眼睛，他终于看清了，的确有一个人，他一直向上看，当他看见了那个人的脸时，他呆住了。

怎么可能，这个人居然是……

就在邱冷情离去的同时，武圣花志逸与鬼府神君展开了一场生死决斗，花志逸对此一战并无必胜的把握，他只是在拖延时间，尽量拖延时间，让邱冷情能够走得远一些。

鬼府神君则是动了怒气，立志要杀死武圣花志逸，在他的眼中，花志逸是一个绊脚石，一个阻挠他大计的绊脚石，他不容许任何人阻挠他一统江湖的大计，任何拦住他的人，他不惜动用一切手段——杀死他。

鬼府神君一招已出，依然是"混天十八式"中的杀招，他要在最短的时间里杀掉花志逸，他还有别的事要做，这一招依然是威猛无比，漫天的气流已形成一个比方才更大的漩涡，向花志逸撞来。

花志逸静静地站着，他不知道该如何来破此招，"混天十八式"上的奇功根本是不可能有人能破的，他在等待，等待那掌劲袭到跟前来，或许能从中找到一点破绽。

漩涡在靠近，更靠近，就在漩涡即将撞上他的时候，他想到了一件事，所以他做了一件事，他想到一件很平常的事——水的漩涡的情况，在水形成漩涡时，一般的杂木总是在中心穿出。他做了一件不平常的事，纵身一跃，钻到漩涡里去了。

他在钻进漩涡里去后，立即感到一阵强大的回旋之力，不过以他的修为，这回旋之力，却也难不到他，在如此强大的旋力之中，他依然可以保持稳定的身形，接着他又做了一件事，一件他不该做的事——他出掌击在漩涡的周壁，就在他一出掌之后，他立即发现自己错了，本来他以为，掌击漩涡的四壁，可以将漩涡击碎，但事实却不是他想象的那么简单，在他出掌之后，他立即发现，所有的掌劲，全都消失得无影无踪，漩涡的力度立即在他一掌之后增强了许多，在其中的回旋之力，几乎让他站不稳了，他马上知道，这不是一般的东西可以破的。

他在意识到自己错了的一瞬间，马上提起劲力向前疾飞而去，在漩涡中间前冲，果然如他所料，后面的力道弱了许多，他努力一提劲，居然从漩涡的底端冲了出来，在冲出的一刹那，他立即出掌，以毕生的修为给鬼府神君一掌。

鬼府神君似乎没料到，花志逸居然能从他发出的气漩中逃出来，他很意外地道："花老儿，武圣的称号还是没有白提，不过，你依然得死。"他对花志逸拍来的一掌居然不闻不问。

气漩一直向前撞去，最后撞在了山坡上，一声巨大的爆裂声过后，半个山头都给夷平了，这一掌若是击在人身上，不知会产生什么后果，就在花志逸一掌劈上鬼府神君之时，忽然人影一晃，眼前已失去了鬼府神君的踪影，花志逸心中骇然，鬼府神君的武功太可怕了。

果然，鬼府神君的身影已到了他的身后，而且向他攻出了一爪，但这一爪之势已是千万爪，鬼府神君的悟性过人，自他得《出尘心经》后，对"混天十八式"十分赞许，但他却将"混天十八式"融入了他的鬼府神功之中，威力更是提高了许多，这一爪之中，到处是微小的漩涡，一个大的漩涡现在却分成了无数个小的漩涡，更是可怕，只要给这股可怕的劲道沾上一点，不用说，身上恐怕得留下个记号了。

花志逸见漫天的爪影撒下来，他立即以天女散花手，向外攻出了千万掌，不过很快，他发现，他又犯一个错误，一个不可饶恕的错误，一个致命的错误，这个错误绝对不该犯，犯了这个错误，足够让他失去生命，他发现这些爪影是混合在"混天十八式"里，所以千万不能出掌反击，出掌反击只会增加这爪影的攻击力，但他现在发现已经是太晚了，就在他发现这一点的时候，爪影已攻到了他的身上。

鬼府神君发出的功力加上他自己发出的功力全部都完好如初地反击了回来，一击打在他的身上，顿时，他被轰出了几十丈远，如一只断线的风筝一般飘落了下来，在空中，他狂喷几口鲜血，重重地落在了地上，胸前已然有五个被爪劲刺出的洞，在向外冒血，看来这一招他受伤不轻，不死也是重伤了。

花志逸落地后，他自己也感到身受重创，根本无法动弹，不过他却无怨无悔，有这么长的时间，相信邱冷情已经跑出很远了，他唯一的希望就是邱冷情逃出，不过他却不甘心就这么死去，他还有最后的一击——天残。

传说，在很久以前，有一个恶魔，无恶不作的恶魔，他身前做过了恶事，最后终于被正义的神看不过去，于是，正义之神派了几百个武艺高强的神兵来杀他，恶魔同样身负绝世武学，与神兵们恶斗了七天七夜，还是没分出胜负，无奈神兵们实在太多了，最后恶魔终于受伤了，神兵们一拥而上，就要抓住恶魔了，就在这时，恶魔咬破自己的舌头，神兵们都以为恶魔咬舌自尽，哪知压恶魔的功力突然提升好几十倍，恶魔一下出招，将所有的神兵击伤，自己却逃走了。

那恶魔最后咬舌就是天残，天残就是一种可以在一瞬间提升自己武功的妖法，不过这需要自残身体，而且天残也只能维持一瞬间，最多只能出一击，所以一般没有人用，除非在性命攸关时。

那一代武学宗师武圣花志逸又是如何得到这妖法的呢？当年恶魔逃走了以后，逃到一寺里避难，最后死在寺庙里，他不忍自己的绝世武学失传，于是将天残写在了一本经书之上，武圣花志逸在武学大成之时，天下武学无所不通，在这寺庙里，一和尚发现了天残秘笈，知是一门上乘武功，但怎么却也参不透，后又由整个寺庙的人看，同样没有一人能参透天残秘笈，于是众僧就将天残送给了花志逸，希望他能参透天残所载的武学，花志逸在当年花了三个月才将天残全部领悟，他意识到这是一门歹毒的魔功，他不愿此魔功流落江湖，在参透之后就毁了天残，在他以后的生活中亦没有人能打败他，他自然就从未使用过天残。

鬼府神君一击重创武圣花志逸，他自信地走到花志逸身边，很轻蔑地道："花老儿，我说过了，任何阻拦我一统江湖大计的人结果只有一个，那就是死，你虽然是一代奇人，武圣！也同样得败在我的手下，就是天皇老子阻拦我，我也照杀不误，哈哈哈哈！你明白吗！这就是你阻拦我的下场。"

花志逸强忍着身上的剧痛，道："鬼……府……神……君，你……你……不要……太……狂……妄了，自……古……以来，向……来……就……是……邪……不……胜……正，你……逆……天……而……行……之，最后……一……定……没有……好……下场！"

他的话还没说完，鬼府神君已怒道："我没好下场？邪不胜正？我是邪吗？我才是正义，我就是正义之神的化身，现在普天之下，又有谁能打败我？我已是天下无敌了，谁能奈何我！"

花志逸微弱地道："你……错……了，虽然……你……现……在……的……武……功……很……厉害，不过……天宫……的……禁宫……秘……笈，却能……克……制……你……鬼府……的……武……功，只……要……天……宫……禁……宫……一……开，你……就……完了。"

鬼府神君道："天宫？哼，花老儿，我告诉你，当年天宫主在位上时，他并不知道天宫鬼府在一千年前本是一家，他也不知道天宫鬼府的往事，同样，他也不知道，天宫鬼府有禁宫之事，那年，我和他一起去拜访姐妹岛之时，他送了一颗红色的夜明珠当作见面礼，哪知这颗红色的夜明珠却是天宫的禁宫之钥，现在，姐妹岛已落入我的手中，只要我找到那颗红色的夜明珠，得到禁宫之钥，又有谁能打败我？所以，我依然是天下无敌，这个世界还是属于我，哈哈哈！"

花志逸听到鬼府神君亦知禁宫之钥一事，很吃惊，但听到他说他在姐妹岛上也没找到禁宫之钥时，一颗悬着的心总算又放下来了，不过却又担心邱冷情，姐妹岛已落入了鬼府神君之手，只怕他夺取禁宫之钥又多了一份艰难，花志逸又道："其……实……鬼……府……除……了……禁……宫……之外，还……有……一个……秘……密。"

鬼府神君疑惑道："还有一个秘密？是什么秘密？"

花志逸道："你……过……来，我……可……以……告……诉……你……"

鬼府神君顿时警惕，他知道虽然自己一掌击伤了花志逸，可毕竟不可以小看他，他称为一代宗师武圣，必定有些过人的武功和智慧，说不定这是一个圈套，他有些迟疑不定，"你倒说说看，这是一个什么秘密！"

花志逸道："我……又……何必……骗……你，反正……我……也……是……将……死……之……人，与……其……带……着……秘……密……入……土，不……如……告诉你，我……也不……愿意……将……这个……秘密……带……入……地下。"

鬼府神君道："到底是一个什么秘密？"

花志逸道："你……在……练……习……鬼……府……秘宫……之……武……学……时，是……不……是……感到……胸……口……一阵……阵……地……发……痛，还……有……头……部……也有……一……阵……的……痛！"

鬼府神君很惊奇地道："你怎么知道？"他在练习之时确实出现这种情况。

花志逸道："这……就……是……关……于……化……解……鬼府……禁……宫……武……功……的……毒……害……的……秘……密，当年……你……们……的……老祖……为……了……害怕……你……们……和……他……们……一样……练……习……禁……宫……的……武……学……才……将……这些……武……功……全……部……锁……在禁……宫……之内，因为……鬼府……禁……宫……内……的……武功……虽……然……高……强，不……过……却……有……害……练……功……者……的……身体，现在……你……该……明白……为……什么……你……们……的……祖……先……要将……那……些……武……功……锁……在……禁……宫……之内……吧！"

鬼府神君大惊，现在不由得他不信了，他忙道："你是说这个秘密可以化解本门练功的毒害？"

花志逸道："不……错……你……们……的……先……人……在……练……了……鬼……府……的……武……功……后……发……现……有……伤……身体，于是……锁……起……武功，而且……不……许……下……代……弟子……向……下……传，不……过，在……当时……已经……有……三……代……弟子……练习……了……这……些……武……功，在……你……们……先……人……下……令……不……许……练……习……之……后，这……三……代……人……穷……尽……毕……生……的……心……血，来……思……考……破……解……之……法。"

鬼府神君现在已是想知道这个秘密了，他不等花志逸说完，忙问道："他们想出了没有？"

花志逸道："皇……天……不……负……有……心……人，终于……在……第……三……代……弟……子……中……有……一……个……人……对……武……学……的……领……悟……奇……高，他……在……临……死……前……受……到……一……件……事……的……启……发，他……想……出……了……可……以……解……鬼……府……武……功……之……毒……的……办……法，不……过……当……时……他……快……要……不……行……了，而……且……他……身……边……也……没……有……个……人！"

鬼府神君大失所望，喃喃道："也就是说，最终这个秘密还是被他带入了地下，害处是没法避免了。"

花志逸道："不，他……在……临……死……前……想……到……鬼……府……的……将……来……不……能……让……后……人……也……忍……受……这……个……毒……害，他……就……将……这……个……办……法……写……在……了……一……个……东……西……上，以……留……给……后……人！"

鬼府神君现在已完全相信了，他道："那个东西就是你说的鬼府秘密？"

花志逸道："对，你……过……来，我……告……诉……你……这……个……秘……密，这……个……秘……密……是……"花志逸一口气还没说完，已接不上气，眼一闭，头一歪，身子向下倒。

鬼府神君忙跃身上前，抱着花志逸大叫道："花老儿，你快说出这个秘密呀，你不能死！"此刻他真的十分想知道这个关于他练功伤身的秘密，如果他再继续练下去，身体承受不住，出师未捷身先死，夺到了天下？却享不了福，那又有何用？所以他必须得知道这个秘密，可偏偏在说到最关键处的时候，花志逸却死了，他简直要疯狂了。

就在鬼府神君大失所望之时，忽然，花志逸又说话了，说了一句更令他吃惊的话，并且在他说话的同时，还送出了一掌，这一掌向他疾拍，就在这一瞬间，花志逸说出了最后一句话，然后咬断了舌头，使出了最后一击——天残。

这一击天残至少提升了花志逸十倍的功力，合着他本身的功力，至少有一千年的功力以上，这一掌打出已是天昏地暗，日月无光，飞沙走石，整个天地间到处弥漫着这一掌的威力，整个人间为之动容，神鬼为之哭泣，地动山摇，一股浓烈的杀气向鬼府神君卷到，而花志逸也是耗尽了他所有的功力，全身力竭而死。

鬼府神君在感到一股大力袭来之时，以他极快的速度反应，赶忙退了一步，在一退之时，他亦凝聚了全身的十成功力，他再也来不及提起更高的功力了，他已感到了这一掌的可怕，整个掌劲，惊人的大，似乎不应该是人发出来的，在人世间根本没有这种劲道，不可能存在如此强大的功力，给他的感觉就是天地似乎跨了下来，整个地压向他，在匆忙之中，他已一掌推出。

"轰轰轰!"三声恐怖的巨响如响雷一般在空中震起，整个山顶全部被巨大的回散力轰平了，人的手骨根本经不起如此强大的反震力，鬼府神君的手骨立时碎了，身躯如风中的落叶一般，飞出几百丈远，在空中狂喷出几口鲜血，人已经昏迷过去，重重地摔在地上，这一掌让他在床上躺了几个月起不来，这一掌，他所受的伤恐怕没有半年是很难恢复了，不过他在昏迷之前还是听到了花志逸的最后一句话——

"这个秘密是我骗你的!"

他不甘心，他居然受人骗了，而且被骗得如此惨，不过，不甘心，还是没有办法，花志逸用天残全力的一击，已经重创了他，给了他一个深刻的教训。

那到底是什么原因使鬼府神君相信了这一回事呢? 花志逸又如何得知鬼府神君在练功时胸口痛呢? 其实这个问题很好解释，一般的练武之人只知道任督二脉要通之前会出现全身大穴奇跳的现象，却不知道在劲力快达到可以通任督二脉，却又差一段距离之时，练功就会出现胸口和头部痛的现象，这一切都很正常。

花志逸早年在成名之前，得益于武学大师指点，才明白这一点，在临死前，他欲以天残重创鬼府神君，又必须引鬼府神君到他跟前来，一个急中生智，突然想到这个鲜为人知的现象，才编造出一个所谓的鬼府禁宫的秘密，这一切都是花志逸临死前耍的一个花招，目的只是引鬼府神君到他的跟前来，因为天残的功力只能持续一瞬间，只有在跟前出手，才是最有效的，鬼府神君见识浅薄才上当，受了花志逸临死前天残的一记重创。

邱冷情终于睁开了眼睛，他发现眼前站的那人竟然是白无常，一身白衣，那打扮，在君山之顶见过的。

邱冷情有些迷惑不解，警觉地道："你想干什么？"

萧萧心中真不知该如何开口，他们四人追踪邱冷情，无奈邱冷情的"飞尘飘雪步"太过于厉害，不过一盏茶工夫，即已追丢了，但萧萧有心，她仍一直往下追，终于，她在此找到了邱冷情，而现在面对邱冷情，她心中似有千言万语，却又不知该从何说起。

邱冷情见她不答话，也感到非常奇怪，怎么回事？她不是奉命来追杀我的吗？怎么回事呢？莫非她中了别人的暗算，无力反抗？对！这倒是一个除掉她的好机会。心念一动，他即道："魔头，今天碰上我，你死定了！"在说完的同时，他人已飞身而出，一把即扣住了萧萧的脉门，另一手举掌就要拍下。

萧萧心中一叹，真不知如何开口，他还不知道她的身份，他也不明白她心中对他的一片情，她是如此难做人，到底该怎么办呢？她该如何向他倾诉心中这份情呢？如果他知道了真相，他会原谅她吗？

邱冷情的手刚一搭上萧萧的脉门，发现并不是她遭了暗算，她体内的劲道十分强，她根本就不愿意反抗，同时他也发现了另一件事，她是个女的，在一惊之下，他抬起的手掌亦放下来，心中充满了疑惑，她到底来干什么？为何来到这里？她明明是鬼府神君派来追杀他的，现在看来她对他倒并无恶意，这到底是怎么一回事呢？

萧萧闭上双眼，如果邱冷情一掌真的打下来，他也心甘情愿，能死在自己心上人的手中，未尝不是一件美事，更何况，现在她的心中一团乱，简直不知怎么办才好，如果死在邱冷情的手中，那也好，了确她心中的情丝，等了许久她才发现，邱冷情提起的掌并没有拍下来，好久，好久，她方睁开双眼，看见邱冷情傻傻地站在面前，不由颤抖着说道："邱大哥，你还好吗？"

邱冷情不听这声音犹可，一听，不由大惊失色，他同样按捺不住心中的激动，道："你……你……是……敏儿？"

萧萧心中也不知是什么滋味，她扯下面布，呆呆地站在邱冷情跟前，心中一片空白，简直不知说什么好，在此时此刻此景中，根本就没有任何语言能表达她心中的那份复杂的感情，任泪水沾湿她的面孔，任痛苦占满她的心扉，她脸上布满了心酸的泪，一句也说不出，"邱大哥，我……我……"

邱冷情现在已听出了，这不是敏儿，这绝对不是敏儿，看到萧萧泪流满面的样子，他猛然记起自己的手还抓住她的手，吓得他连忙将她的手放开，有些不知所措地道："姑娘，对不起，我……本来……可是……其实……结果……还，唉……这！"他本来是想说几句抱歉的话，可面对一个大姑娘，他又从未经过这种事，不由心慌意乱，语无伦次。

听着他那怪怪的话，萧萧由扑哧一声笑了出来，心想，他居然如此害怕她，继而，她又黯然神伤，唉，我该怎么对他说呢，她有些忧伤地道："邱大哥，你真的记不起我了吗？"

邱冷情发觉女孩真是让人捉摸不透，一会儿哭，一会儿笑，现在又问他记不记得她，不过邱冷情还真的记不起她了，他喃喃道："姑娘，恕在下直言，我真的记不起何时与姑娘你相识过。"

萧萧心中一叹，唉，这也难怪他，谁叫我那时用的是敏儿的身份呢？而且我现的在面孔与那时比亦是有很大的改变，邱冷情当然是认不出我了，只怨我命苦，还是算了吧，我也不想增加他心中的负担，就让我独自一个人来承担这一切吧，萧萧打定主意瞒住邱冷情，不告诉他所有的事，可是心中的那伤情却是汹涌不已，她颤抖着声音道："是我认错人了，对不起！"

邱冷情心中好生奇怪，她眼中神情的变化，他都看得一清二楚，他真的不明白她为何要说她认错人了，以她的表情来推测，她一定认识自己，而且她和我之间可能还发生过什么事，只是他猜不透，到底是什么事呢？又是什么原因使她不愿意说出这种事呢？在这种好奇心的驱使下，他决定要弄清楚这件事。

邱冷情道："姑娘，你可不可以陪我坐一会儿？我发觉你很像我的一个朋友。"

萧萧本来是打算让这一切埋在心中，让所有的事都由她一个人承担，本来是打算离开此处的，可一听到这句话，却如同中了魔法一般，双脚再也拿不动了，呆呆地站在那里，不由自主地坐了下来。

萧萧用几乎只有她自己才能听见的声音道："你想知道什么？"

邱冷情乍闻她突然冒出这么一句话来，不异于陷进了迷雾里，丈二金刚摸不着头脑，好半天才道："姑娘，你可不可以告诉我，你叫什么名字？"

萧萧心中顿时一片汹涌，要不要告诉他呢？我到底该怎么办呢？经过一番思考，她决定还是说出来，"我叫萧萧！"

此言一出不异于晴天霹雳，"你是萧萧？你就是姐妹岛的萧萧？"邱冷情简直不敢相信她会是萧萧，她明明是鬼府神君身边的人，怎么可能会是萧萧呢？

萧萧似乎看出了他心中的疑惑，道："我正是姐妹岛的萧萧，轩儿和敏儿大姐。"

邱冷情似乎有些激动，情不自禁地双手搭在她的肩上，激动地道："那你一定知道敏儿在哪里，能告诉我吗？"

萧萧的心中一阵颤栗，这双手给她的感觉几乎让她昏眩，如此醉人的幸福。她将头一歪，人已靠在了邱冷情的怀中，闭上双眼道："敏儿我当然知道在哪里！"

邱冷情心中一阵激荡，他简直是乱了方寸，不知怎么办才好，一个女孩靠在怀中，他不禁心慌意乱，一阵女孩特有的香气涌入他的鼻中，他简直要疯了，就在他心慌意乱之时，突然，一个可怕的念头涌上心里，"这种香味好熟悉，莫非……"他不敢再想下去了。

他闭上双眼，任由思想去飞，终于，他找到答案了，他记起了在少林寺后面，那山洞中所发生的一切，虽然那段时间他疯疯癫癫，不过所发生的一切还是全部留在了他的脑海中，只要在舒适的环境下，给予一定的引导，他就可以全部记起。

方才他闻到的那股香气，正是引导他思想的线索，虽然在那时萧萧化妆成萧敏轩，但一个人身上那种自然的气味是不可能改变的，不管怎样，那种气味是绝对不可能改变的，当时邱冷情与她靠得如此近，如此地亲密，虽然他的神志不清，不过这些还是很强烈地留在了他的脑海之中，现在他又再次闻到了这熟悉的香味，他就不由自主地想到了一切。

邱冷情有些害怕，道："莫非你是在少林后山洞里的那个敏儿?!"他几乎要崩溃了，他不敢肯定她到底是哪一个人，只好用那个敏儿来代替了。

萧萧靠在他的怀中，很满足地笑了，道："邱大哥，你总算记起我了。"说完，她又很幸福地闭上了眼睛。

她说这句话的意思，即是承认了，她就是在少林寺后山洞里的那个女孩，那他对她岂不是，回想起山洞里那片片落红，他的心一片颤抖，那她……那她……现在他该对她怎么办？看着怀中的她，他的心一片惘然，他该怎么办？

邱冷情用一种很内疚的声音道："萧姑娘，那……件……事，对……对不起……我……"

第一次面对如此的事，他的心亦是一片混乱，不知说什么才好！

萧萧用手捂住他的嘴道："你不必说抱歉，这一切都是我自愿的，只要你的心中有我，那我就很满足了。"

萧萧现在的心情也不知是如何，他能记起她，她感到很幸福，很快乐，总算让他明白了这世上有一个女孩在想着他，总算让他知道了有一个叫萧萧的女孩在爱着他，从此不用再独自一个人在黑夜里受折磨，不用在无人的时候痛哭，总算有一份明明白白的感觉，有一种清清楚楚的爱意，能让他明白她的心了，她很快乐。

可是她也很担心，怎么办呢？如果他拒绝了她怎么办？如果他只说一句对不起，然后带着满心的内疚走了，那留下满身伤痕的她怎么办？他到底在想什么？他会有什么别的想法呢？他会接受这一切吗？

在他的怀中躺着，她不敢睁开眼，她怕看见他那痛苦的脸，不愿看见他那充满忧伤的眼睛，只愿这一刻能成为永恒，时光在这一刻停止，可以让她永远依偎在他的怀中，远离一切的一切，远离江湖纷争，她真的很幸福，很幸福，在她的眼角有一滴晶莹的泪珠流了下来，是快乐？是幸福？还是……

邱冷情头脑一震，简直是失去了思考能力，他对敏儿是如此情深，现在突然弄清楚了真相，原来她日夜思念的敏儿却是眼前的这个名叫萧萧的女孩，事情来得太突然，变化太大，令他一时还不能接受，不过却有一件事摆在他的眼前，她已经为他献出了一切，献出了她的贞操，她的清白，所以他必需对她负责任，这是一个人做人必须付出的责任。

我的心太乱，要一些空白，老天会不会忘了为我来安排，我的心太乱，无法面对爱情的背叛，想哭的我，却怎么哭也哭不出来，此刻他的心情却是如此，这份爱已背叛了他，他曾经深爱的人一个个都去了，走了，留下唯一的一个挚爱敏儿，而现在的敏儿却又变成了萧萧，也不敢相信这份爱是否依然，不敢肯定是否爱她，一切都是那么混乱，那么……

邱冷情道："萧姑娘……"

话还没落，萧萧已截住话题，道："不要叫我萧姑娘，叫我萧儿，如果你要说抱歉的话，那你最好不要开口，如果，你的心中还有我的话，就不要作声，让我静静地拥有这一刻……"

邱冷情一时也没什么话说，他静静地拥着萧萧……突然，邱冷情又想到了一个问题，他很小心地问道："你是不是知道敏儿在哪里？"

萧萧心中十分地矛盾，她真不知该不该将事实告诉他，沉默了一会她才道："是的，我知道……"

邱冷情道："那你可不可以告诉我，现在敏儿怎么样了？"

萧萧又沉默了好一会儿，最后似是鼓起了十足的勇气，道："敏儿她……"她向邱冷情陈述了一切的经过，从她化装开始，以及她来接近他的目的，到她疯狂地爱上他，"真的，我发现我爱你！没有你的日子对我来说简直是一种痛苦，无边无尽的思念，摧人泪下的相思，我也曾努力对我说，忘记他，他是不可能接受你的，不要做这种痴心妄想，可结果我还是不能自已，在我拥有的时间里，无时无刻不在想你！我控制不住自己的情感，我只要你明白——我爱你！"

面对一个女孩如此表白，邱冷情似乎有些承受不住，在萧萧的叙述之中，他听得冷汗直流，如果在当时，萧萧的心微微有一丝动摇，对他下手，现在他就不可能好好地坐在这里了，他对敏儿的事简直不敢相信，"你是说，敏儿从此永远变成了一个白痴？"

萧萧凄然道："是的，当时我的心也非常痛苦，可我却是身不由己，投身在这样的一个帮会里，我也是没办法，如果你恨我，你杀了我，你也无怨无悔！"

邱冷情的心中十分混乱，他也不知道该不该恨萧萧，他知道如果是他，在那种情况之下，他同样也会这么做，人在江湖，身不由己，恨，当然有，但心中总有一种怪怪的感觉，他只有苦笑。

邱冷情道："我需要好好想一想，好好来判断一下自己的感情是否还是在徘徊，我需要为我的思想、我的感情来找一个支点，找一个港弯……"他轻轻地推开了萧萧，独自一人，站在了一边。

萧萧心中一阵酸楚涌上来，她十分清楚邱冷情心中的感受，她十分担心邱冷情到底会对她怎样，不过她从他的眼睛里，还是可以看出他虽然有一些恨她，可是却掩饰不了眼睛深处那份浓浓的爱意，他爱她——这是她得到的结果，为什么世间总是有那么多纠缠？为什么情爱总是那么难缠？唉，缘！！！

邱冷情一个人走到一边，他想了许多许多……最后他决定，离开萧萧，虽然他不能肯定他现在对她的感觉，但他的直觉告诉他，离开她，或许他最后会明白他对她的感觉，明白自己到底是爱她，还是恨他！

邱冷情下定决心，开口道："萧儿……"

萧萧一听，惊喜道："邱大哥，你终于叫我萧儿了，不要说话，让一切的一切留在明天，邱大哥，就算是我的一个请求，无论有什么话，都留在明天再对我说，好吗？"

邱冷情刚到嘴边的话又被咽了回去，本已想好的话，告诉她，他决定离开，可是看着她那双大眼睛，那一副哀求的面孔，到口的话也说不出口了，难道他……

萧萧走到他的面前，用那双深情的眸子望着他，道："邱大哥，我知道你很难过，我知道你很为难作出决定，我不会强求你，只要你记住我爱你，无论在什么样的情况下，我都会义无反顾地爱你。"

邱冷情无话可说，也说不出任何一句话，在此刻根本就没有任何言语能表达出他复杂的感情，不知不觉地，他发觉，她的双手不知何时也绕上了他的脖子，双眼依然是那么深情地望着他，那眼中的感情，那眼中包含的言语是那么清清楚楚地浮现在了上面，他想推开，可是却力不从心，那眼神让他迷情，让他无从抗拒。

萧萧也很惊异于自己的表现，她似乎感到她会失去他，他会离开她，那么就让她能留下这最后一丝回忆吧！

"亲我！亲亲我！"萧萧喘息着说，双眼已微微闭上，在期待那幸福的一个吻。

邱冷情的心一片惘然，可萧萧的声音却是如魔鬼一般，无法抗拒，他原想离开她，现在一切都已经迟了，他也发现，似乎他的感情汹涌澎湃，根本控制不住了，不！不！不！！他在心中狂叫，他不相信，自己居然对她的感情有如此强烈的反应，在心中努力地挣扎，可是他却不由自主地，双唇在慢慢地向她靠近，再靠近……

第十五章

终于，四片火辣辣的唇到了一起，两个人的感情也融成了一体，她早已陶醉于其中，他也意乱情迷。

两滴滚烫的泪水从她的眼中流出，好幸福，她不敢肯定他明天会不会扔下她，但这一刻的感觉却是真实的，这种幸福的感觉却是让她沉醉的，她觉得像是在美丽园地散步，人间到处是一片美好，没有邪恶，没有黑暗，一切都是一片灿烂，这就是幸福的感觉，如此真切，她的双手不由更加紧地抱住了他，怕他会走，怕她会失去他。

邱冷情在这一瞬间，已忘了一切，只是很强烈地有感情的汹涌，他发现，自己似乎又变成了一个白痴，这情形，似是又回到了那个山洞里，他和她在一起，不知不觉……不知不觉……他更加激情澎湃，这是爱一个人才有的表现！

她的衣服在一件件地被褪去，她不后悔，哪怕明天早晨醒来，会失去他，她知道在这一刻他确实是爱她的，能拥有这一瞬间的幸福，她很满足。

他的衣服也在一件一件地往下掉，他很彷徨，可是都已疯狂，意乱情迷，可能这一刻他真的爱她吧！

两个人汹涌的感情彻彻底底地融汇在一起，一切都是那么自然，就像天与地的结合，她不愿睁开双眼，只是在心中道：但愿人长久，但愿这一刻不会逝去。

漫长的一夜终于过去了。

一阵凉突然惊醒了邱冷情，他睁开了双眼，眼前的一切又让他感到恐慌，怎么会？怎么会这样？我真的是爱上她了？

她仍在自己的怀中，在睡梦里，还那么幸福地微笑，似乎一切美好就在那一瞬间成为永恒。

他默默地站起来，不想惊动她，他知道，他必需得走了，不管怎样，他只能走，如果真的算他负了她，那他只能在完成所有的事之后，以死来补偿，现在他得去，看了一眼仍在睡梦里的她，那甜甜的微笑让他心痛，终于，他扭转身影，一步一步走了出去，直至身影慢慢地消失在天地间。

正义门的大殿上，鬼府神君坐在太师椅上，虽然花志逸以天残给他的一掌确实让他受伤不轻，但经过一天的调息，还是可以行动的，不过功力就不大容易恢复了，现在正举行大典，所有的江湖门派必须都来，还得送一份厚礼，不然就得受灭门之灾。

"恭喜神君一统江湖的大业得以实现，神君功德无量，寿与天齐，千秋万载！"众多的手下一齐高呼。

鬼府神君心中大喜，道："很好，你们都起来吧！"说完环顾了一下四周，发现中原十大门派的人都在，不由满心欢喜，如此霸业终于完成了，"牛头，马面！"他喊道。

牛头和马面忙跳出来道："属下在！"

鬼府神君道："可有什么门派不服从本神君的号令？"

从鬼府神君负伤以来，所有的事务全都由牛头马面一手打理。

"禀神君！江湖十大门派全部愿听命于神君，只不过……"

鬼府神君大怒道："只不过什么？"

牛头道："只不过还有一些小的帮派不服，他们说，他们向来不与江湖有纷争，所以……"

话还没说完，鬼府神君已打断，道："是哪几个帮派不服？"

马面接着道："有鲸鱼帮、黄河大刀会、飞鹰堡，还有青龙帮！"

鬼府神君面色狰狞，道："所有不服的人，全都格杀勿论。"

"是，神君！"牛头马面道。

鬼府神君现在心中十分高兴，江湖已经是到手了，唯一的一点隐患就是让邱冷情逃走了，虽然邱冷情带走了天宫禁宫的秘密，不过现在天下已唯我所得，他去桂林，不知他到桂林去干什么，不过我要你死在去桂林的途中，而且天宫在黄山，只要我守住黄山，看你怎么办，天宫的禁宫之钥在姐妹岛上，现在天下在我手中，凭你邱冷情一个小小的角色，能翻起什么大浪？所有逆我者都得死！死！死！！

鬼府神君大叫道："给我传令下去，命令所有的人全力阻击，追杀邱冷情，务必将他的头提来见我。"

"是，神君！"看来邱冷情的日子不怎么好过了。

鬼府神君不相信，仅仅邱冷情一个人能逃出他的手掌心，同时，他也下令给姐妹岛的萧剑英，命她尽快找到禁宫之钥，邱冷情一除，禁宫之钥到手，就再没有一丝一毫的隐患，江山已稳，只等享受无尽的荣华富贵。

"哈……哈……哈……哈……"

震天的笑声传出天空，直震苍穹，在黑夜中听起来，是那么狂妄，那么霸道。

天上的天狼星更亮了，已经达到了极限，那么下面会怎样呢？它会更亮，还是变暗呢？大概只有天知晓！

邱冷情直向桂林而去，武圣花志逸在临终前让他到桂林去，当初金剑白龙司马如风也叫他去桂林，他知道，桂林一定有什么重要的事物，必须去桂林一趟，就算是拼死，也得去桂林一次，事关武林的期望，整个武林千万人的希望。现在天下已落在了鬼府神君之手，众多的人都处在水深火热之中，鬼府神君恣意压迫摧残众人，现在唯一的希望就是他，在他的心中不由升起一种光荣的感觉，这种感觉激励着他不断前行。

君山位于湖南以北，他计划走湖北，过四川，然后穿过漓江，到广西桂林，他知道在这一路上必然是千辛万难，但为了众多人的期望，他必须得上桂林一行，即便是死。

在此时，鬼府神君也不会料到邱冷情会走湖北、四川、广东，条路线比较近，而且比较隐蔽，其中帮会不多，这样一来，正义门的门徒就不会有很多的人去拦截邱冷情，鬼府神君自己重伤在身，还有许多的事需要他去完成，追杀邱冷情的事就交由"追命判官"管胜天负责了，管胜天的武功不如邱冷情，心中惧怕，却又怕邱冷情来向他寻仇，务必先除之而后快，于是派了众多的杀手、暗线，到处盯着邱冷情，同时，从各地正义门所属的帮会中调集大量的好手，前来阻击邱冷情。

自从邱冷情从君山下来，现在已经半个月了，在这半个月中，他马不停蹄地向湖北而去，他知道湖北必有一场大战，在湖北的大别山四周，有不少的正义门徒，而大别山又是他必经之路，鬼府神君不会轻易放他走过的，他知道，鬼府神君必定在后面派了杀手来追杀他，但不知为什么这半个月以来，都没有见到一个杀手的影子，不知是走错了路，还是脚程没他快，没有追赶上他，总之他一路上必须特别小心，否则可能会死无全尸。

又过了三天，邱冷情已完全进入了大别山区，大别山，雄伟壮丽，树林成荫，不过他却无心欣赏风景，在这世上只怕没有人比他更急了，以前不论做什么事，他向来都是慢慢悠悠的，现在情形不同了，耽误一时，背后的追兵就近一点，在背后追杀他的必定都是正义门的一流杀手，若给追上，缠住了身，又加上前面拦击的人，又有四面赶来支援的人，大概不下于千军万马，到时他只有死路一条了。

他可以死，这是他早已定的信念，但武林的期望，花老前辈的重托，怎么能够不顾呢？最少得他完成了花老前辈的重托之后才能死，所以现在他不能死，他必须好好地活下去，直至到了桂林。

胯下的坐骑，已经换了五匹，一路来，他已骑毙了五匹了，每赶一段路，马也是疲惫难堪，垮倒在道旁，于是他再换，但是，他仍然没有停下来，不肯歇一口气。

现在，他已进入了大别山。

他放慢了马步，他必须小心行走，在大别山中，到处充满埋伏，万一出了什么事，他就负了众人所托，所以……

他实在是很疲惫了，人没日没夜地奔驰，身体总有些吃不消，他决定得好好休息一下，恢复体力，然后再作好打算，在路上可以地狂奔，但在紧要的时候，还得养好精神，只有养好了精神，才有战斗力，只有有了充足的战斗力，才可以保存性命，而只要有性命在，有许多的事都是可以办的，所以聪明的人往往知道在什么时候应该休息，邱冷情是一个聪明的人，一个绝顶聪明的人，现在他觉得是保存体力的时候了，他得休息。

邱冷情进了一家客栈，一家很大的客栈，同时亦是一家很奇怪的客栈，在此处不应该有客栈的，这里是比较荒凉的地区，人并不多，按道理，不会有多少人来往，既然不多，就不应该有客栈。

但是，这里偏偏有客栈，而且不只一家，有三家客栈，一家望月台，一家残晓台，另一家似水楼，其中似水楼的门面最大，几乎有另两家的两倍以上。

邱冷情走进了似水楼。

在人多的地方，往往更容易隐藏身份，可是在人多的时候，也更容易暴露身份，他如果是一个聪明的人，一定会选择住在人多的地方，事情有利与敝两个方面，如果利大于敝，那还是划算的。

邱冷情刚走进似水楼，立刻就有伙计替他牵走了马，拴在马厩里。

"客官，想吃点啥？"永远是一副笑脸的伙计已迎上来了。

邱冷情道："给我来几个小菜，还有一壶酒！"平时他是不喝酒的，但他这次却要一壶酒，酒有时候是很有用的。

很快，酒菜已全部上来了，邱冷情自顾倒了一杯酒，举到了嘴边，他正要喝——

不过他却又放下了，他发现了一件事，一件不寻常的事，门外又进来了四个客人，清一色地斗笠遮面，身穿黑衣，这给人的感觉很不好，邱冷情意识到可能要发生什么事了，所以他又放下了酒杯，酒能误事。

而就在这时，他又发现了一件事，替他牵马的伙计已经进来了，那伙计似乎是没有表情似的，一脸的苦瓜相，与刚才那满脸堆笑的伙计，截然相反，他忽然想到了什么，江湖上的一些见闻使他想起了……只顿了那么一会儿，他还是把酒喝下去了。

在他酒喝下去的时候，他头突然感到非常昏眩，一阵的头昏如影相随，一阵强过一阵，终于，他明白，他中了暗算，这酒中被人下了毒，就在他失去知觉的一瞬间，他看见了那四个后来的客人全部摘掉了斗笠，对着他笑，不住地喊道："倒也！倒也！"

邱冷情彻底失去了知觉。

怎么会？怎么会是这样？他不可能就这么给人毒昏的，怎么会这样呢？

四个黑衣人看着邱冷情倒在桌上，哈哈大笑道："在我们四凶的手中，能逃出人吗！"

大凶道："这小子就是邱冷情，神君说了，若是抓住了他，重重有赏！"

二凶道："现在我们不是已经抓住了吗？大哥，我们什么时候去领赏呢？"

大凶道："领赏一事，自是不用着急，不过有一事，我却不明白，据江湖上的消息说，邱冷情这小子的能耐不小，怎么会如此轻易就被我们抓住了呢？"

四凶接口道："大哥，你也太小看我们的独门迷药了！"

三凶也道："是啊，大哥，这迷药一份足以让人昏迷几天几夜，这次我给他下了三份，不怕他不倒。"

大凶道："咱们还是小心为妙。"

二凶道："大哥说得是，那咱们等着去领赏吧"！

大凶、三凶、四凶齐道："好！"说完，他们四人架起邱冷情，向似水楼外走去。

不过，这时却发生了一件事，使他们走不出去，就在他们说话之时，一面墙悄悄地落了下来，等他们转过身来之时，发现似水楼已没门了。

二凶道："大哥，是怎么回事？怎么这门突然不见了？"

大凶道："这还用说，准是有人要与咱们抢功。"说罢，他大声道："不知是何方神圣，藏头露尾，有种就出来一见。"

话一落，只听传来一个冰冷的声音："不愧是鄂北四大凶人，不过进了这个门，同样得听命于我。"语气是如此强硬。

三凶、四凶一齐嚷道："有本事，出来划下道儿。"

天空中仍是传出那冰冷的声音，"人已经在你面前，只是你眼太拙了，没注意到而已！"

四大凶人忙回头一看四周，似水楼中，除了那两个伙计以外，并无一人，莫非……大凶、四凶两人分别飞身向二个伙计扑出，二凶、三凶也同时一把暗器洒向那两个伙计。

就在暗器和掌劲即将袭到那两个伙计身上时，忽然，那两个伙计身影一晃，已失去了踪影，这一掌，还有暗器，全部落空了。

这两伙计终于转过身来，依然是那种表情，一个面带笑容，一个哭丧着脸，并排站在四大凶人的面前，冷冷地道："四大凶人，好狠毒的手段！"

大凶看了他们两人一眼道："原来是恶人谷的人，二位必定是常笑和常哭了？"

常笑仍然是一副笑脸，道："好眼力，四大凶人果然有能耐，不过今天这个人我吃定了。"

四凶道："虽然你们恶人谷比较凶残，不过，我们四大凶人并不一定怕你们。"

常哭冷冷地道："那你们今天死定了。"就在他话音一落，突然，在他们袖中涌出一团红雾，说是红雾，不如说是一股红色的气流恰当些，那些红色的气流一从常哭的袖中出来，立即向四大凶人包围而去。

大凶惊道："死神之吻！"

常笑嬉皮笑脸地道："很正确，其实被死神吻一下也不错吗，味道挺好的。"

大凶大叫一声："屏住呼吸，大家小心。"

常笑仰天大笑道："不知你们能支持多久，难道你们想在此住两年不成！"

"死神之吻"是恶人谷的绝毒之物，由上百种毒药精制而成，无味，最大的特点是只有红色的雾气散出，只要闻了一点，不出三天，立即全身经脉寸断而死。

大凶道："好，算你们狠，今天咱们认栽了。"说完，大凶双手向邱冷情头顶一放，恶狠狠地道："给我解药，若是不然，我毁了他，谁也别想得到。"

这一招果然有效，常哭忙道："别，别动他，有话好商量。"

大凶道："你到底给不给解药？"

常笑道："解药我可以给你，不过我有一个条件！"

大凶道："什么条件？"

常哭冷冷的声音传过来，道："邱冷情给我们带走。"

二凶叫道："他是我们抓到的，凭什么给你带走！"

常笑道："那你们就等着去死吧。"

大凶沉吟了好一阵，道："好，邱冷情可以让你们带走，不过你们得给我解药，还得将门打开。"

鬼府神君一统江湖，现在各大小帮派在其淫威之下，全部倒向了正义门，千方百计讨好鬼府神君，鬼府神君一声令下，追杀邱冷情，现在邱冷情倒成了无价之宝，不知有多少江湖人为了他而争夺。

常笑道："我答应你！"说着，抛出一个小药瓶，道："里面有青白两种药，各吃一粒就没事了，现在把人交给我。"

大凶道："你们还没有把门打开呢！"

常哭道："为了这个人，我们的麻烦还不小呢，不过，我们还是要得到他。"说完，双手一拍，片刻之后，一面巨大的石墙向一边隐去，大门又出现在众人眼前。

就在大门出现的那一瞬间，大凶立即扶起邱冷情，大叫一声："走！"一起向门外飞驰而去。

常笑和常哭大吃一惊，哪里料到四大凶人居然出尔反尔，想追，却已经来不及了，就在四大凶人即将出石门之时，突然……

又一个人飞了进来，迎着四大凶人劈头打出了一掌，这一掌卷起一阵红雾，疾向四大凶人卷去，这等掌劲是奇大，又是非常怪异，掌劲左右摇摆，相互激荡，相互在四处借力，刚好撞在四大凶人的面前。

"砰砰砰砰"，四大巨声响起，四大凶人各自中了一掌，又被逼回了屋里，在门外的那人却是似水楼的掌柜。

大凶狠狠地道："原来是食人，我早就奇怪，恶人谷的三人行，居然只有两个人来了，你们三人向来是首不离尾，尾不离首，我早就料到你也来了。"

食人笑了一笑，道："四大凶人，你们现在知道还不晚吗！"

食人停顿了一会，又道："四大凶人，你们还是放下邱冷情吧，说不定我一时高兴，会放你们一条生路。"

四大凶人顿时恼羞成怒，大叫道："兄弟们，杀他们个片甲不留！"

立即，大凶、二凶、三凶、四凶一起冲了上来，食人挡住了大凶，常哭对住了三凶，而常笑则对住了三凶和四凶。

就在这个时候，邱冷情忽然睁开了眼睛，只那么一下，可惜他们没有一个人看见，大凶的功力和食人差不多，无耐中了毒，功力不由自主地弱了一分，战了一会儿，已是险象环生。

食人哈哈笑道："四大凶人，今天你们碰上我们，可是赔得很惨呀！"言语中的得意之情，流露于表，在话说完后，突然，食人从袖中掷出一黑黑的物体。

大凶本已渐渐不支，在食人猛烈的攻势之下，根本喘不过气来，哪里有时间开口说话，而且他也不敢开口说话，恶人谷的人一身是毒，一开口，没准就中了什么毒，见食人放出暗器，大凶连忙一避，哪知那黑物体却突然在他面前爆开了，一阵浓烟从中冒出，大凶当场就立在那里，一动也不能动了。

大凶颤抖着声音道："失魂散！"

食人奇道："咦，你知道的还不少嘛，不过你就快要死了。"

这失魂散却是一种可以制人的毒，它不能杀人，只能使人全身麻木，而且药性特别强，只要吸进一点，足可以持续两三天的药性。

食人在对付大凶之后，又转入了常哭的战圈，在恶人谷中，常笑的武功最怪异，一般人是杀不了他的，即使是他落败，也不一定会死，更何况只是四大凶人中的两个对付他，食人现在和常哭联手干掉三凶，然后再三人联手，那二凶和四凶同样难逃一死。

常哭突然笑了，他是从来不笑的，但他现在却笑了，一个不笑的人笑了，这表示什么呢？表示他要杀人，而且那人即将死去，只有在这个时候，不笑的人才会露出一丝笑容，只可惜三凶没有觉察到这一细小的表情变化。

常哭道："你死了！"话刚落，身形一闪，一掌挥出。

"砰！"三凶中了一掌，不过这一掌却不是常哭打的，而是食人打的。

"砰！"三凶又中了一掌，这一掌才是常哭的，这一掌已足够让他的生命之线断了，三凶死了，死得很惨。

　　常笑一人对付两个人，虽然是有些吃力，不过他依然在笑，他似一条鱼似的，在水中游来游去，不一味躲避，不时又攻出一掌，恰好拦住了三凶和四凶，使他们不得不和自己纠缠，他们恶人谷的人，都是心念相通，当然明白彼此的心意，常笑知道食人和常哭会有办法干掉大凶和三凶的，所以他在尽力缠住二凶和四凶。

　　常笑笑得很灿烂了，那是一种得意的笑，他说了一句话，道："你们两个看看，另两个同伴已经死了！"他的手脚并没有停，相反，却攻得更快，更猛烈了。

　　二凶和四凶闻言，不由手脚顿了一顿，回头一望，这一望使他们看见了大凶和三凶的死，这一望却也让他们自己的命送了，两柄刀分别从他们背后刺出来，鲜血飞溅而出。

　　"你们好狠毒！"二凶和四凶好像死不瞑目，常笑依然是笑道："难道你们不知道，我们一起有三个人吗？另两个死了，他们当然会来杀你，你们两个为什么不防备呢？傻瓜！"

　　食人道："好了，今天总算大功告成了，天下有多少人能逃出我们恶人谷的五指山呢！"

　　食人的话刚落，却传来一个很平静的声音："你们别高兴得太早了，你们三个今天一样得死。"

　　"谁？"三人一齐大喝，望望四周，却是一人也没有，整个似水楼内，只有他们几个人，四大凶人全死了，剩下的活人只有邱冷情，不过邱冷情身中奇毒，还在昏迷不醒。

　　"难道是他？"常笑和常哭走到邱冷情身边，指着他道。

　　食人道："不可能，这小子难道能抗拒我们下的绝毒吗？"

　　"可能！"就在话音一落之时，一道剑光疾射而出，常哭和常笑一点反应都没有，立即去会死神了，话是邱冷情说的，剑也是邱冷情出的，在一剑杀了二毒之后，他站了起来。

　　食人心中大惊，道："你怎么没中毒？"

　　邱冷情冷冷地道："就凭你们几个，也能拦住我吗！"

　　食人道："你是怎么看破的？"

　　邱冷情道："只怪你的两个伙计表情太怪，常哭和常笑，一哭一笑，鄂北恶人谷，谁人不知道！"

食人一跃足，道："原来是他们二人露出了破绽，怎么这么不小心，不过我今天同样得让你死。"死字刚一落，食人已迎面推出三掌，脚下踢出十腿，又洒出了一蓬毒针，人却翻身向背后飞去。

邱冷情哈哈一笑，道："怕了，没本事就别来送死！"身形电闪而出，"飞尘飘雪步"一动，人已越过食人所有的攻势，再一动，人已站在了食人面前。

"你逃不掉的！"像是从地狱中传来的声音。

食人大惊，难怪江湖传闻这小子不简单，我也太小瞧了他，果然有些门道，心中暗惊不已，不过人还是镇定下来，迎面向邱冷情又攻出了一掌。

邱冷情心中存心要他的命，知道此人一身是毒，若留一时，恐他又生出什么意外，他却不知道自己喝下蝙蝠血，又吃下千年巨蟒的内丹，全身已是百毒不侵，他自己流出的血都是剧毒的，心念一动，一剑劈空而出，汹涌的剑气冲破食人的掌劲，向他的双肩砍来。

食人面容失色，怎么如此高的武功？双掌却已收势不住，匆忙之中向旁边一让，而邱冷情的剑已砍到了双掌之上，顿时，食人的一双手和身体分了家。

食人道："好狠！"手虽然断了，脚下却是不慢，双足一点，人已飞射而出，三下五下，已消失在视线外。

邱冷情心道：此地不宜久留！于是脚步不停，飞出似水楼，继续向南而去，只是坐骑已被弄死了，只有步行了。

他现在也顾不上惊世骇俗，施展轻功，飞驰而去。

不多时，他已进入了大别山内，只需半天，就可以穿过大别山，进入四川境内，不知前路还有什么险难！

突然，在林中冒出了两个人，一个是已断了手的食人，另一个却是一个白发老妖婆，两人站在前路之上，拦着邱冷情的去路。

邱冷情当然停了下来，他知道正点子来了，没有一场大战，恐怕是不能脱身了，当下提神运气，道："食人，你的命好长啊！"

食人道："邱冷情，你别得意，你今天若是能走出大别山，那便是太阳打西边出来了。"

白发老妖婆早已忍耐不住，道："徒弟，就是这小子杀了常笑和常哭，废了你一双手？"

食人道："是，师父！请师父替徒儿报仇。"原来那白发妖婆是恶人谷三毒的师父。

邱冷情道："你大概就是万恶之首银姑了？"

银姑大叫道："小子，你去死吧！"身形一动，人飞扑过来，劈空已打出了十几掌。

这些掌力果然是不同一般，一掌连着一掌，每一掌都比前一掌快，后一掌的掌力一进入前一掌，立即融成一股掌力，十几掌飞冲到邱冷情身前时，已是惊天动地，掌劲逼人，掌劲中还夹着一股强烈的腥气，似乎是死鱼的气息，让人一闻起来，头脑昏昏沉沉，像是中了毒一般难受。

邱冷情不敢大意，双手一翻，已拍出一掌，莫邪剑一出，立即使出了无上的剑法，一道道剑气冲天而起，在空中交错而出，织成了张大网，凭空牵住了银姑，她发出的掌力虽然是强大，却早被邱冷情的剑气扫得烟消云散。

银姑大叫一声，身形在剑网中突然一旋，人冲天而起，在空中急转不已，像一个不断转动的钻子一般，向邱冷情撞来，天地似乎也在旋转，空气也在旋转，在方圆几丈内似乎到处是被攻击的目标，天地间每一处都被激发出的劲力所牵引。

邱冷情一时没见过这个招式，顿时愣住了，一时也不知怎么招架，身形一转，向旁边一闪，却是没能躲开，一下在胸口被击了一下，身子顿时被打出几丈远，身子倒在地上，被打得气血翻涌，眼冒金星。

银姑狂笑一声，道："小子，虽然你有点能耐，在我的手里，你同样是死，咦，奇怪！"银姑在击中后，得意不已，却忽然发现自己损失了两成的功力？心中吃惊不已。

银姑大叫道："小子，你可是使了什么妖法！"一想又不对，邱冷情明明被打得狼狈不堪，怎么可能会吸去她的功力，她哪知道邱冷情喝蝙蝠血后，身体可以吸取别人的功力。

邱冷情在地上躺了一会儿，又再次惊异地发现，根本就没有受伤，他也惊异不已，难道别人用内劲打不伤我？他只感到丹田内很涨，似乎又多了一份功力，他也不敢乱动，只躺在地上调息，化去这部分功力。

银姑一时倒也不敢再出手，心想：这小子有些古怪，心中一动，道："食人，趁他昏了，先去杀了他。"

食人心中对邱冷情恨之入骨，恨不得杀之而后快，见邱冷情中了师父的绝招，倒地不起，登时就想冲上去，杀了邱冷情，可看到师父的脸上阴睛不定，不敢动，现在听师父叫他出手，立即飞身上前，运起全身功力，带着满腔的恨意，一脚向邱冷情踢去。

"砰！"一个人飞震而出，发出一声惨叫，不过这个人却是食人，就在他一脚踢下去的时候，邱冷情忽然一跃而起，一剑砍出，又是一掌打出，立即让食人断了气，去见死神了。

银姑大怒道："好小子，竟然装死，骗得老身的徒儿惨死，纳命来。"身子飞起，又是同样的一击飞来，这一次，她更加提起功力，用尽全身的功力，势在一击要邱冷情的命，顿时在空中出现更大的漩涡，大树也被拔了起来，气势汹汹，十分强大。

邱冷情凝视着攻来的招式，他能看清银姑攻击的招式，这一招虽然不是很快，却很特别，而且也没有一丝破绽，攻击的范围很大，根本躲不开，也不可能反击，只有硬拼了。

他大喝一声，长剑一抖，迎空劈出一道无与匹敌的剑气，向银姑疾射而去，但……竟然……剑气一遇上银姑，已被撕得四分五裂，不知踪影了，邱冷情心中大惊，头脑中闪过千百个念头，怎么办？怎么办？

劲道已到了他的身前了，忽然，他心中一动，"分风拂水掌"中有一招"秋风引水"，是以巧对敌的打法，将对方的功力，全部化解于四周，向身上散去，当下不再犹豫，以全身的功力迎着银姑的攻势，一招"秋风引水"出手了。

如果说银姑的招式是一道强劲的龙卷风，那么邱冷情的招式却像是一个巨大吸盘，不断地将功力吸收，向四面散去，两股力道一接，两人都是全身一震，不过一点声音也没有。

银姑感到邱冷情的身子如一个魔瓶，自己身上的功力不由自主地全部汹涌而出，而邱冷情在不断地吸收她的功力，她心中吃惊不已，大惊失色，张口大叫，却因全身功力的外泄而发不出一个字来。

邱冷情感到对方的功力源源不断，一直向自己袭来，却怎么也收不住手，脚下已站不稳，被强大的劲撞来，向后飞去，在两人的四周，形成一股巨大的气墙，两人在后飞，身后不知被打倒了多少树木。

不知过了多长时间，两人的身子在空中飞出了百多丈，银姑的功力突然一停，一丝都没存，仿佛突然消失了一般，邱冷情也收住了招，人向后飞身而下，而银姑却是全身功力竭尽而死，从空中直坠而下。

邱冷情心中默然，不知发生了什么事，怎么无缘无故，银姑就死了呢？他不知道，"秋风引水"是化去对方的内劲，向身上散去，一般人用此招，掌劲透过全身而出，就免其受伤害，而他的身子却能吸收功力，只要是外来功力透过他身上，全部都被他吸收，银姑如此猛的发招，邱冷情用"秋风引水"来接招，无意中却吸尽了她的功力。

他感到全身的大穴一跳一跳，真气在体内疾转不已，他的任督二脉已通，体内的真气不停地在大周天里转动，他连忙坐下来调息，银姑的功力最少有六十年以上，而且全部是至阴的真气，而邱冷情体内的功力全部都是至阳至刚的真气，两股真气在体内相互冲突，弄得他身体又热又冷，他尽全力引导体内的两道真气互相交融，阴阳调济融为一体，争取达到龙魔交济的境界。

大约过了一盏茶时间左右，阴阳两股真气在他的体内逐渐的融合，再融合，直至全部融为一体，在他鼻孔呼出来的气体久久地聚在一起，形成一朵五彩瑞云，在头顶盘旋，而后又逐渐被他吸进了体内，经过阴阳两股气流的调和，他的武功又进入了一个全新的境界。

他红润的眼色逐渐淡下来，继而又变成了平常的颜色，他眼睛的神光在开合间一闪一闪，令人一看，就知道是个身怀绝技的高手。

终于，邱冷情睁开了眼，环顾了一下四周，食人和银姑已死，天色又渐渐暗了下来，现在还是赶路吧，在夜间，树林里散发出的瘴气，是非常毒的，他必须在天黑之前离开这里，他身形一动，立即展开步法，向前疾驰而去，他发现速度又快了许多，他心中暗喜，向前赶去。

鬼府神君终于出关，在君山一战中，他征服了天下，但武圣花志逸在临死前用天残给他的一击使他受伤不浅，足足让他闭关了半个月，功力才完全恢复，在闭关的过程中，他发现功力损失了一成，他不知道是被邱冷情吸收了，却以为是被花志逸的功力击散了，便足足又花了半个月才将功力提升了一成半，心中却也是惊诧不已，花老儿果然有点门道，但还是不能奈何我，只有我才是天下无敌，只有我才可以一统天下，哈哈，我才是真正的皇者，谁都不可以阻拦我。

邱冷情那小子虽然跑了，但这只漏网之鱼成不了什么大器，天下的形势现在已定了，他现在需要到桂林，这一路上的杀手可都不是白吃饭的，况且禁宫之钥还在姐妹岛上，只要我加派人手守着姐妹岛，他也不能怎么样，不知眼前邱冷情跑到哪里了，是否已经被干掉了？一个多月的闭关，使他对许多的事都没有过问，这点小小的隐患，他必须亲自过问。

鬼府神君走进大厅，大厅下已有众多的各派长老跪在下面。

"恭迎神君功满出关，神君一统江湖，千秋万载！"众人一见他出来，就齐声高喊。

鬼府神君心中得意至极，道："好了，你们下去吧！"他现在还有正事要办，没工夫听这些人啰嗦。

鬼府神君待众人都退下以后，大声喝道："牛头马面何在？"

牛头马面立即似鬼一般从天而降，道："神君，有何吩咐？"

鬼府神君问道："本座闭关以来，帮中可有什么事？"

牛头道："禀神君，在这一个月以来，已派出了帮中的主要精英，将不服从本帮领导的几个帮派全数歼灭了，现在整个江湖没有哪个帮派不服从本帮领导的，到目前为止，神君一统江湖的大业，可以说已经全部完成。"

马面道："禀神君，所有帮派每月按时上交的金银，同样到位，没有哪个帮派不交，各帮的武学秘本都已经收集到了帮中，各地所有上交的财富已达到白银三千七百万两，黄金一千万两，武学秘笈共计十万册，其中包括中原各大帮派中的镇门之宝和不传之秘，全部搜集到了。"

鬼府神君心中大喜，道："干得好，这么多的武学著作，应该建一座藏书楼的。"

牛头道："这事已经开始动工了，在上交的三千七百万两白银中，已动用了其中的二千万两，兴建一座藏书楼和一座神君的住宅楼。"

马面道："江湖上所有的能工巧匠全部都调了过来，全力修建两座工程，估计可以在一个月以后完工。"

鬼府神君道："完工以后，将所有参与兴建的人全部杀掉，明白吗？"

牛头马面道："是，属下明白！"

鬼府神君又问道："可有关于邱冷情的情况？"

牛头道："那只漏网之鱼的事，一直都是管胜天负责的，属下最近因为忙于帮中其它的事，对邱冷情的事没有过问。"

鬼府神君道："叫'追命判官'来见我。"

牛头马面道："是，属下告退！"

不一会儿，"追命判官"管胜天形色匆匆地飞身上了大厅，"不知神君召见，有何吩咐?"

鬼府神君道:"邱冷情那只漏网之鱼现在怎么样了?"

"追命判官"管胜天道:"禀神君,邱冷情现在已过了湖北,进入了四川境地。"

鬼府神君大怒,道:"你是怎么办事的?让他过了湖北,你们都是吃白饭的!"

"追命判官"管胜天吓得面无人色,道:"神君,因为两位执法调走了所有的一流杀手,去镇压不服的帮派,所以才没有在湖北追上邱冷情。"

鬼府神君一沉吟,道:"那么你现在可有安排?"

"追命判官"道:"当然,自从帮中的一流杀手全部回来之后,我已在半个月前调出了二百名杀手,以千里马日夜不停地追赶邱冷情,在各地分舵,也都派了一人一路拦截,估计在四川境内,可以追上他!"

鬼府神君道:"很好,希望你不要令我失望,下去吧,好好办事!"

"追命判官"道:"是!属下为神君尽力,鞠躬尽瘁,死而后已,愿神君洪福齐天,一统江湖,千秋万载!"

蜀道之难,难于上青天,在蜀中,却有一个人在拼命地向前跑,身形如电般飞掠,显见是一个武功奇高的侠客。

不过——

在他的身后却有几十个黑衣人在追杀,那些黑衣人,个个一跃数十丈,看来与前面那人的武功相差不是很多。

前面的那人,身上已受了几处伤,手上的血在流,脚下也有一道深深的伤口在不停地向下淌血,他的步法越来越慢了,看来是功力逐渐不支了。

身后的黑衣人却个个都是英勇善战,一个个精神抖擞,在全力追赶,看来他们欲置前面那个人于死地了,要如此下毒手,动用了几十人全力追杀一人。

在前面的那人正是邱冷情,在进入四川以后,他就感到杀气惊人,一阵从未有过的紧张在他的全身漫延,他的心情十分沉重,他似乎有一种预感,对即将来临的强敌有种特别的感觉。

果然在他进入川中不久,即被一群黑衣人追上了,经历了几次大战,他将追上的百多人陆陆续续地杀掉了五六十,自己也身上负伤,但还是被剩下的三四十人不停地追杀他,他自己已经渐渐感到体力不支了,无奈之下,只有尽力施展轻功,争取能摆脱黑衣人的追杀。

邱冷情在不断飞奔，但脚上的伤却使他的步法慢了许多，他和黑衣人的距离越来越近了，看来又有一场大战不可避免了。

他终于被追上了，在他逃到一处奇峰突起的山时，一不留神，脚下一个踉跄，身子一歪，但终于没有倒下，不过在这一阻之下，却已经让他的身子停了一停，本来他与黑衣人的距离就不怎么远，经过这一阻拦，一个黑衣人纵身一跃，已拦在了他的面前，就在他一顿之时，身后的黑衣人已经全部围了上来，将他围在了中间。

邱冷情停住脚步，手中的莫邪剑抖动不已，看来今天这一战真是凶险不已，他身受重伤，本身的精力又快耗尽，此时他提剑的手都在颤抖，恐怕此一战是凶多吉少了，他不由在心中沉思，今天该怎么办？

黑衣人也静静地围着邱冷情，虽然邱冷情已经受伤了，但他们都知道，邱冷情不是一个省油的灯，虽受了伤，也是一只受了伤的老虎，一只受了伤的老虎还是可以吃人的，是以他们仍然是十分小心，不等到机会是不会下手的，但他人也不会一味地等下去，若邱冷情恢复了战斗力，那将是一件更为可怕的事，所以他们得制造机会，出手，杀了邱冷情，这是他们的任务，也是他们的目的，他们都是一种很好的冷面杀手，在他们心中只有一个字，杀！所以他们不希望被杀，不被人杀的好方法只有一个——杀人。

终于有人出手了，一个黑衣人提刀向邱冷情扑了过来，他使的是地趟刀法，双刀直卷邱冷情的大腿，若是能再给他的脚一刀，那他的脚恐怕早已动不了啦，如果他的行动慢了下来，就像是一只没有脚的老虎，再怎么威风，却也只能任人宰割，这一点是谁都可以看出来的。

双手如急电一般，带着一丝闪闪的寒光，向他的双脚卷到，那人显然亦是一名高手，速度非常快，快得有些不可思议。

不过——

很可惜，他遇上的是邱冷情，一个很绝的高手，高手之中的高手，他也有过人的冷静与智慧，知道什么时候才是最佳的攻击时候，他本身的体力已不多了，他同时也需要保存体力，他的敌人不只是这一个，他必须还得保存足够的战斗力来对付余下的这么多的人，他必需以最巧最妙，也是最快的方式来对付敌人，否则他面临的大概只有死路一条了。

他毕竟不同于常人，他在那黑衣人出刀时，只静静地站着，盯着黑衣人的动静，似乎那名向他脚进攻的人不关他的事似的，这让别处的黑衣人大为吃惊，他们亦不敢轻举妄动，他们都见过邱冷情惊人的步法、掌劲以及剑术，若是一个不小心，那只有死路一条。

他们每一个都是极好的杀手，他们当然不希望被人杀，所以他们也在等待，在等待机会，而且这个机会不会太久的。

刀已经碰上邱冷情的衣服了，再进入一点，就可以砍到邱冷情的双脚了。

可能吗？

当然不可能！就在双刀即将砍上邱冷情的双脚之时，他才动了一下，双足一点，人已后退了一尺，莫邪一闪，一道急电闪出，那黑衣人的人头已经落地了。

而就在这一瞬间，其它的人已发出了攻击，在他退后之时，有几柄长剑从后面递了上来，左右两边亦是有许多的刀剑砍了上来，立即，一个刀剑组成的大网形成了，每一刀，每一剑，都是如此可怕，每一刀、每一剑都要人的命，邱冷情能逃过吗？

他现在是一只网中的鱼，若要逃生，就只有弄破这张网，弄破网的办法只有一个，杀人，杀了这些制网的人。

就在他身形后退之时，他手中的莫邪剑在砍掉一名黑衣人的头的同时，亦如飞虹一般掠到了背后，他早知道，背后一定会有剑在等着他。

"叮！叮！"两声，两柄长剑已破空飞出，在他巨大内劲的撞击之下，莫邪剑削断了两柄剑，也震飞了两柄剑，但却还是有三柄剑刺了过来，一剑指向他的头部，一剑则削向他的双肩，另一剑则是刺他的心脏，三剑同样是高手，快、准、狠。

邱冷情已感到有三股锐厉的剑气向他冲来，但他却已不能回剑了，他剑势已去，若等他的剑来招架之时，只怕他身上已多了三个洞了，三个血淋淋的洞。

他足尖一点，身子疾飞而起，飞过了两剑，但肩头还是无可避免地又多了一道伤口，入肉一寸多，顿时痛入心扉，鲜血直流，他在空中一剑挥出，一道剑气飞出，立时又有两人的胸膛开花了。

在他受伤之后，却又有更多的黑衣人扑了上来，在他背后空门一露的瞬间，十几支长剑如影相随地刺到了他的背后。

这些剑客个个都是非同一般，在长剑还未到之时，剑气已露射而出，在他背后交织成网，如一道黑色的陷阱向他罩来，在如此的剑网之中，只要给碰上一点，立时就得留下点什么纪念，但若是想逃离这剑网的攻击范围，却是不易，前行，在前面有人，后退，背后的人早已蓄势欲斩，两边更是不用说了。

眼看邱冷情就要落入了密密的剑网之中了。

不过——

在这时——

只见——

他——邱冷情忽地莫邪剑一劈，一道冲天的剑光在层层的黑幕中突出，如一丝阳光划破了黑暗。

在剑光闪过之后，立见十几名黑衣人在剑光里倒下了，在如此冲天的剑光之中，中者立即肢离破碎，血肉横飞。

邱冷情的身子随之飞起，在众黑衣人惊异的目光中，如飞而去，他们却给这可怕的气势给震撼住了，不由呆了一呆，而以邱冷情的身手，呆了这么一呆，已足够他做很多事了，就在那些黑衣人回过神来后，他人影早已在百丈之外了。

"追！快追！"不知是哪人大叫了一句，众人才回过神来，向邱冷情逃走的方向追去。

邱冷情本已受伤，在四面受敌的情况之下，勉强压住翻涌的内劲，提出一口真气，使出了惊世骇俗的一招剑法后，又提真气，用轻功逃走，在这么一连串的折腾之下，他的内腑已受了不轻的伤，他的脚步摇摇晃晃，但丝毫没有减慢，他知道，若是慢了下来，给追上了，他一定会死得很难看。

死——并不可怕，他也不怕死，可是，他不能死，在心中始终有一个信念支持着他，不能死——我不能死，我千万不能死去，可是脚步却越来越重，气息也越来越弱，丹田内的真气似有枯竭的迹象，他的心怦怦直跳，不行，我不能停下。

——他的脚步也越来越慢，不一会儿，已经可以听到黑衣人的衣服在风中飘动的声音了。

"他不行了，大家快追！"一个声音在他身边响起。

"我不能死！！！！"在强烈的信念支持下，他又加快了步子，可惜，终于体力不支，在拉开了一小段距离后，他的身子又慢了，这次他再也提不起一丝的劲道，再也跑不动了。

不，他仍没有停，心中的信念始终在支持着他，他还是没有停下步子，仍是继续向前冲去。

不过，这已经没有用了，他的速度明显慢于那些黑衣人的速度，他已经快要被追上了，他的步子已经挪不动了。

不行——我不能死，他在心中呐喊，我不能死，但身体上的反应，却使他无能为力，他的体力已耗尽了。

他被追上了，终于，他已经被追上了，无可置疑地被追上了，他们的体力比他好多了，那简直是天壤之别，他们也正是看准了这一点，才大力地追杀，他们是立志要将他的命留在四川内了。

"杀！"一个近乎疯狂的声音从他的口中发出，邱冷情停住了脚步，一声狂吼也从他口中喊出来，他在这一瞬间，几乎是下意识地说了这字，甚至在说出之后，他为什么要说，都弄不清楚。

但，这个杀字一出，倒是吓了那些黑衣杀手一大跳，他们立即停住了脚步，形成一个半包围的形势，停在邱冷情的面前，他们心中也有些吃惊，他邱冷情这么年轻的高手确实不多，他的意志更为可怕，在如此坚强的意志下，他们几乎放弃了追杀。

可他们毕竟还是追了上来，他们都是一流的杀手，虽然为他的气势所震憾，却不足以消退他们杀他的信心，反而更让他们觉得刺激，一种强烈的征服念头在心中升起，追杀邱冷情，对他们来说，无疑也是一种挑战，一种可以激发人杀人的挑战，所以他们还是追上来了。

他们不得不佩服邱冷情的聪明，在屡次的击杀中，他们的人几乎死了一大半，而邱冷情依然是没死，虽然他已受了重伤，但他的实力还是不容忽视，这些伤让他们所付出的代价也是极为惨重的，几乎使他们全部丧生，而多人的追杀队伍，现在只剩下了二十多个人，如此，怎么能不让他们心惊。

在邱冷情一声暴喝之下，他们倒是不敢动了，对邱冷情，他们确实是怕了，虽说他现在摇摇晃晃，一副即将倒下的样子，他们却不敢妄动，前两次的教训仍清清楚楚地印在他们的脑海中，如果他们知道这次邱冷情是真的耗尽力气，全身软倒的话，不被气死才怪。

不过邱冷情现在也没脱离危险，仍在与他们相互的对峙中，说不定一会儿，他们会发现邱冷情的这一致命的伤痕，但那却是要过一会儿才可能的事，至少现在他们不知道，而在这一会儿，却可能发生很多的事。

这短暂的对峙给了一丝机会，他体内的真气涌动已没有像开始那般厉害了，而且，丹田内也隐隐有些气息走动，只可惜那些气息太弱了，根本不足以让他保持活动力和战斗力，但有一丝希望总是好的，说不定能在这一刻发生奇迹，再一次死里逃生。

他在心中默道：拜托，不要动，你们千万不要动！如果继续对峙下去，至少还可以恢复一点劲力，但不可能了，他的这个想法，很快就粉碎了。

他们已瞧出了些什么，在邱冷情一声大喊之后，他们发现他并没有再发动攻势，而是站在那里不动，嘴角有一缕鲜血在向下流，他强提真气，受了内伤——这是一个谁都看得出来的事实，那么现在他就是在拖延时间，以图恢复功力，如果他恢复了功力，那他们就没有好日子过了，已死的一百多人就是最好的证明，他的潜能实在是太可怕了，若给他喘了一口气过来，他们也许步入那一百多人的后尘——被他杀死。

所以——必须出击，杀死他！

他们开始进攻了，小心翼翼，但却仍是很快，很猛烈，狠毒地。

三个手上没兵器的飞身从前后左三个方向向他击到，而右边同样有几支长剑在等着他，只要一不小心，他就会立即命送黄泉了。

掌劲已临近身体了，剑风也令人皮肤打颤，在强烈的攻击之下，他却一动不动，这次他不是以不变应万变，而是真的动不了，他已经没有避开的力气了。

剑已经刺上了衣服，掌也拍到了身前，他死定了，而就在这一刹那，他不知从哪里鼓起一点力气，将身子向后斜靠了一靠，避开了一点剑锋，但身子却撞上了拍过来的掌劲，在中掌之后，他的身子飞快地向另一边一倒，就在这时，两支剑已有一支剑刺上了，另一支却毫不犹豫地刺进了他的肩头，又一道深深的伤落在他的身上，在一剑刺中之后，另外两掌也攻到了，毫不留情地拍了邱冷情的身上。

他根本就避不开，几道强劲的真力轰在他的身上，他的身子立即像一只飘落的树叶一般，在风中飞去，还带着一丝鲜血，飞出十几丈远，重重地落在地上，一动也不能动。

"他根本就没有一丝的反抗力，他死定了。"一个黑衣人道。

另一黑衣人沉沉地道："小心一点好，这小子太可怕了。"

那黑衣人似是一副不信的样子，道："不会吧，一个功力全在的人，若是接了我们那三掌一剑，怕也是差不多了，他现在的这个样子，不死才怪。"

其他的黑衣人亦是认为邱冷情死定了，他们实在不敢相信，在如此重伤之下，又受他们联手一击，仍然不死，若此时邱冷情还能站起来，他们怕只会大叫"有僵尸！"其中有两名黑衣人小心地向邱冷情走去，虽然他们认定邱冷情已经死了，但他们还是很小心，什么出乎意料的情况都有可能发生，想保住性命，就得小心翼翼。

邱冷情确实是没有死，在中了一剑三掌后，他重重地摔在地上，除了剑伤撕心裂骨的痛外，其他的却是一点伤也没有，而且内劲也强了许多，体内涌动的真气亦平息了下来，丹田内也有了一丝较强的真气，在此情况之下，他勉强像平常人一般动一动是不成问题的。

他自己亦感到奇怪，为何每次在中掌后，都没有受伤，而且只有肉体上的疼痛呢？每次在中掌之后，他的内劲均有所增强，只是以前不很明显，现在在重伤，丹田空虚之下，却很明显了，中了刚才三掌，体内的真气比刚才强多了。

忽然，他想到了，在武圣居时他曾喝过蝙蝠血，可以吸别人的功力，不过以前是主动吸别人功力，后来给花志逸用天琼浆解了蝙蝠血的毒性，才没有这种现象，莫非现在我仍可以吸别人的功力？不过却要别人送过来，他仍然狐疑不定，但他已经肯定了一点，挨几掌绝对对他有好处，而且这是他唯一的一丝生机，机会把握好，可以再次逃生，他一动不动地躺在地上，静候机会的到来。

两名黑衣人小心地向邱冷情的"尸体"靠近，邱冷情的特别表现早已深深地印在他们的心中，几次死而复生，在他们强力地追杀下，一次又一次地逃掉，一次又一次地杀掉他们的兄弟，这次他们亦是不敢大意，万一邱冷情又在使诈，他们的小命就玩完了，他们是一流的杀手，只会杀人，从来不会拿自己的生命开玩笑的。

第十六章

　　脚步一步步地近了，邱冷情躺在地上，思量着如何让他们两个出掌打他，而且最好不要让其他的人用剑来刺他，他用眼角看了一下那两人，他们手上没兵器，如果他们拿刀砍或是剑刺，他可吃不消，本来就伤痕累累，若再加上一刀或是一剑，他真怕自己会受不了，不过他却很幸运，那两个家伙，没有带刀剑，他的思想在飞快地转动，不知他是否能逃过此劫呢？

　　两名黑衣人已到了邱冷情的身边，仔细地看了看邱冷情，当然是运功防身的，他没有动，也控制住了自己的呼吸和心跳，现在的他就完全与死人无异。

　　一个道："他已经死了！"

　　另一个道："大概是吧，连心跳呼吸都没有了。"

　　一个道："他真的死了。"

　　说完两人就往回走，就在这时，忽然，他们的伙计叫了起来，而且背后传来了风声，难道——一种不祥的预感涌上两人的心头，一种死亡的阴影迅速将两人包围，他们两人提起全身的劲力回了头，同时拍出了一掌。

　　在他们背后，邱冷情站了起来，睁着双眼，如同鬼魅一般，在向他们二人伸出手，要吃人，不过就在他刚站起来时，已经中了两记雄浑的掌力。

　　太好了，邱冷情心中狂喜，身子被击得连退了十几步，身上的骨头给打得发痛，但他却没有倒下，仍一步一步，形同僵尸，向两人走来，越来越近。

　　其他的人倒是一时给吓住了，该不会是僵尸吧？邱冷情根本不像是一个人，走路也全不如人一般，毫无章法，一跳一跳地，跟传说中的僵尸没什么两样，双眼毫无光泽，如同死人一般，所有人都一时呆住了，不知该怎么办才好。

　　邱冷情在一步一步接近那两名黑衣人，那两人也呆住了，一点没料到会出现这种情况，直到邱冷情平伸双手，触到了他的身体，他们才猛然惊醒，他们毕竟是一流的杀手，虽然没见过如此怪事，但还是临危不乱，两人又全力打出了一掌。

"轰！"邱冷情完全不躲避，任两掌结结实实地打在身上，身子向后退了六七步，不过仍没有倒下，又一步一步向两人走来。

这两人虽是心中害怕邱冷情，又被此怪举动一时弄糊涂了，但见邱冷情根本连躲都躲不开，心中的一丝惧意已经没有了，心中一横，不等邱冷情走上前来，两人已飞身而起，双掌翻飞，向邱冷情拍到。

邱冷情心中暗喜，他确实在中了几掌之后，丹田之气已经开始强大起来了，他又燃起了一丝希望，想不到可以这样来恢复功力，但眼前最重要的是，仍然骗那两个家伙出掌打他，他见两人掌拍到，仍然是不闪不躲，如僵尸一般，丝毫不改方才的动作。

"砰砰砰！"几声过去，他身上不知中了几掌，身子被打得倒飞出去，他仍没有倒下，丹田之气又强了许多，只不过身上的伤口被打得疼痛难忍，血水渗出，他现在已顾不了那么多了，只要内息恢复，他就可以逃走了，他只能逃，身上多处受伤，而那些杀手还有二十多人，久战之下，他必然不支，那时就只有死路一条了。

邱冷情的形态更加恐怖，仍像僵尸一般，向那两名黑衣人一跳一跳地过去，若能骗得两名笨蛋再多打他几掌，他就好了。

两名黑衣人对望了一眼，心中虽生起了一丝惧意，但还是出手了，双掌不停地向邱冷情身上打去，每一掌都用尽了全身的力气，只不过在慌恐之下，他们没有发现，自己的功力减退了许多。

也不知打了多长时间，他们两人不知打出了多少掌，两人如同疯狂了一般，向邱冷情身上攻去，而邱冷情也乐意如此，丝毫不躲不闪，在掌击之下，一个身子东倒西歪，不过丹田之气却在慢慢恢复。

两人大约打了百多掌之后，似打累了，停住了手，抬头一看，邱冷情仍站在那里，如僵尸一般，吓得魂飞天外，大叫"有鬼呀！"转身就跑，其他的黑衣人也看得奇怪，却有几个人大叫："打不死他，去用剑砍下他的头来！"话一落，已有几人飞身出剑，向邱冷情飞扑而来。

这个时候，邱冷情已接受了那两人各五成的功力，内息恢复了七成左右，有这七成功力，已足以让他从容面对那几名杀手的攻击了。

已有四名黑衣人飞剑到了他的跟前，眼看就要砍上邱冷情了。

不过，却没有，邱冷情的七成功力，已足够惊世骇俗了，在那长剑近身的一瞬间，邱冷情的双眼一闪，露出一丝精湛的神光，一股冲天而起的杀气顿时从他的身上散开，一股逼人的杀气，在空中迅速弥漫开来，在此强烈的杀气之下，四人的心神不由一顿，长剑停在邱冷情的衣服上，再也刺不出一分一毫了，几柄长剑在惊人的杀气之下，不住地震抖，几名黑衣人也是双眼狂睁，如同死神来临一般恐怖。

邱冷情的确如死神一般，可以在这一瞬间，决定他们的生死，他们以前从未体会到如此恐怖的杀机，这些都只是发生在一瞬间的事，而邱冷情是不会让他们有生还机会的，对敌人仁慈，就是对自己的残酷，他很明白这一点，在求生的欲望之下，他也必须这么做。

所以他的剑出鞘了，莫邪剑出鞘了，如果说准确一点，不是出鞘，而是出动，因为剑早已出鞘，一直都提在他的手上而已，出鞘的是要杀人的，可惜那几名黑衣杀手都没有注意到，那他们只有后悔了，世上是不会有后悔药吃的，唯一的选择就是被人杀。

莫邪幻出一道诡异的光芒，在空中一闪，从四人的身上掠过，已回到了鞘中，杀了人的剑是该回到鞘中的，四柄长剑同时落地，他们发现自己胸前不知何时多了一个大洞，血还在向外喷出，他们意识到被杀了，而这时已经迟了。

在四人的尸体倒下之际，邱冷情已经如一阵风一般，疾驰而去，空中传来他沙哑的声音——"你们是真正的杀手。"

"追！"一个声音响起，他们仍然不能就此放过邱冷情，杀手的本职就是杀人，若放弃了一人，无缘无故地放弃了一个人，那他们就不是杀手了。

邱冷情凭借本身的福缘，暂时解脱了眼前的危难，但他也知道他们绝不会轻易放过他的，现在他才真的了解到为何鬼府神君的势力能扩展得如此快了。

真正的高手是以真功夫来压倒人，无论是正还是邪，功夫终究是有杀人和不杀人之分，正道自是以功夫来镇压功夫，到达以武治武，尽量少杀的目的，而黑道则讲的是以武杀武的路数，他若以下三滥来为之，只能成小气候，终不能有所大成，只有凭势力来夺天下，那才是真正有大成，而鬼府神君即是这种人，虽然他野心重，争夺权势，但却是以实功来征服天下，他所统领的人亦是高手中的人物，绝不会以巧取胜，这当然不包括在实战中的战略战术。

他所派出的杀手亦是这样，只要在剑上涂毒，那邱冷情已活不到现在了，但他们却没有如此做，只是凭实力和永不退缩的杀机来杀他，这一点，足以让人感到惊惧了，他现在才感到，要战胜鬼府神君，是何等不易了。

邱冷情经过没日没夜的交战，现在身心疲惫，差不多完全耗尽了体力，他虽借方才三人恢复了七八成功力，但终究不是真正的恢复，只是暂时让功夫回升而已，时间一长，他的功力已急剧下降。

不多时，邱冷情看到了一处沼泽地，若在平时，他可以凭借无上的轻功飞渡过去，现在别说是飞渡，就是跑过去这么一大段距离，都是有困难，后面的追兵也快到了，他可以清晰地感觉到疾速向他逼来的杀机，那种死亡的气息足以让人生出死亡的恐惧，这只是一种本能的反应，以他现在的修为，虽说身体处于一种极端的疲惫状态，但仍是可以感触到敌人的气息，这种恐惧只是一种本能感觉，与内心的恐惧是有着本质的分别的。

后面那些杀手的杀气越来越浓，这表示他们也找到了他的踪迹，越来越近了，在身后只有一片小树林，根本藏不了人，只有一块巨石立在沼泽地旁，那是唯一的藏身之处，眼下是不能硬挡了，以他现在身上的功力，根本支持不了多久，最多一顿饭工夫就气尽力竭了，何况还隐隐地感觉还有股更强的杀气在向这个方向靠近，定是另一批更为厉害的杀手。

时间已不容他多想了，他赶忙躲在那块大石之后，以免被人发现，现在能支持片刻是片刻，可以多恢复一点内息，那就有一丝希望，在大石之后，他更加惊奇地发现，还有一个不易为人发现的藏身之处，那是棵枯树，这树大约有了几百年的生命了，粗大无比，现在树虽死了，只剩下一大截木桩，但却留下了一个大空洞，足以容下一人，前面有巨石，在后面即是可怕的沼泽，他现在只有躲起来了。

邱冷情小心翼翼地爬过巨石，钻到那一大截空的木桩里去，大气都不敢喘一口，他已经可以听到，那些杀手因施展轻功，在空中衣服飘动所传出的细微的声音，他相信，那些杀手绝对不比他差，只要他弄出一点声响，他就可能被发现，那面临的只有一条死路了。

杀手们追到了小树林边，蓦然发现失去了邱冷情的踪影，就像凭空消失了一般，一点气息也没有了。

一杀手道："怎么可能跑掉呢？难道他跳过了沼泽地？"

另一杀手道："不可能，我看他功力也消耗得差不多了，根本不可能有力气渡过这片沼泽的。"

那杀手沉吟了一番，却道："这小子太可怕了，我们谁都不知道他是不是真的快耗尽了力气，刚才他明明已经被我们杀了，结果不是再次让他跑掉了？这小子可能是故意隐藏他真正的实力。"

另一名黑衣人道："这么说，邱冷情可能渡过了沼泽地了？"

立即有人附和道："有可能，咱们赶快飞过去，继续追赶吧。"

邱冷情心中一喜，你们走吧，赶紧飞越沼泽去追吧！他在心中狂叫，若能给他一时半会的喘息时间，他就可以恢复部分功力，思量再次逃生的计划了。

正待他大喜过望之时，忽然又有一个声音道："慢，大家不要操之过急，我看这小子可能还在附近。"

邱冷情心中一惊，难道自己哪里露出了破绽？不可能，以自己的才智，是绝对不可能露出破绽的，可能是敌人的诱敌之计。

有人问道："你说他还在这里？能躲到哪里去呢！"

又有一人道："这里根本就不可能有藏身之地，莫非那小子化成灰飞了不成！"

方才那声音又道："你错了，这里还有一个可供藏身的地方。"

邱冷情心知，必定是他们向这巨石搜来了，若给他们发现了这半截树桩，那就再无容身之所了。

果然，有几个人的脚步向这边传来，他们已非常靠近大石了，那些人仍然是十分小心翼翼地向巨石边靠近，邱冷情更加小心了，根本不敢弄出一点声响。

过了一会儿，他又听到了声音，那些人已到了巨石后了，"没有，怎么可能！"那人还是怀疑邱冷情就藏在此处，一阵阵的脚步声越来越近了，邱冷情的心狂跳起来，但愿没有被发现。

又过了一阵，那人似是什么也没发现，脚步又渐渐地远走，邱冷情悄悄地松了一口气，一颗紧悬的心弦，终于可以稍稍平静下来了，一阵阵的脚步声慢慢远去。

就在这时，他忽然听到了一个很轻的声音，向他藏身的木桩而来，这声音在其他人的脚步声中隐藏得紧紧的，若不仔细听，是绝对听不出来的，邱冷情心中暗骂：好狡猾的家伙，他已明白是怎么一回事了。

那些黑衣人并没有发现他，但发现了这个木桩，他们认定邱冷情就藏在此木桩中，所以故意离开，引起他的轻视，然后出其不意地回来一两人，在他毫不防备之下杀了他。

邱冷情心念一转即明白了这点，只不过现在那脚步声越来越近，而他却不能出手，虽然在一击之下可能杀了前来的两人，但一定会惊动其他人，自己现在内伤未复，一定会被他们杀死，怎么办？

前面有人，后面是沼泽，不知这沼泽是否能承受住人的重量，若能承受住人的重量，那我就趁那两个家伙来察看之时，出其不意地杀了他们，从这沼泽地里逃生，那还有一丝希望，事不宜迟，他当即一试，看这沼泽地能否承受住人的重量。

于是，他轻轻地放了一块石头在上面，哪知石头一入沼泽便沉了下去，根本连一丝痕迹都看不到，看来此望是落空了，怎么办？难道他就此等死吗？

邱冷情急忙四下张望，看能不能想出什么办法，如果不能，那只有以死相拼了，正当他万念俱灰，准备以死相拼之时，忽然，他心念一动，想起了刚刚落下的石头，在石头沉入沼泽后，根本连一丝一毫的痕迹也没有？若是人沉入其中，不也是一丝痕迹都没有，在此灵光一闪之间，他有了主意。

当下他立即行动，折了一根小草，含在嘴中，在水边长的小草，一般都是空的，他选择了一颗较大，茎秆较长的含在嘴中，以在迅不掩耳之势沉入了沼泽里，双手在沼泽地里紧紧抓着伸入泽沼泥中的树根，含在嘴中的小茎草，露出一段，在沼泽之上，若非仔仔细细地查看，是绝对不会发现的。

就在他刚沉入沼泽之时，从那巨石处转出了两个人，在他们刚一现身的同时，两人对望一眼，同时，双剑刺向邱冷情方才藏身的坑里，显然是什么都没有发现，他们绝对想不到，邱冷情会躺在沼泽里。

"没有！"两黑衣杀手齐道。

一个道："真的不是躲在这里！"

另一个道："看来邱冷情刚才故意隐瞒实力，故意引我们到处找，而他自己却趁这空隙跑得远远的。"

前一个反问道："他为什么要这么做呢？"

那个人道："如果我猜的没错，他可能是受了内伤，不敢与我们正面交锋，只好尽力逃走，他之所以隐瞒实力，只是为了我们被他假象所骗，拖延时间。"

前一个沉吟了一会，道："八成是这样，那我们快追吧。"

两人的声音终于消失了，接着脚步声亦渐渐远去，不一会，那些黑衣人一阵杂乱的脚步声亦是由近及远，直到邱冷情听不见了。

邱冷情又在沼泽地里潜伏了很长一段时间，确信再无一人之时，方爬出沼泽地，躺在巨石上大口喘气，在沼泽中，虽然有根细管可供呼吸，但时间太久，亦是差点将他闷昏了。

他躺在巨石上好一阵子，终于从疲惫中恢复了过来，他开始调息，疗其内伤，在这一阵折腾中，他几乎耗尽了全部的真气，耗费掉了全身的功力，没有三四天是绝对恢复不了的，但终于给他逃过了一劫，不知明天会怎样呢？

在摆脱了强大的追兵之后，他全身心进入了放松的状态，进行内气的调息，在此小喘的机会里，吸收天地之灵气，采四周宇宙的精气，强烈的逃生欲望使他完全进入了一个物我两忘的境界。

大约过了二三个时辰，他的内劲已恢复了七八成，伤势几乎痊愈了，邱冷情缓缓睁开眼，一切都是那么美好，天地万物哪一样不是如此漂亮？在此强烈的美景中，他几乎忘了现在身处的险境，完全忘了自己朝不保夕，后有追兵，前方还有人拦截，或许过了今天，明天就全部没了，在这一刻，他却完全忘记了，他沉醉在这无限的自然气息之中，以大自然的灵气来修复他所受的创伤，在无形之中，伤口又好了许多。

他想起了许多的往事，有好、有坏、有痛苦悲伤、有幸福，最后他不由自主地想起了萧萧。

一想到萧萧，身子不由一颤，忽然间，他很惊奇地发现，自己原来一直在心中挂念着她，只是在外力的压迫下，才没有好好地去想她，而现在，在万分紧张的环境中松弛下来，自己心中最放不下的居然是萧萧。

忽然间，他发现自己的心中放的完全是萧萧的影子，她忽然很挂念萧萧，不知她在正义门一切怎么样了，有没有人会欺负她呢？在不知不觉中，他竟然生出了这种保护的念头，她自嘲地摇了一下头，自言自语道："真是荒唐，我怎么会有这种奇怪的想法呢？莫非我真的是爱她？"

时间也不容许他多想了，在他沉思的当中，他听到了有人向此靠近的声音，以他们行动的脚步声来推测，他们应当是算在高手行列里的人，人数不下于二十，以此作出推断，可能是追杀他的第二支人马。在第一支人马的追杀之下，他已经差点丧命，现在伤势未愈，又来了第二批人马，第一批人马中尚有十几人在前方，若给他们碰上，他们两方人马从两头夹击，他那是插翅难飞了。

好在现在功夫差不多恢复了七八成，尚有能力一战，就是逃，也有足够的实力了，他又仔细倾听，终于听清了，来人大约有二十人，武功应在第一批人马之上，从他们走路的步声来看，他们大多是轻功极高之辈，几乎步与步之间的间隔和时间差都是差不多，只凭这一点，足以断定他们的武功定然是非常不凡的。

邱冷情迅速作出决定——走，此时不走，那说不准永远都不用走了。

在那些足音仍向他靠近之时，他已经展开绝世的轻功，飞越沼泽地，向前而去。

这沼泽地异常大，像海洋一般望不到尽头，而且异常危险，若非以轻功飞渡，只要一不小心，立即陷入到泥地里，再也爬不起来了。

邱冷情丝毫不敢大意，在前方尚有十几人，在后面有武功更为高强的追兵，虽然前方那些人不知道他的行踪，但若是给碰上，同样是麻烦重重，万一不小心让前后两方的追杀者联合起来对付他，那他则是无路可逃了。

一路上他都非常小心，不时地倾听一下后方追兵的脚步声，似乎那些人也清楚地知道他的行踪，丝毫不差地顺着他行过的方向，飞速向他追来，倒是前方的那些人不见了，一点影子也没有，似是失踪了一样。

邱冷情始终保持着与后方的追兵若即若离的距离，他倒没有快行，一方面以防碰上前方的敌人，另一个目的则是为了保存实力，从策略上来说，这是非常好的方法，一方面可以不停地向目的地靠近，另外则是可以有充足的战斗力，他不仅仅要活着到达桂林，而且还不允许身上有什么伤害，这是他给自己定的目标，所以他必需保护良好的状态，以备在紧急的时候有能力战斗。

与后方的追兵周旋了一天左右，渐渐地，他更加恢复了功力，几乎已经是所有的伤全好了，在第二天，他感到精神抖擞，现在应是反击敌人的时候了。

若只是一味地逃，则总有可能会被抓住，那最好的办法就是放弃逃跑，反击敌人，从被动变为主动，只有从被动变为主动，那生存的机会才更大。

邱冷情在决定阻击敌人之后，思考了半天，怎样才能更好地将他们杀光呢，他们的人全部在一起，正面发生冲突只会对自己不利，更重要的一点就是将他们分开，然后逐个击破。

故意在某地留下痕迹，引开他们，让他们以为自己受伤了，若是处在一个四面完好的地方，他们为了防止自己逃走，必然会采取围攻的方式，围则必须分散兵力，只要他们分散了，就有机会，一个一个地干掉他们，夺回主动权，让生命掌握在自己的手中，这其中有个很重要的环节，就是不能与前面的杀手碰上。

主意一定，邱冷情便立即采取行动，在这茫茫的沼泽地之中找一处设计陷阱的地方，那简直太容易了。

不多时，他就发现了一个小山，或者说是"小岛"吧，在岛上杂草丛生，到处是密密的野生植物，是个藏身的好地方。

他向岛上走去，在岛外留下了一丝血迹，指向岛内的方向，又到岛上升了一堆火，弄出一丝烟，袅袅地升向天空，表示他曾在此逗留过。留下这些东西以后，他要做的事，就是与这些家伙在岛上周旋，然后逐个杀光他们，只要他还在此岛上，那些杀手是绝不会离开的，本来他们就没有相隔多远的距离，他又在此逗留过，更加缩短了距离，在此距离下，他们在岛上完全可以看到他的身影，在此沼泽地里，要藏身是不容易的，没有山，也没有水，没有草，更没有树林，唯一的地方，就是像这样几天才发现一个小岛吧，所以除非他能将这些人全部杀死，否则他纵是要离开，也是很难的。

邱冷情在布置好一切后，找到了一个比较隐蔽的地方，调息了两个周天之后，待体内的真气恢复，整个人处于一种巅峰的状态，开始出动了，开始反攻对方，争回主动权，否则后路只有一死。

他仔细地倾听了一会，发觉那批黑衣杀手似乎在他方才停留的地方仔细地寻找他的踪迹，那如何寻得着？早给他尽数弄去了，现在他差不多已争回主动权，对方完全不知他在何方，而他则可以随时随地反击对方了。

心念一动之间，人已飞身而起，以他绝世的轻功前往那边，丝毫不会留下任何踪迹和声音。

不多时，他已来到了那批杀手的旁边，邱冷情小心地隐藏在草中，仔细地观察那批杀手的动静，伺机出击。

那些人有二十人之多，而且个个双目精芒显露，显然是不世的高手，邱冷情心中暗然失色，此番若想全身而退，怕是不会有那么容易之事。

此刻，他们正在议论邱冷情的一些事，仔细倾听之下，似乎又在争论什么，邱冷情现在还不敢有所行动，运足耳力，仔细地听，希望能听出些什么，以供他反击参考之用。

一个道："白老大，我看咱们还是分头行事吧，别长他人威风，灭自己的志气。"

那名叫白老大的人似乎是这一批人的头目，他神色凝重，沉沉地道："你们不要低估了那小子，现在他现身于这小岛之上，摆明是要和我们玩猫和老鼠的游戏，力求扳回主动权，凭这一点，我们就不得不好好地思量一下对策了。"

邱冷情听得心中一动，暗忖道：看来此人是非常难缠的一个，最好能开始就将他杀了，令他们群龙无首，然后逐个击破，定然更好行事。

白老大接着又道："十三弟，你总是行事冲动，邱冷情那小子，能在湖北从重重的追杀中活到现在，而且现在尚在与我们周旋，似乎并没有受多大的伤，我看你们千万勿要轻敌，现在的线索只能证明邱冷情还在小岛之上，他不敢现身，现在我们要做的，就是逼他现身，只要他一现身，那他就是必死无疑了。"

十三弟显然是不服气，道："那怎样才能让他现身呢？他的绝世轻功，你又不是没见过。"

白老大笑道："十三弟，你别冲动，听我说嘛，山人自有妙计，定要他现身。"

邱冷情暗自观察，发觉这一伙人都有编号，而且每人身上都有明显的标记来识别，所有人的服装打扮全部相同，若给一般人看，保准早给弄糊涂了，但只凭这一点，足以让邱冷情心中震惊不已，他们的组织如此严密，定然是非常之辈，若要对付他们，定是大费周折。

老七忽然道："老大，到底有何妙计，说出来，让大家有所准备嘛。"

白老大道："只要我们佯装不知情的样子，露出已离开此岛的迹象，不怕他不出来，他仍会逃到桂林去的，只要他一出现，我们定然是一举将他杀掉。"

邱冷情心中直冒汗，大叫好险，好险，如自己不是无意中听到他们在此商量，自己定然急着到桂林去而现身，那时他则是难逃一死了，真是天意如此，无意之中救他一命。

白老大道："现在大家快说，咱们到底是分开行动，还是一起行动？"

十三弟则是第一个表态，道："我说分开行动好些，分开，能监视的范围大一些，只要我们以信号保持联系，就能更加容易地追捕邱冷情了。"

其他也有人表示赞同分开行动。

白老大见有许多人坚持分开行动，也是毫无办法，只好点头道："既然如此，大家分开行动，无论谁先发现那小子的行踪，立即出声示警，我们会立即赶来的。"

话音一落，那些人立即分开，有的几人一组，有的单人一组，分散到各处了，一会儿就消失得无影无踪。

邱冷情心中十分高兴，巴不得他们分开行动，他在等着他们送上门来呢，当下主意一定，向白老大追去。

邱冷情认定白老大是难缠的一个，若一开始就将他干掉了，那对他将是十分有利的。

他随着白老大隐去的方向展开他无与伦比的轻功，小心地追踪白老大。

经过了几片小树林，他终于追到了白老大，但他身后却带了一个人，邱冷情仔细看了一下那人，他似乎排行十九，只有先设计将十九除去，然后才能单独对付白老大，但怎样能引开十九呢？而且要不惊动白老大，不让他生出疑心，这确是一件十分难办的事。

邱冷情又小心地跟在他们身后走了好一阵子，都没有机会找到出手的机会，他几乎要放弃白老大，改为去杀别人了。

忽然，他听到十九说了一句话，使他又燃起了杀白老大的希望。

十九只是对白老大说了一句很平常的话，"大哥，你先走，我方便一下。"说完，走到一边去了，但白老大并没有走多远，仍在一旁四处张望，希望能在这里发现点什么东西，可以判断邱冷情的行踪。

邱冷情头脑一闪，便有了主意，他趁十九方便之际，偷偷地潜到白老大前方很远处，弄出一声响，又人影在前方迅速一闪即过。

果然，白老大咦了一声，来不及喊十九，便向前追去了。

邱冷情以极快的身法又潜了回来，在十九刚好方便之时，偷偷地来到了他身后不远处，不过有一点令邱冷情心中十分震惊，他们不愧是一流的杀手，在方便之时仍处于一种高度戒备的状态。

刚在邱冷情回来之时，他看到一只蚊子悄悄向十九飞去，但却在身前一尺处给他护身真气震死了，可见他仍处在一种高度的戒备之中，邱冷情一时也无法了。

忽然，他心中一动，何不利用一下此时的天时地利？当下向四处施出指风，令各种小动物到处乱窜。

果然，十九四处张望，好一会，他才骂道："他奶奶的，怎么这些东西也来烦老子，令老子方便都不能尽兴，妈的。"骂了几句后，便不作声了。

邱冷情心中一动，此时不出手，更待何时？在十九放松戒备的那一瞬间，人剑合一，以无比的速度，向十九飞射而去。

人在经过了一阵的紧张之后，突然发觉什么事都没有，一定会有那么一瞬间的松懈，无论如何总有一丝的松泄，这是人的自然反应，任何人都不例外，不管是一般的人，还是武功高强的武林高手，都不可能克服这一自然的反应，邱冷情正是把握住了人的一个自然的反应，在十九刚刚放松的一瞬间出手杀人。

莫邪剑带着呼啸的剑气，以简直不可能的速度向十九飞去，人剑合一，他以本身的功力劈开了空气，控制住了空气的震动，根本没有一丝的声音。

在离十九还有一尺的时候，十九还是感觉到了有异常，他正要回头，莫邪剑已吐出一道狂猛的剑气，当胸穿过十九。

在十九还未转过身来，莫邪剑在邱冷情的推动之下，以剑气刺穿了十九的身体，鲜血狂涌而出，他在死之前，连叫一声的机会都没有了，就这样离去。

邱冷情心中一叹，总算去了一个，尚有十九人在搜寻自己，看来得好好地大战一场才能保住性命。

他处理好尸体，又伪装了一下留下的踪迹，才又展开身影，向白老大追去，他此行的目的就是为了对付白老大。

他顺着方向一直追下去，好半天也没找到白老大的影子，眼看再向前就要出岛了，邱冷情心中疑惑不已，他是绝不会出岛的，只要一出岛，行踪败露，虽然他已杀了一个，但剩下的十九人也足够让他倒在剑下。

邱冷情心中主意一定，又折身向岛内飞去，只有在岛内与他们周旋，才有可能逐一杀死他们，最后安然脱险。

在他折入岛内的一会儿，他忽然听到了人的说话声，邱冷情飞身藏于树上，仔细地听了一会儿，来者是两人。

终于，两人出现在邱冷情的眼中，是十七和老八，他两人在一起显然不是高度戒备，只是很随意地注意四周的情况。

邱冷情仔细观察了一会儿，怎样才能杀了两人而不发出声音呢？只要发出了一点声音，必定会引来其他人的围攻，那他大概只有送死了。

十七和老八仍是那么漫不经心地走着，一边走，一边说。

老八道："十七弟，你是否真的相信那个邱冷情有通天之能，竟能从神君的掌中逃出，躲过了这么多的追杀！"

十七道："八哥，不容你不信，事实已摆在眼前，现在那小子仍然好好地活着，并且在与我们周旋，这已是不容质疑的事实，啊……"

十七的话还没说完，却一下给一声惊呼所代替了。

老八道："十七弟，没事吧？"虽然是邪教中人，他们之间的感情倒是真挚，言语中充满了对兄弟的关切之情。

邱冷情亦是吃了一惊，对十七的惊叫吃了一惊，他怎么了？难道有人在暗中相助吗？这是绝对不可能的！

这时只听十七道："八哥，没什么，只是给树枝扫了一下脚！"

老八笑道："还好是扫了一下脚，若是掉下了什么陷阱，我看那是什么都完了，哈哈！"

十七道："八哥，我岂是夭折之相？我一生会多福多寿呢，你说是吗！"

这些冷酷无情的杀手在一起时，那种自然流露的感情倒是非常真挚的，令人怦然动心，邱冷情却在他们说笑话中学到了一些东西。

十七口中说出给树枝扫了一下，给了邱冷情一些启示，当下，他离开了十七和老八，到别处去了，他确实不能在令自己不露行踪的基础上成功地将两人杀掉，不过他亦是感觉到不虚此行。

邱冷情在另外的一些地方停留了一段时间之后，遂轻轻松松地坐在大树丛上，等待人来找他，以逸待劳的胜算总是要大一些，他现在正细心地等待时机。

终于，他等来了两人，这两人也是两人一组为伴，是老二和老三，他们二人似乎只是全心全意地搜查他的行踪，对其他的事并不在意。

邱冷情心道：终于又有人来了，现在他在等待，在静静地等待！等待！等待！！

时机是在创造中出现的，但这个机会现在已出现了。

老二和老三并肩走在一起，两人仍然是边走边说，却丝毫没注意到脚下有块土与别的土颜色不同。

老二和老三终于踏上了那一块不同颜色的土，他们发觉脚下动了一动，在一动之后，他们就后悔了。

以生命作出后悔的代价。

在脚下一动之时，立即出现了一个陷坑，在那么无声无息的一瞬间，两人全都陷下去了，还来不及呼叫，已经被封住了声音，在头顶上的大量沙土，在两人刚落下之际已经一泄而下，迅速将两人给活埋了。

邱冷情刚才从十七那里得到的启示就是设计陷阱。

"三个了，现在还剩下十七个！"他飞身下树，以极快的速度清除了那两人落下陷坑中的记号，直到一切如常，这不过只是那么一刹那间的事，邱冷情已经全部整理好了，而他又飞身来到下一处陷阱。

这一处是一个绳索做成的陷阱，只能对一个人，不过却同样是一击毙命，当邱冷情来到那机关之处，机关仍然是完好无损，看来还没有人碰到机关之上。

他耐心地等待时机的到来，又借机调息他的内息，现在他已是精力充沛，所有的什么内伤全好了，正在他调息之时，忽然，他又听到了人声，终于又有人来了。

邱冷情心中确实升起一种胜利的快感，有一种死里逃生的胜利之感，虽然他并没有完全摆脱险境，可现在却是我暗敌明，所有的主动权全都掌握在自己的手中，逃生的希望是大有，而且眼前又有人上钩了，他能不高兴吗？能以机关算计敌人，而保存了战斗力，亦是很好的一种战略。

终于可以听清脚步声了，来人却有五人之多，邱冷情也是大惊失色，怎么会有这么多的人在一组呢？刚才他明明看到，没有哪一组的人超过了三人，敢情是两组人合到一起了。

邱冷情仔细地把握好自己的呼吸，降至最小的气息，让人根本察觉不到，他手紧握在莫邪剑上，全身的劲气在一瞬间聚合，蓄势待发。

五人终于走到那机关处，他们似乎根本就不会想到有人在此岛上设计机关，五步，四步……一步。

"嚓！"一个人踩上了机关索，一个身子被高高吊起，同时也有一个人飞身相救，就在这时，有四根大木头飞射而来，这些当然都是邱冷情的杰作。

被吊住的那人一时间还没回过神来，飞身而上的那人立即抽出了佩刀，向飞过来的木头砍去。

"砰！"他只砍中了一根木头，却无法挡住身后的那三根，在一刹那间，三根木头撞在了那两人的身上，无情地夺去了他们的生命。

这一切只发生在一瞬间，另外三人根本来不及救护，当三人回过神来向上望时，也只能惊恐地瞪着眼睛，不知所措。

邱冷情在那同时飞射，已刺出了一剑，这一剑如同电一般，根本来不及有所反应，无声无息，却是带着无上的劲气。

莫邪毫不留情地饮了一名杀手的血，邱冷情立即回剑向另外两人攻去。

事出突然，虽然是在来不及防御的情况之下而来，两名杀手却也是立即反应过来，默不作声地从两面向他夹击。

两人一人使棍，一人用枪，棍棍不离邱冷情的要害，枪枪直指他的致命处。

邱冷情一语不发，一剑刺向棍上，在一瞬间点上了棍。

"砰！"那人的手一震，暗忖：好厉害的内劲！手中的棍差点脱手，在邱冷情逼过来的剑光中，他立即身子一晃，后退一步，根本挡不住邱冷情的攻击。

在一剑刺退了那棍后，邱冷情立即反身一剑，刚好封住了从背后刺向他脑袋的一枪，同时，身上弥漫的杀气在一瞬间爆炸，长剑与枪沾在了一起。

那使枪的杀手在邱冷情布满杀气的空气里，一时倒愣住了，根本没有反抗的机会，只觉得四周似乎都是墙壁，根本动不了，而那散发出的杀气，同样让他的心在颤抖。

在同一时间内，邱冷情的左手毫不迟疑地使出了"分风荡水掌"，如行云流水一般的掌绵绵地印向杀手。

"砰砰砰砰！"不容他有机会躲避，已身中了十几掌，顿时，他口吐鲜血，全身经脉寸断而亡。

几乎是在那一瞬间，莫邪又化作层层的剑雨，向另一名使棍的杀手射去，以他无上的轻功，配合绝世的剑法，一层密密麻麻的剑网在那么一眨眼之间已经将他给套住了，余下的只是叮叮当当剑棍的碰撞声和剑刺进肌肉内那死亡的声音。

以邱冷情现在的战斗力，根本没有哪一个杀手能独自战胜他，他可以轻易地杀掉一个来追杀他的杀手，但却不能保证在他临死前不会高喊一声。

邱冷情手中的莫邪再一次刺了出去，点点的剑光化作一片片的剑影，在空间里无限延伸，似乎要将人吞下似的。

那使棍的杀手无奈之中只使了一棍扫出，以密密的棍影来阻拦，千千万万的剑光，如果说那层层的棍影是一个大框，那点点剑光就是激射而出的水流，水流在射进框中之时，虽然受到了阻拦，但仍然是有数不清的水剑射了出来。

一剑毫不留情地刺进了黑衣杀手的胸膛，一蓬美丽的血花飞上天空，那么灿烂，那么耀眼，但在他死之前，还是不可避免地发出了一声刺耳的口哨，那自然是呼叫其他同伴的。

邱冷情莫邪归鞘，飞身而去，此时仍然需要和敌人周旋，不适合作正面的冲突。

"十二个，还有十二个！"他在心中默道，杀了此十二个，才正是他可以松一口气的时候，现在的他仍然得隐藏好，就在他离去之时，迎面冲来了一群人，最前面的赫然就是那白老大。

白老大一见他，立即大喊一声："杀！"在他莫邪将出的时候，已经有七八支剑向他的身上刺来，每一剑都是那么快，那么狠毒，每一个的目的只有一个——杀死他。

邱冷情哈哈一笑，长身而起，飞身，如幻影一般出现在众人的眼前，转瞬之间已经对了十几剑，虽然是突然出击，依然没有伤到邱冷情，在他出一剑之后，他立即觉察到，必须速战速决，否则他只有死路。

身形一动，"飞尘飘雪步"在包围圈中展开，一个人如车轮一般，已经反包围住了那七个杀手，手中的莫邪剑更是呼啸生风，不停地刺向那些杀手，在一眨眼间，已有几个人受伤了。

白老大低喝一声，手中的长剑更是怒气而出，一剑平平地刺向邱冷情，毫无变化，毫无生气，甚至毫无迹象。

在邱冷情看来却不是如此，这一剑虽然是平淡无奇，却包围住了整个空间，似乎在空间里的每一寸都在剑势的范围之内，让人无从躲避，根本无法抗拒。

邱冷情心中一横，莫邪同样平平射去，如闪电一般点在白老大的长剑之上。

两股剑气一撞，立即在空中爆出丝丝的剑气，向四面八方疾射，如凭空响起一个巨雷一般，在射出的剑气中，立即有一个杀手不及防备，被剑气穿喉而死。

邱冷情心中一惊，果然有几下真功夫，眼下看来只有多杀几个杀手，然后逃命了，心念一闪，在趁双方都被剑气震退的同时，手中的剑横向一掠，一道惊虹闪出，立即又有两人倒地。

白老大狂叫一声，长剑又到，这一剑比上一剑更猛，比上一剑更平淡，却更加充满了气势，让人无所适从，不得不举剑碰撞，硬对硬只有从内劲上分出胜负，白老大自忖他精力充沛，而邱冷情疲于逃命，必定是内息不多，才出此硬招。

邱冷情哪里不知白老大打的主意，眼看白老大的长剑已递了过来，而且剑上发出的杀气让人顿觉有巨大的压抑感，邱冷情心道：这还不能奈何我。

当空拍出一掌，毫无章法可言，而且根本没有道理，只是拍在空间里，脚下却也是不慢，一个步子已绕到了一名杀手的背后，掌劲一吐，立即让他与死神见面了。

白老大看到邱冷情凌空拍出的一掌却是吃惊不小，这一掌虽然是毫无道理，毫无章法，但是拍在空间处，却立即封死了他所有的剑招，他要出的剑势也全部被凌空的一掌给全部封死了，他现在这一剑能做的就是一直刺向前去，但邱冷情已不在前方了，在前方的却是自己的兄弟老九。

如果他硬收回剑的话，他一定会为自己的内劲所伤，而且邱冷情乘势而上的剑会立即取了他的命，他剩下的一条路就是杀死自己的兄弟，才能自保，电光石火间，邱冷情在杀了一人后，莫邪剑已经是虎视眈眈了，只要他长剑以内劲向后收，等待他的只能是死亡。

他现在才真正明白为何邱冷情在众多的追杀中一次又一次地逃命，而且还好好地活到现在，他的确太低估了邱冷情的实力，他现在已没时间考虑这么多了，生死的选择已经到了眼前，白老大心一横，手中的长剑向自己的兄弟老九刺了过来。

老九怎么也没想到自己的兄弟会向自己出手，在他全力向邱冷情攻去之际，白老大的长剑已刺进了他的后背，从前胸刺出。

老九回头一看，睁大眼睛道："大……哥……你……"话没落，已经断气了。

白老大长啸一声，沙哑的声音道："老九……大哥一定会替你报仇的。"手中的剑又是如暴风雨一般卷向了邱冷情，白老大刺死自己的兄弟之后，已如发疯的狮子，剑含恨而出，一时间威力大增，从剑上射出的剑气长达一尺，逼得邱冷情一时也无法承受。

邱冷情心中道：兵家说避其静，攻其钝，还是待他显露的锋芒消退之后再出手进攻吧。他的心念才一动，人已如飞鸟投林一般向后疾射而去，手中的莫邪剑更是全力封住了面前的所有要害之处，令白老大的长剑不能攻进来一丝。

身子仍在急速向后退，猛然间，他觉得身后风声一动，他的第一直觉就是有人偷袭，邱冷情凭空换了一口真气，身子在直退中陡然横移三尺。

"啪！"无可避免的，他身子还是中了一下，扭头一看，是十三，他也带着几个人赶来了，现在只剩下七人，对他形成了一个包围，而且十三同样有白老大的实力，难怪他如此狂妄，他手中的一条长鞭更是出神入化，不同凡响，神出鬼没，令人防不胜防。

在十三一加入战圈之后，邱冷情立即感到压力增加了许多，左手中的一鞭在运动中火辣辣地痛，令他的行动有一丝的不便。

白老大的长剑更是一剑猛似一剑，一剑快过一剑，在他含怒的剑下，丝丝的剑气直迫得人窒息，让人陡生恐惧，他更是立志要为兄弟复仇，不仅仅只是执行鬼府神君的命令。

邱冷情心道：此时只怕是难逃一死了，狂叫一声，莫邪剑顿生万丈光芒，冲天而起的剑气包围住每一个人，杀气更是不停地在身边围绕，莫邪灵蛇一样刺向白老大的左侧空间处。

白老大大惊失色，在邱冷情的剑势之下，他已经是输了，只有退这一条路可以行得通，他不可能挡得住邱冷情的这一剑，只能向左退，但邱冷情的剑却已经是指向他左侧的空间，只要他向左一退，立即会中剑，但他不能不退，不退，这一剑说不定会立即砍下他的头，他心中虽然吃惊，手中的剑也是反应迅速，长剑一格，人迅速地向右一闪。

邱冷情不由也佩服白老大的当机立断，神速的反应，他手中的莫邪一动，立即震开了白老大的长剑，莫邪从容地刺进了白老大的腿，不过他却无力闪避身旁的一剑和十三的一鞭。

在百忙之中，他身形一变，一个移形换位，勉强移动了一下身子，不过依然在手上被刺了一剑，后背又中了一鞭。

邱冷情现在生出的反应即是——立即逃走，再不能战下去，再战的话，他将会死得很惨，以一敌七的战斗最好是免了吧，虽然白老大已受伤，但他的伤亦是不弱，肩上的一剑，入肉三寸，血不住地向下淌，背后的一鞭，令他几乎喷出一口鲜血，鞭上的劲道也令他气血翻涌，几欲昏倒。

他又是一剑，刺向白老大，莫邪剑是那么无情，直取人的性命，莫邪吐出的杀气，依然是那么逼人，令人无法抗拒，给人的感觉就如死神来临一般。

白老大的脚伤还在流血，他根本挡不住这一剑，只能是躲，现在是顾生命要紧，他也顾不上羞耻了，一个懒驴打滚，避开了邱冷情刺来的一剑，在他一闪的同时，包围圈立即出现了一个空缺。

在这机不可失的一瞬间，邱冷情已经毫不迟疑地飞身而出，攻出了十八剑，身形一晃，已到了包围圈外，足尖在地上一点，哈哈一笑，大叫道："没空陪你们啦！"人如风一般飘飞而去。

白老大的这一帮人在邱冷情刚出剑之时都已明白了邱冷情要逃走，但在邱冷情逃走前的十几剑却迫得他们不得不挥剑阻拦，在这一挡之际，邱冷情人已经飞身而去，以天下无双的"飞尘飘雪步"突围而去了。

白老大怒骂一声，大声叫道："追！"他们剩下的七人又向前追去了，大概不追到天涯海角，他们是不会回来了，誓死也要将邱冷情杀死，只不过不知道前方的路是否依然是那么平坦，依然那么好走呢？

鬼府内，鬼府神君再一次出关了，他自从在君山被武圣所伤，闭关复原内伤之后，他发觉《出尘心经》上"混天十八式"的威力果真不同凡响，又潜心学武，再闭次关练功，今天正是他出关的时间。

鬼府神君缓缓地扫视四周来迎他的属下，仰天长笑，道："哈哈哈，本座今天神功大成，好好庆祝一番。"

在门外跪下的众多属下，齐声大叫道："愿神君一统江湖，千秋万载，寿与天齐。"

鬼府神君心中高兴，道："本座今天很高兴，想试试初练成的武功，有哪位愿意来试试？"

在下面跪的众多中原门派的头目都不敢做声，自从鬼府神君在统一武林中杀了不少中原武林人士后，中原武林的好手几乎全部遇害，一个不留，现在余下的武功个个不济，有哪一个敢出来与鬼府神君一较高下呢！

鬼府神君一见没有哪一个敢出来应战，心中的豪气顿生，大笑道："牛头马面，你们两个出来，向我进攻！"

牛头马面齐声道："是！有冒犯之处，请神君见谅！"

两人立即一左一右，开始向鬼府神君进攻，牛头和马面都是鬼府内顶尖的高手，在以前，鬼府神君也不敢以一敌二，最多只能与之战个平手，他们二人联手，足以战败江湖之中任何一人。

牛头和马面两人各自全力对鬼府神君出招了，在身形一动间，两人的身影立即消失不见，如一缕清烟一般，在空中围绕，漫天的掌风更是刺骨地寒冷，在旁边跪的人们纷纷后退，根本挡不住四散的掌劲。

两股如旋风一般的掌劲，惊天动地地向鬼府神君卷去，在如此狂大的掌劲之下，人如一片在大海中飘荡的小舟，随时都有可能被风浪卷入海底。

鬼府神君冷笑一句，身上的功力发出，脚步都不动一下，任凭他二人的掌劲扫在身上，如风中的一座山岳，不管那风是如何大，总不能动那山岳一分。

牛头、马面二人大吃一惊，在以前，他们二人进攻鬼府神君之时，这一掌击去，鬼府神君最少得后退三步，而现在，鬼府神君根本不出掌相抗，已经是难以动他一分，这份功力简直太可怕了。

两人心念一通，立即改变策略，两人动手，均以相互配合的魔爪功向鬼府神君抓去，立即，一片漫天的爪影出现在鬼府神君的面前，无论他怎么动总，有爪影会点在他的身上，他怎么都避不开这漫天的杀着。

哪知鬼府神君并没有动，他依然是像山岳一般静止在那里，眼看爪影越来越近了，已经到了他的衣服上，这时鬼府神君才动了一动，只是手动了动。

牛头马面分别感到一股巨大的气劲在两人的身上爆开，攻到鬼府神君胸前的爪劲再也动不了一分，身上的穴道在一瞬间被点，又在一瞬间被解。

两人立即下跪道："恭喜神君神功盖世！"其他的众人哪里见过如此强横的武功，同样纷纷跪在地上叩头不已。

鬼府神君道："好了，今天没事了，叫'追命判官'来见我！"

"是！"在一声答应中，众人都退下去了。

不一会，"追命判官"管胜天得令上殿来，问道："不知神君有何吩咐？"

鬼府神君道："可有邱冷情那小子的消息？"

"追命判官"管胜天颤颤地道："禀告神君，那小子已经过了川蜀，进入了广东！"

鬼府神君大怒道："你是干什么的？居然让他过了川蜀，在广东沿海一带，我们的势力范围根本达不到，现在他不是轻轻松松到达了安全地区！"

鬼府神君充满火药味的责骂里，"追命判官"一动也不敢动，道："属下保证在一个月内定要他的死迅传来。"

鬼府神君道："好，就给你一次机会，戴罪立功，一个月后，我若是听到邱冷情还活着的消息，我唯你责问。"

"追命判官"管胜天吓出一身冷汗，道："是！是！我一定在一个月内带回他的死迅。"

在鬼府神君的暴怒声中，"追命判官"管胜天心惊胆颤地退下了。

在漓江边，一个孤独的青年立在风中，任晚风吹起他的长发，在风中飞扬，他就是邱冷情，几经众多杀手的追杀，还是来到了漓江边，只要他渡过了漓江，他的行程就该结束了，他早就打听清楚了，在此正义门只有一个分点，共几十人，在此南方海边的边远地区，正义门的势力根本管不到这么远。

在川蜀沼泽地里，他几乎命丧黄泉，若非苍天有眼，他早就沉睡在沼泽地里，起不来了。

那日他飞身从白老大等人的包围里突围出去，不多时，他来到了另一个沼泽，在此处的沼泽地里，脚下的泥土更加稀松，稍有不注意，都有可能导致失足而陷进沼泽地里。

邱冷情在一个较结实的地方站住了，他停下来，运气，以图恢复体力，飞渡这一片更危险的沼泽地。

大约过了一盏茶时间，他已听到了身后众人追赶的脚步声，不出半刻，他们定可以追到这里来，而正当他准备起身前行之时，他忽然又听到了前面有人声传过来。

邱冷情心中一想，那应该是第一批来追杀他的杀手，但不知发生了什么事，那些人似乎遇上了麻烦，那传来的声音有些不正常。

身后的脚步声越来越近了，前面沼泽地的声音也越来越清晰了，似乎是在与什么东西搏斗。

邱冷情调息完毕，飞身而起，毫不犹豫地向前飞奔而去，不管前方有什么事发生，他都必须向前行。

终于，他看清楚了前方发生的事情，那确实是第一批追杀他的人，不过人数少了近一半，在杀他的时候，尚有二十多人，而现在他们却只剩下十人左右了，他们没命地往回逃，不停地挥剑向脚下刺去，而且还有人莫名地沉到了沼泽地里面去。

这一行人越来越近了，终于，邱冷情看清楚了他们为何不停地向脚下刺，为何有人不时会沉到沼泽地里面去，在他们的身后，有鳄鱼，而且不止一只，是一群鳄鱼。

邱冷情的心一阵狂跳，太可怕了，鳄鱼是水中最可怕的动物，他们的牙齿可以咬穿任何护身的东西，就连金刚护甲都同样能咬破，如果是碰上鳄鱼群，不管如何强大的人都难逃一死，它们身上的皮非常厚，不管是掌劲还是刀剑，根本不能奈何它们。

身后的追赶越来越近了，身前的鳄鱼群也越来越近了，在与鳄鱼群作垂死搏斗的那些杀手也看到了邱冷情，但现在自顾不暇，又怎能来追杀邱冷情呢！

白老大一行七人也追上了邱冷情，他们似乎还没发现前方不远处的鳄鱼群，他们只是奇怪为何邱冷情会站着不动，在那里等着他们来追，白老大一行人停在邱冷情身前二丈处，双方对峙着，他们遇着邱冷情设计的机关陷阱，死了不少的兄弟，现在看到邱冷情站在那里不动，生怕又有什么陷阱，不敢轻举妄动，只是静静地盯着邱冷情，虎视眈眈的，双方的杀气冲天而起，各方面的人都大气不敢喘一口，只要一有机会，定会出手相搏。

第十七章

过了一会儿，邱冷情叹了一口气，道："今天我们也不用如此敌对了，大家都只有死路一条，又何苦呢！"说完，邱冷情指了指身后的那一群人。

白老大一行这才看到邱冷情身后的另一群伙伴，当然也看见了他们身后的鳄鱼群，而且不知什么时候，更有一部分鳄鱼潜到了他们的四方，现在他们已完全被鳄鱼包围了，包围圈在不断缩小，众人也被逼，不断靠近，两帮杀手已经合在一起了。

三方势力都在虎视眈眈地对视着，那些杀手仍然死盯着邱冷情，而邱冷情也丝毫不敢放松对他们的注意，不到最后的时刻，他是不会放弃生存机会的，而另一帮庞大的势力——鳄鱼群更是盯着他们所有的人，像是要将他们吞进肚里一般，在它们眼中，他们是它们丰盛的晚餐，它们在一步一步靠近他们，然后，它们会毫不留情地向他们进攻，最后，它们将咬死他们，最后的结局将是他们全部被它们吃掉，谁的心都在颤抖。

突然，白老大大叫一声："杀！"飞身向邱冷情而来，他们都是一级杀手，即使是在临死之前，他们同样要完成自己的任务——杀死邱冷情。

邱冷情心中一叹，这又是何苦呢？手中的莫邪化作一道凌厉的剑光，飞射而去，在刹那间就缠上了白老大的腿，他知道白老大的腿受了伤，不怎么灵便。

白老大大吃一惊，自己的长剑明明刺向了邱冷情，可他只一晃肩，一抖剑，刺向他腿的莫邪立即封死了他所有的后备剑招，他唯一能做的只是撤招，但如此一来，腿上将会挂彩，莫邪定不会放过这次饮血的机会，他又一次感到了邱冷情的可怕，他浑身散发出的一种气势，总让人捉摸不透，似乎总在人的眼皮底下又变换成了另一种东西，白老大也差不多死心了，他明白凭他一个人的力量，根本不能动邱冷情一根毫毛，今天大概只能葬身在鳄鱼肚子里了，他手中的长剑又一换，削上了邱冷情的剑，身子乘势向后翻飞。

莫邪剑还是没放过这个饮血的机会，就在白老大起身之际，邱冷情的身子又动了一下，不过这一动却是非常快，仅这一动，就拦在了白老大的前方，莫邪一送，还是饮了他的血。

白老大一声惨叫，腿上又中了一剑，丝丝的血不住地往下流，白老大又一个翻身，危险地站在了沼泽地上，大概是由于受伤的原因，一口真气提不上来，身子向沼泽地里陷进了一尺左右，但他还是勉强站稳了。

白老大恨恨地道："邱冷情，算你狠，今天我杀不了你！"

大概是由于血腥之气引起了鳄鱼的注意，这时鳄鱼也开始发动全面进攻了，众多的鳄鱼，向白老大旁边游去，白老大心中惊慌不已，不住乱颤，身子又沉下去了一尺。

十三大叫一句"救大哥！"人却向邱冷情飞来，在半空中，鞭影如山一般，向邱冷情压来，风声一阵强过一阵，鞭鞭不离邱冷情要害，似乎要将他吃了一般。

邱冷情实在不愿意与十三争斗下去，他现在只想好好地调息，以图再次从死里逃生，但如果他不去与十三争斗，那他势必被十三所杀，他只有力图自保，然后才想办法脱生。

当下间不容发之际，他又抖手刺出十几剑，每一剑都是带着丝丝的剑气而出，在他的身前织成一张密密麻麻的剑网，护在身前。

"啪！"十三的软鞭缠在了邱冷情手中所执的"莫邪"之上，立即，两人同时发力，向后夺手中的兵器，十三的软鞭居然也是上等天蚕丝所织，莫邪也削其不断。

在两人同时发力的同时，脚下的压力陡然增大，两人的身体同时向下沉去，不多时，已经沉下一尺左右。

邱冷情心中暗道：如此下去，不沉入沼泽地中闷死才怪，当下手中的剑一抖，一股无比强大的气劲向外送去，人也趁势从沼泽地猛飞而起，在空中不等剑与鞭解开，已抖动手，劈出了十几剑。

十三正全力扯着鞭尾，哪防着突然一股劲道传来，邱冷情手中那端的拉力一下子全部消失，继而转变成一股奇大的推力，来不及提防之下，身子猛地向后一翻，几乎就要倒在沼泽地，他在百忙之中，一个翻身，身子险险地站在了沼泽地上，这时邱冷情的莫邪已到了他的头顶之上了。

十三确实不凡，在如此紧急的情况之下，仍然临危不乱，手中的长鞭一拉，连挡邱冷情十几剑，不过，剑虽然挡住了，但每一剑的力道均是如此强烈，在挡了十几剑后，一个身子已全部陷进沼泽地里了，只留下双肩和头在外面。

鳄鱼的进攻已经开始，白老大的身子在沼泽地里根本不能动弹，腿上的血更是直流不已，引得众多的鳄鱼纷纷向他围攻过来。

白老大毕竟是一流的杀手，虽然明知活不长了，仍然在奋力同鳄鱼斗争，他所有的伙伴都陷入了鳄鱼的包围中，根本没空来顾及他的安危，在此环境之下，每个人的生命都掌握在自己的手上，如果你放弃，那只能是死路一条，选择继续搏斗，虽然前路渺茫，但至少会有一丝希望。

围攻白老大的有三条鳄鱼，他手中只握住了一只短剑，在他的鲜血的血腥味引诱之下，鳄鱼开始了进攻，一只就在正面向他咬来，张开血盆大口，就在鳄鱼即将近身的那一瞬间，白老大提起全身的功力，迎面劈出一掌。

虽然他现在受伤了，以他发出的一掌却也是非同小可，令人不敢忽视，鳄鱼哪里知道闪避，一掌结结实实地拍在了鳄鱼的身上。

"砰！"的一声响，掌劲将鳄鱼震退一丈多远，白老大心中也是惊恐不已，鳄鱼虽然中了一掌，但却是像没事一般，这足以开山劈石的一掌，打在鳄鱼的身上，居然只是将它震退，一点作用都没有，鳄鱼只稍稍顿了一顿，又张开血盆大口，向他咬来了。

这时，不仅前面那只鳄鱼开始进攻，身后的那只鳄鱼也毫不留情地向他张开了那吃人的嘴，向白老大追过来。

白老大心道：惨了！再次向前劈出一掌，又迅速在沼泽中扭转身形，向身后的那只鳄鱼刺出了一剑，接着又拍出了一掌。

在他身前的那只鳄鱼，被他的一掌逼退后，白老大转身的一剑也刺中了另一只鳄鱼，不过这一剑却是没有一丝的功劳，虽然刺在了鳄鱼的身上，但那鳄鱼皮奇厚无比，根本刺不进一丝，好在他随后又劈出了一掌，这一掌重重地打在鳄鱼身上，身后的这只鳄鱼也被击退了一丈多。

可是他却因几下猛烈的动作，一个身子向下沉了一尺多深，沼泽已经淹到他的腰部了，就在他准备提气飞身之时，鳄鱼又开始向他咬来，根本不容他有喘息的机会。

无奈，白老大只得又出掌击退了一只鳄鱼，可就在他转身之时，他忽然觉得一只手一痛，一只鳄鱼已经咬住了他的手，他忽略了另一只在旁边一直盯着他的鳄鱼，而就当他忽略大意之时，他已经被咬住了手。

还有一只鳄鱼也张开大口向他咬来了，白老大忍着剧痛又劈出一掌，击退了一只鳄鱼，却无力挣脱咬住他手的那只鳄鱼。

白老大另一只手拿的短剑，狠狠地向鳄鱼身上刺，但鳄鱼的皮实在太厚，虽然是在这么近的距离里，却也是只能稍稍刺进去一点点，根本不起一丝一毫的作用。

白老大的身子随鳄鱼的拉扯，在不断地向沼泽地里沉，一会儿已经淹到胸脯了，若被鳄鱼拉到沼泽地以下，那他就是必死无疑了。

这一切发生之时，邱冷情刚好十几剑击退了十三，在如此人与兽争斗之时，人们站到了一起，邱冷情心中也不忍看到他被鳄鱼活活咬死，虽然他曾经要杀自己。

邱冷情飞身一跃，已经到了白老大的身边，手中的莫邪一送，上古神兵锐利的锋口刺进了鳄鱼的眼睛，顿时，鳄鱼眼珠已被刺出。

鳄鱼痛得狂吼一声，张开了大口，白老大乘机将被咬住的手从鳄鱼嘴中抽了出来，他的一只手，几乎被鳄鱼咬碎，手上的鲜血不住地往下流，看来是已经废了。

白老大向邱冷情诚心地一笑，道："谢谢邱少侠出手相救。"

邱冷情也微笑道："不用谢，啊……"他刚开口说话，身后也中了一下，是十三发出的一鞭，顿时将他打得气血翻涌，一道深深的伤口出现在身上，鲜血不住地渗出。

白老大怒道："十三弟，你……"话还未说完，已被十三的声音打断。

十三狰狞着面孔，声嘶力竭地道："我要杀了他，要死，大家死在一起……啊……"他在发痛似的狂叫，冷不防身后一条鳄鱼已翻身一跃，咬住了他的肩膀，鳄鱼一个翻身，十三和鳄鱼已沉到了沼泽地底了。

邱冷情心头一阵翻涌，口中几欲喷出一口鲜血，脚下也是摇摇晃晃，已经陷进了沼泽地中尺多深了，沼泽已经淹到了他的膝盖处了。

白老大又被鳄鱼围住了，他的身上已经多处受伤，看情况已是不能逃过此劫了。

邱冷情的身边也围来了几只鳄鱼，开始了对他的进攻，他心中叫苦不迭，若不是被十三偷袭了一下，凭他的轻功，完全可以飞身逃出这一片死亡阵地，可现在根本提不起劲来。

他环顾了一下四周，数了一下，至少有五只鳄向他游来了，有四只张开了大口，同时向他咬来。

无奈之中，邱冷情强提一口真气，环身劈出四掌，将四只鳄鱼逼退了二丈多，但他已是无力再发一掌，头脑也是一阵昏眩，身子向后一仰，倒在沼泽地上。

另一只鳄鱼也张开了大口，向他头咬来，眼看已经落在他的头处了。

邱冷情心中一叹：我命休矣！喷出一口鲜血。

说也怪，他喷出一口鲜血之后，刚好喷到了那只鳄鱼的嘴里，鳄鱼却像十分害怕一样，退避三舍，连忙向别处游去了。

邱冷情再也支持不住了，心中又一阵翻涌，又喷出几口鲜血，昏倒在沼泽地上了。

一场血腥的厮杀在他的身边上演，只可惜邱冷情根本不知，狂风吹，大雨洒，不知过了多长时间，一阵大雨淋醒了他。

邱冷情睁开眼睛，吃力地转了转头，四周的鳄鱼早已散去了，到处是鲜血和残肢，除了他之外，大概没有哪个能逃出鳄鱼的攻击了，他心中一片凄然，毕竟是活了过来，又一次死里逃生了。

也不知他昏迷了多长时间，肚子里早就咕咕直叫，身上更是一丝力气也没有，还好受的内伤，在昏迷中自动调息，已经恢复了七八成。

邱冷情从怀里掏出干粮，干粮有防水布包着，还没有弄湿，他也不管手上是如何脏，抓起来就吃个饱，又闭目躺在沼泽地上好半天，身子才慢慢好了一点，恢复了部分体力。

他又勉强提气而起，向前走了几里路，终于又发现了一个小岛，他心中一喜，勉力飞奔到小岛上，再也没力气，又再昏倒在地上，不省人事。

当他再次醒来之时，大雨已经停了，不知是什么时候，天空上星空明朗，他也不知昏迷了多长时间，此时他也顾不上那么多了。

邱冷情挣扎着坐起来，仔细运气一试，内伤已全部好了，只是用气过度，一时尚未恢复过来，身体异常虚弱。

在他体内，真气运行了两个周天后，体内的气息才慢慢畅通，丹田之中也蓄了一些真气，身上也暖烘烘的，不怎么冷了。

他取出一些干粮，又吃了些东西，接着又开始运气调息了。

体内仅有的一丝真气在丹田内微弱地移动，根本带不动全身气息的运转，邱冷情的眼前幻象丛生，几乎要走火入魔，在如此差的内息下，没有人助功，勉强提气运功是非常危险的，一不小心就走火入魔，全身功力尽废，经脉寸断而死，但若是守住心神，成功地突破了这一关，功力必定会有一个大的飞跃。

好在邱冷情曾吃了不少灵药，体内本来就有强烈的抵抗能力，他努力守住灵台的一丝空明，不让幻象入侵，任全身的气息缓慢地移动，慢慢地提起丹田的气息。

胸口异常难受，像压住了一块大石一般，十分想吐，但他仍然强忍住身体的疼痛，一步一步导引身体的气息。

大约过了一盏茶时间，他体内的真气已经慢慢开始强大了，身体也十分舒服，眼前的幻影也消失了，直至此刻，他才又进入了物我两忘的修真境界。

一丝白气从他的身体各部分溢出，围绕在他的身边，头顶上更是隐隐约约出现了一片五彩的瑞霞，白气越来越浓，将他全部包围了，如身在高山之上的五彩霞气中一般。

最后，所有的白气全部升至他的头部，在头顶旋转，形成一个光芒四射的光环，后又化成一缕缕轻烟，从邱冷情的鼻孔里吸进了他的体内，直至此时，他才真正完成了一个全面的调息。

邱冷情睁开了双眼，眼内神光闪闪，射出慑人心神的光芒，随即又恢复了平常，与平常人的眼睛没有什么两样，他已达到了神光内敛的境界。

邱冷情站起身，发现身上的伤口早已愈合，身上的内伤已完全好了，不仅如此，耳目更是比以前更清晰、明亮了，体内的真气汹涌澎湃，似乎又增长了许多，他提气而起，身轻如燕，一跃十几丈，武学造诣又进了一大步。

若说他以前是一个大海，要在海的基础上更进一步是非常难的，除非将大海全部掏空，将大海再弄深一些，然后再引入海水，这才是进了一大步。

邱冷情在拼死相搏的求生中，身上的真气几乎耗尽，后又勉强恢复一点功力，却又被十三打成重伤，一口内息全部溃散，在醒来之后，强提真气飞渡沼泽地，来到这岛上，已是油尽灯枯，耗尽了全身所有的功力，等于是将大海中的水全部掏空了。

然后他在无奈之中，又调息运气，这正是将大海加深的过程，到最后内息全部完成，又更进一步，就相当于重新引入更多的水，大海加深了，所容的水自然也就更多了。

在此过程中，给大海加深是最危险的，随时都有可能走火入魔，若此时有外人相助，风险自然是小一些，但效果也是要小一些，他真是有福缘，身边没有一个人，他只能独自一人进行了。

他以前曾喝过蝙蝠血，又喝了天下奇药"天琼浆"，最后又吞下了一颗巨蟒的内丹，自然周身与常人不同，是以在万分凶险之中能守住一点灵台的空明，最终完成了修炼，达到了一个新的阶段，直至此时，他的武功应该可以与鬼府神君匹敌了。

邱冷情调息完毕以后，完全恢复了战斗力和体力，前面还有更多的事在等他去做，他再一次信心充足地上路了，好在越向南方去，正义门的势力越小，他几乎是不费吹灰之力，就到了漓江。

站在漓江边，他心潮澎湃，他不知走到了桂林以后，他会遇上什么，但他却永远不会忘记武圣花志逸的托嘱，整个中原武林已陷入了万劫不复的局面，只有他才能力挽狂澜，改写中原武林的命运，他肩上的担子是异常地重，但前路却仍然是一片渺茫。

阵阵的晚风将邱冷情从沉思中吹醒，眼看是该渡过漓江的时候了。

邱冷情运足目力放眼望去，整个江面之上，只有一只小船在摇摇晃晃地从江的对岸过来，小船在波涛中摇摇晃晃，仿佛一不小心，随时都有可能翻倒在江中一般。

在江边等了好长一段时间，小船才划到了岸边。

邱冷情走上前去，船夫是一个四五十岁的老头，赤着上身，长年的生活磨练，使他的身子肌肉硬朗，闪出健康的色彩，邱冷情问道："船家，过江去吗？"

那船夫道："你要过江吗？"

邱冷情道："正是，我需要过江去探亲。"

船夫道："眼下江水这么急，不如等几天再过吧，现在这个时候，有哪个船夫不在家中歇着呢！"

邱冷情聪明透顶，一点即通，哪能不明白那船夫的意思，他开口笑道："船家，我出三倍的价钱，算是补你的冒险，总该可以了吧！"

船夫嘻嘻笑道："真的？在这里，过一趟船可是要收一两银子的！"

邱冷情哪能不知他是在敲诈，但他也不在乎，反正他的银两有的是，而且看这船夫为了生计，在如此大的风浪中，还来渡客，心道：就算是救济他们的生活吧！便道："好了，不要多说了，只要你送我过江，我给你五两银子。"

船夫眼睛一亮，道："真的？"

邱冷情二话没说，伸手掏出二两银子抛给他，道："过了江，另外三两再给你。"

　　船夫伸手接住银子，似是从未见过这么多的银子一般，眼里放射出光芒，爱不释手，忙道："客官请上船！"

　　邱冷情纵身一跃，到船头站住道："船家，快开船吧！"

　　船夫答应一声："好哩！"飞快地将银子揣入腰包中，解开绳索，上了船，小船就一摇一晃地向江对岸去了。

　　邱冷情问道："船家，怎么这几天都没看到渡船呢？"

　　船夫答道："不瞒客官讲，这几天下大雨，漓江里的水势太汹涌，一般的人都不敢出来渡船，前几天就淹死了好几个。"

　　邱冷情道："老人家，难道你不怕被水淹了吗？"

　　船夫笑道："唉，老了，都一大把骨头了，也可以去了，不过为家境所迫，不得不冒死前来渡船，挣钱，为了生计。"

　　邱冷情道："老人家，你知道正义门吗？"

　　那船夫一听神色大变，慌忙道："没听说过，没听说过。"

　　邱冷情心中奇怪，莫非此地正义门作恶多端，连寻常的百姓都十分畏惧，以致不敢说？

　　船夫道："客官问此事干吗？"

　　邱冷情心道：对你说，你也不能明白！便随口答道："随便问问！"

　　船夫又问道："不知客官高姓大名？"

　　邱冷情心中奇怪，他为何要问我的名字？却也没向深处去思考，便答道："小可邱冷情！"

　　哪知此言一出口，那船夫却一声惊呼，扑通一下跳进水里了。

　　邱冷情立即反应过来，这人一定是正义门的人，心中不由提防警戒，忙以内力稳住船，不让船翻了，不过，他却不懂得驾船，凭小船在江心越漂越远。

　　在不远处的水中，忽然出现了三个人头，左边一个正是那船夫，三人一齐对着小船指指点点。

　　邱冷情道："船夫，我与你无怨无仇，你为何害我？"

　　那船夫哈哈一笑，道："实话告诉你，让你死了也做个明白鬼，我们三个是正义门在漓江分舵的人，本人是舵主，另两位是我的兄弟，人称'漓江三龙'

是也!"

邱冷情心道：难怪我刚才问正义门时，他反应如此不寻常，原来你就是正义门这一带的头目! 嘴却笑嘻嘻问道："不知三位该如何称呼?"

船夫道："本人正是浪中翻龙蛟。"他又指着旁边的一位道："这是水上飘龙骤，另一位是我们的小兄弟波里飞龙跃。"接着又哈哈大笑道："邱冷情，枉你聪明一世，没想到今天落在我们的手中吧。"

邱冷情也一笑道："我现在不是还好好地活着吗!"

"水上飘"龙骤阴笑道："邱冷情，你别得意，待会儿会有你好受的。"

"浪中翻"龙蛟道："明年的今天就是你的祭日，到了阴间可别怨我们心狠手毒，兄弟，上!""浪中翻"龙蛟一声令下，三人都钻入水中不见了。

邱冷情仔细地观看四周，好半天，一点动静都没有，心中道：他们在搞什么鬼? 正思索间，忽然，船身剧烈地摇晃起来。

邱冷情心道：不好，他们是在船底，要将船弄沉，他没有水中的经验，在船身摇摇晃晃中，不由也东倒西歪，站不稳脚，在船舱内到处碰壁。

他伸手抓住桅杆，才站稳脚步，仔细地盯着船底，任凭船怎么晃，他现在也不会倒了，只要一有什么变故，他就会立即出手，击杀漓江三龙，对正义门的人，他向来不会手软。

忽然，他发现船底有一块木头出现了裂缝，很显然，是用利器刨开的。

手中的长剑一抖，莫邪向那裂缝处刺去，似乎碰上了一个什么铁器，他来不及想什么，手上内劲一吐，小船顿时四分五裂。

邱冷情长剑一挑，一块木板随空飞起，他飞身站在木板上，施展"一竿渡江"的功夫，木块载着他向江对岸射去。

忽闻"浪中翻"龙蛟道："好小子，有种!"话音一落，人又潜入水中不见了。

邱冷情丝毫不理会漓江三龙，他在水中功夫不行，眼下最主要的是尽快赶到对岸去，上了岸，他自信，凭这三个小小的毛贼，还不能奈何他，但如果是在水中搏斗，那他就不敢打包票了。

就在邱冷情施展"一竿渡江"行了几十丈后，忽然，他觉得水中一动，忙飞身而起，足尖一点木块，随之飞上半空。

他在空中一望，果然，在他刚落脚之处，两支分水刺出现在水面上，邱冷情心道：好狠毒! 身子凌空一翻，换一口气，跃上在下落的木块上。

哪知在这时，"波里飞"龙跃在水中飞身而起，一手抓着那木块，抖手就是一镖，向邱冷情飞来，在发出一镖之后，身子一落，又随木块一起隐没于水中。

邱冷情心道：区区一只飞镖，能奈我何！莫邪剑闪电而出，一下就点在飞镖上，却不防镖上传来一阵奇怪的劲道，冰冷冰冷，随剑一瞬间就钻到手臂之上，他连忙一运气，一阵真气随即冲手而出，驱散了那冰冷的劲道，又撞在了飞镖上。

若是一般的飞镖，本应荡开的，但这支飞镖却有些奇怪，它经邱冷情的莫邪一点，又被一股内劲一冲，飞镖已开始下落了，但在下落的同时，它又发生了一点变化——它爆炸了，一下子爆成千千万万个小飞镖，在邱冷情凌空的身下飞铺而开。

如果只是铺开一片飞镖，也不算什么，偏偏这些飞镖都沾满了毒，在阳光下蓝汪汪的一片，显然是触血即死的剧毒，而他飞身下落又必须经过此处，身子必须向身下的这一片蓝芒靠近，他别无选择。

邱冷情心中大吃一惊，在此千钧一发之际，若不处理好自己的身体动向，迎接他的将是死亡。

在下降中，邱冷情猛吸一口真气，在空中使出一招"凌空虚渡"，将身子又提飞出一丈多高，又顺势一飘，人已经脱离了危险的区域，但一口真气已经用尽，身子一坠，已坠入了江中。

邱冷情在坠入水中之后，立即发现他犯一个致命的错误，他没来得及换一口气，在水中，若是没来得及换一口真气，是非常麻烦的，因为若此时由外呼吸转为内呼吸，在外呼吸时，吸进的气量越多，在水底内呼吸可能维持的时间就越长，现在即使他没有换气，他仍然可以在水下活动很长一段时间，但若比起长期在水中活动的漓江三龙来，而且对方又是有备而来，那可能就差多了。

邱冷情意识到这个不利的因素之后，连忙全力向下游潜去，力图在换一口气之后，再来与漓江三龙纠缠，他迅速向下游潜去，不能浪费每一丝内息。

可天并不如人意，在水中，邱冷情忽然发现前面有一个黑乎乎的影子，运足目力一瞧，他不禁心往下一沉，那是一条拦江网。

他马上意识到——中了埋伏。

果然，就当他停在拦江网前时，身后传来了一阵水动的声音，"浪中翻"龙蛟已到了跟前，龙蛟阴森的笑声在水中传过来，"嘿嘿嘿！小子，今天看你向哪里跑！"

邱冷情一语不发，保留体内的气息，迎面向"浪中翻"龙蛟劈出一掌，今天不将漓江三龙杀了，他休想离开此处。

双掌一出，一股狂猛的掌劲带着水波，如水中起了龙卷风一般，一股由水波组成的巨大水柱向"浪中翻"龙蛟卷去，他还故意使出阴柔的劲道，他全力发出的一掌，立即使四周的温度下降几度，若是功力差的人，那将被冻死。

"浪中翻"龙蛟哪料邱冷情说打就打，猛然感到一阵寒流向自己袭来，不由自主地打了个寒颤，心中惊道：这小子好霸道的功力！连忙借水势向旁边一跃，顿时，身子冲出三四丈远，离开了掌劲所攻的范围，但还是被余劲扫了一下，一阵寒流直冲进他的心里，他不由骂道："好小子，也尝尝我的厉害！"

浪中翻在避开邱冷情的一掌之后，身子停在邱冷情的斜上方，此时他抽出一对分水刺，长臂一抖，丝丝的锥影已向邱冷情卷来，那正是他水中功夫的独到之处，借助水的力量来增加自己的力量、速度，而且以水的波动来影响常人在水中的视力，让人眼花缭乱，他的攻势往往叫人防不胜防。

邱冷情没料到"浪中翻"龙蛟居然避开了他的一掌，在陆地上，他全力发出的一掌都很少有人能避得开，更何况是功力大增后的现在，但他不知道，其实他的掌劲在水中比陆地上更快，只不过"浪中翻"龙蛟长年在水下生活，那躲避的速度远比陆上用轻功闪避快多了，像他们在水中借水的力量移动，至少要比用轻功来移动身体快二三倍，所以他的一掌当然没效了。

他更没料到，"浪中翻"龙蛟的攻势也是如此快捷、迅速，就在他刚刚一愣神的刹那，一对分水刺已到了他的面前，分水刺化作丝丝光影，在他的眼前不住地晃动，而且水花也在分水刺的带动下在眼前晃成一片，让人分不清哪些是水花，哪些是刺影，若是一个不小心，他很有可能就会被浪中翻的分水刺给刺中，被刺中的滋味是很不好受的，一般人使用的分水刺，在刺的尖上都带有倒勾，只要被刺中了一下，不用说，那就得被撕下一块肉来，这让人不能不防。

邱冷情几乎是本能地，将腰中的莫邪一抽，在身前一挥，莫邪立即化作一片密密的剑影，在水中组成一道无与匹敌的墙，让人根本攻不进一招。

不过——他还是没料到一点，那就是他不习惯在水中作战，他身体在接受到危险讯号时，另一个反应，就是在陆地上时本能的反应，他的直觉就是以陆地上的速度来衡量敌人进攻的速度。

可是——他失算的就是，敌人在水中的速度比平时快，而他在水中的速度却比平时要慢，在这一快和一慢之间，就立即现出了一个破绽，他的剑影并没有完全护住他的身体。

高手过招，一丝一毫的破绽都有可能是致命的，他们抓的就是对手在不经意的失算里露出的一丝破绽，哪怕只是在一瞬间出现，他们同样会抓住，在这一瞬间去全力攻击对方，以图达到最好的攻击效果。

"浪中翻"龙蛟自然不会放过这大好的时机，以他多年的水中生活经验，自然一眼就看出了邱冷情是因为不习惯在水中作战，才露出的这个破绽，对于他来说，能抓住这个破绽，给邱冷情致命的一击，就足以使他稳操胜券了，当下分水刺一分，一柄分水刺仍然对邱冷情的正面攻出了十几招，另一支分水刺却向邱冷情露出的空门攻来。

邱冷情只是以他本能的直觉对"浪中翻"龙蛟的攻势作反击，冷不防，"浪中翻"龙蛟的分水刺不知不觉已经到了他的胸前大穴处，只要他再不反应，任何一穴位被刺中，都有可能将他毁了。

浪中翻龙蛟心中狂喜，手中的分水刺更加提高了劲道，在水中借助水花扰乱人的视线，而且在水中没有在陆地上的兵器破空之声，更是让人防不胜防，他心道：邱冷情，饶是你怎么厉害，到了水中，也是像一条死鱼，让我摆弄在水中，我要你死，你就得死！

邱冷情惊出一身冷汗，不由自主地使出了在陆地上逃命的办法，用"飞尘飘雪步"，在陆地上，无论对方多么厉害的攻击，他凭"飞尘飘雪步"，总是可以化险为夷，死里逃生，不知在水中是否仍灵呢？

在他心念一动之际，"飞尘飘雪步"的心法自然而然地用出了，邱冷情已经不容有多想了，抖手劈出一掌。

哪知一掌劈出之后，身子忽然飞速地向后退去，退后的速度远远超出了他的意料之外，是一种在陆地上他从未达到的速度，也正是因为他后退的速度提高了，他才险而又险地避开了浪中翻龙蛟致命的一击，但衣服还是被勾了一大块，惊得全身冷汗淋漓。

浪中翻龙蛟没料到他如此一击仍然被邱冷情逃开了，就当他全力出招之时，他蓦然感到一阵奇寒的阴劲从水中传来，手不由得顿了一下。若不是邱冷情临危胡乱出的一掌掌劲冻得浪中翻龙蛟的手顿了一顿，那分水刺至少要勾下邱冷情的一块肉来。

邱冷情的身子不住地向后退，一直退到拦江网上一撞，才停了下来，本来"浪中翻"龙蛟就是在水上向他攻击，他一掌拍出之后，身子是不由自主地向下沉，当他的身子停下来之际，差不多他的身子已经快到江底了，而且越向下沉，他的胸口越难受，一口气简直喘不过来，他心道：若是长久在水下，不被他杀死，也会被活活闷死，不行，还是得立即想出办法，攻到上面去。

"浪中翻"龙蛟在水中也是十分震惊，他自己的气息也快差不多用完了，他发现邱冷情居然还是像没事人一般，他不知道邱冷情的任督二脉已通，即使是在内息呼吸的情况之下，也会比他们更为持久，他还以为邱冷情的水下功夫也还不错呢！

邱冷情正准备发动进攻，向上攻去，忽然，他发现"浪中翻"拿出一个水囊似的东西，向嘴上一凑，好像是什么东西喝了几口，转眼间，"浪中翻"龙蛟的气息更强了，气色也好了许多，他马上意识到，浪中翻龙蛟用的是气袋，用于在水下呼吸的，他心中暗暗叫苦，敌人可以用气袋在水下呼吸，更换气息，增加战斗力，而他却只凭一口内息，来战斗如此长的时间，内息已经消耗得差不多了，若不抓紧时间攻到水面上去，他将会被困死在水中。

心念电闪，他已经开始了进攻，莫邪剑一抖，一缕青光在水中如灵蛇一般向浪中翻龙蛟射去，在莫邪剑的剑尖上还射出一阵阵的冷气，让人冻得直打寒颤。

浪中翻刚刚换了一口气，正待出手进攻邱冷情，哪防得邱冷情却先一步进攻他来了，在他尚未来得及反应过来之际，邱冷情的剑已攻到了他的面前，丝毫不比他在水中的速度慢，而且剑上的剑气冰冷冰冷，带动周围的水波在一起晃动，让冷气更加容易传播。

浪中翻龙蛟足尖在水中一点，身子已向下压来，他也知道邱冷情没有气袋，在水中支持不了多久，只要他能成功将邱冷情困在江底，他就可以稳操胜券了，手中的分水刺一动，已经在水中幻成一片，连挡邱冷情的十几剑。

邱冷情心中道："你终于中计了！"手中的剑一抖，又刺出几剑，而且剑身在不住晃动，似乎比平时还慢了许多。

"浪中翻"龙蛟看在眼里，心中大喜，他以为是邱冷情内息用完才出现的行动缓慢的情况，现在他的信心更强了，只要能再将邱冷情留在水中，他就能将之杀掉了。

他压住心中的狂喜，手中的分水刺一挺，迎上了邱冷情的莫邪剑，他完全有信心挡住邱冷情的十几剑，只要能让邱冷情的内息全部用光，那就是邱冷情的死期了。

可是他却没有看到邱冷情的嘴角露出了一丝微笑，如果他能看见的话，他应该可以提防，只可惜他没有看见，丝毫没有看到邱冷情嘴角的那一丝诡笑，所以他可能要后悔。

果然，在一刻之后，他立刻就后悔了，就当他的分水刺一碰到莫邪之时，莫邪之上突然传来了一阵狂猛的劲道，直冲进他的手腕里，一阵又酸又麻的感觉直冲进手腕之中，而且莫邪剑之中透出一阵强大的劲力，分水刺一刺到莫邪剑上，立即被邱冷情巨大的内劲所制服，浑身冷得直打颤，一双手也变得不如开始在水中那么灵活了。

邱冷情伸手一探，浪中翻龙蛟的气袋已经被他弄到手中了，毫不犹豫地拿到嘴上一吸，果然是神清气爽，内息迅速加强了许多，在吸了气袋的几口气之后，身上顿感舒服了许多，而且内息也是在不断加强，他把气袋往怀里一揣，一招移形换位，已将浪中翻龙蛟拉到了下方，而他则借力到了上方。

在他与"浪中翻"龙蛟换位之后，他一掌拍向龙蛟，身子却借力向上浮去，他还是想尽早脱离水中，虽然他侥幸战胜了"浪中翻"龙蛟，但还有水上飘龙骧、波里飞龙跃没出现，若是三人一起在水中向他围攻，他不一定能完全脱险，想到此处，他还是觉得要尽早浮上岸去，只要到了陆地上，他三人的围攻，他还是不会放在眼里的，以他的实力，对付"漓江三龙"，可以说是绰绰有余。

"浪中翻"龙蛟在一刺刺出之后，陡觉一股阴柔的劲道从手中冲来，他还没有弄明白是怎么一回事，已经被弄到了水底，与邱冷情换了个方位，他本是反应奇快，在他一到下方之际，他立即意识到，邱冷情接下来的动作一定是出掌或者出剑。

当下他毫不犹豫地展开他精湛的水底功夫，脚一动，人已经如灵鱼一般，飘开好几丈远了，果然，邱冷情在刚一换位之际，即抖手劈出了一掌，虽然浪中翻龙蛟是避开了这一掌，但仍然是心有余悸，经过一番交手之后，他明白他绝不是邱冷情的对手，以他的功力是绝对不可能杀得了邱冷情，最好的办法是合三人的功力，以"漓江三龙"合攻之势，或许可以战胜邱冷情，将他留在此处——当然是以生命作代价。

邱冷情在一掌出击之后，借力不停地向上潜，越向上去，光线越明亮，越向上去，水中的压力越小，他胸口的沉闷之感也全部没有了，余下的尽是说不出的美好的感觉——感觉生命依然存在美好的感觉。

终于到了水面了，邱冷情很高兴地将头从水中露出来，猛吸几口清新的空气，在水下那失去呼吸的滋味可真不好受，现在又再一次吸到大自然的清新空气，真是美丽无比。

就当他头刚一伸出水面之时，在他的背后不远处有一人也刚刚露出一个头来，显然那人也是刚从水中钻出来，那赫然就是"漓江三龙"中的"波里飞"龙跃。

"波里飞"龙跃一见邱冷情从水中钻出头来，立即将手中的分水刺一抖，已经向邱冷情的头扫来了，只要一击中了，保管邱冷情的头会被打得爆裂，"渡江三龙"每个人都不愿意让邱冷情活下去，所以他们往往都出手狠毒。

邱冷情正想好好地呼吸一下清新的空气，哪知陡觉脑后生风，立即觉察到不妙，他早开始在江底和浪中翻龙蛟对敌之时就时时提防其它二人来偷袭，刚才虽然是一时忘形，但防备之心却是丝毫没有减退，一听脑后生风，立即知道是有人偷袭，毫不犹豫一沉身，身子沉入了水中，已经避开了这一击。

波里飞龙跃在邱冷情的头伸出水面之际，出手偷袭邱冷情，满以为可以一击得中，哪知却徒劳无功，不过他却丝毫没有惊讶，他知道邱冷情的武功很高，想要偷袭他，不是那么容易办到的，如果是邱冷情偷袭别人，那倒是不易被人避开，但是他的偷袭被邱冷情避开，他的嘴角反而露出一丝微笑，一丝诡秘的微笑，随后一个扎猛子，也钻入了水下。

邱冷情刚一钻下水，忽然腰中一痛，一柄分水刺已经刺上了他的腰，一柄分水刺已经刺进了他的身体，他猛然醒悟，自己中了埋伏，身子向前一冲，手中的莫邪一挥，已在身后划出了一圈光影。

邱冷情的身子向前一冲，分水刺已经毫不留情地从他身上撕下了一块皮，是他反应神速，才没有被分水刺刺得更深，但仍然是疼痛异常。

就在他身子向前一冲之际，手中的莫邪一阵震动，碰上了一柄分水刺攻来的十几招，他心道：好险，若不是防得快，背后的肉早就全被勾走了，他在一震之后，一回头，原来偷袭他的是水上飘龙骤，原来，他们两人一直都在埋伏，知道不易杀邱冷情，只好伺机进行偷袭。

就在他身子冲上前之际，他又很意外地发现，他再次陷入了一个陷阱之中。

原来，正当他挥剑挡住水上飘龙骤的分水刺，身子向后猛退之际，在他的身下，浪中翻龙蛟的分水刺正等待着他的到来，浪中翻龙蛟被邱冷情一掌击退之后，他连忙又掏出另一个气袋，呼吸几口，又迅速向上游，刚好就碰见邱冷情在水中受伏，被水上飘龙骤刺了一下，他又在水中看见，波里飞龙跃正从水下钻出来，当下心念一动，三人合击之势已经形成。

邱冷情蓦然觉得脚下的水一动，已知是浪里翻龙蛟偷袭，他心知不妙，飞尘飘雪步的心法应急而生，双掌又向水上飘龙骤拍出了一记掌力。

他在水中运起飞尘飘雪步的心法，一个身子变得异常轻，一掌推出，身子向后疾退了好几丈远。

水上飘龙骤早已看见浪中翻龙蛟和波里飞龙跃上下夹击邱冷情，心中大喜，自己只要配合得好，邱冷情这只泥鳅还不是得乖乖地驯服在"漓江三龙"的手下，当下按住身形向前猛冲，手中的分水刺一晃，又是十几招向邱冷情攻去。

就在他一动之际，哪里防到一阵阴柔之力从水中传来，而且竟然是十分迅速，不容人有半分犹豫，饶是他功力深厚，竟也冻得打了个寒颤，心中一阵惊呼，他怎么有如此深厚的功力？竟然如此冷，在心念一动之间，已经拍出一掌来抵挡当胸而来的掌劲。

水上飘龙骤提起了十二成功力，同样拍出了一掌，两股掌劲在水中一接，居然只是将邱冷情发出的掌劲缓了一缓。

一种说不出的凉意在一瞬间透进他的心脉，直冻得他全身发抖，连忙运足功力，来排除身上的寒冷。

两股掌力形成一股强大的水中漩涡，邱冷情只觉一股大力在身上一撞，又向后疾退了好几丈远，那股劲道从胸中透进身体里去，竟然是十分受用，似乎丹田里的内气又强了一分。

正在他借力向后翻开之际，脚下浪中翻龙蛟的分水刺刚好又刺到了，他的身形一动，浪中翻龙蛟的分水刺刚好刺空，刺进了漩涡之中。

正当他暗道好险之际，才发现头顶上也是有一柄分水刺刺到了他方才的位置，正是波里飞龙跃，他心中不由冒出一身冷汗，若不是水上翻龙骤的一记掌力，他现在身上至少得去七八块肉。

波里飞龙跃在水上看到邱冷情站立的位置，一柄分水刺向邱冷情的头顶刺到，哪知才一动，邱冷情的身子却向后疾退了好几丈，而他一击之势却不能停下来，直向水下钻去。

他一惊之下，连忙收招，但才一动，却发现，在他的身下却凭空出现了一个漩涡，他心中慌乱，一个收势不住，人已掉落进了这个邱冷情和水上飘龙骤二人的掌劲在水中形成的巨大漩涡之中了。

波里飞龙跃大惊之下，手中的分水刺连忙用尽全身的功力，在水中挥舞，他的身子已随漩涡不停地转动，他怕邱冷情在一旁偷袭，而眼睛又因漩涡的水流成一片浑浊，根本看不清任何东西。

浪中翻龙蛟的分水刺一刺刺空，身子不由己地坠进了漩涡之中，心中十分恐慌，眼睛在如此浑浊的水中根本看不清楚，他心道：这下完蛋了，却听到耳边呼呼生风，身子在不停地旋转，他心道：这应该是邱冷情的偷袭了，为了防身，他也将一对分水刺舞得满身转，他是运足了全身的功力，以本身的真气来护身体。

这下在邱冷情和水上飘龙骤之间出现了一大片浑浊——巨大的漩涡，阻挠了两人的视线，邱冷情同样蓄势以发，只要有一丝的动静，他立即全力一击，务必杀了一个，同时也在提防"漓江三龙"，以防他们偷袭。

水上飘龙骤也是在受了一掌之后心中颤抖不已，身上的寒冷还有一些，他正全力运功来排除身上残余的掌劲，偏偏眼前这巨大的漩涡却总是不散开，漩涡旋起的浑浊同样挡住了他的视线，水上飘龙骤也是全神贯注，只要眼能视物，邱冷情的身影一出现，他立即全力出击，自然不仅是为了杀人，还是为了活命，他知道，只要眼前的浑浊一散开，即是最佳攻击时刻，他知道邱冷情是绝对不会放过的，不过，他的两兄弟浪中翻龙蛟和波里飞龙跃却卷入了漩涡之中，不然，他们两人必定可以助他一臂之力，现在，他们二人在漩涡之中，生死未卜，他只能靠自己的实力自保，他知道——他的实力不如邱冷情，想到此处，手心也不由出了一丝冷汗。

哪知漩涡却像是永无休止一般，越转越快，而且气势亦是越变越大，所波及的面积同样是越来越大，两人不仅心中甚疑，不明白这漩涡的劲道越来越强。

其实这漩涡越变越强是由浪中翻龙蛟和波里飞龙跃引起来，浪中翻龙蛟在漩涡内听到呼呼的风声，以为是邱冷情偷袭，将手中的分水刺以全身功力舞得密不透风，哪知，他所听到的风声，却是由于波里飞龙跃为保护自己而发出的，偏偏波里飞龙跃听到浪中翻龙蛟全身劲道舞出的分水刺后，他真以为有人向自己攻击，更是用尽全身功力挥舞手中的分水刺。

如此一来，漩涡在两人全身功力的摧动之下，吸收了两人的功力，就会越变越汹涌，气势越来越强，不一会就差不多扩大了近四五倍，而且在两人全身功力的狂舞之下，漩涡的威力在不住增强，不多时，已经扩大到三四丈了。

邱冷情也是猜不透到底发生了什么事，只是全神贯注地提防着那巨大的漩涡，以防有诈，好在他夺了一个气袋，在水中，现在也不用担心呼吸不够。

巨大的漩涡还在不断扩大，浪中翻龙蛟和波里飞龙跃却是痛苦异常，随着漩涡的扩大，人陷在其中的拉力也越来越大，而他们仍然不明就里地狂舞着手中的分水刺，看来他们两个大概是不到死，不肯停手了。

其实，在如此强大的拉力和漩转之下，浪中翻龙蛟和波里飞龙跃两人早已昏了头，休内气血翻涌，根本承受不住如此强大的拉扯之力，只是身体处于一种迷迷糊糊的状态，手上的分水刺仍在竭尽全力而舞，看来不到力竭而死，他们是不会停下来了。

巨大的漩涡持续了一个多时辰，还没停下，已经扩大到十几丈见方那么大了，而且现在巨大的漩涡已成由江水冲激而动，根本不需浪中翻龙蛟和波里飞龙跃二人的力道，也自然而然地增强力道，漩涡在继续增强。

水上飘龙骧在漩涡的这一边，心惊胆颤，他的身后是拦江网，若照此情形发展下去，不出一刻钟，他也将被卷入漩涡之中，他实在弄不明白，为何在江中无缘无故地冒出来一个大漩涡，饶是他绞尽脑汁，却也想不透，其实这漩涡却是他自己和邱冷情的杰作，哪知被浪里翻龙蛟和波里飞龙跃两人误打误撞，弄成现在这无与伦比的混乱场面，现在漩涡已成，却是不需人力了，在江水的冲激之下，已自然扩大，人力已经控制不住了。

浪中翻龙蛟和波里飞龙跃却是在里叫苦连连，他两人由于刚才的狂舞分水刺，几乎用尽了全身的功力，现在身陷这漩涡之中，更是身体倍受摧残，他们二人在其中差不多已经是强行硬撑着肉体上的痛苦，只要这漩涡不断增强，他们二人不可避免地要接受裂体的痛苦。

漩涡仍在不断扩大，邱冷情不由将身子向后退了十几丈，巨大的牵扯之力几乎要将他的身子吸进漩涡之中，在巨大的漩涡作用中，整个江面之上出现一个巨大的空洞，令人大为惊奇，在此段江面之上不应该出现这种巨大的漩涡。

在江水里的情形更是不同凡响，水面以下几十丈全部是浑浊一片，根本看不见任何东西，饶是邱冷情功力深厚，亦不免被巨大的拉力扯得东倒西歪，几乎站不稳脚，以他的目力，也是没能看见眼前一丈远左右的事物，他同样是凝神静待，以防"漓江三龙"突然出现，攻他个措手不及，他也想到过离开，但终究没有这么做，他不仅要杀了漓江三龙为民除害，而且他实在是有些担心漓江三龙那神出鬼没的水下功夫，弄不好一个不留神，中了他们的埋伏，还不知是怎么死的，况且他也不知此漩涡的来由，心中也是大惑不解，以为是漓江三龙弄的什么鬼把戏，心中不禁沉吟道："弄此现象来迷惑人也不用花这么长时间，现在差不多有两个时辰了。"但他仍然是不敢大意，他的气袋差不多快用完了，最多还够呼吸三四次，不过三四次足以让他支持好几个时辰，若气袋用光了，他只能是先离开再说。

水上飘龙骤盯着向他靠近的漩涡，心中恐慌不已，漩涡所带来的浑浊早已使他看不清东西了，以他的目力，最多也只能看一丈左右，漩涡不断地向他靠近，终于无情地将他卷了进去。

开始一盏茶时间，他尚能运功相抗，在一盏茶时间过后，身体同样是承受不住如此强大的拉扯之力，全身如车裂一般疼痛，却也不敢喊出来，只要嘴一动，立即有大量的水贯进口里，渐渐地，他的头也昏了，只剩下无边无际的痛、无边无际的苦。

邱冷情也是足够幸运，若是他在拦江网那一边，他也是同样逃不了被卷入漩涡，然后被肢裂的命运，可他偏偏在这一边，大概是天意如此吧！

巨大的漩涡没有停下来之意，在受到了拦江网的阻拦之后，仍然在江水的冲激之下，不断扩大，扩大……

"砰！"在经历了不断地扩大之后，拦江网终于受不住如此大的拉扯力，被撕得四分五裂，而漩涡同样因受阻而突然释放出爆发力，将本身轰得四分五裂，整个漩涡在一瞬间发生大爆炸。

在漩涡的"漓江三龙"早已经昏迷不醒，在如此强大的爆发力之下，那里受得住如此强大的自然神力？糊里糊涂之间已经是被裂尸而死，可怜一世作恶，最终天网恢恢，疏而不漏，落得个死无全尸。

邱冷情正在全神贯注地防备着，哪知突然之间，那漩涡变形，发生惊天的爆炸，在他尚未反应过来之时，一股巨大的水柱冲过来，将他从水底冲上水面，还余劲未消，将他送上四五丈高，水势一顿，重重地将他摔在水面之上。

他在巨大的冲击力之下，本已是受了重伤，哪里经得起如此重击，在水面上一摔，就狂喷出一口鲜血，不省人事，如顽石一般，直挺挺地沉到水底去了。

不知过了多久，水面上的漩涡已经消失了，水面上除了几丝血迹和一些被撕裂得粉碎的衣物之外，又恢复了那大河的雄姿，依然在不停地向前奔流，奔流……

"追命判官"管胜天神色匆匆地向大殿飞掠而去，一路飞驰，瞬间已到了大殿门前。

不料，守门卫士一拦，道："总管大人，神君正在召见护法，吩咐过，没有命令，任何人不得随便进入。"

"追命判官"管胜天纵然是有天大的胆子，也不敢在鬼府神君面前撒野，他心中有千百个不情愿也不愿，在此时表露出来，仍然是一副笑嘻嘻的脸孔，道："麻烦你去通报一声，我有重要的事情禀报神君。"

他的口气里有掩饰不住的兴奋之色。

毕竟"追命判官"管胜天也是一个堂堂的大总管，卫士见好就收，也不愿开罪他，道："好吧，你在此等一会儿，容小人去向神君通报一声。"说完也不理"追命判官"管胜天，径直向里大殿走去。

鬼府神君正在与牛头作帮中变故的谈话。

牛头道："目前帮中所有的事务全部都分派了出来，我看只需按时巡查，督促下属工作就可以了，其余时间，神君可以安心地修炼神功。"

鬼府神君道："牛头，你跟了我这么多年，对我忠心耿耿，我最清楚你与马面两个人的能力，有你们二人在，我大可以放心帮中的事物了。"

牛头道："多谢神君夸奖，属下效忠神君，誓死不辞。"

鬼府神君道："好了，这一切都不用说了，藏书阁的情况怎么样了？"

牛头道："藏书阁在神君出关之前就已经全部建好，中原武林各门各派的武功秘笈全部在里面，我已将藏书阁的钥匙拿来了，同时下令不准任何人进去，还派了重兵守护，藏书阁可以说固若金汤了。"说完，牛头双手捧上二根金黄的长条——藏书阁的钥匙。

鬼府神君伸手拿了其中的一根，道："这件事你办得很好，这个就当我赐你的奖赏，有空与马面可以进去看看，研究研究！"

牛头得此赏赐，心中大喜，忙叩头道："谢神君恩赐。"

鬼府神君微笑道："起来吧，不必多礼了，你们都追随我这么多年，天下可以说是你们替我作前锋打下来的，这些赏赐又算得了什么呢，只要等本帮的财力充足之后，那时你们都有享不尽的荣华富贵，哈哈哈！"

牛头忙道："谢神君恩赐！"

这时鬼府神君似是想到了什么，问道："天下各帮派是不是都按时交上人头税来？有没有哪门哪派不顺？"

牛头道："神君天威，哪个敢不服，眼下天下大定，各帮各派，没有哪一个不臣服于神君的威严之下。"

鬼府神君心中得意至极，狂笑不已，道："哈……哈……哈……哈，我早就知道会有这么一天，我会一统江湖的，现在终于实现了，天下有哪一个人敢不听我的话，哈哈哈哈……"

忽然间，他又问道："'追命判官'近来的情况如何？还没有邱冷情的消息吗？"

牛头忖道：这是鬼府神君唯一的一点不满，必须小心地回答，他道："邱冷情这小子是不会翻起什么大浪的，他一定逃不脱咱们的手掌心的。"

鬼府神君道："不除去他，难消我心中之恨，不知'追命判官'办事怎么样了？"

牛头道："依属下之见，若是管胜天办事不利，不如派出黑白无常去追杀，由她们二人带领精锐杀手，完全可以杀掉邱冷情。"

鬼府神君道："'追命判官'管胜天说他在此一个月之内要杀掉邱冷情，以图戴罪立功，不知他是否能完成任务！"

牛头答道："'追命判官'管胜天武功不济，办事又不力，简直是一个废物！"言语中充满了忿忿不平。

鬼府神君道："不错，在我所有的部下中，就数他的能力最差，若此次不能完成任务，我定会要他死得很难看。"

话音还没落，只听卫士在门外道："启禀神君，追命判官求见！"

鬼府神君一愣，道："喔，说曹操，曹操就到了。"大喝一声："叫他进来！"

牛头道："属下回避一下。"

鬼府神君道："不，不用！若此次他办事不利，你就当场将他杀掉。"

牛头素来对鬼府神君极为忠诚，本已看不贯"追命判官"管胜天的无能，这次听到鬼府神君亲自下令，更是欣喜异常，他忙退到一边，沉声道："属下遵命！"

正在这时，"追命判官"管胜天已经飞掠至大殿，向鬼府神君一跪，道："属下管胜天，拜见神君。"

鬼府神君大手一挥，道："免了，有什么事，你快快说吧！"

"追命判官"掩饰不住脸上的喜悦之情，忙道："属下是要给神君一个好消息！"

鬼府神君一愣神，"喔，一个好消息?!"他实在不明白"追命判官"管胜天能给他带来什么好消息，但看他那一副喜滋滋的样子，又不像在说谎，莫非……鬼府神君心念一动，莫非他已经杀了邱冷情？当下朗声问道："你们可是成功地击杀了邱冷情?"他的言语中还是透露着一丝猜疑，鬼府神君与邱冷情交手两次，很清楚邱冷情的实力，他实在有些不相信邱冷情现在已经被杀，但他却又很希望邱冷情已死，同时，他在心中自嘲道：莫非我太高估了邱冷情的实力？我应该相信本帮内的杀手有过人之能，难道我是长他人威风，灭自己的志气？

"追命判官"管胜天道："神君英明，果然什么事都瞒不过你。"

鬼府神君大喜道："嗯，你干得好，快将详细的情况说与本座听听。"

"追命判官"管胜天一心要邀功，忙道："是，神君！"当下将部下回报，正义门在漓江的分舵理事"漓江三龙"与邱冷情在江底同归于尽的事报告给鬼府神君。

鬼府神君沉吟了一会儿，忽然问道："可曾看见邱冷情的尸首？"

"追命判官"管胜天似乎以前没考虑好此问题，一听之下，大汗淋漓，口中慌不择言，"这个……这个……这个……邱冷情的尸首与'漓江三龙'的尸首因在江水之中，全都不见，帮中众多弟子去打捞，也是一无所获。"

鬼府神君又将手一挥，道："好，算你大功一件，去领赏吧，下去！"

"追命判官"管胜天一听，大喜道："属下遵命！属下告退了！"说完，连忙一溜烟地飞奔出鬼府大殿。

牛头上前道："神君，依属下之见，邱冷情可能还没死！"

鬼府神君道："我也有同样的感觉，在湖北，在川蜀之中，那么多的杀手去追杀他，结果全部都不知所踪，那些杀手十有八九是给邱冷情那小子杀了，现在仅仅凭漓江三龙那三个不入流的角色，却将邱冷情给杀了，简直让人不敢相信。"

牛头道："我亦是如此想法，就算邱冷情真的不习惯水战，但他的实力却也是不容忽视的，不可能如此轻易地就给漓江三龙杀了！"

鬼府神君道："牛头，此事你秘密派人去调查，不要太张扬，对外就说邱冷情已经给漓江三龙杀死了。"

牛头道："是，神君，属下遵命！"牛头说完之后，立即告退，身子一溜烟地跑得无影无踪。

整个大厅之中，只剩下鬼府神君一个人在静思，在沉默，他在思考着什么？还是在算计着什么？……

第十八章

第二天，整个江湖传遍了一件事，武林唯一的希望，也是鬼府的头号大敌——邱冷情已经死了，在广西漓江被漓江三龙所杀。

整个武林之中有人高兴，有人沉默，有人惋惜，有人不信，还有人心碎。

所有站在正义门这一边的人，全都高兴得不得了，他们终于可以安心了，终于可以安安全全地睡个好觉了，再不用怕有人会来扰乱他们一统江湖的美梦。

所有矢志击败正义门，恢复武林各派自由，在胸中有一团火在燃烧的人都异常沉默，当武圣将最后的嘱托交给邱冷情之时，他们就一直在企盼，企图邱冷情有一天会回来，带领他们为正义而大战一场，哪怕是战死，从那时起，他们就在沉默，在沉默中等待，在沉默之中聚集力量，在沉默之中爆发……然而所有的梦想都在这一刻，被一句邱冷情已被杀全部粉碎，希望没有了，梦想也破灭了，他们顿觉前途渺茫，前路漫漫，失去了一个信念，他们靠什么活下去呢？

至于那些对江湖的现状持于无所谓的态度的人，他们安于现状，宁愿屈服在别人的魔爪之下，愿意受那些无理的欺压，反正江湖上怎么样也不管他们的事，江湖不管怎么样，他们依然如此生活，这种人，他们只是对邱冷情有一丝的惋惜，邱冷情这个人能成为正义门的头号劲敌，又被称为武林的希望，而且还是一个少年，如此的一个人，必定是十分了得的一个人，可惜，却仍然没有逃出正义门的魔爪，在最终还是被杀了。

显然，在这所有的人中，还有一个人心碎，那就是萧萧。

自从在君山一战之后的重逢，她已经完全将心交给了邱冷情，她疯狂地爱他，虽然他在与她缠绵了一夜之后，不辞而别，她伤心地哭过，但在冥冥之中，似乎告诉她，他仍然是爱她的，他一定会回来找她的。

她为他俩的立场不同而痛苦而分，她彷徨，不知所措，不知该不该与他站在一条线上，她很害怕他容不下她，害怕他不会原谅她，她不求他对她怎么样，只要能给她一点点的爱，她已经心满意足了。

她一直在等，在等……

她不停地在等，每天关注从外传来的消息！

她爱他！

所以关心他！

每次只要她又听到邱冷情穿过重重的杀手追杀之时，每次她听到"追命判官"管胜天又被鬼府神君痛骂一顿之时，她就知道情哥哥又一次脱险了，她的心也随之而欢喜地跳动，她知道，她的情哥哥是不会那么容易死的，所以她一直在此等待，在此等待他的回来。

她知道，他一定会回来的，一定会回来向鬼府神君寻仇的，只有在这里等，才有机会再见邱大哥，等——已经成了她生活的希望，已经是她全部的生活支柱。

但这个支柱却在一瞬间崩溃了，当她听到天下人都在议论她的情哥哥在广西漓江被漓江三龙所杀，与漓江三龙同归于尽之时，她的心就碎了，一切的希望如泡沫一般，经不起现实的残忍，不得不向事实，向命运低头……

她真的真的很爱他！

她的心已经碎了。

天地在摧毁，世界在毁灭，阳光已经失去了色彩，生活似乎也对她失去了意义。

第一次，她品尝到了生死别离是怎么样的滋味，好痛！好痛！！

不！！！

我不相信！！！！！

我不相信邱大哥已死，在经历了那么多的考验之后，他仍然是好好地活在这个世界里，不可能会死在漓江三龙之手的，这绝对不可能，我充分相信邱大哥的能力，邱大哥曾经受到几百杀手追杀，他都平安无事地摆脱了，他平安地到达了漓江，以他的实力，又怎么可能死在漓江三龙的手中呢？

邱大哥绝对没死！

萧萧忽然在心中生出一个大胆的想法，一个十分大胆的想法，她知道，她的邱大哥是不那么容易死的，不会！不会！！不会！！！

永远都不会！！！！

萧萧的心忽然平静了一点，平静地思考这一切，这到底是不是真的呢？难道邱大哥真的死了吗？不会！

她给了自己一个坚定的答案，她还要在这里等，等他回来，等他回来与她相见，但她的心还是忐忑不安，万一……

她不敢再想下去，急急忙忙地闭上眼睛，在心中默默地呼唤，邱大哥，我爱你！你知道吗？我在这里等你，等你回来，直到永远！永远！！

邱冷情的死在武林之中影响很大，不异于投下了一颗炸弹，在人们的心中影响很大，什么反应都有，有人猜测武林日后的命运，恐怕是永无出头之日了，中原武林所有的高手全部一扫而光，各门各派的超级高手没有一个存活下来，仅仅靠余下的这帮二三流的角色，能成得了大气候吗？他们在无一个武功超群的人领导的情况下，能成大事吗？谁也不知道。

在茫茫的沙漠中，有一个人在艰难地漫步，烈日晒在他的身上，简直要将他给烤焦了，豆大的汗珠不停地从他的脸上往下滚，身体的巨大痛苦，几乎要将他折磨至死，但他没有倒下，依然在坚强地站立着，一步一步地向前缓移，他以坚强的意志力支持着早已疲惫不堪的躯体，好惊人的毅力！

就在他一步一步艰难地在沙漠中行走之时，忽然，他俯下身子，将耳朵紧贴在沙地上，他听到了一种声音，他听到了一种杀的声音。

他也是一名武林高手，他同样有着所有高手应有的敏锐，任何一丝一毫的声音都难逃其敏锐的双耳，不用说是异常的打斗之声了。

"咦，在这荒漠之中有谁会在这里决斗呢？"在强烈的好奇心之下，他决定去看一看，他不顾身体的疲惫，毅然地向声音传来的方向走去。

打斗之声越来越强了，这是绝顶高手比武时才可能发出的杀气，在风中呼呼作响，他更加好奇了，到底是怎么一回事呢？怎么会有绝顶高手在沙漠中比武呢？

他已经可以清楚地听见打斗之声，似乎就在前面的那个大沙丘的后面，他疲惫的精神一振，又鼓足劲力，向前走去。

终于，他爬上了沙丘，他伸出了头，终于看清了发生了什么事。

的确是两个绝世高手在比武，可是——可是，那两个绝世高手竟是——

竟然是武圣花志逸和鬼府神君！

怎么可能，他心中吃惊不已，怎么花老前辈在此呢？他不是被杀了吗？为何又在此出现呢？

他的心中吃惊不小，小心地屏住呼吸，小心翼翼地观看两大高手过招。

鬼府神君暴喝一声，双肩一抬，两股巨大的掌劲向花志逸飞去，滔天的气浪卷起漫天的黄沙，状如一条巨龙一般，一头撞向花志逸，就连在一旁偷偷观看的他亦是感到恐怖，此招的凶恶可见一斑，那身在其中，就别说是一种什么样的滋味了。

花志逸同样地狂吼一声，双手一抖，同样是一股无与匹敌的杀气，冲天而起，一阵狂怒的掌风在地上激起的狂沙，形成一个巨大的拳头，迎头向巨龙击去。

"砰！"一声响震云霄的声音平地而起，地上激起的狂风将沙子吹得漫天都是，地上出现了一个巨大的深坑，激射而出的沙子更是吹得他的脸隐隐作痛。

他伏在沙丘之后，心中暗自吃惊，他们二人的武功简直深不可测。

鬼府神君见绝招被挡，心中十分气怒，又是一声狂吼，双手再次运足劲力，激射而出。

一条比刚才更加强大的巨龙在沙地之上形成，毫不留情地向武圣花志逸卷去。

武圣花志逸依然是动也不动一下，紧紧地盯着向他游动的巨龙。

直到巨龙移到他的身前，他才双手齐出，顿时，在一掌出击后，巨龙又一次被击散，而在散乱的沙影里，鬼府神君突然无声无息地降落在花志逸的身旁，举手一掌，正要向他的背部拍下去……

他在沙丘之后躲着，一切都没逃过他的眼睛，见状，他大喊一声："花老前辈，小心旁边！"此时，他也顾不了那么多了。

武圣花志逸一听此言，猛地一侧身，抖手就向鬼府神君拍出了十几掌。

掌掌相接，爆发出一阵巨响，鬼府神君的身子被武圣花志逸震得飞出好几丈远。

不！不会的！他是不会败得如此惨，难道其中有问题？

当然有问题，鬼府神君发现了有人在沙丘的后面，在沙丘后的人出声示警之后，花志逸有所防备，两人在对掌之后，鬼府神君借力向他藏身之处的沙丘飞来。

在他人未到之际，已有一股强大的杀气将他压得喘不过气来，想动，根本动不了的。

抬头一看，鬼府神君已经飞过了沙丘，向他所在之地拍掌而来。

偏偏他的身子却不能动一下，在鬼府神君强大杀气镇压之下，他只有挨打的份，只有死路一条，根本无法抗拒，亦是无法躲避，在一瞬间，这一股铺天而来的杀气已经将他重重包围住了，一阵巨大的掌劲当胸向他撞来。

他在沙丘的后面，连动的机会都没有，掌劲已经压在了他的身上，一阵剧痛如锥心一般，直冲进他的脑海之中，他情不自禁地大叫一声，喷出一口鲜血。

"啊!"巨大的痛苦使他的精神一颤，似乎耳朵听到了一个声音。

"邱兄弟，你醒了，邱兄弟，快醒醒呀!"

这个声音好熟，一时想不起，邱冷情猛地坐起来，睁开双眼，浑身大汗淋漓，哪里是在沙漠之中，原来是躺在一块巨大的石板之上，太阳晒在身上，暖暖的，好不舒服，鬼府神君、武圣花志逸都不见了，原来是南柯一梦。

抬头却看到了一个慈眉善目的中年人，那人神色焦急，看到他睁眼才露出一丝如释重负的笑容。

"哎呀，可把我急死了，如果你死了，我可是会很难过的!"那人满口的玩笑话，让人觉得极和善，易接近。

如此熟悉的声音在脑海中一闪而过，邱冷情道："你是金剑白龙司马如风，司马大哥?"

金剑白龙司马如风哈哈一笑，道："邱兄弟，你总算还记得我，我还以为你早就将我忘了呢，一别这么多年，今日在此碰上你，真是有缘啊!"

邱冷情道："司马大哥，这几年里你过得可好?"

金剑白龙司马如风朗声笑道："我当然是过得无忧无虑，不过却有一件事使我麻烦!"

邱冷情心中奇道："司马大哥一向悠闲自在，究竟有什么事，能让你不快乐呢?"于是便开口问道："司马大哥，不知是什么事，小弟可否帮你一把?"

金剑白龙司马如风道："唉，此事实在是太难了，你帮不上忙的。"言语之中，透露出的叹息，似乎正是在表示，此事他多年以来，一直都没有办成。

邱冷情见他不说，也就不再多问，按理说金剑白龙司马如风可以算作他的师父，当年传技之恩，令他终生难忘，但他二人却一见如故，亲如兄弟，便没有认师徒之名，只是结了兄弟之义!

邱冷情不想在什么事上与金剑白龙司马如风弄得不愉快，看自己一句话似乎弄得他十分伤感，不由心中一紧，连忙又岔开话题，问道："司马大哥，我怎么会在这里呢?"

金剑白龙司马如风本是沉浸在忧伤之中，见邱冷情问及此事，忙一笑道："唉，刚才我一时想起一些心事，你别见怪。"此言一出，正显示出了他不计嫌的宽大胸襟。

邱冷情亦是心中一动，却笑道："你还没回答我的问题呢！"

金剑白龙司马如风道："是了，是了，不说倒忘了，今天我刚巧打此路过，在老远就看见江中浮着一片白衣，似乎是一个人，哪知一看，却是你飘在水面之上，我连忙将你救上岸来，让你躺在这里，你的气息几乎全无，还好，你的内息十分强，不到一个时辰，你就醒过来了。"

邱冷情忙一拜道："司马大哥，你又救了小弟一命了。"

金剑白龙司马如风连忙将他扶起来，道："邱兄弟，你我之间何须讲如此之多呢！"顿了一顿，他好像又想起了什么事似的，问道："邱兄弟，你为何来此呢？当年我让你到桂林来？你怎么一直没来，今天你该不会是应了几年前那个约定来的吧？"

金剑白龙司马如风从邱冷情的身上早已看出，他在这几年里，经历了太多的事，一定不会是应几年前那个约定而来桂林的，但又不敢肯定邱冷情到底因何才到桂林来。

邱冷情闻此言，心中亦是十分矛盾，他应花志逸老前辈重托到桂林来寻找天宫老仆人，他现在已是中原武林的希望，此事他决不会说出来的，但是，金剑白龙司马如风却是对他恩重如山，他实在不该对其有所隐瞒，当下心中十分矛盾，不知是该说，还是不该说，神色十分犹豫。

金剑白龙司马如风一看便知他有难之隐，便道："邱兄弟，如果不方便说，就不要说了。"

邱冷情将心一横，道："我是受武圣花老前辈临终前所嘱托，到桂林来办一件事的。"

此言一出，金剑白龙司马如风大吃一惊，道："什么？你说什么？花老前辈去世了？他这么多年以来一直隐居在桂林，没有外出一步，沿海一带本又荒凉，是以武林中发生的重大事件，他全部不知。"

邱冷情眼中一红，道："是的，花老前辈已经去了！"言语中那悲伤之情欲将他击倒。

金剑白龙心中亦是吃惊万分，武圣花志逸去世，如此重大的事，他居然没听说过，他观邱冷情的神色，知他与武圣之间必定有许多渊源，不过见他如此伤心，恐怕对他刚刚恢复的身体不利，也连忙转换话题，道："邱兄弟，咱们兄弟俩几年没见，此次在此意外相逢，可得好好喝几杯，走，到我住的地方去，咱们俩叙一叙旧，你说可好？"

邱冷情本来就被触及心事，但见金剑白龙司马如风如此豪情，亦心中生出多年阔别的兄弟之情，也一笑道："好啊，司马大哥，咱们今天不醉不休！"

金剑白龙将大手一拍，仰天长笑道："这才是我的好兄弟！"

两人脚下一动，已飞一般向桂林十景中的象鼻山飞掠而去。

不一会，邱冷情已经看见在一丛深深的丛林之中，有一座精致的小木屋，那大概就是金剑白龙司马如风的住处了。

果然，金剑白龙司马如风在木屋前停下了，朗声问道："邱兄弟，你看，老哥住的地方怎么样啊？"

邱冷情闻言，放眼望去，只见此处依山傍水，风景宜人，山清水秀，木屋的后面是万丈悬崖，在悬崖下却是一江清澈的流水，四周都处在江水的环绕之中，有种脱离尘世的味道。

在屋前屋后，到处都是美丽的松柏树，那高挺的姿态，仿佛正象征着这屋里的主人亦是一个坚强不屈，出类拔萃的英雄人物。

邱冷情道："好一个清幽的地方，四周环山绕水，真是妙不可言。"

金剑白龙司马如风道："邱兄弟，进去吧，咱们不醉不休！"

两个当世的英雄就这样，在屋内把酒论时，左一言，右一语地畅谈了起来，也不知谈了多少，最后，人都迷迷糊糊地睡着了。

天色渐渐明亮，阵阵清风吹拂着大地，吹拂着一座小屋，也吹拂着小屋内的两个人。

邱冷情首先醒了，抬头看一看天，已经是大亮了，他看看金剑白龙司马如风，仍然是在睡着，他伸手推了推司马如风。

"司马大哥，司马大哥，醒醒！"

金剑白龙司马如风才慢慢醒来，睁开眼睛，大叫道："痛快，痛快，许久没有这么痛快地喝过酒了，真的痛快！"

邱冷情道："我也是在江湖中处处漂泊，好久没有如此放下心中的事，全心全意与朋友大醉一场了。"言语中不胜感叹。

金剑白龙司马如风道："邱贤弟，你可是有什么心事？"

邱冷情知道他此次要做的事凶险异常，不愿司马如风卷进去，作无谓的牺牲，便道："没事，我只是一时有感触罢了，今天我们只谈兄弟之情，不谈别的事！"

金剑白龙司马如风道："好，咱们边走边谈吧！"说罢，信步走出屋外，外面阵阵花香宜人，给人一种爽心的感觉，让人沉醉于自然的美丽之中。

邱冷情道："司马大哥，你当年一别后，在哪里？干什么？怎么这么多年，一直都没见你在江湖上走动！"

金剑白龙司马如风道："此事说来话长，当年我杀掉了采花淫贼董千千之后，到武当去访友，即是武当掌门张学友，哪知他却给人杀了。"

邱冷情道："张掌门武功盖世，怎么可能会有人能杀得了他呢？"

金剑白龙司马如风道："当时，我也觉得奇怪，经过仔细查看，才知道是鬼府的人干的，张兄就是中了鬼府的碎心慑魂大法！"

邱冷情惊道："鬼府？！"

金剑白龙司马如风不知江湖发生了翻天覆地的变化，只道他是听到如此大名才吃惊，不在意，又道：

"当时，我意识到事态的严重，知道鬼府重出江湖，于是我就到桂林找一人，于是就在这里住下了，一住就是这么多年，唉！"言语之中，似乎有无限的心事。

邱冷情道："难道你没找到那个人？"

金剑白龙司马如风道："找是找到了，可又有什么用，也不知这几年里，江湖上发生了什么事。"

邱冷情道："司马大哥，这几年你一直都没有出去过吗？"

金剑白龙司马如风道："我因有一事未了，所以一直住在这里，始终没有出去过，这里荒凉，信息不利，所以很难有外面的消息传过来，邱兄弟，告诉我近几年来，中原武林可发生过什么大事吗？"

邱冷情一听之下，不禁生出无限的伤感，道："中原武林已绝非当年了，中原武林现在已经是一片荒凉。"

邱冷情于是将鬼府借助正义门消灭中原武林，一统江湖的事，尽数说给金剑白龙司马如风听，他隐瞒了自己此行来的目的，他不愿司马如风卷入这场是非的斗争之中去。

金剑白龙司马如风听得大惊失色，道："怎么会这样？短短几年就变成这样了。"

邱冷情道："事情来得太突然，让人简直不敢相信，但中原武林真的是全部完了，各大门派的人，全都给杀了，所有的高手一个不剩。"

金剑白龙不禁唏嘘，道："邱兄弟，他们没有对付你吗？"

邱冷情道："哪里没有？我这条小命几乎不保！"遂将他从君山到桂林来的事一一讲给金剑白龙司马如风听，个中情形，真是九死一生，让人心惊胆寒。

金剑白龙司马如风听完后，惊道："邱兄弟，你真是福大命大，一路这么多人追杀你，你还是完好无损地来到了桂林，和老哥我见上了一面，咱们可真算是缘份不浅啊！"

邱冷情哈哈大笑道："可能是上天看咱们这段兄弟情未了，不让我死吧！"

此言一出，两人不禁相对莞尔，复又仰天大笑，"对，兄弟情未了，哈哈哈哈……"

金剑白龙司马如风在沉默了一段时间后，又道："当年我知道鬼府重出江湖一定有阴谋，没想到，却是发展得如此之快，不出几年，整个江湖都被他们占领了。"

邱冷情道："是啊，我本来也只是在江湖上混混，过着清闲的日子，对江湖大业没持什么特别关心的态度，哪曾料到，现在是不想插手都不行了。"

金剑白龙司马如风闻言道："邱兄弟，你可知我这几年隐居在此是为了什么吗？"

邱冷情一怔，不曾想到金剑白龙司马如风会提出这个问题，茫然地摇摇头道："请恕小弟愚昧，实在猜不出大哥为何隐居，莫非是与鬼府之事有关？"

金剑白龙司马如风道："不错，我隐居在此的目的正是为了对付鬼府，但我不知鬼府竟然有如此强大的势力，在这么短的时间里，占据了中原武林，而我在此却是一事无成。"

邱冷情不由也道："我到桂林来，也是为了对付鬼府的。"

金剑白龙司马如风道："莫非你此行是来找天宫仆人的？"言语中充满了惊奇。

邱冷情道："我是受花老前辈的遗托，来寻一位红发老人的。"

金剑白龙听后，失声笑道："原来冥冥之中早已有安排，事情竟然是如此巧。"

邱冷情听得莫名其妙，道："什么冥冥之中已安排？大哥，你到底在说什么？"他不知道，金剑白龙司马如风知道许许多多他根本不知的武林秘密，是以猜不透金剑白龙司马如风刚才说的话是什么意思。

金剑白龙道："邱兄弟，你可曾记得？当年你我分别之后，我曾给你一封信，叫你到桂林来，不过你却一直没来！"

邱冷情在江湖上这几年经历了如此多的事，几乎将此事给忘了，一经提醒，猛然记起，不过信却弄丢了，但他却记得，金剑白龙司马如风正是叫他来找一个红发老人。

他不禁道："难道你认识这个红发老人？"他言语中充满了惊奇，原来事情真的是如此巧合。

金剑白龙司马如风道："何止是认识，那红发老人就是天宫仆人，是我的生死之交。"

邱冷情道："那太好了，原来一切竟然真的是这么巧，你可以带我去见他吗？"

金剑白龙司马如风道："你是不是为了天宫秘笈而来呢？"

邱冷情一愣，道："天宫秘笈?! 不是！不是！我是受花老前辈的托付，来寻他，至于有什么目的，我也说不清楚，可能是对付鬼府等人的事吧！"

金剑白龙司马如风一叹，道："能对付鬼府武功的就只有天宫秘笈了，但还有许多事是你不明白的。"

邱冷情道："既然可以对付鬼府，那就可以了，莫非那天宫仆人还有什么要求不成？"

金剑白龙司马如风道："你别心急，让我对你说。"于是金剑白龙司马如风将天宫和鬼府的一些关于禁宫之事说给邱冷情听。

最后他道："开始，我也是和你一样带着一腔的热血来到桂林，以图让天宫仆人将天宫秘笈传给我，然后出来对付鬼府，但天宫秘笈却只能对付鬼府内一般的武功，鬼府的人现在已经开启了鬼府秘宫，那里面的绝学，却不是天宫秘笈可以对付的！"

邱冷情道："那难道就无计可施了吗？"

金剑白龙司马如风道："有，除非能开启天宫的禁宫之门，进入天宫的禁宫，学得天宫里的禁宫绝学，否则，永远都不可能打败鬼府，但是，禁宫早已失传了。"

邱冷情道："失传了？那中原武林、天下苍生不是永远都不见天日，抬不起头来吗！"

金剑白龙司马如风道："我也无能为力，一切都是天意。"他的神色黯然，也是不能为天下武林尽一份责任而忧伤。

邱冷情道："不，我不相信，你带我去见那天宫仆人，一定还有办法可以救万民于水火之中的！"

金剑白龙司马如风见邱冷情如此为天下万民着想，丝毫不为眼前的困难所吓倒，心中不由也涌出了一股豪情，道："好，咱们去见天宫仆人，就算没办法，咱们也要尽力去中原武搏一搏，哪怕是为民损躯，也在所不辞！"

邱冷情一阵激动，道："司马大哥……"

金剑白龙司马如风道："走，赶快去吧！"话一落，身形如电，向前疾驰而去，他号金剑白龙，金剑乃是由于他用的一柄金色长剑而起，白则是他总是一身洁白的衣服，龙字自然是形容他的轻功身法，犹如龙一般矫健，在一眨眼间，已也去了几十丈外。

邱冷情亦是毫不犹豫，身形跟着一动，已经使出了无上的轻功——"飞尘飘雪步"，"飞尘飘雪步"比金剑白龙司马如风的脚程更快，只一晃眼，已经追上了他，邱冷情不愿故意卖弄武功，亦只是很轻闲地跟在金剑白龙司马如风的身后，与他同步前进。

金剑白龙司马如风心中一惊，暗忖道：想不到一别几年，邱兄弟的武功进步神速，现在可能已经超过我了，单看他的轻功步法，如此从容，即已与我的"龙行八步"相媲美了，真是英雄出少年啊！

他心中更对邱冷情添了一分喜欢，当年他就料定邱冷情根骨奇佳，是学武的好材料，若加以琢磨，一定能成为一代大师，现在一见之下，更在他意料之外，邱冷情的武功进步得连他也不敢相信，"龙行八步"乃是前代几百年前早已失传的绝世武学，在武林之中，根本没有任何人能快过他的"龙行八步"，哪知现在邱冷情却毫不费力，与他的"龙行八步"齐头并进，令他不禁大吃一惊。

金剑白龙司马如风心念一动，有心想考验一下邱冷情的轻功，便道："我们比试一下脚力如何？"说完，身子一动，更快地向前飞去，身如一条游龙一般，在无限的山水中戏耍，身影若即若现，好不潇洒。

邱冷情心头一笑，连忙加足脚力，飞快地追上金剑白龙司马如风，他自己也没料到他能追得上司马如风，不过一试之下，却发现追上司马如风非常容易，甚至可以轻而易举地超过他，但他不愿太过于显露锋芒，只是随在金剑白龙司马如风的身后。

金剑白龙司马如风见邱冷情始终在他身后，他已尽力而为，却始终不能甩掉邱冷情，相反，邱冷情看起来还是十分轻松的，他低头一看邱冷情的脚，似乎根本就没动，只是轻轻地在走路，不过每一跨步，几乎身子就飞出十几丈远，他现在已达到了无上的境界，脚似乎只是在散步，而身形却比电还快。

他高兴地一笑，道："邱兄弟，想不到几年不曾见，你的武功进步了这么多，老哥现在都不如你啦！"

邱冷情微微一笑，道："哪里，只是我学的步法太过于奥妙，所以一时侥幸罢了，司马大哥可别见笑。"

金剑白龙司马如风道："好，年轻人能做到不骄不躁，很好，你日后的武功还不知要达到什么程度，连我都不敢肯定。"

在谈笑间，他们的身影已经到了另一座山前，那座山比之金剑白龙司马如风住的象鼻山更为雄峻，更为荒凉，到处是参天的古木，要在这山中寻一个人，如果没有人带路，那简直比登天还难。

金剑白龙司马如风在前面一路飞驰，不一会，他们就到了一处隐蔽的山林前，在群林环绕的山谷间，同样有一座小木屋，屋顶上炊烟袅袅，似是人间仙境一般。

邱冷情不禁在心中暗道：这屋间的主人必是道骨仙风，不似尘世之人，只看这住处，便给人一种脱离俗世的感觉，此间主人真是一位有修为的高人！

金剑白龙司马如风道："到了，这里住的就是天宫仆人！"

邱冷情不禁道："这位前辈可真是个世外高人，住在此处有一种出世的感觉。"

金剑白龙司马如风笑道："天宫仆人是不会武功的。"

邱冷情一愣，道："什么？天宫仆人不会武功？"

金剑白龙司马如风道："对，他不懂武功，他只是一个极有学问的人，对于武功他是一点都不会！"

邱冷情叹道："想不到他身为天下一奇宫的人，却不懂武功，简直让人不敢相信。"

金剑白龙司马如风已经来到了小木屋前，对屋内的人道："前辈，如风来访。"

只听一个沉稳苍老的声音道："呵呵，如风，你已经有好多天没来了，咦，怎么还有一个人！他是谁？"

金剑白龙司马如风笑道："可真是什么事都瞒不过你，这是我的朋友，他却是受另一人之托来访你的。"

天宫仆人喔了一声，似是对这个回答感到很奇怪，只听小屋的木门吱的一声打开，紧接着，从屋内走出一个满头红发，瘦小的老人，那老人的满头红发如火一般，给人一看，就有一种热血沸腾的感觉。

那天宫仆人佝偻着身子，一步一步走到门前的石桌前坐下，一双眼睛盯着邱冷情看了半天，道了一句："好，不错，根骨奇佳！"随后，又对金剑白龙司马如风道："如风，坐下吧！"

金剑白龙司马如风一笑，道："邱兄弟，一起坐下吧！"

邱冷情只觉得那老人的一双眼犹如一对剑一样，给人的感觉就是此人的眼光很独到，可以说能识人，绝对是一个伯乐！

邱冷情依金剑白龙司马如风的话，在一旁的石凳上坐下，一言不发地听他们谈话，他对人一向比较尊重，不喜欢打断别人的谈话！

坐下之后，天宫仆人又盯着邱冷情看了几眼，对金剑白龙司马如风道："如风，这大概就是你经常提起的邱冷情吧？"

金剑白龙司马如风哈哈笑道："前辈，真是神眼，不愧是响誉整个江湖的伯乐！"

邱冷情见他俩人如此和恰，也放松了心里的负担。

天宫仆人这时却转向邱冷情道："邱兄弟，你到底是受谁的嘱托到此来寻我呢？"

邱冷情忙道："小可是受了花老前辈的遗嘱来此寻前辈的！"

天宫仆人道："遗嘱？花老儿真的去了吗？"

邱冷情悲痛地道："是的！"

天宫仆人叹了一口气，道："早先我就对他说，他有性命之忧，但他为了武林大义还是去了，果然没有逃过此劫，唉，老夫唯一的一个老朋友也去了。"

金剑白龙司马如风道："还有我吗！你怎么可以将人给忘了呢！"

天宫仆人一笑，接着又道："唉，我算准了我只有三天的寿命了，还好这几天有你陪我。"

这下可真令金剑白龙司马如风和邱冷情大吃一惊，"什么?!！"

天宫仆人淡淡一笑，道："这有什么值得大惊小怪的，这一切都是定数，只可惜老夫临死却还有一心愿未了。"

金剑白龙司马如风问道："前辈有什么事，尽可吩咐如风去做。"

天宫仆人道："这件事太难了，花老儿去的时候说鬼府出来为祸人间，要我助他收服鬼府，没想到他先去了。"

邱冷情听了心中也是一阵伤感。

天宫仆人又问道："花老儿死的时候，你在不在场？"

邱冷情道："花老前辈是被鬼府神君给打死的，当时我被花老前辈提前叫走了，他是为了让我离开，所以才……"他已经说不下去了。

金剑白龙司马如风道："邱兄弟，死者已去，别难过，我们现在应该做的，是振作精神，将鬼府的人赶出中原，完成花老前辈的遗愿！"

天宫仆人又问道："花老儿有没有对你说什么？"

邱冷情经他一提醒，那日的情形历历在目，花志逸对他说了一句话，邱冷情道："花老前辈让我转告你，禁宫之钥是一颗红色的夜明珠。"

"禁宫之钥！"金剑白龙司马如风道："原来你知道禁宫之钥？"

天宫仆人道："花老儿离去前，说去查禁宫之钥一事，真的给他查出了，天意，一切都是天意。"

天宫仆人在顿了一顿后又笑道："如果你再迟来几天，这一切都完了，好在我还有三天的生命，为时还不晚，这一切真是天意。"

邱冷情一听，不禁出了一身冷汗，从湖北到川蜀，又到广东，最后才过漓江，来到桂林，其中艰难有谁能知，若是白辛苦一趟，那可真是令人遗憾终生，那么巧，天宫仆人却还有三天的生命，想到此处，邱冷情的心不由一阵惋惜，他与天宫仆人一见如故，觉得十分投缘，可他却又要离世了……

天宫仆人问邱冷情："中原武林到底发生了什么事？"

邱冷情于是将鬼府神君借正义门一统江湖之事说了一遍，最后又讲他受花志逸之嘱，一路历经千辛万苦到桂林。

天宫仆人听得不胜感叹，道："想不到中原武林已落入鬼府之手。"话锋一转，又对邱冷情道："邱兄弟，你真是个不可多得的人才。"

金剑白龙司马如风也一笑，道："我的眼光向来是不会错的。"

天宫仆人道："还好，你在我离世前三天来到了这里，中原武林有救了。"

邱冷情见他不谙一丝武技，却如此从容地面对死亡，心中自然生出一种敬佩之情。

天宫仆人道："只要开启了禁宫，取得了禁宫的武学，中原武林就有救了。"

天宫仆人虽名仆人，其实是早年天宫的一名军师，天宫有许多事，就连天宫宫主都不知道，而他却知道，他最大的长处就是会各种学问，精通世间万事——除了武功，天宫的传人他选了好几个，只有这最后一任天宫宫主，他没有将其夭折的命算出来。

天宫仆人深思了一会儿，忽然道："坏了，大事不好！"

金剑白龙司马如风道："什么事不好了？"

天宫仆人道："我想起了一件事，当年宫主在世之时，去拜访姐妹岛主，送的礼就是一颗红色的夜明珠，可能那就是禁宫之钥。"

邱冷情道："什么？姐妹岛同样被鬼府神君占领了。"

天宫仆人仔细思量了一番，道："依目前的形势看，你们两人有一人要冒一次险！"

金剑白龙司马如风和邱冷情同时道："什么险？有什么事？"

天宫仆人道："现在最重要的是要找回禁宫之钥，所以你们两人得！"

天宫仆人随后说出了一个计划，"你们两人的处境都很危险，可能有性命之忧。"

金剑白龙司马如风立即作出了一个决定。

邱冷情道："不行，这对你不公平！"

金剑白龙司马如风很洒脱地一笑，道："其实你的情况也是十分危险，好了，不用争了，咱们的命都不会那么短的，在恢复了中原武林的和平之后，我还要和你痛饮三百杯呢！"

邱冷情知道争不过他，也只好默然承受了这个决定。

天宫仆人道："你们两人都是好样的，既然事情已经定了，你们就安心休息几天吧！也算是陪我度过这个最后的几天生命。"

看着天宫仆人对死的从容，金剑白龙司马如风和邱冷情都生出了一种敬意，似乎也放下了心中负担，连生命都可以如此从容地放弃，生命的意义达到了如此境界，又有什么事不能办成。

邱冷情长长地吁了一口气，他不再同金剑白龙司马如风争论了，他只觉得生命似乎提升到了另一个阶段，前途似乎更宽广了！

天宫仆人究竟说出了怎样的一个计划呢！邱冷情和金剑白龙的命运又将如何？中原武林还有救吗？

鬼府内，鬼府神君正在大厅之上看各地交出的银两数目，他心中充满了极强烈的征服感，现在整个天下就只剩下他一个人独尊了，邱冷情已死，普天之下，再无任何人与他当面作对，再无任何人敢对他的统治说一个不字，这种感觉很好。

鬼府神君又想到，只可惜自己没有儿子，无人继承这巨大的成果，他在功成名就之后，才想起这个问题，忽然觉得没有儿子是一件十分可怜的事，以前的四十多年，就在奋斗中度过了，现在，什么都有了，应该是有个儿子的时候了。

心念至此，鬼府神君大喝一声："'追命判官'来见我！"他觉得鬼府之内只有"追命判官"最会干这件事。

在他一声大喝之下，立即有鬼卒通告"追命判官"管胜天。

过了盏茶的时分，鬼府神君正在大殿之上等得不耐烦，才听到一声传报，"追命判官求见！"

鬼府神君道："快让他进来！"

"是！神君！"兵卒慌忙退下。

在兵卒刚退出一会儿，"追命判官"管胜天已经进来了，开口就道："神君传唤，不知有何吩咐！"他实在担心鬼府神君又交给他一件什么难办的事，那他可就惨了。

鬼府神君道："'追命判官'，本座有一件特别的事，要交给你去办。"

"追命判官"管胜天心中一紧，却也不敢拂"鬼府神君"的意思，道："不知神君需要属下办什么事？属下一定尽力而为，死而后己！"

鬼府神君道："本座近来感到十分孤独，所以想找几个女人来陪陪，你在中原多年，对这里比较熟悉，你就尽快去给本座找几个女子来吧！"

"追命判官"管胜天松了一口气，心道：原来是这事，这还不容易，对于武林高手来说，抓几个民间女子简直如捏一只蚂蚁一样容易，不出一天，即可抓到几十个。于是道："属下一定尽力办事，在一天内就可以办好！"

鬼府神君道："很好，办好这事，本座重重有赏。"

"追命判官"管胜天心中高兴万分，这事太容易办了，这次又能与鬼府神君拉近一点关系了。

正在他暗自高兴之时，忽然，有一鬼卒闯了进来，道："报神君，大事不好！"

鬼府神君大怒道："什么事值得你如此大惊小怪的！"

那鬼卒显然是直跑进来，累得上气不接下气，道："神君，确实是大事……"

鬼府神君不耐烦道："什么事？快说！"

鬼卒交出一支箭，道："刚才有人从外面射进来的！"

鬼府神君很奇怪地接过箭，一看不禁勃然大怒，道："追命判官，你干的好事!"

"追命判官"管胜天正沉浸在刚才的喜悦之中，哪料到鬼府神君突然变脸，吓得他连忙跪在地上，惶恐地道："不知属下犯了什么过错？"

鬼府神君哼了一声，将手中的箭向地下一扔，大怒道："你自己看！"

"追命判官"管胜天不安地将箭捡起来一看，头轰的一声，简直是受了重击一般，空白一片，只见箭前端的一张白纸上写道："鬼府神君，你的死期就要快到了，如果有胆量，请于十月后在泰山顶一战。"下面的署名赫然是"邱冷情"三个大字。

不是说邱冷情死了吗？怎么可能又会活过来？但眼前的事又怎么解释？他的心中一片混乱，口中不知说什么好，"这个……这个……"

鬼府神君大怒道："没什么好说的，你自行了断吧！"他对已无一用的属下，向来都是不留情的，犯了错，只能是一死。

"追命判官"管胜天咬一咬牙，举掌缓缓向头顶上拍去，在鬼府神君的淫威之下，他不敢有什么不轨的心思，更不敢反抗！

鬼府神君冷冷地看着他，一句话也没说，那眼神就如同死神一般，摄人灵魂，丝毫不会给人留下什么后退的路，那眼神之中，充满了霸气，充满了杀气，没有人可以抗拒，没有人可以反对，唯有遵从命令。

"追命判官"管胜天的双手缓缓地举到了头上，突然，他发掌猛地一拍！

"不！不我服气！我不想死！"

他一掌不是拍向自己，而是拍向鬼府神君。

他为了自己的生命，为了自己能够生存，唯有以死相拼。

一股巨大的杀气从"追命判官"的身上发出，一阵巨大的掌劲从他的掌上吐出，呼呼的风声一阵狂涌般袭向鬼府神君，在如此短的距离内，他根本来不及闪避，胸口已中了一掌。

顿时，鬼府神君巨大的身躯如风中的落叶一般被扫出十几丈远，重重地跌倒在大殿之上。

鬼府神君狂喷出一口鲜血，倒在地上，吃力地道："追……命……判……官，你……为……何……要……这……么……做？"鬼府神君吃了一掌之后，气息微弱，看来受伤不轻，似乎已经到了油尽灯枯的地步了。

"追命判官"管胜天仰天狂笑道："哈哈哈，我为什么这么做，问得好！为什么我为你做了这么多，我还要处处屈辱在你的脚下？为什么你将我当狗一般，唤过来，唤过去，甚至你根本就没有将我的生命当作一回事，我不服气！所以我要杀了你！"

鬼府神君道："追……命……判……官，这……么……多……年……以……来，我……有……哪……一……点……对……不……住……你？"

"追命判官"管胜天冷哼一声，道："别说得那么好听，你自问一下，你又有哪一点对得住我？你不就是将我当作一条狗，任你使唤，看不顺眼时就干脆杀掉了事，这么多年了，难道我是个傻瓜吗？难道我一点都看不出来吗！"

鬼府神君道："你……好……狠……心，你……已……经……得……到……了……那……么……多，却……仍……然……不……满……足，杀……了……我……你……将……失……去……一……切！"

"追命判官"管胜天狞笑道："你以为我不敢杀你，告诉你，天下现在是我的，你已经是逃不出我的手心了，我会杀掉你，然后我来统领正义门，只有我才是天下的统领，哈哈哈！"在一阵狂笑之后，管胜天双手一抖，判官笔一点，如一对灵蛇一般，向鬼府神君的胸前死穴刺去，只要这判官笔一刺入，鬼府神君的命就玩完了，天下也就落入了追命判官管胜天的手中。

鬼府神君仍然是那一副坦然的样子，道："追……命……判……官，你……这……么……做……一……定……会……后……悔……的！"

"追命判官"管胜天面目狰狞地一笑，道："我不会后悔的，绝对不会！"双笔刺向鬼府神君，在双笔上透出的功力，已经是呼呼作响，看来，他真的是存心要杀鬼府神君了。

就在"追命判官"管胜天的判官笔即将刺上鬼府神君的身上时——

这时——

突然——

就在这个时候，发生了一件不寻常的事，一件足以改变一个人的命运，足以改写一个人的生命的事。

就在一切即将成为定局，鬼府神君的生命即将完结，追命判官的判官笔即将刺上鬼府神君的身体之时。

他——当然是鬼府神君管胜天，忽然听到了一丝风声，一丝空气被划破的声音，以他多年的武学经验，他可以知道，那是快剑刺破空气时所发出的声音。

他——绝对不会是鬼府神君，忽然感到很害怕，这剑实在太快了，他根本没机会闪避，追命判官接着就看见了，他的胸口刺出了一柄明亮的剑，在剑尖处，一丝鲜血喷射而出，他的心一阵冰凉，接着就感到双手无力，那刺到鬼府神君胸前的一对判官笔再也刺不下去了，他倒在了地上，但他不服气，天！为什么！为什么对我如此不公平，他顽强地睁着双目，盯着鬼府神君，他不肯咽下这最后一口气，他死得太冤了！

这时，鬼府神君却站了起来，根本没有受一点伤，他看着追命判官管胜天，冷漠地道："我说过了，你会后悔的。"

追命判官管胜天的生命只剩下最后一口气，吃力地道："为……什……么……你……会……知……道……我……会……偷……袭……你……？"说到此处，他的气息几乎全无了。

鬼府神君道："你自己告诉我的，你不该在偷袭前，露出那凶狠的眼神！"

"追命判官"管胜天一愣，道："唉……只……怪……我……百……密……一……疏！"可惜他并没有说完，他看见那柄剑从他身体里飞快地退了出去，接着，一股鲜血狂喷出体外，一阵巨大的痛苦袭来，他什么都不知道了，在他生命的最后一刻，他想知道是谁杀了他，只可惜他始终没有看见，可怜"追命判官"也算是一代枭雄，就这样不明不白地死了。

鬼府神君面无表情地道："来人，将这里清理一下！"

不一会，进来几个武士，抬走追命判官管胜天的尸体，将血迹清扫一遍，"追命判官"管胜天即从一个活生生的生命，消散得无影无踪了。

只见牛头手提一柄长剑，任鲜血从剑尖上一滴一滴地往下流，他面无表情地道："该死的人，最终总会是死的。"

鬼府神君道："牛头，你对此有什么看法？"说着一指地上的箭。

牛头一愣，弯身拾起那支箭，看了一会儿，道："我觉得此事有些古怪。"

鬼府神君道："有什么古怪？"

牛头沉吟道："我也说不清楚，我也不知有什么古怪，但我总觉得有些不对劲，邱冷情没理由这样明目张胆地向我们挑战。"

鬼府神君道："我也觉得不对劲，但邱冷情那小子又能玩出什么阴谋来呢？难道他会……"鬼府神君并没有说下去。

牛头道："如果他在泰山埋下炸药之类的东西，与我们同归于尽呢？"

鬼府神君道："不错，这的确值得我们去提防，如果中计了，我们的损失最大！"

牛头道："神君放心，这几天里，我会派出人手到泰山侦察一下，防止他做什么手脚。"

鬼府神君道："好，这事你一手去办，千万不要中了邱冷情那小子的计！"

牛头道："是，神君，属下这就去办！"说完，人已经一溜烟地不见了。

鬼府神君在鬼府大殿上，仰天道："邱冷情，我知道你没死，没想到，你却这么张狂地来向我挑战，这次我就要你有来无回，泰山即是你的墓地！"

一阵阴冷的声音从鬼府神君的口中吐出来，没人能知道他现在到底在想什么，但有一点却是可以肯定的，他一定要杀死邱冷情，扫除一切他认为的所谓的阻拦他大计的人。

时间一晃而过，十天很快就过去了。

鬼府神君带领一大队人马在泰山的脚下静静地等待，静静地等待，他在等待的是牛头，他不愿自己有一丝一毫的损失，必须小心翼翼地行事，决不能让邱冷情会有机可乘，决不！这就是他行事的风格！

在山上的迷雾中，有几个人如闪电一般向鬼府神君飞驰而来，正是牛头一行。

鬼府神君问道："牛头，泰山之上可有什么阴谋？邱冷情可曾布下什么陷阱？"

牛头道："神君，泰山上什么都没有，邱冷情在这几天根本就没有到泰山来。"

鬼府神君道："邱冷情那小子到底在搞什么鬼呢？他竟然这几天都没有露面！"

牛头道："难道他学到了什么武功，自信有能力打败我们！"

鬼府神君狂笑道："哈哈哈，他一个人又能弄出什么大风浪来！"随后下令道："你们全部守在四周，不让任何人靠近，或者下山。"

众手下齐声道："遵命！"即全部四散去了。

鬼府神君对牛头道："你就带部下随我一起上泰山。"

牛头道："神君，不多带一点人吗？"

鬼府神君道："哈哈哈，不用了，只凭邱冷情一个人，我已经足够将他击碎于手掌下，又何必兴师动众呢！"

牛头在鬼府神君的要求之下，也没有办法，只好依其言上泰山。

在巍峨的山路之上，一路树木葱郁成荫，各处奇伟的山石更是非同一般，不愧是五岳之首，站在泰山顶上，让人油然而生出了一种普天之下，以我为尊的念头。

鬼府神君道："真不愧为王者之山，果然给人一种非同一般的感觉，那邱冷情居然选择在此处与我决斗，可真是吃了雄心豹胆，既然他敢来，我就让他有来无回。"

牛头接口道："不错，我实在有些想不通邱冷情那小子怎么会有如此大的胆，竟然敢公然向我们挑战！"

鬼府神君道："不管如何，他居然没有设下什么陷阱，必定是有什么依托，物有所依，哼！不管怎么样，我一定要将他杀了，扫除我一统大计中的所有绊脚石！"

在不知不觉的言谈中，鬼府神君一行已经行到了泰山顶上，在泰山之顶，异常险峻，有种一览山水的强烈感觉。

不过——邱冷情却没有发现。

鬼府神君道："邱冷情怎么还没有来呢？莫非他今天会失约不成！"

牛头道："依属下之见，应该不会的，咱们还是再等一等，他应该会来的。"

大约过了一顿饭时光，在远处的山雾中，隐隐约约有一条人影在向泰山上飞奔而来，那身影矫健如飞，直向泰山之顶电射而来。

鬼府神君道："该来的人终于来了。"话音刚落，那身影的距离已在百丈之内了，只在短短的一刻钟里，那条身影已到了十丈开外，那个身影正是约斗鬼府神君的邱冷情。

牛头一语不发地盯着邱冷情的身法，这时忽然开口道："这小子几个月不见，果然功力增加了不少，看来他确实是十分自信，不过我看他是太高估自己了。"

鬼府神君开口道："邱冷情，你很幸运，在我派人追杀之下，一次又一次地逃脱，一次又一次地劫后脱险，今天你可就不会那么幸运了，我会将你的性命留在泰山之顶的！"

邱冷情道："鬼府神君，我既然敢约你决斗，自然有把握可以杀你，今日之战，就是我们了结这一切恩怨之战，我要你付出代价。"

鬼府神君嘿嘿笑道："小子，别自不量力，拿点真功夫出来，才有资格说这话，你不要过分狂妄，如果用泰山作为你的墓地，也不错吗！"

邱冷情道："今日我要为天下武林讨回一个公道，不将你杀死，我誓不为人！"此几句说得掷地有声。

鬼府神君仰天大笑，道："好，小子，今天我就要你死得心服口服。"鬼府神君忽而转身对牛头等人道："没有我的命令，不可以插手我的比武。"

牛头和众属下立即齐声道："是，属下明白！"说完，全部退后到三十丈开外。

鬼府神君悠然一转身，保持着一副很清闲的姿态，道："邱冷情，可以开始了。"

邱冷情盯着鬼府神君的每一个动作，虽然是在不经意间，却仍然流露出一种无上的守护之势，他无意中站出的那个姿态，同样是一个完美无瑕的守势。

邱冷情心中一冷，怎么几个月不见，这个魔头的武功远远超乎意料之外！他缓缓地走到鬼府神君的十丈开外处，缓缓地抬起了双手。

鬼府神君亦是紧紧地盯着邱冷情的每一个动作，虽然他是在随意地走路，居然没有露出一丝破绽，根本找不到机会进攻，就连他最后站定的姿态亦是一个完美的，可攻可守的姿态，鬼府神君冷然道："邱冷情，你的武功果然进步了不少，但遇上了我，你仍然是死路一条。"话音一落，人已跃身飞起，抬手就攻出了十掌八腿。

邱冷情仔细地盯着鬼府神君的身形，在鬼府神君的身子才一动间，他即已化作了一串十分模糊的影子，速度快得简直让人不敢相信，但这毕竟是发生了。

就在鬼府神君刚一发招的时候，邱冷情立即感到，从鬼府神君的身上散发出一种无比强烈的压抑人的气息。

——那是从他身上所发出的杀气。

第十九章

邱冷情感到从前后左右上下都有一股暗劲袭来，这是鬼府神君出招的自然气息压力。

他依然站在那里，平举着一只手动，也不动，静观鬼府神君的招式变化，阵阵的压抑感越来越经了，几乎已经快要袭到身上了，邱冷情才猛地脚步一踏，身形立即如一条蛟龙一般在风中消失，抬手一招，已经是使出了"分风荡水掌"中的一招——"闻风起舞"。

手随气动，已经挡住了鬼府神君的十掌，同时，脚下一动，已是出了一招——"勇断激流"，在刹那间与鬼府神君对了八腿。

鬼府神君不曾料到，邱冷情居然在举手投足间便破了自己的一轮攻击，和他对了八腿，身子不由向后退了一步，不禁道："好小子，武功进步确实够快，你再接我一招看看。"

他已使出了鬼府的绝学，阵阵的阴风顿时从他身上散发出来，给人的感觉如一个魔鬼一般，每一丝气息均给人一种魔一般的感觉，让人心惊胆颤，鬼府神君抖手已是绝招之一，正是"神鬼齐泣"。

邱冷情和鬼府神君硬对八腿时，硬生生被逼退一丈，心道：好强横的内力！心中已将自己与之作了一个比较，确实要高自己一筹，不过，他却没有一丝的退却之心，相反，这更激起了他无边的斗志，无穷的战意。

正在他退到最后一步时，鬼府神君的"神鬼齐泣"已经当空拍到，一股巨大无比的压力从空中传来，隐隐还有丝丝的阴风在呼啸，扰乱其心神。

邱冷情心道：还是先避其锋为妙！身形一个急旋，如蛟龙升天一般，飞身而起，已避开了鬼府神君的攻击，绕到了鬼府神君的后下方。

他的身子还在不断地上升，他的手亦是没有空，抬手已是一招"风转神移"，疾袭鬼府神君的背后，如若他护背后话，脚下必然露出空门，要将脚下完完全全守好，那将势必中一掌。

鬼府神君在使出一招"神鬼齐泣"之时，人在半空，忽然发现邱冷情的身形一晃，不见了，心中顿知不妙，人如飞云一般，凌空一顿，这时，他忽然感觉到了邱冷情身上所发出的无边的战意，心中惊道：好顽强的小子。

同时，他同样感到了从背后传来的掌力，在半空中，他心念一闪，若是护背，必定失脚下，护脚下，背部必受击，无论哪种选择，对他来说，都会失掉先机，但他不愧是鬼府神君，在如此紧急的情况之下，一招"神鬼无踪"，居然已经破了邱冷情好不容易寻来的一个机会。

邱冷情的掌快要击到鬼府神君的背上了，在这一瞬间，他只觉从鬼府神君的背上生出一种极强的反震之力，手中的掌劲几乎无法拍下去，而鬼府神君的人影在掌劲的压迫之下却忽地向前飞，不，应该说是飘出了几丈远，脱离了攻击的范围。

邱冷情心中愕然，这厮的武功竟然如此高强！就在他的脚步刚刚从天空落下之时，飘飞到几丈开外的鬼府神君忽而又一个回旋，飘回来了。

人在半空大喝一声："受死吧！"当空一记无上的掌力已如浪涛般卷向了邱冷情，正是一招旷世绝学"天昏地暗"。

邱冷情的脚步刚刚站稳，陡闻传来的声音，一股比刚才任何一掌都重的压力从空中传来，漫天都是鬼府神君发出的掌影，挡住了射下来的日光，他的身子立即陷入了天昏地暗之中。

在无边的黑暗里，耳边到处是风声，简直辨不清哪里才是真正的攻击处，而且丝丝的阴风直吹得人遍体生寒，他仍然在其中矗立不动，他知道，他根本避不开此一击，根本别无选择，只有静观其变，找出真正攻击的那一掌，然后才有可能有一丝生存的机会——与之硬对一掌。

鬼府神君见邱冷情静静地立在那里，一动也不动，心中也不禁称赞：果然有两下子！天昏地暗一招，根本不可能避，只有硬拼这一个办法，只要你一躲，所有的虚招都将变成实招，千千万万的幻影将如影而至，躲的结果只有一个——中招，鬼府神君见邱冷情已感觉出破他此招的方法，不得不佩服邱冷情的应变能力，但掌上却是更加用劲，无比汹涌的掌劲从天狂轰而下。

邱冷情身在其中，仍然是静静地等待，等待，等待最后一丝战机的到来，他知道，如若不能成功把握好这一掌，他将败得很惨，败的结局只有一个——死。

"不行，我不能死！"他在心中狂呼：我不能就这么死去，我还有许多事要办，还有许多未完的夙愿要去实现，天底下还有许多人在等待着我去救，天下苍生的希望就在我身上，我的双肩上有着太重的担子——所以，我不能死，不能倒下！

在这生死一线的时候，邱冷情的心中反而是出奇的宁静，甚至是出奇的清楚明亮，他仍然在等待，一掌的精妙之处在于它的无懈可寻，无懈可寻的最大优点就是，不会给对手一丝一毫的机会反抗，但是无懈可寻本身却也是一种缺点，他不仅封死了对方，却也封死了自己，武学的最大遗憾就是，任何一种武功，最大的优点即是他最大的缺点，武学的破绽也即是在它最大的优点之中。

正如一个笼子，虽然可以隔绝外界的危险，却也将自己与外界隔绝，阻断了自己的一片天空，假如自己的内部被人攻破，那么这个最严密的优点也会将自己的身子锁在里面，构成最大的威胁！

掌风仍在逼近，在逼近，已经差不多袭到头上，邱冷情依然没有动，他提起全身的功力，在忍受那狂乱的掌风刮痛他的剑庞、他的身体，他依然没动。

终于，掌风已经压到了他的头顶之上。

终于，在掌影所造成的遮天盖日的阴影中，露出了一丝光亮。

在这无边无际的黑暗中，这一线光亮犹如一个惊天的闪电，划破了黑暗，撕开了天空，照亮了大地。

终于，他抓住了这唯一的一点生机，这丝光亮正是这掌的全部精华所在，因为他掌的翻动过于快，快得可以造成无比多、无比纷繁的招式，叫人防不胜防，可也就是因为过于快，所以才让掌劲过于飘忽，所以这才露出了一丝光亮，这一丝光亮就是这一招的精华所在，同时，不可避免地，也是它的破绽所在。

终于，他动了。

终于，邱冷情动手了，他提起了全身的功力，静静地出动了，就在那一丝光线闪过的一瞬间，他奋力地拍出了一掌，在那一丝光线闪过的那一刹那，他对着那一丝光线的前方拍出了一掌，那一掌的后着就是在那一丝光线的后方，邱冷情借那一丝光线已经看清了那一掌的后着，他的出掌正在那里。

"轰！"一声惊天的巨响在空中响起，所有的阴影在一瞬间消散得无影无踪，两人的掌实实在在地碰在了一起。

一阵奇大无比的掌劲从鬼府神君的手掌上透过来，一阵无法比拟的恶心在内腑内狂涌，几乎让他口吐鲜血，巨大的掌力将他的身体狂猛地向后推了十几丈远，才停下来。

在四散的掌劲中，激起因两人的掌劲而裂碎的巨石，涛天的掌风将四周的巨石粉成细碎的石沫，向四周辐射出几十丈远，将牛头带来的十几个手下逼得四处躲避，这些石沫在两大绝世高手的掌劲压迫之下，简直如同石箭一般，稍不注意，都有可能受伤。

鬼府神君在他天昏地暗的精华使出来后，根本无法相信，邱冷情居然把握住了他的下一着变化，两股巨大的掌力撞在空间里，他的优势在于他是从上而下压迫邱冷情，但他的吃亏，却也是吃亏在此，他虽然是从上而下直压下来，却苦于双脚没有支持点，在巨大的反震力作用下，人向空中翻飞好几丈远，才站稳脚步，却也压制不住内腑狂涌的气血。

鬼府神君略一运气，平复内息翻涌的气息，双目放出精芒，道："邱冷情，好小子，想不到几个月不见，你的武功进步了这么多，而且武功路子都改变了，我真是低估了你，若让你今日走脱了，日后，你的成就一定可以凌驾于我之上，但很可惜，你今日死定了。"

邱冷情在几丈远处的地方站定，压抑住即将喷出的鲜血，笑道："鬼府神君，你别太得意，今日死的一定会是你。"

在他的"你"字一吐之际，人已如狂飞的大鹰一般，向鬼府神君扑去，若总是处于挨打的局面，那他真的可能会被干掉，所以他必须抢回主动权，必须抢先进攻，杀死了敌人，就是对自己最好的保护。

牛头在一旁看得触目惊心，他与马面两人合攻鬼府神君，都不能占得一丝的上风，而邱冷情在几个月前，与他的武功是差不多，甚至还不如，这几个月的逃命生活，居然将他的武功提升了这么多，这种进步的速度，可真谓是一日千里，若照此速度下去，不出一年，他的武功将大大超出鬼府神君，如此来说，若错过这一次杀邱冷情的机会，让邱冷情逃走了，那今后，他们的所有霸业将尽数毁在邱冷情的手中，而且他们的结局只有一个——死，想到此处，牛头不禁全身大颤，心中直打鼓，全身冒冷汗，唉，这件事太可怕了。

鬼府神君一笑，道："喔，居然开始主动进攻了，今天我就让你死得口服心服。"他的话虽如此狂妄，但是手底下的功夫却是不慢，几个月以前，在君山的邱冷情，他见过，但仅仅过了这几个月，面前的这个邱冷情完全变了一个样子，与几个月前根本就是判若两人，武功不仅大有长进，单是对敌经验，也长进得神速，武功路数亦有很大的变化，这点不得不令他对邱冷情的实力作出重新的评估，作出正确的判断。

邱冷情心里明白，眼前唯一的生机就是——将鬼府神君击倒，否则他只能是死在这里，所以他必须不停地进攻，不停地进攻，只有不停地进攻才是他生存的机会，在他的气息刚一平定之际，他抖手，已经拍出了一招风中流飞，在他的身形才一动的时候，手中的掌风早已脱身而出，人如蛟龙，向鬼府神君冲过去。

鬼府神君在与邱冷情硬对一掌后，胸中也是气血翻涌，哪料得邱冷情恢复得这么快，在他的身形刚站稳之际，邱冷情的身形已如一条龙一般，向他冲了过来，掌影如龙卷风一般，在他的身边围绕，更可怕的是，在风中，却隐隐透露着一丝如水一般的绵绵掌劲，这股绵劲如液体一般，可以随意改变形状，可以随意冲到任何地方，伤人于不备之中。

鬼府神君大叫一声："好掌法！"在他一统中原所经历的所有对手中，除了武圣花志逸和武林同盟会盟主恨武生外，这次是他遇到的最强的对手，一个习武之人最大的悲哀莫过于失去了对手，能有一个如此强的对手，对其来说，未尝不是一件好事，不管是敌是友。

掌法虽妙，但面对的毕竟是鬼府神君，若在几个月之前，他未习《出尘心经》上的武功，这份功力或许可以令他难上一难，但今天的他武功却也是大有进步，在面对无上的掌劲逼过来之时，他立即出掌吐劲，一挥一引，身子紧随着邱冷情发出的掌风一荡，人已飘过了三尺。

邱冷情刚刚掌劲一吐，只见鬼府神君的人影在眼前不住晃动，只在对方手的一牵一引之下，手上的掌劲已经狂泄而出，但经鬼府神君的收劲一牵引，立即偏向了一边。

鬼府神君就在那一刹那间同时出招了，比刚才更厉害的一记杀招，"天崩地裂"出手了，一股气浪从空中撕为两半，向邱冷情回旋夹击而去，却另有一股气浪在地下分作无数的劲力，向他的脚下狂轰，只要他的脚下有一丝松动，他即将被头顶的劲道击个正着。

邱冷情早知鬼府神君的武功不好对付，但也没料到武功会有如此之高，在自己的掌劲被牵引向一边时，自己好不容易占到的先机却又被鬼府神君抢回去了。

现在他面临三个选择，他可以退，但要想完全退出这一掌的袭击，似乎不大容易，他还可以对攻一掌，他也没有把握能接下比方才更为厉害的一记杀手，他还有第三个选择——

就在鬼府神君的掌即将拍上邱冷情的身上时，邱冷情身形却意想不到地动了一动，这一动真的很意外，让鬼府神君亦摸不透，他既没有退，也没有对攻，而是一闪身，闪到了他自己刚刚被鬼府神君引开的那一团巨大无比的掌劲之中去了，怎么回事？

这一举动令鬼府神君大吃一惊，习武的人最怕的便是被自己的功力击中，比如说，走火入魔即是自己的功力不受控制，击伤了自己的心脉，被自己的功力击中，受的伤远远比被别人的功力击中伤得严得，所以任何人都害怕自己的掌力被人反震向自己的体内。

邱冷情此举不是要毁灭自己吗？被自己的功力击中，那滋味绝对比被别人的功力击中难受，这是一个可以说是人人都知道的常识，邱冷情为何还要向里钻呢？

答案只有——他不想活了！

第二个就是——

邱冷情在向自己发出的那团功力中一冲，突然来了一个转身，"轰"的一声轻响，他的功力完完全全地从他背后打了进去。

鬼府神君亦是心中狐疑，不明白邱冷情在弄什么鬼，但他却是志在杀了邱冷情，不管如何，他都一定要下杀手，他的一掌天崩地裂依然毫不减慢地拍向了邱冷情。

而就在这个时候，邱冷情的双掌飞快地向前一送，硬生生地接住了他的一掌。

鬼府神君心中一喜，他的功力本来就胜过邱冷情，他巴不得邱冷情与他对拼内力，这样是可以占到上风的，更何况，刚才他还被自己发的内力击伤了，这形势对他更加有利，他心中大喜，掌上的劲道更加强猛了，说不准此举是杀邱冷情的好机会。

邱冷情会死吗？鬼府神君如果够聪明的话，就应该发现，邱冷情的脸色一片潮红，绝对不是像受了内伤的样子，如果他被自己的功力打得受了内伤，脸色绝对应该是一片苍白，但是邱冷情不是，也就是说，邱冷情根本就没有给自己的功力击伤，只可惜鬼府神君并没有注意到这一点。

"轰……"一声比刚才更为巨大的响声在泰山顶上爆起，四周的岩石根本就受不了如此巨大的冲击力，纷纷四碎，向山下滚去，而他两人所处的山头，亦是摇摇晃晃，几乎就要倒下去一般。

在对掌之时，鬼府神君就发现了他所犯的一个致命的错误，邱冷情根本不像受内伤的样子，功力不仅没有减弱，而且增强了许多，在他的掌力与邱冷情地掌劲相撞之时，相互抵消了一大半，可就在这时，邱冷情的第二掌劲却毫不留情的将他剩余的一点掌劲轰散，一掌打在了他的身子。

鬼府神君睁大眼睛，几乎不敢相信眼前的事实，"怎么会是这样！"

只有在君山之上，他才被武圣花志逸击中过一次，今天居然被邱冷情击中了。

邱冷情冲进自己的功力范围内，他一丝不漏地完全借用了自己的掌力。

这就是他冲进自己掌劲里的第二个答案，也就是他的第二个选择——借力反击。

在一招得手之中，他又挽回了失去的先机，但他这招却只能用一次，用了一次之后，别人就会知道，他不会被自己的内力所伤，却可以借力反击，第二次当然就不会上当了，他还有如此幸运的一次吗？

在先机刚一夺回之际，邱冷情立即抓住机会，开始了另一轮的狂轰乱打，他必须全力打败鬼府神君。

人如蛟龙出水，又是几记绝招当胸向鬼府神君拍到，一招水中洞天，立即将鬼府神君团团围住。

"水中洞天"一出，无数的掌影如流水一般，无孔不入地围住了鬼府神君，但更加厉害的一招却在另一番洞天之中，如流水一般的掌影之中隐藏有一股强大的劲风，直吹向他的身本各部分，而且随着水势的不停变换，那股风的方向、强弱都在不停地改变，令人根本无从捉摸。

一时间，鬼府神君却也弄了个手忙脚乱，在刚才一时大意之中中了邱冷情的一掌，这一掌虽然不能令他受重伤，却也是够让他的内息一滞，全身的功力不畅。

所以在邱冷情的一招"水中洞天"无可捉摸的攻击之下，他居然也被弄得手忙脚乱，几次又险被邱冷情发出的掌击中。

不过，他的功力确实比邱冷情高出了一截，在邱冷情抢攻之下，疲于应付，但是经过了一会儿，他的强大内力已在体内走了一遍，打通了各处受滞的穴位，在一瞬间，便恢复了全部的功力。

在恢复全部功力后，鬼府神君的活动立即变得迅速起来，身形也不再像开始处处受制，身形如鬼影，在飘荡，邱冷情的掌风是一丝也碰不上他，他还在伺机反击。

邱冷情心中道："好厉害的功力，这么快就从那一掌中恢复了，看来他比我想象中的更为可怕，弄不好今天可能会命留于此。"但他的心却在沸腾，即使是命留在此，他也无怨无悔，因为，只要能和鬼府神君在泰山一战，他就完成了他的计划，救了天下苍生，哪怕是死。

将生死置之度外的邱冷情战意又迅速地提升到了另一个阶段，几乎漫天的空间都弥漫了他那无穷无尽的战意，就连在几十丈外的牛头亦感到了强烈的压抑，他的心中十分恐慌，心道：好可怕的杀气！

鬼府神君正在伺机反应，陡然感觉到邱冷情的战意忽然又一次提高了一个阶段，这种狂妄的斗志让他都觉得有一丝的恐慌，他在心中不禁道：好狂的小子！

不过，对于他这种超级高手来说，除非你能从气势上完完全全地压倒他，否则，强大的战意只会挑起他更加强大的战斗力，而不会给他造成任何威胁。

鬼府神君虽然是觉得邱冷情的战意可怕，但他的心却反而狂喜了起来，能拥有这样的一个对手确实是一个习武之人的幸事，他心中念头一动，手中的招式一换，更加狂猛的招式随之汹涌而来。

邱冷情的招式在不停地向鬼府神君狂猛地攻击，哪知，突然觉得反抗之力变得十分强大，在每一招出击之时，均觉得十分吃力，他的心头十分震惊，知道自己的攻击在一瞬间若有丝毫的松懈，一定会让鬼府神君有机可乘，失掉好不容易夺回的先机。

鬼府神君亦是同样想伺机夺回失去的先机，他的心亦随着邱冷情无比高昂的战意而沸腾，他以自己有这样的一个对手而感到骄傲，他要以自己的实力证明他有能力击败对手，他有能力杀了他，他的招式一换，变得更加狂猛了，而且——快，不单是快，还是奇快。

邱冷情的一招风动水连刚好出手，在无边的狂风中，如水一般的绵劲不断地从四面八方向鬼府神君袭来，让他根本没有任何时间来躲避，亦没有机会躲避。

鬼府神君大叫一声："来得好！"手中的双掌一推，顿感手掌上透出一股奇大的吸力，在空中形成一个巨大的空洞，将邱冷情发出的内力全部吸往了一边。

邱冷情的双掌正要向前猛击，哪知却突然被鬼府神君发出的掌劲所吸引，在鬼府神君无比强大的功力之下，那个冰寒的吸洞，散发出惊人的吸力，任何掌劲都不禁为之一滞，而且，散发出的奇寒之劲同样让他的手在风中自然地生出一种在比武时，特别是在这种以生命作为代价的比武中出现的自然反应——打颤。

在如此强大的吸引力之下，邱冷情发出的掌劲不由向一边倾泄而去，本来是无隙可寻的"风动水连"也出现了一丝破绽，一丝一闪而过的破绽，一个只存在了千分之一秒的破绽。

这个破绽自然是鬼府神君制造出来的，他制造这个破绽的目的就是要扳回主动攻击权，虽然这个破绽只出现了那么一瞬间，但对于他来说，有这么一瞬间已经足够，只需这么一瞬间，他就可以做许多的事。

对于一个超级高手来说，只怕是不露出破绽，只要露出了破绽，都将给他机会，给他一个制胜的机会，鬼府神君是一个超级高手，这个破绽，也足够让他有机会扳回局面。

鬼府神君的步子一动，无与伦比的鬼影步法已在脚下踏出，身子一旋，早已出了邱冷情一掌所能波及的范围，他现在要做出的一件事就是扳回失利的情形，更得抢回先机，然后用自己的力量击杀邱冷情。

邱冷情只觉眼前的人影一晃，鬼府神君的人影已经不在眼前，心知不妙，急忙身形一退，身如苍龙戏水，同时双掌一封，欲作守势，他知道先机又再一次失掉了。

虽然他退得奇快，但已经是来不及了，就在他刚刚意识到不妙，身子向后退之时，鬼府神君已如鬼魅一般跟上了他的身影，悄无声息地拍了一掌"神鬼泣"。

邱冷情刚一退，已经感到了一股很奇怪的掌力传了过来，既不是刚猛，也不是柔和，既不是炙热，也不是寒冷，既有形，却又无形，邱冷情心中不禁道：到底鬼府神君还有什么武功没抖出来呢？在这几招之中，鬼府神君从没有一招运用了相同的武功，如此看来，他的武功可真是深不可测，但他仍然在足够的战意支持下继续战斗。

邱冷情虽然觉得不可思议，不可能有人能攻出如此怪异的掌劲的，可是这一掌却已经是攻到他身旁了，虽然是若有若无，他却可以清楚地感觉到此掌一定是存在的，一定是有这一掌的掌劲袭到了身边。

这一切都发生在电闪之间，根本不容多想什么对策，邱冷情毫不犹豫地双掌一拍，迎着"神鬼泣"的掌风拍出了一掌。

可是在刚一拍出之时，他即知道，他犯一个错误，一个很致命的错误。

他发现，他的判断错了，就在他一转身，对着他所感觉到的那股力道拍出一掌之时，发现他的感觉居然是错误的，在他感觉的方位上，既没有任何掌劲，也没有人在，双掌及掌上的功力全部消散在空气中了。

在刚才的掌劲里，突然出现了一个巨大的吸洞，将他的功力不断地吸进去，他的心中一惊，怎么会这样呢？他的身子不由自主地向前猛冲了一步，被那股巨大的吸引力所吸纳过去，一冲而进了数十步。

在这数十步之间，鬼府神君已经毫不留情地在一瞬间从空气中现身，紧接着，双手已经在一刹那间拍出了"神鬼泣"的掌劲，刚才的假象正是"神鬼泣"的前奏，只是为了扰乱敌人的心神，就是受招者在前奏之力之下受到了纷扰，真正的杀着就会在那一瞬间发出。

邱冷情的身子才一动，立即感应到，在这一招之中，真正的杀着一定还在后面，他凝神稳住下身，双掌在刻不容缓间向虚空拍出了一掌，以十二成的功力向那一片虚空拍出了一掌，他这一次绝对相信他的感觉，在那一个方向绝对是真正的杀着。

果然，他的判断完全正确，若不是在如此准确的防备之下，他绝对会中一招，但在如此快捷准确的判断之下，他再次从险境中挽回了一招。

"砰！"又是两掌撞在一起，这一次的比拼中，邱冷情的功力显然不如鬼府神君，在四散激荡的劲道之中，邱冷情的身形猛然向后飞退了十几丈，仍然止不住后退的形势，重重地撞在山崖之上，而铺天盖地的劲道亦同样激起满地的沙石，在空中四散，在这一瞬间阻挠了一下鬼府神君的视线，才使他没有乘胜攻击。

而在趁这场中的飞沙走石尚未完全消散之时，邱冷情亦同样在迅速地调息，恢复自己的功力，他知道鬼府神君的下一击同样要来了。

果然，就在飞沙走石挠乱了鬼府神君的视线的那一刹那，鬼府神君大喝一声，双手更是发出无上的功力，向漫天的沙石中劈空击出一掌，顿时，漫天的沙石全部被鬼府神君发出的狂劲扫开，接着，鬼府神君对着邱冷情发出了最狂猛的一招——神鬼灭。

神鬼灭一出，天地为之变色，风起云涌，将天地都遮盖住了，满天的黑暗不透一丝的光亮，似乎真是世界末日到来了，真的是神鬼俱灭。

邱冷情已经是不可避免，根本没有办法躲避这一击，他唯有硬拼一招，在无边无际的掌劲轰到他的身前之际，邱冷情亦使出了他最厉害的一招——风雨飘摇。

一声惊天动的巨响再一次在两人之间响起，四周的岩石根本受不了如此强大的冲击之力，地面亦随之碎了，泰山之巅的一大块山坡，随两人的掌劲所击，断裂一大块，向山下滚去。

邱冷情双掌硬接之下，顿时受伤不浅，本来他已经是受伤在身，根本无能力在接这一招神鬼灭，他借身子将神鬼灭的一半功力转到了身后的岩石上，但他仍然是受了伤，一口鲜血狂涌地从口中喷出。

两人所立之处亦是被巨大的掌劲所毁，两人一齐随着巨石向山下滚去，在一旁观战的人根本无法，亦无力去阻止，只有紧跟其后，远远地保护鬼府神君，不能让鬼府神君出一丝一毫的差错，但面对世上两大绝世高手的比试，他们在一旁只能是望望而已，谁也没有能力插手，面对如此高强的武功，他们只有干瞪眼的份。

邱冷情在随着山石向下坠落的时候就加紧时间运气，以期尽快在短时间内恢复战斗力，达到最佳战斗状态，他知道鬼府神君一定会乘胜追击的，在这块巨大的山石一着地之时，他必须全力以赴，才有可能战一战。

"砰"，巨石终于着地了，就在巨石着地的那一瞬间，鬼府神君的人影忽然消失了，如果非常准确地说，应该是快得连人的眼睛都看不见了，只有一阵劲风在四周环绕，在山风的吹拂之下，人根本分不清哪是山风，哪是鬼府神君的影子在移动中所发出的风，总之是鬼府神君以极快的身法，在人的眼睛里消失了。

鬼府神君心中对邱冷情同样是推赞有佳，能连接下他几招重击的人在世上已经不多，而且邱冷情虽然是受到重伤，但却没有一丝一毫的退却之心，反而更加斗志昂扬，一股从身体的最深处发出的战斗意识，可以使鬼府神君莫名地感到兴奋，毕竟好久没有遇上一个好对手，痛痛快快地对打一场了，他也从未感到有今天这么痛快。

是以在巨石从山上落下，刚刚平稳之际，他已经使出了他的必杀绝技——鬼影无踪，以此身法在飘动，当今世上，根本无人能看得见，所以此招一出，他必定会有更厉害的杀招在后面伺机出动，并且一击杀人。

邱冷情知道鬼府神君在巨石着地后一定会有狠狠的一记杀招，但在落地后他还是大吃了一惊，在巨石刚一着地之际，他已经发现鬼府神君的身影不见了，但他立即明白这并不是一个好的征兆，失去了敌人踪影的战斗是很可怕的战斗，因为敌人在暗处，可以随时向你出招进攻，而你却始终在明处，只有挨打的份，对于这样的战斗，处在明处是最容易受到攻击的，怎么办？

就在鬼府神君正暗自得意，可以一招击杀邱冷情时，他忽然很吃惊地睁大了眼睛，似乎是不相信眼前发生的事，的确，眼前的事让他实在是不敢相信，这件事情太匪夷所思了，他看见了。

邱冷情在失去了鬼府神君的身影之后，立即作出了判断，鬼府神君的速度实在是太快了，那步法可以说是绝世武功，要想取胜，有两个办法，其一即是以快对快，将自己的身法速度提高，变得比鬼府神君的速度更快，其二就是能够知道鬼府神君的身影所在。

以步法的速度来说，邱冷情绝对不能与鬼府神君比拟，他早已受了内伤，功力绝无鬼府神君那么绵长雄厚，而轻功的速度却是需要以内功作基础的。

以第二个条件来说，若要知道鬼府神君的身影在何处，可以用眼睛看，但现在鬼府神君的速度早已超过人的眼睛的反应，所以，用眼睛看是行不通的，还可以用耳朵听，以耳朵听其身子在空中翻动的声音，但此时却有呼呼作响的山风之声，是以扰乱他的听觉，还有一个方法，就是用身体去感触，用身体与空气的接触来感应空气的流动，人的身影一动，必然会造成空气的流动，只要是身体与空气的接触很好地把握，就可以很容易地把握好对手在空气中动作的方位。

邱冷情选择了用触觉来感应鬼府神君奇特的步法，用身体的讯号来告知自己对敌人的运动方向把握，在那一瞬间的判断里，他本已明白，眼睛和耳朵已经是不能用了，用眼睛和耳朵根本就无法知道鬼府神君的位置。

在他作出选择之时，他这时作了一个令所有人都奇怪的举动，一个怪得不能再怪的举动，他用手上的指力将自己身上的衣服撕碎，然后用指力在身上弄出一条条的伤口，让丝丝鲜血不住地外流。

鬼府神君看到邱冷情的这个举动大吃一惊，他这是干吗，他干吗要自残身体呢？难道是练了一种魔功？鬼府神君一时也猜不透邱冷情此着到底是为了什么，倒也不敢轻举妄动。

又过了一刻钟，鬼府神君发现邱冷情依然只是站在那里，并没有什么变化，至少从他身上散发出的气息来判断，他依然是处在一种受伤的环境里，功力依然是与刚才相若，甚至由于受了内伤反而有所下降，他现在也不再顾虑许多了，必须尽快出招杀了邱冷情，以免夜长梦多。

心念一定，左手一抖，一股漫天的劲力从天而下，如一柄狂刀一般劈向邱冷情，因事出突然，事先一点征兆也没有，仿佛是在空中突然出现了一把无形的刀，向邱冷情劈来。

在这万分紧急的关头，邱冷情的嘴角忽然露出了一丝微笑，那是一种死神般的微笑，正当那狂猛的刀气即将砍上邱冷情之时，他忽地一个转身，刚好把握住了那一刀之间的空隙，身子一侧，已经从那一线微小的空隙中逃脱了，并且身子一动，已经飞快地向一个空无人影的地方轰出了十几腿，每一腿都劲道十足，呼呼的风声顿时大作，这十几腿的功力不可小觑。

鬼府神君的一招无形刀出手，满以为可以劈中邱冷情，哪知，邱冷情就像背后生了眼睛一般，飞快地反应了过来，以绝无仅有的精妙步法避开了这致命的一击，而且攻出了十几腿。

若是在外人看来，邱冷情攻出的十几腿无疑是败招，因为那里根本就什么也没有，但看在鬼府神君的眼中，却是足以令他想破头脑也想不明白，邱冷情那看似毫无用处的十几腿刚好封住了他随后即将要变换的十几个方位，这十几腿就将所有的后着全部封死了。

鬼府神君大吃一惊，他的所有后着全部被封死了，若要想有个突破的话，必须与邱冷情硬对一招，但他却是强弩之末，而邱冷情却是蓄势而发，他绝对占不到便宜的，不过现在他的后着全部被封死了，已逼上了绝路，也只有硬拼一招。

"砰！"在那一瞬间，鬼府神君同时踢出了一腿，但由于他是在内力不济时出的招，一下子被踢飞出三四丈远，一股巨大的内力在一瞬间窜进体内，顿时一阵气血翻涌，内息不调。

邱冷情一招得中后，却也没有趁机进攻，他的内伤在勉强提力攻击后又进一步加重了，所以他不得不停下来仔细地提气疗伤。

鬼府神君惊问道："邱冷情，你怎么可能知道我的鬼影步法的行踪呢？"

邱冷情道："凭感觉！"

鬼府神君道："感觉？你用什么来感觉？"

邱冷情道："用身体来感觉你移时所发出的微风。"

鬼府神君道："不可能，凭身体绝对不可能感觉到我身体移动时发出的风声的。"

邱冷情道："但是你应该知道，伤口比身体更加敏感，伤口对风的感觉至少比身体敏感十倍以上！"

原来在逃亡的途中，他身上受的伤简直多不胜数，在躲的过程中，有时候一个人躲在山缝中，山风吹得伤口痛，对鬼府神君的鬼影步法根本没法看清，也听不到风声，心中一动，想起在那段逃亡的日子里伤口对风声的敏感，于是他立即用自己的手给身体弄几个伤口，果然对鬼府神君的身体移动产生的风十分敏感，一下子就把握住了鬼府神君的行踪。

鬼府神君道："好小子，果然有点门道，那你就再接我几招看看。"说完身形一动，又是鬼影步法出动，不过，他却放慢了速度，干什么？难道是快不行，现在以慢来打吗？

邱冷情在鬼府神君的动作之下，却发现，虽然鬼府神君的速度放慢了，但实际上速度仍然是十分快的，虽然不再是快得看不见人影，不过也只是能看见一串影子，根本分不清哪里是人，哪里是影，但这还不是最可怕的，最可怕的是，不仅他现在看不清鬼府神君的影子，而且，鬼府神君现在的移动，一丝风声也没有了，根本就无从辨认鬼府神君的动向。

邱冷情心道：这下可不好！在他失去了一切可以知道鬼府神君踪影方法的时候，他简直就像是一个瞎子一般，根本不可能有抵抗的机会，等待他的只能是永远的挨打。

终于，鬼府神君开始进攻了，一招飘沙鬼影应手而出，不仅是无声无息，而且是快捷异常，根本叫人无从防备，而且这一招的杀伤力远不止于此。

"砰砰砰！"邱冷情在一瞬间已经中了三四掌了，巨大的掌力直拍得他的内脏几乎破碎了，口中喷出几大口鲜血，在如此攻击之下，他的内伤再一次加重了，身体摇摇晃晃，几乎是负担不起本身的重量，脚下的步法已经死了，已经呈现出了败象，只要再攻几记狠招，邱冷情必死无疑。

邱冷情中了几掌之后，心中十分清楚，若再这样下去，他一定会死的，不行，必须伺机反攻，我不能一直挨打，坐以待毙。他虽然是身受重伤，但一股顽强的战意仍然是在支持着他作不懈的斗争，支持着他的身体不倒下，他的头脑仍是清醒的，他不想死！

鬼府神君心中大喜，邱冷情的伤势越来越重，身法很明显地不如开始那么快捷了，而且身上的抵抗力也是越来越强，眼前的这个人一死，整个天下再无一人敢对他说半个不字，天下再无人敢有一丝一毫的反抗，江山已是坐稳了。

不过邱冷情浑身散发出的无穷的战意却使鬼府神君感到震惊，在受了如此重的伤后，邱冷情不仅没有一丝的退缩，相反，他的斗志越来越强，身上散发出一种足以遮天蔽日的气势，在这个狂劲的气势之下，似乎有一种莫名的力量在支持着邱冷情已是伤痕累累的身体，他仍然在顽强地战斗。

鬼府神君大怒，狂吼一声："邱冷情，你受死吧。"又是一招神鬼泣出手，这一招带着鬼府神君的愤怒而出，劲道十足，一掌出击，天地为之变色，风起云涌，人神俱泣。

邱冷情本来是在挨打的局面，根本分不清鬼府神君的位置在哪里，忽然听到鬼府神君的一声怒吼，立即生出反应，准确地判断出了鬼府神君的位置在哪里，而且还可以准确地预测到鬼府神君下一个方位在哪里，当下不容迟疑，双掌一挺，强提一口真气，以十二成的功力拍出一掌，同时，又向一个虚空的位置踢出一腿。

"砰！"一声巨响，从山顶打到半山腰，山石不停地在他们两大高手的内力下纷纷破碎，再一次对掌，又是激起漫天的巨石。

邱冷情在一掌巨大的冲击之下，手臂震得麻木，人倒飞出十几丈远，在空中狂吐出一口鲜血，根本不能动弹，直挺挺地摔在山石之上。

鬼府神君的情况也没有好在哪里去，他没有料到，邱冷情在如此重伤垂危的情况之下，仍然能有如此强大的反抗之力，一下也被震得双肩发酸，同时，邱冷情在翻飞出去时，踢出的一腿也是劲道十足地踢在了他的身上，在邱冷情的一记重击里，他倒也是被击得气血翻涌，半天不能恢复，不过，他却不担心，也没有乘胜追击，因为他知道，邱冷情在受了这一击之后，是绝对站不起来的，至少是重伤。

场中的沙石渐渐落下来，又是一片清朗，鬼府神君在迅速调息完内息，平息了翻涌的气息之后，不经意向对面一望，这一望，的的确确让他吃惊不小。

他看见了一幕不可思议的画面，至少是他不能接受的，但这一幕却是真的出现在了他的面前，他的自信是错误的。

——他看见邱冷情站了起来。

他一抬头时，邱冷情已经站起来了，浑身是血，五官里有血流出来，身上摔裂的伤有血流出来，他自残的伤口里，同样也是一丝一丝地在向外流着血，邱冷情就像是一个血人一般，在站立着，双眼怒瞪着鬼府神君，即使隔着十几丈的距离里，他也可以感觉到，清清楚楚地感觉到从邱冷情身上发出的战意，这股顽强的意志，虽然历经了如此的肉体摧残，它却始终没有减退，反而像一把火一般，在狂风的吹拂之下，越烧越旺。

鬼府神君心中暗惊，这个人简直是个野兽，不是人，他不可能是人！鬼府神君也被这种无边的杀气给镇住了，一时也忘记了继续攻击。

"轰隆隆！"天上的风云变了色，刮起了狂风，倾盆的大雨也是不停地向下洒，仿佛天公也发怒了，哭泣了，不知是在为谁而发怒，为谁在哭泣！

在倾盆的大雨中，两人仍是面对面地站立着，谁也没有动一下，虽然是在如此大的风雨之中，但是滔天的战意、逼人的杀气仍然是逼得人喘不过气来，风雨在他们的旁边都改变了方向，根本插不进如此强大的气势之中。

牛头等带着一大批的手下，也赶到了现场来，却没有想到会是如此的一副场景，他们也不敢靠近，在两大高手的气息中，他们亦是感到呼吸不畅，气息不通，也只能是在一旁干着急，也只能是远远地观看。

终于——邱冷情动了，他如一头被激怒的野兽一般，现在他要吃人了，他必须将全身蓄聚的力量爆发出去，他动了，像一个血人，在雨中滴着红水，已分不清哪是血，哪是水，他看起来更加恐怖。

"呀！"邱冷情在风雨中狂吼一声，向鬼府神君冲去，他以无穷的战意支持着本应倒下的身体，依然在进行狂怒的进攻。

在面对如此强大的战意时，鬼府神君似乎是被摄住了心神，一动也不动，直到邱冷情飞身而起，一脚重重地击在他的胸口时，他狂吐出一口鲜血，才猛然惊醒。他总是感到气势压人，提不起全力，在失了先机，受了重重的一击之后，他陷入逆意之中，一时再难以扳回主动权。

邱冷情似乎是完全丧失了知觉，疯狂地攻击，就连鬼府神君击到身上的掌劲，也是毫不在意，只是一味地狂攻，根本没有将生死当作一回事，他整个人完全发狂了。

鬼府神君一掌击在邱冷情的胸上，内劲毫不容情地透物而入，邱冷情又是狂吐出几口鲜血，但攻势却丝毫没有减慢，仍旧是如疯子一般，不停地前进，不停地向鬼府神君进攻。

"砰砰砰！"鬼府神君完全被这一股无比狂乱的气势压住了，瞬时间又中了十几腿，每一腿都是狂猛无比，直将鬼府神君的身子踢飞出十几丈远，鬼府神君已受到了致命的重创，若再攻几下，势必会被邱冷情杀死。

邱冷情依然是刚才的样子，身上的血仍在流，人如血人一般，身上的骨头不知碎了多少，但他仍然是被一股强大可怕的力量支持着，不会倒下去，鬼府神君在连番受重创以后，脚步早已乱了，身子也是摇摇晃晃，以他现在的样子，不知能不能再承受一下攻击。

牛头和一班杀手们不能在一旁坐视不理了，十几人一齐抽出兵器，不管是在怎么强大的气势之下，也不顾了，一起飞身向邱冷情围攻而去。

邱冷情的神态如呆了一般，面对如此狂猛的攻击，一动也不动，不知道闪避，任凭刀剑砍在身上。

十几柄刀剑同时重重地击在邱冷情的身上，牛头等人却陡然感到一股巨大的内息在邱冷情的体内爆炸，刀剑砍进了一寸，却也再砍不进了，剑也只刚刚刺进了肌肤，再也刺不进一丝一分了。

就在这时，邱冷情大叫一声，身形飞旋而起，双腿一阵狂扫，身上所有的刀剑全部回散激射而出，牛头等人根本就连躲避的机会都没有，就感到胸口一痛，已经重重地中了一击狂腿，所有的人都被扫飞出几丈远，吐血不已，在刚才的一击之中，一记狂厚的内力在一刹那涌进他们的体内，早已伤了他们的内脏，只是一击而已，他们已是受了严重的内伤，在地上根本起不来。

邱冷情身上的伤口更多了，血在狂涌而出，形状更加恐怖，他又一步一步向鬼府神君走去，身上的杀气更加炽盛了，他狰狞的形状简直就如一个死神一般，每走一步，死亡的气息就增加一分。

鬼府神君现在亦是重伤，根本没法阻挡邱冷情的一击，若要活命，只有一条路可以走，先下手，在邱冷情尚未攻击之前，抢先发动进攻，将邱冷情击倒，只有这样，才有唯一的一条生路。

一种狂热的求生意识在一瞬间在鬼府神君的体内爆发，不，我不能死，我还有美好的霸业没有享受，我不能死！他也感到有一股冲动，身体似乎有力了，他大叫一声，以全身的力气向邱冷情打出了致命的一击。

就在鬼府神君出招的同时，处于疯狂中的邱冷情也是飞身而起，迎着鬼府神君扫出了一腿，他根本不避鬼府神君发出的杀招，用自己的胸膛，迎了上去，但踢出的腿，却也是直取鬼府神君的小腹丹田。

"砰砰！"两声巨大的闷哼，夹着碎骨的声音传来，两人的身体陡然分开，两人都中了对方的一招。

邱冷情的身体向后狂飞出好几十丈还远，胸前的肋骨寸断，在半空中，一大口鲜血如喷泉一般喷出老高，随后就倒在地上，再没有站起来。

鬼府神君的双掌刚拍上邱冷情的胸膛，自己的丹田也中了重重的一腿，一股狂大的劲力直冲进他的体内，在一瞬间将他轰飞出十几丈远，在那一刹那间，他体内的真气击散，他同样喷出一口鲜血，倒在地上，任雨打风吹，也是再也没有起来。

牛头等一班杀手也被邱冷情的一记重击打得吐血昏迷，此刻正倒在地上，昏睡不醒，只怕再过两天，也不一定能醒转，邱冷情在临死前的那一记重击，实在是太重了，是以让他们昏睡好几天。

偌大的一个泰山之上，现在却是一点声息也没有，所有的人全都倒在地上，狂风仍是在疯狂地吹，大雨仍是在倾盆而下，众人的身躯在雨中，仍然是没有动……

不知过了多久，有一个躯体动了一动，然后，挣扎着爬了起来，他是——鬼府神君，最后的胜利居然属于鬼府神君。

他摇摇晃晃地站了起来，仔细地检查了一下他的内伤，在这检查之下，他不禁脸色大变，浑身冷汗淋漓，在风雨之中，他的脸色更加的苍白了，他竟然——

不过，他很快就平静过来，恢复了常态，他稳步走到邱冷情身边，探手试了试邱冷情的鼻息，邱冷情的确已经完全气绝身亡了，但邱冷情身体内潜藏的力量确实让他感到了潜力和顽强的斗志，简直不是人的力量可以达到的，他——邱冷情简直是个神话，一个战神，鬼府神君不得不佩服邱冷情的能力，居然已经超过了武圣花志逸的修为，他也长长地吁了一口气，从今以后，再无任何敌人了。

鬼府神君走到牛头的身边，拍拍牛头的身体，道："牛头，醒醒，牛头!"

牛头本来功力深厚，有真气护住心脉，只是一时气血不通而已，经过一阵呼唤，已经醒转，牛头睁眼一看，是鬼府神君在面前，忙跪下道："属下失职!"

鬼府神君道："连本座也低估了邱冷情的实力，这些不能怪你们，起来吧，咱们回去!"

牛头道："是，属下遵命!"转身去唤醒了众人，除了有四人被激射的刀剑刺死之外，还余十人，全部都在，在鬼府神君的带领下，冒雨浩浩荡荡地向山下走去。

山下所有的弟子全部都在，都是在雨中等待，生怕有一丝失职，遭鬼府神君的惩罚，众人见鬼府神君一行从山上下来，全部跪下高叫道："恭迎神君大驾!"

鬼府神君大喝一声："所有的人都辛苦了，回去以后都有重赏，现在咱们原路返回!"说完，已钻进轿子中，今天一战，除去了心中的大患，他的心中十分高兴，对手下的帮中弟子也是格外开恩。

众人一声欢呼，队伍浩浩荡荡地从泰山向正义门总坛出发了，最终的胜利居然是属于鬼府神君，天下苍生岂不是无望了？

不到半日，已回到了正义门总坛所在地，鬼府神君一下轿，即对牛头道："牛头，在泰山一战，我也受了不轻的伤，需要好好调理一下，我想闭关一段时间，帮中的事就交由你和马面去处理了！"

牛头和马面对鬼府是一片赤诚，马面现在有事在外，牛头即跪道："神君请放心疗伤，帮中的事，一切都有我在，过几天马面也回来了。"

鬼府神君道："有你和马面打理帮中事务，我很放心，你去将少林的《易筋经》拿给我，等一会儿我就闭关。"

牛头心中狐疑：少林《易筋经》是专治特重内伤，有起死回生之功效，难道神君受了极重的内伤不成？但他还是依言去了藏书阁中，去取少林《易筋经》。

大约过了一刻钟，牛头带着少林易筋经来到了大殿之上，同时，却也带来了一个足以令鬼府神君震惊万分的消息。

牛头道："启禀神君，刚刚收到飞鸽传书，在你与邱冷情比武的同时，姐妹岛遭人袭击，萧剑英被杀，据说来人武功极高，而且年纪十分轻！"

鬼府神君一听之下，果然大吃一惊，失声道："什么？姐妹岛被人袭击？到底是谁呢？"

牛头道："据飞鸽传书道，来者是一个人，对姐妹岛的环境十分熟悉！"

鬼府神君道："难道是白无常？"

牛头道："不可能，白令使一直在正义门总坛，没有出去过，而且她一个人是绝对不能杀上姐妹岛，杀掉萧剑英的！"

鬼府神君奇道："中原武林之中，还有谁能有如此高强的武功呢？"

牛头道："除了邱冷情以外，再无一个青年人能有如此高强的武功！"

提起邱冷情来，鬼府神君至今心有余悸，他道："邱冷情的实力确实可怕，但毕竟已经死了，到底是谁还有此实力呢？他还会公开与我们作戏，到底是谁呢？"

牛头道："此事确实有些奇怪，似乎有人与邱冷情计划好的，他在我们全部力量去对付邱冷情时，就对姐妹岛下手了。"

鬼府神君道："好了，此事你和马面全面调查，有事到关前向我汇报，现在我要闭关了！"

牛头道："是，神君！属下一定尽力查出那个袭击姐妹岛的人！"

在鬼府神君刚回到正义门时，邱冷情被鬼府神君杀死的消息立即传遍了整个正义门，整个正义门再一次震动了。

在这许多的人当中，有一个人真是伤心透顶了，她自然是萧萧，她始终不相信邱冷情会死在漓江三龙的手中，但刚刚传出的消息却让她接受不了——邱冷情公开挑战鬼府神君，与鬼府神君在泰山激战，最后不敌，死在泰山。

她知道，鬼府神君刚刚从泰山回来，而且是兴师动众去了泰山，如果说情哥哥真的是挑战鬼府神君，现在神君平平安安地回来了，难道情哥哥真的死在泰山了？

在黑夜中，一个纤瘦的人影冒雨向泰山奔去，在漫无边际的黑暗之中登上了泰山，来到了邱冷情与鬼府神君交战的地方，她是萧萧。

她不相信情哥哥真的死了，就算是死了，她也要亲眼看见邱冷情的尸体才相信，如果邱冷情真的死了，她还有独活下去的信心吗？她还能像现在这样痴痴地等待吗？

没有人能理解她心中的爱意，她爱他，疯狂地爱着他，却不敢肯定，他对她的爱，或者说是恨，她心中的痛苦是没有人能明白的，她只是在默默地等待，只有在等待之中，她才有一丝丝的欣慰，毕竟，心中的那份情，还有一丝希望在，还有一点点的盼望，有时候，女人的心就是如此奇怪，活着只为了那一点点的渺茫。

终于，她看见了，有一个人真的躺在地上，有如此的大雨之中，还是一动不动，身上的创伤多得吓死人，萧萧运足目力，借着微弱的光亮，看清了这个人的面容。

在那一刹那间，她呆住了，真的，真的是邱冷情，她的泪如雨一般，狂泄而下，混和着雨水，流在她的脸上，她的心在那一瞬间碎成无数块，所有的期望在一刹那间灰飞烟灭，原来心中还有一丝期盼，现在那一丝的期望也破灭了，现在，我该怎么办呢？我今后的生活应该怎么过呢？现在，我与鬼府神君之间的事应该怎样处理呢？复仇！

复仇！！我一定要复仇！

虽然她心中确定了一个目标，杀了鬼府神君，她清楚地知道，这是几乎不可能的事，鬼府神君的武功太可怕了，她们一些手下简直不敢想象，但她却无惧，如果能在冥界与情哥哥相逢的话，那也不枉此举了。

她心碎在将邱冷情的头抱在怀中，在大雨中哭泣道："情哥哥，你等着我，我们很快就可以在一起了，你等我！"

她执意去复仇——为邱冷情复仇，即使是死。她明知是死，却无悔，为了那份情，为了那份爱，她宁愿一死！

她再一次仔细地看了看怀中的邱冷情，让我再看你最后一眼，然后我会死，会与你再见，虽然是在雨中，虽然是他已经死了多时，这张熟悉的脸却是再熟悉不过，他曾让她心动过，让她迷失过，现在又让她心碎了，"真的，我爱你，你知道吗！"她在雨中低呼。

"不对！"就在她欲转身离去，即将走上那条不归路时，她忽然发现了一丝不对劲，一丝足以改变她命运的不对劲，这一丝不对劲对她的震撼实在是太大了。

——她发现了邱冷情的脸色依然是如活人一般红润，虽然经历了雨打风吹，却仍不变色。

不正常！

太奇怪！

不可能！

怎么会？

难道？

只有两个可能，要么他还没死，要么他戴了面具，当然，是很精致的人皮面具。

她有些惊喜地仔细地检查了一下他的气息，结果她失望了，他所有的经脉都呈死亡状态，心跳也早已停止，气息更是全无——这些只说明了一点，他已经死了。

她心中仍十分疑惑，死人的脸色怎么会如此红润呢？难道他戴了面具？

她存着心中的那一丝期望，在他的脸上仔细寻找，终于，她找到了一丝破绽，在脸上，有一丝皮已脱开，她仔细地向外剥，果然有一层薄如蝉翼的东西——人皮面具。

她简直不敢揭开，如果在下面真的是邱冷情，那该如何？她又有了一丝期盼，她真怀疑自己有没有足够的勇气再承受一次致命的打击，这种玩笑她实在不能承受，现实为什么对我如此残忍？要我在短短的时间里要承受两次如此痛苦的打击？为什么？我只是个平凡的女子，并没有什么过人之处，我只渴望拥有一份美好的爱情，与自己深爱的人在一起，过着美好的生活，也就足够了，为什么苍天连这个小小的愿望也不能满足我呢？

最后，她闭上眼睛，小心扯开了那层面具，她用颤抖的双手去摸了一下那人的脸，她心中稍稍平复了一点，那人的容貌与邱冷情有些不同，凭她对邱冷情的那份感觉。

终于，她鼓足了勇气，睁开了眼，她对邱冷情的那份感觉果然灵敏，她没有再次伤心，她看到了一个她不认识的人，在她怀中的"邱冷情"揭下了人皮面具以后，变成了一个她不认识的中年人，虽然他们身材有些相似，但终究不是邱冷情。

她心中的那种喜悦之感再一次袭上心头——情哥哥没死，情哥哥没死，凭她对那份爱的执着，她深信——邱冷情绝对没死！但是，他会到什么地方去呢？为什么会有人来假扮他，与鬼府神君决斗呢？她心中充满了太多的疑问，无法解答。

"唉，算了吧！这些问题不是我能解决的，现在我已知道了情哥哥没死，也就放下一颗心了，现在我还在等待，等着他再一次出现。"

心念一动，她迅速在风雨中挖了一个大深坑，掩埋了那人的身体，她不愿别人发现这个秘密，她知道，那将对邱冷情不利。

萧萧最后带着满腹的疑问下了泰山，心中装着那个只有她才知道的秘密，一切又都在风雨里恢复了大自然的宁静，在大自然里，所有的名利都只是枉然，在一切灰飞烟灭之后，什么也没有，剩下的仍只有那无限美丽的自然。

第二十章

时间一晃眼之间过去了三个月，江湖上也历经了三个月不平静的风雨，牛头马面到处搜查中原到底哪派还有高手，可以力歼姐妹岛，誓要将此人除去，不过，却只是徒劳无功，白白劳累了江湖中那些无辜的人们。

在这三个月里，牛头马面到各派中肆意搜寻，试探各人的武功，死伤是不可避免的，整个中原武林之中，根本就没有人的武功能与之抗衡，当然是无功而返，不过这个武林，已经弄得天翻地覆了，武林群雄在失望之余，却又看到了一丝希望，希望那力歼姐妹岛之人能领导他们来大干一场，他们在鬼府神君的压迫之下，早已经是忍无可忍了，只差一位武功高强的人来带领他们，他们与鬼府那些人的武功相差太远了，但他们的心中却有一股热血在沸腾。

武林中闹了三个月的搜人游戏终于平息了，牛头马面最后都无功而返，中原武林之中到处找遍了，连一个能与他们俩抗衡的人都没有，那自然是不用说有能力可以单枪匹马力歼姐妹岛了，最后只得无功而返。

武林又平息了一个月，在一个月后，又发生了一件事，再次震惊了整个武林，这件事不仅使鬼府里的人震惊，更让中原武林的人士热血沸腾不已。

有一个神秘的年轻人出现在江湖上，武功奇高，他专与正义门作对，在半个月内连挑了正义门十个分舵，杀人如麻，只要是正义门与鬼府神君有关联的人，没有人能逃得过他的杀手，所有为虎作伥，在中原武林肆意妄为的人，全部难逃一死，他成了鬼府神君的大敌，众多的中原武林热血男儿，纷纷去投奔他，一股壮大的新生力量迅速形成。

所有的中原武林人士终于将希望盼成了现实，这人心沸腾的时刻终于到来了，所有的中原武林人士，只要是有一点复仇意识的人，全部都投向了那神秘人，他们一路北上，向正义门总坛进军。

他们这一路人马所到之处，正义门的门徒全部被杀，无人能幸免于其手，他们平时作恶太多了，现在即使想不杀，也难以平众怒，所到之处，正义门的分舵纷纷被挑，不到一个月，正义门的五十个分舵，现在已毁了四十处了，他们一行人马仍然在那神秘人的带领下，直向正义门的总坛进军，大有将正义门歼灭之势。

正义门的总坛内，牛头身形如电，急匆匆地向鬼府神君闭关之处飞奔，不一会，已经到了鬼府神君的关前。

牛头在门外大叫道："神君，神君，属下有大事禀报，请神君定夺。"

鬼府神君刚刚行功完毕，正想再练一遍，加调一下功力，忽听到牛头的声音传来，他倒是从来没见过牛头如此紧急过，他沉声道："牛头，有什么事？"

牛头道："江湖中出现了一个神秘的青年人，武功奇高，在一个月内，连毁了本门四十多个分舵，他现在正带领中原的一班人马，一路向总坛进军而来。"

此言一出，无异于晴天霹雳，鬼府神君大叫一声："什么？此事当真？"他简直不敢相信他的耳朵。

牛头道："属下恳请神君迅速定夺，马面已率帮中的精英前去迎敌，但传说那年轻人的武功高绝得可怕，恐怕马面不敌，还请神君及早出关！"

鬼府神君是有苦自己知，在泰山一战，那个邱冷情在临死前的一腿，踢散了他的真气，只是他怕引起恐慌，装作没事人一般，没有向外露而已，所以他需少林的《易筋经》，来治疗他的内伤，恢复他的功力，到现在却只恢复了七成，根本不能出关。

鬼府神君道："牛头，如果马面不敌的话，你带领帮中所有的高手尽力守住总坛，再过十天，我就可以出关了！"

牛头这才肯定，鬼府神君在泰山一战之中，确实受了极重的内伤，不然，帮中出了这么大的事，鬼府神君绝对不会坐视不理的，牛头对鬼府极度忠诚，道："神君，放心吧，我一定会好好守护住总坛的！"

鬼府神君道："牛头，去吧，现在我要继续练功了，到时候，我会出关的！"

牛头道："属下遵命！"牛头急匆匆地离开关前，迅速到正义门中布置所需的一切事项，天上的天狼星正在逐渐暗淡，这一切是否预示了什么！天意！

马面在接到消息后，迅速赶到了路上，在北上的路上，截住那神秘的年轻人，他知道，今天那神秘的青年人一路北上，一定会经过此处。

马面在路上紧紧盯着那条唯一的官道，心中的疑问不浅，到底是哪一个，能有如此的神通呢？明明中原武林所有的好手全部除去了，就连武圣亦死于神君之手，现在又从哪里冒出一个如此高武功的青年人呢？根据帮中的资料，青年一辈中，中原武林仅有邱冷情的武功最为出色，不过在几个月前，邱冷情与神君一战，已死在了泰山，是谁呢？

在马面极度疑惑时，一阵阵的脚步声已传到了他的耳中，该来的终于来了，接着，他又发现不对劲，在他耳内的脚步声中，所有的人武功都达不到超级高手的水平，最多只能算是一个高手而已，不可能有人的武功超过他，哪来的能力力挑正义门的四十个分舵呢？难道是我听错了？马面双耳仔细倾听那些传来的声音，的确，脚步声都比较沉重，没有超级高手，绝对没有。

不出盏茶时间，双方的人马已经在官道上相遇了。

马面大喝一句："哈哈，就凭你们这些人，也想攻到总坛去，自不量力。"他发现在场的每一个人都不是超级高手，是以才发出如此狂妄的言语，他早已从众人行路的脚步声中听出了这一点。

那群人，大概都认识马面，知道他的武功极高，一闻此言，都不约而同地停住了脚步，也没有一个人接口，顿时，整个场面静悄悄的，只有马面的狂笑在空中回荡。

忽然，在这无比的寂静之中，一个声音清楚地传过来，道："马面，如果你自断双臂的话，我可以考虑放过你一条狗命！"

这个声音清清楚楚地在无人言语的环境中，显得特别响亮，每一个字都如针一般，刺进马面的耳里，他从未被人如此蔑视过。

马面怒气冲天，道："哪一个是那神秘人？是你在说话吗？有种就出来与我大战一场，缩头乌龟，算什么好汉！出来呀！"

那神秘的声音传出来，道："马面，你挡不住我的，如果我出手，不出十招，你的命已完了，自断双手吧，我说过放你一马的，我不会食言的。"

马面更是暴跳如雷，道："放你妈的狗屁，有种你就出来呀，我不杀了你，难泄我心中的怒气，他妈的，出来，出来！"他真的已经是怒气攻心，一发不可收拾了。

这时，只见一个一身白衣的年轻人飞身出现在众人的面前，颀长的身材，脸上蒙着一层轻纱，看不清脸面，但是，他的脚步声却是很重的，在出来之后，仍然是那一种冷漠得几近于死人的声音，道："马面，你不要逼我出手，你没有机会活命的，给你最后一个机会，自断双手，不然你会后悔的！"

这个神秘的青年人在说话时，甚至连头都没有抬一下，根本没有将马面放在眼里，似乎面前站的根本不是一个人，而是一个只会说话的木偶一般。

马面哪里忍受得住，狂吼一句："小子，受死吧！"手一抖，人已飞身而起，一道掌影顿时如风一般向神秘的年轻人飞来。

众人却暗自惊心，虽然他们都见过，知道他武功高强，却也禁不住为他捏了一把冷汗，马面的武功实在是太高了。

一股沉猛的掌力向那神秘人直冲过来，掌影在空中一闪，顿时化作千万个在空中翻飞的手形，绵绵地连成一片，根本没有一丝一毫的空隙，从掌上透出的劲风，直逼得众人后退了几丈，这一掌的威力足以开山裂石。

神秘人的嘴角露出一丝笑容，马面犯了武学一大禁忌，怒气攻心，比武之时，切记不可动怒，要戒骄、戒躁，而他出言相讥的目的，就是为了让马面大动肝火，一个人在大怒之时，出招的功力绝对达不到最大的功效，至多也只是八成左右，他功力本来就高于马面，在马面一怒之时，更可以一举击杀马面，而马面如他所愿，果然大怒，如此一来，他的计谋已成了，等待马面的将是很惨的结局。

掌风已经逼近他的身体，不过，他除了一头长发仍在风中飘动之外，身体根本没有一丝一毫想动的意思，任凭马面的掌影直将他完完全全地笼罩着，眼看那一掌就要拍到他的身上了，这一掌的威力，绝对可以将他压成肉饼，他还是——没有动，在他身后的众人不禁为他倒抽一口冷气，怎么到如此时候，仍然只是站在那不动呢？如果他被杀了，那后果……

事实证明他们的一切担心都是多余的，就在马面的掌影即将拍上他身子的那一瞬间，他的身体动了一下，仅仅是动了一下而已，不过这一切，却足以让一个人吃惊万分，这个人当然是马面，他在自己的掌即将拍到对方之时，忽然觉得身上的功力一泄，眼前的人影一晃，早已失去了他的踪影，无声无息地失去了他的身影。

就在这一瞬间，马面知道自己错了，他听错了一件事，他听到的那些脚步声，确实是一些武功不高的人所发出的声音，但是不包括眼前这个人，因为，他的行动根本不会发出一丝一毫的声音，所以他根本听不出，这个人是个可怕的超级高手。

一个不祥的念头涌上马面的心中，"他的行踪无声无息，如果他向我攻击，该怎么办？"在那一瞬间，他马上运功护住全身，不让对方有一丝的可乘之机。

不过，依然是迟了一点，在他刚一动之时，只听到一个冰冷的声音道："第一招！"紧接着，不知是从什么地方来的一只手，在他的耳朵上不轻不重地摸了一下。

马面心中一阵冷汗出来，如果这一招用了功力，不用说，他的命已经没有了，对方分明是存心戏弄他，但他也只能像一只垂死的耗子，任凭猫儿戏耍，生命完全掌握在别人的手中，自己根本无力反抗。

他生凭第一次生出了恐惧之感，全身的肌肉紧缩，双手运足功力，在周身四处满天飞舞，护住自己，生怕不经意间，他的什么地方亦又被摸一下，如果那一下摸吐出功力，他的小命就玩完了。

看着马面狼狈的样子，神秘人笑了，一丝冷笑出现在他的嘴角，他的第二个计谋又成功了。

第一招计谋是让马面受激而怒，以致功力不能全力而发，第二招计谋，就是控制身形，来玩弄他，让他觉得自己功力深不可测，以此来打消对方的战意，殊不知，他并不是功力高到如此地步，根本没有发出风声，而是分出部分功力来控制住了，所以，只能在对方的身上轻拂一下，但这一下，也足够让人胆颤心惊了，这招叫攻心战术，他又成功了。

马面几乎已是吓破了胆，还好他反应快，连忙运起全身的功力护身，不然哪能全身而退，此时在他的内心深处，已经有一股惧意生了上来，战意随之一弱，但怒火却更加旺盛了，他大怒一声："妈的，看老子的一击！"他开始反击了。

一阵如狂风般的掌影直向神秘人冲去，在滔天的掌影之上，漫天激起点点的阴风，根本没有一丝空隙可以让人闪避，唯一的办法只有硬拼，他心中还存在着一丝侥幸，对方只是招式精妙，或许有可能在内力上占一丝便宜。

"砰砰砰！"神秘人接连中了三掌，身形被打得向后连退了三大步，马面每一拳的出击，都是全力而为，连中三拳不死，也是一身重伤了，马面心想：原来，你也不过如此！

在一旁的群雄可是大惊失色，所有的希望全部寄托在了这神秘人的身上，如果他不敌的话，整个中原武林又将陷入被人凌侮的地步，这三拳打在神秘人的身上，却也是打得群雄心惊胆颤，他们都见过马面的功力，这三拳之功力，是绝对没有人能承受得住的，如果他败了……

马面心中一喜，狂妄地道："小子，如果你的能力仅此的话，今天便是你的死期了！"挥手又是如鬼影一般的重拳向神秘人击去，每一拳他都尽了全力而出，每一拳的功力都可以惊天动地，他要速战速决。

马面边打，心中边盘算，大喝一声："兄弟们，一起上。"

在他的一声令下，他所带来的帮众立即与群雄战起来了，整个场面瞬时间陷入一片混战之中。

那神秘人果然心中一动，有些焦急了，如果不能尽快解决马面，可能会有很大的损失，这些人在他的指点之下，武功都大有长进，但练武的时间不长，是无法抗拒这些一级杀手的，时间一长，必败无疑。他身形一动，却慢了起来。

"砰砰砰！"接连几声闷响，神秘人的身上又中了数拳，面上渐有不适之色，马面大喜，又加紧了攻势，其实，他的心中亦是吃惊不已，若是换作常人，中了他的无数拳，早就倒在地上起不来了，而他却似乎没什么大事一样，"不对！他一定受了内伤！没有人会在我如此的重击之下，仍然完好无损！"马面心中对自己的拳势极为自信。

神秘人的身法一变慢，身上就中了马面数拳，他也不想这样，但他却也有不得已的苦衷，这也是他的计划之一，他的身法随着中拳的增多，更加慢了。

马面心中一阵狂喜，"小子，你死定了！"双掌一推，一股比刚才刚猛的内力从身上狂涌而出，直向那神秘人冲去。

那神秘人的身法似乎更加慢了，在掌劲一逼之下，脚步一个踉跄，根本就没办法躲开这一掌，看来他真的是不行了。

马面心中一动，如此良机，岂容错过，不由脚步一错，已经迎了上去，手上的劲道更加强劲，双手硬向那神秘人的胸口按去，他此举已存了取那神秘人的性命之心，只有杀了他，他才可平息心中的怒火。

不过，马面却忽略了一个细节问题，虽然只是一个细节问题，却可以让马面后悔一辈子，一个中了他这么多拳的人，是不应该有如此稳的身法的，即使是有些凌乱，他却没发现，那些凌乱是故意装出来的，他没有发现，他的步子其实非常非常地稳，而且他的脸色也绝对不像一个受了内伤的人所应有的脸色，这一切只能说明一个问题，他在使诈。

虽然只是个细节，却可以使人送命，不过马面却没有看出来，所以注定了他要后悔，他这一掌下去，到底会有什么结果呢？

马面按捺不住心中的狂喜，双掌拍在了那神秘人的胸上，他刚要为自己庆幸，却立即发现不对劲，而且脸色在一瞬间变得苍白不已，他在刚拍上那神秘人的胸口时，立即发觉，自己的一身功力正在如洪水一般向外狂泄而去，根本收不住势。

在那神秘人的体内，似乎有一个巨大的吸盘，与他的手一接触，立即狂吸他的内劲，这有些像传说中可怕的吸星大法，他的脸色苍白不已，身上的汗水不住地渗出，全身在颤抖不已，根本就说不出一句话。

这时，那神秘人说道："游戏至此结束！"举手一拍，将马面震飞，转身大叫，"你们的头死了，你们都得死！"飞身而去，投入到另一场战斗中去了。

马面的全身一重，一股大力将他的身体轰飞出几丈远，体内一股狂猛的真气直将他的内腑震碎，口中的鲜血更是狂喷不已，他发现自己的体内现在已经只剩下不到一成的功力了，他的喉头一甜，又是一阵鲜血狂涌而出，昏了过去。

不知过了多长时间，马面被一盆冷水泼醒，战斗已经结束了，他所带来的人全部给杀光了，他的内心涌起强烈的恐惧感，"你们想干什么？"他第一次感觉到了死亡与他是多么接近，他甚至闻到了死亡的气息，那是一种让人可以极度痛苦的气息，第一次，他真真切切地感受到了什么叫害怕。

所有的人都在他的面前，那神秘人道："你们退后！"

群雄对那神秘人似是极为推崇，都十分听从他的话，一时间都退后了一些，让出了一片空间。

马面道："你……你……到底想干什么？"

神秘人走到他的面前，道："你们外族，侵占我们中原武林，在中原武滥杀无辜，今天是该你们偿命的时候了，不过，在你死之前，我让你死个明白，免得你不知最终是受了谁的惩罚而死，总之，死罪难逃！"

群雄一时激动，"杀了他！杀了他！杀了他！"叫喊之声不绝于耳。

神秘人道："马面，你是难逃一死，让你死个明白吧！"说完，他揭开了蒙面巾，这神秘人居然是——邱冷情。

马面再也掩饰不住心中的疑问，失声叫道："邱冷情？你不是死在泰山了吗？"

邱冷情的眼睛里射出仇恨的光芒，道："不错，死在泰山的也是我，但我现在却要来报仇了！"说完，双手一拍，一股狂猛的内劲汹涌而出，立即震断了马面的心脉。

邱冷情怎么会干起这公然复仇的大事来了呢？

原来，当日在桂林时，天宫仆人说的计划就是，金剑白龙司马如风和邱冷情两人，一个去与鬼府神君比武，一个去姐妹岛找禁宫之钥，结果，金剑白龙司马如风化装成邱冷情，去和鬼府神君在泰山比武，而邱冷情去姐妹岛抢夺了禁宫之钥。

开始，邱冷情不答应金剑白龙司马如风去与鬼府神君比武，他也知道此行定是有去无回，但金剑白龙司马如风却以自己不熟悉姐妹岛的形势为由逼邱冷情去了姐妹岛，无奈之下，邱冷情也没有办法。

于是出现了泰山比武以及姐妹岛被歼灭之事，邱冷情从桂林出发后，日夜兼程，终于潜进了姐妹岛，依照两人的约定，在泰山比武的同一天，对姐妹岛下手了，邱冷情原本没打算歼灭姐妹岛，但在岛上，他却怎么也找不到禁宫之钥。

最后，他想到了，在姐妹岛之上还有一个秘密的地道，不过地道的入口却在岛主的卧室之内，那里防守甚为严密，那他同样是死路一条，所以，他做了一个大胆的决定，歼灭姐妹岛，在岛上，他大开杀戒，见一个杀一个，最后，进入了秘道，找到了禁宫之钥，他为了避免再次被人追杀，随即离开。

邱冷情离开姐妹岛之后，不分日夜地赶到了黄山，这是他与金剑白龙司马如风约好的相会地点，如果有一人没有来，那即是代表对方已经被杀了，光复武林的大计，只能由另一人去完成了。

在黄山，邱冷情等了五天，早就超过了约定的日期，最后，他忍着满心的伤痛，进了黄山，依着天宫仆人的指示，很顺利地找到了天宫，用天宫的禁宫之钥开启了禁宫，在禁宫里，他花了三个月的时间，练好了天宫的禁宫绝技，并很好地把握住了身上蝙蝠血的吸人内力的功效，然后，他下山，力挑正义门的十几个分舵，率领天下群雄，向正义门总坛出发，准备将鬼府神君等人尽数除去，恢复武林往日的太平。

邱冷情知道鬼府神君的功力十分高，所以在一路上，遇到高手之时，总是想办法激怒对方，在不知不觉中吸收了对方的功力，化为己用，以图有足够的实力与鬼府神君一战，同时，他也将一些天宫里的高强武学传给众人，以期提高他们自身的武功，增强自己一方的实力。

事到如今，光复中原武林的大业终于有些眉目了，目前，正义门可怕的对手还有鬼府神君、牛头以及黑白无常，他知道"追命判官"管胜天已死在鬼府内。

一晃又过了九天，邱冷情一路破正义门的分舵，差不多已经尽数破光了，现在只剩下鬼府神君等超级高手没有出现，正义门也只剩下一个总坛没被攻破。

邱冷情心中十分疑惑，为什么所有的分舵就只有一些一般的高手在助阵？鬼府神君等人根本就没有见到，难道他们在泰山一战中已经死了？不会的，不可能的！不过他现在也顾不了那么多，现在最重要的就是尽快破了正义门的总坛，恢复中原武林的和平局面。

又过了一天，邱冷情率领的队伍终于来到了正义门的总坛，邱冷情的心中不禁有些激动，所有的恩恩怨怨就要结束了，所有朋友的仇在今天都要报了，中原武林几年来所受的耻辱在今天都可以雪了，他的心里还有点激动。

正义门总坛修建得十分宏伟，迎面是一个巨大的正门，在后面分别有三座高大的建筑物，分别是大殿、藏书阁和休息室，方圆几百丈内的房舍更是多不胜数，然而，正是这个地方，不知残害了多少中原武林人士，给人民的生活带来了多大的灾难，面前的豪华，一切都来自于中原人民的血汗，却被他们在此占领，还为非作歹，所以，他们全部都得死！

群雄在静静地等待，等待，只等邱冷情一声令下，他们就要攻进这里了，他们要雪这几年来所受的耻辱，要为所有死去的兄弟姐妹、长辈先人们报仇！

邱冷情终于开口了，一声沉猛的声音在空中如雷一般响起，"进攻！"

在邱冷情的带领之下，群雄如风一般冲进正义门总坛之内，和正义门的杀手们狂战了起来，本来，他们的武功是不及那些杀手的，但是在这一个多月以来，邱冷情以无上的绝世武功相授，又从旁加以指点，使他们的总体实力增强了许多，现在可以说，除了正义门下的几个绝顶高手之外，其他人的武功都已在他们之下了。

邱冷情一人则孤身深入到里面去追杀，去找鬼府神君，他发现在外大厅之内并没有什么超级高手，只有一些平庸的角色，他必须去对付那些绝顶高手，他要手刃鬼府神君。

邱冷情运起"飞尘飘雪步"，在正义门总坛内到处找，各处都有人在拼杀，却不见了黑白无常、牛头和鬼府神君诸人，邱冷情停下脚步，运起通天耳，仔细倾听，终于听到在西北角有沉稳而微小的呼吸声传来，那是绝顶高手才有的吐纳之声。

邱冷情二话不说，向西北角飞去，在西北角的建筑比较简单，但却有一座山，所有的房屋都是依山而建。

邱冷情心道：怎么他们都在这里？难道有秘道不成？不行，一定不能让他们跑了！他加紧步法，一掠而冲进了西北角的那一大房子内，他决不能放过鬼府神君。

就在邱冷情刚进那一排房子之时，忽然从不同的方向走出一大群人，走在最前面的赫然就是牛头与黑白无常三人，牛头打了一个哈哈，阴沉地道："朋友，你的功力不错，居然找到这里来了。"

邱冷情道："鬼府神君在哪里？叫他出来受死，他的末日到了。"

牛头道："你大概就是那神秘人吧？你的确有些能耐，不过要见神君，先得称称你够不够分量！"

邱冷情的脸上仍然蒙着面巾，所以牛头认不出他来，邱冷情道："别作无谓的反抗了，你们都得死！"

牛头大怒道："好小子，别张狂，到底谁死，还不一定呢，有本事，拿出来。"

邱冷情缓缓道："好吧，既然你们都执迷不悟，本人就成全你们，让你们明明白白地去死吧！"说完，他再次摘下了面巾，他要让他们明白，到底是谁来复仇，让他们明白，中原武林不是可以欺负的，他要以一个中原武林中堂堂正正的身份来复仇，雪恨！

"邱冷情!!"牛头、黑白无常同时惊叫一声。

牛头亲眼看见邱冷情在泰山之上，他怎么也不敢相信，眼前的这个武功高绝，连挑正义门的几十个分舵的人居然是邱冷情。

萧萧虽然预感到邱冷情没有死，却也不曾料到眼前的这个神秘人居然是心中日夜思念的邱大哥，在那一瞬间，她的心中一片混乱，她双眼迷惘地向邱冷情望去，心中叹道：该来的终究要来，可是，我该怎么办？

邱冷情的心其实也是有些混乱，他不知道如何对萧萧，在他逃亡的几百个日日夜夜之中，他不停地在想，即使在以后的战斗中，每当有空时，他就在想，想念萧萧。

自从与萧萧一别之后，他就在想，他应该怎样面对萧萧，他发现，在他最艰难的日子里，他最想念的居然是萧萧，但他却又不能接受对萧萧的那种又爱又恨的感情，他第一次清楚地发现，他爱她，他非常爱她！对于柳芸，他有的仅仅是感激，出于一种报恩的心理，这种感觉是很容易与爱混为一谈，与复杂的感情纠缠不清，但这毕竟不是那种魂牵梦绕，刻骨铭心的爱。

对于萧亚轩，他也只是一种先入为主式的爱恋，虽然有些亲密的行为，却并没有发展成为那种刻骨铭心的爱情，而且他们两人也未曾有过一些比较长久的交往，所以感情并不是很深刻。

只有对萧萧，他才有那种别后日思夜想，明知不能，却欲罢而不能的感觉，这才是真正的爱情感觉，他是真的，真的，真的百分之一百，不加一丝水分地，疯狂地，失去理智地，毫无保留地爱她！

但他在心里对她的感觉却是非常奇怪，不知道自己该如何面对她，群雄是否会放过她？要知道，她可是正义门的几大恶魔之一，如果他对她心存庇护，岂不是违背了所有已死的先辈们的意愿？他对得起所有已死的故人、朋友吗？他该怎么办？

邱冷情面无表情地道："今天，正义门已经是无后路可退，你们全部得死！"他冷冷的声音划过每一个人的心口，犹如一阵冷风在每个人的心口划过一般，众人的心都不约而同地寒了一寒。

萧萧望着邱冷情的脸，她看不出他脸上的表情，分不清他眼里的爱恨，她只怨苍天捉弄人间的痴情男女，何苦，爱人却一定是要注定生死相对。

牛头心知鬼府神君仍在闭关，只要能拖至鬼府神君出关，那或许还有一丝生机，牛头惨兮兮地一笑，道："邱冷情，我倒是没料到你能有今天的成就，这一切确实让我吃惊，不如咱们好好谈谈，如何？"

邱冷情心中一动，为什么他们都不动手？鬼府神君到什么地方去了？似乎他们在拖延时间，不行，一定要速战速决，不能让他们有什么阴谋诡计得逞，当下，长啸一声，身形闪动，已使出无上的轻功步法，在一瞬间，向牛头、黑白无常三人分别展开了攻击。

三人都大吃一惊，没料到邱冷情说打就打，在匆忙之间，只有全力应付，但邱冷情现在的武功确实不比当日了，在内力修为之上是不必说了，轻功步法已是举世无双，而他的出掌的招式，却又正是克制鬼府武功的，虽然是以一敌三，仍然是游刃有余。

牛头这一方面是大感吃力，每一招攻出，都被邱冷情信手挥来的一招克制，他是越打越心惊，心中的惧意是随着时间的推移在不断地增长，越发恐惧、心寒，本来有的功力却是发不出来，反而更加落在下风了，一时间险象环生。

黑无常的情形也好不到哪里去，倒只有萧萧的情况不同，他实在狠不下心向她出手，也不知该不该，该如何向她出手，是以每每遇上她时，都以无上的轻功步法避开了，不与她正面接触，以他现在的功力，要做到这一点，是轻而易举，小事一桩，如此一来，萧萧这边根本就是一点压力也没有，不过，她却也攻不到邱冷情的一丝衣角。

不过他们三人功力奇高，应变特快，一时之间，倒也不易将他们三人制服，特别是他们之间那种合作的默契，更是无人能及，一个攻，一个退，那种毫无破绽的配合，简直是天衣无缝，邱冷情一时也找不到时机下手。

牛头现在的信心几乎已是全无了，每出一式，都受制于人，如此打法，他还是第一次看见，他心中不禁道：这小子果然不凡，难怪神君千方百计要除去他，只可惜仍然被他逃脱了，以致酿成今天的大错，他在无奈之中，只有硬拼内力这一条路可退了，当下，飞身而起，双手带着铺天盖地的掌影，以旋风的形式向邱冷情卷来。

这一掌正是鬼府秘宫的绝学——鬼神同泣，虽然在他使来，没有鬼府神君那样惊人的威力，却也是不可小看，这一招是鬼府绝学中以硬对硬的打法，全凭本人的功力，根本就没机会躲闪，这一掌所笼罩的范围太广了，而且速度奇快，掌劲虚实难料，在呼呼的掌风中，这一掌已是卷到了邱冷情的身前。

邱冷情一见牛头出此招，即已明白牛头的心思，同时，他也认出了这是鬼府的绝技——鬼神同泣，在他所学的天宫绝学中，可以轻而易举地破此招，但他心念一动，却使出了另一招，这一招虽然是以猛对打，不过，在左肩处，却很明显地露出了一个破绽。

牛头顿时心中狂喜，原来也不过如此！他实在想不通马面是怎么死的，以邱冷情的这般武功，马面应该有取胜的希望，但他也不能想得那么多了，加强全身的功力，"鬼神同泣"直向邱冷情的左肩轰去。

在电闪之间，邱冷情的手刚要触及牛头时，牛头的掌已经是落在了邱冷情的身上，邱冷情的双手立即无力地垂了下去，他中掌了。

黑白无常与牛头之间的配合紧密，见状，立即飞身上前，两人同时向邱冷情的背部狂攻，黑无常是确实在发掌攻击邱冷情，而萧萧却是出掌攻另一个人——黑无常，她已顾不得那么多了，在邱冷情的生死关头，她不能再演戏了，她爱他，甚至愿意为他死！

不过——

还是迟了一步，"砰！"黑无常的十二成功力，已经完完全全拍在了邱冷情的身上，这一声沉闷的打击声似是拍在了她的心上一般，她现在也不知道她的这一掌是否该拍下去，如果邱冷情真的就这么死了，她……

就在这时，明明中了两掌的邱冷情，忽然面露一丝微笑，道："游戏到此结束！"所有的人都吃了一惊。

萧萧更是茫然不知所措地呆在原地。

而与此同时，却又发生了一件更意想不到的事，让所有的人震惊。

在西北角的一处房子里，发出一声惊天动地的爆炸声，接着，一条人影如电闪一般飞出来，这条人影赫然就是鬼府神君。

萧萧在那一愣神之间，已觉身上的穴位一麻，全身再也动弹不得，又立即被一股大力轻托至一边，接着就听到了一声比方才更为惊天动地的巨响，这是鬼府神君与邱冷情对了一掌，巨大的掌劲汹涌四射，激起四射的碎石，如利箭一般，向左右的房子冲去。

"轰隆隆！"又是几声巨响，在旁边的房子根本受不起如此强大的冲激力，纷纷倒塌，地面上涌起巨大的烟尘。

等到烟尘散尽，萧萧发现，牛头和黑无常早已倒在一边的地上，似乎武功被废一般，全身一点精力都没有，只是软软地躺着，眼睛中充满了恐惧之色，似乎不相信眼前发生的事是真的，鬼府神君正和邱冷情对面而立，刚才两人硬拼一掌，似乎是平分秋色。

她怎么也想不到邱冷情的内功修为居然到了与鬼府神君旗鼓相当的地步，其实邱冷情的内修还是取了一点巧，他因曾喝过蝙蝠血，可以吸取别人的功力，只要运功，将吸来的功力转化为己用，与自己的内气融为一体，就等于修练了十几年，在一路上，他不知吸了多少正义门内高手的内力，马面的也吸了。

刚才的一掌，他故意露出一个破绽，引牛头全力一掌拍在他的身上，又被黑无常一掌击在背后，他狂吸二人的内力，哪知在此时鬼府神君刚好出关，在关内，他就听明白了，原来是邱冷情来了，是以一出关，分清众人后，立即一掌向邱冷情拍来。

在匆忙之中，邱冷情只好用本身的内力将萧萧的穴道一封，推到一边，再用吸来的牛头与黑无常二人的内力混合自己的一部分内劲，击了出去，与鬼府神君对拼了一掌。

鬼府神君望着四处倒塌的房屋和在外面混战的人群，在他闭关这一百多天以来，整个正义门只剩下这么多的基业了，他打下的天下几乎毁于一旦，他狠狠地盯着邱冷情道："邱冷情，没料到你的本领还真不小！"

邱冷情也知道鬼府神君对刚才的一掌心存余悸，似乎有些忌惮他的内力，殊不知刚才一掌却是借了三人的功力发出的，论内劲，他比鬼府神君还差了一段距离，他还是朗声道："正所谓邪不胜正，你的气数已尽，今天你死定了。"

鬼府神君没有回答邱冷情的话，只是缓缓地看了看倒在地上的三名手下，道："你们做得很好，现在该是我替你们复仇的时候了！"转而，他的目光又向邱冷情盯来，"我先杀了你，然后将你带来的所有人杀掉！"

邱冷情的心其实也有些紧张，他不担心外面的群雄，在人数上，他所带来的是有绝对的优势，而且武功也占有优势，他亲自传的武功，正是克制鬼府武功的，但如果他败了，被鬼府神君杀了，天下将没有任何人能挡住鬼府神君，只怕功亏一篑，他的心有些怦怦跳了，他还是努力地镇定下心思，沉着应战。

外面的厮杀仍在继续，却丝毫不能震动他们两人的心思，只要他们俩有一方死了，天下的形势就会变一个样，他们两人都足以影响几十万人的身家性命。

鬼府神君的身影开始动了，开始了那种非常迅速的动，他的鬼影步法看来又更进了一步，身形快得简直是让人怀疑这是否是人力所为，因为这速度太快了，根本看不见一丝一毫的踪迹，也寻不着，现在几乎是连任何武功高强的人都寻不着他的踪迹了。

邱冷情心中大惊，他也没料到鬼府神君的武功高强至此，他在鬼府神君一动之间就根本看不见他的行动，他只是隐约有一些对敌的感觉，他立即觉得不妙，这对他的战斗非常不妙，如果连这一丝的感觉都欺骗了他，那他必死无疑，他只有以快对快，心念一动，脚下"飞尘飘雪步"已运出，只凭着一丝的感觉与鬼府神君纠缠。

鬼府神君也是心中微惊，他发现邱冷情的功力实在是出乎他的意料之外，但是对敌的经验似乎还有些不如的地方，心中一动，脚下一慢，已抖手用出一招"天昏地暗"，向邱冷情袭来。

邱冷情刚刚觉察到了鬼府神君的踪迹，脚步一快，立即紧跟了上去，哪知，突然，杀气一闪，一道黑影已迎头向他飞驰而来，凭他的直觉，他知道，那黑影绝对是鬼府神君幻化的手掌，在电光石火之间，手一动，莫邪剑已出鞘，如行云流水一般，切割着空气的缝隙，向那道黑影削去。

鬼府神君心中一哼，心道：小子是有些门道！心中对邱冷情毁他的基业更是恨之入骨，恨不得将他分尸，所以他的出手都是与邱冷情拼命的打法，手一动，已感到破空之风传来，立即知道是剑削来，凭他一双肉掌，也不敢与宝剑相对，虽然武器对于像这样的高手来说可有可无，如果有一套十分精妙的剑法，所发出的威力却是不容忽视的，而邱冷情现在出手的剑法正是天宫绝学。

鬼府神君冷笑一声，手一动，已变换成了另一路凌厉的爪法，爪爪如影如电，爪上丝丝的杀气顿时在天空中结成一片大网，天上的风云为之变色，太阳也躲到了乌云背后，阴冷的指风更是拂得人毛骨悚然，漫天的杀气更是逼得人透不过气来。

在外面混战的群雄差不多已控制住了整个场面，只有一小部分的人仍在顽抗，有些热血男儿想过来帮邱冷情一把，无奈在三十丈之内，呼啸的劲气逼入，根本无法忍受，只得在一旁围着，心惊胆战地看着这关系着武林命运的一场大战。

邱冷情发觉，鬼府神君使的虽然是鬼府的绝技，但由于速度太快，那些招式间的破绽都以速度给弥补过去了，天宫绝学正是针对这些破绽而来的，现在对付鬼府神君，却不起作用了，一时间就陷进了那爪影之中，他发现剑现在似乎对他是一种负担了，剑对于这样的高手来说，根本不起任何作用，反而因剑的长度过长，导致活动受阻。

"弃剑！"邱冷情作了一个大胆的决定，他在层层的爪影之中狂吼一声，一道冲天的杀气从爪影之中穿越而出，状如一道闪电，划破长空，带着万般的杀意向鬼府神君直冲过去，却是破了鬼府神君的一招——正是莫邪脱手了。

鬼府神君也没料到邱冷情突然将莫邪脱手，这一剑之势却恰到好处，破了他的攻势，直冲他心腹的弱点而来，无奈之中，他只好闪身，躲过这一剑。

莫邪带着十足的劲力直冲出去，一下子没入地下数十丈，众人看得无不心惊肉跳，这份功力，简直没听闻过。

鬼府神君在闪身让剑之际已失去了先机，邱冷情立即飞身而上，天宫绝学绵绵展开，身子如影相随，已是一招"天罗地网"，向鬼府神君直冲过去。

这一招却是十分怪异，招式一出，忽然全身毫无杀气，却没来由地全身生出一股无比强大的战意，穿透人的心脉，掌劲却是阴柔无比，如网一般丝丝交织，力道在前进中却是丝丝加强。

鬼府神君发现邱冷情出招，似乎都是针对鬼府禁宫绝学而发的，心中也是十分吃惊，更增强了他要除去邱冷情的决心，狂喝一声，手中的招式一换，神鬼俱灭应手而出，在攻势之后又附上了十几爪。

两股无可匹敌的掌劲相交，顿时在天空发出一声震惊天地的巨响，四周的房子几乎被摧毁干净，众人都受不了此等冲击力，又后退了数十丈，才勉强站得住脚。

一股无比强大的反震之力传来，将他震飞出几丈远，仍克制不住后冲的势头，在对掌之时，身子更是中了一爪，衣服尽碎，鲜血淋漓，他不敢对鬼府神君施行吸功那危险的做法，只怕鬼府神君没死，他已经是血脉尽爆而死，只能在不知不觉中悄悄吸收一点对方的功力，但鬼府神君的武功实在是太强了。

邱冷情的反应也是出了鬼府神君的意料之外，他没料到自己十成功力的一掌，他居然轻轻巧巧地接下来了，只是退后几步而已，自己一时也被震得气血翻涌，但他在一瞬间已经运气恢复过来，飞身一闪，不让邱冷情有喘息的机会，闪电般向邱冷情狂攻而去。

邱冷情刚站稳脚步，忽觉鬼府神君如风一般袭到，心道：恢复得好快！要知道，他可以吸取对方攻过来的内力，根本不会受内伤，但鬼府神君恢复如此之快，确实出乎他的意料，而且这么快又展开了又一轮疯狂的攻势，一时间，他立即落入了下风，连连后退，根本没有反击的能力，只能凭借无上的步法躲避。

鬼府神君心中一喜，更加提高了功力，加快了进攻，他要尽快杀了他，然后杀尽中原武林反抗他的人，失去的霸业，他还想夺回来，一招"神鬼灭"，以十二成的功力，铺天盖地地向邱冷情卷来。

邱冷情顿觉一股凌厉的杀气冲来，而且从四面八方涌来无边无际，如同大海一般的劲力，已经是无路可逃了，只有对拼一掌，但必须识别哪个方向才是鬼府神君实掌所在，不然一掌击来，他是绝对受不了。

左边，掌劲虽然绵绵不断，却有一种浮动感，不是实攻，右边，也有浮动感，前面却有一阵飘渺的感觉，而后面是雄浑的感觉，到底是哪个方向真正是鬼府神君的实攻招呢？

在那一刹那间，他的头脑中闪过一个念头，实则虚，虚则实，不容多想，他提气对着那几乎是不可能的方向——正前方轰出了一掌。

"砰！"又是一声惊天动地的巨响，天昏地暗，飞沙走石，日月无光，经过事实的证明，在那万分之一秒间，他作出的判断是正确的，一股比方才更加沉猛的大力从他的手臂传了过来，他立即将传过来的内力转化为自己的内劲。

他临危的正确判断在间不容发之时救了他一命，不过，从鬼府神君那里击过来的内劲也确实太强大了，虽然他以蝙蝠血的功能，可以将之转化为本身的内劲，却难免不被震死，或是被震得步子不稳，如果在这露出了破绽的时候，乘胜追击，等待他的将是不好的滋味。

鬼府神君亦是很佩服邱冷情的判断能力，在如此危急的关头，他判断出了，在正前方这个最明显，最不可能，却是最有可能的方向，是实掌，如果不是邱冷情发出的内劲也十分强大，在发出的同时，亦被震退好几丈远，他一定要乘胜追击，杀掉邱冷情。

鬼府神君还有一点感到十分奇怪，邱冷情的内劲每对一掌，似乎都增强一分，刚才一掌，比上一掌的掌劲就强了许多，他怎么也想不到邱冷情正在偷偷吸取他的内力，而且，现在他至少已损失了半成以上的功力，只不过他没有好好地检查一下本身的功力而已，如果是真的功力，他只需八成左右，即可以胜过邱冷情，但邱冷情却是由于喝了蝙蝠血而能吸收别人的内力，注定了鬼府神君失败，这大概是天意吧。

鬼府神君在一刹那间又对邱冷情展开了狂猛的攻击，他不能让邱冷情喘息过来，他对邱冷情越来越强的反应，也同样感到害怕，为灭后患，求生存，只有杀了邱冷情，才是最完美、最安全的做法，又一招杀手"天昏地暗"应手而出，这一招的威力比前几招更为强大，而且幻化出的掌影遮天蔽日，整个天地间在一刹那间变成一片黑暗，只有无边无际的杀气。

邱冷情在杀气大盛之际已知鬼府神君的杀手又来了，但无奈的是，他根本感觉不到鬼府神君的招数，只有运起全身的真气护体，以本身的吸内力的办法来挨这一掌，只希望不要是一爪或是一剑击来，不然胸口被击穿，他再怎么也是回魂乏术。

"砰！"一声闷响，带着群雄的惊叫，在那一瞬间，所有的黑暗一闪而去，猛然间，邱冷情的双眼还没适应如此强的光芒，但群雄却清清楚楚地看见，他的身子被鬼府神君的双掌击中。

邱冷情感到一股大力从胸前传来，自己已经知道是中了掌，身子被一股大力击飞出去，一道狂劲穿入他的体内，在他的体内乱窜，要想化为己用，恐怕还得调息一会儿。

鬼府神君看着邱冷情的身子躺在十几丈开外，动也不动，仰天大笑，道："邱冷情，你就这么死了，太便宜你了，天下最终还是属于我的，哈哈哈！"

群雄们又惊又怪，这下可怎么办？凭他们的实力，根本无法跟鬼府神君相斗，如果邱冷情一死，他们只有挨打受死的份儿，怎么办？

鬼府神君忽然目光向围在一旁的群雄一扫，"你们都得死，哈哈！"他飞身而退，向群豪扑过去。

"慢！"一个熟悉的声音传来，是从邱冷情的口中发出的，他还没有死。

鬼府神君刚飞出的身子在空中一个急旋，又飞回来了，他恨透了邱冷情，他一定要亲手杀了邱冷情，既然他没有死，姑且暂时先放过群雄一马，反正他们是网中之鱼，跑不掉的。

刚才，萧萧眼看邱冷情中一掌后，一颗心简直是乱到了极点，她欲哭无泪，一颗心已破碎了，但却苦于穴道被封，只能眼望着心上人被鬼府神君打死，她……

鬼府神君看着从地上慢慢站起来的邱冷情，脸上露出一丝恨意，道："好，我要慢慢地杀死你，让你尝尽天下所有的折磨才让你死，就这么死了，太便宜你了。"

邱冷情抬手擦去嘴边的一丝血迹，浑身散发出一股无边无际的战意，眼神中射出一阵阵的精光，浑身的杀气直逼得四周的人直向后退，他身上的衣服无风自飘，连在十几丈外的鬼府神君亦受压力奇重，看来他的功力又进了一层。

鬼府神君惊异于邱冷情的变化，似乎他的战斗力又提高了，这是怎么回事呢？他不由小心地一提气，准备全力以赴，这一提气不打紧，大惊失色！

怎么会？怎么会这样？

他发现自己居然损失了两成的功力，这怎么不让他心惊，在这紧要的生死关头，邱冷情的功力增强了，而他的功力却莫名其妙地损失了两成，这事关到他的生命，他却怎么也想不到是被邱冷情吸走了，不禁呆住了。

好机会，就在鬼府神君一发呆之际，邱冷情飞身而去，天宫绝学直向鬼府神君拍去，他非取鬼府神君的命不可，高手过招往往只抓这一种瞬间即逝的机会，这就是绝好的战机。

鬼府神君的心在一惊之间，立即回复过来，但已经来不及了，邱冷情的双掌已经到了他的胸前，他心一动，立即以鬼影步法向后疾退，他已失去了先机。

邱冷情的"飞尘飘雪步"却也是快得不得了，在鬼府神君刚一退之际，他立即欺身而上，"啪"的一声，拍在了鬼府神君的胸口，不过他立即发现，双掌一阵刺痛，传来一阵狂猛的反力，直将他的身躯震飞出好几丈远。

鬼府神君哈哈一笑，道："邱冷情，你上当了，别以为我的警惕性那么低，我是故意让你上当的，现在你已经中了我的独门毒药追魂散，不出三刻，毒随血流至心脉，到时，就是大罗神仙也救不了你了，你就等……"死字尚未说出口，他就惊呆了。

他发现，邱冷情的双手下垂，一言不发，静静地站在那里，而双手上却在向下滚着血，那血鲜红、鲜红，显然，他已运功逼毒，而且差不多全部逼出了。

鬼府神君大叫一声："死吧！"人已飞身而起，双掌聚起全身的功力，向邱冷情击去，这一掌的风声惊人，连十几丈开外的人都觉得阴风扑面，冻得浑身发颤，看来，鬼府神君已发出了全力，存心一掌击死邱冷情。

所有的人都惊呼出来，但谁也没有能力去阻止鬼府神君，他的速度太快了，而且两人身上散发出的气劲太强了，根本无人能近身。

邱冷情的嘴角露出一丝冷笑，一丝诡秘的微笑，只是鬼府神君被急怒攻心，而没有发觉罢了，难道会有什么计谋？

"砰！"这一双灭绝所有群豪希望的双掌击在了邱冷情的身上，它像一把无情的剑，砍断了所有人心中那唯一的寄托！黑暗如同魔鬼一般，向他们袭来，他们觉得万念俱灰一般。

在那千钧一发之间，邱冷情的脸色忽然一变，笑得更灿烂了，鬼府神君终于发现了。

"这不是他应该有的表情，不对……"

对不起！已经迟了，鬼府神君的双掌已经结结实实地印在了邱冷情的双掌上。

顿时，他觉得邱冷情的身体如同一个无底的深渊一般，全身的劲力汹涌地狂泄而去，双掌更是被吸住，根本不能动一分。

　　邱冷情的脸色也是越变越凝重，鬼府神君的功力远在他的意料之外，太深厚了，他几乎受不了，全身的血脉偾张，几欲爆炸。

　　群雄一看，一颗死心又燃起了一丝希望，但一颗心却也是七上八下，不知邱冷情是吉还是凶，两人身边的温度越来越低，几乎冻得众人受不住了。

　　温度仍在继续下降，在两人的旁边已下起了雪花，众人在一旁更是冻得直哆嗦，雪仍在下，已渐渐没至两人的膝盖，不过，在两人旁边散发的气劲仍然是异常强大，不能近身。

　　鬼府神君感到全身快要脱力，即将功竭而死了，全身一阵一阵发冷。

　　邱冷情的血管几乎就要爆炸了，已经是超负荷运载，而鬼府神君的功力还没绝，他偏偏又不能收功，只要一收功，他势必将所有的功力全部还给鬼府神君，甚至是丧失自己的功力，所以他一定要硬撑下去，哪怕是死！

　　就在这时，一个声音响起，"我来帮你！"是萧萧发出的声音，她的穴道已自动解开了。

　　鬼府神君大喜过望，群雄大惊失色，但是已经是来不及了，萧萧的轻功是一绝，而且她的功力也超出了群雄。

　　邱冷情的心也是怦怦直跳，不知道萧萧究竟会帮哪一个，如果她仍然是帮鬼府神君的话，一切将是功亏一篑。

　　鬼府神君的心刚一喜，没过多时，一柄利刃已无情地刺进了他的胸膛。

　　"轰轰！"几声巨响，在空中爆炸，两人的体内多余的真力猛然找到了一个出口，猛地狂涌而出，发出惊天的几声巨响。

　　雪花四溅，血花四溅，鬼府神君的身体被炸碎，而萧萧的身体亦被击中，飞出几丈外，迅速在身上凝成一层冰霜，两人的功力都是至阴至寒。

　　邱冷情亦一下失去了与之抗衡的对手，身体内一时不能适应，内力狂泄一阵，直将四周的温度又下降了十几度，口吐一口鲜血，几欲昏倒，但他却仍以一股顽强的意志走到萧萧的面前，抬起双掌，运起阳刚的真气，替他疗伤……她爱他，在最后一刻，她证明给他看，她的心意，他明白，所以他不能让她死，她不能死……

时间在一点一点地消逝，不知过了多长时间，他悠悠地醒来，他的双掌仍抵在萧萧的背上，而他的身后却传来一阵阵的暖流，是天下的群雄，他们派出几个功力深厚的忍住寒冷，不停地轮流替他疗伤。

"不用了，我能行！"他体内的真气在一经引动之后，立即活跃起来。

不久，萧萧亦悠然转醒，她睁开双眼，看着他眼中的柔情蜜意，她心醉了。

他收功站起来，挽她在怀中，环望四周，"刷刷刷"，四周跪了一片，天下的群雄齐齐跪在他的面前，高叫道："盟主！盟主！"

群雄一心一意要推邱冷情作武林盟主。

邱冷情朗声道："各位，我无意于武林盟主一位，只求天下和平，中原武林不受人欺侮就够了，各位，你们各自到藏书楼去寻回本门的武功秘笈，回去好好练习武功吧！只有咱们自己强大了，别人才不敢欺侮咱们！"

他说完，不理会众人，已飞身而起，抱着萧萧离开了。

天空中的乌云已散尽，只留下他飘逸的身影在空中若隐若现地离去。

在桂林一处幽静的山顶上，有两个人面对着滚滚的江水，感叹不已。

大江东去浪涛尽，多少英雄，功名利禄，不过是过眼烟云，又何必强求？

忽然，那女的问道："你怕不怕当时我一刀刺向你？"

男的任晚风吹起他的长发，出尘脱俗，他朗声道："不怕！"

女的仍不死心，道："为什么？"

男的深情地拥她入怀，柔声道："因为我知道，你爱我，而且我也爱你。"

女的幸福地闭上眼睛，靠在他的怀中。

面对眼前的美好江山风景，人是多么渺小，一切都会成为过去。

唯有爱，才是永存！

——全书完——